W0047849

SCIENCE FICTION

Herausgegeben
von Wolfgang Jeschke

Von Anne McCaffrey erschienen in der Reihe
HEYNE SCIENCE FICTION & FANTASY:

Liebe Leser,

um Rückfragen zu vermeiden und Ihnen Enttäuschungen zu ersparen: Bei dieser Titelliste handelt es sich um eine Bibliographie und
NICHT UM EIN VERZEICHNIS LIEFERBARER BÜCHER. Es ist leider unmöglich, alle Titel ständig lieferbar zu halten. Bitte fordern Sie
bei Ihrer Buchhandlung oder beim Verlag ein Verzeichnis der liefer-
baren Heyne-Bücher an. Wir bitten Sie um Verständnis.

Wilhelm Heyne Verlag GmbH & Co. KG, Türkenstraße 5–7,
80333 München, Abteilung Vertrieb

ANNE McCAFFREY

Drachen-Dämmerung

Neunter Roman
des Drachenreiter-Zyklus

Deutsche Erstausgabe

Sience Fiction

WILHELM HEYNE VERLAG
MÜNCHEN

HEYNE SCIENCE FICTION & FANTASY
Band 06/4666

Titel der amerikanischen Originalausgabe

DRAGONSDAWN

Deutsche Übersetzung von Irene Holicki
Das Umschlagbild schuf Chris Achilleos
Die Karte auf Seite 6/7 zeichneten
Johann Peterka und Erhard Ringer
Die Innenillustrationen zeichnete Johann Peterka

5. Auflage

Redaktion: Irene Bonhorst
Copyright © 1988 by Anne McCaffrey
Copyright © 1990 der deutschen Übersetzung
by Wilhelm Heyne Verlag GmbH & Co. KG, München
Printed in Germany 1998
Umschlaggestaltung: Atelier Ingrid Schütz, München
Satz: Schaber, Wels
Druck und Bindung: Ebner Ulm

ISBN 3-453-03933-5

*Dieses Buch war stets
Judy-Lynn Benjamin del Rey
gewidmet*

Zeichnung: Peterka · Ringer · 1990.

High Reaches
Cron Hold
High Reaches Weyr
high reaches
ruath
Ruatha Hold
Nabol Hold
te
Tillek Hold
fort
tillek
Fort Weyr

Ist.

boll

Is

Südl. Boll Hold

pe

r Weyr

bitra

Bitra Hold

Benden Weyr

lemos

Lemos Hold

benden

gen Weyr

Keroon Hold

keroon

igen

Seehold

nerat

ista

Nerat Hold

Südweyr

12

INHALT

Dieses Buch hätte nicht ohne den Rat, die Unterstützung und die Hilfe von Dr. Jack Cohen, D. Sc, seit kurzem Dozent für Reproduktive Biologie an der Universität Birmingham, geschrieben werden können. Seine Sachkenntnis und seine Begeisterung halfen mir, die Drachen von Pern und das dazugehörige botanische, biologische und ökologische Umfeld zu *schaffen.* Jack ließ Fakten aus Mythen, ließ Wissenschaft aus Legenden erstehen. Ich bin nicht die einzige mit ihm bekannte Schriftstellerin, die ihm in höchstem Maße zu Dank verpflichtet ist.

Dank schulde ich auch Harry Alm, Marineingenieur aus New Orleans, Louisiana, für seine Ausarbeitung der Fädenfallmuster, die lediglich auf beiläufigen Bemerkungen in verschiedenen meiner Bücher basieren. Seine Frau Marilyn hat mit viel Geduld und großer Präzision genau diese unglaublichen technischen Daten per Compuserve übertragen. Auch ihr möchte ich hiermit meinen Dank übermitteln.

Frontispiz

TEIL EINS

DIE
LANDUNG

D ie Meßwerte kommen durch, Sir«, meldete Sallah Telgar, ohne den Blick von den flimmernden Lichtern auf ihrem Terminal abzuwenden.

»Übermitteln Sie die Daten bitte auf meinen Bildschirm, Telgar«, antwortete Admiral Paul Benden. Neben ihm am Kommandopult saß Emily Boll, reglos gegen die Seitenlehne ihres Sitzes gepreßt, und starrte den sonnenhellen Planeten an, ohne die Hektik ringsum wahrzunehmen.

Nach fünfzehn Jahren hatte die Pern-Expedition ihren Höhepunkt erreicht: Die drei Kolonistenschiffe *Yokohama*, *Bahrain* und *Buenos Aires* näherten sich ihrem Ziel. In den Räumen unter dem Kommandodeck warteten Experten voller Ungeduld auf Daten, um die Protokolle des Erkundungs- und Vermessungs-Teams, das vor zweihundert Jahren Rubkats dritten Planeten zur Kolonisation empfohlen hatte, auf den neuesten Stand zu bringen.

Die lange Reise in den Sagittarius-Sektor war völlig problemlos verlaufen. Einzig und allein die Entdeckung einer Oortschen Wolke um das Rubkat-System hatte die Wissenschaftler an Bord in Aufregung versetzt, aber Paul Bendens Interesse an dem Phänomen verlor sich rasch, nachdem Ezra Keroon, der Kapitän der *Bahrain* und Astronom der Expedition, ihm glaubhaft versichert hatte, daß die nebelartige Masse tiefgefrorener Meteoriten nicht mehr war als eine astronomische Kuriosität. Man würde die Wolke im Auge behalten, hatte Ezra erklärt, da sie möglicherweise den einen oder anderen Kometen ausschleuderte, aber er sei überzeugt davon, daß sie weder für die drei Kolonistenschiffe noch für den Planeten, dem sie sich rasch näherten, eine ernsthafte Gefahr darstellte. Schließlich hatte das Erkundungs-

und Vermessungs-Team keine ungewöhnliche Häufung von Meteoreinschlägen auf Pern erwähnt.

»Sondenmeßwerte auf Schirm Zwei und Fünf, Sir«, meldete Sallah. Aus dem Augenwinkel sah sie, wie die Andeutung eines Lächelns über Admiral Bendens Züge huschte.

»Alles halb so erhebend, wie wir gedacht hatten, wie?« murmelte er Emily Boll zu, als die neuesten Daten auf den Bildschirmen erschienen.

Emily saß mit verschränkten Armen an ihrem Platz. Sie hatte sich seit dem Absetzen der Sonden nicht von der Stelle gerührt. Nur hin und wieder fuhr sie sich mit den Fingern über die Oberarme. Jetzt hob sie sarkastisch die rechte Augenbraue, ohne den Blick vom Monitor abzuwenden.

»Ach, ich weiß nicht. Es ist immerhin ein weiterer Schritt näher ans Ziel. Zwar müssen wir die Daten nehmen, wie sie kommen«, fügte sie trocken hinzu, »aber ich rechne damit, daß wir es schaffen.«

»Uns bleibt gar keine andere Wahl, oder?« entgegnete Paul Benden eine Spur zu ernst.

Es war eine Reise ohne Rückkehr — kein Wunder, wenn man bedachte, was es kostete, mehr als sechstausend Kolonisten mitsamt ihrer Ausrüstung in einen derart entlegenen Sektor der Galaxis zu befördern. Sobald sie Pern erreicht hatten, blieb in den großen Transportschiffen gerade noch so viel Treibstoff übrig, daß sie in einen geostationären Orbit um den Planeten gehen konnten, während Menschen und Material mit Raumfähren nach unten gebracht wurden. Gewiß, sie hatten Peilkapseln, mit denen sie notfalls in nicht mehr als fünf Jahren das Hauptquartier der Konföderation Vernunftbegabter Rassen erreichen konnten, aber einem ehemaligen Marinetaktiker wie Paul Benden boten diese zerbrechlichen Dinger wenig Sicherheit und Rückhalt. Die Pern-Expedition bestand aus entschlossenen, einfallsreichen Menschen, die den High-Tech-Zivilisationen der KVR den Rücken gekehrt hatten und fest davon überzeugt waren, daß sie allein zurechtkommen würden. Und obwohl ihr Ziel im Rubkat-System genügend Erz- und Mineralvorkommen besaß, um den Aufbau eines auf landwirtschaftlicher Basis funktionierenden Gesellschaftssystem zu gewährleisten, war die Welt doch so arm und so weit vom Zentrum der Galaxis entfernt, daß sie dem Zugriff der habgierigen Technokraten wohl entgehen würde.

»Nicht mehr lange, Paul«, sagte Emily so leise, daß nur Benden ihre Worte verstand, »und wir können beide die Hände in den Schoß legen.«

Er verzog das Gesicht zu einem schwachen Grinsen, denn er wußte, daß es ihr ebenso schwergefallen war wie ihm, den Überredungskünsten der Technokraten zu widerstehen, die alles versucht hatten, um zwei so legendäre Kriegshelden in ihren Reihen zu halten — den Admiral, der in der Cygnus-Schlacht den entscheidenden Sieg errungen hatte, und die mutige Gouverneurin von Centauri First. Aber keiner konnte leugnen, daß diese beiden die idealen Führer für die Pern-Expedition waren.

»Ehe wir die Hände in den Schoß legen«, fuhr sie etwas lauter fort, »will ich versuchen, unsere Experten zu beruhigen — besonders jetzt, da die Sondendaten hereinkommen. Mir ist ja klar, daß jeder Wissenschaftler sein Fachgebiet für den Nabel der Welt halten *muß*, aber ich habe selten solche Streithähne erlebt wie auf dieser Expedition.« Sie unterdrückte ein Stöhnen, aber dann lachte sie und zwinkerte Paul Benden zu. »Noch ein paar Tage, und dann zählen Taten statt Worte, Admiral!«

Sie kannte ihn gut. Ihm waren die endlosen Diskussionen über Lappalien, in die sich die Verantwortlichen der Landeoperation so gern verrannten, gründlich zuwider. Er zog es vor, schnelle Entscheidungen zu treffen und sie unverzüglich in die Tat umzusetzen, anstatt sie zu Tode zu reden.

»Du hast mehr Geduld mit den Leuten als ich«, meinte der Admiral ruhig. Seit die drei Schiffe vor zwei Monaten das Rubkat-System erreicht und mit den Bremsmanövern begonnen hatten, waren die Tage von öden Besprechungen und Debatten erfüllt gewesen, die sich nach Pauls Ansicht erübrigten, da man sämtliche Details bereits siebzehn Jahre zuvor im Planungsstadium des Unternehmens gründlich breitgetreten hatte.

Die meisten der 2900 Kolonisten an Bord der *Yokohama* hatten die gesamte Reisezeit im Tiefschlaf verbracht. Das für die Bedienung und Wartung der drei großen Schiffe erforderliche Personal hatte sich in einem fünfjährigen Turnus abgewechselt. Paul Benden hatte die erste und die letzte Fünfjahresschicht übernommen. Emily Boll war kurz vor den anderen Umweltexperten reanimiert worden, die nun nichts Besseres mit ihrer Zeit anzufangen wußten, als lauthals über die oberflächlichen Berichte des Erkundungs- und Vermessungs-Teams zu lamentieren. Die ehemalige Gouverneurin unterdrückte den Hinweis, daß sie die gleichen Berichte begeistert gelobt hatten, als sie sich um die Teilnahme an der Pern-Expedition bewarben.

Paul studierte weiterhin aufmerksam die Sondendaten. Seine Blicke wanderten von einem Schirm zum anderen, während er sich mit dem Daumen der linken Hand geistesabwesend über die drei Finger der Rechten strich. Obwohl Paul Benden als Mann nicht der Typ war, zu dem sich Emily hingezogen fühlte, mußte sie doch zugeben, daß er gut aussah, besonders jetzt, da er sein Haar nicht mehr so militärisch kurz trug wie zu Beginn der Expedition. Sie fand, daß die dichte blonde Mähne die kantigen Züge weicher erscheinen ließ — die etwas derbe Nase, das kräftige Kinn und den strengen Mund, der im Moment zu einem schwachen Lächeln verzogen war.

Die Reise hatte ihm gutgetan: Er strotzte vor Kraft und Energie, und sie hatte den Eindruck, daß er den

Strapazen der kommenden Monate ohne weiteres gewachsen sein würde. Dabei erinnerte sie sich noch genau, wie entsetzlich hager er bei der offiziellen Siegesfeier nach der Cygnus-Schlacht ausgesehen hatte, jenem entscheidenden Kampf, in dem er an der Spitze der Purpur-Sektor-Flotte die Wende im Krieg gegen die Nathi herbeigeführt hatte. Damals ging das Gerücht, er sei siebzig Stunden ohne Unterbrechung auf der Kommandobrücke geblieben. Emily glaubte das ohne weiteres. Sie selbst hatte während der schlimmsten Nathi-Angriffe auf ihren Planeten ähnliche Leistungen vollbracht. Der Mensch konnte sich eine Menge abverlangen, wenn er dazu gezwungen wurde. Vielleicht forderte der Körper später seinen Tribut, aber im Moment war Benden, der jetzt in seinem sechsten Jahrzehnt stand, ein Urbild an Kraft und Gesundheit. Und auch sie spürte kein Nachlassen ihrer Energien. Vierzehn Jahre Tiefschlaf schienen die bleierne Müdigkeit vertrieben zu haben, die sie nach der kräftezehrenden Verteidigung von Centauri First empfunden hatte.

Eine herrliche Welt, der sie sich jetzt näherten! Emily seufzte. Immer noch fiel es ihr schwer, die Blicke länger als ein paar Sekunden vom Hauptschirm abzuwenden. Den anderen erging es nicht besser. Wer immer auf der Brücke Dienst tat oder nach der letzten Schicht im Kommandoraum geblieben war, war gefesselt vom Anblick des Planeten, dem sie entgegenflogen.

Emily wußte nicht mehr, wer dieser Welt den Namen Pern gegeben hatte — höchstwahrscheinlich hatten die Buchstaben, die quer über dem veröffentlichten Bericht prangten, ursprünglich etwas ganz anderes bedeutet —, aber nun hieß sie offiziell Pern, und sie gehörte ihnen. Sie flogen parallel zum Äquator. Der Planet rotierte langsam; während sie in den Monitor starrte, verschwand der Nordkontinent mit seinem hohen Küstengebirge, und die Wüstengebiete im Westen der südlichen Landmasse tauchten auf. Das wohl augenfälligste topographische Merkmal war die weite Fläche des Ozeans, etwas grünlicher als auf der alten Erde, mit Inseln, die in einem weiten Ring aus dem Wasser ragten. In der Atmosphäre zogen die Wolkenwirbel eines Tiefdruckgebiets rasch nach Nordosten. Eine wunderschöne Welt! Sie seufzte erneut und fing Pauls flüchtigen Blick auf. Ohne die Augen richtig vom Schirm abzuwenden, lächelte sie ihm zu.

Eine schöne Welt! Ihre Welt! Bei allen Heiligen, diesmal werden wir sie nicht mehr verpfuschen! gelobte sie sich feierlich. Es gibt so viel prächtiges, fruchtbares Land für alle, daß die alten Gründe für Streit und Krieg keine Gültigkeit mehr haben. Nein, überlegte sie mit einer Spur von Zynismus, aber wir sind bereits dabei, neue zu finden. Sie dachte an die Spannungen zwischen den Konzessionären, welche die immensen Summen für die Expedition nach Pern aufgebracht hatten, und den Kontraktoren, den angeheuerten Experten, ohne deren Fähigkeiten das Unternehmen zum Scheitern verurteilt gewesen wäre. Jede der beiden Gruppen würde auf der neuen Welt großzügige Landparzellen oder Schürfrechte erhalten, aber die Tatsache, daß die Konzessionäre die erste Wahl hatten, sorgte bereits jetzt für böses Blut.

Unterschiede! Warum mußte es immer Unterschiede geben, arrogant als Überlegenheit zur Schau getragen oder als Minderwertigkeit verspottet? Jeder hatte die gleichen Chancen, egal, wie viele Morgen Land man nun diesem Konzessionär oder jenem Kontraktor zugesichert hatte. Auf Pern lag es wirklich an jedem einzelnen, ob er Erfolg hatte und das Beste aus dem Land machte, das er für sich und die Seinen beanspruchte, und nur daran würde er gemessen werden. Ach was, tröstete sie sich, nach der Landung werden alle so verdammt viel zu tun haben, daß keine Zeit zum Nachdenken über ›Unterschiede‹ bleibt! Fasziniert sah sie zu, wie sich vom verborgenen Nordkontinent ein zweites Tiefdruckgebiet näherte und über das Meer zog. Wenn sich die beiden Unwettersysteme trafen, würde es über dem östlichen Bogen der Inselkette zu einem gewaltigen Sturm kommen.

»Sieht gut aus«, murmelte Kommandant Ongola mit seiner dunklen, immer ein wenig traurigen Baßstimme. Emily hatte ihn in den sechs Monaten, seit sie wach war, nicht ein einziges Mal lächeln sehen. Sie wußte von Paul, daß Ongola bei einem Angriff der Nathi auf seine Militärkolonie seine Frau, seine Kinder und die gesamte übrige Familie verloren hatte. Paul hatte ihn persönlich aufgefordert, sich der Expedition anzuschließen. Nun saß Ongola an der Meßstation und überwachte die meteorologischen und atmosphärischen Werte. »Zusammensetzung der Atmosphäre wie erwartet. Temperaturen auf dem Südkontinent für spätwinterliche Verhältnisse normal. Auf dem Nordkontinent reichliche Niederschläge aufgrund von Tiefdruckluftmassen. Analysen und Temperaturen entsprechen dem EV-Vorbericht.«

Die erste Sonde umkreiste den Planeten in großer Höhe und auf einem Kurs, der es ihr erlaubte, Pern in seiner Gesamtheit zu fotografieren. Die zweite hatte einen niedrigeren Orbit eingeschlagen und konnte jedes gewünschte Teilgebiet im Detail untersuchen. Die dritte Sonde war auf einzelne Geländemerkmale programmiert.

»Sonden Vier und Sechs sind gelandet, Sir. Fünf befindet sich im Schwebeflug«, verkündete Sallah, als an der Konsole neue Lichter aufzublinken begannen. »Die Raupen schwärmen aus.«

»Kann ich das auf die Schirme bekommen, Telgar?« bat der Admiral. Sie legte die Bilder auf die Schirme Drei, Vier und Fünf.

Der Planet Pern, der weiterhin den Hauptschirm beherrschte, drehte sich langsam nach Osten, von der Nacht- zur Tagseite. Die Küstenlinie des Südkontinents lag hell vor ihnen; die Gebirgskette und mehrere große Flüsse waren zu erkennen. Der Thermalscanner zeigte den Einfluß des Tageslichts auf die Spätwintertemperaturen des Südkontinents.

Bodensonden, die sogenannten Raupen, befanden sich an drei noch nicht sichtbaren Punkten der Südhemisphäre und übermittelten laufend die neuesten Daten über Geländebeschaffenheit und sonstige Verhältnisse. Der Südkontinent war von Anfang an als Landeplatz favorisiert worden. Der EV-Report hatte eine Reihe von Pluspunkten aufgeführt: das mildere Klima auf den Hochflächen; eine größere Vielfalt von Pflanzenarten, manche davon sogar für Menschen genießbar; hervorragendes Ackerland; gute Häfen für die widerstandsfähigen Fischerboote aus Siliplex, die im Moment noch als numerierte Bausätze in den Ladeluken der *Buenos Aires* und der *Bahrain* ruhten. In den Meeren von Pern wimmelte es von Leben, und zumindest einige der Spezies konnten ohne Gefahr von Menschen verzehrt werden. Die Meeresbiologen hegten große Hoffnungen, daß sie in den Buchten und Flußmündungen terrestrische Fische züchten konnten, ohne das bestehende ökologische Gleichgewicht zu stören. In den Tiefkühltanks der *Bahrain* befanden sich fünfundzwanzig Delphine, die aus eigenem Entschluß auf die lange Reise mitgekommen waren. Die Ozeane von Pern waren hervorragend geeignet als Lebensraum für die intelligenten und allem Neuen aufgeschlossenen Säugetiere, die sich auch gern als Fischhirten betätigten.

Bodenanalysen hatten gezeigt, daß sich die meisten irdischen Getreide- und Gemüsesorten, die auch auf Centauri gut gediehen, an die Verhältnisse von Pern anpassen würden, ein wichtiger Punkt, denn die einheimischen Gräser waren für terrestrische Tiere ungeeignet. Eine der ersten Aufgaben der Agronomen würde darin bestehen, Futterpflanzen anzubauen, um die verschiedenen Pflanzenfresser und Wiederkäuer zu ernähren,

die man in Form befruchteter Eizellen von den Zucht-
bänken auf Terra erhalten und hierhergebracht hatte.

Um das Überleben dieser Tiere auf Pern zu sichern,
hatte man den Kolonisten nach einigem Widerstreben
die Erlaubnis erteilt, einige der hochentwickelten biogen-
etischen Verfahren der Eridani anzuwenden — vor allem Metasynthese, Genveränderung und Chromoso-
menverbesserung. Obwohl sich Pern in einem abgelegenen Teil der Galaxis befand, wollte die Konföderation
Vernunftbegabter Rassen unbedingt weitere Katastro-
phen wie die Bio-Freaks vermeiden, die zu einem gewaltigen Aufschwung der Fraktion Reinrassiger Menschen geführt hatten.

Emily unterdrückte einen Schauder. Diese Erinnerungen gehörten der Vergangenheit an. Der Schirm vor ihr
zeigte die Zukunft — und damit von Anfang an alles in
die richtigen Bahnen gelenkt wurde, verschwand sie
jetzt wohl am besten nach unten und kümmerte sich um
die Spezialisten. »Ich habe lange genug herumgetrö-
delt«, sagte sie leise zu Paul Benden und tippte ihm zum
Abschied leicht auf die Schulter.

Paul wandte sich einen Moment lang vom Schirm ab
und drückte ihr lächelnd die Hand. »Aber iß zuerst noch
etwas!« Er hob mahnend den Zeigefinger. »Du vergißt
immer wieder, daß die Vorräte an Bord der *Yoko* nicht
rationiert sind.«

»Stimmt.« Sie sah ihn ein wenig überrascht an. »Wird
sofort erledigt — großes Ehrenwort!«

»Tu das! Die nächsten Wochen werden bestimmt an
deinen Kräften zehren.«

»Mag sein. Aber ich freue mich darauf.« Ihre blauen
Augen strahlten, doch im nächsten Moment knurrte ihr
Magen hörbar. »Verstanden, Admiral!« Sie zwinkerte
ihm zu und ging.

Er sah ihr nach, als sie dem Ausgang zustrebte, eine
schlanke, fast hagere Frau mit grauem, natürlich gewell-
tem Haar, das ihr bis auf die Schultern fiel. Was Paul am

meisten imponierte, war ihre Spannkraft, moralisch wie physisch, gepaart mit einer Schonungslosigkeit, die ihn manchmal verblüffte. Sie besaß eine ungeheuere Vitalität, die ansteckend wirkte. Allein ihre Nähe reichte aus, um ihm neuen Schwung zu geben. Gemeinsam würden sie das Beste aus der neuen Welt machen.

Er wandte sich wieder dem Schirm und dem fesselnden Anblick von Pern zu.

Man hatte den großen Salon zum Besprechungsraum für die Leiter der Exobiologen-, Agronomen-, Botaniker- und Ökologenteams umfunktioniert. Außerdem hatten sich sechs Vertreter der Farmer eingefunden, noch ein wenig benommen nach dem langen Kälteschlaf. Ringsum zeigten die Bildschirme an den Wänden ständig wechselnde Daten — mikrobiologische Berichte, Statistiken, Vergleiche und Analysen. Heftige Debatten waren im Gang. Die Männer und Frauen an den Schreibtischmonitoren, die in aller Eile die hereinkommenden Informationen zu Diagrammen und Tabellen ordneten, versuchten die Nervosität zu übersehen, die von den sechs Expertenvertretern in der Mitte des Raumes ausging. Angespannt lauerten sie auf alle Daten, die ihr jeweiliges Fachgebiet betrafen.

Mar Dook, der Leiter der Agronomen, war ein feingliedriger Mann, dessen Herkunft aus dem asiatischen Teil der Erde in Hautfarbe, Gesichtszügen und Körperbau deutlich erkennbar war. Er war drahtig und hager, mit leicht hängenden Schultern, und in den intelligenten schwarzen Augen blitzten der Eifer und die Erregung über die schwierige Aufgabe, die es zu bewältigen galt.

»Der Zeitplan ist doch längst festgelegt, meine lieben Kollegen. Wir gehen mit der ersten Landegruppe nach unten. Die Sondendaten bestätigen voll und ganz unsere bisherigen Informationen. Boden- und Vegetationsproben stimmen überein. Auch die roten und grünen

Algenspezies entlang der Küsten kennen wir bereits aus den Vorberichten. Die Ozeansonde hat eine Reihe von Meereslebewesen gesichtet. Und eine der tieffliegenden Landsonden bestätigt den Hinweis des EV-Teams, daß es auf Pern eine große Insektenvielfalt gibt. Beruhigend, nicht wahr? Auf dem Luft-Fax sind außerdem diese Fluggeschöpfe zu sehen, die unsere Vorgänger Wherries oder Wherhühner nannten — aus welchem Grund auch immer.«

Phas Radamanth schaute lächelnd auf. »Ein Begriff aus dem englischen Sprachraum, soviel ich weiß. Damit wurden früher einmal große schwerfällige Luftfrachter bezeichnet. Seht euch die Biester doch an — plump, fett und träge!«

Kwan Marceau nickte geistesabwesend. »Ja«, murmelte er mit gerunzelter Stirn, »aber andere Raubtiere werden nirgends erwähnt.«

»Oh, es gibt sicher eine Spezies, die sich von den Wherhühnern ernährt«, meinte Phas zuversichtlich.

»Oder sie fressen sich gegenseitig«, bemerkte Mar Dook und handelte sich dafür einen strengen Blick von Kwan ein. Plötzlich deutete Mar erregt auf ein neues Fax, das auf einem der Bildschirme erschien. »Seht doch! Die Raupensonde hat ein Reptiloid aufgenommen! Ein ziemlich großes Exemplar, zehn Zentimeter stark und sieben Meter lang. Da hast du deinen Wherhuhnvertilger, Kwan!«

»Eine andere Raupe ist soeben durch eine halbflüssige Exkrementenmasse gefahren, die eine reiche Darmflora aus Parasiten und Bakterien enthält«, meldete Pol Nietro und markierte den Bericht hastig, um sich später damit zu befassen. »Außerdem scheint es im Boden jede Menge von Würmern zu geben. Eine ungemein wichtige Entdeckung, wenn ihr mich fragt. Nematoden, Insektoiden, Maden, wie man sie auch in einem terrestrischen Komposthaufen finden könnte. Ted, hier ist etwas für dich: Gewächse, die Ähnlichkeit mit unserer Mykorrhiza haben — Baumschwämme. Und da wir schon beim Thema sind — ich möchte gern wissen, wo das EV-Team dieses lumineszierende Myzel entdeckt hat!«

Ted Tubberman, einer der Botaniker, schnaubte verächtlich. Er war ein vierschrötiger Mann, der nach knapp fünfzehn Jahren im Tiefschlaf kein Gramm Fett mehr auf den Rippen hatte, und er neigte ein wenig zur Überheblichkeit. »Lumineszierende Organismen finden sich in der Regel in Höhlen, Nietro«, dozierte er. »Mit Hilfe ihrer Leuchtstoffe locken sie Insekten und andere Opfer an. Das Myzel, von dem das Team berichtete, befand sich in einem Höhlensystem auf der großen Insel unterhalb des Nordkontinents. Überhaupt scheint der Planet eine beträchtliche Anzahl ausgedehnter Höhlensysteme zu besitzen. Warum hat man eigentlich nicht die eine oder andere Raupensonde für unterirdische Erkundungen eingesetzt?« fragte er vorwurfsvoll.

»Wir hatten nur eine begrenzte Anzahl zur Verfügung, Ted«, erklärte Mar Dook besänftigend.

»Da, seht doch! Darauf hatte ich gehofft!« Kwans sonst so ernste Züge leuchteten, und er beugte sich über den winzigen Schirm, bis er fast mit der Nase daranstieß. »Das sind Felsenriffe. Und dort, eine empfindliche, aber ausgewogene Meeresökologie entlang der Ringinseln. Das ist sehr ermutigend. Die verstreuten Punkte, die damals entdeckt wurden, stammen vielleicht doch von einem Meteoritenschauer.«

Ted winkte ungeduldig ab. »Niemals. Keine Einschlagstellen, und das Nachwachsen der Vegetation paßt nicht zu dieser Art von Phänomen. Ich werde mich mit diesem Problem so rasch wie möglich befassen.«

»Zuerst«, warf Mar Dook mit leisem Tadel ein, »müssen wir die geeigneten Ackerflächen auswählen, den Boden umbrechen, testen und ihn notfalls mit symbiotischen Bakterien- und Pilzkulturen, vielleicht sogar mit Käfern versorgen.«

»Aber wir wissen bis jetzt doch nicht einmal, *wo* wir

landen werden!« Auf Teds Wangen zeigten sich hektische rote Flecken.

»Auf einem der drei Landeplätze, die im Moment näher untersucht werden«, erklärte Mar Dook mit nachsichtigem Lächeln. Tubbermans gereizte Betriebsamkeit wurde allmählich lästig. »Alle drei bieten uns mehr als genug Raum für Saatkulturen und Versuchsfelder. Unsere Aufgabe bleibt die gleiche, egal, wo wir landen. Wichtig ist nur, daß wir diese erste Anbausaison nicht verpassen.«

»Die Zuchttiere müssen ebenfalls rasch reanimiert werden«, sagte Pol Nietro. Der Leiter des Zoologenteams wartete ebenso ungeduldig wie alle anderen darauf, sich in die praktische Arbeit zu stürzen. »Aber wenn wir sie nur mit Luzerne aus den Kulturen füttern, werden sie ihre Verdauung kaum auf die neue Umgebung umstellen. Wir müssen gleich von Anfang an dafür sorgen, daß Pern uns liefert, was wir brauchen.«

Die anderen murmelten zustimmend.

»Der einzige neue Faktor in diesen Berichten«, meinte der Xenobiologe Phas Radamanth, ohne den Blick von den Bildschirmen abzuwenden, »ist die Vegetationsdichte. Das Gebiet Fünfundvierzig Süd Elf erfordert vermutlich mehr Rodungsarbeiten, als wir dachten. Hier ...« Er legte die Aufnahmen des EV-Protokolls neben die neuesten Bilder. »Der spärliche Pflanzenbewuchs von damals hat sich in dichte und zum Teil auch sehr hohe Vegetation verwandelt.«

»Das zumindest kann man nach mehr als zweihundert Jahren wohl auch erwarten!« fuhr Ted Tubberman dazwischen. »Ich hatte von Anfang an meine Bedenken wegen dieser nahezu kahlen Zonen. Das roch doch geradezu nach geschwächtem Ökosystem. He, seht doch, die meisten dieser kreisförmigen Gebilde sind überwuchert! Felicia, spiel mal die zugehörigen EV-Bilder ein!« Er beugte sich über ihre Schulter und starrte auf den Doppelschirm unterhalb des Sondenmonitors. »Da, diese Kreise sind kaum noch zu erkennen. Das Team hatte recht, als es behauptete, die Vegetation würde sich weiterentwickeln. Keine Grasarten, hm ... Falls es sich um mutierte Pflanzen handeln sollte ...« Er verstummte, schüttelte den Kopf und streckte energisch das Kinn vor. Tubberman hatte immer wieder lautstark betont, daß der Erfolg einer Kolonie auf Pern von einer gesunden Vegetation abhängen würde.

»Auch ich wäre erleichtert, wenn du mit der Pflanzensukzession recht hättest«, begann Mar Dook, »aber nach den EV-Protokollen ...«

»Vergiß die EV-Protokolle!« unterbrach ihn Ted. »Da steht nicht die Hälfte von dem drin, was wir wissen müßten! Erkundung und Vermessung nennt sich so was! Mal schnell den Planeten umkreist, und das war's dann. Das ist der oberflächlichste Bericht, den ich je in die Finger bekommen habe!«

»Das mag ja stimmen«, sagte Emily Boll ruhig. Sie hatte den Raum betreten, während der Botaniker sich immer mehr ereiferte. »Jetzt, da wir ihn direkt mit unserer neuen Heimat vergleichen können, erscheint der erste EV-Bericht tatsächlich recht unvollkommen. Aber er erwähnt die wesentlichen Dinge. Wir wissen, was wir unbedingt wissen mußten, und die KVR hat uns den Planeten gern überlassen, weil er für sie kaum einen Wert besitzt. Zumindest werden sich die Syndikate nicht darum streiten. Ich finde, wir sollten dem Team dankbar sein, anstatt es zu kritisieren.« Lächelnd sah sie sich in der Runde um. »Die wichtigen Elemente — Atmosphäre, Wasser, Ackerboden, Erze, Mineralien, Bakterien, Insekten, Meereslebewesen — sind vorhanden. Pern eignet sich hervorragend für die Besiedlung durch die Menschen. Alles andere werden wir nach und nach herausfinden. Wir haben ein Leben lang Zeit dazu, und es soll eine Herausforderung für uns und unsere Kinder sein.« Obwohl sie leise sprach, drang ihre Stimme bis in den letzten Winkel des Raumes. »Jetzt hat es keinen

Sinn mehr, über die Versäumnisse der Vergangenheit zu jammern. Konzentrieren wir uns lieber auf das große Werk, das wir in knapp zwei Tagen beginnen müssen. Wir sind für alle Überraschungen gewappnet, die Pern uns vielleicht zu bieten hat! Mar Dook, sind irgendwelche Hindernisse aufgetaucht, die eine Verschiebung des Zeitplans erzwingen?«

»Nein«, antwortete Mar Dook und schielte zu Ted Tubberman hinüber, der Emily Boll wütend anstarrte. »Schade, daß wir noch keine Boden- und Grünpflanzenproben haben. Damit könnten sich manche von uns sinnvoll beschäftigen.«

»Kann ich mir denken«, lachte Emily. »Aber da kommen deine Informationen ja schon — und nicht zu knapp!«

»Wir wissen immer noch nicht, *wo* wir landen!« beschwerte sich Ted.

»Der Admiral diskutiert dieses Thema gerade«, antwortete Emily versöhnlich. »Wir werden mit die ersten sein, denen er seine Entscheidung mitteilt.«

Die Agronomen sollten mit den ersten Fährentransporten auf Pern abgesetzt werden, denn es war für das künftige Gedeihen der Kolonie entscheidend, daß der Boden rechtzeitig für die Aussaat vorbereitet wurde. Noch während die Techniker das Landegitter in den Boden einließen, würde das Agronomenteam die ersten Felder pflügen, und Tubberman würde mit seiner Gruppe das kostbare, von der Erde stammende Saatgut ausbringen. Pat Hempenstall hatte die Aufgabe, ein Gewächshaus zu bauen und zu untersuchen, welche irdischen Pflanzensorten oder in den anderen Kolonien verwendeten Abarten davon ohne Hilfe direkt im Erdreich von Pern gediehen. Auch symbiotische Bakterien sollten in dem fremden Boden getestet werden.

»Hoffentlich bestätigen die Berichte die Flug- und Kriechinsektoiden, von denen in den EV-Protokollen die Rede war«, murmelte Pol Nietro. »Falls sie in der Lage wären, die Aufgaben von terrestrischen Mistkäfern und Fliegen zu übernehmen, hätte die Landwirtschaft einen guten Start. Wir müssen dafür sorgen, daß die Nährstoffe aus dem Kot der Tiere zurück in den Boden gelangen — alle die Pansenbakterien, Protozoen und Hefen, ohne die unsere Kühe, Schafe, Ziegen und Pferde nicht leben können.«

»Wenn nicht, Pol, dann bitten wir Kitti um einen ihrer Mikrotricks. Sie kann die Eingeweide der Tiere ein wenig an die Gegebenheiten von Pern anpassen.« Emily lächelte der zierlichen alten Dame im Zentrum der kleinen Gruppe ehrerbietig zu.

»Die Bodenproben sind da!« unterbrach Ju Adjai das kurze Schweigen. »Und hier ist auch dein Gemüsebrei, Ted, damit du was zu kauen hast!«

Tubberman saß im Nu neben Felicia, und seine dicken Finger glitten geschickt und sicher über die Computertastatur.

Sekunden später hörte man nur noch das Klappern der Tasten, hin und wieder unterbrochen von einem Murmeln oder einem unterdrückten Ausruf. Emily und Kit Ping tauschten einen Blick, in dem wohlwollender Spott über die Wichtigtuerei der Jüngeren mitschwang. Dann wandte Kit Ping die Aufmerksamkeit wieder dem Hauptschirm zu und betrachtete eingehend die Welt, der sie sich rasch näherten.

Während Emily an ihrem Terminal Platz nahm, überlegte sie, welchem gütigen Schicksal es die Expedition wohl zu verdanken hatte, daß sich die berühmteste Genetikerin der Konföderation Vernunftbegabter Rassen in ihren Reihen befand — der einzige Mensch, der je von den Eridani eine Ausbildung in Gentechnik erhalten hatte. Emily hatte nur Bilder von den grauenvoll ›veränderten‹ Teilnehmern der ersten mißglückten Expedition nach Eridani gesehen. Sie unterdrückte einen Schauder. Diese Art von Eingriffen durfte es auf Pern niemals geben. Vielleicht hatte sich Kit Ping deshalb bereiterklärt, die Reise an den Rand der Galaxis mitzumachen — um ihr ungeheuer langes und ereignisreiches Leben an einem stillen, abgeschiedenen Ort zu beenden, wo sie wenigstens einen Teil ihrer Erinnerungen beiseite schieben konnte. Es gab viele auf der Passagierliste, die mitgekommen waren, um zu vergessen, was sie gesehen und getan hatten.

»Diese grasähnlichen Pflanzen auf dem Landeplatz im Osten werden sich verdammt schlecht abmähen lassen«, meinte Ted Tubberman stirnrunzelnd. »Hoher Borgehalt. Macht die Schneiden stumpf und verstopft die Maschinen.«

»Aber vielleicht dämpfen sie den Aufprall bei der Landung«, meinte Pat Hempenstall mit leisem Lachen.

»Unsere Fähre ist schon auf weit schlimmerem Gelände sicher gelandet«, erinnerte Emily die anderen.

»Felicia, ich brauche Vergleichswerte für die Pflanzensukzession in der Nähe dieser komischen Tupfen«, erklärte Ted Tubberman und starrte wie gebannt auf seine Schirme. »Irgend etwas an ihrer Struktur gefällt mir nicht. Das Phänomen ist auf dem ganzen Planeten verbreitet. Und mir wäre wohler, wenn wir dazu die Meinung von diesem Supergeologen hören könnten, Tarzan ...« Er unterbrach sich.

»Tarvi Andiyar«, half ihm Felicia, die an seine Gedächtnislücken gewöhnt war.

»Gut. Hinterleg eine Notiz, daß ich ihn dringend sprechen muß, sobald er reanimiert ist. Verdammt, Mar, wie sollen wir weiterkommen, wenn sich die Hälfte aller Experten im Tiefschlaf befindet!«

»Bis jetzt geht doch alles glatt, Ted. Pern zeigt sich von seiner schönsten Seite, und die Daten stimmen haargenau mit dem Vorbericht überein.«

»Fast ein wenig unheimlich, nicht wahr?« bemerkte Pol Nietro ironisch.

Tubberman fauchte, Mar Dook hob die Schultern, und Kitti Ping lächelte.

Admiral Bendens Chronometer vibrierte an seinem Handgelenk und erinnerte ihn daran, daß es Zeit für die von ihm selbst angesetzte Besprechung war.

»Kommandant Ongola, übernehmen Sie die Brücke!« Paul verließ den Kommandoraum nur zögernd und behielt den Hauptschirm im Auge, bis sich die Schiebetür hinter ihm geschlossen hatte.

In den Korridoren des großen Kolonistenschiffes herrschte mit jeder Stunde mehr Gedränge, stellte Paul fest, als er zur Offiziersmesse hinüberschlenderte. Eben erst reanimierte Passagiere klammerten sich an die Geländer, versuchten mit zuckenden Bewegungen die steifen Muskeln zu lockern und bemühten sich, Körper und Geist auf die plötzlich höchst schwierige Aufgabe des aufrechten Stehens und Gehens zu konzentrieren. Die gute alte *Yoko* würde einer Sardinenbüchse ähneln, wenn erst einmal sämtliche Kolonisten wach waren und auf den Fährentransport nach Pern warteten. Aber die Aussicht auf die Freiheit und Weite einer neuen Welt machte die Enge sicher erträglich.

Paul hatte die verschiedenen Sondenberichte aufmerksam mitverfolgt und sich bereits für einen der drei empfohlenen Landeplätze entschieden. Natürlich verlangte es die Höflichkeit, daß er die Ansicht seiner Offiziere und der beiden anderen Kapitäne dazu einholte, aber die Wahl mußte einfach auf das große Plateau unterhalb jener Gruppe von Schichtvulkanen fallen. Das Wetter war dort im Moment sehr mild, und die nahezu ebene Fläche war weiträumig genug, um alle sechs Fähren aufzunehmen. Die neuen Daten hatten ihn in seinem Entschluß bestärkt, den er bereits siebzehn Jahre zuvor beim Lesen der EV-Protokolle gefaßt hatte. Bei der Landung hatte er ohnehin nie große Schwierigkeiten gesehen; das reibungslose, unfallfreie Entladen bereitete ihm mehr Kopfzerbrechen. Auf Pern schwebte kein Rettungsschiff am Himmel, und auf dem Boden gab es keine Mannschaft, die bei der Katastrophe einspringen konnte.

Die Organisation des Fährentransports nach Pern hatte Paul seinem ehemaligen Kampfgefährten Fulmar Stone übertragen, der während des gesamten Cygnus-Feldzugs nicht von seiner Seite gewichen war. In den letzten beiden Wochen hatten Fulmars Leute die drei Fähren der *Yoko* sowie die Admirals-Gig auf Herz und Nieren überprüft, um sicherzugehen, daß sich nach fünfzehn Jahren in den Kühlhallen des Flugdecks keine Defekte eingeschlichen hatten. Währenddessen hatte Kenjo Fusaiyuki die zwölf Piloten der *Yoko* einem harten Simulatordrill unterzogen, der mit den ausgefallensten Landezwischenfällen gespickt war. Die meisten der Männer hatten Einsätze als Kampfflieger hinter sich und besaßen genug Erfahrung, um auch schwierige Situationen zu meistern, aber keiner von ihnen kam auch nur entfernt an Kenjo Fusaiyuki heran. Einige der jüngeren Leute hatten sich über Kenjos Methoden beschwert; Paul Benden hatte sich ihre Klagen höflich angehört — und sie nicht zur Kenntnis genommen.

Paul war überrascht und geschmeichelt gewesen, als Kenjo sich für die Expedition meldete. Irgendwie hatte er erwartet, daß der Mann sich bei einer Forschungsgruppe verpflichten würde, wo er fliegen konnte, solange seine Reflexe nicht nachließen. Dann aber fiel ihm ein, daß Kenjo ein Kyborg war und ein künstliches linkes Bein hatte. Nach dem Krieg hatte das Erkundungs- und Vermessungs-Korps mit einem Mal mehr als genug erfahrenes, gesundes Personal zur Verfügung gehabt, und so war man dazu übergegangen, alle Kyborgs auf Verwaltungsposten abzuschieben. Unwillkürlich ballte Paul die linke Hand zur Faust und strich mit dem Daumen über die drei Ersatzfinger, die stets wie natürliche Gliedmaßen funktioniert hatten, auch wenn das Pseudofleisch gefühllos war. Langsam entspannte er die Hand, und selbst jetzt, nach so langer Zeit, glaubte er immer noch, ein schwaches Knarren in den Plastikknöcheln und im Handgelenk zu hören.

Dann wandte er die Gedanken wirklichen Problemen zu — dem Entladen der Kolonistenschiffe, die in einer Parkbahn um Pern bleiben würden. Er wußte, daß unvorhergesehene Verzögerungen oder Pannen den gesamten Transport von Menschen und Material gefährden konnten. Deshalb hatte er gute Leute als Frachtaufseher eingesetzt: Joel Liliencamp sollte die Operation auf Pern koordinieren, während Desi Arthied die Aufsicht an Bord der *Yoko* übernahm. Ezra und Jim von der *Bahrain* und der *Buenos Aires* konnten sich auf ihr Entladepersonal ebenfalls verlassen, aber der kleinste Schnitzer würde ausreichen, um den gesamten Zeitplan durcheinanderzubringen. Der Trick bestand darin, alles im Fluß zu halten.

Der Admiral bog vom Hauptkorridor nach Steuerbord ab und erreichte die Offiziersmesse. Er hoffte nur, daß sich die Besprechung nicht allzulange hinziehen würde. Als er die Hand hob, um den Mechanismus der Schiebetür zu betätigen, sah er, daß ihm noch zwei Minuten Zeit blieben, bis sich die Kapitäne der beiden anderen Schiffe per Bildschirm zuschalteten. Zuerst würde Ezra Keroon als Flottenastrogator formell die planmäßige Ankunft in der Parkbahn bestätigen, und dann würde man sich mit der Wahl des Landeplatzes befassen.

»Im Moment stehen die Wetten elf zu vier, Lili«, hörte der Admiral Drake Bonneau zu Joel sagen, als sich die Tür mit einem Zischen öffnete.

»Für oder gegen?« fragte Paul grinsend. Die Anwesenden, allen voran Kenjo, sprangen auf und salutierten, obwohl Paul lässig abwinkte. Er warf einen Blick auf die beiden noch leeren Bildschirme, auf denen in genau neunundfünfzig Sekunden die Gesichter von Ezra Keroon und Jim Tillek erscheinen würden, und wandte sich dann dem Hauptmonitor zu, wo Pern mitten in der Schwärze des Weltraums schwebte.

»Da gibt es ein paar Zivilisten, die nicht glauben, daß Desi und ich den Zeitplan einhalten können, Paul«, erklärte Joel und blinzelte zu Arthied hinüber, der mit großem Ernst nickte. Lilienkamp war ein mittelgroßer untersetzter Mann mit einem sympathisch verschmitzten Gesicht und dichtem, krausem, bereits ein wenig grauem Haar. Er hatte ein übersprudelndes, mitunter etwas sprunghaftes Wesen und konnte äußerst sarkastisch sein. Seine schnelle Auffassungsgabe wurde von einem eidetischen Gedächtnis unterstützt, und so wußte er nicht nur stets genau, mit wem er wann und um welchen Betrag gewettet hatte, sondern auch, wie viele Pakete, Kisten, Kästen und Kanister sich in seiner Obhut befanden. Desi Arthied, sein Stellvertreter, litt oft unter Liliencamps spöttischer Art, aber er bewunderte die Fähigkeiten seines Vorgesetzten. Desis Aufgabe würde es sein, nach Joels Angaben die Fracht auf die Ladedecks und an Bord der Fähren zu bringen.

»Zivilisten? Die keine Ahnung von deinen Fähigkeiten haben?« fragte Paul trocken und wandte sich dann mit einem unverbindlichen Lächeln Avril Bitra zu, die für die Simulationsübungen verantwortlich war. Der Ehrgeiz hatte die Züge der schönen Brünetten verhärtet, und er bereute allmählich, daß er ihr während der Reise einen so großen Teil seiner Freizeit gewidmet hatte, aber sie verstand es nun einmal, Männer für sich zu gewinnen. Nun, in Kürze würden sie alle viel zu beschäftigt sein, um persönliche Beziehungen zu pflegen. Immer mehr attraktive junge Frauen tauchten in den Korridoren auf. Er hoffte, daß eine von ihnen den Wunsch haben würde, nicht das Leben ›des Admirals‹, sondern ganz allein das von Paul Benden zu teilen. In diesem Augenblick leuchteten die beiden Schirme auf. Auf dem rechten erschien Ezra Keroon mit seinen ernsten, verschlossenen Zügen und der charakteristischen grauen Stirnlocke, auf dem linken tauchte das kantige Gesicht des stets gutgelaunten Jim Tillek auf.

»Hallo, Paul!« sagte er und winkte lässig.

Ezra salutierte. »Admiral«, begann er förmlich, »ich

möchte hiermit melden, daß wir unseren programmierten Kurs auf die Minute genau eingehalten haben und unsere Parkbahn voraussichtlich in sechsundvierzig Stunden, dreiunddreißig Minuten und zwanzig Sekunden erreichen werden. Nach dem gegenwärtigen Stand der Dinge rechnen wir nicht mit Abweichungen.«

»Ausgezeichnet, Kapitän«, sagte Paul und salutierte ebenfalls. »Irgendwelche Probleme?«

Beide Kapitäne berichteten, daß die Reanimationsprogramme ohne Zwischenfälle angelaufen waren und daß die Fähren starten konnten, sobald sich die Schiffe im Orbit befanden.

»Schön, nun kennen wir also das Wann«, meinte Paul, »und können über das Wo diskutieren.« Er lehnte sich bequem zurück und warf einen ermunternden Blick in die Runde.

»Mach es nicht so spannend, Paul!« grinste Joel Liliencamp, wie üblich unter Mißachtung jedes Protokolls. Joels Respektlosigkeit hatte Paul Benden während des gesamten Nathi-Kriegs erheitert, in einer Zeit, da es im allgemeinen wenig zu lachen gab. Und wenn es etwas zu beschaffen gab, vollbrachte Joel wahre Wunder. Ezra Keroon runzelte die Stirn, aber Jim Tillek lachte.

»Wie stehen denn die Wetten, Lili?« fragte er hinterhältig.

»Wir sollten die Angelegenheit ganz unvoreingenommen besprechen«, warf Paul trocken ein. »Die drei vom EV-Team empfohlenen Landeplätze sind inzwischen alle von Sonden erfaßt. Sie befinden sich, wenn wir uns noch einmal die Koordinaten in Erinnerung rufen, bei dreißig Süd dreizehn Strich dreißig, fünfundvierzig Süd elf und siebenundvierzig Süd vier Strich sieben fünf.«

»Meiner Ansicht nach kommt nur einer davon in Frage, Admiral«, unterbrach Drake Bonneau hitzig und deutete auf die Stelle mit den Schichtvulkanen. »Die Raupen melden, daß der Ort so eben ist, als hätte ihn jemand eigens für uns planiert — und breit genug, um alle sechs Fähren aufzunehmen. Der Platz bei fünfundvierzig Süd elf ist im Moment der reine Sumpf, und der im Westen liegt zu weit vom Meer entfernt. Außerdem haben Temperaturmessungen Werte um den Nullpunkt ergeben.«

Paul sah, wie Kenjo zustimmend nickte. Er warf einen Blick auf die von den beiden anderen Schiffen zugeschalteten Schirme. Ezra beugte sich so tief über seine Notizen, daß die kahle Stelle auf seinem Schädel sichtbar war. Unwillkürlich fuhr sich Paul mit den Fingern durch die eigene dichte Mähne.

»Dreißig Süd elf befindet sich angenehm nahe am Meer«, stellte Jim Tillek freundlich fest. »Eine gute Hafenbucht ist nur fünfzig Kilometer entfernt. Und der Fluß ist schiffbar.« Tilleks Interesse an Segelschiffen wurde nur noch von seiner Liebe zu Delphinen übertroffen. Der Zugang zum Meer war daher ein wichtiger Faktor für ihn.

»Auf einigen der Anhöhen könnte man Wetterstationen und ein Observatorium errichten«, meinte Ezra zögernd. »Allerdings sagen die Protokolle kaum etwas über die Klimaverhältnisse aus. Und eine Siedlung so nahe an diesen Vulkanen — ich weiß nicht recht.«

»Ein wichtiger Einwand, Ezra, aber ...« Paul überflog kurz die Daten auf dem Monitor. »Bis jetzt haben die Sonden keine seismische Aktivität gemeldet. Das bedeutet, daß die Vulkane zumindest im Moment keine Gefahr bedeuten. Patrice de Broglie könnte das untersuchen. Hm — auch der EV-Bericht enthält keine Hinweise auf Vulkantätigkeit. Also ist es in dieser Region seit mehr als zweihundert Jahren zu keinem Ausbruch mehr gekommen. Außerdem sind die Wetterverhältnisse und die sonstigen Bedingungen bei den beiden anderen Landeplätzen wesentlich schlechter.«

»Das ist richtig«, gab Ezra zu. »Und was das Wetter angeht, so sieht es auch nicht so aus, als würde es sich in den nächsten beiden Tagen bessern.«

»Himmel, wir müssen doch nicht dort *bleiben*, wo wir landen!« warf Drake ungeduldig ein.

»Ich schlage vor, daß wir auf dreißig Süd runtergehen — es sei denn, unsere Meteorologen sagen für die nächsten zwei Tage irgendein Unwetter in der Region voraus«, meinte Jim Tillek. »Das ist auch der Platz, dem das EV-Team den Vorzug gab. Die Raupen melden eine dicke Humusschicht — die müßte den Aufprall mildern, wenn du zu hart aufsetzt, Drake.«

»Ich?« Gespielte Empörung stand in Drakes grauen Augen. »Kapitän Tillek, ich habe seit meinem ersten Alleinflug keine harte Landung mehr gebaut.«

»Also gut, meine Herren, dann sind wir uns über den Landeplatz einig?« fragte Paul. Ezra und Jim nickten. »Sie erhalten die neuesten Daten sowie detaillierte Karten gegen 22 Uhr.«

»Na, Joel?« Jim Tilleks Grinsen verstärkte sich. »Gewonnen?«

»Aber Kapitän!« Joel war die gekränkte Unschuld in Person. »Ich wette doch nie auf eine sichere Sache!«

»Gibt es sonst noch Fragen, meine Herren?« Pauls Blicke wanderten von einem Schirm zum anderen.

»Alles klar, Paul«, versicherte Jim. »Ich weiß jetzt, daß diese Mühle rechtzeitig in ihrer Parkbahn sein wird, und wo ich meine Fähre hinschicken muß.« Er winkte Zera lässig zu und verschwand vom Bildschirm.

»Keine Fragen, Admiral«, erklärte Ezra und salutierte. »Guten Abend, meine Herren.« Der Schirm wurde dunkel.

»Ist das im Moment alles, Paul?« erkundigte sich Joel.

»Wir haben das Wann und das Wo«, antwortete Paul. »Aber dein Zeitplan ist verdammt knapp kalkuliert, Joel. Glaubst du wirklich, daß du das schaffst?«

»Darauf können Sie sich verlassen, Admiral«, spöttelte Drake Bonneau. »Es steht eine Menge Geld für ihn auf dem Spiel.«

»Weshalb habe ich deiner Meinung nach so lange

zum Beladen der *Yoko* gebraucht?« fragte Joel Liliencamp und grinste breit. »Weil ich wußte, daß ich den
ganzen Krempel fünfzehn Jahre später wieder ausladen
muß.« Er zwinkerte Desi zu, dessen Miene leise Skepsis
verriet. »Du wirst schon sehen ...«

»Also dann, meine Herren«, sagte der Admiral und
erhob sich. »Ich bin in meiner Kabine, falls sich irgendwelche Probleme ergeben sollten.«

Als Paul die Offiziersmesse verließ, versuchte Joel gerade, eine Wette darüber abzuschließen, wie lange es
dauern würde, bis die Nachricht über die Wahl des Landeplatzes auf der *Yoko* die Runde gemacht hatte.

»Wieviel?« hörte er Avrils heisere Stimme, dann glitt
die Schiebetür hinter ihm zu.

Die Stimmung war ausgezeichnet. Paul hoffte, daß
Emilys Besprechung ebenso positiv verlaufen war. Siebzehn Jahre Planung und Organisation standen nun auf
dem Prüfstand.

Auf den Kältedecks aller drei Schiffe arbeiteten die Mediziner rund um die Uhr, um die etwa fünftausendfünf-
hundert Kolonisten aus dem Tiefschlaf zu wecken.
Techniker und Spezialisten wurden in der Reihenfolge
ihrer Nützlichkeit für das Landeunternehmen reanimiert, aber Admiral Benden und Gouverneurin Boll hatten darauf bestanden, daß alle wach zu sein hatten, wenn
die Schiffe ihre vorläufige Parkposition in einem stabilen Lagrange-Orbit — sechzig Grad vor dem größeren
Mond von Pern — eingenommen hatten. Wenn die großen Schiffe erst einmal geräumt waren, gab es keine
Möglichkeit mehr, den Planeten aus dem All zu betrachten.

Sallah Telgar, die eben ihre Wache auf der Brücke
beendet hatte, kam zu dem Schluß, daß sie nun endgültig genug von der Raumfahrt hatte. Als Kind einer Offi-
ziersfamilie war sie seit ihrer frühesten Jugend von einem Militärposten zum anderen geschoben worden.

Der Tod beider Eltern während des Krieges hatte ihr eine hohe Abfindungssumme eingebracht, mit der sie sich einen Platz auf dem Kolonistenschiff sichern und die Konzession für ein großes Stück Land auf Pern erwerben konnte. Vor allem aber sehnte sie sich danach, endlich eine Heimat zu finden, wo sie den Rest ihres Lebens verbringen konnte. Pern schien für dieses Vorhaben gut geeignet.

Als sie vom Kommandodeck in den Hauptkorridor einbog, war sie überrascht über die vielen Menschen. Fast fünf Jahre lang hatte sie eine Kabine für sich allein gehabt. Der Raum war selbst für eine Person nicht gerade großzügig bemessen, aber nun, da sie ihn mit drei anderen teilen mußte, empfand sie die Enge als bedrückend. Sallah hatte keine große Lust dorthinzugehen, und schlenderte deshalb in den Aufenthaltsraum. Dort gab es einen riesigen Bildschirm, und sie konnte weiterhin den Planeten betrachten, während sie eine Kleinigkeit aß.

Am Eingang blieb sie unvermittelt stehen, erschrocken über das Gewühl, das hier herrschte. Nur wenige Plätze waren frei, und noch während sie sich ihr Essen aus dem Automaten holte, schrumpfte die Auswahl auf einen einzigen Stuhl ganz am Ende des großen Raumes, von wo man den Bildschirm nur sehr schlecht sehen konnte.

Sallah hob unschlüssig die Schultern. Wie eine Süchtige nahm sie jede Erschwernis in Kauf, nur um einen Blick auf Pern werfen zu können. Als sie jedoch Platz nahm, merkte sie, daß ihre Tischnachbarn genau die Leute waren, mit denen sie an Bord der *Yokohama* am wenigsten zu tun haben wollte: Avril Bitra, Bart Lemos und Nabhi Nabol. Sie saßen mit drei Männern zusammen, die Sallah nicht kannte; die Schildchen an ihren Hemdkrägen wiesen sie als Maurer, Maschinenbauingenieur und Bergmann aus. Die Gruppe war so ziemlich die einzige, die sich nicht von den Bildern Perns fesseln ließ. Die drei Spezialisten hörten mit gespielt gleichgültiger Miene den Ausführungen von Avril und Bart zu; nur der älteste der drei, der Ingenieur, warf hin und wieder einen Blick in die Menge, um sich zu vergewissern, daß niemand auf sie achtete. Avril hatte die Ellbogen auf den Tisch gestützt. Ein arrogantes, herablassendes Lächeln lag auf den makellosen Zügen, und die dunklen Augen glitzerten, als sie sich vorbeugte und dem unscheinbaren Bart Lemos zuhörte, der sich immer wieder mit der geballten Rechten in die linke Handfläche klatschte, um seine schnellen, leisen Worte zu unterstreichen. Nabhi betrachtete den Geologen mit gewohntem Hochmut, ein Ausdruck, der sehr viel Ähnlichkeit mit Avrils Mienenspiel hatte.

Der Anblick dieser Leute reichte aus, um einem den Appetit zu verderben, dachte Sallah und reckte den Hals, um den Bildschirm zu beobachten.

Es ging das Gerücht um, daß Avril in den letzten fünf Jahren viel Zeit in Paul Bendens Bett verbracht hatte. Sallah konnte sich durchaus vorstellen, daß sich ein Mann wie der Admiral von der rassigen dunklen Schönheit der Astrogatorin sexuell angezogen fühlte. Avril vereinte in sich die Vorzüge mehrerer ethnischer Gruppen. Sie war hochgewachsen, weder zu schlank noch zu üppig, und hatte herrliches, seidig schwarzes, gewelltes Haar, das sie meist offen trug. Ihre eher blassen Züge wirkten ebenso vollkommen wie ihre sorgfältig einstudierten Bewegungen, und ihre brennenden schwarzen Augen verrieten eine hochintelligente, wenn auch sprunghafte Persönlichkeit. Avril war eine Frau, der man besser nicht ins Gehege kam, und so hatte Sallah nicht nur zu Paul Benden betont Abstand gehalten, sondern auch zu allen anderen Männern, die sie öfter als dreimal in Avrils Gesellschaft sah.

Böse Zungen behaupteten zwar, daß sich Paul Benden in jüngster Zeit auffallend von Avril zurückgezogen habe und sie offenbar im Rennen um die Stellung als

First Lady der künftigen Kolonie zurückgefallen sei, doch das ließ sich auch damit erklären, daß der Admiral im Moment mit den Landevorbereitungen alle Hände voll zu tun hatte und die Zeit der amourösen Abenteuer vorbei war.

Sallah hatte freilich andere Dinge im Kopf als Avril Bitras Intrigen. Sie brannte darauf zu erfahren, welchen Landeplatz die Expertengruppe ausgewählt hatte. Sie wußte, daß die Entscheidung gefallen war und daß man sie bis zur offiziellen Bekanntgabe durch den Admiral geheimhalten wollte, aber ihr war auch klar, daß die Neuigkeit rasch durchsickern würde. Es gab sogar heimliche Wetten, bis wann der Beschluß im Schiff die Runde gemacht haben würde. Sallah rechnete damit, bald Näheres zu erfahren.

»Da ist es!« rief ein Mann plötzlich aufgeregt. Er trat an den Schirm und deutete auf eine Stelle, die eben ins Bild gekommen war. An seinem Hemdkragen blitzte das Abzeichen der Agronomen. »Genau«, — er wartete einen Moment, weil sich der Planet ein winziges Stück verschob —, »hier!« Sein Zeigefinger berührte einen Punkt am Fuße eines Vulkans, eine winzige, aber doch deutlich erkennbare Landmarke.

»Wieviel hat Lili dabei kassiert?« wollte jemand wissen.

»Lili ist mir egal«, rief der Agronom. »Aber von Hempenstall habe ich eben einen Morgen Land gewonnen!«

Beifall und gutmütiger Spott klangen auf, und Sallah ließ sich von der gelösten Stimmung anstecken, bis ihr Blick auf Avrils verächtlich überlegenes Lächeln fiel. Die Astrogatorin hatte das Geheimnis also gekannt und ihren Tischgenossen vorenthalten. Bart Lemos und Nabhi Nabol steckten die Köpfe noch dichter zusammen und diskutierten erregt.

Avril hob die Schultern. »Der Landeplatz ist unwichtig.« Obwohl sie leise sprach, drang ihre erotische Stimme bis zu Sallah. »Glaubt mir, mit der Gig schaffen wir das.« Sie hob den Kopf und begegnete Sallahs Blick. Ihre Augen wurden schmal, und ihr Körper spannte sich. Dann lehnte sie sich betont lässig zurück und starrte ihr Gegenüber so unverschämt an, daß Sallah den Kopf abwandte.

Irgendwie fühlte sich die Pilotin von diesem Blick beschmutzt. Sie trank den letzten Schluck Kaffee und verzog das Gesicht bei dem bitteren Nachgeschmack. Der Kaffee an Bord war miserabel, aber sie würde selbst ihn vermissen, wenn die Vorräte erschöpft waren. Und Kaffeepflanzen waren bisher noch auf keiner Kolonialwelt gediehen, aus welchen Gründen auch immer. Das EV-Team hatte die Rinde eines auf Pern heimischen Strauches als Ersatz vorgeschlagen, aber Sallah erhoffte sich nicht allzuviel davon.

Nach dem Zwischenruf des Astronomen war der Lärmpegel im Aufenthaltsraum fast ins Unerträgliche gestiegen. Mit einem Seufzer kippte Sallah die Abfälle ihrer Mahlzeit in den Müllschacht, schob das Tablett in den Reiniger und stellte es ordentlich auf den Stapel. Dann gönnte sie sich einen letzten langen Blick auf Pern. Diese Welt werden wir nicht kaputtmachen, dachte sie. Ich werde mich mit allen Kräften dagegen wehren, wenn jemand es versuchen sollte.

Als sie sich zum Gehen wandte, fiel ihr Blick erneut auf Avril. Seltsam, daß ausgerechnet diese Frau sich für das Leben einer Kolonistin entschieden hat, dachte Sallah nicht zum ersten Mal. Avril machte die Reise als Kontraktorin mit und bekam als Entgelt ein ansehnliches Stück Land, aber sie war einfach nicht der Typ, der sich unter Farmern und Viehzüchtern wohl fühlte. Sie zeigte vielmehr das exaltierte Benehmen der Großstädterin. Die Expedition nach Pern hatte eine Reihe hochtalentierter Spezialisten angezogen, aber die meisten, mit denen Sallah ins Gespräch gekommen war, hatten als Grund für ihre Entscheidung angeführt, daß sie der von den Syndikaten beherrschten Technokratie mit ihrer ständig wachsenden Gier nach Rohstoffen den Rücken kehren wollten.

Sallah gefiel der Gedanke, sich einer unabhängigen Gemeinschaft weit weg von der Erde und ihren übrigen Kolonien anzuschließen. Seit sie zum ersten Mal die Prospekte über Pern gelesen hatte, war sie begeistert bereit gewesen, an dem Wagnis teilzunehmen. Mit sechzehn, zu einer Zeit, als alle jungen Leute für den erbittert geführten Krieg gegen die Nathi zwangsverpflichtet wurden, hatte sie die Pilotenlaufbahn eingeschlagen und sich zusätzlich im Umgang mit unbemannten Sonden ausbilden lassen. Als sie ihre Prüfungen machte, war der Krieg zu Ende, und sie nutzte ihre Fähigkeiten, um die von den Kämpfen verwüsteten Gebiete auf einem Planeten und zwei Monden zu kartieren. Als dann die Expedition nach Pern zusammengestellt wurde, brachte sie nicht nur ihr Geld in Form von Anteilen ein, sondern auch ihre vielseitigen Kenntnisse und Erfahrungen.

Sie verließ den Aufenthaltsraum, um in ihre Kabine zurückzukehren, aber sie war nicht sicher, ob sie Schlaf finden würde. Noch zwei Tage, und sie hatten das langersehnte Ziel erreicht! Ein interessantes neues Leben lag vor ihr!

Als Sallah in den Hauptkorridor einbog, torkelte ihr ein kleines Mädchen mit kupferrotem Haar entgegen und prallte mit ihr zusammen. Die Kleine versuchte, das Gleichgewicht wiederzuerlangen, aber sie stürzte und schluchzte laut auf, weniger vor Schmerz als aus Zorn. Dabei umklammerte sie Sallahs Beine mit erstaunlicher Kraft.

»Na, wer wird denn gleich weinen?« meinte Sallah besänftigend. »Am Anfang fällt es allen schwer, auf den Beinen zu bleiben.« Sie strich über das seidenweiche Haar des Kindes und versuchte gleichzeitig, sich aus dem Griff zu lösen.

»Sorka! Sorka!« Ein ebenfalls rothaariger Mann mit

einem kleinen Jungen an der einen und einer sehr hübschen Brünetten an der anderen Hand stolperte unsicher auf Sallah zu. Die Frau schien eben erst reanimiert zu sein; die Pupillen waren geweitet, und sie hatte Mühe, sich auf ihre Umgebung zu konzentrieren.

Der Blick des Mannes streifte Sallahs Kragenschild. »Tut mir leid, Pilotin«, entschuldigte er sich mit einem schwachen Grinsen. »Wir sind noch nicht so ganz wach.«

Er wollte Sallah von dem zappelnden Bündel befreien, aber weder die Frau noch der kleine Junge ließen ihn los.

»Ich glaube, Sie brauchen Hilfe«, lächelte Sallah und fragte sich insgeheim, welcher Trottel von einem Arzt das taumelnde Quartett sich selbst überlassen hatte.

»Unsere Kabine ist nur ein paar Schritte entfernt.« Er nickte zu dem Quergang hin, der dicht hinter Sallah abzweigte. »Zumindest hat man uns das gesagt. Aber ich hatte keine Ahnung, wie weit ein paar Schritte sein können.«

»Welche Nummer? Ich habe gerade dienstfrei.«
»B-8851.«

Sallah warf einen Blick auf die Schilder an den Korridorecken und nickte. »Es *ist* der nächste Quergang. Komm, Sorka — so heißt du doch, nicht wahr? Ich bringe dich ...«

»Entschuldigen Sie«, unterbrach der Mann, als Sallah das Kind auf den Arm nehmen wollte, »aber man hat uns immer wieder eingeschärft, daß wir uns viel bewegen sollen — zur Übung.«

»Ich kann nicht gehen!« heulte Sorka. »Alles ist schief!« Sie umklammerte Sallahs Beine noch heftiger.

»Sorka! Benimm dich!« Der Rotschopf warf seiner Tochter einen strengen Blick zu.

»Ich weiß, was wir tun!« erklärte Sallah freundlich, aber bestimmt. »Du hältst dich an meinen Händen fest«, — sie löste Sorkas kleine Finger von ihren Beinen —,

»und gehst vor mir her. Ich passe schon auf, daß du auf Kiel bleibst.«

Selbst mit Sallahs Hilfe kam die Familie nur langsam voran. Immer wieder wurden sie von Passagieren behindert, die fester auf den Beinen waren und wenig Rücksicht nahmen, wenn sie an ihnen vorbeistürmten.

»Mein Name ist Red Hanrahan«, stellte sich der Mann vor, als das erste Stück Weg geschafft war.

»Sallah Telgar.«

»Ich hätte nie gedacht, daß ich bereits vor dem Fährentransport die Dienste eines Piloten in Anspruch nehmen müßte.« Er grinste breit. »Meine Frau Mairi, mein Sohn Brian — und Sorka kennen Sie ja bereits!«

»Da sind wir schon«, stellte Sallah fest und öffnete die Tür zu einer Kabine. Sie schnitt eine Grimasse, als sie den winzigen Raum sah, aber dann sagte sie sich, daß die Leute nur noch für kurze Zeit in dieser Enge ausharren mußten. Obwohl die Kojen tagsüber hochgeklappt waren, bot das Abteil wenig Bewegungsfreiheit.

»Nicht viel größer als der Verschlag, aus dem wir eben kommen«, stellte Red gelassen fest.

»Wie sollen wir denn hier unsere Übungen machen?« Die Stimme der Frau klang schrill, als sie sich an einen Türpfosten lehnte und einen Blick ins Innere der Kabine warf.

»Nacheinander, schätze ich«, entgegnete Red. »Es ist ja nur für zwei Tage, Liebes! Dann haben wir einen ganzen Planeten für uns. Hinein mit euch — Brian, Sorka! Wir haben Pilotin Telgar lange genug aufgehalten. Sie waren unsere Rettung! Vielen Dank!«

Sorka, die sich an die Innenwand der Kabine gelehnt hatte, während ihr Vater den Rest der Familie in den Raum bugsierte, rutschte langsam zu Boden, zog die Knie bis zum Kinn hoch und blieb in dieser Stellung sitzen. »Vielen Dank auch von mir«, sagte sie etwas gefaßter und schielte zu Sallah hinauf. »Es ist schon verdammt dämlich, wenn man nicht weiß, wo oben und unten oder rechts und links ist!«

»Da hast du recht, aber das Gefühl vergeht schnell. Wir haben das beim Aufwachen alle mitgemacht.«

»Ehrlich?« Sorkas ungläubig staunendes Gesichtchen verzog sich zu dem strahlendsten Lächeln, das Sallah je gesehen hatte, und sie mußte ebenfalls lachen.

»Ehrlich, sogar Admiral Benden«, schwindelte sie und strich der Kleinen über das weiche tizianrote Haar. »Wir sehen uns sicher noch, ja?«

Als Sallah die Tür hinter sich schloß, hörte sie, wie Red Hanrahan seine Tochter ermahnte: »Wenn du schon sitzt, Sorka, dann kannst du gleich die Übungen machen, die man uns gezeigt hat! Danach kommt Brian an die Reihe.«

Sallah erreichte ihre Kabine ohne weitere Zwischenfälle, obwohl die Korridore voll von frisch reanimierten taumelnden Menschen waren, deren Mienen abwechselnd angespannte Konzentration und hilfloses Entsetzen ausdrückten. Sie warf einen vorsichtigen Blick in das beengte Quartier und seufzte, als sie merkte, daß ihre Kabinengenossen schliefen. Sie selbst war viel zu überdreht, um sich hinzulegen; irgendwie mußte sie ihre Anspannung loswerden. Sallah beschloß, in den Bereitschaftsraum der Piloten zu gehen und sich an den Simulator zu setzen. Der Augenblick der Wahrheit hinsichtlich ihrer Fähigkeiten als Pilotin kam rasch näher.

Erneut versperrte ihr ein Kolonist den Weg, dessen motorische Koordination nach dem langen Kälteschlaf noch nicht so recht funktionierte. Er war so klapperdürr, daß Sallah befürchtete, er könnte sich die Knochen brechen, während er von einer Seite des Korridors auf die andere schwankte.

»Tarvi Andiyar, Geologe«, stellte er sich höflich vor, nachdem sie ihn am Ellbogen gefaßt und aufgerichtet hatte. »Befinden wir uns tatsächlich im Orbit um Pern?« Er schielte leicht, als er sie ansah, und Sallah mußte sich beherrschen, um nicht zu grinsen. Sie erklärte ihm, in welcher Position sich das Schiff im Moment befand. »Und Sie haben diesen Planeten mit Ihren eigenen wunderhübschen Augen gesehen?«

»Jawohl, und er ist noch schöner, als man es uns vorhergesagt hat!« versicherte sie ihm mit großem Nachdruck. Er lächelte erleichtert und entblößte dabei zwei Reihen schneeweißer gleichmäßiger Zähne. Dann schüttelte er den Kopf, das Schielen ließ nach, und sie stellte fest, daß sie selten einen Mann mit einem harmonischeren Gesicht gesehen hatte. Er besaß nicht Bendens harte kämpferische Züge, sondern ähnelte eher einem jener indischen oder kambodschanischen Prinzen, wie man sie hin und wieder auf halbzerstörten Steinreliefs sah. Sie errötete, als ihr einfiel, in welchen Stellungen man diese Prinzen einst abgebildet hatte.

»Wissen Sie, ob es schon neue Daten von den Sonden gibt? Ich brenne darauf, mit meiner Arbeit anzufangen.«

Sallah lachte, und die sinnliche Spannung, in die sein Gesicht sie versetzt hatte, löste sich. »Sie können noch nicht einmal laufen und wollen schon arbeiten?«

»Fünfzehn Jahre Urlaub haben mir voll und ganz gereicht — Ihnen nicht?« In seiner Stimme schwang ein leiser Vorwurf mit. »Ist das hier Kabine C-8411?«

»Genau.« Sie führte ihn auf die andere Seite des Korridors.

»Sie sind ebenso schön wie liebenswürdig«, erklärte er, während er mit einer Hand den Türstock umklammerte und sich tief verneigte. Sie mußte ihn an beiden Schultern festhalten, als er nach vorn kippte. »Und schnell!« Mit einem vorsichtigen Kopfnicken und einer unter den gegebenen Umständen sehr würdevollen Kehrtwende öffnete er die Tür.

»Sallah!« Drake Bonneau kam mit raschen Schritten den Korridor entlang auf sie zu. »Weißt du schon, wo wir landen?« Er schien begierig, ihr das Geheimnis unter vier Augen mitzuteilen.

»Es hat ganze neun Minuten gedauert, bis die Neuigkeit im Umlauf war«, entgegnete sie kühl.

»So lange?« Er hob die Schultern und schenkte ihr ein Lächeln, das er wohl für unwiderstehlich hielt. »Komm, darauf müssen wir trinken — nur wir beide, ja? Viel Zeit für private Dinge wird uns ohnehin nicht mehr bleiben.«

Sie ließ sich nicht anmerken, wie sehr er ihr mit seinen Schmeicheleien auf die Nerven ging. Vermutlich war ihm gar nicht bewußt, wie abgedroschen seine Phrasen klangen. Drake traktierte jede nur halbwegs attraktive Frau an Bord mit seinen Aufmerksamkeiten, und im Moment hatte sie wenig Lust, sich sein unaufrichtiges Geschwätz anzuhören. Im Grunde war er ganz nett, und im Krieg hatte er sicher mehr als einmal seine Tapferkeit unter Beweis gestellt. Dann wurde ihr klar, daß ihre ganz und gar untypische Reizbarkeit eine Reaktion auf den plötzlichen Lärm, das Gedränge und die Nähe so vieler Menschen nach den letzten paar Jahren der Ruhe war. Keine Aufregung! befahl sie sich streng. Nur noch ein paar Tage, und dann bist du so mit dem Fliegen beschäftigt, daß dir weder der Lärm noch die Menschen etwas ausmachen!

»Vielen Dank, Drake, aber Kenjo hat mich in«, — sie warf einen Blick auf ihr Handgelenk —, »fünf Minuten in den Simulatorraum bestellt. Ein anderes Mal vielleicht.«

Um die überfüllten Gänge zu meiden, nahm sie die Notrutsche hinunter zum Flugdeck. An den Frachtstapeln vorbei schlenderte sie zur Admirals-Gig, der *Mariposa*. Das kompakte Fahrzeug mit den Deltaflügeln und der schmalen Pilotenzelle war zwar auch nicht sehr geräumig, aber im Moment war es dort ruhig und leer. Sallah drückte auf die Einstiegsentriegelung.

Ihre nächste Wache, die Hundswache, teilte Sallah mit Kenjo Fusaiyuki. Viel zu tun hatten sie beide nicht, sie mußten nur reagieren, wenn durch irgendeinen Defekt die Programme ins Stocken gerieten. Sallah hackte auf der Tastatur herum und suchte nach etwas, um sich wachzuhalten, als sie bemerkte, daß Kenjo einen der kleineren Schirme seiner Computerstation aktiviert hatte.

»Was hast du da?« fragte sie, ohne daran zu denken, daß Kenjo im allgemeinen nicht sehr mitteilsam war und über die Störung vielleicht ungehalten sein mochte.

»Ich habe eben die Informationen über diesen exzentrischen Wanderstern dekodiert«, antwortete er, ohne aufzuschauen.

»Meinst du den Planeten, über den die Astronomen ganz aus dem Häuschen gerieten?« fragte Sallah und grinste, weil ihr wieder einfiel, wie der sonst so gesetzte, pedantische Astronom Xi Chi Yuen mit vor Aufregung geröteten Wangen auf der Brücke herumgetanzt war.

»Wahrscheinlich«, sagte Kenjo. »Er scheint wirklich einen kolossal exzentrischen Orbit zu haben, eher wie ein Komet als wie ein Planet, obwohl seine Masse auf Planetengröße schließen läßt. Schau!« Er gab eine Sequenz ein, die die Satelliten des Sternensystems von Pern in Beziehung zu ihrem Zentralstern und zueinander zeigte. »Den Berechnungen nach überschreitet er die normale Bahn des vierten Planeten und dringt im Aphel sogar in die Oortsche Wolke ein. Dieses System soll angeblich sehr alt sein, jedenfalls muß man das nach den EV-Protokollen annehmen, und da dürfte dieser Planet eigentlich keinen so unregelmäßigen Orbit haben.«

»Es wurde auch vermutet, es könnte ein Irrläufer sein, den die Sonne von Rubkat angezogen hat.«

Kenjo schüttelte den Kopf. »Das hat man inzwischen ausgeschlossen.« Er gab eine neue Kombination ein, und innerhalb von Sekunden war das Systemdiagramm von Gleichungen überlagert. »Sieh dir doch an, wie unwahrscheinlich das ist!« Er zeigte auf die blinkende neunstellige Wahrscheinlichkeitszahl. »In diesem Fall müßte er einer Kometenbahn folgen, die direkt ins System hineinführt, aber das ist nicht der Fall.« Er löschte den Bildschirm. »Ich finde nichts, was mit den anderen Planeten übereinstimmt. Ach ja, Kapitän Keroon vertritt die Ansicht, daß er vor etwa zehn hiesigen Zyklen von Rubkat eingefangen worden sein könnte.«

»Nein, ich glaube, das hat Xi Chi Yuen ausgeschlossen. Er hat berechnet, daß er sich gerade jetzt knapp hinter dem Aphel befindet«, sagte Sallah. »Wie hat er sich noch ausgedrückt?« Es wollte ihr nicht einfallen.

Kenjo griff bereits auf die betreffende Datei zu. »In seinem Bericht steht, daß der exzentrische Planetoid vor kurzem aus der Oortschen Wolke ausgetreten sei und einen Teil der Wolkenmaterie mitgerissen habe.«

»Er sagte auch, und daran kann ich mich ganz deutlich erinnern, daß wir in etwa acht Jahren ein ziemlich spektakuläres Meteoritenschauspiel bewundern könnten, wenn nämlich unsere neue Welt von den Ausläufern der Oort-Materie getroffen wird.«

Kenjo schnaubte verächtlich. »Darauf könnte ich verzichten. Nachdem wir jetzt wissen, was tatsächlich da ist, halte ich nicht mehr besonders viel von diesem EV-Vorbericht. Diese Tupfen könnten doch Meteoreinschläge sein.«

»Mir wird das keine schlaflosen Nächte bereiten.«

»Mir auch nicht.« Kenjo sah mit verschränkten Armen zu, wie der Bericht weiter über den Bildschirm lief. »Yuen glaubt offenbar, daß dieser Plutokörper bei seinem exzentrischen, fast parabolförmigen Orbit das Sternensystem wieder verlassen oder in die Sonne stürzen könnte.«

»Und die würde gar nicht viel davon merken, oder?«

Kenjo schüttelte den Kopf, ohne mit dem Lesen aufzuhören. »Fest gefroren. Viel zu weit von Rubkat entfernt, bekommt nur auf einem kleinen Teil seiner Umlaufbahn ein wenig Wärme ab. Möglicherweise können wir einen Kometenschweif sehen, wenn er ganz in der Nähe ist.« Er verließ das Programm und tippte eine neue Zeichenfolge ein. »Die zwei Monde von Pern sind viel interessanter.«

»Warum? Die wollen wir doch nicht kolonisieren. Außerdem können wir aus Treibstoffmangel nicht mehr als einen Flug zu den Monden machen, um die Relaisstationen aufzustellen.«

Kenjo zuckte die Achseln. »Man sollte sich *immer* einen Fluchtweg offenhalten.«

»Zu einem Mond?« Sallah war sichtlich skeptisch. »Aber Kenjo, wir sind so weit weg vom Rest der Welt, daß wir mit nichts und niemandem Streit haben. Laß es gut sein!« Sie sagte es freundlich, denn sie wußte, daß Kenjo im Krieg gegen die Nathi mehrmals nur ganz knapp mit dem Leben davongekommen war.

»Alte Gewohnheiten legt man nicht so leicht ab«, murmelte er so leise, daß sie es fast überhört hätte.

»Sicher. Aber jetzt können wir alle einen neuen Anfang machen.«

Kenjo knurrte nur, zum Zeichen, daß er keine Lust hatte, das Gespräch fortzusetzen.

Je mehr die Kolonistenschiffe ihre Geschwindigkeit reduzierten, desto größer wurde die Betriebsamkeit an Bord. Immer mehr Schläfer wurden aufgeweckt, die riesigen Frachträume wurden geöffnet und ihr Inhalt auf die Decks gebracht, bis auch die Zugangskorridore vollgestellt waren. Als die Fähren für die lange Reise verschlossen wurden, waren bereits die Teile des Landegitters und andere Dinge verladen, die man brauchte, um für die Massen von Material und Menschen, die die Kolonistenschiffe ausspucken würden, einen sicheren Landeplatz zu bauen. Am dringendsten war es, die nächste Ladung — landwirtschaftliche Maschinen und Vorräte — bereit zu haben, um sie sofort an Bord zu schaffen, wenn die Fähren zurückkehrten. Die Agronomen hatten versprochen, mit dem Pflügen anzufangen, ehe die nächste Transportfähre den Planeten erreichte.

Die drei Schiffe verfügten zusammen über sechs Fähren: drei auf der *Yoko*, drei auf der *Buenos Aires* und eine, die speziell für den Transport von Vieh ausgerüstet war, auf der *Bahrain*. Sobald die Schiffe ihren Lagrange-Orbit erreicht hatten, sollte mit dem Entladen begonnen werden.

Zwölf Stunden vor diesem Ereignis waren auch die letzten Schläfer reanimiert. Über das Gedränge wurde ausgiebig gemurrt. Viele waren der Ansicht, man hätte die unwichtigen Leute, besonders die kleinen Kinder, weiterschlafen lassen sollen, bis die Unterkünfte auf dem Planeten fertiggestellt waren. Aber trotz der Unbequemlichkeiten war Sallah der gleichen Ansicht wie die Gouverneurin. Alle sollten die Chance haben, das Ende der langen Reise mitzuerleben und zu sehen, wie ihre neue Welt sich im schwarzen Weltraum drehte. Es war ein phantastischer Anblick, Sallah konnte sich nicht davon losreißen und starrte auf jeden verfügbaren Schirm, sogar auf den winzigen in ihrer Kabine. Es war ihr gelungen, sich für die wichtigste Wache der ganzen Reise auf den Dienstplan setzen zu lassen.

Hinterher behauptete Sallah stets im Brustton der Überzeugung, sie habe genau gewußt, wann die *Yokohama* ihren Orbit erreichte. Das große Schiff hatte seit Tagen abgebremst; das kurze Anspringen der Bremsraketen, die die Vorwärtsbewegung auf die Rotationsgeschwindigkeit des Planeten verringerten, war fast nicht wahrnehmbar gewesen. Plötzlich drehten sie sich mit ihrer neuen Welt, befanden sich über einem bestimmten Punkt auf Pern, schienen in bezug auf die Landschaft unter ihnen zum Stillstand gekommen zu sein. Diesen Augenblick hatte Sallah irgendwie gespürt. Sie blickte sogar von ihrem Terminal auf, als der Navigator sich mit unterdrückter Erregung umdrehte, um dem Kommandanten zu salutieren.

»Wir sind angekommen, Sir«, verkündete er.

Im gleichen Augenblick kamen ähnliche Meldungen von der *Bahrain* und der *Buenos Aires,* und alle auf der Brücke brachen in hemmungslosen Jubel aus, um ihrer Erleichterung und ihrer Freude Ausdruck zu verleihen. Kommandant Ongola teilte sofort dem Admiral mit, daß das Manöver abgeschlossen sei, und dieser übermittelte ihm förmlich seinen Dank. Dann ordnete er an, alle Kameras auf den Planeten zu richten, der sich unter ihnen ausbreitete, sich auf der einen Seite in die Nacht hineinwölbend, auf der anderen Seite in strahlend helles Tageslicht getaucht.

Sallah schloß sich dem allgemeinen Gegröle an, bis sie bemerkte, daß das Geschnatter der Sonde verstummt war, und auf den Monitor schaute. Die Sonde hatte nur gemäß ihrer Programmierung umgeschaltet. Als sie aufblickte, lag ein sehr trauriger, merkwürdig nachdenklicher Ausdruck auf Kommandant Ongolas Gesicht. Als er ihren forschenden Blick bemerkte, zog er zweifelnd eine Augenbraue hoch.

Sallah lächelte verständnisvoll. Das Ende seiner letzten Reise, dachte sie. Wer wäre da nicht traurig?

Dann zuckten Ongolas buschige Augenbrauen beide in die Höhe, er wandte sehr würdevoll den Kopf und erteilte Anweisung, die Tore der Fährenzellen zu öffnen. Die Crew und der erste Landetrupp saßen schon angeschnallt in den Fähren und warteten auf den Befehl, der Geschichte machen würde. Ganz leise wünschte Sallah Kenjo, Drake und Nabol, den Piloten der drei *Yoko*-Fähren, viel Glück.

Sirenen kündigten den Start an, und sofort schaltete der Hauptbildschirm auf den Landeplatz um. Die wachhabenden Offiziere saßen gespannt an ihren Terminals. Kleinere Bildschirme zeigten die geöffneten Tore der Fährenzellen aus verschiedenen Winkeln, damit das Brückenpersonal beobachten konnte, wie sich die Fähren vom Mutterschiff lösten und mit Hilfe ihrer Düsen schnell nach unten sanken, ehe die Haupttriebwerke gezündet wurden. Sie würden sich dem Planeten in Spiralen nähern und am westlichen Rand des Nordkontinents in Perns Amtosphäre eintreten. Dann würden sie weiter um den Globus fliegen, dabei immer tiefer gehen und weiter abbremsen, bis sie schließlich ihren Landeplatz am östlichen Ende des Südkontinents erreichten. Außenkameras verfolgten die drei anderen Fähren, die jetzt ihren Platz in der Formation einnahmen. Elegant schossen alle sechs nach unten und verschwanden dann hinter der Wölbung des Planeten.

Sallahs Wache ging vor der geplanten Ankunft der Fähren auf Pern zu Ende, aber sie drückte sich, genau wie alle anderen aus ihrer Schicht, gegen die Seitenwand, um die bestmögliche Aussicht zu haben. Sie wußte, daß jeder Bildschirm auf dem Schiff dieselben Informationen ausstrahlte und daß die eigentliche Landung gleichzeitig auf allen drei Kolonistenschiffen übertragen wurde — aber irgendwie kam es ihr offizieller vor, das alles von der Brücke aus mitzuerleben. So blieb sie, zwang sich gelegentlich zu atmen und trat von einem ihrer müden, geschwollenen Beine auf das andere. Wenn die Rotation verlangsamt wurde, um die Fracht leichter bewegen zu können, würde das auch ihre Beine entlasten — aber bald würde sie sich auf einem Planeten befinden, und dort würde es keine Rotation geben, die man praktischerweise an- und abschalten konnte, um die Wirkung der Schwerkraft zu verringern.

»Bist du deine Kabinengenossen losgeworden?« fragte Stev Kimmer, als er nach einem schnellen Blick über die Schulter in Avrils Zimmer trat und die Tür hinter sich schloß.

Avril wandte sich ihm zu, streckte die Arme aus und schnippte zum Zeichen, daß die Luft rein war, selbstzufrieden lächelnd mit den Fingern. »Eine gehobene Stellung hat ihre Vorteile, und ich habe sie genützt. Schließ ab! Dieser Tölpel von Lensdale hat immer wieder versucht, mir jemanden aufzuhalsen, aber ich habe unter meinen Namen drei andere gesetzt, und jetzt hat er wohl aufgegeben.«

Da Kimmer in Kürze im Frachtraum sein mußte, um seinen Platz in einer der Fähren der *Yoko* einzunehmen, kam er ohne Umschweife zur Sache. »Wo hast du nun deinen hieb- und stichfesten Beweis?«

Immer noch lächelnd zog Avril eine Schublade auf und nahm einen dunklen Holzkasten heraus, der offenbar nirgends zu öffnen war. Sie reichte ihm die Schatulle, aber er schüttelte den Kopf.

»Ich habe dir doch gesagt, daß ich keine Zeit zum Rätselraten habe. Wenn das nur ein Trick ist, um einen Mann in dein Bett zu bekommen, Avril, dann hast du dir den falschen Zeitpunkt ausgesucht.«

Sie schnitt eine Grimasse, verärgert über seine Ausdrucksweise wie über die Tatsache, daß die veränderten Umstände sie zwangen, bei anderen Unterstützung zu suchen. Aber ihr erster Plan war an den Felsen von Paul Bendens plötzlicher und völlig unerwarteter Gleichgültigkeit gescheitert. Sie kaschierte ihren Abscheu mit einem Lächeln, rückte den Kasten auf ihrer linken Handfläche zurecht, strich an der ihr zugewandten Seite darüber und hob mühelos den Deckel ab. Wie erwartet, schnappte Stev Kimmer überrascht nach Luft, seine Augen leuchteten auf und spiegelten kurz den satten Glanz des Rubins wider, der in dem Kästchen lag. Seine Hände wollten danach greifen, und sie senkte die Schatulle ganz leicht, so daß der Edelstein boshaft im Licht funkelte.

»Phantastisch, nicht wahr?« Liebevoller Besitzerstolz ließ Avrils Stimme weich klingen, als sie die Hand drehte, um ihm den strahlenden Kern des Steins mit dem Rosettenschliff zu zeigen. Unvermittelt nahm sie das Juwel heraus und reichte es Stev. »Fühl mal! Betrachte ihn gegen das Licht! Er ist makellos.«

»Woher hast du ihn?« Er warf ihr einen vorwurfsvollen Blick zu, eine Mischung aus Neid, Gier und Bewunderung verhärtete seine Züge. Die Bewunderung galt allein dem herrlichen Stein, den er jetzt nach oben vor die Lichtschiene hielt, um ihn zu untersuchen.

»Ob du es glaubst oder nicht, ich habe ihn geerbt.« Als er sie argwöhnisch ansah, lehnte sie sich graziös gegen den kleinen Tisch, die Arme vor den wohlgeformten Brüsten verschränkt, und grinste. »Eine Vorfahrin von mir war vor sieben Generationen Mitglied des EV-Teams, das diesen Dreckklumpen erkundet hat. Shavva bint Faroud war ihr Mädchenname.«

»Donnerwetter!« Stev Kimmer war aufrichtig verblüfft.

»Außerdem«, fuhr Avril fort, während sie sich an seiner Reaktion weidete, »habe ich ihre Originalaufzeichnungen.«

»Wie ist es deiner Familie gelungen, diesen Stein die ganzen Jahre über zu bewahren? Er hat doch einen unermeßlichen Wert.«

Avril zog ihre schön geschwungenen Augenbrauen hoch. »Meine Urgroßmutter war nicht dumm. Dieser Klunker war nicht das einzige, was sie von hier und von den anderen Planeten mitgebracht hat, die sie erkundete.«

»Aber daß du ihn mitgenommen hast?« Kimmer mußte sich beherrschen, um den herrlichen Stein nicht mit den Fingern zu umklammern.

»Ich bin die Letzte meiner Familie.«

»Du meinst, du kannst als direkter Abkömmling des EV-Teams einen Teil dieses Planeten beanspruchen?« Stev erwärmte sich allmählich für die Möglichkeiten, die sich aus dieser Sachlage ergaben.

Verärgert über die falsche Auslegung schüttelte sie den Kopf. »Das EV-Team paßt verdammt gut auf, daß so etwas nicht passiert, und das wußte auch Shavva. Außerdem war ihr klar, daß der Planet früher oder später zur Kolonisierung freigegeben werden würde. Der Rubin und ihre Aufzeichnungen«, — Avril legte eine dramatische Pause ein —, »wurden mir vererbt. Und ich befinde mich jetzt in der Umlaufbahn um Pern — mit diesen Aufzeichnungen.«

Stev Kimmer sah sie lange an. Dann streckte sie die Hand aus, nahm ihm den Rubin ab und rollte ihn unter seinen nervösen Blicken achtlos in der Hand hin und her.

»Nun, wie ist es, machst du mit bei meinem Plan?« fragte sie. »Wie schon meine geliebte weitsichtige Vorfahrin habe auch ich nicht den Wunsch, mein Leben am Ende der Galaxis auf einer siebtklassigen Welt zu beschließen.«

Stev Kimmer kniff die Augen zusammen und hob die Schultern. »Haben die anderen den Rubin schon gesehen?«

»Noch nicht.« Sie lächelte träge und boshaft. »Wenn du mir hilfst, ist das vielleicht auch gar nicht nötig.«

Als Stev Kimmer sich schließlich hastig auf den Weg zum Ladedock machte, war sich Avril seiner Unterstützung sicher. Ein Blick auf den Chrono verriet ihr, daß alles erfreulich genau nach Plan lief. Sie strich sich das Haar glatt, legte noch etwas von dem schweren Moschusparfüm auf, das sie liebte, und polierte sich ein wenig die Fingernägel, bis wieder diskret an die Tür geklopft wurde.

Nabhi Nabol trat ein. »Sind deine Zimmergenossen weg?«

Kenjo Fusaiyuki erstarrte, als die Fähre mit einem Zittern die Atmosphäre berührte. Der Admiral, der zwischen Kenjo und seinem Kopiloten Jiro Akamoto saß, beugte sich aufgeregt nach vorn, soweit es sein Sicherheitsgurt zuließ, und lächelte erwartungsvoll. Auch Kenjo gestattete sich ein Lächeln, doch dann wurde sein Gesicht wieder ausdruckslos. Alles ging viel zu glatt.

Mit der Checkliste beim Countdown hatte es keine Probleme gegeben. Obwohl die Fähre *Eujisan* fünfzehn Jahre lang stillgelegen hatte, ließ sie sich einwandfrei steuern. Der Eintrittswinkel war ausgezeichnet, und sie würden voraussichtlich an einer Stelle, die, nach den Sondendaten zu urteilen, so eben war, wie ein natürliches Plateau nur sein konnte, eine perfekte Landung hinlegen.

Kenjo hatte sich immer über unvorhergesehene Schwierigkeiten den Kopf zerbrochen, eine Angewohnheit, die ihn zum besten Frachterpiloten in der Flotte des Cygnus-Sektors gemacht hatte. Trotzdem waren die wenigen Notfälle, mit denen er konfrontiert wurde, niemals vorhersehbar gewesen, und er hatte nur überlebt, weil er eben stets mit Pannen rechnete und auf alles gefaßt gewesen war.

Diese Landung war jedoch anders. Abgesehen von den längst verstorbenen Mitgliedern des Erkundungs- und Vermessungsteams hatte noch niemand einen Fuß auf Pern gesetzt. Und nach Kenjos Einschätzung hatte sich auch das EV-Team nicht lange genug dort aufgehalten, um eine eingehende Analyse vorzunehmen.

Neben ihm las Jiro leise murmelnd beruhigende Daten von seinen Instrumenten ab, und dann spürten beide Piloten den Widerstand, als die Fähre in die tieferen Atmosphäreschichten vorstieß. Kenjo umklammerte das Steuerjoch mit den Fingern, stemmte die Füße ein und drückte sich tief in seinen Sessel, um festen Halt zu haben. Er wünschte, der Admiral würde sich zurücklehnen — es störte ihn, wenn er in einem solchen Augenblick den Atem eines anderen im Nacken spürte. Wie hatte es der Mann nur geschafft, den Sicherheitsgurt so weit nach vorn zu ziehen?

Die Außenhaut der Fähre heizte sich auf, aber die Innentemperatur blieb unverändert. Kenjo warf einen schnellen Blick auf den kleinen Bildschirm. Seine Passagiere hielten sich gut, und das festgeschnallte Frachtgut war nicht verrutscht. Seine Augen schnellten von einer Anzeige zur nächsten, überprüften die Leistung und den Zustand seiner Maschine. Die Vibration wurde heftiger, aber das war nicht anders zu erwarten. Hatte er nicht die schützenden Gase von hundert Welten auf genau die gleiche Weise durchstoßen, sich wie ein Brieföffner unter die Klappe eines Briefumschlags geschoben, wie ein Mann in den Körper seiner Geliebten?

Sie befanden sich jetzt über der Nachtseite des Planeten — ein Mond tauchte die dunkle Landmasse in strahlend helles Licht — und rasten auf den Tag über dem gewaltigen Ozean von Pern zu. Er überprüfte die Höhe der Fähre. Sie lagen genau auf Kurs. Die erste Landung auf Pern konnte einfach nicht perfekt sein. Irgend etwas mußte schiefgehen, sonst war sein Glaube an die Wahrscheinlichkeit zerstört. Kenjo suchte das Armaturenbrett nach verräterischen roten Lichtern, nach einem gelben Blinken ab, das eine Störung anzeigte. Doch die Fähre setzte ihren schrägen Sturzflug fort, während Kenjo der Angstschweiß über den Rücken lief und ihm unter dem Helm in dicken Tropfen auf der Stirn stand.

Jiro wirkte äußerlich ruhig, aber dann kaute er nervös an der Unterlippe. Als Kenjo das sah, wandte er den Kopf ab, um sich ja nicht anmerken zu lassen, wie sehr es ihn befriedigte, daß auch sein Kopilot unter der Anspannung litt. Die Atemzüge von Admiral Benden wurden schneller.

Würde die Freude den alten Mann neben ihm töten? Kenjo erschrak zutiefst. Vielleicht war es das. Die Fähre würde sicher landen, aber Admiral Benden würde tot sein, wenn sie das Land der Verheißung erreichten. Ja, das würde die Panne bei dieser Reise sein. Menschliche Schwäche, kein Maschinenversagen.

Während Kenjo in Gedanken die vielfältigen Folgen dieser Katastrophe durchspielte, verringerte sich die Reibung auf der Außenhaut, die Fähre unterschritt die Schallgeschwindigkeit. Die Temperatur der Hülle war in

Ordnung, die Fähre reagierte gut auf das Ruder, und sie befanden sich in der richtigen Höhe und sanken wie geplant.

Denk daran, Kenjo, beim Bremsen so wenig Treibstoff zu verbrauchen wie nur möglich! Je mehr Treibstoff wir sparen, desto mehr Flüge können wir machen. Und dann ... Kenjo unterbrach diesen Gedanken. Schließlich würde es noch viele Jahre lang Atmosphärenflugzeuge geben. Bei vorsichtigem Wiederaufladen hielten sich Energiezellen über Jahrzehnte. Und wenn er die richtigen Teile organisieren konnte ... Er würde noch lange nicht am Boden festsitzen.

Er las schnell die Höhe ab, schaute auf den Kompaß, trimmte die Landeklappen, führte eine Geschwindigkeitsberechnung durch und blinzelte nach vorn, wo nun die Küstenlinie deutlich in Sicht kam. Seine Bildschirme sagten ihm, daß die anderen Fähren im vorgeschriebenen Sicherheitsabstand folgten. Die Fähre *Eujisan* mit Kenjo am Steuer und Admiral Benden sowie Gouverneurin Boll an Bord sollte als erste auf Pern landen.

Die Fähre raste nun über den östlichen Ozean, ihr Schatten schoß vor ihr über das Wasser, unter ihr zogen die kleinen Inselchen und die größeren Landmassen des Archipels vorbei, das sich vom Landeplatz aus nach Nordosten erstreckte. Als Kenjo einen herrlichen Schichtvulkan aus dem Wasser aufragen sah, hätte er sich beinahe ablenken lassen: die Ähnlichkeit mit dem berühmten Fujiyama war unglaublich. Dieser Berg war sicher ein gutes Omen.

Kenjo konnte schon die kochende Brandung am Fuß des felsigen Vorgebirges erkennen, der Landeplatz war nicht mehr weit.

»Bremsraketen, zwei Sekunden Schub«, sagte er und war froh, daß seine Stimme fest und ruhig klang, fast gelangweilt. Jiro bestätigte, und ein leichter Ruck durchlief die Fähre, als die Vorwärtsbewegung durch die Bremsraketen verringert wurde. Kenjo zog die Nase der

Maschine hoch, um noch etwas mehr an Eigengeschwindigkeit zu verlieren. »Fahrwerk ausfahren.«

Jiro nickte. Kenjo hielt die Hand über den Schalter für die Bremsraketen, falls das Fahrwerk sich nicht lösen sollte, aber da leuchteten schon die grünen Lichter auf, und er spürte, wie sich der Wind in den großen Rädern fing, als sie einrasteten. Die Fluggeschwindigkeit war noch etwas zu hoch zum Landen. Das gewaltige Feld erschien unter ihnen, ein Feld, das wogte wie das Meer. Kenjo kämpfte die aufsteigende Panik nieder. Er überprüfte den Luftwiderstand und die Windgeschwindigkeit und zündete gezwungenermaßen wenn auch ungern, noch einmal kurz die Bremsraketen. Dann zog er die Fähre nochmals ein wenig hoch und setzte sie auf der Oberfläche von Pern ab.

Sobald die großen Räder den Boden berührten, holperten sie ein wenig auf dem unebenen Boden. Vorsichtig abbremsend, die Wirkung der Landeklappen voll nützend, beschrieb Kenjo einen weiten Kreis, bis die Fähre in die Richtung schaute, aus der sie eben gekommen war, und schließlich ausrollte.

Er gestattete sich ein zufriedenes Lächeln, dann wandte er die Aufmerksamkeit wieder dem Armaturenbrett zu, um die Checkliste für die Landung durchzugehen. Als er den Treibstoffverbrauch feststellte, knurrte er erfreut über seine Sparsamkeit. Einige Liter unterhalb der Vorgabe.

»Gute Landung, Kenjo! Jiro! Mein Kompliment!« rief der Admiral. Kenjo beschloß, ihm das begeisterte Schulterklopfen zu verzeihen. Dann schraken er und Jiro plötzlich zusammen, unerwartete Geräusche waren zu hören: Metallriegel schnappten auf, mit einem Rauschen entwich ein Luftschwall.

Erschrocken drehte sich Kenjo um, gerade rechtzeitig, um zu sehen, wie der Admiral und die Gouverneurin durch den Notausstieg der Kabine verschwanden. Entsetzt warf Kenjo einen Blick auf sein Armaturenbrett,

überzeugt, daß irgendein Notfall eingetreten sein mußte, aber nur das rote Bremslicht leuchtete. Durch die offene Luke drang der Geruch nach verbranntem Gras, Öl
und Raketentreibstoff zu den beiden Piloten. Gleichzeitig vernahmen sie die Schreie aus dem Fahrgastraum —
Freudenschreie. Ein Blick auf die Schirme zeigte Kenjo,
daß die Passagiere dabei waren, ihre Sicherheitsgurte zu
lösen. Einige waren aufgestanden, streckten zaghaft Arme und Beine und schwatzten in freudiger Erregung,
weil sie gleich den Boden ihrer neuen Heimat betreten
würden. Aber warum hatten der Admiral und die Gouverneurin die Fähre so rasch verlassen — noch dazu
durch den Notausstieg, anstatt durch den Hauptausgang.

Jiro sah ihn fragend an. Kenjo konnte nur die Schultern heben. Als dann der Jubel verstummte und nur gelegentlich noch nervöses Geflüster zu hören war, wurde
Kenjo klar, daß es seine Aufgabe als Pilot war, die Initiative zu ergreifen. Er aktivierte den Entriegelungsmecha-
nismus des Frachtraums, schaltete die Sensoren auf Au-
ßenbetrieb und richtete die Kameras so aus, daß sie den
historischen Augenblick einfangen konnten. Vor allem
mußte er so tun, als sei alles in Ordnung, auch wenn
sich der Admiral und die Gouverneurin noch so merkwürdig benahmen.

Kenjo schnallte sich ab und winkte Jiro, das gleiche
zu tun. Er bückte sich kurz, um den Lukenverschluß zu
aktivieren, dann trat er mit drei Schritten an die Tür
zwischen den beiden Kabinen und schob sie mit der
Hand auf.

Jubel begrüßte ihn, und er senkte bescheiden den
Kopf und blickte zu Boden. Die Freudenrufe verstumm-
ten, erwartungsvolles Schweigen trat ein, als er zur
Rückseite des Fahrgastraums ging und dort die Luke
entriegelte. Mit unnötigem Kraftaufwand stieß er die
Tür auf. Als sich die Öffnung vergrößerte und die Rampe ausgefahren wurde, strömte die frische, sauerstoff-
reiche, würzige Luft der neuen Welt herein. Kenjo war

nicht der einzige, der mit tiefen Atemzügen die Lungen füllte. Er überlegte noch, wie wohl bei einem solchen Anlaß das Protokoll auszusehen hatte, nachdem die wichtigsten Persönlichkeiten das Fahrzeug bereits verlassen hatten, aber Jiro, der neben ihm stand, deutete aufgeregt mit der Hand nach draußen. Kenjo spähte um die sich langsam öffnende Luke herum und blinzelte überrascht.

Da, nicht nur für ihn sichtbar, sondern auch für die fünf anderen Fähren, die in korrekten Abständen hinter ihnen gelandet waren, standen zwei leuchtend bunte Fahnen, das blaugoldene Banner der Konföderation Vernunftbegabter Rassen und eine brandneue Standarte für den Planeten Pern: blau, weiß und gelb, mit Sichel und Pflug in der oberen, linken Ecke als Symbol für den ländlichen Charakter der Kolonie. Gelegentlich verdeckte das Tuch, das in einer stetig über die Wiese streichenden Brise flatterte, die triumphierenden Gestalten von Admiral Benden und Gouverneurin Boll. Die beiden grinsten wie die Honigkuchenpferde und winkten den Passagieren begeistert zu.

»Meine Freunde, wir heißen euch auf dem Planeten Pern willkommen!« rief der Admiral mit Stentorstimme.

»Willkommen auf Pern!« rief die Gouverneurin. »Willkommen! Willkommen!«

Sie sahen sich an und sprachen dann einstimmig, die offensichtlich lang geprobte, offizielle Formel.

»Kraft der uns von der Konföderation Vernunftbegabter Rassen verliehenen Autorität erheben wir hiermit Anspruch auf diesen Planeten und geben ihm den Namen Pern!«

Die Ingenieure, die für die Energieversorgung zuständige Gruppe, die Allroundleute, alle gesunden, kräftigen Männer und Frauen, die mit einem Hammer umzugehen wußten, wurden eingesetzt, um die Landegitter zu verlegen. Ein zweiter Arbeitstrupp baute aus Fertigteilen den Tower für die Landekontrolle und die Wetterstation zusammen, wo Ongola und die anderen Meteorologen ihren Stützpunkt haben würden.

Der Turm war drei Stockwerke hoch und bestand aus zwei quadratischen, von einem breiteren und längeren rechteckigen Fundament gestützten Bauteilen. Zu Anfang sollte das Erdgeschoß als Hauptquartier für den Admiral, die Gouverneurin und den inoffiziellen Rat dienen. Später, wenn die eigentlichen Verwaltungsgebäude standen, würde man den ganzen Turm den Meteorologen und Kommunikationsexperten übergeben.

Die dritte und kleinste Gruppe — Mar Dooks acht Agronomen plus ein Dutzend kräftiger Leute, Pol Nietro von den Zoologen, Phas Radamanth und A. C. Sopers von den Xenobiologen, außerdem Ted Tubberman und seine Mannschaft — hatte die Aufgabe, das Land für die Versuchsfarm auszuwählen. Andere wurden ausgeschickt, um verschiedene Vegetationsformen ausfindig zu machen, die sich vielleicht für die Herstellung verschiedener für den Bau benötigter Plastikmaterialien eigneten. Mit dem einzigen Minischlitten, der auf der Fähre mitgekommen war, flog Emily Boll zwischen dem Stützpunkt der Agronomen und dem Kontrollturm hin und her, um die jeweiligen Daten aufeinander abzustimmen. Sobald das Notlazarett aufgebaut war, hatten die Mediziner alle Hände voll zu tun, um Prellungen und Schürfwunden zu versorgen und den älteren Arbeitern, die sich in ihrer Begeisterung übernahmen, energisch Ruhepausen zu verordnen.

Ab Mittag konnte man von den Schiffen aus bereits zusehen, wie auf der Oberfläche diszipliniert und kontinuierlich gearbeitet wurde.

»Da bleiben die Leute gern zu Hause«, bemerkte Sallah zu Barr Hamil, ihrer Kopilotin, als sie, vom Haupthangar kommend, wo sie die Ladungsverzeichnisse für ihren ersten Flug nach unten durchgesehen hatten, durch die fast leeren Korridore gingen.

»Ich finde es faszinierend, Sal. Und morgen sind *wir* da unten!« Barrs Augen glänzten, und auf ihrem Gesicht lag ein etwas albernes Grinsen. »Ich kann es noch gar nicht so recht fassen, daß wir hier sind, und daß ich dort sein werde!« Sie zeigte nach unten. »Es ist wie ein Traum. Ich habe ständig Angst, plötzlich aufzuwachen.«

Sie hatten ihre Kabine erreicht, und beide hatten nur Augen für den Videoschirm in der Ecke.

»Gut«, seufzte Barr erleichtert. »Sie haben die Lastesel zusammengebaut.«

Sallah lachte leise. »Wir müssen nur die Fähre in einem Stück runterbringen, Barr. Das Entladen ist Sache der anderen.« Aber auch sie war froh, als sie die stabilen Transportfahrzeuge in einer Reihe am Ende der fast fertigen Landebahn stehen sah. Die Lastesel würden das Entladen sehr erleichtern, so daß die Fähren schneller zu den Mutterschiffen zurückkehren und ihren nächsten Flug antreten konnten. Schon jetzt gab es einen inoffiziellen Wettbewerb zwischen den einzelnen Gruppen, jede wollte ihre Projekte so schnell und erfolgreich durchführen, daß die vorgegebene Zeit unterschritten wurde.

Wie alle anderen sahen auch Sallah und Barr zu, bis die dunkle mondlose Tropennacht hereinbrach und auf den Schirmen nichts mehr zu erkennen war. Die Übertragungsmöglichkeiten von der Oberfläche würden so lange primitiv bleiben, bis Drake Bonneau und Xi Chi Yuen Gelegenheit fanden, mit der Admirals-Gig zu den beiden Monden zu fliegen und die Nachrichtensatelliten zu installieren. Trotzdem mußte Sallah am Ende noch Tränen der Rührung zurückhalten, denn die letzte Szene erinnerte sie an die Jagdausflüge, die sie einst mit ihren Eltern in den Hügeln um First auf Centauri unternommen hatte.

Der Bildschirm zeigte müde Männer und Frauen, die um ein großes Lagerfeuer saßen und Eintopf löffelten, der aus tiefgefrorenem, von der Erde mitgebrachtem

Gemüse und Fleisch in einem großen Kessel gekocht worden war. Im schwindenden Licht waren die weißen Streifen der Landepisten und der in der frischen Brise zuckende Windsack kaum zu erkennen. Die Planetenflagge, die an diesem Morgen so stolz gehißt worden war, hatte sich um die Fahnenstange auf dem Kontrollturm gewickelt. Jemand begann leise auf einer Harmonika zu spielen, eine uralte Weise, so vertraut, daß Sallah der Name nicht einfiel. Eine Blockflöte stimmte ein. Zuerst gedämpft und zögernd, dann mit größerer Sicherheit begannen die müden Kolonisten mitzusingen oder zu -summen. Ober- und Unterstimmen ergänzten den Chor, und Sallah erinnerte sich, daß das Lied ›Home on the Range‹ hieß. ›Entmutigende Worte‹ waren an diesem Tag sicher nicht gefallen. Und diese Abendserenade ließ den Landeplatz etwas anheimelnder wirken.

Am nächsten Morgen waren Sallah und Barr schon lange auf den Beinen und stellten letzte Gewichtsberechnungen an, als die Sirene die Passagiere zusammenrief. Kommandant Ongola hatte die Piloten noch einmal eindringlich ermahnt, Treibstoff zu sparen.

»Wir haben gerade genug Flüssigtreibstoff, um alle Männer, Frauen und Kinder, Tiere, Pakete, Kisten und wiederverwendbaren Schiffsteile auf den Planeten hinunterzubefördern. Spar in der Zeit, so hast du in der Not. Nur Dummköpfe verschwenden Treibstoff! Wir können uns keine Verschwendung leisten. Außerdem«, fügte er mit seinem traurigen Lächeln hinzu, »haben wir keine Dummköpfe unter uns.«

Auf den Bildschirmen in der Verladehalle verfolgten Sallah und Barr, wie die sechs Fähren von der Planetenoberfläche abhoben. Dann wechselte das Bild und zeigte eine Gesamtansicht des Hauptlandeplatzes.

»Atemberaubend, Sal, einfach atemberaubend!« schwärmte Barr. »Ich habe in meinem ganzen Leben noch nie soviel unbewohntes, ungenutztes Land auf einmal gesehen.«

»Dann gewöhn dich daran!« grinste Sallah.

Da sie dem Landetrupp bei seiner Tätigkeit zusehen konnten, verging die Zeit bis zum Andocken der Fähren wie im Flug. Noch ehe Kenjo und Jiro ausgestiegen waren, rollte der Ladetrupp bereits die ersten Kisten in den Frachtraum. Sallah ärgerte sich ein wenig über Kenjo, weil er Barrs aufgeregte Fragen so brüsk abwehrte. Sogar Jiro schien etwas verlegen, als Kenjo Sallah kurz und knapp Anweisungen für das Landeverfahren gab, sie auf die kleinen Mucken der Fähre hinwies und ihr die Frequenz der Wetterstation im Tower mitteilte. Dann wünschte er ihr einen sicheren Flug, salutierte, drehte sich auf dem Absatz um und verließ die Halle.

»Na, dann guten Tag und auf Wiedersehen«, sagte Barr, die sich von der Zurechtweisung inzwischen erholt hatte.

»Gehen wir an die Vorkontrollen, nachdem Fusi Pingelig eine so ausführliche Übergabe gemacht hat«, sagte Sallah und schlüpfte eine Handbreit vor der nächsten Kiste durch die Schleuse der *Eujisan*. Als die Beladung der Fähre abgeschlossen war, hatten sie auch den Check beendet. Barr kümmerte sich um die Passagiere und vergewisserte sich besonders, daß General Cherry Duff, die älteste Konzessionärin und vorläufige Friedensrichterin der Kolonie, bequem untergebracht war. Dann bekamen sie die Startfreigabe.

»Wir haben doch eben erst aufgesetzt«, beklagte sich Barr, als Sallah acht Stunden später die *Eujisan* am Ende der Landebahn in Startposition brachte. »Und jetzt müssen wir schon wieder weg.«

»Unsere Richtschnur ist die Leistung. Spar in der Zeit, so hast du in der Not«, zitierte Sallah, den Blick auf die Instrumente gerichtet, und öffnete das Drosselventil der *Eujisan* für den Startschub. Nervös schnellten ihre Augen zwischen dem Treibstoffmesser und dem Tourenzähler hin und her, sie wollte keinen Tropfen

Treibstoff mehr verbrauchen als nötig. »Kenjo und die nächste ungeduldige Kolonistengruppe knabbern inzwischen sicher schon die Frachtluke an. Also nichts wie weg hier!«

»Hat Kenjo in seinem ganzen Leben nie einen Fehler gemacht?« wollte Barr einige Zeit später von Sallah wissen. Der berühmte Pilot hatte sich abfällig über den Treibstoffverbrauch der Fähre bei den Flügen der beiden Frauen geäußert.

»Deshalb ist er heute noch am Leben«, gab Sallah zurück. Aber die Bemerkung nagte doch an ihr. Obwohl sie wußte, daß sie nicht mehr Treibstoff verbraucht hatte als unbedingt nötig, begann sie, sich bei jedem ihrer Flüge den Verbrauch zu notieren. Sie bemerkte auch, daß Kenjo in der Regel das Auftanken der *Eujisan* überwachte und die alle fünfzig Flugstunden stattfindenden technischen Überprüfungen leitete. Sie wußte zwar, daß sie eine überdurchschnittlich fähige Pilotin war, sowohl auf Raumfahrzeugen wie auf Atmosphäremaschinen, aber sie wollte sich nicht mit einem Helden anlegen, der über weit mehr Erfahrung verfügte als sie selbst — solange es nicht unbedingt nötig war und nicht ohne mit genauen Zahlen aufwarten zu können.

Schnell fand man in eine gewisse Routine. Die Bodenmannschaften errichteten jeden Morgen als erstes Unterkünfte und Arbeitsstätten für jene, die im Lauf des Tages eintreffen sollten. Die Agronomen-Teams rodeten von Hand die für den Anbau bestimmten Flächen. Das Lazarett hatte schon seine ersten Patienten versorgt; glücklicherweise war es bisher nur zu kleineren Unfällen gekommen. Und trotz der schweren Arbeit behielten die Leute ihren Sinn für Humor. Ein Witzbold hatte Schilder aufgestellt, die in Lichtjahren die Entfernung zur Erde, nach First Centauri und zu den Heimatwelten der anderen Angehörigen der Konföderation Vernunftbegabter Rassen angaben.

Wie alle anderen, die auf den Transport nach unten warten, saß Sorka Hanrahan lange vor den Bildschirmen und beobachtete die Fortschritte der Siedlung, die den inoffiziellen Namen ›Landing‹ erhalten hatte. Sorka wollte sich nur die Zeit vertreiben, wirklich interessiert war sie nicht, schon gar nicht, seit ihre Mutter ständig bemerkte, hier würde Geschichte gemacht. Geschichte war etwas, worüber man in Büchern las. Sorka war immer ein sehr lebhaftes Kind gewesen, die erzwungene Untätigkeit und die Enge des Lebens an Bord wurden allmählich bedrückend. Es war nur ein schwacher Trost zu wissen, wie wichtig ihr Vater als Tierarzt auf Pern sein würde, wenn alle Kinder, die sie in den Speisesälen und auf den Gängen kennengelernt hatte, früher nach Pern hinuntergebracht wurden als sie und ihr Bruder.

Brian hingegen hatte es nicht eilig. Er hatte sich mit den Jepson-Zwillingen angefreundet, die zwei Quergänge weiter untergebracht waren. Die beiden hatten auch einen größeren Bruder in Sorkas Alter, aber mit dem verstand Sorka sich nicht. Ihre Mutter versicherte ihr immer wieder, auf Pern würde sie genügend gleichaltrige Mädchen kennenlernen, sobald einmal die Schule angefangen hatte.

»Ich brauche aber jetzt einen Freund«, murmelte Sorka vor sich hin, als sie durch die Schiffskorridore schlenderte. Sich so frei bewegen zu können, war ungewohnt für ein Mädchen, das stets vor Fremden gewarnt worden war. Selbst zu Hause in Clonmel auf der Farm hatte sie stets in Sichtweite eines Erwachsenen bleiben müssen, selbst dann, wenn sie ihren alten Hund Chip als Beschützer bei sich hatte. Auf der *Yokohama* brauchte sie nicht nur nicht auf der Hut zu sein, das ganze Schiff stand ihr offen, vorausgesetzt, sie hielt sich von den Maschinenräumen und vom Kommandodeck fern und störte die Besatzung nicht. Aber im Augenblick hatte sie keine Lust, auf Entdeckungsreise zu gehen; sie suchte Trost und strebte deshalb ihrem Lieblingsplatz zu, dem Garten.

Auf ihrem ersten längeren Streifzug hatte sie den Teil des Schiffes entdeckt, wo sich große breitblättrige Pflanzen über die Decke wölbten und ineinander verflochtene Äste grüne Höhlen bildeten. Sie liebte den Geruch nach feuchter Erde und grünen Pflanzen, der einen so sauberen, frischen Geschmack im Mund hinterließ, wenn sie tief einatmete. Unter den riesigen Sträuchern wuchsen alle möglichen Kräuter und kleineren Gewächse, die bald auf die neue Welt gebracht werden sollten. Die meisten Namen auf den Schildern waren ihr fremd, aber von einigen der Kräuter kannte sie die umgangssprachlichen Bezeichnungen, weil ihre Mutter sie auch zu Hause im Garten gezogen hatte. Kühn betastete sie zuerst den Majoran und dann die winzigen Thymianblätter, damit der Geruch an den Händen haften blieb. Sie konnte sich nicht sattsehen an den blauen, blaßgelben und rosafarbenen Blüten und betrachtete neugierig die vielen hundert Regale, wo in kleinen Röhrchen mit Wasser — Nährflüssigkeit, hatte ihr Dad ihr erklärt — Schößlinge standen, die erst vor ein paar Monaten gekeimt hatten und eingepflanzt werden konnten, sobald sie Pern erreichten.

Sie hatte sich gerade gebückt, um vorsichtig ein haariges silbriggrünes Blatt zu befühlen, das sie nicht kannte — der Geruch gefiel ihr —, als sie ein Paar tiefblaue Augen entdeckte, die nicht zu einer Pflanze gehören konnten. Sie schluckte, aber dann sagte sie sich, daß es auf dem Schiff keine Fremden gab. Sie war nicht in Gefahr. Die Augen konnten nur einem anderen Fahrgast gehören, der wie sie den friedlichen Garten erforschte.

»Hallo!« sagte sie überrascht, aber keineswegs unfreundlich.

Die blauen Augen blinzelten. »Geh weg! Du hast hier nichts zu suchen«, knurrte eine junge männliche Stimme.

»Warum? Der Garten steht allen offen, solange man die Pflanzen nicht beschädigt. Und du solltest wirklich nicht so tief drunterkriechen.«

»Geh weg!« Eine schmutzige Hand unterstrich den Befehl.

»Ich will aber nicht. Wer bist du?«

Ihre Augen hatten sich an das Dunkel im Gebüsch gewöhnt, und sie konnte das abweisende Gesicht des Jungen deutlich erkennen. Sie kauerte sich nieder und spähte zu ihm hinein. »Wie heißt du?« fragte sie.

»Meinen Namen brauch ich keinem zu sagen.« Der Akzent war ihr vertraut.

»Oh, entschuldige bitte vielmals!« sagte sie geziert. Dann wurde ihr klar, woher sie diesen Akzent kannte. »He, du bist ja Ire. Genau wie ich.«

»Ich bin *nicht* wie du.«

»Du willst doch wohl nicht abstreiten, daß du Ire bist?« Als er nicht antwortete — er konnte es nicht leugnen, und das wußten sie beide —, legte sie den Kopf schief und lächelte freundlich. »Ich verstehe, warum du dich hier versteckst. Hier ist es ruhig, und alles riecht so frisch. Fast wie zu Hause. Mir gefällt es auf dem Schiff auch nicht; ich fühle mich«, — Sorka schlang die Arme um sich —, »die ganze Zeit irgendwie eingezwängt.« Sie dehnte die Worte, um ihre Gefühle deutlich zu machen. »Ich komme aus Clonmel. Bist du da mal gewesen?«

»Sicher.« Es klang verächtlich, aber der Junge strich sich eine lange rotblonde Haarsträhne aus dem Gesicht und veränderte seine Stellung, um sie weiter ansehen zu können.

»Ich bin Sorka Hanrahan.« Sie sah ihn fragend an.

»Sean Connell«, gestand er trotzig nach längerem Zögern.

»Mein Vater ist Tierarzt. Der beste in ganz Clonmel.«

Seans Gesicht erhellte sich. »Arbeitet er mit Pferden?«

Sie nickte. »Mit allen kranken Tieren. Habt ihr Pferde gehabt?«

»Als wir noch in Ballinasloe waren.« Seine Miene verdüsterte sich, aber jetzt wirkte er sehnsüchtig und traurig. »Wir hatten gute Pferde«, fügte er stolz hinzu, wie um sich zu verteidigen.

»Hattest du ein eigenes Pony?«

Die Lider des Jungen zuckten, und er ließ den Kopf sinken.

»Ich vermisse mein Pony auch«, sagte Sorka voll Mitgefühl. »Aber wenn wir auf Pern sind, kriege ich wieder eins, und mein Dad hat gesagt, für euch haben sie ein paar ganz besondere Tiere in den Samenbänken eingelagert.« Sie war sich dessen keineswegs sicher, aber irgendwie schien es angebracht, so etwas zu sagen.

»Das möchte ich ihnen auch geraten haben. Man hat es uns versprochen. Ohne Pferde kommen wir nirgends hin, weil es hier keine Schwebefahrzeuge oder so was mehr geben soll.«

»Und auch keine Gardai*.« Sie grinste ihn verschmitzt an. Sie war eben erst dahintergekommen, daß er zum fahrenden Volk gehören mußte. Ihr Vater hatte erwähnt, daß einige von diesen Leuten unter den Kolonisten seien. »Keine Farmer, die euch von ihren Feldern verjagen, kein ›In vierundzwanzig Stunden müßt ihr weiterziehen‹, keine Straßen außer denen, die ihr euch selbst baut und — ach, so vieles, was ihr euch eigentlich wünscht, und nichts von den unangenehmen Dingen.«

»Zu schön, um wahr zu sein«, bemerkte Sean zynisch.

Plötzlich lärmte die Lautsprecheranlage im Garten los. »Der Aufruf für den Morgenflug ist bereits ergangen. Alle Passagiere werden gebeten, sich sofort in der Verladehalle auf Deck Fünf zu versammeln.«

Wie eine Schildkröte zog sich Sean in die Schatten zurück.

»He, bist damit etwa du gemeint?« Sorka bemühte sich, Seans Gesicht in der Dunkelheit zu erkennen, und glaubte zu sehen, daß er zögernd nickte. »Mann, hast

---

* irische Polizei — *Anm. d. Ü.*

du ein Glück, daß du schon so bald an die Reihe kommst. Am dritten Tag! Was ist los? *Willst* du nicht?« Sie ließ sich auf Hände und Knie nieder und spähte zu ihm hinein. Dann wich sie langsam zurück. Sie hatte oft genug zutiefst verängstigte Menschen gesehen, um zu begreifen, was mit Sean los war. »O Gott, ich würde am liebsten mit dir tauschen. Ich kann es gar nicht erwarten, runterzukommen. Ich meine, so lang ist der Flug doch gar nicht. Und es wird nicht anders sein als damals, als wir von der Erde auf die *Yoko* gebracht wurden«, fuhr sie fort, um ihn zu beruhigen. »Das war doch gar nicht so schlimm, oder?« Sie war so aufgeregt gewesen, obwohl sie wußte, daß man sie fast unmittelbar nach der Ankunft an Bord in Tiefschlaf versetzen würde, daß sie außer dem ersten Andruck beim Start gar nichts mitbekommen hatte.

»Uns hat man eingeschläfert und dann erst raufgebracht.« Es war nur ein verängstigtes Gemurmel.

»Gott, da habt ihr ja das Beste versäumt. Natürlich hat die Hälfte der Erwachsenen«, fuhr sie ein wenig herablassend fort, »beim letzten Blick auf das alte Terra geweint. Ich habe mir vorgestellt, daß ich Raumfahrerin Yvonne Yves bin, und mein Bruder Brian, der ist viel jünger als wir, aber er hat so getan, als sei er Raumfahrer Tracey Train.«

»Wer ist das denn?«

»Komm, Sean! Ich weiß, daß ihr alle Videoschirme in euren Wohnwägen hattet. Hast du dir niemals *Abenteuer im Weltraum* angesehen?«

Jetzt zeigte er seine Verachtung ganz unverhüllt. »Das ist doch Kinderkram.«

»Na, jetzt bist du selbst ein Weltraumabenteurer, und wenn es nur Kinderkram ist, dann braucht man doch auch keine Angst davor zu haben, oder?«

»Wer sagt, daß ich Angst habe?«

»Stimmt es vielleicht nicht? Warum versteckst du dich denn sonst im Garten.«

74

»Ich wollte nur mal wieder anständig frische Luft schnappen.« Plötzlich kroch er heraus.

»Obwohl du unter dir, nur ein paar Stunden entfernt, einen ganzen Planeten voll frischer Luft hast?« Sorka grinste. »Stell dir doch einfach vor, du bist ein Weltraumheld!«

Der Lautsprecher erwachte wieder zum Leben, und diesmal klang die Stimme des Einschiffungsoffiziers gereizt. Bisher hatte Desi Arthied noch keine Passagierladung zum zweiten Mal auffordern müssen, sich zu sammeln. »Die Fähren starten in exakt zwanzig Minuten. Für diesen Flug eingeteilte Passagiere, die sich nicht melden, werden ans Ende der Liste gesetzt.«

»Er ist wütend«, erklärte Sorka und schob Sean auf die Tür zu. »Sieh zu, daß du wegkommst! Deine Eltern ziehen dir die Haut ab, wenn sie deinetwegen nicht mitfliegen können.«

»Mehr fällt dir auch nicht ein«, fauchte er und stapfte zornig aus dem Gartenraum.

»Angsthase«, murmelte sie mit einem theatralischen Seufzer. »Na ja, er kann schließlich nichts dafür.«

Dann wandte sie sich wieder der duftenden Pflanze zu.

Am sechsten Tag waren alle wichtigen Leute auf dem Planeten. Aus allen bis auf eine Fähre waren die Sitze ausgebaut und am Freudenfeuerplatz aufgestellt worden, bis man sie wieder benötigte. Berge von Vorräten wurden hinunterbefördert, verteilt und eingelagert. Empfindliche Instrumente in stoßsicheren Schutzhüllen folgten, zusammen mit dem Sperma und den kostbaren befruchteten Eizellen von der Erde und von First — Sallah war überzeugt, daß Barr während dieser Flüge kein einzigesmal tief durchzuatmen wagte. Die befruchteten Eier wurden sofort jenen Kühen, Ziegen und Schafen eingepflanzt, die sich vom Kälteschlaf vollständig erholt hatten. Man hatte kleine kräftige Rassen mitgebracht, an sich nicht die besten auf der Erde verfügbaren Genotypen, aber als Ersatzmuttertiere gut geeignet; die Embryonen waren wieder anders, besonders auf Ausdauer und Widerstandsfähigkeit hin gezüchtet. Die daraus entstehende Nachkommenschaft würde, so hoffte man, auf Pern angebautes Grünfutter und auch eine Reihe einheimischer Wildpflanzen verdauen können, die sehr viel mehr Bor enthielten als die gewohnten Futterpflanzen von der Erde. Sollte es Probleme geben, dann würden Kitti Ping und ihre Enkelin Windblüte mit den Methoden der Eridani die nächste Generation so verändern, daß sie den Anforderungen entsprach. Geplant war, mindestens einige der Tiere mit gentechnischen Maßnahmen so zu modifizieren, daß sie die erforderlichen Verdauungsenzyme in ihren eigenen Drüsen erzeugen konnten, anstatt sich wie ihre Vorfahren auf der Erde mit Symbiosebakterien zu behelfen.

Admiral Benden bemerkte stolz, wenn die Schiffe völlig geleert seien, würden auf Pern wahrscheinlich schon die ersten Küken ausschlüpfen. Weiterhin verkündete er, es gäbe Anzeichen, daß der Planet auch eigene eierlegende Tiere hervorgebracht habe, denn man hatte über der Hochwasserlinie am Strand, wo gerade der Hafen und die Fischzüchterei gebaut wurden, zerbrochene Schalen entdeckt. Die Zoologen versuchten bereits herauszufinden, von welchen Wesen diese den Hühnereiern ähnlichen Gebilde stammten; man hoffte, daß es die recht schönen und ungewöhnlichen Vögel waren, die im EV-Bericht erwähnt wurden, aber die dort ebenfalls aufgeführten reptilienartigen Geschöpfe waren bisher nicht beobachtet worden. Da sich bei der Analyse der Schalen ein hoher Borgehalt ergab, setzte das Team die Eier samt den dazugehörigen Küken auf die etwas zweifelhafte Liste nicht zum Verzehr geeigneter einheimischer Lebewesen.

Im Lauf der nächsten vier Tage machten die Fähren nicht mehr als zwei Flüge pro Tag, denn das Be-

und Entladen aller Materialien war sehr zeitaufwendig.

»Zur Abwechslung hätte ich ganz gern mal wieder ein paar Passagiere«, bemerkte Barr, als sich die dienstfreien Piloten im Speisesaal ihr Essen schmecken ließen, »nicht immer nur Kisten und wieder Kisten, groß, klein, mittel, oder diese absolut unersetzlichen Kräuter und Büsche. Es sind immer noch genügend Leute da, die hinuntergebracht werden müssen.« Der Speisesaal war zwar bei weitem nicht mehr so überfüllt wie früher, aber doch voll besetzt.

Als Sallah sich umsah, bemerkte sie ganz links die rothaarige Familie. Sie winkte und lächelte aufmunternd, weil die Kinder so bedrückte Gesichter machten.

»Das rote Haar ist doch prachtvoll, findet ihr nicht?« bemerkte Sallah wehmütig.

»Zu ausgefallen«, spottete Avril Bitra.

»Ich weiß nicht«, meinte Drake und starrte zu der Gruppe hinüber. »Mal was anderes.«

»Sie ist zu jung für dich, Bonneau«, sagte Avril.

»Ich kann warten«, konterte Drake und grinste, weil es ihm nicht oft gelang, diese heißblütige Schönheit aus der Reserve zu locken. »Ich werde sie schon zu finden wissen, wenn sie ins richtige Alter kommt.« Er schien zu überlegen. »Der Kleine kommt für dich natürlich nicht in Frage, Avril. Da liegt eine ganze Generation dazwischen.«

Avril warf ihm einen langen empörten Blick zu, griff nach dem Weinkrug und stolzierte zu den Automaten. Sallah und Barr sahen sich an. Avril war morgen früh für die erste Schicht eingeteilt, und die Windfaktoren ließen genügend Gefahren erwarten, auch wenn die Reaktionen nicht vom Alkohol vernebelt waren. Sie wandten sich Nabol, Avrils Kopiloten zu, aber der hob nur gleichgültig die Schultern. Viel Unterstützung hatte sich Sallah von dem Mann ohnehin nicht erhofft. Auf Avril hatte niemand großen Einfluß.

»He, Avril, laß die Finger von dem Zeug!« meldete sich Drake und stand auf, um ihr den Weg abzuschneiden. »Du hast mir eine Revanche im Gravball versprochen. Die Halle müßte jetzt frei sein.« Er lächelte herausfordernd, und Sallah konnte von ihrem Platz aus sehen, wie seine Hand über Avrils Arm streichelte. Der unzufriedene Zug um den Mund der Astrogatorin milderte sich etwas. »Wir sollten die Gelegenheit nützen«, fügte er hinzu, und sein Lächeln wurde breiter. Er legte ihr den Arm um die Schultern, nahm ihr den Krug aus der Hand und stellte ihn auf den nächsten Tisch, dann führte er sie, ohne sich noch einmal umzusehen, aus dem Speisesaal.

»Da sieht man's wieder, Charme zahlt sich eben aus«, sagte Barr.

»Sollen wir nachsehen, ob sie im Gravraum wirklich Ball spielen?« schlug Nabol mit unruhig glitzernden Augen vor.

»Es gibt solche und solche Ballspiele«, sagte Sallah achselzuckend. »Alles schon erlebt. Entschuldigt mich!« Sie stand auf und ging zum Tisch der Hanrahans hinüber, obwohl sie wußte, daß sie ihre Freundin damit im Stich ließ. Aber Barr konnte ja auch gehen, wenn es ihr in Nabols Nähe unbehaglich wurde. »Hallo! Wann fliegen Sie runter?« fragte sie, als sie die Hanrahans erreichte.

»Morgen«, sagte Red, grinste sie dabei an und zog vom nächsten Tisch einen Stuhl heran. »Setzen Sie sich ein wenig zu uns? Ich glaube, wir sind auf Ihrem Schiff.«

»Das stimmt.« Sorka strahlte Sallah an.

»Sie mußten lange warten«, bemerkte Sallah und setzte sich.

»Ich bin Tierarzt, und Mairi ist für Kinderbetreuung zuständig«, antwortete Red. »Wir gehören nicht gerade zu den wichtigsten Leuten.«

»Jetzt vielleicht noch nicht.« Sallah lächelte breit, um

zu zeigen, daß ihr die künftige Bedeutung dieser Spezialgebiete durchaus klar war.

»Ist es da unten wirklich so schön, wie es aussieht?« fragte Sorka.

»Ich habe bisher nicht viel Zeit gehabt, um es festzustellen«, sagte Sallah mit kläglicher Miene. »Wir fliegen runter, entladen und starten wieder. Aber die Luft ist wie Wein.« Sie blähte die Nüstern, um ihre Geringschätzung für die wiederaufbereitete Atmosphäre des Schiffs zum Ausdruck zu bringen. »Und Wind gibt es auch. Manchmal eine ganz schön steife Brise.« Sie tat so, als kämpfe sie mit dem Steuerjoch der Fähre. Mairi machte ein wehmütiges Gesicht, während ihr Mann seine Ungeduld offenbar kaum bezähmen konnte. Sallah wandte sich den Kindern zu. »Und die Schule ist toll. Im Freien! Man bringt euch alles bei, was wir über unsere neue Heimat wissen.« Bei ihrem ersten Satz hatten die beiden Kinder gestöhnt, aber als sie weitersprach, hellten sich die Gesichter auf. »Manchmal sind die Lehrer den Schülern nur einen Schritt voraus.«

»Gestern abend haben sie kein Feuer angezündet«, sagte Brian enttäuscht.

»Nur deshalb, weil die Lichtmasten aufgestellt wurden, aber wart mal bis heute abend. Du bist nicht der einzige, der das Feuer vermißt hat. Soviel ich gehört habe, soll es einen eigenen Freudenfeuerplatz geben, und jeden Abend darf ein anderer das Feuer anzünden, eine Belohnung, die man sich durch besondere Leistungen verdienen kann.«

»Mann!« Brian war begeistert. »Was muß man tun, damit man es anzünden darf?«

»Dir wird schon etwas einfallen, Brian«, versicherte ihm sein Vater.

»Wir sehen uns dann alle frisch und munter morgen früh?« Sallah stand auf und fuhr Sorka durch das Haar.

»Wir sind bestimmt vor Ihnen da«, grinste Red.

Zu Sallahs Überraschung standen die Hanrahans tatsächlich bereits an der Fähre, als sie kam, denn Mairi hatte sich unbedingt vergewissern wollen, daß ihr kostbares persönliches Gepäck sicher im Frachtraum verstaut war. Mairi hatte sich die größten Sorgen um die wertvollen Familienerbstücke gemacht, besonders um die Brauttruhe aus Rosenholz, die seit Generationen im Besitz ihrer Familie war. Sie war vorsichtig zerlegt worden und beanspruchte fast das ganze Gewicht, das ihnen zustand, aber Mairi hatte sie um keinen Preis zurücklassen wollen. Sorka konnte sich das Schlafzimmer ihrer Eltern ohne die Brauttruhe unter dem Fenster gar nicht mehr vorstellen. Sie hatte von ihrer geliebten Sammlung von Spielzeugpferden nur die drei kleinsten mitnehmen dürfen und nicht mehr als zehn Lesebänder. Brians Modellschiffe waren auseinandergenommen worden, und nun machte er sich Gedanken, ob er wohl den richtigen Kleber dafür finden würde.

Das war sein dringendstes Anliegen, als Sallah und Barr sie begrüßten.

»Kleber?« wiederholte Sallah überrascht. »Man hat alles mögliche hinunterbefördert; warum in aller Welt sollte man gerade den Kleber vergessen haben?« Sie zwinkerte Red zu, und der grinste. »Und wenn, dann sind unsere hiesigen Experten bestimmt in der Lage, einen Ersatz zusammenzumischen. Pern scheint gut versorgt zu sein. Und jetzt an Bord mit dem Hanrahan-Clan! Wir sind der heutigen Horde nur einen Schritt voraus.«

Da die Hanrahans als erste gekommen waren, durften sie sich ihre Plätze aussuchen, und Sorka schlug vor, die letzte Reihe zu nehmen, damit sie unten als erste aussteigen konnten. Die Aufregung schnürte ihr die Kehle zu, und sie litt fast Höllenqualen, bis alle angeschnallt waren und der Flug begann. Daß der vordere Bildschirm nicht funktionierte, war eine Enttäuschung, denn nun wußte sie nicht genau, wann die Fähre ablegte. Außerdem hätten die Bilder sie etwas von den Vibrationen abgelenkt. Sie warf einen flehenden Blick auf ihre Eltern, aber die hatten die Augen geschlossen. Brian war allem Anschein nach ebenso verängstigt wie sie, aber sie würde ihm nicht die Genugtuung geben, ihre Gefühle zu zeigen. Plötzlich fiel ihr wieder ein, wie Sean Connell sich im Garten versteckt hatte, und stellte sich mit aller Kraft vor, sie sei Raumfahrerin Yvonne Yves und leite eine abenteuerliche Expedition zu einem geheimnisvollen Planeten.

Und dann waren sie da. Die Bremsverzögerung drückte sie in den gepolsterten Sitz zurück und nahm ihr fast den Atem, dann spürte sie einen leichten Ruck, als das Fahrwerk den Boden berührte.

»Wir sind gelandet! Wir haben es geschafft!« rief sie.

»Das klingt ja gerade so, als ob dich das überrascht, mein Kleines!« lachte ihr Vater und tätschelte ihr das Knie.

»Gibt es etwas zu essen, wenn wir draußen sind?« quengelte Brian. Weiter vorn lachte jemand leise.

Sorka hörte das Zischen, als die Passagierluke geöffnet wurde. Dann erschienen die beiden Pilotinnen vorn im Mittelgang und gaben Anweisung zum Aussteigen. Helles Sonnenlicht und frische Luft strömten in das Raumschiff, und Sorkas Herz begann vor Freude schneller zu klopfen.

Lachend löste ihr Vater ihren Sicherheitsgurt und drängte sie zum Aufstehen. Aber sie war plötzlich unsicher geworden und zögerte.

»Komm schon, du kleines Gänschen!« sagte Red und grinste zum Zeichen, daß er ihr Zaudern verstand.

»He, Sorka, du kannst jetzt aussteigen«, rief Sallah.

Sorkas Beine waren ein wenig wackelig. »Ich bin wieder schwer!« rief sie. Volles Gewicht war nach der Halbschwerkraft auf der *Yoko* ein ganz ungewohntes Gefühl. Am Ausgang blieb sie stehen, überwältigt von ihrem ersten Blick auf Pern, auf das gewaltige Panorama des Grasplateaus mit den komisch kugeligen blauen Büschen und dem blaugrünen Himmel.

»Du versperrst den Weg, mein Kind«, sagte eine Frau, die draußen neben der Rampe stand.

Sorka ging hastig weiter, aber sie wußte nicht, wie sie die Rampe hinunterkam, soviel gab es zu sehen. Der Bodenbewuchs war ein wenig anders als das Gras auf der Farm. Die Büsche waren eher blau als grün und hatten merkwürdig geformte Blätter, fast wie die geometrischen Formen eines Zusammensetzspiels, mit dem sie sich als Kleinkind beschäftigt hatte.

»Schau, Daddy, Wolken! Genau wie zu Hause!« schrie sie und deutete aufgeregt zum Himmel.

Lachend legte ihr Vater ihr den Arm um die Schultern und schob sie weiter.

»Vielleicht sind sie uns gefolgt, Sorka«, sagte er freundlich und lächelte sie an. Sorka wußte, daß er ebenso aufgeregt war wie sie, weil sie nun endlich auf Pern gelandet waren.

Sorka hielt das Gesicht in den frischen Wind, der über das Plateau fegte. Es roch nach wunderbaren Dingen, neu und erregend. Am liebsten hätte sie getanzt, es war so herrlich, wieder frei unter einem Himmel zu stehen, ohne von einer Decke oder von Wänden eingeengt zu werden.

»Sind Sie die Hanrahans oder die Jepsons?« fragte eine Frau mit einem Verzeichnis in der Hand.

»Die Hanrahans«, antwortete Red. »Mairi, Peter, Sorka und Brian.«

»Willkommen auf Pern!« sagte sie und lächelte höflich, ehe sie die Namen auf ihrer Liste abhakte. »Sie haben Haus Vierzehn am Asienplatz. Hier ist ihr Ortsplan. Alle wichtigen Einrichtungen sind deutlich gekennzeichnet. Wenn Sie jetzt mit anpacken könnten, die Fähre muß entladen und alles überprüft werden ...« Sie reichte ihm ein Blatt, zeigte auf den kleinen Elektrowagen, der rückwärts auf die offene Frachtluke zufuhr, und ging dann weiter zu den Jepsons, die eben die Fähre verlassen hatten.

»Wir haben es geschafft, Mairi, mein Liebes«, sagte Red und umarmte seine Frau. Sorka sah verwundert, daß ihre Eltern Tränen in den Augen hatten.

Es gab mehr zu entladen als das persönliche Gepäck der Passagiere. Immer noch mußten Kartons mit Vorräten von der Liste des Frachtaufsehers gestrichen werden.

»Sagen Sie dem Disponenten, daß wir noch mehr Möbel brauchen«, bat man Sallah, als der Frachtraum der Fähre leer war. »Sonst haben einige Leute heute nacht kein Bett.«

»Da siehst du, was Tüchtigkeit heißt«, bemerkte Sallah zu Barr und winkte den Hanrahans zu, als sie zur Vorbereitung auf den Rückflug die Luke schloß. »Bald ist niemand mehr da oben, und von den Schiffen wird außer den Rümpfen kaum mehr etwas übrig sein.«

»Ich weiß«, antwortete Barr. »Ich habe mich schon fast damit abgefunden, daß unsere Kojen verschwunden sind, bis wir kommen.«

Die beiden gingen die Checkliste für den Start durch, und Sallah grinste, als sie sich ihre Notizen machte. Den Gleitflug beherrschte sie jetzt perfekt, und das bedeutete, daß sie auf jeder Etappe fast zwanzig Liter einsparte. Der Wind schwenkte nach achtern um, und sie drängte Barr zur Eile.

»Ich will den Rückenwind ausnützen. Das spart Treibstoff.«

»Lieber Himmel, Sal, du bist schon genauso schlimm wie Fusi Pingelig!« Trotzdem brachte Barr die Liste mit Schwung zu Ende. »Ich möchte nur wissen, warum wir uns den Arsch aufreißen, um Sprit zu sparen. Es gibt doch kein vernünftiges Ziel, das wir mit dem anfliegen könnten, was wir erspart haben. Und wenn die Schiffe einmal ausgeschlachtet sind, haben wir doch auch keine Verwendung mehr für die Raumfähren, oder etwa doch?«

Sallah warf ihr einen forschenden Blick zu und kicherte dann amüsiert. »Eine gute Überlegung, meine Beste. Eine sehr gute Überlegung. Ich glaube«, fügte sie nach kurzem Überlegen hinzu, »ich werde mal die Tanks überprüfen, während Pingelig unterwegs ist.«

Aber danach war sie auch nicht sehr viel klüger. Wenn sie soviel Treibstoff einsparten, hätte die Menge in den Tanks eigentlich größer sein müssen. Barr flirtete gerade mit einem der Planungsingenieure und hatte ihre flüchtig hingeworfene Bemerkung bereits vergessen. Sallah ging sie dagegen nicht aus dem Kopf. Als Kenjo unterwegs war, suchte sie ein wenig in den Datenspeichern des Hauptcomputers herum.

Der Treibstoffverbrauch in den beiden noch vorhandenen Tanks der *Yoko* hielt sich auf einem akzeptablen Niveau. Sallah gab ihren Durchschnittsverbrauch pro Flug plus eine Schätzung der von Kenjo verbrauchten Menge ein. Dem Ergebnis nach hätten zusätzlich zweitausend Liter Treibstoff verfügbar sein müssen. Sie zog ein paar Prozent für Schwerlastflüge ab, bei denen Abdrift und Windfaktoren einen höheren Aufwand an Treibstoff erforderlich gemacht hatten. Wieder kam ein Defizit heraus, etwas niedriger als vorher, aber immer noch höher als die zur Verfügung stehende Menge.

Wer hatte etwas davon, wenn er Treibstoff hortete? Avril? Aber Avril und Kenjo waren keineswegs gute Freunde, ganz im Gegenteil. Avril hatte sich mehrfach abfällig über Kenjo geäußert, widerliche Verleumdungen mit rassistischem Unterton.

»Wenn man allerdings jemanden von der Spur abbringen wollte ...«, murmelte Sallah vor sich hin.

Sie stellte die Entfernung zum nächsten Sonnensystem fest, das ein Jahrhundert zuvor vom EV-Team für unbewohnbar erklärt worden war, und die Entfernung zum nächsten bewohnbaren System. Als sie dann den Aktionsradius und die Geschwindigkeit der Admirals-Gig eingab, erhielt sie die Antwort, daß die *Mariposa* selbst bei größter Sparsamkeit nur das unbewohnbare

System erreichen konnte. Aber wem sollte das etwas nützen? Verärgert über den vergeudeten Nachmittag, machte sich Sallah auf die Suche nach Barr. Sie waren für den Abendflug eingeteilt, und das bedeutete, daß sie auf dem Planeten übernachten würden.

Zu Sorkas großer Begeisterung konzentrierte sich die Schule auf Pern ausschließlich darauf, die Schüler auf die Bedingungen der neuen Heimat vorzubereiten. Alle wurden im sicheren Umgang mit gewöhnlichem Werkzeug unterwiesen, und die über Vierzehnjährigen führte man in die Bedienung der weniger gefährlichen Maschinen ein. Man zeigte ihnen die bereits katalogisierten Pflanzen, vor denen man sich hüten mußte, und verschiedene Arten von Früchten, Blattgemüsen und Knollengewächsen, die harmlos waren und in Maßen verzehrt werden konnten. Eine der Aufgaben der jungen Kolonisten sollte darin bestehen, möglichst viele von diesen eßbaren Pflanzen zu sammeln, um damit den Vorrat an mitgebrachten Nahrungsmitteln zu ergänzen. Man führte ihnen auch Dias von einheimischen Insektoiden und Herpetoiden vor. Schließlich versammelten sich alle Kinder unter zwölf Jahren im großen Klassenraum, während die älteren draußen verschiedenen, von Erwachsenen geleiteten Arbeitsgruppen zugeteilt wurden.

»In der ersten Zeit«, hatte Rudi Shwartz, der Direktor der Schule, den älteren Kindern erklärt, »bekommt ihr Gelegenheit, mit einer Reihe verschiedener Spezialisten zusammenzuarbeiten und das Handwerk oder den Beruf zu erlernen, in dem ihr auf Pern gern für die Allgemeinheit tätig sein möchtet. Wir wollen hier das System der Lehrlingsausbildung wieder einführen. Auf der alten Erde hat es recht gut funktioniert, auf First Centauri war es erfolgreich und für unsere ländliche Kolonie ist es besonders geeignet. Wir müssen alle hart arbeiten, wenn wir auf Pern Fuß fassen wollen, aber Fleiß wird auch belohnt.«

»Womit?« fragte ein Junge von hinten ein wenig herablassend.

»Mit dem Gefühl, etwas geleistet zu haben und«, Mr. Shwartz hob die Stimme und grinste den Skeptiker an, »mit der Zuweisung von Land oder Material, wenn ihr volljährig seid und auf eigenen Beinen stehen wollt. Hier auf Pern haben alle die gleichen Chancen.«

»Mein Dad sagt, am Ende werden doch die Konzessionäre das beste Land an sich reißen«, sagte eine junge männliche Stimme aus der Anonymität der Gruppe heraus.

Rudolf Shwartz musterte die Kinder scharf und ließ sich mit seiner Antwort Zeit, bis die Zuhörer unruhig wurden.

»Ihre Konzession berechtigt sie, als erste zu wählen, das stimmt. Aber der Planet ist groß, es gibt Millionen von Morgen Ackerland. Auch Konzessionäre müssen sich auf dem Land bewähren, das sie beanspruchen. Für deinen Vater und auch für dich wird genug übrigbleiben. Und nun ... wie viele von euch haben schon eine Ahnung, wie man einen Schlitten steuert?«

Sorka hatte sich ihre Mitschüler sorgfältig angesehen und mußte sich, wenn auch widerwillig, eingestehen, daß es keine Mädchen in ihrem Alter gab. Die Mädchen im Teenageralter hatten bereits eine Gruppe gebildet, zu der sie keinen Zugang hatte, und die anderen Mädchen waren alle weit jünger als sie. Resigniert hielt sie Ausschau nach Sean Connell, aber vergeblich. Das sah diesem Bengel nun wieder ähnlich, so bald wie möglich die Schule zu schwänzen.

Zum Schluß des Unterrichts an diesem ersten Vormittag wurde erklärt, daß man alles, was man benötigte, aus dem Magazin bekommen konnte, von streng rationierten Süßigkeiten und anderen Leckereien von der Erde bis hin zu Gummistiefeln oder neuer Kleidung. Jeder, so betonte der Direktor, hatte Anspruch auf gewisse Luxusartikel. Wenn ein Gegenstand vorrätig war, würde er auch ausgegeben werden. Nach einer kurzen Mahnung zur Mäßigung wurden die Schüler entlassen und bekamen in der Gemeinschaftsküche in der Nähe des Freudenfeuerplatzes ihr Mittagessen. Um 13 Uhr sollten sie sich wieder an der Schule einfinden, um mit den für den Nachmittag angesetzten Arbeiten zu beginnen.

Nach fast zwei Wochen untätigen Herumsitzens auf dem Schiff übernahm Sorka sogar die Handlangerdienste mit Begeisterung. Aber mit dieser Einstellung stand sie ziemlich allein. Besonders die älteren Mädchen waren empört, daß man ihnen schwere körperliche Arbeit zumutete. Sorka, auf einer Farm aufgewachsen, fühlte sich den Stadtpflanzen überlegen und half so eifrig mit, die Felder von Steinen zu befreien, daß ihre Gruppenleiterin, eine Agronomin, sie mahnte, es nicht zu übertreiben.

»Wir wissen deine Energie durchaus zu schätzen, Sorka«, sagte sie ein wenig spöttisch, »aber du darfst nicht vergessen, daß du fünfzehn Jahre lang untätig warst. Deine Muskeln müssen schonend an die Umstellung gewöhnt werden.«

»Na, wenigstens habe ich Muskeln«, gab Sorka mit einem verächtlichen Blick auf eine Gruppe von Mädchen zurück, die mit mürrischen Gesichtern halfen, aus Plastikstangen einen Zaun zu errichten.

»Sie werden sich an Pern gewöhnen. Schließlich sind sie für immer hier.« Die Gruppenleiterin schnaubte verächtlich. »Genau wie wir alle.«

Sorka seufzte so zufrieden, daß die ältere Frau ihr liebevoll durch das Haar fuhr. »Hast du schon mal daran gedacht, Agronomin zu werden?«

»Nein, ich werde Tierarzt wie mein Vater«, antwortete Sorka fröhlich.

Die Agronomin war nur die erste von vielen Gruppenleitern, die Sorka Hanrahan gern als Lehrling unter ihre Fittiche genommen hätten. Das Mädchen blieb nur ein paar Tage beim Steinesammeln, dann wurde sie mit fünf anderen in die Hafenbucht und zur Zuchtanstalt geschickt.

»Du hast bewiesen, daß du auch ohne Aufsicht arbeiten kannst, Sorka«, lobte Direktor Shwartz. »Genau die Einstellung, die wir brauchen, um die Dinge auf Pern in Gang zu bringen.«

Nachdem man ihnen einen Vormittag lang die bereits bekannten Meerespflanzen gezeigt hatte, wurden Sorka und die fünf anderen jungen Leute in zwei Gruppen aufgeteilt und in entgegengesetzten Richtungen losgeschickt, um entlang der natürlichen Hafenbucht noch nicht identifizierte Seetang- und Seegrasarten und alles andere zu sammeln, was nach dem Gewitter der vergangenen Nacht vielleicht in den Meerwassertümpeln zurückgeblieben war. Sorka machte sich eifrig mit Jacob Chernoff auf den Weg, der als der älteste zum Führer ernannt wurde und einen Piepser für Notfälle ausgehändigt bekam.

»Der Sand sollte hier anders sein, nicht so wie überall«, beklagte sich das dritte Mitglied der Gruppe.

»Chung, der Ozean zermahlt die Steine auf Pern genauso wie auf der Erde, und das Ergebnis kann gar nichts anderes sein als Sand«, erklärte Jacob freundlich. »Wo kommst du denn her?«

»Aus Kansas«, antwortete Chung. »Wetten, daß du nicht weißt, wo das ist?« Er sah Sorka spöttisch an.

»Es liegt zwischen den alten Staaten Missouri im Osten, Oklahoma im Süden, Colorado im Westen und Nebraska im Norden«, antwortete Sorka mit gespielter Bescheidenheit. »Und da gibt es keinen Sand, sondern Dreck!«

»Du kennst dich aber gut aus in Geographie«, stellte Jacob bewundernd fest. »Woher kommst du?«

»Aus Colorado?« fragte Chung sarkastisch.

»Aus Irland.«

»Ach, eine von diesen europäischen Inseln!« bemerkte Chung abfällig.

Sorka deutete auf einen großen violetten Pflanzen-stengel direkt vor ihnen. »He, ob sie das wohl schon haben?«

»Nicht berühren!« warnte Jacob, als sie das Gewächs erreichten. Mit einer Zange hob er es an, um es genauer zu untersuchen. Es hatte dicke Blätter, die unregelmäßig von einem zentralen Stamm ausgingen.

»Sieht aus, als wäre es auf dem Meeresboden ge-wachsen«, bemerkte Sorka und zeigte auf ein Gewirr von Fäden am unteren Ende, die wie Wurzeln aussahen.

»Etwas so Großes haben sie uns nicht gezeigt«, sagte Chung. Also steckten sie die Pflanze in einen Präpara-tenbeutel, um sie mitzunehmen und untersuchen zu lassen.

Das war an diesem Nachmittag fast ihr einziger Fund, obwohl sie viele Haufen von Meerespflanzen durch-suchten, die aber alle bereits bekannt waren. Als sie ei-nen der verwitterten grauen Felsen umrundeten, die überall aus dem langen, halbmondförmigen Strand auf-ragten, standen sie vor einem ziemlich großen Tümpel, in dem sich verschiedene Meerestiere gefangen hatten, Wesen mit zahlreichen Beinchen, zwei violette blasen-förmige Objekte — bestimmt giftig, behauptete Sorka — und einige fingerlange durchsichtige Geschöpfe, die fast wie Fische aussahen.

»Wie können sie fast wie Fische aussehen?« fragte Chung, als Sorka diese Ansicht äußerte. »Sie leben im Wasser, oder nicht? Also sind es Fische.«

»Nicht unbedingt«, widersprach Jacob. »Und sie se-hen eigentlich auch nicht wie Fische aus, sondern eher ... Na ja, ich kann auch nicht genau sagen, wie«, gab er zu. Diese Lebensform hatte offenbar mehrere Reihen von Flossen an der Seite, und einige davon wa-ren in ständiger Bewegung. »Haarig sehen sie aus.«

»Ich weiß nur, daß wir so etwas in den Becken in der Zuchtanstalt nicht gesehen haben«, sagte Chung. Er holte ein Präparatenfläschchen heraus und beugte sich über den Rand des Tümpels, um ein Exemplar zu fangen.

Es gelang Jacob zwar, eine der Blasen in ein Gefäß zu praktizieren, und drei Exemplare der vielbeinigen Spezies sprangen fast freiwillig in die Gläser, aber die Fingerfische entschlüpften ihnen immer wieder.

Da die beiden Jungen auf Sorkas Ratschläge nicht eingingen, schlenderte sie weiter am Strand entlang. Hinter einem zweiten Stapel Felsblöcke fand sie einen großen Stein, der aussah wie ein grobschlächtiger Männerkopf; Brauenbögen, Nase, Lippen und Kinn, alles war vorhanden, nur das Kinn war zum Teil im Sand vergraben, und die Wellen schlugen dagegen. Sorka stand vor Freude wie erstarrt. Der Felsen war wunderschön, und *sie* hatte ihn entdeckt. Eines der Mädchen zu Hause am Asienplatz war in ein Loch gefallen, und später stellte sich heraus, daß dieses Loch einer von vielen Eingängen zu einer Reihe von Höhlen war, die sich von Landing aus nach Süden und Westen erstreckten. Nach ihrer ahnungslosen Entdeckerin hatte man sie offiziell die Catherine-Höhlen genannt.

»Sorkas Kopf?« Sie murmelte es ganz leise vor sich hin. Nein, dann könnten die Leute meinen, es sei ihr Kopf, und sie sah nun gar nicht so aus. Während sie noch darüber nachdachte und dabei über die herrliche Klippe blickte, sah sie das Geschöpf, das scheinbar reglos in der Luft hing. Sie keuchte überrascht auf, denn in diesem Augenblick glitt ein Sonnenstrahl über das Wesen und ließ es aufleuchten wie eine goldene Statue. Plötzlich stieß es herab und verschwand hinter dem steinernen Kopf.

Niemand hatte Sorka bisher etwas gezeigt, was diesem wundervollen Tier ähnlich gewesen wäre, und sie war ganz außer sich vor Erregung. Wenn sie zur Zuchtanstalt zurückkam, hatte sie etwas Unerhörtes zu berichten. Sie rannte auf den riesigen Felsen zu, der nun einem Kopf gar nicht mehr so ähnlich schien, aber das war ihr inzwischen egal. Sie hatte etwas viel Wichtigeres entdeckt: ein Wesen von Pern.

Sie mußte eine Reihe von Felsblöcken erklettern, um den Gipfel zu erreichen. Kurz bevor sie oben war, hielt sie inne und spähte hinüber, in der Hoffnung, die geflügelte Lebensform genauer beobachten zu können. Aber dann richtete sie sich enttäuscht auf. Es war nichts zu sehen als nackter Fels mit Sprüngen und einigen Löchern. Sie wich hastig zurück, als die gegen die Klippenwand peitschende Brandung in einem dicken Strahl aus einem der Löcher schoß und sie von einem kalten Wasserschwall getroffen wurde.

Niedergeschlagen kletterte sie, die Gischtlöcher sorgsam vermeidend, ganz auf die Schädeldecke hinauf. Von hier oben hatte sie einen guten Blick über die ganze halbkreisförmige Bucht. Neben dem Meerwassertümpel konnte sie Jacob und Chung liegen sehen, sogar die Zuchtanstalt konnte sie erkennen und davor das erste der Fischerboote, das vor Anker lag. Nach Westen hin hatte sie eine herrliche Aussicht auf kleine Strände, die von weiteren Felsvorsprüngen aus dem gleichen Stein eingerahmt wurden. Vor ihr war nichts als Ozean, sie wußte freilich, daß sich irgendwo hinter der Wölbung des Planeten der Nordkontinent befand.

Sie drehte sich um und betrachtete die dichten Pflanzen, die bis zum Rand der Klippe hinaufwuchsen. Plötzlich war sie durstig. Sie entdeckte einen Rotfruchtbaum und beschloß, ein paar Früchte zu pflücken. Wahrscheinlich hatten auch die Jungen nichts gegen einen kleinen Imbiß einzuwenden.

Dann geschahen zwei Dinge gleichzeitig: Sie wäre fast in eine große Senke getreten, in der eine Reihe heller gefleckter Eier lagen, und etwas stieß auf sie herab und verfehlte mit den Klauen nur knapp ihren Kopf.

Sorka warf sich zu Boden und spähte erschrocken um sich, um zu sehen, wer sie da angegriffen hatte. Wieder schoß etwas mit ausgestreckten Klauen auf sie zu, und sie wartete, wie früher schon einmal bei einem gereizten Stier, um sich im letzten Augenblick zur Seite zu rollen. Eine Welle von Zorn und Empörung überspülte sie, so stark, daß sie unwillkürlich aufschrie.

Verwirrt von den unerwarteten Gefühlen, aber sich der unmittelbaren Gefahr voll bewußt, in der sie schwebte, rappelte sich Sorka auf und rannte gebückt an den Rand der Klippe. Schreie des Zorns und der Enttäuschung zerrissen die Luft und drängten sie zur Eile. Als sie ein Zischen in der Luft hörte, duckte sie sich instinktiv, um einem weiteren Angriff auszuweichen, dann schob sie sich unter einen überhängenden Felsen und drückte sich fest gegen die Wand. Von hier konnte sie den Angreifer nur allzu deutlich sehen, ein Wesen, dessen beherrschendes Merkmal rot und gelb schillernde Augen waren. Der Körper war golden, die fast durchsichtigen Flügel waren etwas heller und zeichneten sich mit ihren dunklen Rändern scharf vor dem blaugrünen Himmel ab.

Das Wesen schrie überrascht und verwirrt auf, schoß hoch in die Luft und verschwand. Sorka fragte sich, ob es sie im Schatten unter dem Felssims wohl sehen konnte. Wieder hörte sie einen Schrei, diesmal leiser, aus größerer Entfernung, und durch das Rauschen der Wellen gedämpft.

Plötzlich schwappte neben ihr eine Welle über die Felsen und durchnäßte sie bis auf die Haut. Sie begriff, daß die schwache Flut von Pern das Wasser allmählich immer höher auf den Strand herauftrieb und daß es ratsam wäre, diesen Platz bald zu verlassen.

Vorsichtig sah sie sich um und lauschte, aber die Schreie des Wesens klangen noch immer fern. Eine zweite Welle mahnte sie, sich schleunigst an den Abstieg zu machen. Die nassen Felsen waren glitschig, und das letzte Stück rutschte sie unkontrolliert hinunter. Mit den Armen um sich schlagend, um das Gleichgewicht wiederzufinden, landete sie schließlich auf dem Strand.

Sie war noch nicht zu alt, um zu weinen, wenn sie sich weh getan hatte, und so begann sie zu jammern, denn sie hatte sich bei dem Sturz Hände, Kinn und Knie aufgeschürft und geprellt.

Von oben kamen Laute, die ihr Klagen so exakt nachahmten, daß sie ihre Schmerzen vergaß und in den Himmel starrte, wo das Flugwesen schwebte.

»Willst du dich über mich lustig machen?« Sorka war plötzlich so verärgert, als habe ein anderes Kind sie verspottet. »Na, was ist?« fragte sie das goldene Geschöpf. Es verschwand unvermittelt.

»Mann!« Sorka suchte ungläubig blinzelnd den Himmel ab. Das Wesen schien sich in Luft aufgelöst zu haben. »Mann! Das war ja schneller als ein Blitz.«

Sie stand langsam auf und drehte sich einmal ganz um sich selbst. Irgendwo mußte das Fluggeschöpf doch geblieben sein. Dann brach sich direkt vor ihren Füßen eine neue Welle, und sie trat hastig zurück, obwohl sie bereits völlig durchnäßt war. Das Salzwasser brannte ihr auf den zerschundenen Händen und Knien; bis zur Zuchtanstalt war es noch weit, und außer den Schürfwunden hatte sie eigentlich nichts vorzuweisen. Im Unterbewußtsein hatte sie schon beschlossen, vorerst noch niemandem etwas von dem fliegenden Wesen zu erzählen.

Sie zuckte überrascht zusammen, als sich über ihr auf der Klippe die Büsche bewegten und ein blonder Kopf erschien.

»Du verdammtes Großmaul, blöde Stadtpflanze. Jetzt hast du es verscheucht!«

Sean Connell kam den Hang heruntergerutscht, seine Haut war nicht mehr weiß, sondern sonnenverbrannt, und die blauen Augen blitzten. »Seit dem Morgengrauen lieg ich jetzt im Versteck und warte drauf, daß es mir in die Schlinge geht, und dann kommst du daher und machst alles kaputt. Du bist aber auch zu gar nichts zu gebrauchen!«

»Du wolltest es mit einer Schlinge fangen? Dieses

herrliche Geschöpf? Und was ist mit den Eiern?« Entrüstet stürzte sich Sorka auf Sean, ihre Hände spreizten
sich automatisch, ihre Finger spannten sich, und sie begann wütend auf den Jungen einzuprügeln. »Untersteh
dich! Untersteh dich, ihm etwas anzutun!«

Sean duckte sich, um der vollen Wucht ihrer Schläge
zu entgehen.

»Ich wollte ihm doch gar nichts tun! Ich wollte es nur
zähmen!« brüllte er und wehrte mit den Händen ihre
Hiebe ab. »Wir töten nichts. Ich will es haben. Für
mich!«

Er tat einen plötzlichen Schritt nach vorn und stellte
ihr ein Bein. Sie stürzte längelang in den Sand, und er
fiel auf sie. Da er etwas größer und schwerer war, konnte er sie festhalten, aber sobald sie wieder zu Atem gekommen war, begann sie zu zappeln und versuchte, die
Beine anzuwinkeln, um nach ihm zu treten.

»Sei doch nicht albern, Mädchen! Ich tu dem Tier
doch nichts! Ich beobachte es schon seit zwei Tagen.
Und ich habe keiner Menschenseele was davon erzählt.«

Sorka registrierte endlich, was er sagte, beruhigte
sich und musterte ihn argwöhnisch. »Meinst du das
ehrlich?«

»Ja.«

»Trotzdem wär's nicht richtig.« Sorka stemmte sich
versuchsweise gegen ihn, aber er drückte sie noch fester
in den Sand. Steine bohrten sich in ihren Rücken. »Es
von seinen Eiern wegzuholen!«

»Die wollte ich doch bewachen.«

»Aber du weißt nicht, ob die Jungen beim Ausschlüpfen ihre Mutter brauchen oder nicht. Du darfst sie nicht
wegholen.«

Sean betrachtete Sorka mit dem gleichen zornigen
Mißtrauen. »Und was hattest *du* damit vor? Für so'n
Tier gibt's eine Belohnung. Und wir brauchen das Geld
sehr viel nötiger als ihr.«

»Auf Pern gibt es kein Geld! Was könnte man schon damit anfangen?« Sorka musterte überrascht sein bestürztes Gesicht, aber dann begriff sie. »Du kriegst alles, was du brauchst, im Magazin. Hat man dir das in der Schule nicht erklärt?« Sean beobachtete sie wachsam. »Ach, du bist nicht einmal so lange in der Schule geblieben, um das zu erfahren, was?« Sie schnaubte entrüstet. »Laß mich los! Sonst bohren mir die Steine noch Löcher in den Rücken. Du bist wirklich unmöglich.« Sie stand auf, klopfte sich den Sand aus den Kleidern und wandte sich wieder an Sean. »Hast du wenigstens mitbekommen, welche Pflanzen giftig sind?« Als er langsam nickte, seufzte er erleichtert. »Die Schule ist gar nicht so schlecht. Wenigstens hier nicht.«

»Kein Geld?« Sean schien diese erstaunliche Behauptung gar nicht fassen zu können.

»Höchstens, wenn jemand ein paar alte Münzen als Andenken mitgebracht hat, aber das bezweifle ich. Münzen wären zu schwer. Paß auf!« sagte sie und packte ihn schnell am Arm, als er sich verdrücken wollte. »Du gehst ins Magazingebäude in Landing. Es ist das größte Haus dort. Dann sagst du, was du willst, schreibst deinen Namen auf eine Quittung, und wenn sie es haben, geben sie es dir. Man nennt das Anforderung, und jeder von uns, Kinder eingeschlossen, hat das Recht, Dinge aus dem Magazin anzufordern. Vernünftige Dinge jedenfalls.« Sie grinste und hoffte, daß sich auch seine finstere Miene aufheitern würde. »Was suchst du eigentlich so weit draußen?« Wieder stieg Zorn in ihr auf, als ihr klar wurde, daß sie sicher nicht die erste war, die die Klippe gesehen hatte, wenn er und seine Familie sich in dieser Gegend aufhielten, und daß deshalb auch nicht zu erwarten war, daß man sie nach ihr benannte.

»Wie du mir auf dem Raumschiff gesagt hast …« Er grinste plötzlich, ein anziehendes, verschmitztes Lächeln. »Sobald wir hier angekommen waren, konnten wir hingehen, wohin wir wollten. Nur kommen wir nicht sehr weit, solange wir keine Pferde haben.«

»Du wirst mir doch nicht erzählen wollen, daß ihr eure Wagen mitgebracht habt!« Sorka war entsetzt, sie mußten doch viel zu schwer gewesen sein.

»Es sind Wagen für uns da«, erklärt er. »Nur haben wir nichts, womit wir sie ziehen können.« Er deutete auf das dichte Gestrüpp. »Aber wir sind wieder frei und schlagen unser Lager auf, wo es uns paßt, bis wir unsere Tiere bekommen.«

»Das wird ein paar Jahre dauern«, erklärte sie ernst. Wieder nickte er feierlich. »Angefangen haben wir aber schon. Mein Dad ist Tierarzt, und er sagte, sie haben ein paar Pferde- und Eselsstuten, Kühe, Ziegen und Schafe aufgeweckt und sie mit unseren Tierarten schwanger gemacht.«

»Aufgeweckt?« Sean fielen fast die Augen aus dem Kopf.

»Sicher, wer könnte schon fünfzehn Jahre lang Viehställe ausmisten? Aber trotzdem wird es elf Monate dauern, bis die Pferde geboren werden, wenn du darauf wartest.«

»Pferde, nichts anderes. Man hat uns Pferde versprochen.« Es klang energisch, aber auch sehnsüchtig, und einen Augenblick lang hatte sie Mitleid mit ihm.

»Und ihr bekommt sie auch. Mein Vater hat es gesagt«, schwindelte sie. »Er sagte, die Zi ... Die Fahrensleute stehen als erste auf der Liste.«

»Das möchte ich euch auch geraten haben«, brummte Sean finster. »Sonst könnt ihr was erleben.«

»Komm erst zu mir, ehe ihr hier Schwierigkeiten macht! Mein Dad ist in Clonmel mit euren Leuten immer gut zurechtgekommen. Du kannst mir glauben, ihr kriegt eure Pferde.« Sie sah, daß er mißtrauisch war. »Und jetzt hör mir genau zu: Sollte ich erfahren, daß du unserem Tierchen etwas angetan hast, dann werde ich dafür sorgen, daß du dein Pferd in den Wind schreiben kannst, Sean Connell!« Sie hob warnend die Hand, die Kante angriffslustig ihm zugewandt. »Obwohl ich nicht glaube, daß du es fangen könntest. Die Kleine ist schlau. Sie versteht, was du denkst.«

Sean musterte sie eher verächtlich als skeptisch. »Woher weißt du denn soviel über sie?«

»Ich kann gut mit Tieren umgehen.« Sie zögerte, dann grinste sie. »Genau wie du. Wir sehen uns sicher bald wieder. Und vergiß das Anfordern nicht!«

Sie drehte sich um und ging am Strand entlang zu Jacob und Chung zurück — gerade rechtzeitig, um ihnen zu helfen, die gesammelten Pflanzen und Tiere zur Zuchtanstalt zurückzutragen.

Als Sallah Telgar hörte, daß Freiwillige für eine Stammbesatzung gesucht wurden, damit alle, die noch nicht auf dem Planeten gewesen waren, ein Wochenende auf Pern verbringen konnten, zögerte sie, bis sie die ersten drei Namen auf der Liste sah: Avril, Bart und Nabhi. Dieses Trio tat doch so etwas nicht, wenn es sich nicht einen Nutzen davon versprach. Warum sollten ausgerechnet sie sich freiwillig melden? Mißtrauisch geworden, trug Sallah sich sofort ebenfalls ein. Außerdem war sie immer noch neugierig, was Kenjo wohl mit seinen Treibstofferparnissen vorhatte. Die *Eujisan* hatte regelmäßig ihr Quantum bezogen, doch ihre privaten Berechnungen ergaben eine immer größer werdende Menge, die weder von der *Eujisan* verbrannt worden war, noch sich in den Treibstofftanks der *Yoko* befand. Sehr merkwürdig. Bald würde es auf der alten *Yoko* keinen Winkel mehr geben, wo man auch nur einen Fingerhut voll Treibstoff verstecken konnte, ganz zu schweigen von den Fehlmengen, die sie ermittelt hatte. Aber Kenjo war nicht unter den Freiwilligen.

Alle sechs Fähren flogen hinauf, um die Schiffsbesatzung abzulösen und noch weitere Dinge mit herunterzubringen, die benötigt wurden. Sallah flog die *Eujisan* samt der Stammbesatzung für die *Yoko* hinauf. Das selbstgefällige Lächeln auf Avrils Gesicht überzeugte sie, daß die Frau ihre eigenen Pläne für das Wochenende hatte. Bart Lemos wirkte nervös und rutschte ständig hin und her, während Nabhi wie gewohnt eine hochmütige Miene aufgesetzt hatte. Die drei führten etwas im Schilde, davon war Sallah überzeugt, aber sie hatte keine Ahnung, was es sein könnte.

Als Sallah die Luke auf dem Landedeck der *Yoko* öffnete, wurde sie fast umgeworfen von den jubelnden Männern und Frauen, die darauf warteten, die *Eujisan* zu ihrer ersten Reise auf die Oberfläche ihrer neuen Heimat zu besteigen. So schnell war die Fähre noch nie beladen worden. Bald würde es auf der *Yoko* nur noch den leeren Rumpf und die Korridore zur Brücke geben. Die Datenbänke des Zentralcomputers sollten erhalten bleiben. Der gewaltige Speicher war zum größten Teil kopiert worden, um die Daten auf dem Planeten zu verwenden, aber nicht ganz — die meisten militärischen und Flottenprogramme waren kopiergeschützt und ohnehin bedeutungslos. Sobald Passagiere und Besatzung die drei Raumschiffe im Orbit verlassen hatten, brauchte niemand mehr etwas über die Strategie von Raumschlachten zu wissen.

Die Freiwilligen erhielten die nötigen Instruktionen von den Besatzungsmitgliedern, die sie ablösten, und dann zog die Gruppe der Landurlauber fröhlich ab.

»Mein Gott, ist das hier unheimlich!« flüsterte Boris Pahlevi, als er mit Sallah zur Brücke ging. In den Korridoren hallte jeder Schritt wider, denn man hatte die Wandverkleidungen abgenommen, und über den Fußboden führte nur noch eine Planke.

»Ob wohl der letzte Mann das Brett hinter sich herziehen wird?« scherzte Sallah. Sie schauderte, als sie bemerkte, daß sogar die feuerhemmenden Türen zwischen den einzelnen Abteilungen entfernt worden waren. In jedem Korridor gab es nur noch drei Lichtquellen, und man mußte genau aufpassen, wohin man trat.

»Man hat das alte Mädchen richtiggehend vergewaltigt«, bemerkte Boris bekümmert, als er sich umblickte, »und ihr dann die Eingeweide rausgerissen.«

»Iwan der Schreckliche«, sagte Sallah. Das war der Spitzname der Piloten für den Quartiermeister des Schiffs, der die Demontage leitete. »Er ist nämlich Alaskaner und ein richtiger Schnorrer und Geizhals.«

»Na, na!« tadelte Boris mit gespielter Strenge. »Wir sind jetzt alle Perner, Sal. Was ist überhaupt ein Alaskaner?«

»Meine Güte, du bist wirklich ein ungebildeter Bastard, selbst für einen Centaurier der zweiten Generation! Alaska war ein Territorium auf der Erde, nicht weit vom Polarkreis entfernt und sehr kalt. Den Alaskanern wurde nachgesagt, daß sie nie etwas wegwerfen. Mein Vater war auch so. Es muß ihm im Blut gelegen haben, denn meine Großeltern stammten zwar aus Alaska, aber er selbst ist auf First aufgewachsen.« Sallah seufzte wehmütig. »Dad hat nie etwas weggeworfen. Ich mußte neun Lagerplätze räumen, ehe wir aufbrachen. Achtzehn Jahre lang hat er gesammelt — nun ja, es war nicht direkt Schrott, ich konnte schließlich praktisch alles auf dem Berg gut verkaufen, aber es war schon eine Aufgabe. Im Vergleich dazu war der Augiasstall des Herkules ein Kinderspiel.«

»Herkules?«

»Nicht so wichtig«, sagte Sallah und fragte sich, ob Boris sie auf den Arm nehmen wollte, indem er so tat, als wisse er nichts von den Sagen und Völkern der alten Erde. Manche Leute hatten alles zurücklassen wollen, Literatur, Legenden, Sprachen, alles, was die Menschen so interessant gemacht und sie voneinander unterschieden hatte. Aber weisere, tolerantere Köpfe hatten sich durchgesetzt. General Cherry Duff, die Historikerin und Bibliothekarin der Kolonie, hatte darauf bestanden, daß schriftliche und Bilddokumente aller Volkskulturen

nach Pern mitgenommen wurden. Diejenigen, die lieber
ganz neu angefangen hätten, trösteten sich mit der Tatsache, daß alles, was in der neuen Umgebung nicht zu
verwenden war, nach einer Weile von selbst verschwinden und durch neue Traditionen ersetzt werden würde.

»Man weiß nie«, mahnte Cherry Duff häufig, »wann
alte Informationen wieder neu, brauchbar und sogar
wertvoll werden. Wir behalten den ganzen Krempel!«
Die wackere Verteidigerin von Cygnus III, eine gesunde
Frau im elften Jahrzehnt ihres Lebens, die in Begleitung
einiger Urenkel auf der *Buenos Aires* reiste, bediente sich
gern solch einprägsamer umgangssprachlicher Wen-
dungen. »Bei den vielen Chips, die wir haben, nimmt
das so gut wie keinen Platz weg.«

Sallah und Boris waren beruhigt, als sie das Kommandodeck unverändert vorfanden. Sogar die Feuertü-
ren waren noch da, wo sie hingehörten. Boris setzte sich
in den Kommandosessel und bat Sallah, die Stabilität
des Orbits zu überprüfen. Er war Ingenieur und Ama-
teurprogrammierer und würde sich wahrscheinlich
während des ganzen Wochenendes nicht vom Zentralcomputer wegrühren. Auf jeden Fall war er erfahren genug, um jede unerwünschte Abweichung vom Orbit
festzustellen und die erforderlichen Maßnahmen zu
treffen. Er hatte nichts dagegen, von der Arbeit im Frei-
en eine Weile wegzukommen, da er es versäumt hatte,
seine empfindliche Haut vor der Sonne zu schützen, als
er beim Aufstellen der provisorischen Strommasten für
das Wasserkraftwerk half. Nun bereute er es bitter, diese einfache Vorsichtsmaßnahme unterlassen zu haben,
nur weil die anderen die Hemden ausgezogen hatten,
um braun zu werden.

»Das Programm läuft noch«, erklärte Sallah und glitt
in den Stuhl vor dem Terminal des Navigators. »Die *Yoko* liegt haargenau auf Kurs.«

»Die Diensthabende hätte wirklich so lange hierblei-
ben sollen, bis ich offiziell übernommen hatte«, murrte

Boris und seufzte. »Aber sie hatte vermutlich Angst, daß die anderen ohne sie starten würden. Es ist ja auch nichts passiert.«

Boris rief nun die anderen bemannten Stationen an und überprüfte anhand seiner Liste das diensttuende Personal. Avril Bitra und Bart Lemos waren für das Lebenserhaltungssystem zuständig und Nabhi Nabol für den Nachschub. Während Boris mit dem Appell beschäftigt war, begann Sallah am großen Terminal diskret mit einigen privaten Nachforschungen. Als erstes startete sie ein Programm, das feststellen sollte, wer sonst noch auf den Zentralcomputer zugriff. Diese Art von interner Prüfung war nur mit dem Terminal auf der Brücke und mit dem Gerät möglich, das früher in der Admiralssuite gestanden hatte. Wenn Sallah die *Yoko* wieder verließ, würde sie genau wissen, wer wonach gefragt hatte, wenn auch nicht, warum.

»Weißt du, ob man schon alle Bibliotheksbänder runtergeschafft hat?« fragte Boris und lehnte sich entspannt im Sessel zurück, nachdem er seinen Appell beendet und alles ins Log eingetragen hatte.

»Ich glaube, General Duff sagte so etwas, aber warum machst du dir nicht selbst Kopien, solange noch Bänder da sind?«

»Höchstens ein paar für den Privatgebrauch. Immerhin habe ich mir die Haut ruiniert, damit wir Energie haben, um sie ablaufen zu lassen.«

Sallah lachte, aber der arme Boris tat ihr unwillkürlich leid. Sein Gesicht glühte, und er hatte die weiteste Kleidung angezogen, die er finden konnte. Sie beobachtete ihn auffällig, bis er sich in den Bibliothekskatalog vertieft hatte, dann wandte sie sich wieder dem Computer zu.

Avril fragte an, wieviel Treibstoff in den Tanks aller drei Kolonistenschiffe noch vorhanden war. Nabol erkundigte sich nach bereits abtransportierten Maschinenteilen und Ersatzgeräten und wollte genau wissen, wo sie im Magazin zu finden waren. Damit er nicht zu fragen braucht, wenn er sie sich holen will, dachte Sallah. Besorgniserregender waren Avrils Pläne, denn sie war die einzige voll qualifizierte und erfahrene Astrogatorin. Wenn jemand mit dem überschüssigen Treibstoff etwas anfangen konnte, dann sie. Und wo waren die vielen Liter, die Kenjo beiseite geschafft hatte?

Avril ließ sich die Koordinaten der nächstgelegenen Planeten geben, auf denen Humanoide überleben konnten. Für zwei davon lagen EV-Berichte vor, die feststellten, daß sich dort intelligentes Leben entwickelte. Sie waren weit entfernt, aber mit der Admirals-Gig gerade noch erreichbar. Sallah sah nicht ganz ein, warum Avril sich überhaupt für diese Planeten interessierte, selbst wenn sie in Reichweite der *Mariposa* waren. Selbst angenommen, die Astrogatorin konnte den Weg dorthin berechnen, es wäre in jedem Fall eine lange anstrengende Reise, auch wenn die Gig ständig mit Höchstgeschwindigkeit flog. Dann fiel Sallah ein, daß das kleine Raumschiff mit zwei Kälteschlaftanks ausgestattet war: ein letzter Ausweg, den sie selbst allerdings niemals nehmen würde. Wenn sie in Tiefschlaf ging, legte sie Wert darauf, daß jemand wach blieb und die Anzeigen überprüfte. So narrensicher war das Verfahren schließlich auch nicht. Aber es gab zwei Tanks. Wer war also der Glückliche, der Avril begleiten durfte? Falls sie tatsächlich eine Flucht von Pern geplant hatte. Aber warum jemand von Pern fliehen sollte, wenn er gerade erst angekommen war, war für Sallah unbegreiflich. Da gab es eine ganze funkelnagelneue Welt, und Avril wollte ihr nicht einmal eine Chance geben? Oder doch?

Sallah ließ die Überwachung während der ganzen drei Tage weiterlaufen und druckte die Ergebnisse aus, ehe sie die Datei löschte. Als sie die Fähre bestieg, um auf den Planeten zurückzukehren, verstand sie, warum die Besatzung Landurlaub gebraucht hatte. Die arme, alte, fast völlig leere *Yoko* war ein deprimierender Aufenthaltsort, und auf den beiden kleineren Schiffen, der *Buenos Aires* und der *Bahrain*, bekam man wohl Platzangst. Aber die Demontage war fast beendet, und bald würde man die drei Kolonistenschiffe allein in ihrem Orbit zurücklassen. Dann waren sie nur noch morgens und abends zu sehen, als drei von Rubkats Strahlen beschienene Lichtpunkte.

Obwohl Sorkas Eltern die Freundschaft ihrer Tochter mit Sean Connell stillschweigend mißbilligten, fand das Mädchen immer wieder einen Anlaß, um sich weiter mit ihm zu treffen. Sein Mißtrauen ihr gegenüber hatte sich inzwischen etwas gelegt, allerdings stellte sie fest, daß seine Familie von dieser Freundschaft merkwürdigerweise ebensowenig begeistert war wie die ihre. Das verlieh der Sache einen gewissen Reiz.

Sie waren beide fasziniert von jenem Geschöpf und seinem Gelege, und das war es, was sie verband. Sorka beobachtete das Nest stets gemeinsam mit Sean, einerseits weil sie sichergehen wollte, daß es ihm nicht gelang, das Tierchen zu fangen, aber auch um das Ausschlüpfen der Brut nicht zu versäumen.

An diesem Morgen — einem Ruhetag — hatte sich Sorka auf eine lange Wache eingerichtet und einen Rucksack voll Sandwiches mitgenommen, genug, um sie mit Sean zu teilen. Die beiden Kinder hatten sich am Rand des Küstenfelsens an einer Stelle im Unterholz versteckt, wo sie das Nest im Blickfeld hatten. Das kleine goldene Tier sonnte sich am Strand und bewachte die Eier; sie konnten seine Augen glitzern sehen.

»Genau wie eine Eidechse«, murmelte Sean, und sein Atem kitzelte Sorkas Ohr.

»Ganz und gar nicht«, protestierte Sorka, und dabei fielen ihr die Illustrationen in einem alten Märchenbuch ein. »Eher wie ein kleiner Drache. Ein Zwergdrache«, sagte sie fast aggressiv. Sie fand, ›Eidechse‹ passe überhaupt nicht zu einem so prachtvollen Geschöpf.

Vorsichtig schob sie ein vielbeiniges Insekt beiseite, das den dreigeteilten Körper eilig durch das Unterholz schob. Felicia Grant, die Botaniklehrerin der Kinder, hatte diese Tiere als eine Art von Tausendfüßlern bezeichnet und sich sehr gefreut, sie zu sehen. Sie hatte der Klasse auch ihren Fortpflanzungszyklus erklärt: die Erwachsenen produzierten Junge, die mit den Eltern verbunden blieben, bis sie die gleiche Größe erreicht hatten, daraufhin wurden sie abgestoßen. Oft wurden gleich zwei halbwüchsige Sprößlinge mitgeschleppt.

Sean baute gelangweilt einen Damm aus Blättern, um das Insekt von sich abzulenken. »Die Schlangen fressen viele von denen, und die Wherries fressen die Schlangen.«

»Die Wherries fressen auch Wherries«, sagte Sorka empört, denn sie erinnerte sich, wie sie die Räuber bei ihrem Tun beobachtet hatte.

Sie lagen in der Mittagshitze und waren fast am Eindösen, als ein leises Gurren sie aufhorchen ließ. Der kleine goldene Zwergdrache breitete die Schwingen aus.

»Sie will sie beschützen«, sagte Sorka.

»Nein, begrüßen.«

Sean hatte die Angewohnheit, bei allen Diskussionen genau das Gegenteil zu behaupten. Sorka hatte sich inzwischen daran gewöhnt und erwartete gar nichts anderes mehr.

»Vielleicht beides«, meinte sie friedfertig.

Sean schnaubte nur verächtlich. »Wetten, daß dieser Walzenkäfer vor Schlangen davongelaufen ist?«

Sorka unterdrückte ein Schaudern. Sean durfte nicht merken, wie sehr sie die glitschigen Tiere verabscheute. »Du hast recht. Es ist eine Begrüßung.« Sorka riß die Augen auf. »Sie singt!«

Sean lächelte, als der Gesang immer jauchzender wurde. Das kleine Geschöpf legte den Kopf schief und sie sahen seine Kehle vibrieren.

Plötzlich wimmelte es über dem Felsen von Zwergdrachen. Überrascht griff Sean nach Sorkas Arm, um sie zum Schweigen zu veranlassen. Aber Sorka war so verblüfft, daß sie ohnehin keinen Laut hervorgebracht hätte, und starrte die Versammlung nur verzückt an. Blaue, braune und bronzefarbene Zwergdrachen schwebten in der Luft und stimmten in den Gesang der kleinen Goldenen ein.

»Es müssen Hunderte sein, Sean.« Die blitzschnell umherschwirrenden Tiere schienen den Himmel wie eine Wolke zu verdunkeln.«

»Es sind nur zwölf Eidechsen«, entgegnete Sean ungerührt. »Nein, sechzehn.«

»Zwergdrachen.« Sorka ließ sich nicht von dieser Bezeichnung abbringen.

Sean schien sie gar nicht gehört zu haben. »Ich möchte nur wissen, warum.«

»Schau!« Sie zeigte auf einen neuen Schwarm von Zwergdrachen, die plötzlich aufgetaucht waren und tropfnasse Seetangsträhnen hinter sich herzogen. Es wurden immer mehr, nun hatten sie etwas Zappelndes im Maul und legten es auf dem Seetang ab, der einen unregelmäßigen Kreis um das Nest herum bildete. »Wie ein Damm«, murmelte Sorka staunend. Weitere Fluggeschöpfe, vielleicht auch dieselben auf dem Rückweg, brachten Walzenkäfer und Sandwürmer, die über den Tang hüpften oder sich hineinwühlten.

Dann sahen Sorka und Sean, wie das erste Ei einen Sprung bekam und ein kleiner nasser Kopf sich hindurchzwängte, und klammerten sich vor Aufregung aneinander. Die fliegenden Wesen hörten auf zu sammeln und trillerten eine komplizierte Melodie.

»Siehst du, sie begrüßen das Kleine!« Sean wußte, daß er die ganze Zeit über recht gehabt hatte.

»Nein! Sie wollen es beschützen!« Sorka zeigte auf zwei riesige gefleckte Schlangen mit stumpfen Köpfen auf der anderen Seite des Dickichts.

Sobald die Flieger die Eindringlinge entdeckt hatten, stieß ein halbes Dutzend von ihnen auf die sich vorschiebenden Köpfe hinab. Vier Zwergdrachen verfolgten sie bis in das Unterholz hinein, und die Äste schwankten heftig, bis die Angreifer laut schnatternd wieder auftauchten. In dieser kurzen Zeit waren vier weitere Eier aufgebrochen. Die erwachsenen Tiere bildeten eine lebende Versorgungskette, als das erste Junge sich aus der Schale befreite und jämmerlich kreischend herumstolperte. Seine Mutter trieb es mit Flügelschlägen und ermutigendem Zirpen auf einen anderen Zwergdrachen zu, der dem Kleinen ein zuckendes Fischlein entgegenhielt.

Eine Felsenschlange hatte sich im Sand versteckt und versuchte nun, an der Felswand hinaufzukriechen und sich einen weiteren Nestling zu schnappen. Sie stemmte sich mit den mittleren Gliedmaßen ein, hob den Kopf und wollte sich mit weit aufgerissenem Maul auf ihre Beute stürzen. Sofort wurde sie aus der Luft angegriffen. Das Junge hatte bereits einen recht gut ausgeprägten Selbsterhaltungstrieb und tapste unbeholfen über die dammähnliche Tangmauer auf das Gebüsch zu, unter dem sich Sorka und Sean versteckten.

»Geh weg!« murmelte Sean mit zusammengebissenen Zähnen und wollte das winselnde Junge mit einer Handbewegung verscheuchen. Das hätte ihm gerade noch gefehlt, daß die erwachsenen Verwandten nun ihn attackierten.

»Es hat Hunger, Sean«, sagte Sorka und tastete nach dem Paket mit den Sandwiches. »*Spürst* du nicht, wie hungrig es ist?«

»Komm ja nicht auf die Idee, es zu bemuttern!« murmelte er, obwohl auch er die Gier des kleinen Wesens spürte. Aber er hatte gesehen, wie die Flieger mit ihren scharfen Klauen die Fische zerrissen hatten, und wollte lieber nicht ihr nächstes Opfer sein.

Ehe er Sorka zurückhalten konnte, hatte sie ein Stück

Brot auf den Felsen geworfen. Es landete direkt vor dem hin- und herschwankenden schreienden Nestling, und der stürzte sich darauf und verschlang es gierig. Jetzt klang sein Geschrei verzweifelt und fordernd, und er wackelte zielbewußt auf die Stelle zu, von der das Futter gekommen war. Zwei weitere kleine Wesen hoben die Köpfe und wandten sich in die gleiche Richtung, obwohl ihre Mutter sich alle Mühe gab, sie zu den Erwachsenen zu treiben, die ihnen saftige Meerestiere entgegenstreckten.

»Jetzt ist es passiert«, stöhnte Sean.

»Aber es hat doch solchen Hunger.« Sorka brach noch mehr Brot ab und warf es den drei Nestlingen zu.

Die beiden anderen kamen hastig näher, um sich ihren Anteil zu holen. Sean sah bestürzt, daß Sorka aus ihrem Versteck gekrochen war und dem vordersten Nestling ein Stück Brot direkt aus der Hand reichte. Sean wollte sie zurückreißen, verfehlte sie aber und schlug sich am Felsen das Kinn auf.

Sorkas Tierchen nahm das Brotstück, kletterte dann auf ihre Hand und schniefte kläglich.

»O Sean, sieh doch, wie niedlich! Und es ist bestimmt keine Eidechse. Es ist warm und fühlt sich weich an. Komm, nimm doch auch ein Sandwich und füttere die anderen! Sie sind am Verhungern.«

Sean warf einen kurzen Blick auf die Mutter und sah erleichtert, daß sie viel zu sehr damit beschäftigt war, die anderen sattzubekommen, um den drei Ausreißern zu folgen. Die Tierchen faszinierten ihn so, daß er seine Vorsicht vergaß. Er griff nach einem Sandwich, kniete neben Sorka nieder und lockte einen der braunen Zwergdrachen zu sich. Als der zweite hörte, wie sich die Schreie seines Geschwisterchens veränderten, breitete er seine feuchten Flügel aus, kreischte schrill und stürzte hektisch heran. Sean mußte zugeben, daß Sorka recht hatte: die Tiere hatten eine weiche Haut und fühlten sich warm an, ganz anders als Eidechsen.

Bald waren die Brote verschwunden, die Nestlinge hatten dicke Bäuche, und Sorka und Sean hatten, ohne sich dessen bewußt zu sein, Freunde fürs Leben gewonnen. Sie waren mit ihren dreien so beschäftigt gewesen, daß sie gar nicht bemerkt hatten, wie die anderen verschwunden waren. Nur die leeren Eierschalen in der Felssenke zeugten noch von dem Ereignis, das eben stattgefunden hatte.

»Wir können sie nicht allein zurücklassen. Ihre Mutter ist fort«, sagte Sorka, überrascht, daß die Zwergdrachenverwandtschaft so einfach abgezogen war.

»Ich hätte die meinen auf keinen Fall hiergelassen«, sagte Sean ein wenig spöttisch. Sorkas Ratlosigkeit amüsierte ihn. »Ich will sie behalten, und du kannst mir auch deins geben, wenn du es nicht mit nach Landing nehmen willst. Deine Mutter wird sicher nicht erlauben, daß du ein wildes Tier aufnimmst.«

»Es ist nicht wild«, entgegnete Sorka gekränkt und streichelte mit dem Zeigefinger die winzige bronzefarbene Eidechse, die sich in ihre Armbeuge kuschelte. Das Kleine regte sich, drückte sich fester an sie und stieß einen Laut aus, der große Ähnlichkeit mit einem Schnurren hatte. »Meine Mutter kann phantastisch mit Babys umgehen. Früher hat sie immer die Lämmer gerettet, die sogar mein Vater aufgegeben hatte.«

Sean gab sich zufrieden. Er hatte die Braunen in sein Hemd gesteckt und zog nun den Ledergürtel strammer, den er aus dem Magazin angefordert hatte. Daß ihm das so ohne weiteres gelungen war, hatte ihm Vertrauen zu Sorka eingeflößt, und es hatte seinem Vater bewiesen, daß die ›anderen‹ die vielen Dinge, die mit den Raumschiffen nach Pern geschafft worden waren, gerecht verteilten. Zwei Tage, nachdem er sich den Gürtel besorgt hatte, sah Sean richtige Kochtöpfe anstelle der alten Blechbüchsen über dem Lagerfeuer hängen, und seine Mutter und seine drei Schwestern trugen neue Hemden und Schuhe.

Die braunen Zwergdrachen lagen warm an seiner Haut, ihre winzigen Stacheln kratzten ein wenig, aber er war mehr als zufrieden mit seinem Erfolg. Sie hatten nur drei Zehen, die vordere lag zurückgeklappt zwischen den beiden hinteren. Im Lager seines Vaters hatten alle am Strand nach Eidechsennestern — na schön, nach Zwergdrachennestern und Schlangenlöchern gesucht. Nach Spuren der legendären Eidechsen suchten sie zum Spaß, die Schlangen jagten sie aus Sicherheitsgründen. Die räuberischen Reptilien waren eine Gefahr für die Menschen, die in primitiven Unterständen aus geflochtenen Zweigen und breitblättrigen Wedeln wohnten. Sie waren bis ins Innere der Behausungen vorgedrungen und hatten in Decken gehüllte schlafende Kinder gebissen. Nichts war vor ihnen sicher. Und essen konnte man sie nicht.

Seans Vater hatte verschiedene Schlangen gefangen, abgehäutet und gebraten. Von jeder Sorte hatte er einen winzigen Bissen gekostet und sich sofort den Mund ausspülen müssen, weil das Schlangenfleisch brannte und die Mundhöhle anschwellen ließ. So war an alle im Lager die Anweisung ergangen, das Ungeziefer zu fangen und zu töten. Wenn sie natürlich erst einmal Terrier oder Frettchen in die Löcher schicken konnten, würden sie mit dieser Plage kurzen Prozeß machen. Porrig Connell war sehr aufgebracht, weil die anderen Mitglieder der Expedition nicht zu begreifen schienen, wie dringend seine Leute Hunde brauchten. Es waren keine Schoßtiere — sie waren für die Lebensweise seines Volkes unerläßlich. Auf Pern würde es also nicht anders sein als auf der Erde: die Connels waren die letzten, die brauchbare Dinge bekamen, und die ersten, denen man mit dem Knüppel drohte. Immerhin hatte er jede seiner fünf Familien für einen Hund vormerken lassen.

»Dein Dad wird sich freuen«, sagte Sorka, die ihre Begeisterung irgendwie loswerden mußte. »Nicht wahr, Sean? Wetten, daß sie bei der Schlangenjagd sogar noch besser sind als Hunde? Denk nur daran, wie sie auf die Gefleckten losgegangen sind.«

Sean schnaubte verächtlich. »Doch nur, weil die Nestlinge angegriffen wurden.«

»Ich glaube nicht, daß es nur daran lag. Ich habe fast gespürt, wie sie die Schlangen haßten.« Sie wollte ganz einfach daran glauben, daß die Flugechsen ungewöhnlich waren, genau wie sie ihren rötlichgelben Kater Duke immer für den besten Jäger im ganzen Tal und den alten Chip für den besten Hirtenhund in ganz Tipperary gehalten hatte. Aber plötzlich kamen ihr Zweifel. »Vielleicht sollten wir sie doch lieber hier lassen, damit ihre Mutter sie findet.«

Sean runzelte die Stirn. »Die anderen hat sie aber ganz schnell ins Meer gescheucht.«

Sie standen gleichzeitig auf und gingen mit vorsichtigen Schritten, um ihre schlafenden Schützlinge nicht zu wecken, auf die Landspitze zu.

»Sieh doch nur!« rief Sorka und deutete erregt auf das Wasser hinaus, wo gerade der zerfetzte Körper eines Nestlings hinuntergezogen wurde. »Oh, wie schrecklich!« Sean sah mit ausdrucksloser Miene zu, aber Sorka wandte sich ab und ballte die Fäuste. »Sie ist doch keine gute Mutter.«

»Nur die Besten überleben«, sagte Sean. »Unsere drei sind in Sicherheit, weil sie schlau genug waren, zu uns zu kommen!« Dann drehte er sich um, legte den Kopf schief und sah sie aus schmalen Augen an. »Wird dein Junges in Landing *auch* in Sicherheit sein? Die sitzen uns nämlich dauernd im Nacken, wir sollen ihnen Tiere bringen, weil mein Dad sich so gut aufs Fallenstellen und Schlingenlegen versteht.«

Sorka drückte ihren schlafenden Schützling fester an sich. »Mein Vater würde nicht zulassen, daß dem Kerlchen hier etwas geschieht. Das weiß ich ganz sicher.«

Zynisch bemerkte Sean: »Ja, aber er ist nicht der Leiter seiner Gruppe, oder? Wenn er einen Befehl bekommt, muß er gehorchen.«

»Die wollen sich die Lebensformen doch nur *ansehen*, nicht etwa aufschneiden oder so was.«

Sean war nicht überzeugt, aber er folgte Sorka, als sie sich vom Meer abwandte und sich durch das Unterholz zum Rand des Plateaus vorkämpfte.

»Sehen wir uns morgen?« fragte Sean. Plötzlich fürchtete er, sie müßten ihre Treffen aufgeben, weil die gemeinsame Wache nun zu Ende war.

»Na ja, morgen muß ich arbeiten, aber könnten wir uns nicht abends treffen.« Sorka zögerte keinen Augenblick mit ihrer Antwort. Die strengen Sitten der Erde hatten keine Gültigkeit mehr, hier konnte sie kommen und gehen, wie sie wollte. Allmählich hielt sie es für ebenso selbstverständlich, daß ihr auf Pern keine Gefahr drohte, wie sie es als ihre Pflicht ansah, für die Zukunft des Planeten zu arbeiten. Auch Sean trug zu diesem Gefühl der Sicherheit bei, trotz seines tief verwurzelten Mißtrauens gegenüber jedem, der nicht zu seinen eigenen Leuten gehörte. Auch wenn er es nicht wahrhaben wollte, er und sie waren nach dem kurzen Erlebnis auf dem Felsenkopf auf ganz besondere Weise miteinander verbunden.

»Glaubst du wirklich, daß sie Schlangen jagen?« fragte Porrig Connell, als er eine von Seans schlafenden Neuerwerbungen untersuchte. Das Tierchen regte sich nicht, als er einen der schlaffen Flügel auseinanderzog.

»Wenn sie Hunger haben«, antwortete Sean und hielt den Atem an, weil er Angst hatte, sein Vater könnte die kleine Echse aus Unachtsamkeit verletzen.

Porrig war nicht überzeugt. »Wir werden sehen. Wenigstens stammt es von hier. Immer noch besser, als bei lebendigem Leibe aufgefressen zu werden. Eine von den Blaugefleckten hat gestern nacht einen ganzen Brocken Fleisch aus Sineads Baby rausgebissen.«

»Sorka sagt, in *ihr* Haus kommen keine Schlangen rein. Das Plastik hält sie ab.«

Porrig knurrte wieder skeptisch, dann nickte er zu dem schlafenden Nestling hin. »Du hast sie angeschleppt. Jetzt kümmere dich auch darum.«

In Haus Vierzehn am Asienplatz wurde Sorkas kleines Geschöpf mit sehr viel mehr Begeisterung empfangen. Mairi schickte als erstes Brian los, damit er seinen Vater aus dem Veterinärschuppen holte. Dann kleidete sie einen der Körbe, die sie aus den zähen Binsen von Pern geflochten hatte, mit getrockneten Pflanzenfasern aus, hob das Tierchen ganz vorsichtig von Sorkas Arm und legte es in sein neues Bett. Es rollte sich sofort zusammen, seufzte so tief, daß der Brustkorb so dick wurde wie der Bauch, und schlief weiter.

»Es ist keine richtige Eidechse, oder?« fragte Mairi und streichelte sanft die warme Haut. »Es fühlt sich an wie gutes Wildleder. Eidechsen sind trocken und hart. Und es lächelt. Siehst du?«

Gehorsam schaute Sorka hinunter und lächelte ebenfalls. »Du hättest sehen sollen, wie es die Sandwiches verschlungen hat.«

»Soll das heißen, daß du den ganzen Tag nichts zu essen bekommen hast?« Bestürzt machte sich Mairi sofort daran, diesem Umstand abzuhelfen.

Obwohl die Gemeinschaftsküche die meisten der sechstausend Stammbewohner von Landing versorgte, gingen immer mehr Familien dazu über, ihr Essen selbst zuzubereiten und nur die Abendmahlzeit zusammen mit den anderen einzunehmen. Die Hanrahans hatten eine typische Familienwohnung: ein mittelgroßes und zwei kleinere Schlafzimmer, ein größerer Wohnraum und winziges Badezimmer. Bis auf die kostbare Brauttruhe aus Rosenholz stammten alle Möbel aus den Kolonistenschiffen oder waren von Red in seiner unregelmäßigen Freizeit selbst gebaut worden. In einer Ecke des großen Raumes befand sich eine kleine, aber ausreichende Küchenzeile. Mairi war stolz auf ihre Kochkünste und experimentierte gerne mit den neuen Nahrungsmitteln.

Sorka war bei ihrem dritten Sandwich angelangt, als Red Hanrahan mit dem Zoologen Pol Nietro und der Mikrobiologin Bay Harkenon eintraf.

»Weckt mir das kleine Ding ja nicht auf!« warnte Mairi sofort.

Fast ehrfürchtig betrachteten die drei die schlafende Echse. Red Hanrahan überließ sie den Spezialisten, während er seine Tochter umarmte und küßte und ihr mit liebevollem Stolz durchs Haar fuhr. »Du bist doch mein kluges Mädchen!« rief er.

Er setzte sich an den Tisch, streckte die langen Beine aus, schob die Hände in die Taschen und sah zu, wie die beiden anderen über dem ersten einheimischen Wesen von Pern gluckten.

»Wirklich ein erstaunliches Exemplar«, bemerkte Pol zu Bay, als sie sich aufrichteten.

»Einer Eidechse sehr ähnlich«, antwortete diese und lächelte Sorka zu. »Könntest du uns bitte genau erzählen, wie du es zu dir gelockt hast?«

Sorka zögerte kurz, aber als ihr Vater ihr beruhigend zunickte, erzählte sie alles, was sie über die Eidechsen wußte, von ihrer ersten Begegnung mit dem kleinen goldenen Tier, das seine Eier bewachte, bis zu dem Moment, als sie das bronzefarbene Junge dazu gebracht hatte, ihr aus der Hand zu fressen. Sean Connell erwähnte sie nicht, doch aus den Blicken, die ihre Eltern wechselten, erkannte sie, daß diese bereits vermuteten, wer bei ihr gewesen war.

»Bist du der einzige Glückspilz?« fragte ihr Vater leise, während die beiden Biologen das schlafende Geschöpf fotografierten.

»Sean hat zwei Braune mit nach Hause genommen. Sie haben in ihrem Lager furchtbar unter Schlangen zu leiden.«

»Am Kanadaplatz stehen Häuser für sie bereit«, erinnerte ihr Vater. »Sie hätten den ganzen Platz für sich allein.«

Sämtliche Nomadengruppen der Kolonie hatten Unterkünfte zugewiesen bekommen, und zwar aufmerksamerweise am Rand von Landung, damit sie sich nicht so eingeschlossen fühlen sollten. Aber nach ein paar Tagen waren sie alle fort gewesen, hatten sich in den unerforschten Gebieten außerhalb der Siedlung verstreut. Sorka hob die Schultern.

Dann bombardierten Pol und Bay sie zum zweiten Mal mit Fragen, um auch die letzten Unklarheiten auszuräumen.

»Sorka, wir möchten uns deine Neuerwerbung gern für ein paar Stunden ausborgen.« Bay betonte das Wort ›ausborgen‹. »Ich versichere dir, daß wir ihm kein — nun, kein Fleckchen Haut ankratzen werden. Wir können eine Menge feststellen, indem wir Tiere einfach beobachten oder behutsam mit den Händen untersuchen.«

Sorka sah ihre Eltern ängstlich an.

»Warum soll es sich nicht erst einmal an Sorka gewöhnen?« fragte Red beiläufig und legte leicht eine Hand auf die geballten Fäuste seiner Tochter. »Sorka kann sehr gut mit Tieren umgehen, sie scheinen Vertrauen zu ihr zu haben. Und ich halte es im Moment für weit wichtiger, diesen bissigen Burschen zu beruhigen, als herauszufinden, wie er tickt.« Sorka wagte wieder zu atmen und entspannte sich. Sie wußte, daß auf ihren Vater Verlaß war. »Wir wollen ihn doch nicht verscheuchen. Er ist erst heute morgen geschlüpft.«

»Mein Berufseifer geht mit mir durch.« Bay Harkenon lächelte reumütig. »Du hast natürlich recht, Red. Wir müssen ihn Sorkas fähigen Händen überlassen.« Die Frau schickte sich zum Gehen an, als ihr Kollege sich räusperte.

»Wenn Sorka allerdings darauf achten könnte, wieviel er frißt, wie oft, was er am liebsten mag ...«, begann Pol.

»Außer belegten Broten«, lachte Mairi.

»... würde uns das sehr viel weiterhelfen.« Wenn Pol so charmant lächelte, sah er viel weniger grau und ungepflegt aus. »Und du sagst, du brauchtest nicht mehr zu tun, als ihn mit Futter zu locken?«

Sorka sah plötzlich im Geist vor sich, wie der ziemlich gebückt gehende, unsportliche Pol Nietro mit einem Korb voll Leckerbissen in einem Gebüsch lauerte und Eidechsen anlockte.

»Ich glaube, das lag daran, daß er nach dem Ausschlüpfen so schrecklich hungrig war«, sagte sie nachdenklich. »Ich meine, ich war während der ganzen Woche jeden Tag am Strand und hatte Sandwiches in der Tasche, aber die Mutter ist nie in meine Nähe gekommen, um zu betteln.«

»Hmm. Nicht von der Hand zu weisen. Wenn sie frisch ausgeschlüpft sind, sind sie gefräßig.« Pol brummelte weiter vor sich hin, während er diese Information geistig verarbeitete.

»Und die Erwachsenen haben tatsächlich den Nestlingen Nahrung gebracht?« murmelte Bay. »Fische und Insekten? Hmm. Vielleicht eine Art Prägungsritual? Die Jungen konnten fliegen, sobald die Flügel trocken waren? Hmm. Ja. Faszinierend. Das Meer wäre die nächstgelegene Nahrungsquelle.« Sie sammelte ihre Notizen ein und bedankte sich bei Sorka und ihren Eltern. Dann verließen die beiden Spezialisten das Haus.

»Ich muß auch wieder an die Arbeit, meine Lieben«, sagte Red. »Gut gemacht, Sorka! Da sieht man wieder, was die alten Iren so alles fertigbringen.«

»Peter Oliver Plunkett Hanrahan«, schimpfte seine Frau. »Fang endlich an, pernesisch zu denken. Pernesisch. Pernesisch«, wiederholte sie mit gespielter Strenge immer lauter.

»Perner, nicht Iren. Wir sind Perner«, leierte Red gehorsam, grinste keineswegs reumütig und tänzelte im Takt zu ›pernesisch, pernesisch‹ aus dem Haus.

An diesem Abend wurde Sorka aufgefordert, das Feuer anzuzünden, was sie sehr überraschte und in Verlegenheit brachte und bei ihrem Bruder heftige Eifersucht auslöste. Als Pol Nietro verkündete, warum die Wahl auf sie gefallen war, gab es allseits Jubel und stürmischen Beifall. Sorka sah erstaunt, daß Admiral Benden und Gouverneurin Boll, die es sich nicht hatten nehmen lassen, dieser kleinen abendlichen Zeremonie beizuwohnen, genau wie alle anderen schrien und klatschten.

»Ich war nicht allein«, sagte Sorka laut mit klarer Stimme, als ihr der Bürgermeister von Landing feierlich die Fackel überreichte. »Sean Connell hat zwei braune Echsen, nur ist er heute abend nicht hier. Sie sollten aber wissen, daß er das Nest als erster gefunden hat, und dann haben wir es beide beobachtet.«

Sie wußte, daß es Sean Connell nicht kümmerte, ob er die ihm gebührende Anerkennung bekam oder nicht, aber ihr war es nicht egal. Mit diesem Gedanken stieß sie die brennende Fackel mitten in den Holzstoß hinein. Als das trockene Material Feuer fing und hell aufloderte, sprang sie schnell zurück.

»Gut gemacht, Sorka«, sagte ihr Vater und legte ihr leicht die Hände auf die Schultern. »Gut gemacht.«

Sorka und Sean blieben fast eine ganze Woche lang die einzigen stolzen Besitzer der hübschen Echsen, obwohl allabendlich ein Sturm auf die Strände und Landspitzen einsetzte. Aber dann wurde ein Nest nach dem anderen entdeckt und scharf bewacht. Mit Hilfe des Verfahrens, das Sorka so exakt beschrieben hatte, gelang es schließlich noch einigen Leuten, eine Reihe der kleinen Geschöpfe an sich zu binden. Und Sorkas Bezeichnung — Zwergdrachen — wurde allgemein übernommen.

Der Besitz eines solchen Tierchens war, wie Sorka

bald feststellen mußte, kein ungetrübtes Vergnügen. Ihr kleiner Zwergdrache, den sie zur Erinnerung an ihren alten rötlichgelben Kater Duke getauft hatte, war gefräßig. Er fraß alles, was sie ihm gab, in dreistündigen Abständen, und in der ersten Nacht weckte er mit seinem Hungergeschrei den ganzen Platz auf. Zwischen den Fütterungen schlief er. Als Sorka bemerkte, daß seine Haut Risse bekam, verordnete ihr Vater eine Salbe, die er mit Hilfe eines Kinderarztes und eines Biologen aus dem Tran einheimischer Fische zusammengerührt hatte. Der Kinderarzt war von dem Ergebnis so begeistert, daß er den Apotheker beauftragte, größere Mengen davon als Allheilmittel gegen trockene Haut herzustellen.

»Duke wächst, und seine Haut dehnt sich«, lautete Reds Diagnose.

Duke als Männchen zu bezeichnen, war reine Willkür, denn bisher hatte niemand das Geschöpf genau genug untersuchen können, um sein Geschlecht festzustellen, falls es überhaupt eines hatte. Da die goldenen Zwergdrachen Eier legten, neigte man dazu, sie für Weibchen zu halten, freilich wies einer der Biologen einschränkend darauf hin, daß sich bei manchen Gattungen auf der Erde die Männchen um die Eier kümmerten. Die abgestreiften Hautteile wurden eifrig gesammelt und analysiert. Es war den wissensdurstigen Zoologen bisher nicht gelungen, Duke zu röntgen, denn er schien es sofort zu merken, wenn jemand etwas mit ihm vorhatte. Am zweiten Tag nach seiner Ankunft hatten die Zoologen versucht, ihn unter das Gerät zu legen, während Sorka nervös im Nebenraum wartete.

»Das ist doch nicht zu fassen!«

»Was?«

Sorka hörte die erschrockenen Ausrufe von Pol und Bay, und im gleichen Augenblick tauchte Duke ziemlich außer sich über ihrem Kopf auf. Er stieß ein teils erleichtertes, teils erbostes Kreischen aus, landete auf ihrer Schulter, wickelte den Schwanz fest um ihren Hals und krallte die Klauen in ihr Haar, dabei zeterte er wütend, und die Facettenaugen schillerten rot und gelb vor Zorn.

Hinter Sorka öffnete sich plötzlich die Tür, und Pol und Bay stürmten mit erstaunt aufgerissenen Augen in den Raum.

»Er ist eben aufgetaucht«, erklärte das Mädchen den beiden Wissenschaftlern, und sie beruhigten sich allmählich und sahen sich verwundert an. Schließlich verzog sich Pols breites Gesicht zu einem Lächeln, und auch Bay schien sehr erfreut.

»Die Amigs sind also doch nicht die einzigen, die telekinetische Fähigkeiten besitzen«, stellte Bay mit selbstzufriedendem Lächeln fest. »Ich habe immer behauptet, Pol, daß sie nicht einmalig in der Galaxis sein können.«

»Wie hat er das geschafft?« fragte Sorka ein wenig unsicher, denn es war schon öfter vorgekommen, daß Duke verwirrend schnell verschwunden war.

»Er hat sich wohl vor dem Röntgenapparat gefürchtet. Er ist ziemlich klein, und das Ding sieht wirklich bedrohlich aus«, erklärte Bay. »Und deshalb ist er teleportiert, glücklicherweise zu dir, weil er dich als seine Beschützerin ansieht. Die Amigs setzen Teleportation ein, wenn sie sich bedroht fühlen. Eine sehr nützliche Fähigkeit.«

»Ob wir wohl herausfinden können, wie die kleinen Kerle das *machen?*« überlegte Pol.

»Wir könnten es mit den Gleichungen der Eridani versuchen«, schlug Bay vor.

Pol sah Duke an. Die Augen der Echse waren noch immer rot vor Zorn, und sie klammerte sich weiterhin fest an Sorka, hatte jetzt aber die Flügel angelegt.

»Um sie auszuprobieren, müssen wir mehr über den Burschen und seine Spezies wissen. Vielleicht könntest du ihn festhalten, Sorka.«

Doch auch als Sorka ihn sanft beruhigte, ließ sich Duke nicht unter das Röntgengerät legen. Nach einer halben

Stunde gaben Pol und Bay widerwillig auf und gaben ihr sich heftig sträubendes Versuchsobjekt frei. Bei jedem Schritt beschwichtigend auf die immer noch empörte Echse einredend, trug Sorka sie zu ihrem Geburtsort. Sean lag im Schatten der Büsche, und seine beiden Braunen kuschelten sich an seinen Hals. Als sie Sorka kommen hörten, blinzelten sie mit schwach blaugrün funkelnden Augen zu ihr auf. Duke begrüßte sie zirpend, und sie antworteten mit ähnlichen Lauten.

»Ich wollte gerade ein bißchen schlafen«, murmelte Sean verdrießlich, ohne auch nur die Augen zu öffnen. »Mein Dad hat mich zu den Babys reingelegt, weil er sehen wollte, ob die Burschen hier die Schlangen verjagen.«

»Und, haben sie's getan?« fragte Sorka, ehe er wieder einschlafen konnte.

»Ja.« Sean gähnte herzhaft und schlug lässig nach einem Insekt. Sofort schnappte es einer der Braunen aus der Luft und verschlang es.

»Sie fressen alles.« Sorka sagte es bewundernd. »Dr. Marceau sagt, sie sind Omnivoren.« Sie setzte sich neben Sean auf den Felsen. »Und sie können zwischen verschiedenen Orten wechseln, wenn sie Angst haben. Dr. Nietro hat versucht, Duke zu röntgen, und er hat mich aus dem Zimmer geschickt. Ich war kaum draußen, als Duke schon wieder an mir hing und sich festklammerte, als wolle er nie wieder loslassen. Sie sagen, er kann teleportieren. Er verwendet Telekinese.« Sie war stolz, daß sie all diese schwierigen Worte ohne Stocken herausgebracht hatte.

Sean öffnete ein Auge, legte den Kopf schief und schaute zu ihr auf. »Und was heißt das?«

»Er kann sich sofort außer Gefahr bringen.«

Sean gähnte wieder. »Na und? Wir haben doch beide schon gesehen, wie sie diese Nummer abgezogen haben. Und sie tun es nicht nur, wenn sie in Gefahr sind.« Erneutes Gähnen. »Du warst ganz schön schlau, daß du nur einen genommen hast. Wenn einer satt ist, hat der andere Hunger. Die beiden und die Babys, auf die ich aufpassen muß, schaffen mich vollkommen.« Er schloß auch das eine Auge wieder, faltete die Hände vor der Brust und schlief weiter.

»Dann spiele ich eben goldene Echse und bewache dich, damit nicht eine große, garstige, gefleckte Stumpfnase kommt und dich beißt!«

Sie weckte ihn auch nicht, als sie eine Schar der Echsen am Himmel kreisen und herabstoßen sah, ein atemberaubendes akrobatisches Schauspiel. Duke beobachtete den Schwarm ebenfalls und gurrte dabei leise vor sich hin, aber entgegen ihrer anfänglichen Befürchtung, er wolle sich vielleicht den anderen anschließen, löste er nicht einmal den Schwanz von ihrem Hals. Ehe Sorka nach Hause ging, stellte sie Sean noch eine Büchse mit der Salbe hin, die für Dukes rissige Haut hergestellt worden war.

Sorka war an diesem Tag nicht die einzige, die auf Pern akrobatische Kunststücke in der Luft beobachtete. Einen halben Kontinent weiter südwestlich sah Sallah Telgar mit klopfendem Herzen zu, wie Drake Bonneau den kleinen Luftschlitten aus einer Thermik heraus über den großen Binnensee zog, für den er unbedingt den Namen Drake-See durchsetzen wollte. Von dem kleinen Bergwerksteam hatte niemand etwas dagegen, aber Drake neigte dazu, jedes Thema totzureiten. Außerdem konnte er es nicht lassen, sich mit seinen Flugkünsten aufzuspielen. Seine Kapriolen sind törichte Treibstoffvergeudung, dachte Sallah, und sicher nicht der richtige Weg, um ihr Herz und ihre Achtung zu gewinnen. In letzter Zeit trieb er sich ständig um ihre Unterkunft herum, hatte aber bisher keinen nennenswerten Erfolg damit.

Ozzie Munson und Cobber Alhinwa tauchten aus der Hütte auf, wo sie eben ihre Sachen verstaut hatten, blieben neben Sallah stehen und folgten ihrem Blick.

»Du meine Güte, jetzt ist er schon wieder dabei!« stöhnte Ozzie und grinste Sallah boshaft an.

»Der knallt noch mal runter«, fügte Cobber kopfschüttelnd hinzu, »und dieser verdammte See ist so tief, daß wir ihn nie finden werden. Und den Schlitten auch nicht. Dabei brauchen wir den.«

Als Sallah Svenda Olubushtu kommen sah, drehte sie sich hastig um und ging auf die größte Hütte des kleinen Erzsucherlagers zu. Auf Svendas spöttische, eifersüchtige Kommentare konnte sie verzichten. Es war ja nicht so, als ob sie Drake Bonneau ermuntert hätte, ganz im Gegenteil, sie hatte mit allem Nachdruck mehrmals öffentlich ihr Desinteresse kundgetan.

Vielleicht packe ich es falsch an, dachte sie. Wenn ich ihm nachliefe, ständig an seinen Lippen hinge und ihm bei jeder sich bietenden Gelegenheit auflauerte wie Svenda, würde er mich vielleicht eher in Ruhe lassen.

In der großen Hütte war Tarvi Andiyar bereits dabei, die Funde dieses Tages auf dem großen Bildschirm zu markieren. Seine Spinnenfinger flogen so schnell über die Tastatur, daß das Textverarbeitungsprogramm kaum Schritt halten konnte, und dabei murmelte er ununterbrochen vor sich hin. Seine Selbstgespräche verstand niemand, denn er führte sie in seiner Muttersprache, einem unbekannten indischen Dialekt. Wenn man ihn auf diesen Tick ansprach, pflegte er mit seinem zu Herzen gehenden Lächeln zu antworten:

»Auch andere Ohren sollen diese herrlich schmelzende Sprache hören, auf daß sie auch hier auf Pern gesprochen werde, solange noch ein Mensch lebt, der sie nach so vielen Jahrhunderten noch fließend beherrscht. Klingt sie nicht wunderbar, so rhythmisch und melodisch, ein Genuß für jedes Ohr?«

Tarvi war ein hochspezialisierter Bergbauingenieur mit einer besonderen Begabung. Man sagte ihm nach, er könne auch schwer faßbare Adern durch viele unterirdische Schichten und Verwerfungen hindurch verfolgen.

Der Pernexpedition hatte er sich angeschlossen, weil man, wie er sich ausdrückte, ›Mutter Erde bereits all ihr Blut und ihre Tränen entrissen hatte‹. Auch auf First hatte er geschürft, aber auf die fremden Metalle hatten seine Fähigkeiten nicht angesprochen, und so war er quer durch eine ganze Galaxis gereist, um an seinem ›Lebensabend‹, wie er es nannte, sein Handwerk weiter auszuüben.

Da Tarvi Andiyar erst sein sechstes Jahrzehnt erreicht hatte, wurde er daraufhin von wohlmeinenden Menschen stets beschwichtigt, von denen, die ihn kannten, erntete er dagegen nur höhnisches Gelächter. Sallah mochte seine feine Ironie, die sich stets gegen die eigenen Schwächen richtete. Er wäre nie auf die Idee gekommen, jemand anderen damit zu kränken.

Seit sie ihn nach dem Kälteschlaf zum ersten Mal getroffen hatte, hatte der hochgewachsene, fast ausgemergelt wirkende Mann kein Gramm zugenommen. »In meiner Familie gab es so viele Generationen von Gurus und Mahatmas, die ganz versessen darauf waren, zur Läuterung ihrer Seelen und zur Entschlackung ihrer Eingeweide zu fasten, daß es eine erbliche Eigenschaft aller Andiyars geworden ist, so dürr zu sein wie eine Zaunlatte. Aber ich bin nicht schwach. Um stark zu sein, braucht man weder schwellende Muskeln noch einen gewaltigen Leibesumfang. Von der Kraft her kann ich es mit jedem Sumo-Ringer aufnehmen.« Wer ihn den ganzen Tag ohne Pause mit Ozzie und Cobber hatte arbeiten sehen, wußte, daß dies keine leere Prahlerei war.

Sallah fühlte sich von dem schlaksigen Ingenieur mehr angezogen als von jedem anderen Mann in der Kolonie. Aber wie sie Drake Bonneau nicht klarmachen konnte, wie wenig ihr an ihm lag, so war sie auch unfähig, Tarvi näherzukommen.

»Wie sieht es aus, Tarvi?« fragte sie und nickte Valli Lieb zu, die sich bereits bei einem Glas Quikal entspannte.

Mit das erste Anliegen menschlicher Siedler auf einer neuen Welt war offenbar stets die Suche nach gärungsfähigen Stoffen, um möglichst schnell alkoholische Getränke zu entwickeln. Jedes Labor in Landing, ganz gleich, was seine eigentliche Aufgabe war, hatte sich daran versucht, den Saft einheimischer Früchte zu destillieren oder zu vergären, um trinkbaren Alkohol herzustellen. Die Quikal-Destille war das erste Gerät, das aufgestellt wurde, als die Erzsucher ihr Basislager errichteten, und niemand hatte Einwände erhoben, als Cobber und Ozzie den ganzen ersten Tag damit verbrachten, die mitgebrachten vergorenen Säfte zu verarbeiten. Nur Svenda hatte sie heftig beschimpft, während Tarvi und Sallah einfach die Vermessung allein fortgesetzt hatten. Der Drink an jenem ersten Abend im Lager war mehr gewesen als eine Tradition: man hatte ihn sich erarbeitet.

Als Svenda die Hütte betrat, schenkte sich Sallah gerade ein Glas Quikal ein. Valli machte ihr auf der Bank Platz. Die Geologin hatte sich gewaschen und sah sehr viel besser aus als am Nachmittag, als sie, mit zähem Schleim bedeckt, aber mit ein paar sehr interessanten Proben für die Analyse, aus dem Gestrüpp aufgetaucht war.

In diesem Augenblick hörten sie draußen den Schlitten landen. Svenda verrenkte sich den Hals, um Drake vom Landeplatz kommen zu sehen; Ozzie und Cobber mußten sich an ihr vorbeidrängen, um die Hütte betreten zu können.

»Wie war die Analyse, Valli?« fragte Sallah.

»Verheißungsvoll, sehr verheißungsvoll«, sagte die Geologin, und das Gesicht glühte ihr vor Stolz. »Bauxit ist so vielseitig verwendbar! Allein für diesen Fund hat sich die Expedition gelohnt.«

»Aber es wäre viel einfacher«, — Cobber verneigte sich förmlich vor Valli —, »den Fund im Tagebau auszubeuten.«

»Ha! Es lohnt sich auch unter Tage«, sagte Ozzie. »Hochwertiges Erz wird immer gebraucht.«

»Und«, schaltete sich Tarvi ein und setzte sich zu ihnen an den Tisch, lehnte aber den Drink ab, den Svenda ihm wie immer anbot, »in nicht allzu großer Entfernung gibt es so viel Kupfer und Zinn, daß es sich auszahlen würde, an diesem herrlichen See eine Bergarbeiterstadt zu bauen. Die Wasserfälle könnten Strom für die Verhüttung des Erzes liefern, und die Fertigprodukte könnte man auf dem Wasserweg zur Küste und von dort nach Landing befördern.«

»Also«, strahlte Svenda, »ist die Gegend hier ergiebig?« Sallah fand ihren Besitzerstolz etwas verfrüht. Die erste Wahl hatten die Konzessionäre, dann erst kamen die Kontraktoren und Experten an die Reihe.

»Empfehlen werde ich sie sicher«, sagte Tarvi und lächelte auf seine onkelhafte Art, die Sallah immer ärgerte. Er war nicht alt. Er war sehr attraktiv, aber wie sollte sie ihn dazu bringen, sie überhaupt einmal richtig anzusehen, wenn er sich ständig wie jedermanns Onkel benahm? »Ich *habe* sie sogar schon empfohlen«, fuhr er fort. »Besonders, nachdem der Schleim, in den Sie heute reingefallen sind, Valli, sich als hochwertiges Mineralöl herausgestellt hat.« Als der Jubel sich gelegt hatte, schüttelte er den Kopf. »Metalle ja, Petroleum nein. Das wißt ihr alle. Wenn unsere Kolonie lebensfähig sein soll, müssen wir lernen, uns mit einem niedrigeren technologischen Niveau zu begnügen. Hier kommt das Können ins Spiel, man muß sich auf alte Techniken besinnen.«

»In diesem Punkt sind nicht alle einer Meinung mit unseren Führern«, sagte Svenda mit finsterer Miene.

»Wir haben die Verfassung unterzeichnet, und wir haben alle versprochen, uns daran zu halten«, sagte Valli und warf einen schnellen Blick auf die anderen, um zu sehen, ob sich noch jemand auf Svendas Seite stellte.

»Ihr seid eben Dummköpfe«, spottete das blonde

Mädchen, goß sich noch einen Schuß Quikal in den Becher und verließ die Hütte.

Tarvi sah ihr nach, sein lebhaftes Gesicht wirkte beunruhigt.

»Nichts als dummes Geschwätz«, sagte Sallah leise.

Er zog die Augenbrauen hoch, seine dunklen Augen ruhten einen Moment lang ausdruckslos auf ihr, dann kehrte sein gewohntes Lächeln zurück, und er klopfte ihr auf die Schulter — leider nur so wie einem braven Kind. »Ach, da kommt Drake mit den Vorräten und mit Nachrichten von unseren Kameraden.«

»He, wo seid ihr denn alle?« fragte Drake, sobald er, mit Paketen beladen, eingetreten war. »Im Schlitten ist noch mehr davon.«

Sallah senkte den Kopf, damit er ihr Gesicht nicht sehen konnte. »Es gibt etwas zu feiern, Drake«, sagte Valli und brachte ihm ein Glas Quikal. »Zwei neue Funde, groß und leicht abzubauen. Das Geschäft läuft.«

»Die Bergbau- und Hüttenwerke Drake-See können also eröffnet werden?«

Alle lachten, und als er sein Glas zu einem Toast erhob, hatte niemand etwas gegen den Namen einzuwenden.

»Ich habe auch Neuigkeiten für euch«, sagte er, nachdem er getrunken hatte. »In drei Tagen sollen wir alle nach Landing zurückkehren.«

Diese Ankündigung wurde mit großer Bestürzung aufgenommen. Grinsend hob Drake die freie Hand und bat um Schweigen. »Zu einer Dankfeier.«

»Dafür? Das kann doch noch gar keiner wissen«, staunte Valli.

»So etwas müßte doch eigentlich im Herbst stattfinden, nach der Ernte«, meinte Sallah.

»Warum?« fragte Tarvi schlicht.

»Weil der Start in unser neues Leben so erfreulich begonnen hat. Die letzte Ladung von den Raumschiffen ist in Landing angekommen. Damit sind wir offiziell gelandet.«

»Und deshalb so ein Theater?« fragte Sallah.

»Nicht jeder ist so arbeitssüchtig wie du, meine schöne Sallah«, stichelte Drake und faßte ihr zärtlich unter das Kinn. Als sie merkte, daß er sie gleich küssen würde, zog sie den Kopf weg, grinste aber dabei, um der Abfuhr den Stachel zu nehmen. Er schmollte. »Unsere edlen Führer haben so entschieden, und außerdem sollen bei dem Fest viele wundersame Dinge verkündet werden. Alle Forschungsteams werden zurückgerufen, das ganze Volk soll in Freude schwelgen.«

Sallah war fast verstimmt. »Wir sind doch erst letzte Woche hergekommen!«

Um mehreren unangenehmen, aber nicht zu beweisenden Schlüssen zu entgehen, die sie gezogen hatte, hatte sie sich dazu gemeldet, die Geologen und Bergbauspezialisten zu dem gewaltigen Binnensee zu fliegen, wo es dem EV-Bericht zufolge reiche Erzvorkommen geben sollte. Sie hatte gehofft, ein wenig Abstand zu gewinnen, um das, was sie beobachtet hatte, objektiver beurteilen zu können.

Vor etwa einer Woche war sie eines Abends zur *Mariposa* gegangen, um nach einem Band zu suchen, das sie während ihrer ersten Einsätze als Pilotin für Admiral Benden an Bord gelassen hatte, und da hatte sie Kenjo mit zwei Säcken in jeder Hand hinten aus der kleinen, Wartungsluke kommen sehen. Er war hastig in die Dunkelheit davongeeilt, und sie war ihm neugierig nachgegangen. Dann war er plötzlich verschwunden. Sie hatte sich hinter einem Busch versteckt und gewartet, bis er mit leeren Händen wieder auftauchte. Dann war sie seinen Spuren gefolgt, um herauszufinden, wo er seine Last abgestellt hatte.

Nachdem sie eine Weile herumgestolpert war und sich die Schienbeine angeschlagen und die Hand abgeschürft hatte, war sie auf eine Höhle gestoßen — und hatte mit Entsetzen festgestellt, welche Mengen an Treibstoff Kenjo beiseite geschafft hatte. Insgesamt waren es mehrere Tonnen, schätzte sie, nachdem sie auf einem Etikett die Menge nachgelesen hatte, alles in leicht zu transportierenden Plasäcken verpackt. Die Felsspalte befand sich am äußersten Ende des Landegitters, gut versteckt hinter den stacheligen Dornenbüschen, die die Farmer auf ihren Äckern ausgruben und hier aufhäuften.

Zwei Abende später hatte sie ein sehr merkwürdiges Gespräch zwischen Avril und Stev Kimmer belauscht, jenem Bergbauingenieur, der an dem Tag, an dem der Landeplatz bekanntgegeben worden war, mit der Astrogatorin an einem Tisch gesessen hatte.

»Schau, diese Insel strotzt nur so von Edelsteinen«, sagte Avril gerade, als Sallah sich in den Schatten des Deltaflügels der Fähre drückte, hörte sie, wie eine Plasfolie entrollt wurde. »Hier ist die Kopie des ursprünglichen EV-Berichts, und ich brauche kein Bergbauspezialist zu sein, um mir auszurechnen, was diese rätselhaften Zeichen bedeuten.« Die Plasfolie knisterte, als Avril mit dem Finger auf verschiedene Stellen zeigte. »Ein Vermögen, das man sich nur zu holen braucht!« Ein triumphierender Unterton schwang in ihrer Stimme mit. »Und ich habe die Absicht, es mir zu holen.«

»Nun ja, ich gebe zu, daß Kupfer, Gold und Platin auf jeder zivilisierten Welt gebraucht werden«, begann Stev.

»Ich rede nicht von industrieller Nutzung, Kimmer«, sagte Avril scharf. »Und auch nicht von kleinen Steinchen. Dieser Rubin war nur eine Kostprobe. Hier, lies Shavvas Notizen!«

Kimmer schnaubte geringschätzig. »Sie hat übertrieben, um ihre Prämie zu steigern.«

»Nun, ich besitze eine Übertreibung in der Größenordnung von fünfundvierzig Karat, mein Lieber, und du hast sie gesehen. Wenn du nicht mitspielen willst, findet sich bestimmt ein anderer, der eine solche Herausforderung mit Freuden annimmt.«

Avril wußte jedenfalls, wie man die Leute an die Angel bekam, dachte Sallah grimmig.

»Diese Insel steht noch jahrelang nicht auf dem Plan«, erklärte Stev.

Avril lachte leise. »Ich kann mehr als Raumschiffe steuern, Stev. Ich habe mir einen Schlitten geben lassen, schließlich habe ich wie jeder andere auf diesem Klumpen Dreck das Recht, mir die paar kümmerlichen Morgen Land auszusuchen, auf die ich als Kontraktor Anspruch habe. Aber du bist Konzessionär, und wenn wir unsere Parzellen zusammenlegen, könnte uns die ganze Insel gehören.«

Sallah hörte, wie Kimmer scharf die Luft einzog. »Ich dachte, die Fischer wollen die Insel wegen der Hafenbucht.«

»Die sind nur am Hafen interessiert, nicht an der Insel. Es sind Fischer, für sie sind die Delphine wichtig. Mit dem Land können sie nichts anfangen.«

Er murmelte etwas und trat unruhig von einem Fuß auf den anderen.

»Wer sollte es denn schon erfahren?« fragte Avril mit seidenweicher Stimme. »Wir könnten am Wochenende hinfliegen, uns erst einmal das Zeug holen, das am leichtesten zugänglich ist, und es in einer Höhle lagern. Es gibt so viele Inseln, daß man jahrelang suchen könnte, ohne je die richtige zu finden. Und wir brauchen ja auch niemanden mit der Nase draufzustoßen, indem wir unseren Anspruch offiziell anmelden, es sei denn, man zwingt uns dazu.«

»Aber du hast gesagt, im Großen Westgebirge gäbe es auch Vorkommen?«

»Das stimmt«, lachte Avril leise. »Ich weiß sogar, wo. Nur ein Katzensprung von der Insel entfernt.«

»Du hast alles geplant, wie?« Kimmers Stimme klang leicht sarkastisch.

»Natürlich«, gab Avril ungerührt zu. »Ich denke nicht daran, den Rest meines Lebens hier in der Provinz zu verbringen, wenn ich eine Möglichkeit gefunden habe, ein Leben zu führen, das ich bei weitem vorziehe.« Wieder war ihr perlendes Lachen zu hören, und dann trat Stille ein, nur von einem Schmatzen unterbrochen, als feuchte Lippen sich voneinander lösten. »Aber solange wir beide hier sind, Klimmer, wollen wir das Beste daraus machen. Hier und jetzt unter den Sternen.«

Verlegen und angewidert von Avrils aufdringlicher Sexualität hatte sich Sallah davongeschlichen. Kein Wunder, daß Paul Benden diese Frau nicht in seinem Bett behalten hatte. Er war zwar ein sinnlicher Mann, dachte Sallah, aber an Avrils primitiver Hemmungslosigkeit konnte er wohl nicht lange Gefallen finden. Die elegante ausgeglichene Ju Adjai paßte viel besser zu ihm, obwohl sie es beide offenbar nicht eilig hatten, ihre Verbindung öffentlich bekanntzugeben.

Avrils Stimme hatte nur so getrieft vor unersättlicher Habgier. Hatte Stev Kimmer das auch gehört? Oder hatte Avril ihm völlig die Sinne vernebelt? Sallah hatte immer gewußt, daß Pern reich an Edelsteinen war. Der Shavva-Rubin gehörte ebenso zur Legende um den Planeten wie der Liu-Nugget. Nur die Entfernung Perns von den übrigen Welten verhinderte, daß die Habgierigen allzusehr in Versuchung gerieten. Sollte es jedoch jemandem gelingen, mit einer Schiffsladung Edelsteine zur Erde zurückzukehren, dann konnte er oder sie zweifellos bis ans Ende seiner Tage in Saus und Braus leben.

Avrils Pläne würden Perns Bodenschätze wohl kaum erschöpfen. Sallah machte sich vor allem Sorgen, wie die Astrogatorin sich den Treibstoff für eine solche Reise beschaffen wollte. Sallah wußte, daß in der Admirals-Gig, der *Mariposa*, noch Treibstoff vorhanden war. Das war nicht allgemein bekannt, aber als Pilotin hatte Avril sicher Zugang zu dieser Information. Aufgrund der Berechnungen, die Avril damals auf der *Yokohama* durchgeführt hatte, wußte Sallah, daß die Frau tatsächlich ein unbewohntes System erreichen konnte. Aber was dann?

Sallah hatte es Spaß gemacht, mit Ozzie, Cobber und den anderen die Gegend zu vermessen, und bisher war sie immer zu müde gewesen, um über ihr Dilemma nachzudenken. Aber jetzt, da die Rückkehr nach Landing unmittelbar bevorstand, stürmten die Fragen wieder auf sie ein. Sie hatte zwar keine Skrupel, Avril anzuzeigen, aber ihr war klar, daß sie dann auch von Kenjos Aktivitäten berichten mußte. Sie hätte gern gewußt, warum Kenjo den Treibstoff zurückgehalten hatte. Hatte er den verrückten Plan, die beiden Monde zu erforschen? Oder den unberechenbaren Planeten, der in etwa acht Jahren Perns Orbit kreuzen würde?

Daß Kenjo sich mit jemandem wie Avril Bitra eingelassen haben sollte, schien ausgeschlossen. Sallah war überzeugt, daß die für jedermann sichtbare Feindseligkeit zwischen den beiden nicht gespielt war. Für Kenjo war das Fliegen vermutlich so etwas wie eine Religion und gleichzeitig wie eine unheilbare Krankheit. Aber er konnte doch über ganz Pern herumkreuzen und das jahrzehntelang, wenn er mit den Energiezellen, mit denen die Luftschlitten der Kolonie betrieben wurden, schonend umging.

Was Sallah am meisten Sorgen machte, war die wenn auch noch so entfernte Möglichkeit, daß Avril Kenjos Hort entdeckte. Sie hatte überlegt, ob sie sich einem der anderen Piloten anvertrauen sollte, aber Barr Hamil konnte ein solches Problem nicht bewältigen, Drake würde es nicht ernstnehmen, und Jiro, Kenjos Kopilot, würde seinen Vorgesetzten niemals verraten. Die anderen kannte sie nicht gut genug, um ihre Reaktionen auf eine solche Enthüllung abschätzen zu können. Geh ganz nach oben! sagte sie sich. Dort sind solche Dinge am besten aufgehoben. Ongola würde sie sicher anhören, und er konnte ihr auch sagen, ob sie mit ihrem Verdacht an Paul und Emily herantreten sollte oder nicht.

Verdammt! Sallah ballte die Fäuste. Derlei kleinliche Intrigen und Ränke sollte es auf Pern eigentlich nicht geben. Wir haben doch alle ein gemeinsames Ziel, dachte sie. Eine Zukunft in Sicherheit und Wohlstand und oh-

ne Vorurteile. Warum muß jemand wie Avril diese herrliche Vision mit ihrer mürrischen Egozentrik trüben?

Dann berührte Ozzie sie am Arm und riß sie aus ihren bedrückenden Gedanken.

»Tanzen Sie auch mal mit mir, Sallah?« fragte er mit
seiner leicht näselnden Stimme, und seine Augen funkelten sie herausfordernd an.

Sallah versprach es lächelnd. Sobald sie in Landing
eingetroffen war, würde sie Ongola aufsuchen und ihm
alles erzählen. Danach konnte sie guten Gewissens das
Tanzbein schwingen.

»Und dann«, Ozzie war nicht mehr zu bändigen,
»soll Tarvi mit Ihnen tanzen, damit sich meine armen
Zehen wieder erholen können.«

Tarvi erklärte sich mit einem wehmütigen Blick einverstanden. Bei so vielen Zeugen und ohne eine Chance, sich eine Ausrede zu überlegen, blieb ihm auch
kaum etwas anderes übrig, das war Sallah schon klar.
Trotzdem war sie dem gerissenen alten Ozzie dankbar.

Als der Bergbautrupp Landing erreichte, schlugen die
Flammen auf dem Freudenfeuerplatz schon hoch, und
das Fest kam allmählich in Schwung. Als Sallah den
Schlitten an die Grenzlinie heranflog und auf dem Landestreifen aufsetzte, hätte sie die so sehr auf Zweckmä-
ßigkeit ausgerichtete Siedlung von oben fast nicht wie-
dererkannt. In fast allen Fenstern brannte Licht, und alle
Straßenlaternen waren eingeschaltet. Auf einer Seite
des Freudenfeuerplatzes hatte man ein Podium errichtet
und mit bunten Lämpchen dekoriert. Drake hatte erzählt, jeder, der ein Instrument spielen könne, sei auf-
gerufen worden, an diesem Abend etwas zum Besten zu
geben. Überall auf dem Podium standen alte weiße Pla-
stikkartons als Sitzgelegenheit für die Musiker.

Aus den Wohnungen hatte man Tische und Stühle
geholt und sie auf einem frischgemähten Viereck hinter
dem Platz aufgestellt. In Feuergruben garten riesige

Wherries, auf kleineren Spießen bräunten die letzten, noch von der Erde stammenden Fleischstücke zusammen mit anderen Köstlichkeiten. Der Duft nach Braten und Grillfleisch ließ einem das Wasser im Mund zusammenlaufen. Die Kolonisten hatten sich in Schale geworfen. Alles eilte geschäftig umher, half mit, schleppte, rückte zurecht und bereitete die letzten Leckerbissen zu, die noch von der alten Welt stammten und für dieses letzte große Schlemmermahl in der neuen Heimat aufgespart worden waren.

Sallah stellte ihren Schlitten schräg auf dem Landegitter ab, denn sie dachte, wenn noch mehr Fahrzeuge kreuz und quer auf dem Streifen parkten, würde die *Mariposa*, die am anderen Ende des Feldes stand, nicht genug Platz zum Starten haben. Aber wie lange würden in Landing so viele Schlitten sein?

»He, beeilen Sie sich, Sallah!« schrie Ozzie, als er und Cobber aus dem Schlitten sprangen.

»Ich muß mich noch beim Tower melden«, sagte sie und winkte ihnen fröhlich zu, sie sollten schon vorausgehen.

»Ach, das können Sie sich doch heute mal sparen«, drängte Cobber, aber sie ließ sich nicht umstimmen.

Als sie den Wetterbeobachtungsturm erreichte, wollte Ongola gerade gehen. Mit einem resignierten Nicken öffnete er die Tür und bemerkte dabei, wie sie ihren Schlitten geparkt hatte. »Ist das klug, Sallah, ihn so stehenzulassen?«

»Ja. Eine Vorsichtsmaßnahme, Kommandant«, sagte sie ernst, um ihn darauf vorzubereiten, daß sie in einer wichtigen Angelegenheit gekommen war.

Er setzte sich erst, als sie ihm ihre Geschichte bereits zur Hälfte erzählt hatte, und dann ließ er sich so müde in seinen Stuhl sinken, daß sie es schon bereute, überhaupt den Mund geöffnet zu haben.

»Gewarnt sein heißt gewappnet sein, Sir«, sagte sie abschließend.

»Damit haben Sie recht, Telgar.« Sein tiefer Seufzer zeigte, daß seine Zweifel zurückgekehrt waren. Er winkte ihr, sich zu setzen. »Wieviel Treibstoff?«

Als sie ihm zögernd die genauen Zahlen nannte, war er überrascht und besorgt.

»Könnte Avril von Kenjos Vorrat wissen?« Ongola richtete sich schnell auf, und daran merkte sie, daß ihn ihr Verdacht auf die Astrogatorin viel mehr beunruhigte als Kenjos Diebstahl. »Nein, nein!« verbesserte er sich mit einer schnellen, abwehrenden Handbewegung. »Die beiderseitige Abneigung ist echt. Ich werde den Admiral und die Gouverneurin informieren.«

»Aber nicht heute abend, Sir!« bat Sallah und hob unwillkürlich protestierend die Hand. »Ich bin doch nur gekommen, weil dies für mich die erste Gelegenheit war, Sie darauf anzusprechen . . .«

»Gewarnt sein heißt gewappnet sein, Sallah. Haben Sie irgend jemandem sonst von Ihrem Verdacht erzählt?«

Sie schüttelte energisch den Kopf. »Nein, Sir! Es ist schlimm genug, wenn man Maden im Fleisch vermutet, man muß nicht auch noch anderen einen Bissen davon anbieten.«

»Richtig! Und Eden wird wieder einmal von der Habgier der Menschen verdorben.«

»Es geht nur um einen Menschen«, glaubte sie sagen zu müssen.

Er hob bedeutungsvoll zwei Finger. »Mindestens um zwei, vergessen Sie Kimmer nicht. Und mit wem hat sie an Bord sonst noch gesprochen?«

»Mit Kimmer, Bart Lemos, Nabhi Nabol und zwei anderen Männern, die ich nicht kenne.«

Ongola schien nicht überrascht. Er holte tief Luft und seufzte, dann stützte er beide Hände auf die Oberschenkel und richtete sich zu voller Höhe auf. »Ich bin Ihnen sehr dankbar und weiß, daß der Admiral und die Gouverneurin der gleichen Ansicht sein werden.«

»Dankbar?« Sallah stand auf, aber sie empfand nicht

die Erleichterung, die sie sich von diesem Gespräch mit ihrem Vorgesetzten erhofft hatte.

»Wir hatten damit gerechnet, daß es einige Probleme geben würde, wenn die Leute allmählich merken, daß sie jetzt *hier* sind«, sagte Ongola und deutete mit seinem langen Zeigefinger nach unten, »und nirgendwo anders mehr hinkönnen. Die Euphorie der Reise ist vorüber; die heutige Feier soll den Schock dämpfen, den diese Erkenntnis auslösen wird. Mit vollem Bauch, leicht angeheitert und müde vom Tanzen plant man keinen Aufruhr.«

Ongola öffnete die Tür und ließ ihr höflich den Vortritt. Auf Pern wurde keine Tür versperrt, nicht einmal dann, wenn sie in ein offizielles Verwaltungsgebäude führte. Sallah war auf diesen Grundsatz stolz gewesen, aber jetzt machte sie sich Sorgen.

»So dumm sind wir auch wieder nicht, Sallah«, sagte Ongola, als habe er ihre Gedanken gelesen, und klopfte sich an die Stirn. »Das hier ist immer noch die beste Datenbank, die je erfunden wurde.«

Sie seufzte erleichtert, und ihr Gesicht hellte sich ein wenig auf.

»Es gibt trotzdem sehr vieles auf Pern, wofür wir dankbar sein sollten«, mahnte er.

»Das bin ich doch auch!« entgegnete sie und dachte an ihren Tanz mit Tarvi.

Als sie sich gewaschen, sich feingemacht und den Freudenfeuerplatz erreicht hatte, war das Fest in vollem Gange, und das improvisierte Orchester spielte eine Polka. Sallah blieb außerhalb von Licht und Lärm im Dunkeln stehen und betrachtete staunend die unerwartet große Zahl von Musikern, die mit den Füßen den Takt klopften, während sie warteten, bis sie an die Reihe kamen.

Die Musik wechselte ständig, immer neue Musiker traten auf. Verblüfft sah Sallah, daß sogar Tarvi Andiyar eine Panflöte hervorholte und eine fremdartige kleine Melodie spielte, sehr eindringlich und ruhig, eine Abwechslung nach der lauten Fröhlichkeit der anderen Stücke.

Die Tanzmusik wurde nun von Solodarbietungen abgelöst, und die Amateurkapelle forderte das Publikum auf, die alten Hits mitzusingen. Emily Boll ging ans Keybord, Ezra Keroon fiedelte begeistert ein Potpourrie von alten englischen Hornpipes, und alle stampften mit den Füßen den Takt, während mehrere Paare eine komische Version des traditionellen Seemannstanzes vorführten.

Sallah hatte nicht nur einen, sondern sogar zwei Tänze mit Tarvi hinter sich. Mitten im zweiten, sie wiegten sich gerade im Dreivierteltakt zu einer alten Weise, blieb ihr fast das Herz stehen, denn es schien, als ließe auch Pern sich von den neuen Melodien mitreißen. Das Geschirr auf den langen Tischen klapperte, die Tänzer gerieten aus dem Rhythmus, und die Sitzenden spürten, wie ihre Stühle schwankten.

Das Beben dauerte keine zwei Herzschläge lang, und darauf folgte tiefe Stille.

»Pern will also mittanzen, wie?« ertönte belustigt Paul Bendens Stimme. Er sprang mit ausgebreiteten Armen auf die Plattform, als hielte er das Beben für eine etwas ausgefallene Form der Begrüßung. Seine Bemerkung rief Geflüster und Gemurmel hervor, aber sie löste die Spannung. Während Paul den Musikern ein Zeichen gab, sie sollten weiterspielen, suchte er im Publikum nach bestimmten Gesichtern.

Tarvi, der neben Sallah stand, nickte fast unmerklich mit dem Kopf und ließ die Arme sinken. »Kommen Sie, diesen Tanz müssen wir uns genauer ansehen.«

Sallah bemühte sich, ihre Enttäuschung zu verbergen. Das Beben hatte Vorrang. Sie hatte noch nie einen Erdstoß erlebt, trotzdem hatte sie sofort begriffen, was eben geschehen war. Als sie mit Tarvi die Tanzfläche verließ, bewegte sie sich ganz vorsichtig, als erwarte sie jeden Moment eine neue Erschütterung.

Jim Tillek sammelte seine Seeleute um sich, um nachzuprüfen, ob die Boote innerhalb des neu gebauten Wellenbrechers sicher vertäut waren. Er hoffte, daß der Tsunami, sollte es einer gewesen sein, seine Kraft an den vorgelagerten Inseln austoben würde. Die Delphinwärter, ausgenommen Gus, den man zum Bleiben drängte, damit er weiter Akkordeon spielte, begaben sich zum Hafen, um mit den Meeressäugetieren zu sprechen, die ihnen melden würden, wenn der Tsunami sich näherte, und die auch abschätzen konnten, wie verheerend er sich auswirken würde.

Patrice de Broglie zog mit einer Gruppe ab, um seismische Untersuchungen durchzuführen, aber seiner Ansicht nach war es nur ein sehr schwacher Stoß gewesen, der Ausläufer eines weit entfernten Epizentrums.

Sallah konnte ihren Tanz mit Tarvi doch noch beenden, wenn auch nur, weil man ihm sagte, die Leute könnten unruhig werden, wenn zu viele Spezialisten verschwanden.

Am nächsten Morgen hatte man das Epizentrum festgestellt, es lag in östlicher bis nordöstlicher Richtung weit draußen im Ozean, wo schon das EV-Team vulkanische Aktivität festgestellt hatte. Da keine weiteren Stöße das Festland erschütterten, konnten die Geologen die leichte Unsicherheit zerstreuen, die das Dankfest getrübt hatte.

Als Tarvi sich bei Patrice meldete, um bei der Untersuchung des Epizentrums mitzuwirken, erklärte sich Sallah sofort bereit, den großen Schlitten zu fliegen. Es störte sie nicht einmal, daß die Maschine vollgepackt war mit neugierigen Geologen und ihren Geräten. Sie sorgte nur dafür, daß Tarvi den Sitz zur rechten Hand des Piloten einnahm.

Nach dem Dankfest kehrten die Kolonisten wieder an ihre Routinearbeiten zurück. Die Delphine hatten den größten Spaß dabei, die Tsunami-Welle zu verfolgen;

wie Tarvi prophezeit hatte, war sie über das Nordmeer
gerast und hatte ihre Gewalt größtenteils an den östlichen Vulkanhängen und an der Westspitze des Nordkontinents sowie auf der großen Insel ausgetobt. Jim
Tilleks Hafenbucht hatte keinen Schaden gelitten, große
Brecher hatten lediglich ein leuchtend rotes Stück Seetang weit auf den Strand hinaufgeschleudert. Etwas wie
diese Tiefseepflanze hatte man bisher noch nicht entdeckt, und man brachte sofort Proben zur Analyse ins
Labor. Eine eßbare Meerespflanze wäre sehr erwünscht
gewesen.

Die Delphine waren äußerst erregt über das Erdbeben, denn die Reaktionen der größeren Meereslebewesen, die sich hastig in Sicherheit brachten, hatten es ihnen schon vorher angekündigt, und sie freuten sich, daß
die Lebensformen in ihren neuen Ozeanen ein Gespür
für derartige Gefahren zeigten. Teresa beklagte sich in
entrüsteten Schnalz- und Zischlauten bei Efram, daß sie
immer wieder die am Ende der Mole angebrachte Mee-
resglocke geläutet hätten, ohne daß jemand gekommen
sei. Die Meeresaufseher hatten Mühe, die blauweißen
Delphine und Tümmler zu beruhigen und zu be-
schwichtigen.

»Was hatte denn die ganze Mentasynthese für einen
Sinn«, fragte Teresa, der größte der Blauweißen, »wenn
ihr Menschen euch dann nicht einmal anhört, was wir
euch zu sagen haben?«

Inzwischen wurden im Norden, am Fuß eines mächtigen Gebirgszugs Vorkommen von hochwertigem Kup-
fer-, Zinn- und Vanadiumerz analysiert. Zufällig befand
sich der Fundort dicht an einem schiffbaren Fluß mit einer breiten Mündung, auf dem das Erz bis zum Meer
gebracht werden konnte. Tarvi, inzwischen Leiter des
gesamten Bergbauwesens auf Pern, hatte sich die Stelle
zusammen mit dem Führer des betreffenden Teams angesehen, und die beiden hatten dem Rat empfohlen,
dort eine zweite Siedlung zu errichten. Man konnte das

138

Erz an Ort und Stelle aufbereiten und flußabwärts weiterbefördern, was viel Zeit, Mühe und Schwierigkeiten ersparen würde. Das Komitee für Energieversorgung hatte außerdem festgestellt, daß man aus den nahegelegenen Wasserfällen genügend Strom gewinnen konnte. Der Rat beschloß, die Sache bei der nächsten Monatsversammlung vorzutragen. Bis dahin sollten die Geologenteams die beiden Kontinente weiter erkunden.

Zu Land und zu Wasser gingen die Arbeiten gut voran. Weizen und Gerste gediehen; die meisten Knollengewächse entwickelten sich gut; zwar gab es Probleme mit mehreren Kürbissorten, aber das ließ sich durch Besprühen mit Nährlösung in Grenzen halten. Leider schienen die Wurzeln der Gurken und aller bis auf zwei Flaschenkürbisse für einen auf Pern heimischen Pilzwurm anfällig zu sein, und wenn es den Agronomen nicht gelang, ihn mit eigens gezüchteten Schmarotzern zu bekämpfen, würde man vielleicht die gesamte Familie der Cucurbitaceae verlieren. Die Technologen befaßten sich bereits mit diesem Problem.

Die Obstbäume hatten bis auf ein paar Exemplare von jeder Gattung geblüht und standen gut im Laub. Transplantate von zwei pernesischen Obstbaumsorten schienen sich in der Nähe der terrestrischen Exemplare besonders wohl zu fühlen, und die Technologen hofften auf eine Symbiose. Bei zwei pernesischen Nutzpflanzen gab es Anzeichen, daß sie von einem von den Menschen eingeschleppten Virus befallen waren, aber man konnte noch nicht sagen, ob sich daraus eine Symbiose oder eine Schädigung entwickeln würde. Für den Reisanbau geeignetes Land hatte man noch immer nicht gefunden, aber der Kartograph der Kolonie, der eifrig damit beschäftigt war, Sondenaufnahmen auf Landkarten zu übertragen, hielt es für möglich, daß man vielleicht in den südlichen Sumpfgebieten Erfolg haben könnte.

Joel Lilienkamp, der Magazinverwalter, meldete keine Probleme und bedankte sich bei allen, besonders bei den Kindern, weil sie so großartig gearbeitet und so viele eßbare Dinge herangeschafft hatten. Auch den Seeleuten sprach er seinen Dank aus. Einige der auf Pern heimischen fischähnlichen Wesen waren trotz ihres abstoßenden Aussehens sehr wohlschmeckend. Von neuem warnte er die Leute, sich vor den Flossen der Tiere in acht zu nehmen, die sie ›Packschwänze‹ getauft hatten, weil sich jede kleine Wunde sofort infizierte, wenn man damit in Berührung kam. Er würde gerne Handschuhe zur Verfügung stellen, nachdem die Plastikgruppe jetzt in der Lage war, eine feste, dünne Folie dafür zu produzieren.

Von der Zoologenfront berichteten Pol Nietro und Chuck Havers zurückhaltend über ihre Erfolge bei der Befruchtung und Paarung. Von jeder großen Tierart waren einige Exemplare trächtig, die ersten Truthahneier hatten allerdings nicht überlebt. Drei Hündinnen konnten jeden Augenblick werfen, und vier Kätzinnen hatten insgesamt siebzehn Junge zur Welt gebracht. Sechs weitere Hündinnen und die anderen Kätzinnen würden bald läufig beziehungsweise rollig sein, und dann würde man sie künstlich befruchten oder ihnen Embryos einpflanzen. Man hatte mit Bedauern darauf verzichtet, die Eridani-Techniken, besonders die Mentasynthese, auf die Hunde anzuwenden, weil es auf der Erde bei solchen Versuchen große Probleme gegeben hatte. Ein Teil des Tierbestandes und auch viele Menschen hatten Vorfahren, die auf diese Weise ›verändert‹ worden waren, und ihre Nachkommen zeigten noch immer eine starke empathische Veranlagung, was für Hunde offenbar unerträglich war.

Gänse, Enten und Hühner legten regelmäßig und bereiteten keine Schwierigkeiten. Man hielt sie in Freigehegen, denn sie waren noch zu wertvoll, um sie frei herumlaufen zu lassen, und die Gehege wurden von Erwachsenen wie von Kindern gerne besucht. Es dauerte fast sechs Wochen, bis die allesfressenden Wherries,

wie das EV-Team die plumpen Flugwesen getauft hatte, diese neue Nahrungsquelle entdeckten und bis der Hunger die Oberhand über ihre Vorsicht — manche nannten es auch Feigheit — gewann. Aber als der Angriff schließlich erfolgte, war er verheerend.

Zum Glück befanden sich zu dieser Zeit dreißig der kleinen Zwergdrachen in Landing. Obwohl sie kleiner waren als ihre Gegner, waren sie in der Luft beweglicher und schienen sich irgendwie untereinander verständigen zu können. Sobald ein Wherry vertrieben war, begleitete ihn ein Zwergdrache, im allgemeinen ein großer Bronzedrache, um sicher zu sein, daß er auch wirklich abzog, während die anderen Tiere ihren Genossen halfen, den nächsten Angreifer abzuwehren.

Sorka stand in der Zuschauermenge, und ihr fiel bei der standhaften Verteidigung der Zwergdrachen etwas sehr Merkwürdiges auf: Es sah fast so aus, als habe ihr Duke einen besonders aggressiven Wherry mit einer kleinen Flamme angegriffen. Jedenfalls stieg zwischen den Kämpfenden Rauch auf, und der Wherry ließ plötzlich von Duke ab und ergriff die Flucht. Es ging so schnell, daß sie nicht ganz sicher war, was sie wirklich gesehen hatte, und so sprach sie mit niemandem über das Phänomen.

Die Wherries waren stets von einer Wolke von Gestank begleitet, der an den Schwefelgeruch der Flußmündung oder der Schlammebenen erinnerte. Wenn sie gegen den Wind flogen, bemerkte man sie schon von weitem. Die Zwergdrachen rochen sauber nach Meer und Salz und manchmal, wie Sorka feststellte, wenn Duke sich auf ihrem Kissen zusammengerollt hatte, ein wenig nach Zimt und Muskat. Diese Gewürze würden freilich bald nur noch Erinnerungen sein, wenn man in den Treibhäusern keine besseren Resultate erzielte.

Für die Kolonisten war es keine Frage, daß die Zwergdrachen das Geflügel gerettet hatten.

»Bei allem, was mir heilig ist! Was wären das für Krieger«, erklärte Admiral Benden beeindruckt. Er und Emily Boll hatten den Angriff vom Wetterbeobachtungsturm aus gesehen und waren herbeigeeilt, um bei der Verteidigung zu helfen.

Obwohl die Siedler überrascht wurden, hatten sie sich Besen, Harken und Stöcke geschnappt — was eben zur Hand war — und waren zu den Gehegen geeilt. Die Feuerwehrleute — sie waren gut ausgebildet und hatten schon mehrere kleinere Brände löschen müssen — verjagten mit ihren Wasserschläuchen die wenigen Wherries, die den kleinen Verteidigern entkommen waren. Erwachsene und Kinder trieben das quäkende, verängstigte Federvieh in die Hütten zurück. Einen komischen Anblick, so erzählte Sorka später Sean, boten die würdigen Wissenschaftler bei ihren Bemühungen, die Küken zu fangen. Ein paar Leute trugen von den Klauen der Wherries Kratzer davon, aber es hätte mehr — und wahrscheinlich schlimmere — Verletzungen gegeben, wenn die Zwergdrachen nicht eingegriffen hätten.

»Ein Jammer, daß sie nicht größer sind«, bemerkte der Admiral, »sie würden gute Wächter abgeben. Vielleicht könnten unsere Biogenetiker ein paar fliegende Hunde züchten.« Er deutete mit einer respektvollen Kopfbewegung auf Kitti und Windblüte Ping. Kitti Ping nickte frostig. »Diese Zwergdrachen haben nicht nur von sich aus die Initiative ergriffen, sondern, und das schwöre ich bei allem, was mir heilig ist, sie haben sich auch untereinander verständigt. Habt ihr gesehen, wie sie eine Grenzwache aufgestellt haben? Und wie sie ihre Angriffe aufeinander abstimmten? Eine großartige Taktik. Ich selbst hätte es nicht besser machen können.«

Pol Nietro war von dem Vorfall ebenfalls beeindruckt. Er hatte gerade eine Phase eines geplanten Projekts abgeschlossen und war nicht der Typ, der sich dem Müßiggang hingab. Als daher wieder Ruhe eingekehrt war und man zuverlässige junge Kolonisten als Wachtposten eingesetzt hatte, falls sich der Angriff wieder-

holen sollte, machte er mit Boy einen Besuch am Asienplatz.

Mairi Hanrahan empfing ihn lächelnd. »Du hast
Glück, Pol, sie ist zufällig zu Hause. Duke bekommt gerade eine Extramahlzeit als Belohnung, weil er den Ge-
flügelhof so tapfer verteidigt hat.«

»Dann war er also dabei.«

»Sorka behauptet, daß er den Zwergdrachenschwarm
anführte«, sagte Mairi leise, und mütterlicher Stolz ließ
ihre Augen leuchten. Sie führte den Zoologen ins
Wohnzimmer, das jetzt mit seinen hellen Vorhängen
und den blühenden Topfpflanzen, einige einheimisch
und andere offensichtlich aus irdischen Samen gezogen,
sehr gemütlich wirkte. Mehrere Kupferstiche ließen die
Wände weniger kahl erscheinen, und bunte Kissen
machten die Plastikstühle bequemer.

»Ein Schwarm Zwergdrachen? So wie ein Rudel Lö-
wen oder eine Herde Gänse? Ja, das ist eine gute Be-
schreibung«, sagte Pol Nietro und sah Mutter und Tochter mit funkelnden Augen an. »Bei einem ganz gewöhnlichen Schwarm von Iren gäbe es diese Art von Zusammenarbeit allerdings nicht.«

»Pol Nietro, wenn du hier irgendwie die Iren verunglimpfen willst ...« grinste Mairi.

»Verunglimpfen, Mairi? Das ist doch gar nicht meine
Art.« Pol zwinkerte ihr verschmitzt zu. »Aber dieser
Zwergdrachen*schwarm* hat sich als sehr nützlich erwiesen. Es sah in der Tat so aus, als arbeiteten sie koordi-
niert auf ein gemeinsames Ziel hin. Besonders Paul Benden ist dies aufgefallen, und er will, daß Kitti und
ich ...«

Mairi packte ihn am Arm, ihr Gesicht verdüsterte
sich. »Ihr werdet doch nicht ...«

»Natürlich nicht, meine Liebe.« Er tätschelte ihr beruhigend die Hand. »Aber ich glaube, Sorka und Duke
könnten uns helfen, wenn sie wollen. Wir haben bereits
eine ganze Menge Informationen über unsere kleinen

Freunde zusammengetragen, aber eben haben wir erlebt, daß noch viel mehr in ihnen steckt. Wir wissen noch immer viel zuwenig. Geschöpfe, die so tückische Lufträuber wie die Wherries abwehren könnten, haben wir nicht mitgebracht.«

Sorka war dabei, den schon fast gesättigten Duke zu füttern, der aufrecht auf dem Tisch saß. Sein Schwanz lag auf der Platte, und die Spitze zuckte jedesmal sehr entschlossen, wenn er säuberlich einen Krümel entgegennahm, den Sorka ihm reichte. Er verströmte einen eigenartigen, nicht sonderlich angenehmen Duft, den sie mit Rücksicht auf seine Heldentaten zu ignorieren versuchte.

»Aha, der Diener erhält seinen Lohn«, sagte Pol.

Sorka sah ihn nachdenklich an. »Ich will ja nicht unverschämt sein, Sir, aber ich sehe Duke keineswegs als einen Diener an. Er hat doch wohl bewiesen, daß er uns ein wahrer Freund ist!« Sie machte eine Handbewegung, die die gesamte Siedlung einschloß.

»Er und seine ... Heerscharen«, sagte Pol taktvoll, »haben uns heute ganz sicher ihre Freundschaft bewiesen.« Er setzte sich neben Sorka und beobachtete, wie der kleine Kerl das nächste Stückchen zwischen die Klauen nahm. Duke betrachtete den Krümel von allen Seiten, beschnüffelte ihn, leckte daran und nahm schließlich einen kleinen Bissen. Pol sah ihm bewundernd zu.

Sorka mußte lachen. »Er ist voll bis oben hin, aber einen Bissen abzulehnen, das kommt nicht in Frage.« Dann fügte sie hinzu: »Aber so viel wie früher frißt er nicht mehr. Jetzt braucht er nur noch eine Mahlzeit pro Tag, es könnte also sein, daß er bald ausgewachsen ist. Ich habe mir Notizen über sein Wachstum gemacht, Sir, er scheint tatsächlich genauso groß zu sein wie seine wilden Artgenossen.«

»Interessant. Bitte gib mir deine Aufzeichnungen, ich werde sie zu den Akten nehmen.« Pol rutschte ein wenig näher. »Weißt du, die Evolution hier ist wirklich faszinierend. Besonders, wenn sich herausstellen sollte, daß diese Planktonfresser, von denen die Delphine berichten, tatsächlich so etwas wie gemeinsame Vorfahren der Tunnelschlangen und der Zwergdrachen sind.«

Mairi war überrascht. »Tunnelschlangen *und* Zwergdrachen?«

»Hmm, ja, denn hier auf Pern hat sich das Leben ebenso aus dem Meer entwickelt wie auf der Erde. Natürlich mit einigen Abweichungen.« Pol war fröhlich ins Dozieren geraten, und sein Publikum hörte ihm aufmerksam, wenn auch etwas ungläubig zu. »Ja, ein im Wasser lebender, aalähnlicher Vorfahre. Mit sechs Gliedmaßen. Die beiden vorderen«, — er zeigte auf den Zwergdrachen, der immer noch mit den Krallen seinen Krümel festhielt —, »waren ursprünglich als Fangnetze ausgebildet. Man sieht noch, wie sich die Vorderklaue gegen die statischen Hinterklauen bewegt. Bei den Zwergdrachen wurden die Netze durch drei Finger ersetzt, sie haben sich auch für Flügel entschieden anstelle der stabilisierenden Mittelflossen, während das hintere Gliedmaßenpaar der Vorwärtsbewegung dient. Bei unserer Tunnelschlange, die sich an das Leben auf dem Trockenen angepaßt hat, entwickelten sich aus den vorderen Gliedmaßen Grabwerkzeuge, das mittlere Paar dient weiterhin der Stabilisierung, und mit den hinteren Gliedmaßen steuert sie oder hält sich fest. Ja, ich bin ziemlich sicher, daß die Planktonfresser den Vorfahren unserer lieben Freunde hier sehr ähnlich sind.« Pol strahlte Duke an, der gemächlich einen neuen Krümel von Sorka entgegennahm. »Aber ...« Er zögerte.

Sorka wartete höflich, sie wußte ja, daß der Zoologe mit seinem Besuch einen bestimmten Zweck verfolgte.

»Kennst du vielleicht zufällig ein unberührtes Nest?« fragte er schließlich.

»Ja, Sir, aber es ist kein großes Gelege, und die Eier sind kleiner als viele andere, die ich gesehen habe.«

»Na ja, vielleicht gehören sie einem der kleineren grünen Weibchen«, meinte Pol. »Nun, da die Grünen nicht so besorgt um ihre Nester sind wie die Goldenen, wird sie nicht allzusehr darunter leiden, wenn wir uns ein paar Eier ausborgen. Aber ich wollte dich noch um einen zweiten, größeren Gefallen bitten. Ich kann mich gut daran erinnern, daß du erzählt hast, du hättest den Körper eines Nestlings im Wasser gesehen. Passiert so etwas häufig?«

Sorka überlegte und begann dann in dem gleichen sachlichen Tonfall zu erklären: »Ich glaube schon. Manche von den Nestlingen schaffen es einfach nicht. Entweder bekommen sie nicht genug zu fressen, um das Trauma des Ausschlüpfens zu überwinden —« Sie war so vertieft, daß sie gar nicht bemerkte, wie ein schwaches Lächeln um Pol Nietros Mundwinkel zuckte. »— oder sie werden von Wherries getötet. Kurz vor dem Ausschlüpfen bringen die älteren Zwergdrachen nämlich Seetang und bauen damit einen Ringwall um das Gelege, und dann bieten sie den Nestlingen Fische und Krabbelgetier an und alles, was sie sonst finden können.«

»Hm, das ist eindeutig eine Prägung«, murmelte Pol.

»Wenn die Kleinen ihren Bauch gefüllt haben, sind auch die Flügel trocken, und sie können mit dem Rest des Schwarms davonfliegen. Die älteren Zwergdrachen halten inzwischen alle Schlangen und die Wherries fern, um den Kleinen eine Chance zu geben. Aber einmal hat Sean ein aalähnliches Wesen gesehen, das bei Flut aus dem Meer heraus angriff. Dieser Nestling hatte keine Chance.«

»Sean ist dein so schwer zu fassender, aber oft erwähnter Verbündeter?«

»Ja, Sir. Wir beide haben gemeinsam das erste Nest entdeckt und es bewacht.«

»Meinst du, er würde uns helfen, Nester und ... die Nestlinge zu finden?«

Sorka sah den Zoologen lange prüfend an. Er hatte bisher immer sein Wort gehalten, und an jenem ersten Tag, als sie Duke nach Hause brachte, war er sehr rücksichtsvoll gewesen. Sie entschied, daß er vertrauenswürdig sei, aber sie dachte auch daran, daß er in Landing großen Einfluß hatte und vielleicht einiges für Sean tun konnte.

»Wenn Sie mir versprechen, *versprechen* — ich müßte mich für Sie verbürgen —, daß seine Familie eines der ersten Pferde bekommt, wird er Ihnen fast nichts abschlagen.«

»Sorka!« Mairi schämte sich für ihre Tochter. Das Mädchen verbrachte wirklich zuviel Zeit mit diesem Jungen, und er hatte einen schlechten Einfluß auf sie. Zu ihrer Verwunderung lächelte Pol jedoch belustigt und streichelte Sorkas Arm.

»Laß gut sein, Mairi, deine Tochter hat einen wachen Instinkt. Solche Tauschgeschäfte sind auf Pern allgemein üblich.« Er wandte sich mit gebührendem Ernst wieder an Sorka. »Er ist einer von den Connells, nicht wahr?« Als sie feierlich nickte, fuhr er energisch fort: »Ich kann dir versichern, daß ihr Name als erster auf der Liste derer steht, die Pferde erhalten sollen. Oder Ochsen, wenn ihnen das lieber ist.«

»Pferde. Sie haben immer Pferde gehabt«, erklärte Sorka eifrig.

»Und wann kann ich mit diesem jungen Mann ein paar Worte sprechen?«

»Wann immer Sie wollen, Sir. Wäre Ihnen heute abend recht? Ich weiß, wo Sean dann wahrscheinlich ist.« Wie sie es ihr ganzen Leben lang gewohnt war, bat sie ihre Mutter mit einem Blick um Erlaubnis. Mairi nickte.

Auf Befragen erklärte auch Sean, daß es in der Nähe nur Eier von Grünen gebe, deutete aber an, daß man gut daran täte, ziemlich weit von Landings vielbegangenen

Stränden entfernt die Küste abzusuchen. Sorka hatte ihn am Felsenkopf gefunden, wo seine beiden Zwergdrachen in den seichten Tümpeln nach Fingerfischen suchten, die dort oft von der Flut angespült wurden.

»Dürfen wir dich bei diesem Unternehmen um deine Hilfe bitten, Sean Connell?« fragte Pol Nietro höflich.

Sean legte lässig den Kopf schief und sah den Zoologen lange und abschätzend an. »Was springt für mich heraus, wenn ich auf Eidechsenjagd gehe?«

»Zwergdrachen«, verbesserte Sorka entschieden.

Sean beachtete sie nicht. »Hier gibt es kein Geld, und mein Da braucht mich im Lager.«

Sorka trat unruhig von einem Fuß auf den anderen, sie war nicht sicher, ob der Wissenschaftler sich der Situation gewachsen zeigen würde. Aber Pol war nicht umsonst Leiter einer prestigeträchtigen Zoologieabteilung der riesigen Universität auf First gewesen, er hatte gelernt, mit empfindlichen, rechthaberischen Menschen umzugehen. Der junge Schurke, der ihn jetzt mit uralter, ererbter Skepsis beäugte, stellte nur eine etwas andere Facette eines wohlbekannten Problems dar. Jedem anderen Burschen hätte der Zoologe vielleicht angeboten, das abendliche Freudenfeuer zu entzünden, ein inzwischen heiß begehrtes Privileg, aber er wußte, daß Sean sich daraus nichts machen würde.

»Hattest du auf der Erde ein eigenes Pony?« fragte Pol, lehnte sich gegen einen Felsen und verschränkte seine kurzen Arme vor der Brust.

Sean nickte; die unerwartete Frage hatte seine Aufmerksamkeit geweckt.

»Erzähl mir von ihm!«

»Was gibt es da zu erzählen? Es ist schon lange geschlachtet worden, und wahrscheinlich sind auch die, die das Fleisch gegessen haben, jetzt ein Fraß für die Würmer.«

»War es in irgendeiner Weise ungewöhnlich? Außer für dich?«

Sean sah ihn von der Seite her nachdenklich an, dann warf er einen kurzen Blick auf Sorka, die keine Miene verzog. Sie würde sich nicht weiter einmischen; sie hatte bereits ein etwas schlechtes Gewissen, weil sie Pol Seans größten Wunsch verraten hatte.

»Es war ein Welsh Mountain mit einem Schuß Connemarablut. Von der Sorte gibt es nicht mehr viele.«

»Wie groß?«

»Vierzehn Handbreiten.« Sean sagte es fast mürrisch.

»Farbe?«

»Stahlgrau.« Sean runzelte die Stirn, sein Mißtrauen wuchs. »Warum wollen Sie das wissen?«

»Weißt du, was ich auf diesem Planeten mache?«

»Tiere aufschneiden.«

»Das natürlich auch, aber daneben kombiniere ich verschiedene Dinge, darunter bestimmte Merkmale, Farbe, Geschlecht. Damit beschäftigen wir, meine Kollegen und ich, uns hauptsächlich. Durch eine gezielte Veränderung der Genstrukturen können wir herstellen, was der Kunde —« Pol deutete auf Sean, »— wünscht.«

Sean starrte ihn an, er verstand die Begriffe nicht ganz und wagte nicht zu hoffen, was Pol Nietro anzudeuten schien.

»Du könntest Cricket wiederbekommen, hier auf Pern«, sagte Sorka leise mit leuchtenden Augen. »Und er kann es wirklich. Er kann dir ein Pony verschaffen, das genauso ist wie Cricket.«

Sean hielt den Atem an, und sein Blick huschte hin und her zwischen ihr und dem alten Zoologen, der ihn mit größter Gelassenheit beobachtete. Dann deutete er mit dem Daumen auf Sorka. »Hat sie recht?«

»Damit, daß ich ein graues Pferd herstellen könnte — du gestattest mir vielleicht die Bemerkung, daß du für ein Pony inzwischen zu groß bist — mit allen körperlichen Merkmalen deines Cricket, ja, damit hat sie recht. Wir haben sowohl Sperma als auch befruchtete Eier von einer Vielzahl terrestrischer Pferderassen mitgebracht.

Ich weiß, daß wir die Genotypen sowohl der Welsh Mountains wie der Connemaras zur Verfügung haben. Beides sind ausdauernde, sehr anpassungsfähige Rassen. Die Sache ist ganz einfach.«

»Nur, damit ich Echseneier suche?« Seans angeborenes Mißtrauen war nicht so leicht einzuschläfern.

»Zwergdracheneier«, verbesserte ihn Sorka hartnäckig. Er sah sie finster an.

»Wir tauschen Eier gegen Eier, junger Mann. Ein faires Geschäft, inbegriffen ist ein Reitpferd aus deinem Ei, nach deinen Angaben maßgeschneidert, als Gegenleistung für die Zeit und die Mühe, die die Suche dich kostet.«

Sean warf noch einen Blick auf Sorka, die ihm ermunternd zunickte. Dann spuckte er in seine rechte Hand und reichte sie Pol Nietro. Ohne Zögern besiegelte der Zoologe den Handel.

Die Geschwindigkeit, mit der Pol Nietro eine Expedition organisierte, raubte vielen seiner Kollegen ebenso wie dem Verwaltungspersonal den Atem. Am nächsten Morgen hatte Jim Tillek sich bereiterklärt, ihnen unter der Bedingung, daß er als Kapitän mitfuhr, die *Southern Cross* zu überlassen. Man bat ihn, sie mit Vorräten für eine Küstenfahrt von längstens einer Woche auszurüsten; die Hanrahans und Porrig Connell hatten erlaubt, daß Sorka und Sean mitkamen; und Pol hatte Bay Harkenon überredet, ihr tragbares Mikroskop und einige Präparatenkästen, Objektträger und ähnliches Zubehör mitzunehmen. Zu Sorkas Überraschung und Seans Belustigung stand Admiral Benden an der Mole, um ihnen zu ihrem Unternehmen viel Glück zu wünschen, und half der Besatzung, die Heckleinen loszuwerfen. Mit diesem offiziellen Segen glitt die *Southern Cross*, von einer schönen, frischen Brise getrieben, aus der Bucht.

Für den auf dem Festland aufgewachsenen Sean war seine erste Seereise keineswegs ein Vergnügen, aber es gelang ihm, Angst und Übelkeit zu unterdrücken, weil er entschlossen war, sich sein Pferd zu verdienen und vor Sorka, die allem Anschein nach das Abenteuer genoß, keine Schwäche zu zeigen. Fast die ganze Reise über saß er mit dem Rücken an den Mast gelehnt auf Deck, das Gesicht nach vorne gerichtet, und streichelte seine braunen Zwergdrachen, die wohlig ausgestreckt auf den sonnenwarmen Brettern schliefen. Sorkas Duke blieb auf ihrer Schulter und stützte sich mit einer Klaue elegant gegen ihr Ohr, um das Gleichgewicht zu halten, während sein Schwanz leicht, aber fest um ihren Hals gewickelt war. Von Zeit zu Zeit drückte sie ihn beruhigend an sich, oder er gurrte ihr etwas ins Ohr, als sei er überzeugt, daß sie ihn verstand.

Die zwölf Meter lange Schaluppe *Southern Cross* konnte mit einer dreiköpfigen Besatzung gefahren werden, besaß acht Kojen und war sowohl als Forschungsschiff wie als schnelles Kurierboot zu verwenden. Jim Tillek war bereits in westlicher Richtung bis zu dem Fluß gesegelt, den sie ›Jordan‹ getauft hatten, und nach Osten, zusammen mit einer Gruppe, die die Vulkantätigkeit messen sollte, bis zu dem Inselvulkan, dessen Eruption das Dankfest gestört hatte. Er hoffte auf die Erlaubnis, eine noch längere Fahrt zu der großen Insel vor dem Nordkontinent unternehmen und das Delta des Flusses erforschen zu dürfen, auf dem das Erz oder das fertige Metall von dem geplanten Bergwerk zur See befördert werden sollte. Wie er der gebannt lauschenden Sorka erzählte, hatte er alle Meere und Ozeane der Erde befahren, wenn er als Kapitän eines Handelsschiffes im Asteroidengürtel Urlaub hatte, und war alle schiffbaren Flüsse hinaufgesegelt: den Nil, die Themse, den Amazonas, den Mississippi, den Lorenzstrom, den Columbia, den Rhein, die Wolga, den Jangtse und andere, weniger bekannte Wasserstraßen.

»Natürlich habe ich das alles nicht berufsmäßig gemacht, und auf First hatte man noch keine Verwendung für einen Segler, deshalb war diese Expedition für mich sozusagen die Chance, mein Hobby zum Beruf zu machen«, vertraute er ihr an. »Ich bin verdammt froh, daß ich hier bin!« Er nahm einen tiefen Atemzug. »Die Luft ist phantastisch. Wie früher auf der Erde. Wir dachten immer, es sei das Ozon! Atme mal tief durch!«

Sorka gehorchte gern. In diesem Augenblick kam Bay Harkenon aus der Kajüte; sie sah viel besser aus als vorhin, als sie hastig hinuntergestiegen war, um mit ihrer Übelkeit allein zu sein.

»Die Tablette hat also gewirkt?« erkundigte sich Jim Tillek besorgt.

»Ich bin Ihnen wirklich sehr verbunden«, sagte die Mikrobiologin mit einem zittrigen, aber dankbaren Lächeln. »Ich hatte ja keine Ahnung, daß ich anfällig für Kinetose bin.«

»Sind Sie schon mal gesegelt?«

Bay schüttelte den Kopf, daß die dichten, grauen Lokken um ihre Schultern schwangen.

»Woher sollten Sie es dann auch wissen?« fragte er liebenswürdig. Er blinzelte in die Ferne, wo bereits die Halbinsel und die Mündung des Jordanflusses zu erkennen waren. Backbord beherrschte der hoch aufragende Mount Garben — nach dem Senator benannt, der so tatkräftig mitgeholfen hatte, der Expedition die Wege durch das Labyrinth der Bürokratie der Konföderation Vernunftbegabter Rassen zu ebnen — die Landschaft, sein Kegel zeichnete sich scharf vor dem hellen Morgenhimmel ab. Es gab Bestrebungen, seine drei kleineren Gefährten nach Shavva, Liu und Turnien zu nennen, den Angehörigen des ersten EV-Landeteams, aber bisher war bei den monatlichen Namensgebungsversammlungen, die nach den förmlicheren, offiziellen Sitzungen des Rates am abendlichen Lagerfeuer abgehalten wurden, noch keine Entscheidung gefallen.

Kapitän Tillek wandte sich den Karten zu und maß mit seinem Stechzirkel den Abstand von der Mole bis zur Flußmündung und von dort bis zum Festland dahinter.

»Warum hören die Farben hier auf?« fragte Sorka, als sie bemerkte, daß der größte Teil der Karte nicht koloriert war.

Mit anerkennendem Grinsen klopfte er auf das Blatt. »Die hat Fremlich nach den Sondenbildern für mich gezeichnet, und bisher hat sie bis auf den letzten Zentimeter gestimmt, aber wenn wir selbst über das Festland gehen oder an der Küste entlang segeln, setze ich die jeweils passenden Farben ein. Eine gute Möglichkeit, um festzuhalten, wo wir schon gewesen sind und was noch aussteht. Ich habe Anmerkungen über die vorherrschenden Winde und die Strömungsgeschwindigkeiten hinzugefügt, die vielleicht einem Seemann nützlich sein könnten.«

Erst jetzt bemerkte Sorka auch diese Zeichen. »Sehen ist eine Sache, Wissen eine andere, nicht wahr?«

Er zog an einem ihrer tizianroten Zöpfe. »Eigentlich ist das entscheidende, dortgewesen zu sein.«

»Und wir sind — hier — wirklich die ersten Menschen?« Sie deutete mit der Spitze ihres Zeigefingers auf die Halbinsel.

»Ganz bestimmt«, versicherte Tillek tief zufrieden.

Jim Tillek war in seinem Leben, das bereits sechs Jahrzehnte umfaßte, noch nie so ausgefüllt und glücklich gewesen. Seine Liebe zur See und zu Schiffen hatte ihn in der High-Tech-Gesellschaft stets zum Außenseiter gemacht, und die monotone Asteroidengürtelstrecke — zu mehr hatte er es dank seines Mangels an Takt oder dank seiner unerschütterlichen Aufrichtigkeit nie gebracht — hatte ihn gelangweilt. Für Tillek war Pern genau richtig, und jetzt bekam alles noch einen zusätzlichen Reiz, weil er als einer der ersten die Ozeane befahren und ihre Besonderheiten entdecken durfte. Er war ein kräftiger, mittelgroßer Mann mit hellblauen, scharfen Augen und sah mit seiner Schirmmütze, die er bis über die Ohren heruntergezogen hatte, und in dem alten Pullover aus Guernsey-Wolle, den er gegen den kräftigen, etwas kühlen Morgenwind trug, wie das Urbild eines Seekapitäns aus. Obwohl er die *Southern Cross* auf Knopfdruck elektronisch aus dem Cockpit hätte steuern können, zog er das Ruder vor und verließ sich lieber auf sein Gefühl für den Wind, wenn es darum ging, die Segel zu brassen. Seine Besatzung war vorne, machte auf den Plasiplex-Decks klar Schiff und erledigte die sonstigen auf dem kleinen Boot anfallenden Routinearbeiten.

»Wir werden in der Abenddämmerung anlegen, wahrscheinlich etwa hier, wo auf der Karte eine tief eingeschnittene Hafenbucht verzeichnet ist. Wieder etwas zum Anmalen. Vielleicht finden wir dort auch, was wir suchen.« Er zwinkerte Sorka und Bay Harkenon zu.

Als die *Southern Cross* in sechs Faden Tiefe verankert war, brachte Jim Tillek den Trupp mit dem kleinen Motorboot ans Ufer. Sean, der für eine Weile von der Gesellschaft der anderen genug hatte, schickte Sorka nach Osten auf die Suche nach Zwergdrachennestern, während er selbst am Strand entlang nach Westen ging. Seine beiden Braunen kreisten über seinem Kopf und stießen fröhliche Schreie aus. Jim Tillek war verärgert, weil Sean das Mädchen so herumkommandierte, und wollte sich den Burschen schon vornehmen, aber Pol Nietro warf ihm einen warnenden Blick zu, und der Kapitän fügte sich. Sean verschwand schon in den dichten Büschen, die den Strand säumten.

»Wenn ihr zurückkommt, gibt es eine warme Mahlzeit«, rief Pol den beiden Kindern nach. Sorka winkte zurück.

Als sie in der Abenddämmerung zu dem versprochenen Essen zurückkehrten, hatten beide Erfolge zu melden.

»Ich glaube, die ersten drei, die ich gefunden habe, sind nur von Grünen«, sagte Sorka ruhig, aber bestimmt. »Für eine Goldene sind sie viel zu dicht am Wasser. Duke ist der gleichen Meinung. Er mag die Grünen anscheinend nicht. Aber das Gelege, das am weitesten weg war, liegt hoch über der Hochwasserlinie, und die Eier sind größer. Ich glaube, sie werden bald ausschlüpfen, weil sie schon so hart sind.«

»Zwei grüne Gelege, und bei zweien bin ich sicher, daß es goldene sind«, sagte Sean knapp, machte sich über das Essen her und hielt nur inne, um seinen beiden Braunen ihren Anteil zu geben. »Es sind auch viele in der Gegend. Wollen Sie alle mitnehmen, die Sie finden können?«

»Du lieber Himmel, nein!« Pol warf bestürzte beide Hände hoch. Sein weißes Haar, drahtig und dicht, stand wie ein Heiligenschein um seinen Kopf und ließ ihn so gütig aussehen, wie er auch tatsächlich war. »*Diesen* Fehler weden wir auf Pern nicht machen.«

»O nein, niemals«, bestätigte Bay Harkenon und beugte sich zu Sean, als wolle sie ihm beruhigend auf die Schulter klopfen. »Bei unseren Untersuchungsmethoden brauchen wir nämlich nicht mehr unzählige Exemplare, um unsere Schlußfolgerungen zu bestätigen.«

»Exemplare?« Sean runzelte die Stirn, und Sorka machte ein ängstliches Gesicht.

»Vertreter wäre vielleicht ein besserer Ausdruck.«

»Und wir würden die Eier verwenden … natürlich von der Grünen«, fügte Pol schnell hinzu, »da die grünen Weibchen keine so starken mütterlichen Gefühle zu haben scheinen wie die goldenen.«

Sean war verwirrt. »Sie wollen gar keine Eier von einer Goldenen?«

»Nicht alle«, wiederholte Bay eindringlich. »Und nur einen toten Nestling von den anderen Farben, wenn das möglich ist. Von den Grünen sind mehr als genug umgekommen.«

»Die kriegt man auch erst, wenn sie tot sind«, murmelte Sean.

»Wahrscheinlich hast du recht«, seufzte Bay. Sie war

eine stattliche Frau Ende der Fünfzig, aber noch kräftig und beweglich genug, um die Expedition nicht zu behindern. »Ich habe noch nie eine enge Beziehung zu einem Tier aufbauen können.« Sie betrachtete wehmütig Sorkas Bronzedrachen, der völlig entspannt um den Hals des Mädchens lag und schlief, seine Beine hingen vor ihrem Oberkörper herab, und der schlaffe Schwanz reichte ihr fast bis zur Taille.

»Wenn ein Zwergdrache geboren wird, ist er so hungrig, daß er Futter nimmt, wo immer er es herbekommt«, sagte Sean betont taktlos.

»Oh, ich glaube nicht, daß ich jemanden so berauben ...«

»Angeblich sind wir hier doch alle gleich, oder nicht?« fragte Sean. »Dann haben Sie auch die gleichen Rechte wie jeder andere.«

»Gut gesagt, Kleiner«, lobte Jim Tillek. »Gut gesagt!«

»Wenn die Zwergdrachen nur ein wenig größer wären«, murmelte Pol, mehr zu sich selbst als zu den anderen, und dann seufzte er.

»Was wäre, wenn die Zwergdrachen ein wenig größer wären?« fragte Tillek.

»Dann wären sie den Wherries gewachsen.«

»Das sind sie jetzt auch!« behauptete Sean loyal und streichelte einen von seinen Braunen. Wenn er ihnen Namen gegeben hatte, so behielt er sie für sich. Er hatte ihnen beigebracht, verschiedene Pfiffe zu verstehen und sie auch zu befolgen. Sorka wagte nicht, ihn zu fragen, wie er das gemacht hatte. Nicht, daß Duke jemals ungehorsam gewesen wäre — er mußte nur erst einmal begreifen, was sie von ihm wollte.

»Vielleicht hast du recht«, sagte Pol mit leichtem Kopfschütteln.

»Man sollte nicht leichtfertig herumpfuschen. Du weißt, wie viele Versuche fehlschlagen oder zu Mißgeburten führen.« Bay lächelte, um ihren Worten den Stachel zu nehmen.

»Mißgeburt?« Sean horchte auf.

»Sie hat doch nicht dich gemeint, Dummkopf«, flüsterte Sorka.

»Warum sollte man Wesen ... äh ... manipulieren«, fragte Jim Tillek, »die es jahrhundertelang recht gut geschafft haben, sich zu verteidigen. Und jetzt auch uns.«

»Aus dem ganzen Eintopf der Schöpfung überleben nur wenige Arten, und oft sind es nicht die offensichtlich besser konstruierten oder an die Umwelt angepaßten«, erklärte Pol mit einem langen, geduldigen Seufzer. »Es erstaunt mich immer wieder, wenn ich sehe, wer das Evolutionsrennen gewinnt und der Vorfahre einer großen, neuen Gruppe wird. Ich hätte auf einem anderen Planeten nie eine Lebensform erwartet, die unseren Wirbeltieren so nahesteht wie die Wherries oder die Zwergdrachen. Aber der merkwürdigste Zufall ist doch, daß unsere Geschichtenerzähler sich so oft ein vierbeiniges Geschöpf mit zwei Flügeln ausgemalt haben, obwohl es auf der Erde niemals existierte. Hier ist es, Hunderte von Lichtjahren entfernt von den Leuten, die es sich nur vorgestellt haben.« Er deutete auf den schlafenden Duke. »Bemerkenswert. Und nicht so schlecht konstruiert wie die alten chinesischen Drachen.«

»Schlecht konstruiert?« fragte der Seemann belustigt.

»Na, sehen Sie ihn doch an. Sowohl Vordergliedmaßen als auch Flügel zu haben, ist eine Redundanz. Die Vögel auf der Erde haben ihre Vordergliedmaßen zugunsten von Flügeln aufgegeben, nur ein paar haben noch rudimentäre Klauen, wo einst die Zeigefinger waren, ehe das Glied sich zu einem Flügel entwickelte. Ich gebe zu, daß ein gewölbtes Hinterglied nützlich ist, um vom Boden abzuspringen — und die Hinterbeine der Zwergdrachen sind sehr kräftig, ihre Muskeln reichen bis zum Rücken und stützen ihn —, aber dieser lange Rücken ist verwundbar. Ich frage mich, wie sie es mit ihrem Körperbau vereinbaren können, so lange reglos aufrecht zu sitzen.« Pol betrachtete den schlafenden Duke und berührte seinen schlaffen Schwanz. »Eine leichte Verbesserung gibt es: die Ausscheidungsöffnung liegt in der Schwanzgabel anstatt darunter. Und die Nüstern und die Lungen sind rückenständig, unbedingt ein Vorteil. Wir Menschen sind nämlich sehr schlecht konstruiert«, fuhr er fort, glücklich, einer gebannt lauschenden Zuhörerschaft seine Lieblingsklage vorführen zu können.

»Ich meine, Sie begreifen doch sicher, wie absurd es ist, eine Luftröhre zu haben«, — er griff sich an die Nase —, »die die Speiseröhre kreuzt.« Er berührte seinen sehr ausgeprägten Adamsapfel. »Ständig ersticken Menschen. Und einen verletzlichen Schädel: ein ordentlicher Schlag, und die Gehirnerschütterung kann zu dauernder Behinderung, wenn nicht zum Tode führen. Bei den Weganern liegt das Gehirn in einem festen Sack in der Bauchhöhle und ist gut geschützt. Ein Weganer kann nie eine Gehirnerschütterung bekommen.«

»Ich habe aber in der Mitte lieber Bauchschmerzen, als Kopfschmerzen«, scherzte Tillek. »Außerdem sind nach allem, was ich gesehen habe, ein paar andere Dinge bei den Weganern äußerst unpraktisch angelegt, besonders die Sexual- und Fortpflanzungsorgane.«

Pol schnaubte verächtlich. »Sie finden es also vernünftiger, die Spielwiese zwischen den Kloaken anzusiedeln?«

»Das habe ich nicht gesagt, Pol«, antwortete Jim mit einem hastigen Blick auf die beiden Kinder, die freilich die Erwachsenen gar nicht beachteten. »Für uns ist es aber doch etwas handlicher.«

»Und verletzlicher. Ach du meine Güte, jetzt bin ich schon wieder mitten im Dozieren. Aber es gibt unendlich viele Möglichkeiten, wie man uns Menschen entscheidend verbessern könnte ...«

»Aber das tun wir doch, nicht wahr, mein lieber Pol?« fragte Bay freundlich.

»O ja, mit den Mitteln der Kybernetik und *in vitro*

159

können wir gewisse grobe genetische Fehler korrigieren. Sicher, wir dürfen die Mentasynthese der Eridani verwenden, obwohl ich persönlich nicht sicher bin, ob unsere Reaktion darauf ein Segen ist oder nicht. Die Leute fühlen sich zu sehr in ihre Versuchstiere ein. Aber natürlich können wir dank der Gesetze, die die Fraktion Reinrassiger Menschen erzwungen hat, um drastische Veränderungen auszuschließen, noch nicht viel machen.«

»Wer würde das auch wollen?« fragte Tillek stirnrunzelnd.

»Wir bestimmt nicht«, versicherte Bay ihm hastig. »Dafür besteht auf dieser Welt kein Bedarf. Aber ich finde manchmal, die Fraktion Reinrassiger Menschen hat einen Fehler gemacht, als sie sich gegen Veränderungen stellte, die es den Menschen gestattet hätten, auf den Wasserwelten in Ceti IV zu leben. Lungen gegen Kiemen auszutauschen und Schwimmhäute an Händen und Füßen zu erzeugen, ist keine so entscheidende und gotteslästerliche Veränderung. Der Foetus durchläuft *in utero* eine ähnliche Phase, und es gibt stichhaltige Gründe für die Annahme, daß in der Vergangenheit auch die Erwachsenen noch viel mehr an das Leben im Wasser angepaßt waren. Man muß sich nur vorstellen, wie viele Planeten dem Menschen offenstünden, wenn wir uns nicht auf Landgebiete beschränken müßten, die unseren Anforderungen in bezug auf Schwerkraft und Atmosphäre entsprechen! Es wäre ja schon ein Fortschritt, wenn wir spezielle Enzyme für einige der gefährlicheren Gase herstellen könnten. Die Zyanide haben uns schon so viele Planeten verschlossen. Warum ...« Sie rang die Hände, weil ihr die Worte fehlten.

Sean beobachtete die beiden Spezialisten mit einigem Argwohn.

»Lagerfeuergeschwätz«, erklärte Sorka weise. »Das ist nicht ernst gemeint.«

Sean schnaubte verächtlich, rückte vorsichtig seine

zwei Braunen zurecht und erhob sich. »Ich möchte morgen aufstehen, ehe es hell wird. Das ist die beste Zeit, um die Zwergdrachen beim Fressen zu erwischen und zu sehen, wer die Nester bewacht.«

»Ich auch«, sagte Sorka und stand auf.

Tillek hatte weit über der Hochwasserlinie Hütten errichtet, als Schutz gegen plötzliche Windstöße, wie sie für den Frühsommer offenbar charakteristisch waren. Die Schlafsäcke waren innen mit Thermodecken ausgekleidet, und Sorka kroch dankbar hinein. Ohne aufzuwachen, paßte sich Duke ihrer neuen Stellung an. Das Einschlafen fiel ihr nicht schwer, denn der Strand schien eine Weile unter ihr zu schwanken und die Bewegung der Wellen nachzuahmen.

Ein kleines, warnendes Zirpen von Duke weckte sie. Die Erwachsenen schnarchten, aber als ihre Augen sich an die frühmorgendliche Dunkelheit gewöhnt hatten, sah sie, wie Sean sich erhob. Sie konnte undeutlich erkennen, wie er den Kopf erst zu ihr und dann nach Westen drehte. Mit kaum wahrnehmbaren Bewegungen kroch er zur erloschenen Feuerstelle, kramte leise in den Vorratssäcken und nahm mehrere Dinge heraus, die er in sein Hemd steckte.

Sorka wartete, bis er außer Sicht war, dann erhob sie sich. Sie steckte eine Schachtel mit Proviant und eine der vor dem Abendessen gesammelten Rotfrüchte ein und hinterließ den Erwachsenen auf einem Zettel die Nachricht, sie und Sean wollten nach den Nestern sehen und würden bald nach dem Morgengrauen zurückkehren, um Meldung zu machen.

Während sie am Strand entlanglief, aß sie die Rotfrucht und spuckte dabei ein verdorbenes Stück aus, wo sich Schimmel gebildet hatte, genau wie sie früher auf der Erde Falläpfel gegessen und das Braune weggeworfen hatte. Ein kleines Stück von den beiden Nestern entfernt hatte sie kleine Häufchen aus weißen, vom Wasser glattgeschliffenen Steinen aufgeschichtet, um die Gelege finden zu können, ohne hineinzutreten. Die beiden ersten entdeckte sie auch ohne Mühe, dann eilte sie zu dem dritten, das sie für das Nest eines goldenen Zwergdrachen hielt. Am östlichen Horizont zeigte sich ein schwacher Lichtschein, und sie wollte in den Büschen versteckt sein, ehe der Tag wirklich anbrach.

Es war ein herrliches Gefühl, ganz allein in einem Teil der Welt zu sein, den noch nie ein menschlicher Fuß betreten hatte und wo keine Gefahr drohte. Sorka hatte die Protokolle und Landkarten des EV-Teams oft genug studiert, um zu wissen, daß diese unerschrockenen Leute nie an diesem Strand gewesen waren. Sie war wie verzaubert und seufzte vor Glück. Ihr alter Wunsch, einem bestimmten Platz *ihren* Namen zu geben, war durch einen anderen Traum abgelöst worden; sie wollte den schönsten Fleck auf der neuen Welt entdecken, einen wirklich einmaligen Ort, der die Menschen später auch an sie erinnern würde. Noch besser wäre es, wenn die Kolonisten den Wunsch verspürten, einen Berg, einen Fluß oder ein Tal nach Sorka Hanrahan zu benennen, weil sie irgendeine besondere Tat vollbracht hatte.

Sie war so in ihren Träumereien gefangen, daß sie fast über den Steinhügel gestolpert und in das halbvergrabene Gelege getreten wäre. Duke warnte sie gerade noch rechtzeitig mit einem Piepsen.

Sie streichelte dankbar seinen kleinen Kopf. Wenn sie etwas an Duke verändern könnte, dann würde sie ihm die Fähigkeit zu sprechen geben. Sie hatte gelernt, seine verschiedenen Laute zutreffend zu deuten, und konnte auch verstehen, was andere Zwergdrachen zu ihren Besitzern sagten, aber es wäre noch schöner, wenn sie sich mit Duke in einer gemeinsamen Sprache verständigen könnte. Jemand hatte jedoch gesagt, Wesen mit gespaltenen Zungen seien unfähig zu sprechen, und sie wollte auch auf keinen Fall, daß Duke drastisch verändert wurde — schon gar nicht seine Größe, denn dann könnte er nicht mehr so bequem auf ihrer Schulter sitzen.

Vielleicht sollte sie sich einmal mit den Meeresaufsehern unterhalten, die mit den Delphinen arbeiteten. Diese Tiere verständigten sich untereinander über komplexe Sachverhalte, und es war doch durchaus möglich, daß das auch die Zwergdrachen taten. Man brauchte sich nur anzusehen, wie sie die Wherries verjagt hatten. Sogar Admiral Benden war es aufgefallen.

Bei dem Gedanken an den Helden von Cygnus fiel ihr ein, daß auch sie Vorsicht walten lassen und ihre Spuren beseitigen mußte. Die goldenen Zwergdrachen waren sehr viel klüger als die dummen grünen. Sie suchte sich einen dicht belaubten Ast und verwischte damit ihre Fußabdrücke im trockenen Sand. Dann kroch sie ins Gestrüpp und suchte sich eine Stelle, von der sie das Nest und den Strand im Blickfeld hatte, ohne von dort gesehen zu werden.

Mit dem ersten Tageslicht ertönte ein fröhlicher Morgenchor, und ein Schwarm von Zwergdrachen stieß auf den Strand herab. Nur das goldene Weibchen näherte sich dem Nest; die anderen, Braune, Bronzefarbene und Blaue, hielten taktvoll Abstand. Ihre Körper hoben sich scharf vom weißen Sand ab, und Sorka konnte sie gut beobachten. Das goldene Weibchen war das größte, es überragte die kräftigen Bronzenen um zwei Fingerspannen. Ein oder zwei Braune reichten fast an die Bronzenen heran. Die eindeutig kleineren Blauen bewegten sich mit schnellen, nervösen Schritten, wühlten im Seetang, sortierten einige Wedel aus und zerrten andere mit zufriedendem Zirpen zum Nest. Die Bronzefarbenen und Braunen schienen murmelnd und piepsend etwas zu besprechen, während sich die Blauen offenbar nur für eßbare Dinge interessierten. Jetzt wurde das Nest mit einem Seetangwall umgeben. Als es fertig war, wurden die Braunen und Bronzefarbenen aktiv und begannen eifrig das zappelnde Meeresgetier zu sammeln, genau wie damals, als Duke ausgeschlüpft war.

Mit einem herrischen Kreischen erhob sich das goldene Weibchen vom Nest, fegte dicht über die Köpfe der Braunen und Bronzefarbenen hinweg, schlug mit den Flügeln nach den Blauen und raste auf das Meer zu. Die anderen folgten ihr flink, aber mit weniger anmutigen Bewegungen, wie Sorka fand. Sie schwebten über der sanften Brandung, stießen plötzlich mit triumphierendem Zirpen auf die Wellen hinab und schnappten nach Fischen. Auf einmal waren sie alle verschwunden. Eben waren sie noch über dem Ozean geflattert, im nächsten Augenblick war kein einziger Zwergdrachenkörper mehr am Himmel zu sehen. Sorka blinzelte verdutzt.

Dann hatte sie eine Idee: Wenn die Jungen so kurz vor dem Ausschlüpfen standen, konnte sie doch ein Ei noch rechtzeitig zu Bay Harkenon bringen. Wenn Bay das Junge dann fütterte, hätte sie endlich ein eigenes Tier. Die Wissenschaftlerin war nett und freundlich, gar nicht so verknöchert wie manche der anderen Bereichsleiter, und sie würde einen Zwergdrachen sicher wie einen Gefährten behandeln.

Sorka überlegte nicht lange. Mit einem Satz sprang sie aus ihrem Versteck zum Nest, packte das nächstgelegene Ei auf dem Stapel und rannte, so schnell sie konnte, wieder ins Unterholz.

Sie war gerade verschwunden, die Äste schwankten noch, als die Zwergdrachen zurückkamen, offenbar in noch größerer Zahl als zuvor. Die kleine Goldene landete direkt neben den Eiern, während die Bronzefarbenen, Braunen und Blauen hilflos zuckende Fische innerhalb des Seetangwalls ablegten. Plötzlich setzte der Begrüßungsgesang ein, und Sorka war hin- und hergerissen zwischen dem Wunsch, den magischen Augenblick des Ausschlüpfens zu beobachten und der Notwendigkeit, das gestohlene Ei rechtzeitig zu Bay zu bringen. Sie hatte es unter ihren Pullover geschoben, um es zu wärmen und zu beschützen, und jetzt spürte sie, wie es sich an ihrem Körper bewegte.

»Keinen Laut, Duke!« zischte sie streng, als sie hörte,

wie es in Dukes Brust zu grummeln begann. Sie nahm sein kleines Maul zwischen die Finger und starrte ihm fest in die Facettenaugen, die jetzt in fröhlichen Farben zu schillern begannen. »Sonst bringt sie mich um!«

Er hatte verstanden und schmiegte sich fester an sie, krallte sich mit seinen scharfen Klauen in ihr Haar und drückte sein Gesicht an ihren Zopf. Sie kroch rückwärts vom Strand weg, bis sie sich so weit entfernt hatte, daß sie aufzustehen wagte. Ranken und Äste wickelten sich um ihre Füße, als sie zu laufen begann, und schrecklich viele Dornbüsche und Nadelgewächse stellten sich ihr in den Weg. Aber sie ließ sich nicht entmutigen und stürmte weiter.

Als sie die Schreie der Zwergdrachen nicht mehr hören konnte, wandte sie sich nach Westen und kämpfte sich wieder zum Strand durch. Sie rannte über den Sand, so schnell sie konnte, ohne auf die Stiche in ihrer Seite zu achten; sie dachte nur an das Ei, das wild gegen ihre Rippen pochte. Duke kreiste über ihrem Kopf und jammerte ängstlich, aber mit gehorsam gedämpfter Stimme.

Jetzt konnte das Lager nicht mehr weit sein. War der Steinhügel, an dem sie eben vorübergekommen war, der erste oder der zweite? Sie stolperte, und Duke schrie erschrocken auf, ein schrilles, durchdringendes Kreischen, als litte er Höllenqualen; so hatten einst die Pfauen auf der Farm ihres Vaters geschrien. Der kleine Kerl stieß herab und zerrte energisch an ihrer Schulter, als könne er sie stützen.

Sein Geschrei hatte die Schläfer geweckt. Als erster rappelte sich Jim Tillek auf und machte, die Füße noch in den Schlafsack verwickelt, ein paar Schritte. Pol und Bay wurden erst munter, als sie Sorka erkannten.

Ohne Tilleks erregte Fragen und seine hilfreich ausgestreckten Hände zu beachten, stolperte Sorka auf die rundliche Mikrobiologin zu, ließ sich erschöpft auf die Knie fallen und zerrte ungeschickt an ihrem Pullover, um das Ei zu befreien, denn sie spürte, wie die Schale den ersten Riß bekam.

»Hier! Das ist für Sie, Bay!« keuchte sie, packte die Hände der erstaunten Frau und legte sie um das Ei.

Bays erste Reaktion war, es zu Sorka zurückzuschieben, aber das Mädchen war schon auf die Vorratssäcke zugestürzt und bemühte sich verzweifelt, ein Paket mit Proteinriegeln zu öffnen und einen davon in winzige Stücke zu brechen.

»Es reißt auf, Sorka. Pol! Was soll ich machen? Es bekommt überall Sprünge!« rief Bay unsicher.

»Es gehört Ihnen, Bay, ein Tier, das nur Sie lieben wird«, keuchte Sorka und kam mit vollen Händen zurückgetaumelt. »Er schlüpft gerade aus. Es wird Ihnen gehören. Hier, füttern Sie es damit. Pol, Kapitän, suchen Sie unter dem Seetang nach Futter. Spielen Sie Bronzedrachen. Passen Sie auf, wie Duke das macht.«

Duke zerrte begeistert zirpend einen riesigen Seetangast von der Hochwasserlinie her.

»Sie müssen den Seetang bündeln, Pol«, sagte Tillek Augenblicke später und zeigte es ihm.

»Es ist offen!« schrie Bay, halb ängstlich und halb entzückt. »Da ist ein Kopf! Sorka! Was soll ich jetzt tun?«

Zwanzig Minuten später fielen die ersten Sonnenstrahlen auf das müde, aber aufgeregte Quartett. Bay wiegte mit seligem, ungläubigem Lächeln einen reizenden goldenen Zwergdrachen auf dem Unterarm. Der Kopf lag wie ein Schmuckstück auf ihrem Handrücken, die Vorderarme umfaßten locker ihr Handgelenk. Der dick angeschwollene Bauch wurde von Bays gut gepolstertem Arm gestützt, die Hinterbeine hingen an beiden Seiten des Ellbogens herab, und der Schwanz war lose um ihren Oberarm geschlungen. Ein leichtes Geräusch, fast wie ein Schnarchen, war zu hören. Von Zeit zu Zeit streichelte Bay das schlafende Wesen. Staunend betrachtete sie die weiche Haut, die kräftigen und doch zierlichen Klauen, die durchsichtigen Flügel und den kräftigen Schwanz des Neugeborenen. Immer wieder fand sie etwas Neues, das ihr Entzücken erregte.

Jim Tillek schürte das Feuer und brachte etwas Warmes zu trinken, denn vom Meer her wehte ein kühler Wind.

»Ich glaube, wir sollten zum Nest zurückgehen, Pol«, sagte Sorka, »um zu sehen, ob ... ob ...«

»Einige es nicht geschafft haben?« ergänzte Jim. »Erst mußt du etwas essen.«

»Aber dann ist es zu spät.«

»Wahrscheinlich ist es jetzt schon zu spät, kleines Fräulein«, erklärte Jim entschieden. »Es war schon eine großartige Leistung, daß du uns die goldene Echse gebracht hast. Das ist die höchste Form der Gattung, nicht wahr?«

Pol nickte und betrachtete scheinbar gelassen Bays schlafenden Schützling. »Ich glaube, von den Biologen hat noch niemand so ein Exemplar. Ironie des Schicksals.«

»Die eigenen Leute sind immer die letzten, wie?« fragte Jim und zog spöttisch die Augenbrauen hoch, grinste aber dabei. »Ach, wen haben wir denn da?« Er zeigte mit seiner langen Kochgabel auf die Gestalt, die von Westen herangestapft kam. »Er hat etwas bei sich. Kannst du es mit deinen jungen Augen besser erkennen, Sorka?«

»Vielleicht bringt er noch mehr Eier, dann bekommen Pol und Jim auch eines.«

»Für so uneigennützig halte ich Sean eigentlich nicht, Sorka«, bemerkte Pol trocken. Sie errötete. »Nein, nein, Kind, das soll keine Kritik sein. Es hat eben nicht jeder die gleiche Einstellung und das gleiche Temperament.«

»Er trägt etwas, es ist größer als ein Ei, und seine beiden Drachen sind sehr aufgeregt. Nein«, verbesserte sich Sorka, »Sie sind verstört!«

Duke stellte sich auf ihrer Schulter auf die Hinterbeine und stieß einen schrillen Klageschrei aus. Sie spürte, wie er in sich zusammensackte, als er eine Antwort erhielt, und dann ließ er ein leises Jammern hören, fast ein Schluchzen, dachte sie und griff hinauf, um ihn zu streicheln. Er schmiegte sich an ihre Hand, als sei er dankbar für ihr Mitgefühl. Sie spürte die Spannung in seinem kleinen Körper, seine Klauen krallten sich heftig in ihren Pullover. Wieder einmal war sie froh, daß ihre Mutter das Gewebe verstärkt hatte, denn sonst hätte er ihr die Haut aufgerissen. Sie drehte den Kopf und rieb ihre Wange an seiner Seite.

Alle Augen waren auf Sean gerichtet, der nun ganz nahe war. Bald konnte man erkennen, daß das Bündel in seinen Händen aus Schichten von breiten Blättern bestand, die mit grünen Kletterranken fest zusammengebunden waren. Er spürte die forschenden Blicke, und er sah müde und, wie Sorka fand, traurig aus. Er ging direkt auf die beiden Wissenschaftler zu und legte sein Bündel behutsam vor Pol ab.

»Bitte sehr. Zwei. Einer ist fast unversehrt. Und ein paar von den grünen Eiern. Ich mußte beide Nester absuchen, um welche zu finden, die nicht von den Schlangen ausgesaugt waren.«

Pol legte eine Hand auf das Bündel. »Danke, Sean. Ich danke dir sehr. Sind die zwei — aus dem Gelege einer Goldenen oder einer Grünen?«

»Natürlich aus einem goldenen«, sagte Sean verächtlich. »Grüne schlüpfen selten aus. Die Schlangen hatten sie schon angefressen. Ich kam gerade noch rechtzeitig.« Er sah Sorka fast herausfordernd an.

Sie wußte nicht, was sie sagen sollte.

»Genau wie Sorka«, bemerkte Jim Tillek stolz und nickte zu Bay hin.

Erst jetzt sah Sean den schlafenden Zwergdrachen. Überraschung, Bewunderung und Ärger zuckten schnell hintereinander über sein Gesicht, dann ließ er sich unvermittelt zu Boden plumpsen.

Sorka wagte nicht, ihm in die Augen zu sehen. »Du

warst besser als ich«, hörte sie sich sagen. »Du hast das mitgebracht, was wir besorgen sollten. Ich nicht.«

Sean knurrte etwas, ohne eine Miene zu verziehen. Über seinem Kopf tauschten seine Braunen mit ihrem Bronzefarbenen in einem Schnellfeuer von Pieps-, Zirp- und Murmellauten Neuigkeiten aus. Dann schwebten sie herab, legten sich auf den Boden und ließen sich mit angelegten Flügeln von der Sonne wärmen.

»Essen ist fertig«, sagte Jim Tellek und begann, die Teller zu füllen. Es gab gebratenen Fisch und eine Obstart, die durch das Kochen genießbar wurde.

»Nun, Ongola, was gibt es Neues?« fragte Paul Benden.

Emily Boll verteilte ein wenig von Bendens kostbarem Brandy auf drei Gläser und reichte sie herum, dann nahm auch sie Platz. Ongola nutzte die Zeit, um seine Gedanken zu ordnen. Die drei hatten sich wie schon oft im Wetterbeobachtungsturm neben der Landebahn getroffen, die jetzt nur noch von den Schlitten und einer einzigen, zum Frachttransporter umgebauten und so selten wie möglich benützten Fähre angeflogen wurde.

Der Admiral und die Gouverneurin hatten von Natur aus eine helle Haut, aber jetzt waren sie beide fast so braun wie Ongola. Alle drei hatten schwer gearbeitet, in den Feldern, in den Bergen und auf dem Meer, und sich an allen Unternehmungen der Kolonie aktiv beteiligt.

Sobald die Kolonisten das ihnen zustehende Land in Besitz genommen und Landing damit seinen Zweck erfüllt hatte, sollten die bisherigen Führer die Rolle von Beratern einnehmen, die nicht mehr Befehlsgewalt besaßen als die anderen Grundbesitzer. Der Rat sollte regelmäßig zusammentreten, um allgemeine Themen zu besprechen und Mißstände abzustellen, die die gesamte Kolonie betrafen. Einmal im Jahr sollten in einer Generalversammlung demokratisch die Entscheidungen gefällt werden, die der Zustimmung aller bedurften. Richterin Cherry Duff sprach in Landing Recht und sollte als Anlaufstelle für Beschwerden und Streitfälle fungieren. Nach der Verfassung von Pern waren Konzessionäre wie Kontraktoren auf ihrem eigenen Besitz gleichermaßen autonom. Das mochte idealistisch gedacht sein, aber, wie Benden wiederholt betonte, gab es ausreichend Land und Bodenschätze, um allen genügend Spielraum zu gewähren.

Bisher war nur vereinzelt über Joel Lilienkamps Methoden bei der Verteilung von Vorräten und Material aus dem Magazin gemurrt worden. Alle wußten, daß die mitgebrachten Vorräte irgendwann erschöpft sein würden und sie lernen mußten, mit dem auszukommen, was sie hatten, Dinge mit eigenen Mitteln zu ersetzen oder mit den jeweiligen Handwerkern zu tauschen. Viele Leute waren stolz auf ihr Improvisationstalent, und alle gingen mit unersetzlichen Werkzeugen und Maschinen pfleglich um.

Dank der wöchentlich stattfindenden inoffiziellen Treffen und der monatlichen Massenversammlungen, bei denen über die meisten Verwaltungsangelegenheiten demokratisch abgestimmt wurde, lief in der Kolonie alles reibungslos. Bei einer der ersten Massenversammlungen war ein Schiedskomitee bestimmt worden, dem drei ehemalige Richter, zwei frühere Gouverneure und vier Nichtjuristen angehörten. Sie alle sollten dieses Amt zwei Jahre lang innehaben. Das Komitee sollte Beschwerden nachgehen und Streitigkeiten schlichten, die etwa beim Abstecken von Parzellen oder bei vertraglichen Unklarheiten entstehen mochten. Die Kolonie verfügte über vier ausgebildete Juristen und zwei Rechtsanwälte, aber man hoffte, daß sie nur höchst selten in Anspruch genommen werden müßten.

»Kein Streit ist so erbittert, daß er nicht von einem Gremium von Unparteiischen oder von einer Gruppe Gleichgestellter geschlichtet werden könnte«, hatte Emily Boll bei einer der ersten Massenversammlungen, an denen alle einschließlich der schlafenden Säuglinge teilnahmen, die Kolonisten beschworen. »Die meisten von euch haben den Krieg am eigenen Leibe erfahren.« Sie hatte eine dramatische Pause eingelegt. »Zermürbungskriege zu Land und zu Wasser, schreckliche Vernichtungskriege direkt im Weltraum. Pern ist weit, weit weg von jenen alten Schlachtfeldern. Ihr seid hier, weil ihr euch nicht von den territorialen Machtgelüsten anstecken lassen wolltet, die die Menschen seit Anbeginn der Zeiten wie eine Seuche plagen. Wenn man einen ganzen Planeten mit den verschiedensten herrlichen Landschaften zur Verfügung hat, der Reichtum für alle verspricht, dann besteht kein Anlaß mehr, dem Nächsten seinen Besitz zu neiden. Steckt eure Parzellen ab, baut eure Häuser, lebt in Frieden mit den anderen und helft uns, diese Welt zu einem wahren Paradies zu machen.«

Ihre kraftvolle, wohlklingende Stimme und die aufrichtigen, leidenschaftlichen Worte hatten an jenem wunderbaren Abend alle angespornt, diesen Traum zu erfüllen. Emily Boll war freilich auch Realistin und wußte sehr wohl, daß es unter jenen, die ihr so höflich zugehört hatten, um ihr dann mit lautem Jubel zu applaudieren, auch Andersdenkende gab. Avril, Lemos, Nabol, Kimmer und eine Handvoll anderer waren bereits als potentielle Störenfriede identifiziert. Aber Emily hoffte inständig, die Dissidenten würden mit ihrem neuen Leben auf Pern so beschäftigt sein, daß sie wenig Zeit, Energie oder auch Gelegenheit haben würden, sich mit Intrigen zu befassen.

In die Verfassung und die Verträge war auch das Recht mit aufgenommen worden, gegen die Unterzeichner bei ›Verstößen gegen das Gemeinwohl‹ disziplinarische Maßnahmen zu ergreifen. Solche Verstöße mußten allerdings erst noch definiert werden.

Emily und Paul hatten sich nicht einigen können, ob eine Notwendigkeit für einen Gesetzeskodex bestand.

Paul Benden vertrat den Standpunkt, die Strafe müsse sich am Vergehen orientieren und den Missetätern und jenen, die häufig Ruhe und Ordnung einer Gemeinde störten, eine heilsame Lehre erteilen. Er war auch dafür, daß solche Strafen sofort und in aller Öffentlichkeit verhängt wurden, um die Schuldigen zu beschämen. Sie sollten verpflichtet werden, gewisse unangenehme Aufgaben zu übernehmen, die für das Funktionieren der Kolonie erforderlich waren. Bisher war diese primitive Form der Rechtsprechung ausreichend gewesen.

Inzwischen wurden eine Reihe von Leuten weiterhin unauffällig überwacht, und Paul und Emily trafen sich von Zeit zu Zeit mit Ongola, um die allgemeine Moral in der Gemeinschaft und jene Probleme zu besprechen, die besser nicht in die Öffentlichkeit gelangten. Der Admiral und die Gouverneurin hielten es auch für wichtig, ständig für alle Kolonisten erreichbar zu sein, denn sie hofften, auf diese Weise kleine Mißhelligkeiten aus der Welt schaffen zu können, ehe sie sich zu ernsthaften Problemen auswuchsen. So hielten sie an sechs Tagen der offiziell verfügten Siebentagewoche ›Bürostunden‹ ab.

»Wir sind vielleicht nicht im überlieferten Sinne des Wortes religiös, aber es ist vernünftig, Mensch und Tier einen Ruhetag zu gönnen«, verkündete Emily in der zweiten Massenversammlung. »Die Bibel der Judäer, die einigen alten religiösen Sekten auf der Erde als Richtschnur diente, enthält eine Menge vernünftiger Vorschläge für eine ländliche Gemeinschaft und einige moralische und ethnische Traditionen, die man durchaus beibehalten sollte« — sie hob eine Hand und lächelte freundlich — »aber ohne jeden Fanatismus! *Den* haben wir zusammen mit dem Krieg auf der Erde zurückgelassen!«

Obwohl die beiden Führer wußten, daß selbst diese lockere Form einer demokratischen Regierung unhaltbar sein würde, sobald die Siedler Landing verlassen und sich auf ihre eigenen Besitzungen begeben hatten, hofften sie, daß ihnen bis dahin bestimmte Dinge in Fleisch und Blut übergegangen sein würden. Die ersten amerikanischen Pioniere, die den Westen des Landes erschlossen hatten, hatten einen starken Drang nach Unabhängigkeit besessen, aber gegenseitige Hilfe war selbstverständlich gewesen. Die später in Australien und Neuseeland entstandenen Gemeinden hatten trotz tyrannischer Gouverneure und trotz ihrer Isolation charakterfeste, einfallsreiche und unglaublich anpassungsfähige Menschen hervorgebracht. Auf der ersten internationalen Mondbasis waren diese Fähigkeiten — Unabhängigkeit, Zusammenarbeit und Einfallsreichtum — noch weiter ausgebaut worden. Die ersten Siedler auf First waren größtenteils Nachfahren von erfinderischen Bergleuten auf dem Mond und im Asteroidengürtel gewesen, und zur Kolonie auf Pern gehörten viele Abkömmlinge jener früheren Pioniere.

Paul und Emily schlugen vor, einmal im Jahr sollten so viele Leute von den abgelegenen Siedlungen wie möglich zusammenkommen, um die Grundsätze der Kolonie neu zu bekräftigen, Fortschritte zu registrieren und zur Lösung allgemeiner Probleme viele Ideen zu sammeln. Weiterhin bot ein solches Treffen Gelegenheit, Handel zu treiben und Feste zu feiern. Cabot Francis Carter, einer der Juristen, hatte angeregt, ein bestimmtes Gebiet in der Mitte des Kontinents als Zentrum für diese jährlichen Zusammenkünfte auszuweisen.

»Es wäre die beste aller möglichen Welten«, hatte Cabot mit seiner einschmeichelnden Baßstimme verkündet, mit der er schon so manchen Obersten Gerichtshof auf der Erde und auf First zu Tränen gerührt hatte. Emily hatte einmal zu Paul geäußert, Cabot sei eigentlich der unwahrscheinlichste Konzessionär, den man sich denken könne, aber seine Juristenvereinigung hatte die Verfassung aufgesetzt und erreicht, daß sie den ganzen

Instanzenweg durchlief und vom KVR-Rat ratifiziert wurde. »Vielleicht läßt sie sich nicht auf Pern verwirklichen. Aber wir können es, verdammt noch mal, versuchen!«

Allein mit Emily und Ongola, mußte Pol an diese aufrüttelnde Herausforderung denken, während er an seinen langen schwieligen Fingern Namen abzählte. »Und deshalb sollten wir Leute wie Bitra, Tashkovich, Nabol, Lemos, Olubushtu, Kung, Usuai und Kimmer weiterhin überwachen, meine ich. Im Verhältnis zu unserer Gesamtbevölkerung ist die Liste glücklicherweise nicht sehr lang. Kenjo zähle ich nicht dazu, weil er absolut keine Verbindung zu den anderen zu haben scheint.«

»Es gefällt mir trotzdem nicht. Geheime Überwachung, das riecht zu sehr nach den Praktiken, derer sich andere Regierungen in schwierigeren Zeiten bedienten«, sagte Emily grimmig. »Ich finde, es entwürdigt mich selbst und mein Amt, mit solchen Methoden zu arbeiten.«

»Es ist doch nicht entwürdigend, wenn man weiß, wer gegen einen ist«, hielt Paul dagegen. »Nachrichtendienste haben sich noch immer als unschätzbare Hilfe erwiesen.«

»In Revolutionen, Kriegen, bei Machtkämpfen, ja, aber nicht hier auf Pern.«

»Hier nicht weniger als sonstwo in der Galaxis, Em«, gab Paul heftig zurück. »Die Menschheit, ganz zu schweigen von den Nathi und in gewissem Maße auch den Eridani, hat auf vielerlei Weise bewiesen, daß Habgier ein allgemein verbreiteter Charakterzug ist. Ich bin nicht der Meinung, daß der Überfluß auf Pern daran etwas ändert.«

»Laßt doch diesen fruchtlosen alten Streit, Freunde!« mahnte Ongola mit seinem weisen, traurigen Lächeln. »Man hat bereits die erforderlichen Schritte unternommen, um die Gig funktionsunfähig zu machen. Ich habe auf Ihren Rat hin« — er nickte Paul zu — »aus der Gig mehrere kleine, aber notwendige Teile des Zündsystems entfernt, deren Fehlen sich frühzeitig bemerkbar machen würde, und im Steuermodul zwei blinde Chips eingesetzt, was nicht gleich ins Auge fällt.« Er deutete zum Fenster hinaus. »Schlitten dürfen überall auf der Landebahn parken, dadurch wird die Gig wirksam, aber unauffällig am Start gehindert. Aber ich weiß wirklich nicht, warum sie starten sollte.«

Paul Benden zuckte zusammen, und die beiden anderen wandten den Blick ab, denn sie wußten, daß er sich auf der Reise hieher unklugerweise zu sehr und zu lange mit einer gewissen Dame eingelassen hatte.

»Nun, ich würde mir größere Sorgen machen, wenn Avril über Kenjos Treibstoffhort Bescheid wüßte«, sagte Paul. »Telgars Zahlen zeigen, daß dort eine halbe Tankfüllung für die *Mariposa* bereitstünde.« Er verzog das Gesicht. Es war ihm schwergefallen zu glauben, daß Kenjo Fusaiyuki so viel Treibstoff beiseite geschafft haben sollte. Allein das Ausmaß des Diebstahls und besonders die Risiken, die Kenjo während all dieser treibstoffsparenden Fährenflüge erfolgreich eingegangen war, erfüllten ihn mit widerwilliger Bewunderung, auch wenn er das Motiv nicht begriff.

»Avril beehrt uns so selten mit ihrer Gesellschaft, daß ich nicht befürchte, sie könnte den Hort entdecken«, sagte Emily mit einem spöttischen Lächeln. »Außerdem habe ich Lemos, Kimmer und Nabol verschiedenen Sektionen zugewiesen, wo sie nur selten Gelegenheit haben, hierher zurückzukehren. ›Teile und herrsche‹, hat einmal ein Mann gesagt.«

»Sehr unpassend, Emily«, entgegnete Paul grinsend.

»Falls, und ich betone, wie unwahrscheinlich das ist«, begann Ongola mit erhobenem Zeigefinger, »Avril Kenjos gestohlenen Treibstoff entdecken und verwenden sowie die fehlenden Teile finden und unbemerkt mit der Gig von hier starten sollte, hätte sie nur einen halbvollen Tank. Damit könnte sie nicht das letzte aus dem

Schiff herausholen. Ehrlich gesagt, ich würde ihr und ihrem Begleiter, wem diese Ehre auch immer zuteil wird, keine Träne nachweinen. Ich glaube, wir machen uns um die Sache zu viele Gedanken. Die seismologischen Berichte aus dem östlichen Archipel sind weit besorgniserregender. Der Young Mountain raucht wieder und scharrt ungeduldig mit den Füßen.«

»Ganz meine Meinung.« Paul war nur zu gern bereit, sich diesem dringenderen Problem zuzuwenden.

»Ja, aber zu welchem Zweck hat Kenjo so viel Treibstoff abgezweigt?« wollte Emily wissen. »Diese Frage habt ihr mir noch nicht beantwortet. Warum sollte er seine Fahrgäste und seine Ladung in Gefahr bringen? Dabei ist er doch ein wirklich überzeugter Kolonist! Er hat sich sogar schon seine Parzelle ausgesucht.«

»Ein Pilot mit Kenjos Fähigkeiten hat gar nichts riskiert«, antwortete Paul ruhig. »Seine Fährenflüge verliefen ohne Zwischenfälle. Ich weiß, daß Fliegen sein Leben ist.«

Ongola sah den Admiral etwas überrascht an. »Hat er denn noch immer nicht genug davon?«

Paul lächelte verständnisvoll. »Kenjo nicht. Ich kann ihm sehr gut nachfühlen, daß es für ihn ein Abstieg ist, nur einen Motorschlitten zu fliegen, ein Prestige-, ein Gesichtsverlust, wenn man bedenkt, welche Maschinen er vorher hatte und wo er überall gewesen ist. Du sagst, er hat sich seinen Besitz ausgesucht, Emily? Wo?«

»In der Gegend, die mittlerweile als das Asowsche Meer bezeichnet wird, so weit weg von Landing wie nur möglich, aber auf einer recht hübschen Hochebene, den Sondendaten nach zu urteilen«, antwortete Emily. Sie hoffte, daß die Sitzung bald zu Ende sein würde. Pierre hatte ihr ein besonderes Essen versprochen, und sie schätzte diese ruhigen Mahlzeiten zu zweit inzwischen viel mehr, als sie das je für möglich gehalten hätte.

»Wie, zum Teufel, will Kenjo die vielen Tonnen Treibstoff dort hinschaffen?«

»Das werden wir wohl abwarten müssen«, antwortete Ongola mit einem schwachen Lächeln. »Es steht ihm ebenso wie jedem anderen zu, seine Habe mit Motorschlitten zu transportieren, und er hat mit den Arbeitstrupps in der Ausgabestelle ausgedehnte Verhandlungen geführt. Soll ich mich mal bei Joel erkundigen, was er alles angefordert hat?«

Emily warf Paul einen schnellen Blick zu, aber der stand unerschütterlich zu Kenjo. »Na schön, ich mag keine ungelösten Rätsel. Ich hätte gerne irgendeine Erklärung, und ich glaube, Paul, dir geht es ähnlich.« Als Benden zögernd nickte, erbot sich Emily, mit Joel Lilienkamp zu sprechen.

»Womit wir wieder bei diesem dritten Erdstoß wären«, sagte Paul Benden. »Wie geht es mit der Abstützung der Lagerhallen im Magazin und des Gebäudes mit den Medikamenten voran? Wir können es uns nicht leisten, diese unersetzlichen Dinge zu verlieren.«

Ongola sah in seinen Notizen nach. Seine kühne, ekkige Schrift wirkte aus Emilys Blickwinkel wie die Verzierungen in alten Manuskripten. Alle drei hatten, ebenso wie die meisten Bereichsleiter, demonstrativ auf die Sprachprozessoren verzichtet. Die Energiezellen konnten zwar aufgeladen werden, aber nicht unbegrenzt, und mußten wesentlichen Dingen vorbehalten bleiben, deshalb wurde nun allenthalben die Kunst des Schreibens wiederentdeckt.

»Die Arbeit ist nächste Woche beendet. Das seismische Netz wurde bis zu dem tätigen Vulkan im östlichen Archipel und bis zum Drake-See ausgedehnt.«

Paul schnitt eine Grimasse. »Sollen wir ihm das durchgehen lassen?«

»Warum nicht?« grinste Emily. »Niemand hat Einwände erhoben. Drake hat den See als erster entdeckt. Wenn dort eine Siedlung entstünde, hätte sie reichlich Platz, um sich auszudehnen, und genügend Industrie für ihren Lebensunterhalt.«

»Ist dieser Punkt für die Abstimmung vorgesehen?« fragte Paul, nachdem er genüßlich einen Schluck Brandy getrunken hatte.

»Nein«, sagte Ongola wieder mit dem Anflug eines Lächelns. »Drake ist noch dabei, Stimmen zu werben. Er will keine Opposition, und inzwischen hat er auch jeden niedergeredet, der vielleicht dagegen gewesen wäre.«

Paul schnaubte verächtlich, und Emily verdrehte in gespielter Verzweiflung die Augen. Dann betrachtete Paul nachdenklich den Rest Brandy in seinem Glas. Während Emily zum nächsten Punkt ihrer informellen Tagesordnung überging, nahm er noch einen Schluck, den er lange im Mund behielt, um das Getränk, das bald zur Neige gehen würde, gründlich auszukosten. Quikal war zwar trinkbar, und er verschmähte es auch nicht, aber für seinen verwöhnten Gaumen war es zu scharf.

»Allgemein gesehen machen wir gute Fortschritte«, sagte Emily energisch. »Ihr habt sicher gehört, daß einer von den Delphinen gestorben ist, aber die Gruppe hat Olgas Tod erstaunlich gelassen aufgenommen. Nach allem, was Ann Gabri und Efram sagten, hatten sie mit mehr Ausfällen gerechnet. Olga war offenbar«, fügte sie grinsend hinzu, »älter, als sie zugab, aber sie hatte ihr letztes Kalb nicht allein ins Ungewisse ziehen lassen wollen.«

Alle drei lachten leise und hoben mit Paul die Gläser, als er einen Trinkspruch auf die Mutterliebe ausbrachte.

»Sogar unsere ... Nomaden ... haben sich eingelebt«, fuhr Emily nach einem Blick auf ihren Notizblock fort. »Oder sind vielmehr ausgeschwärmt.« Sie klopfte mit dem Bleistift auf den Block; handschriftliche Notizen waren noch immer ungewohnt, aber sie gab sich alle Mühe, sich an die altertümlichen Gedächtnishilfen zu gewöhnen. Das einzige mit der Stimme zu aktivierende Gerät, das noch existierte, war der Akustikkoppler von

Pern zu den Datenspeichern auf der *Yokohama*, aber er wurde kaum noch benützt. »Die Nomaden haben ziemliche Mengen an Kleiderstoff angefordert, aber wenn die Vorräte erschöpft sind, ist Schluß damit, dann müssen sie sich selbst welche herstellen oder sie eintauschen wie wir anderen auch. Wir haben alle Lagerplätze ausfindig gemacht. Selbst zu Fuß kann das Kontingent der Tuareg erstaunliche Entfernungen zurücklegen, aber jetzt lagern sie erst einmal in zwei getrennten Sektoren.«

»Schließlich haben sie ja einen ganzen Planeten, auf dem sie sich verlieren können«, sagte Paul begeistert. »Haben sie sonst irgendwie Schwierigkeiten gemacht, Ongola?«

Der dunkelhäutige Mann schüttelte den Kopf und senkte die Lider über seine tiefliegenden Augen. Er war angenehm überrascht, wie reibungslos sich die Nomaden in das Leben auf Pern eingefügt hatten. Jeder Stamm schickte jede Woche einen Vertreter zu den Veterinärschuppen. Die zweiundvierzig Stuten, die die Kolonisten im Kälteschlaf mitgebracht hatten, waren ausnahmslos tragend, und die Führer der Nomaden hatten sich wohl oder übel damit abgefunden, daß sich ein Fohlen auf Pern nicht anders als auf der Erde bis zur Geburt elf Monate Zeit ließ.

»So lange die Tierärzte den Humor behalten, ist es ja gut. Aber Red Hanrahan versteht sie offenbar und kann mit ihnen umgehen.«

»Hanrahan? Hat nicht seine Tochter die Zwergdrachen gefunden?«

»Sie und ein Junge, einer von den Fahrensleuten«, antwortete Ongola. »Sie haben auch die Kadaver besorgt, mit denen sich die Bios jetzt so eifrig beschäftigen.«

»Die Tierchen könnten nützlich sein«, sagte Benden.

»Das sind sie schon«, fügte Emily resolut hinzu.

Ongola lächelte. Eines Tages, dachte er, würde er ein

Nest finden, das kurz vor dem Ausschlüpfen stand, und dann würde auch er eines dieser reizenden, freundlichen, fast intelligenten Wesen als Haustier bekommen. Er hatte einmal Delphinisch gelernt, aber seine Angst, unter Wasser zu ersticken, niemals so weit überwinden können, um richtig an ihrer Welt teilzuhaben. Er brauchte freien Raum um sich. Auf der Reise nach Pern, während einer langen gemeinsamen Wache mit Paul, hatte der Admiral ihm des langen und breiten erklärt, daß die Gefahren des Tiefraums für das menschliche Leben noch sehr viel bedrohlicher seien als die der Tiefsee.

»Im Wasser gibt es zwar keine Luft«, hatte Paul gesagt, »aber es enthält Sauerstoff, und wenn der Widerstand der Fraktion der Reinrassigen gegen die genetische Veränderung von Menschen einmal gebrochen ist, falls es dazu jemals kommt, wird es Menschen geben, die ohne künstliche Hilfsmittel schwimmen können. Im Weltraum gibt es dagegen keine Spur von Sauerstoff.«

»Aber im Weltraum ist man gewichtslos. Das Wasser drückt einen hinunter. Man spürt es.«

»Wehe, wenn man den Weltraum spürt«, hatte Paul gelacht, aber nicht weiter auf seiner Ansicht beharrt.

»Und jetzt zu erfreulicheren Dingen«, sagte Paul. »Wie viele Eheverträge sollen morgen beurkundet werden?«

Lächelnd blätterte Emily in ihrem Notizblock weiter bis zum nächsten siebenten Tag, denn dies war der übliche Termin für solche Feierlichkeiten geworden. Um das Genreservoir der nächsten Generation zu vergrößern, gestattete die Verfassung Verbindungen von unterschiedlicher Länge, wobei vorrangig der Unterhalt einer schwangeren Frau und dann die ersten Jahre des aus der Verbindung hervorgegangenen Kindes gesichert werden mußten. Künftige Parnter konnten sich aussuchen, welche Bedingungen ihnen zusagten, aber es gab schwere Strafen bis hin zum Verlust sämtlicher Parzellen, wenn man einen vereinbarten und vor der erforderlichen Zahl von Zeugen unterschriebenen Kontrakt nicht erfüllte.

»Drei!«

»Es läßt nach«, bemerkte Paul.

»Ich habe meine Pflicht erfüllt«, sagte Ongola mit einem vielsagenden Blick auf die beiden Führer, die immer noch solo waren.

Ongola hatte Sabra Stein so geschickt umworben, daß nicht einmal seine engsten Freunde bemerkt hatten, was vor sich ging, bis vor sechs Wochen die Namen der beiden auf dem Heiratsplan erschienen waren. Sabra war sogar schon schwanger, was Paul zu der Bemerkung veranlaßt hatte, die große Kanone schieße nicht mit Übungsmunition. Mit seinen zweideutigen Scherzen hatte er freilich nur seine Erleichterung verbergen wollen, denn er wußte, daß Ongola immer noch um die Frau und die Familie seiner Jugend trauerte. Sein Haß auf die Nathi und sein unstillbarer Rachedurst hatten Ongola den Krieg überstehen lassen. Lange Zeit hatte Paul befürchtet, sein bester Adjutant und geschätzter Raumschiffkommandant würde auch in friedlicheren Zeiten nicht imstande sein, diesen verzehrenden Haß zu überwinden.

»Emily, hat Pierre schon zugestimmt?« fragte Ongola, und ein wissendes Lächeln erhellte sein Gesicht, das auch im Glück seinen finsteren Ausdruck nicht ganz verloren hatte.

Emily war verblüfft, denn sie hatte gedacht, sie und Pierre seien äußerst diskret gewesen. Aber in letzter Zeit war ihr selbst aufgefallen, daß sie öfter lächelte und häufig ohne ersichtlichen Grund in einem Gespräch den Faden verlor.

Sie und Pierre waren ein ungewöhnliches Paar, aber das allein machte die Sache schon reizvoll. Ihre Beziehung hatte ganz unerwartet etwa in der fünften Woche nach der Landung begonnen, als Pierre sie nach ihrer Meinung zu einem nur aus einheimischen Zutaten bereiteten Schmorgericht gefragt hatte. Er hatte es übernommen, die gesamte Bevölkerung auf Pern zu verpflegen, und in Anbetracht der vielen unterschiedlichen Geschmacksrichtungen und Diätvorschriften machte er seine Sache ihrer Ansicht nach ausgezeichnet. Dann hatte Pierre de Courci angefangen, ihr besondere Gerichte zu servieren, wenn sie im großen Speisesaal aß, und schließlich hatte er ihr persönlich den bestellten Imbiß gebracht, wenn sie, was häufig vorkam, in der Mittagspause durcharbeiten mußte.

»Wenn ich egoistisch wäre, würde ich seine Kochkünste ganz für mich allein beanspruchen«, antwortete sie. »Vergeßt bitte nicht, daß ich über das gebärfähige Alter hinaus bin, da habt ihr Männer es besser. Was ist, Paul? Wirst du auch deine Pflicht tun?« Emily wußte, daß ihr Ton ein wenig bissig klang, weil sie neidisch war. Keines ihrer inzwischen erwachsenen Kinder hatte sie auf dieser Reise ohne Wiederkehr begleiten wollen.

Paul Benden ließ sich nicht aus der Ruhe bringen, er lächelte nur geheimnisvoll und nippte an seinem Brandy.

»Höhlen!« rief Sallah, stieß Tarvi an und zeigte auf die vor ihnen im Sonnenschein liegende Felsenbarriere. In der steilen Wand waren Öffnungen zu erkennen.

Er reagierte spontan und begeistert, mit der fast unschuldigen Entdeckerfreude, die Sallah an ihm so anziehend fand. Die sich ständig weiter erschließende Schönheit von Pern hatte für Tarvi Andiyar nichts von ihrem Reiz verloren. Jedes neue Wunder wurde mit ebensoviel Interesse begrüßt wie das letzte, dessen Großartigkeit, dessen Reichtum oder dessen Möglichkeiten er eben noch gepriesen hatte. Sie hatte skrupellos alle Fäden gezogen, um ihm als Pilotin für seine Expedition zugeteilt zu werden. Dies war ihre dritte gemeinsame Reise — und zum ersten Mal waren sie allein.

Sallah ging sehr behutsam zu Werke. Sie konzentrierte sich darauf, sich für Tarvi aus beruflicher Sicht so unentbehrlich zu machen, daß er sich nicht mehr in seinen gewohnten Panzer makelloser Höflichkeit aber ebenso makelloser Unpersönlichkeit zurückziehen konnte, wenn sie schließlich Gelegenheit bekam, ihre Weiblichkeit auszuspielen. Sie hatte erlebt, wie die energischen Versuche anderer Frauen, den gutaussehenden, charmanten Geologen einzufangen, an dieser Haltung abprallten; überrascht, verwirrt und manchmal gekränkt, hatten sie zusehen müssen, wie er ihren Manövern geschickt entschlüpfte. Eine Weile hatte sich Sallah gefragt, ob Tarvi überhaupt etwas für Frauen übrighatte, aber er hatte auch kein Interesse für die männlichen Liebhaber in Landing gezeigt, die durchaus akzeptiert wurden. Er behandelte jeden, ob Mann, Frau oder Kind, mit der gleichen charmanten, verständnisvollen Liebenswürdigkeit. Aber wo auch immer seine sexuellen Neigungen lagen, man erwartete auf jeden Fall von ihm, daß er seinen Beitrag zur nächsten Generation leistete. Sallah war bereits entschlossen, das Medium dafür zu sein, sie wartete nur noch auf den richtigen Augenblick.

Vielleicht war dieser Augenblick jetzt gekommen. Tarvi hatte eine besondere Schwäche für Höhlen, die er verschiedentlich als Körperöffnungen von Mutter Erde bezeichnet hatte, als Zugang zu den Mysterien ihrer Schöpfung und ihres Aufbaus, als Fenster zu ihrem Zauber und ihrem Überfluß. Auch hier auf Pern verehrte er das Mysterium, das bisher sein Leben beherrscht hatte.

Der Zweck dieser Reise war es, aus der Luft den Standort mehrerer Mineralvorkommen zu erkunden, die von den Metallurgiesonden entdeckt worden waren. Sie folgten im Moment dem Lauf eines Flusses in Richtung auf seine Quelle, und Sallah steuerte einen Gebirgszug an, in dem es Eisen-, Vanadium-, Mangan- und sogar Germaniumlagerstätten gab. Außerdem hatte sie ganz allgemein den Auftrag, alle ungewöhnlichen Landschaften auf der Karte zu vermerken und zu fotografieren, weil man den Leuten, die ein Anrecht auf Grundeigentum hatten, soviel Auswahl bieten wollte wie nur möglich. Erst ein Drittel hatte sich bereits für Parzellen entschieden. Man übte leichten Druck aus, um — zumindest in den ersten paar Generationen — alle auf dem Südkontinent zu halten, aber in der Verfassung war keine derartige Bestimmung zu finden. Das breite, lange Flußtal, das nun zu ihrer Rechten lag, war nach Sallahs Meinung das schönste, das sie bisher gesehen hatten.

Rene Mallibeau, der fest entschlossen war, die Kolonie mit Wein zu versorgen, war noch immer auf der Suche nach den richtigen Hängen und dem geeigneten Boden für seine Weingärten, obwohl er, um sein Projekt in Gang zu bringen, bereits einen Teil seiner in versiegelten Tanks mitgebrachten Spezialerde für Versuche freigegeben hatte. Quikal wurde als Ersatz für die herkömmlichen Alkoholika nicht allgemein akzeptiert, denn obwohl man es durch eine Reihe von Filtern mit und ohne Zusätzen laufen ließ, war es bisher nicht gelungen, den scharfen Nachgeschmack völlig zu beseitigen. Man hatte Rene die mit Keramik ausgekleideten Treibstofftanks versprochen, die nach gründlicher Reinigung ausgezeichnete Weinfässer abgeben würden. Wenn die Eichenwälder einmal soweit herangewachsen waren, daß sie Bretter lieferten, konnten seine Nachkommen selbstverständlich wieder zu den herkömmlichen Holzfässern zurückkehren.

»Großartig, diese Wand, nicht wahr, Tarvi?« Sallah grinste ein wenig töricht, so als habe sie sich diese Aussicht als Überraschung für ihn ausgedacht.

»In der Tat. ›In Xanadu fand Kublai Khan‹«, murmelte er mit seiner vollen, tiefen Stimme.

»›Höhlen unermeßlich weit‹?« ergänzte Sallah, vermied es aber, sich mit ihren literarischen Kenntnissen zu brüsten. Tarvi zitierte oft aus obskuren Sanskrit- und Pushtu-Texten, und dann war sie stets um eine passende Antwort verlegen.

»Genau, o du Mond meines Entzückens.«

Sallah hätte fast eine Grimasse geschnitten. Tarvi redete manchmal recht zweideutig daher, aber diesmal war sie sicher, daß er nicht meinte, was seine Worte andeuteten. So plump konnte er doch nicht sein. Oder hatte sie etwa endlich den Panzer seiner Ironie durchstoßen? Sie zwang sich, das gewaltige steinerne Bollwerk zu betrachten. Seine natürlich geriffelten Säulen sahen aus wie von einem unerfahrenen oder schlampig arbeitenden Bildhauer gemeißelt, doch diese Unvollkommenheit betonte eher noch den überwältigenden Gesamteindruck.

»Das Tal ist sechs oder sieben Kilometer lang«, sagte sie leise, von diesem Naturwunder aufrichtig begeistert.

Von der schroffen, senkrecht abfallenden Wand führten steile Klippen in ziemlich gerader Linie noch etwa drei Kilometer weiter und gingen dann in eine weniger scharf gezeichnete Felsfront über, die in der Ferne bis zum Talboden hin abfiel. Sie lenkte den Schlitten nach Steuerbord, so daß sie nun flußaufwärts blickten. Hier lag der von der Sonde endeckte See, seine Oberfläche glitzerte so stark im Sonnenlicht, daß sie fast geblendet wurden.

»Nein, landen Sie hier«, sagte Tarvi schnell und so ungeduldig, daß er sogar ihren Arm ergriff. Im allgemeinen vermied er jeden Körperkontakt, und Sallah mußte sich zusammennehmen, um seine Aufregung nicht mißzuverstehen. »Ich muß die Höhlen sehen.«

Er löste die Sicherheitsgurte und schwenkte seinen Sitz herum. Dann ging er nach hinten und kramte in den Vorräten.

»Lichter, wir brauchen Lichter, Seile, Nahrungsmittel, Wasser, Aufzeichnungsgeräte und die Ausrüstung für die Probenentnahme«, murmelte er, während er flink und geschickt zwei Rucksäcke packte. »Stiefel? Haben Sie feste Stiefel an ... o ja, die sind in Ordnung, wirklich. Sie sind immer auf alles vorbereitet, Sallah.« Sein strahlendes Lächeln verschlimmerte die unabsichtliche Kränkung noch.

Wieder einmal schüttelte Sallah den Kopf über sich selbst. Warum hatte sie sich ausgerechnet einen der abweisendsten Männer ihrer Bekanntschaft aussuchen müssen? Natürlich, tröstete sie sich, was leicht zu haben ist, lohnt sich selten. Sie setzte den Schlitten am Fuß der hoch aufragenden Wand ab, so dicht an dem langen, schmalen Höhleneingang wie nur möglich.

»Klettereisen, Greifhaken — die erste Platte überragt das Geröll um etwa fünf Meter. Hier, Sallah!«

Er reichte ihr den Rucksack und wartete gerade so lange, bis sie einen Riemen in der Hand hatte, dann öffnete er das Kanzeldach, sprang hinunter und schritt auf die Wand zu. Mit einem resignierten Achselzucken schaltete Sallah das Funkfeuer, das Funksprechgerät und das Aufzeichnungsgerät für eintreffende Nachrichten ein, knöpfte ihre Jacke zu, schwang sich den ziemlich schweren Rucksack auf den Rücken und folgte ihm, nachdem sie das Kanzeldach wieder geschlossen hatte.

Er kletterte die Geröllhalde hinauf, legte dann eine Hand flach gegen den Felsen und schaute verzückt an der gewaltigen Fläche hinauf. Sanft, fast zärtlich streichelte er den Stein, bevor er sich nach allen Seiten umsah, um den besten Weg zum Höhleneingang ausfindig zu machen. Als er sie kommen sah, lächelte er in kindlicher Freude. Daß sie zu allem bereit war, hielt er für selbstverständlich.

»Gerade nach oben. Mit den Klettereisen keine große Sache.«

Der Anstieg war strapaziös. Sallah hätte gerne eine Pause eingelegt, als sie auf das Felssims kroch, aber da war der Höhleneingang, und nichts konnte Tarvi davon abhalten, sofort hineinzugehen un sich in Ruhe umzusehen. Nun ja, es war gerade dreizehn Uhr. Sie hatten genügend Zeit. Sie kam auf die Beine, löste ein paar Sekunden nach ihm die Handlampe von ihrem Gürtel und war an seiner Seite, als er in die Öffnung spähte.

»Bei allen großen und kleinen Göttern!«

Er flüsterte es nur, feierlich und voll Ehrfurcht, wie ein wisperndes Echo. Die erste gewaltige Höhle war größer als der Frachtraum der *Yokohama*. Dieser Vergleich kam Sallah sofort in den Sinn, weil sie sich erinnerte, wie unheimlich ihr dieser riesige leere Raum bei ihrem letzten Aufenthalt vorgekommen war, und in der nächsten Sekunde fragte sie sich, wie die Höhle wohl aussehen würde, wenn sie bewohnt wäre. Sie hätte eine phantastische Große Halle abgegeben, wie man sie von den mittelalterlichen Burgen der Erde her kannte — nur noch großartiger.

Mit angehaltenem Atem streckte Tarvi zögernd seine noch nicht eingeschaltete Handlampe aus, als widerstrebe es ihm, dieses majestätische Gewölbe mit Licht zu erfüllen. Sie hörte ihn tief einatmen, fast als schicke er sich an, einen Frevel zu begehen, und dann ging das Licht an.

Geflatter war zu hören, die Schatten wichen lautlos in dunklere Winkel zurück. Sallah und Tarvi duckten sich, als die geflügelten Bewohner in Scharen dicht über ihre Köpfe hinweg aus der Höhle flüchteten, obwohl der Eingang mindestens vier Meter hoch war. Ohne darauf zu achten, trat Tarvi scheu in den riesigen Raum.

»Erstaunlich«, murmelte er, als er den Lichtstrahl auf- und abgleiten ließ und feststellte, daß die Außenwand über ihnen kaum zwei Meter dick war. »Der Fels ist sehr dünn.«

»Eine Blase«, sagte Sallah; es klang respektlos, aber sie war so überwältigt, daß sie irgendwie ihr seelisches Gleichgewicht wiederfinden mußte. »Schauen Sie, hier könnte man eine Treppe hineinschlagen.« Ihre Lampe erhellte ein Felsband, das schräg zu einem Sims hinaufführte. Darüber herrschte tiefe Dunkelheit, offenbar befand sich dort eine weitere Höhle.

Sie sprach zu tauben Ohren, denn Tarvi war schon weitergegangen, um die Breite des Eingangs und die Außenmaße der Höhle festzustellen. Sie eilte ihm nach.

Der erste Raum des gewaltigen Höhlenkomplexes maß an der breitesten Stelle siebenundfünfzig Meter und verjüngte sich links auf sechsundvierzig und rechts auf zweiundvierzig Meter. An der Rückwand befanden sich in verschiedenen Höhen unzählige unregelmäßig geformte Öffnungen; einige der unteren führten offenbar in Tunnelsysteme, deren Gänge meist so hoch waren, daß nicht einmal Tarvi mit dem Kopf an die Decke stieß. Andere Löcher befanden sich weiter oben an der Innenwand und spähten wie riesige, tote Augen auf sie herab. Tarvi war von der Entdeckung wie verzaubert, aber das setzte seine geschulte, wissenschaftliche Beobachtungsgabe nicht außer Kraft. Mit Sallahs Hilfe begann er, einen genauen Plan der Haupthöhle einschließlich der Öffnungen zu kleineren Höhlen und der nach innen führenden Tunnelsysteme zu zeichnen. In jeden Tunnel drang er bis in eine Tiefe von hundert Metern vor, durch ein Seil mit der nervösen Sallah verbunden, die ständig zur Höhlenöffnung zurückschaute, wo das ständig schwächer werdende Tageslicht ein wenig Sicherheit versprach.

Im Schein des Gaskochers ergänzte er seine Notizen, während Sallah mit dem Abendessen beschäftigt war. Tarvi hatte beschlossen, so tief in der Höhle zu lagern, daß sie vor dem frischen Wind geschützt waren, der durch das Tal blies, und weit genug links, um die natürlichen Höhlenbewohner nicht zu stören. Später sollte der kleine Gaskocher auf niedriger Flamme weiterbrennen, um die wilden Tiere Perns davon abzuhalten, sich die Eindringlinge näher anzusehen.

Sallah fühlte sich im Innern der Höhle tatsächlich wie ein Eindringling, obwohl sie das vorher nicht so empfunden hatte. Ein wahrhaft gespenstischer Ort.

Tarvi war zum Schlitten hinuntergestiegen, um Zeichenmaterial und einen Klapptisch zu holen, dann hatte er sich sofort in seine Arbeit gestürzt. Den Eintopf, den sie mit solcher Sorgfalt zubereitet hatte, hatte er kommentarlos hinuntergeschlungen und ihr dann mechanisch den Teller zum Nachfüllen hingehalten.

Sallah wußte nicht so recht, was sie von dieser Geistesabwesenheit halten sollte. Einerseits war sie eine gute Köchin und legte Wert darauf, daß ihr Können gewürdigt wurde. Andererseits war sie froh, daß er so zerstreut war. Einer der Apotheker hatte ihr ein Pulver gegeben, das angeblich ein starkes einheimisches Aphrodisiakum sein sollte, und sie hatte Tarvis Portion damit gewürzt. Sie selbst hatte es nicht nötig, seine Gegenwart hier in dieser Einsamkeit war erregend genug. Aber sie fragte sich allmählich, ob das Aphrodisiakum wohl stark genug war, um gegen Tarvis Begeisterung über die Höhle anzukommen. Da hatte sie ihn endlich einmal ein oder zwei Nächte für sich allein, und schon belegte ihn die gute alte Mutter Erde im pernesischen Gewand völlig mit Beschlag. Aber sie hatte sich nicht so lange geduldet, um eine so ausgezeichnete Gelegenheit ungenützt vorübergehen zu lassen. Sie hatte Zeit. Die ganze Nacht lang. Und den morgigen Tag. Sie hatte genug von dem Lustpulver, um ihm auch noch morgen abend etwas davon ins Essen zu tun. Vielleicht dauerte es eine Weile, bis es wirkte.

»Wirklich unglaublich, diese Ausmaße, Sallah. Hier, sehen Sie!« Er richtete sich auf und drückte die Wirbelsäule durch, um seine verkrampften Rückenmuskeln zu entlasten. Sallah trat hinter ihn, kniete nieder und begann besorgt seine Schultern zu massieren, während sie ihm über die Schulter spähte.

Die zweidimensionale Skizze war geschickt, mit kühnen Strichen gezeichnet: hinten, vorne und an den Seiten hatte er Höhenangaben eingefügt, die ehrlicherweise nicht weiter reichten, als er tatsächlich gemessen hatte. Aber das machte die Höhle nur noch beeindruckender und geheimnisvoller.

»Was wäre das in alten Zeiten für eine Festung gewesen!« Er sah in die Dunkelheit hinein, seine großen, feuchten Augen glänzten, und sein Gesicht strahlte, während er im Geist den Raum veränderte. »Ganze Stämme hätten hier Platz gefunden und wären über Jahre vor Invasionen sicher gewesen. Im dritten Tunnel links gibt es nämlich frisches Wasser. Das Tal ist natürlich an sich schon gut zu verteidigen, und dies wäre das geschützte innere Bollwerk, die Felsplatte draußen würde jeden Kletterer abschrecken. Die Hauptkammer hat nicht weniger als achtzehn verschiedene Ausgänge.«

Ihre Hände hatten seinen Halsansatz erreicht und strichen mit festen Massagebewegungen über die Trapezmuskeln und die Deltamuskeln, aber ihre Finger verharrten immer wieder an bestimmten Stellen, denn sie wußte aus Erfahrung, daß hier die entspannende Wirkung am größten war.

»Ach, Sallah, Sie sind ein Engel, Sie wissen genau, wo die Verhärtungen sind.« Er drehte sich ein wenig zur Seite, nicht, um ihren suchenden, knetenden Fingern zu entgehen, sondern um sie an die schmerzenden Knoten zu führen. Dann schob er den niedrigen Tisch zur Seite, ließ die Arme locker in den Schoß fallen und drehte den Kopf hin und her. »Es gibt da eine Stelle am elften Wirbel ...« Gehorsam suchte sie die Verspannung und beseitigte sie geschickt. Er seufzte genüßlich wie eine Katze, die gestreichelt wird.

Schweigend beugte sie sich ein klein wenig nach vorn, bis ihr Körper den seinen berührte. Während ihre Finger zu seinem Nacken zurückkehrten, drückte sie sich zaghaft an ihn, ihre Brüste streiften leicht seine Schulterblätter. Sie spürte, wie ihre Brustwarzen hart wurden und ihr Atem schneller ging. Ihre Finger hörten auf zu kneten und begannen zu streicheln, glitten in langgezogenen, trägen Bewegungen über seine Brust.

Er ergriff ihre Hände, und sie spürte, wie er innerlich still wurde, wie er zu atmen aufhörte und sein Körper leicht zu zittern begann.

»Vielleicht ist dies die rechte Zeit«, überlegte er, als sei er allein. »Eine bessere wird nicht kommen. Und es muß geschehen.«

Mit der Geschmeidigkeit, die ebenso ein Markenzeichen Tarvi Andiyars war wie sein unbeschreiblicher Charme, zog er sie in seine Arme, bis sie quer über seinem Schoß lag. Er betrachtete sie merkwürdig distanziert, als sähe er sie zum ersten Mal. Seine großen braunen Augen hatten noch nicht ganz den zärtlichen, liebevollen Ausdruck, den sie sich so gewünscht hätte, sondern wirkten fast traurig, doch seine makellos geformten Lippen verzogen sich zu einem unendlich sanften Lächeln — als ob, der Gedanke durchdrang störend ihr Entzücken über ihren Erfolg, er sie nicht erschrecken wollte.

»Nun, Sallah«, sagte er mit seiner vollen, leisen, sinnlichen Stimme, »du sollst es also sein.«

Sie wußte, daß sie diese rätselhafte Bemerkung eigentlich deuten sollte, aber da begann er sie zu küssen, seine Hände entwickelten plötzlich ein sehr erotisches Eigenleben, und sie vergaß alles um sich herum.

Vier Stuten, drei Delphine und zwölf Kühe brachten ihre Jungen exakt im gleichen Augenblick zur Welt, so stand es jedenfalls in den Zuchtprotokollen für diese Morgenstunde. Sean hatte Sorka sogar gestattet, bei der Geburt des Fohlens zuzusehen, das Pol und Bay für ihn bestimmt hatten. Er hatte sich bis zum Schluß skeptisch gegeben, was Farbe und Geschlecht des Tieres anging, obwohl er drei Tage zuvor bereits erlebt hatte, daß das erste der Zugtiere für die Gruppe seines Vaters wie gewünscht ausfiel: eine kräftige braune Stute mit weißen Fesseln und einer Stirnblesse, die bei der Geburt mehr als siebzig Kilo wog und dem schon lange verstorbenen

Shire-Hengst, mit dessen Samen sie gezeugt worden war, zum Verwechseln ähnlich sein würde.

Ein Witzbold hatte gesagt, die Zuchtprotokolle von Landing würden allmählich zu den biblischen Stammbäumen der Chronik von Pern. Innerhalb von zwei Jahren war eine kräftige neue Generation entstanden, die sich täglich vermehrte. Menschliche Geburten wurden weniger penibel aufgezeichnet als die Erfolge bei den Tieren, aber mindestens ebenso stürmisch gefeiert.

Schafe und Ziegen einer nubischen Rasse, die sich irgendwie den herrschenden Bedingungen angepaßt hatte, wo andere widerstandsfähige Züchtungen versagt hatten, grasten auf Landings Wiesen und sollten bald auf die Farmen in den gemäßigten Klimazonen des Südkontinents verteilt werden. Die wachsenden Herden wurden von so großen Scharen von Zwergdrachen bewacht, daß die Ökologen allmählich befürchteten, die Tiere könnten die natürliche Fähigkeit, sich selbst zu schützen, verlieren. Die zahmen Zwergdrachen zeigten sich gegenüber den Menschen, die sie beim Ausschlüpfen an sich gebunden hatten, außerordentlich treu, obwohl der Heißhunger sich legte, wenn sie erwachsen wurden, und sie durchaus in der Lage waren, sich ihre Nahrung selbst zu suchen.

Die Biologieabteilung brachte täglich mehr über die kleinen Geschöpfe in Erfahrung. Bay Harkenon und Pol Nietro hatten ein besonders überraschendes Phänomen entdeckt. Als Bays kleine Königin sich mit einem Bronzezwergdrachen paarte, den Pol für sich gewonnen hatte, wurden sie von der starken Sinnlichkeit ihrer Schoßtiere völlig überrumpelt und stellten fest, daß sie auf sehr menschliche Weise auf den erregenden Stimulus reagierten. Nach dem ersten Schock zogen sie daraus beide den gleichen Schluß und nahmen gemeinsam eine größere Wohnung. Beeindruckt von dem empathischen Potential der Zwergdrachen, baten Bay und Pol Kitti Ping um Erlaubnis, an den vierzehn Eiern, die Bays Mariah beim Paarungsflug empfangen hatte, die Wirkung der Mentasynthese zu erproben. Sie machten um die kleine goldene Mariah viel mehr Wesens als nötig, aber weder der Zwergdrache noch sein Gelege trugen einen Schaden davon. Als Mariah schließlich ihre genetisch manipulierten Eier auf dem eigens dafür gebauten künstlichen Strand ablegte, waren Bay und Pol stolz und zufrieden mit sich und der Welt.

Durch die Anwendung der Mentasynthese, einer Technik, die ursprünglich von den Beltrae, einer sehr zurückgezogen lebenden, bienenstockähnlichen strukturierten Kultur der Eridani, entwickelt worden war, kamen latente, empathische Fähigkeiten zum Ausbruch. Die Zwergdrachen hatten schon früher gezeigt, daß diese Fähigkeiten bei ihnen vorhanden waren, mit einigen Menschen konnten sie sich sogar fast telepathisch verständigen. Die kleinen Tiere waren eindeutig ein bemerkenswertes Produkt der Evolution, die hier, ähnlich wie bei den Delphinen, ein Wesen hervorgebracht hatte, das seine Umgebung verstand — und beherrschte. Angespornt durch die Erfolge bei der Anwendung der Mentasynthese auf die Delphine, hofften Pol und Bay daher, daß die Zwergdrachen eine noch engere empathische Bindung mit den Menschen eingehen würden.

Anfänglich waren die Menschen von Beltrae, die ›beeinflußt‹ waren, natürlich mit großem Argwohn betrachtet worden, aber sobald man ihre bemerkenswerte empathische Wirkung auf Tiere und andere Menschen erkannte, verbreitete sich die Technik schnell. Mit der Zeit gab es bei vielen Bevölkerungsgruppen hochgeachtete Heiler, deren Fähigkeiten auf diese Weise verstärkt worden waren. Glücklicherweise geschah all dies, lange bevor die Fraktion Reinrassiger Menschen an die Macht gelangte.

Nachdem Bay und Pol sich eingehend mit den Tunnelschlangen und den Wherries beschäftigt hatten, konnten sie das Potential der reizenden und nützlichen

Zwergdrachen besser einschätzen. Dennoch waren viele Versuche mit Zwergdrachengewebe und mit mehreren Generationen der kleinen Tunnelschlangen nötig, bis man die Technik der Mentasynthese erfolgreich anwenden konnte, aber die lange Erfahrung mit anderen Gattungen wie etwa den Delphinen — und natürlich den Menschen — zahlte sich aus.

Jedermann in Landing war inzwischen einigermaßen im Bilde, was die biologischen und psychologischen Eigenschaften der Zwergdrachen anging, man hatte schließlich allen Grund, den Tierchen dankbar zu sein, und tolerierte es, wenn sie, was selten vorkam, einmal über die Stränge schlugen. Theoretisch hatte Bay durchaus gewußt, daß einige der Besitzer die ›primitiven Triebe‹ ihrer Freunde — Hunger, Furcht, Zorn und einen intensiven Paarungsdrang — mitzuempfinden schienen, sie hatte sich nur nicht vorstellen können, daß sie selbst dafür ebenso empfänglich sein würde wie ihre jüngeren Kollegen. Es war eine höchst angenehme Überraschung gewesen.

Red und Mairi Hanrahan waren froh, daß die Zwergdrachen, die Sorka und Sean an sich gebunden hatten — der Ausdruck hatte als Bezeichnung für den Akt der Prägung eines Zwergdrachen irgendwie den Weg in die Sprache gefunden —, sich sicher nicht miteinander paaren würden. Sie waren noch immer nicht begeistert von Sorkas enger Beziehung zu dem Jungen und fanden, ihre Tochter sei noch zu jung, um ein so übermächtiges sexuelles Verlangen am eigenen Leibe zu erfahren.

An diesem Morgen — seit der Landung waren fast zwölf Monate vergangen, und die Stute, die Sean sich als Mutter für sein versprochenes Fohlen ausgesucht hatte, lag in Wehen — konnte kein Zweifel mehr daran bestehen, daß Sorka, gerade dreizehn geworden, und Sean, zwei Jahre älter, mit ihren erwartungsvollen Drachen in engem psychischem Kontakt standen. Die beiden Braunen und der Bronzefarbene hockten auf der obersten Stange der Box, ihre Augen schillerten in wachsender Erregung, und sie gurrten ihren Geburtsgesang. Die kleine kastanienbraune Stute ließ sich ins Stroh fallen und preßte die Vorderbeine und den Kopf des Fohlens heraus. Die Dachbalken der Scheune schienen zu wogen, denn die gesamte Zwergdrachenbevölkerung von Landing hatte sich dort niedergelassen, um das Tier mit unablässigem Gurren und Zirpen anzufeuern.

Zwergdrachen hatten ein sehr gefühlsbetontes Verhältnis zu Geburten, sie versäumten keine einzige in ganz Landing, und jedes Neugeborene wurde mit schrillen Trompetentönen begrüßt. Zum Glück waren sie wenigstens taktvoll genug, um nicht auch noch in die Wohnungen der Menschen einzudringen. Die Ärzte und Hebammen der Kolonie hatten in letzter Zeit rund um die Uhr gearbeitet, Pflegerinnen waren zwangsverpflichtet und Lehrlinge angeworben worden. Eine Ansammlung von Zwergdrachen auf einem Dach war inzwischen ein unmißverständliches Signal für eine unmittelbar bevorstehende Geburt: die Zwergdrachen irrten sich nie. An der sich steigernden Intensität ihres Begrüßungsgesangs konnten die Geburtshelfer den Stand der Wehen ablesen. Der Chor raubte den Nachbarn vielleicht den Schlaf, aber die meisten Bewohner machten gute Miene zum bösen Spiel, denn selbst die Mißgünstigsten hatten erlebt, wie die Kleinen die Herden beschützt hatten, und mußten ihren Wert anerkennen.

Wieder preßte die braune Stute, das Fohlen schob sich weiter heraus. Da die Beine, der Kopf und der vordere Teil des Körpers vom Fruchtwasser naß waren, konnte Sean die Farbe des Tieres nicht erkennen. Dann erschien der restliche Körper, beim nächsten Schub folgten die Hinterbeine. Kein Zweifel, das Fohlen war nicht nur dunkel gefleckt, sondern auch ein kleiner Hengst. Mit einem ungläubigen, freudigen Aufschrei fiel Sean neben dem Kopf des kleinen Kerls auf die Knie und begann ihn trockenzureiben, noch ehe die Stute sich um ihn kümmern konnte. Sorka liefen die Tränen über das staubige Gesicht, und sie schlang die Arme um sich. Wie aus weiter Ferne drangen die aufgeregten Kommentare der anderen Geburtshelfer in der großen Scheune zu ihr.

»Es ist das einzige Hengstfohlen«, sagte ihr Vater, als er zu Sean und Sorka zurückkam. »Wie bestellt.« Obwohl die Kolonie eigentlich so viele weibliche Tiere brauchte, wie man nur züchten konnte, hatte man Seans Wunsch nach einem Hengst tatsächlich berücksichtigt. Und ein Hengst am Ort war eine zusätzliche Vorsichtsmaßnahme, obwohl man mehr als genug verschiedenes Sperma in Reserve hatte. »Ein großartiger Bursche«, bemerkte Red und nickte anerkennend mit dem Kopf. »Der kommt bestimmt auf gute sechzehn Handbreiten, wenn er ausgewachsen ist. Geburtsgewicht mindestens achtundfünfzig Kilo, würde ich sagen. Ein Prachtkerl, und sie hat sich tapfer gehalten.« Er streichelte den Hals der kleinen Stute, die das nun kräftig saugende Fohlen ableckte. »Na komm, Sorka«, fuhr er fort, als er ihr tränenverschmiertes Gesicht sah, und umarmte sie tröstend. »Ich halte mein Versprechen, du bekommst auch ein Pferd.«

»Das weiß ich doch, Dad«, sagte sie und vergrub das Gesicht an seiner Brust. »Ich weine nur, weil ich mich so für Sean freue. Er hat Bay nämlich nicht geglaubt. Keinen Augenblick lang.«

Red Hanrahan lachte leise, denn Sean durfte es keinesfalls hören. Freilich hatte der Junge ohnehin nur Augen und Ohren für das Fohlen, das jetzt seinen Stummelschwanz krampfhaft hin- und herdrehte, als könne es dadurch den Milchfluß beschleunigen. Auf Seans stets mißtrauischem, oft zynischem Gesicht lag ausnahmsweise ein weicher, fast zärtlicher Ausdruck, und er schien das Fohlen mit seinen Blicken verschlingen zu wollen.

Nachdem Sorka ihren Vater dankbar umarmt hatte, trat sie zurück, und Duke flog ihr fröhlich schwatzend auf die Schulter und legte seinen Schwanz besitzergreifend um ihren Hals. Dann beugte er sich mit blau und grün funkelnden Augen vor, um das Neugeborene seinerseits genau zu begutachten. Dadurch ermutigt, flatterten Seans Braune auf die untere Stange der Fohlenbox und begannen piepsend und zirpend eine Unterhaltung mit Duke.

»Seid ihr einverstanden?« fragte Sean sie und grinste trotz seines etwas aggressiven Tonfalls.

Sie nickten energisch mit den Köpfen und spreizten die Flügel, wobei sich jeder beschwerte, daß der andere ihm im Weg sei. Schließlich legten sie die Schwingen an und versicherten Sean wortreich, sie hätten nicht das geringste auszusetzen. Er grinste.

»Er ist wirklich eine Schönheit, Sean. Genau das, was du wolltest«, sagte Sorka.

Unbegreiflicherweise schüttelte Sean den Kopf und machte ein skeptisches Gesicht. »Er ist noch zu jung, man kann noch nicht sagen, ob er an Cricket rankommt.«

»Also du bist wirklich unmöglich!« fauchte Sorka wütend, stürmte aus der Box und schlug die Stange so heftig zu, daß sie sich fast verklemmte.

»Was habe ich denn gesagt?« wollte Sean von Red Hanrahan wissen.

»Ich glaube, da mußt du selbst dahinterkommen, mein Junge!« Red klopfte ihm auf die Schulter, hin- und hergerissen zwischen Belustigung und einer gewissen Sorge um seine Tochter. »Du fütterst bitte die Stute, ehe du gehst, ja, Sean?«

Als Red Hanrahan durch die Stallgasse ging, um die anderen Neugeborenen zu besichtigen, dachte er über Sorkas Verhalten nach. Sie war erst dreizehn, aber gut entwickelt und menstruierte bereits seit fast einem Jahr. Daß sie in Sean vernarrt war, sah jeder außer Sean selbst. Er tolerierte sie nur, ebenso wie seine Familie. Mairi und Red hatten oft darüber gesprochen, die Herkunft des Jungen machte sie mißtrauisch, obwohl sie beide der Ansicht waren, daß es an der Zeit war, die alten Vorurteile über Bord zu werfen.

Auch Sean hatte einige beträchtliche Zugeständnisse gemacht. Vielleicht wollte er nicht hinter Sorka zurückstehen, vielleicht war es auch nur männliche Arroganz, jedenfalls hatte er sich im Lesen und Schreiben sehr verbessert und benützte häufig das Lesegerät in Reds Büro, um tiermedizinische Texte zu studieren. Red hatte die Interessen des Jungen tatkräftig gefördert und ihn ermuntert, bei den Zuchttieren mitzuhelfen. Der Junge hatte zweifellos eine Hand für alle Tiere, nicht nur für Pferde; mit den Schafen wollte er allerdings nichts zu tun haben.

»Sean sagt, Schafe sind zum Stehlen, zum Tauschen und zum Essen da«, erklärte Sorka ihrem Vater, als er sich zu diesem Phänomen äußerte.

Mairi machte sich gelegentlich Sorgen, als die beiden gemeinsam auf zoologische Expeditionen geschickt wurden, weil Sorka dabei zwangsläufig ständig mit Sean zusammen war. Aber Sorka erklärte unbekümmert, sie käme mit Sean gut aus und außerdem seien sie beide mehr daran gewöhnt, mit Haus- und Wildtieren umzugehen als in der Stadt aufgewachsene junge Leute. Solange sie ihre Pflichten für die Kolonie nicht nur erfüllten, sondern auch noch Freude daran hatten, waren sie den anderen voraus. Im übrigen leistete Sean mehr für Landing als die meisten seiner Leute. Es war eben nur, daß Sean und Sorka in ganz Landing allmählich als Pärchen angesehen wurden, bemerkte Mairi eines Abends etwas wehmütig zu Red, der sich zu seiner Überraschung plötzlich in der Rolle des Advocatus Diaboli wiederfand. Aber schließlich hatte er sich wie Sorka an Seans Art gewöhnt und wußte, worüber er hinwegsehen mußte.

Soweit es Red bekannt war, hatte sich Sorka an diesem Morgen zum ersten Mal auf typisch weibliche Art verärgert gezeigt, und er fragte sich nachdenklich, ob ihre Geduld mit Seans Begriffsstutzigkeit erschöpft war oder ob ihre Beziehung lediglich in eine neue Phase trat. Sorka war über sexuelle Dinge ausreichend aufgeklärt worden, aber bis heute hatte sie Seans Verhalten und seine Schrullen geduldig hingenommen. Er mußte bei nächster Gelegenheit mit Mairi darüber sprechen.

»Red! Reeeddd!« rief ein anderer Tierarzt besorgt.

Red rannte zu Hilfe. Erst viel später an diesem Abend dachte er wieder an das Problem Sorka und Sean, aber da schlief Mairi schon lange, und sie hatte ihre Ruhe nötig, denn die Arbeit im Kinderhort war anstrengend, und außerdem befand sie sich im zweiten Drittel einer Schwangerschaft.

Der nach Westen gerichtete Ausläufer des Nordkontinents zeigte direkt auf die große Insel, die lavendelblau aus dem morgendlich grauen Ozean aufragte. Avril hatte das Wüstencamp vor Tagesanbruch verlassen und nur eine Nachricht hinterlegt, daß sie sich einen Tag freinehmen wolle. Den anderen würde es nichts ausmachen, und sie hatte Ozzie Munson und Cobber Alhinwa ebenso gründlich satt wie umgekehrt.

Gestern hatten die zwei Bergleute ein paar wirklich schöne Türkise gefunden, sich aber geweigert, ihr den Fundort zu verraten. Nur einen kurzen Blick auf die schönen, himmelblau gebänderten Steine hatten sie ihr gestattet, um sie zu quälen. Als sie am Abend ins Camp gekommen war, hatte sie gleich gemerkt, wie aufgeregt die beiden über den Brocken waren, den sie wie einen Ball zwischen sich hin und her warfen. Sie hatte nur gebeten, ihn sehen zu dürfen, und war ärgerlich geworden, als die Bergleute so geheimnisvoll taten. Mit diesen beiden mußte sie vorsichtig sein, dachte sie. Die hielten sich für sehr schlau. Jedenfalls waren Türkise, obwohl sie wegen ihrer Seltenheit auf der Erde geschätzt wurden, es eigentlich nicht wert, daß sie sich diesen beiden Blödmännern an den Hals warf.

Als sie dann beim Abendessen immer noch miteinander flüsterten und mit hinterhältigem Lächeln zu ihr hinsahen, begann sie sich zu fragen, ob es wohl einen besonderen Grund gab, daß sie auf ihre höfliche und bescheidene Frage so reagierten.

Sie versuchte sich zu erinnern, ob die zwei jemals mit Bart Lemos zusammengearbeitet hatten, aber der befand sich bei Andiyars Erzberg. Über die Goldnuggets, die er mit der Pfanne aus einem Gebirgsbach oberhalb des Camps gewaschen hatte, mußte er wohl ausnahmsweise den Mund gehalten haben. Wie es der auf der *Yoko* geschlossene Pakt verlangte, hatte er sie ihr gegeben, und sie hatte sie in ihr Versteck in Landing gebracht. Viel von ihrem Plan hatte sie ihm nicht anvertraut, denn man brauchte Bart Lemos nur ein paar Becher Quikal einflößen, dann erzählte er jedem seine ganze Lebensgeschichte.

Vielleicht war Stev Kimmer doch kein so guter Verbündeter, wie sie zuerst gedacht hatte, als sie im letzten Jahr der endlosen Reise zu diesem gottverlassenen Planeten seine hinterhältigen, witzigen Klagen hörte. Er war attraktiver als die anderen, äußerst attraktiv sogar und, was noch wichtiger war, er besaß Temperament und war auch bereit, Wagnisse einzugehen, Eigenschaften, die der hochgepriesene Admiral Benden nie hatte erkennen lassen. Ein bißchen langweilig im Bett, der gute Admiral. Zur Hölle mit Paul Benden. Warum er sich wohl auf einmal so betont von ihr zurückgezogen hatte? Dabei hatte er ihr so stürmisch seine Zuneigung beteuert, daß sie geglaubt hatte, den Ehekontrakt bereits in der Tasche zu haben. Und dann, knapp ein Jahr von ihrem Ziel entfernt, als Rubkat in der Schwärze des Weltraums von einem Funken zu einer Kerzenflamme angewachsen war, hatte Benden sich verändert. Plötzlich hatte er keine Zeit mehr für sie gehabt. Nun, er würde schon sehen, aus welchem Holz Avril Bitra geschnitzt war. Aber dann würde es zu spät sein.

Damals auf der Erde, als der Krieg gegen die Nathi vorbei war und die Aufregung sich gelegt hatte, war ihr das Kolonistendasein als recht verlockend erschienen. Alles andere bis auf Centauri First, und das wurde, wie jedermann wußte, von den Ersten Familien und den Gründerfirmen beherrscht, war nicht besser als die Erde oder die schwerfälligen Handelsschiffe, wo man in den unteren Dienstgraden verschimmeln konnte. Sie hatte sogar mit dem Gedanken gespielt, sich als Navigatorin auf ein Bergwerksschiff im Asteroidengürtel zu melden, aber dann war ohne ersichtlichen Grund die Roosevelt-Kuppel explodiert, und dabei waren bis auf eine Handvoll alle zehntausend Einwohner umgekommen. Die Chance, über eine neue Welt zu herrschen, hatte sie gereizt. Im Lauf der Jahre hatte sie genügend Erfahrung mit Psychotests gesammelt, um zu wissen, wie man seinen Puls kontrollierte und welche Antworten man auf die idiotischen Fragen geben mußte, die angeblich aufdecken sollten, was Wahrheit war und was Fiktion. So war sie als Astrogatorin für die Pern-Expedition angenommen worden.

Aber nachdem es ihr nicht gelungen war, Paul Benden einzufangen, der Perns erster Führer sein würde — ihrer Schätzung nach würde die etwas farblose Emily Boll von dem präsentableren Admiral verdrängt werden, sobald die Landung auf Pern abgeschlossen war —, fand sie die Aussicht, den Rest ihres Lebens in einem finsteren Winkel am Ende der Milchstraße zu verbringen, unerträglich. Schließlich war sie eine qualifizierte Astrogatorin, und mit einem Schiff, Sternenkarten und einem Kälteschlaftank mußte es doch möglich sein, sich zu irgendeinem zivilisierten und höher entwickelten Planeten durchzuschlagen, wo sie das Leben so genießen konnte, wie sie es sich wünschte.

Mit Stev Kimmer hatte sie eigentlich nur angebändelt, um sich darüber hinwegzutrösten, daß sie Paul Benden verloren hatte. Als sie bemerkte, daß Bart Lemos jedesmal um sie herumstrich, wenn Stev Dienst hatte, ermutigte sie auch ihn. Eines Abends stieß Nabhi Nabol zusammen mit einigen anderen zu der Gruppe. Bart und Nabhi waren Piloten, und jeder hatte noch eine zweite Ausbildung, die für ihre Pläne interessant war: Bart im Bergbauwesen und Nabhi in Computertechnik. Stev war Maschinenbauingenieur und ein Genie, wenn es darum ging, Computerfehler zu diagnostizieren und Chips so umzugruppieren, daß sie das Doppelte der Leistung brachten, für die sie ausgelegt waren.

Für den Plan, der in ihrem Kopf allmählich Gestalt annahm, sammelte sie noch weitere Helfer. Die meisten waren Kontraktoren wie sie selbst oder Konzessionäre mit kleinen Einlagen, die allmählich das Gefühl bekamen, zu kurz gekommen zu sein. Ganz am Rande spielte sie auch mit dem Gedanken, daß es vielleicht Spaß machen würde, die Leute so lange aufzustacheln, bis sie ihre wohlwollenden Führer stürzten, um Pern schließlich allein zu regieren, nicht nur als Lebensgefährtin von Paul Benden. Aber dazu mußte sie einen günstigen Moment abwarten, wenn die Kolonie zur Ruhe gekommen war und die Schwierigkeiten begannen.

Bis auf kleinere Hindernisse war bisher nichts passiert, was sie für ihre Zwecke hätte verwenden können. Alle waren vollauf damit beschäftigt, in der Gegend herumzulaufen, sich einzurichten, Vieh zu züchten und hierhin und dorthin zu fliegen, um sich Grundstücke anzusehen. Sie verachtete die Kolonisten für ihre Begeisterung von dieser gräßlich leeren Wüste von einer Welt mit ihrer lärmenden Tierwelt und den Tausenden von kriechenden, sich schlängelnden oder fliegenden Wesen. Auf dem ganzen Planeten gab es kein anständiges und nützliches einheimisches Tier, und sie hatte es allmählich mehr als satt, ständig nur Fisch oder Wherry zu essen, wobei die Wherries manchmal mehr nach Fisch schmeckten als das, was tatsächlich aus dem Meer kam. Selbst Pökelfleisch wäre schon eine willkommene Abwechslung gewesen.

Ihre Entschlossenheit, dieses Provinznest zu verlassen, wuchs immer mehr. Aber sie würde es in großem Stil verlassen, und alle anderen konnten zum Teufel gehen.

Auf Stev Kimmer konnte sie bei dieser Flucht nicht verzichten. Er baute ihr gerade ein Notfunkfeuer aus Teilen, die er auf der *Yokohama* ›gefunden‹ hatte; ohne dieses lebenswichtige Gerät hätte sie ihren Plan aufgeben müssen. Außerdem mußte sie sich Kimmer für den Augenblick warmhalten, wenn sie sich die Admirals-Gig aneignen wollte.

Wichtiger war noch seine Bereitschaft, ihr dadurch in die Hand zu arbeiten, daß er diejenigen Inselabschnitte absteckte, wo es auch wirklich Edelsteine gab. Großmutter Shavva hatte ihrer einzigen noch lebenden Nachfahrin ein Erbe hinterlassen, das es jetzt anzutreten galt.

Kimmer sollte für sieben Tage einen Schlitten anfordern, um nach einem Grundstück zu suchen, was sein gutes Recht war, und dabei durchblicken lassen, daß er sich auf dem Südkontinent umsehen wollte. Als Veteran des Nathi-Krieges war sein Anspruch doppelt so groß wie der von Avril. Daß die Konzessionäre mehr Land zugesprochen bekommen sollten als jeder Kontraktor, auch als sie selbst, die Astrogatorin, die sie alle sicher an diesen elenden Ort gebracht hatte, war eine Tatsache, die ihr noch nie so recht in den Kram gepaßt hatte.

Zum Teufel mit Munson und Alhinwa. Sie hätten ihr sagen können, wie sie den Türkis ausgebuddelt hatten. Pern war eine jungfräuliche Welt, bisher noch unberührt von rücksichtslosen Prospektoren und habgierigen Händlern, und es gab Metall und Mineralien in Hülle und Fülle, genug für alle. Auf höherentwickelten Welten würden sich passionierte Sammler um jeden großen, farblich einwandfreien Brocken dieses himmelblauen Steins reißen — je höher der Preis, den man verlangte, desto größer das Interesse der Sammler!

Warum hatte sie eigentlich von Nabhi nichts mehr gehört? Sie hatte ihn im Verdacht, sein eigenes Süppchen zu kochen und sich nicht an die Regeln zu halten, die sie aufgestellt hatte. Sie mußte ihn scharf im Auge behalten, er war ein unsicherer Kantonist, ähnlich wie sie selbst. Auf lange Sicht hatte sie als Astrogatorin freilich die besseren Karten, weil Nabhi nicht in der Lage sein würde, alleine nach Hause zu gelangen. Er brauchte sie, aber sie brauchte ihn nicht — wenn es ihr nicht paßte. Nabol war im Ganzen gesehen für ihre Zwecke nicht so geeignet wie Kimmer, aber wenn es hart auf hart ging, würde auch er genügen.

Sie hatte die Insel fast erreicht und konnte schon die Wellen gegen den Granitfelsen schlagen sehen. Sie schwenkte nach Backbord ab und suchte nach der Mündung der natürlichen Hafenbucht, wo das längst verstorbene EV-Team gelagert hatte. Kimmer sollte sie hier erwarten, denn sie fühlte sich erheblich wohler an einem Ort, wo bereits einmal Menschen gewesen waren. Das idiotische Geschwätz der Kolonisten, sie hätten dies oder jenes als ›erste‹ gesehen oder irgendwelche Gebiete als ›erste‹ betreten, oder die Streitereien über die Namengebung, die Abend für Abend am Freudenfeuer geführt wurden, fand sie unerträglich. Scheiß auf den Drake-See! Drake war ein alberner Esel! Und ein lausiger Gravballspieler!

Sie korrigierte ihren Kurs, als sie die beiden Felsspitzen entdeckte, die am Eingang der ungefähr ovalen Hafenbucht einen natürlichen Wellenbrecher bildeten. Kimmer hatte den Schlitten sicher ohnehin irgendwo versteckt, für den Fall ... Sie unterbrach den Gedankengang und schnaubte belustigt, aber auch mit einer gewissen Erbitterung. Als ob auf dieser ach so tugendhaften Welt einer dem anderen nachspionieren würde!

»Wir sind hier alle gleich.« Unsere tapferen, edlen Führer haben es so bestimmt. Jeder bekommt den gleichen Anteil an Perns Reichtum. Darauf könnt ihr wetten. Nur werde ich mir meinen gleichen Anteil vor allen anderen holen, und mir dann den Staub dieses Planeten von den Füßen schütteln!

Als sie den Wellenbrecher überflog, sah sie im dichten Gebüsch auf der Steuerbordseite auf einem Sims oberhalb des Sandstrandes etwas Metallisches aufblitzen. Ganz in der Nähe stieg der Rauch von Kimmers kleinem Feuer auf. Sie setzte ihren Schlitten dicht neben dem seinen ab.

»Du hast recht gehabt mit dieser Stelle, Baby«, begrüßte er sie, hob eine Faust und schüttelte sie triumphierend. »Ich kam gestern nachmittag hierher, die ganze Strecke über herrlicher Rückenwind, hab's also in Rekordzeit geschafft. Nun sieh dir mal an, was ich als erstes gefunden habe!«

»Zeig her«, sagte sie und tat so, als könne sie ihre Neugier kaum mehr bezähmen, obwohl ihr dieser Alleingang gar nicht zusagte.

Er grinste breit, öffnete langsam die Finger und streckte die Hand aus, so daß sie den großen grauen Felsbrocken sehen konnte. Ihr Eifer schlug um in Enttäuschung, bis er den Stein ein klein wenig drehte und sie auf einer Seite, halb vergraben, ein unverkennbares grünes Glitzern entdeckte.

»Donnerwetter!« Sie riß ihm den Stein aus der Hand und drehte sich hastig in die Sonne, die inzwischen über dem Ozean aufgegangen war. Dann benetzte sie einen Finger und rieb über die grün glitzernde Stelle.

»Ich habe noch etwas gefunden«, sagte Kimmer.

Sie blickte auf und sah, daß er einen eckigen, grünen Stein in der Hand hielt, etwa so groß wie ein Löffelkopf, mit rauhen Kanten, wo er aus seinem Kalksteinbett herausgelöst worden war.

Sie hätte den Stein mit dem noch verborgenen Schatz

beinahe fallen lassen, so hastig griff sie nach dem rohen Smaragd. Sie hielt ihn in die Sonne, sah eine Verunreinigung im Innern, hatte aber an dem klaren, tiefen Grün nichts auszusetzen. Sie wog ihn in der Hand. Es mußten dreißig oder vierzig Karat sein. Wenn sie einen geschickten Steinschneider fand, der die fehlerhafte Stelle aussparte, würde ein Edelstein von fünfzehn Karat übrigbleiben. Und wenn dieser Stein nur eine Kostprobe war... Die Vorstellung, bei einem Edelsteinschleifer in die Lehre zu gehen und diesen herrlichen Stein zum Üben zu benützen, erheiterte sie.

»Wo?« fragte sie heiser vor Ungeduld.

»Da drüben.« Er drehte sich um und zeigte hinauf in das dichte Pflanzengewirr. »In den Felsen gibt es eine ganze Höhle voll.«

»Du bist einfach reingegangen, und da hat er dich angefunkelt?« Sie zwang sich zu einem unbekümmerten, ein wenig spöttischen Tonfall und zu einem anerkennenden Lächeln. Er sah so verdammt selbstzufrieden aus. Sie lächelte weiter, knirschte aber dabei mit den Zähnen.

»Ich habe *Klah* gekocht«, sagte er und deutete auf das Feuer, über dem ein Bratspieß und eine Steinplatte für den Kessel aufgebaut waren.

»Dieses gräßliche Zeug«, rief sie. Sie hatte sich bei der Flotte eine Vorliebe für starken Kaffee angewöhnt, und der war zum letzten Mal bei dieser jämmerlichen Denkparty ausgeschenkt — und verschüttet worden, als der Erdstoß die Kannen von den Ständern warf. Der letzte Kaffee von der Erde war nutzlos im Dreck von Pern versickert.

»Ach, wenn man es genug süßt, ist es gar nicht so übel.« Er schenkte ihr unaufgefordert einen Becher ein. »Angeblich soll es ebensoviel Koffein enthalten wie Kaffee oder Tee. Der Trick bestand darin, die Rinde gründlich zu trocknen, ehe man sie mahlt und aufbrüht.«

Er hatte Süßstoff in den Becher geschüttet und reichte ihn ihr, in der Erwartung, sie würde seine Aufmerksamkeit zu schätzen wissen. Sie konnte es sich nicht leisten, Kimmer zu vergraulen, auch wenn er sich noch so widerlich anerkennend wie ein braver kleiner Kolonist über die guten kolonialen Ersatzstoffe äußerte.

»Tut mir leid, Stev«, sagte sie mit einem entschuldigenden Lächeln und nahm den Becher. »Morgens ist mit mir nichts anzufangen. Und der Kaffee fehlt mir wirklich.«

Er zuckte die Achseln. »Jetzt dauert es ja nicht mehr lange, oder?«

Sie lächelte weiter und fragte sich dabei, ob er wohl wußte, wie albern er sich anhörte, wenn er nur den Mund aufmachte. Doch dann nahm sie sich zusammen. Sie hätte First Lady auf Pern werden können, wenn sie mit Paul ein wenig behutsamer umgegangen wäre. Was *hatte* sie eigentlich falsch gemacht? Sie hätte schwören können, daß es ihr gelingen würde, sein Interesse an ihr wachzuhalten. Alles war glattgegangen, bis sie das Rubkat-System erreichten. Dann hatte er auf einmal so getan, als gäbe es sie gar nicht mehr. Und dabei habe ich sie alle hierher gebracht!

»Avril?«

Die Ungeduld in Stev Kimmers Stimme holte sie in die Gegenwart zurück. »Entschuldige!« sagte sie.

»Ich sagte, ich habe genug Proviant für heute zusammengepackt, wir können also aufbrechen, sobald du fertig bist.«

Sie kippte den Becher aus und beobachtete, wie die dunkle Flüssigkeit kurz einen dunklen Flecken in den weißen Sand zeichnete. Dann schüttelte sie auch den letzten Tropfen aus dem Becher heraus, stellte ihn mit der Öffnung nach unten neben das Feuer, wie es sich für eine brave kleine Kolonistin gehörte, stand auf und lächelte Kimmer strahlend an. »Nun, dann laß uns gehen!«

TEIL ZWEI

FÄDEN

Vielleicht lag es daran, daß die Leute nach acht Jahren so an die Zwergdrachen gewöhnt waren, daß sie auf das Verhalten der Tiere nicht mehr besonders achteten. Wer ihre ungewöhnlichen Kapriolen bemerkte, hielt sie für irgendein neues Spiel, denn die kleinen Kerle kamen immer wieder auf die komischsten Ideen. Später sollten sich die Leute daran erinnern, daß die Zwergdrachen versuchten, das Geflügel und die Schafe und Ziegen in die Scheunen zurückzutreiben, und die Meeresaufseher wußten zu berichten, daß die großen Tümmler Bessie, Lottie und Maximilian sich verzweifelt bemüht hatten, ihren menschlichen Freunden zu erklären, warum die einheimischen Meerestiere so hastig nach Osten zu einer neuen Nahrungsquelle zogen.

Als Sabra Ongola-Stein in ihrem Haus am Europaplatz aus dem Fenster sah, dachte sie tatsächlich, Fancy, das Zwergdrachenweibchen der Familie, wolle ihren drei Jahre alten Sohn angreifen, der im Hof spielte. Die kleine Goldene riß heftig an Shuvins Hemd und wollte ihn unbedingt von seinem Sandhaufen und seinem geliebten Spielzeuglaster wegzerren. Sabra schlug nach Fancy und zog den Jungen weg, und danach kreiste der Zwergdrache erleichtert zirpend über ihr. Sehr merkwürdig, sicher, und das Hemd war zerrissen, aber am Körper des Jungen fand Sabra keine Verletzungen. Shuvin weinte auch nicht. Er wollte nur zu seinem Lastwagen zurück, während Sabra darauf bestand, ihm ein anderes Hemd anzuziehen.

Zu Sabras Verwunderung wollte Fancy sich mit ihnen ins Haus drängen, sie konnte gerade noch rechtzeitig die Tür schließen. Als sie sich ganz außer Atem von innen dagegenlehnte, sah sie durch das hintere Fenster, daß auch andere Zwergdrachen sich sehr sonderbar verhielten. Sie war nicht allzu sehr beunruhigt, weil es noch nie vorgekommen war, daß Zwergdrachen einen Menschen *verletzten*, nicht einmal, wenn sie bei der Paarung in Hitze gerieten, aber auch das schien nicht der Grund für ihre Erregung zu sein, denn die Grünen schwirrten ebenso hektisch in der Luft umher wie alle anderen, und die Grünen räumten stets das Feld, wenn eine Goldene sich paarte. Außerdem konnte Fancy zu diesem Zeitpunkt gar nicht in Hitze sein.

Während Sabra geschickt ihren zappelnden kleinen Sohn festhielt, um ihm das Hemd zu wechseln, fiel ihr auf, daß sich die Schreie, die durch die dicken Plastikwände des Hauses drangen, verängstigt anhörten. Sabra war mit den verschiedenen Lauten der Zwergdrachen ebenso vertraut wie jeder in Landing. Wovor mochten sie sich fürchten?

Das riesige Flugwesen — ein sehr großer Wherry vielleicht —, das gelegentlich in der Nähe des Westlichen Grenzgebirges gesichtet worden war, wagte sich doch wohl kaum so weit nach Osten. Und was konnte es an einem so schönen Vorfrühlingsmorgen sonst für Gefahren geben? Die graue Wolkenbank weit weg am Horizont verhieß Regen, aber das wäre nur gut für das Getreide, das auf den Feldern schon aus dem Boden spitzte. Vielleicht sollte sie die Wäsche von der Leine holen. Manchmal vermißte sie die praktischen Einrichtungen der alten Erde, die einem auf Knopfdruck die eintönige, anstrengende Hausarbeit abgenommen hatten. Schade, daß der Rat nie auf die Idee kam, gewisse Leute für ihr unbotmäßiges Verhalten damit zu bestrafen, daß er ihnen häusliche Pflichten aufbürdete. Sie zog Shuvin das Hemd über die Hosen, und er gab ihr einen dicken, feuchten Kuß.

»Laster, Mami, Laster? Jetzt gleich?«

Bei der sehnsüchtigen Frage wurde ihr plötzlich bewußt, wie still es geworden war, der gewohnte, mißtönende Zwergdrachenchor, der den Alltag in Landing wie in fast allen Ansiedlungen auf dem Südkoninent ständig begleitete, war verstummt. Diese Totenstille war beängstigend. Sabra hielt Shuvin zurück, der unbedingt wieder nach draußen wollte, um im Sand zu spielen, und spähte erst durch das hintere Fenster, und dann durch das Plasglas vor sich. Kein einziger Zwergdrache war zu sehen, nicht einmal auf dem Haus von Betty Musgrave-Blake, wo eine Geburt bevorstand und sich üblicherweise ein riesiger Schwarm versammelt hätte. Betty erwartete ihr zweites Kind, und Sabra hatte gesehen, daß Basil, der Geburtshelfer mit seinem Lehrling Greta, die einmal eine tüchtige Hebamme abgeben würde, bereits eingetroffen war.

Wo waren die Zwergdrachen? Sie ließen sich doch niemals eine Geburt entgehen.

Landing war zwar gut organisiert, aber es wurde doch erwartet, daß man sofort meldete, wenn sich auf Pern etwas Ungewöhnliches ereignete. Sabra ging zum Komgerät und wählte Ongolas Nummer, aber sie war besetzt. Während sie den Hörer in der Hand hatte, streckte Shuvin seine schmutzige Hand zum Türgriff hinauf, schob die Tür auf und grinste seine Mutter voll Stolz über diese neue Leistung verschmitzt an. Sie ließ ihn lächelnd gewähren, während sie Bays Nummer eintippte. Vielleicht wußte die Zoologin, was mit ihren Lieblingstieren los war.

Ziemlich weit östlich und etwas südlich von Landing waren Sean und Sorka auf der Jagd nach Wherries für das Ruhetagsessen. Die menschlichen Ansiedlungen breiteten sich immer mehr aus, und die Jäger mußten ziemlich weit gehen, um Wild zu finden.

»Sie geben sich ja gar keine Mühe, Sorka.« Sean machte ein finsteres Gesicht. »Den ganzen Vormittag haben sie sich nur gezankt. Verdammte Narren.« Er drohte mit seinem muskulösen, braunen Arm zornig zu seinen acht Zwergdrachen hinauf. »Reißt euch zusammen, ihr geflügelten Schwächlinge! Wir sind zum Jagen hier!«

Niemand beachtete ihn, seine beiden ältesten Braunen schienen mit den Mentas zu streiten, am heftigsten mit Blazer, Seans Königin. Das war ungewöhnlich, denn die durch Bay Harkenons gentechnische Künste gezüchtete Blazer genoß im allgemeinen durchaus den Respekt, den die andersfarbigen Zwergdrachen allen fruchtbaren goldenen Weibchen entgegenbrachten.

»Die meinen sind nicht anders«, stellte Sorka fest und nickte, als ihre fünf sich Seans Schwarm anschlossen. »Du lieber Himmel, jetzt gehen sie auch noch auf *uns* los!« Sie gab ihrer braunen Stute den Kopf frei und drückte ihr die Schenkel an den Leib, hielt aber inne, als sie sah, wie Sean, der Cricket herumgerissen hatte und den heranstürmenden Zwergdrachen entgegensah, gebieterisch die Hand hob. Noch mehr erschrak sie, als die Zwergdrachen Angriffsformation einnahmen und dabei ein Geschrei ausstießen, das entsetzliche Angst ausdrückte und vor einer Gefahr warnte.

»Gefahr? Wo?« Sean wendete Cricket schnell auf der Hinterhand, ein Kunststück, das Sorka trotz Seans Hilfe und ihrer eigenen unendlichen Geduld ihrer Stute Doove nie hatte beibringen können. Er hielt sein Pferd zurück und suchte den Himmel ab, als die Zwergdrachen einhellig die Köpfe nach Osten wandten.

Blazer landete auf seiner Schulter, ringelte ihren Schwanz um seinen Hals und seinen linken Oberarm und kreischte die anderen an. Sean spürte erstaunt, was da vorging. Eine Königin nahm Befehle von Braunen entgegen? Aber er wurde abgelenkt, als ihre Gedanken lebhafte Befürchtungen ausdrückten.

»Landing in Gefahr?« fragte er. »In Deckung gehen?«

Sobald Sean es ausgesprochen hatte, verstand auch Sorka, was ihre Bronzefarbenen ihr begreiflich zu machen suchten. Sean schaffte es immer als erster, die geistigen Bilder seiner mit Mentasynthese behandelten Zwergdrachen zu deuten, besonders bei Blazer, die sie am klarsten übermitteln konnte. Sorka hatte sich oft ein goldenes Weibchen gewünscht, aber sie liebte ihre Bronzefarbenen und Braunen zu sehr, um sich zu beklagen.

»Mehr kann ich auch nicht verstehen«, sagte sie, als ihre fünf an verschiedenen Stellen ihrer Kleidung zu zupfen begannen. Sean konnte mit nacktem Oberkörper reiten, aber bei ihr schwabbelte zu viel, als daß sie sich dabei wohl gefühlt hätte; die ärmellose Lederweste war da eine gewisse Stütze, außerdem schützte sie die Haut vor den Klauen der Zwergdrachen. Emmet, der Bronzefarbene, ließ sich gerade so lange auf Dooves Kopf nieder, um ein Ohr und die Stirnlocke zu packen, und versuchte dann, den Kopf der Stute herumzuziehen.

»Etwas Großes, Gefährliches, und in Deckung gehen!« sagte Sean kopfschüttelnd. »Es ist doch nur ein Gewitter, Kinder. Schaut, nichts als eine Wolke!«

Sorka blickte stirnrunzelnd nach Osten. Sie befanden sich so weit oben auf der Hochfläche, daß sie gerade noch das Meer sehen konnten.

»Diese Wolkenformation ist irgendwie komisch, Sean. So etwas habe ich noch nie gesehen. Fast wie die Schneewolken, die wir hin und wieder in Irland hatten.«

Sean legte mit finsterem Gesicht die Beine an. Cricket hatte die verzweifelte Angst der Zwergdrachen gespürt und tänzelte nervös auf der Stelle. Noch vollführte er nur die Piaffe, die Sean ihm beigebracht hatte, aber sobald er die Zügel locker ließ, würde der Hengst sofort in rasendem Galopp davonstürmen. Seine Augen verdrehten sich entsetzt, bis nur noch das Weiße zu sehen war, und er schnaubte. Auch Doove ließ sich von Emmets merkwürdiger Unruhe anstecken.

»Hier schneit es nicht, Sorka, aber was Farbe und Form angeht, hast du recht. Himmel, was immer da abregnet, es ist so verflixt dicht, daß man es fast greifen kann. So sieht der Regen hier nicht aus.«

Duke und die beiden ältesten Braunen von Sean sahen es ebenfalls und kreischten in hilflosem Entsetzen. Blazer trompetete einen strengen Befehl. Ehe Sean und Sorka wußten, wie ihnen geschah, waren beide Pferde von wohlgezielten Klauenhieben der Zwergdrachen auf die Kruppe aufgescheucht worden und rasten, geführt vom ganzen Schwarm, nach Nordwesten. Zügel, Schenkel, Sitz, Stimme, nichts zeigte mehr Wirkung auf die vor Schmerz wie rasenden Pferde, denn jedesmal, wenn sie ihren Reitern gehorchen wollten, versetzten ihnen die wachsamen Zwergdrachen einen neuen Hieb.

»Was, zum Teufel, ist bloß in sie gefahren?« schrie Sean und riß an der Lederschlinge, die er an Stelle einer Gebißstange durch Crickets weiches Maul gezogen hatte. »Ich schlage ihm noch seine verdammte Nase ein!«

»Nein, Sean!« schrie Sorka und duckte sich tief auf den Hals ihrer vorwärtsrasenden Stute. »Duke hat eine Heidenangst vor dieser Wolke. Mein ganzer Schwarm hat Angst. Sie würden den Pferden sonst niemals weh tun! Wir wären verrückt, wenn wir nicht auf sie hörten!«

»Als ob uns etwas anderes übrigbliebe!«

Die Pferde stürmten nun eine Schlucht entlang. Sean mußte seine ganze Kraft und Geschicklichkeit aufwenden, um sich im Sattel zu halten, aber er spürte, wie erleichtert Blazer war, daß sie sich durchgesetzt hatte und alle auf dem Weg zu einer sicheren Zuflucht waren.

»Sicher wovor?« knurrte er wütend. Er haßte es, hilflos auf einem Tier zu sitzen, das ihm in sieben Jahren kein einziges Mal den Gehorsam verweigert hatte, auf einem Tier, das er besser zu kennen glaubte als irgendeinen Menschen auf dem ganzen Planeten.

Das rasende Tempo ging weiter, obwohl Sean spürte, wie der graue Hengst, so gut er auch in Form war, allmählich müde wurde. Die Zwergdrachen trieben die beiden Pferde direkt auf einen der kleinen Seen zu, mit denen dieser Teil des Kontinents übersät war.

»Warum zum Wasser, Sean?« schrie Sorka, lehnte

sich zurück und hob die Zügel an. Als die Stute bereitwillig langsamer wurde, protestierten Duke und die beiden anderen Bronzefarbenen mit schrillem Kreischen und schlugen wieder ihre Klauen in die blutende Kruppe des Tiers.

Wiehernd und verängstigt die Augen rollend, sprang die Stute ins Wasser und hätte dabei ihre Reiterin fast abgeworfen. Getrieben von den scharfen Klauen von Seans Zwergdrachen, folgte ihr der Hengst.

Der See, ein tiefes Becken, in dem sich das abfließende Wasser von den umliegenden Hügeln sammelte, hatte nur ein schmales Ufer, und bald schwammen die Pferde, von den Zwergdrachen unerbittlich angespornt, auf einen Felsüberhang auf der gegenüberliegenden Seite zu. Sean und Sorka hatten auf diesem Sims oft in der Sonne gelegen und waren mit Vergnügen von hoch oben in das tiefe Wasser gesprungen.

»Das Felssims? Wir sollen *unter* das Felssims? Das Wasser ist dort verflixt tief.«

»Warum?« fragte Sorka immer noch. »Was da kommt, ist doch nur Regen.« Sie schwamm neben Doove her und ließ sich, eine Hand am Sattelknauf, in der anderen die Zügel, von der Stute mitziehen. »Wo sind sie denn alle abgeglieben?«

Sean, der neben Cricket schwamm, legte sich auf die Seite und schaute zurück. Seine Augen weiteten sich. »Das ist kein *Regen*. Schwimm, so schnell du kannst, Sorka! Schwimm zum Felssims!«

Sie warf ebenfalls einen Blick über die Schulter und sah, was den gewöhnlich durch nichts zu erschütternden jungen Mann so aufgeregt hatte. Das Entsetzen verlieh ihr neue Kräfte; sie riß an den Zügeln und drängte Doove zu größerer Eile. Sie hatten das Sims fast erreicht, diese armselige Zuflucht vor dem zischenden, silbernen Niederschlag, der so bedrohlich über die Wälder Perns herabrauschte, die sie eben noch durchquert hatten.

»Wo sind die Zwergdrachen?« heulte Sorka auf, als sie in den Schatten unter dem Sims hineinschwamm. Sie ruckte an Dooves Zügeln, um die Stute mit sich unter das schützende Dach zu ziehen.

»Bestimmt in Sicherheit!« Seans Stimme klang verbittert, er hatte Mühe, Cricket unter das Sims zu bringen. Es gab gerade genügend Raum, daß die Köpfe der Pferde über der Wasseroberfläche bleiben konnten, aber ihre um sich schlagenden Beine fanden keinen Halt.

Plötzlich hörten beide Pferde auf, sich gegen ihre Reiter zu wehren; sie wieherten statt dessen verschreckt und drückten Sorka und Sean gegen die innere Felswand.

»Zieh die Beine an, Sorka! Stütz dich gegen die Wand!« schrie Sean und machte es ihr vor.

Dann hörten sie es zischen. Als sie um die Köpfe ihrer Pferde herumspähten, sahen sie lange, dünne Fäden ins Wasser stürzen. Plötzlich begann der See zu wogen, von allen Seiten zogen die Flossen der Elritzen, die man in den Bächen ausgesetzt hatte, Furchen durch seine Oberfläche.

»Himmel, sieh dir das an!« Sean deutete aufgeregt auf eine kleine Flammenzunge, die dicht über der Seeoberfläche ein großes Fadenknäuel in Asche verwandelte, ehe es das Wasser erreichte.

»Da drüben auch!« sagte Sorka, und dann hörten sie das erregte, aber freudige Geschnatter der Zwergdrachen. Da sie sich so tief unter das Sims hineindrängten, wie nur möglich, erhaschten sie nur ab und zu einen flüchtigen Blick auf die Tiere und die seltsamen Flammen.

Ganz plötzlich erinnerte sich Sorka an jenen längst vergangenen Tag, als sie zum ersten Mal erlebt hatte, wie die Zwergdrachen das Geflügel verteidigten. Damals war sie überzeugt gewesen, daß Duke auf einen Wherry Feuer gespien hatte. »Das ist früher schon mal passiert, Sean«, sagte Sorka, und wollte seine nasse Schulter packen, damit er ihr auch zuhörte, aber ihre

Finger rutschten ab. »Irgendwie können sie Flammen spucken. Vielleicht ist dazu der zweite Magen da.«

»Jedenfalls bin ich froh, daß sie nicht feige sind«, murmelte Sean und näherte sich vorsichtig der Öffnung. »Nein«, sagte er erleichtert und stieß einen tiefen Seufzer aus. »Feige sind sie ganz bestimmt nicht. Komm her, Sorka.«

Mit einem ängstlichen Blick auf Doove schwamm Sorka an Seans Seite und schrie gleich darauf überrascht und begeistert auf. Ihr Zwergdrachenschwarm hatte sich um eine ganze Menge anderer Tiere vergrößert. Die kleinen Krieger schienen abwechselnd auf den verheerenden Regen loszuschießen, ihre Flammen verkohlten das gräßliche Zeug, und die Asche fiel ins Wasser, wo sie von flinken Fischmäulern verschlungen wurde.

»Schau nur, Sorka, sie beschützen unser Sims.«

Sorka sah, daß der schreckliche Regen auf beiden Seiten der Feuerzone der Zwergdrachen ungehindert in den See fiel.

»Himmel, Sean, sieh nur, was das Zeug mit den Büschen macht!« Sie zeigte ans Ufer. Das dichte, stachelige Gestrüpp, durch das sie vor kurzem noch geritten waren, war nicht mehr zu sehen, alles war bedeckt von einer ekelhaften Masse von ›Dingern‹, die immer weiter aufzuschwellen schienen. Sorka wurde übel dabei, und sie mußte sich sehr zusammennehmen, um ihr Frühstück nicht wieder von sich zu geben. Sean war ganz weiß um den Mund. Seine Hände, die ihn mit ihren rhythmischen Bewegungen über Wasser hielten, ballten sich zu Fäusten.

»Verdammt noch mal, kein Wunder, daß die Zwergdrachen Angst hatten.« Wütend über seine Hilflosigkeit schlug er mit den Fäusten so heftig ins Wasser, daß die Wellen nach allen Seiten schwappten. Sofort erschien Sorkas Duke dicht vor dem Sims und spähte herein. Er nahm sich die Zeit, ihnen beruhigend zuzuquieken, und im nächsten Moment war er buchstäblich verschwunden. »Na ja«, sagte Sean. »Wenn ich Pol Nietro wäre, würde ich sagen, dieses plötzliche Auslöschen ist der beste Verteidigungsmechanismus, den eine Gattung nur entwickeln kann.« Ein langer Faden glitt über ihnen vom Sims herab und schwebte einen Augenblick lang vor ihren entsetzten Augen, bis eine Flamme ihn verkohlen ließ.

Angewidert spritzte Sean Wasser auf die Überreste und fegte mit der Hand die herabsinkenden Stäubchen von sich und Sorka weg. Hinter ihnen war das schwere Atmen der Pferde zu hören; die Tiere schienen völlig erschöpft zu sein.

»Wie lange?« fragte Sean, glitt zu Crickets Kopf und streichelte das Pferd, um es zu beruhigen. »Wie lange wird der Spuk dauern?«

»Es ist *keine* Paarung«, erklärte Bay, als Sabra sie anrief, »sondern ein völlig irrationales Verhaltensmuster.« Bay ging im Geiste alles durch, was sie über die Zwergdrachen wußte und beobachtet hatte, während sie weiter aus ihrem Fenster schaute. In diesem Augenblick hob ein Schlitten von einem Abstellplatz nahe am Wetterbeobachtungsturm ab und raste mit Höchstgeschwindigkeit auf den Sturm zu. »Ich will mir noch einmal die Dateien über die Verhaltensmuster ansehen und mit Pol sprechen, dann rufe ich zurück. Die Sache ist wirklich äußerst ungewöhnlich.«

Pol arbeitete im Gemüsegarten hinter ihrem Haus. Als er sie kommen sah, winkte er ihr fröhlich zu, schob sich die Schildmütze in den Nacken und wischte sich den Schweiß von der Stirn. Die Gartenerde war sorgfältig angereichert und mit verschiedenen terrestrischen Käfern und Würmern verbessert worden, die den Boden von Pern ebenso gern durchlüfteten, wie sie es auf der Erde getan hatten, und die trägeren einheimischen Arten gut ergänzten. Bay sah, wie Pol mitten in der Bewegung innehielt und sich umsah, und nahm an, er habe erst jetzt das Fehlen der Zwergdrachen bemerkt.

»Wo sind sie denn alle hin?« Er blickte zu den anderen Häusern und auf Bettys leeres Dach. »Das ging aber schnell, nicht wahr?«

»Sabra hat mich eben angerufen. Sie sagt, ihre Fancy habe allem Anschein nach den kleinen Shuvin angreifen wollen. Völlig ohne Grund, allerdings hat sie ihm mit ihren Klauen nicht einmal die Haut geritzt. Dann hat Fancy versucht, mit ihnen ins Haus zu kommen. Sabra sagte, sie sei ganz verstört gewesen.«

Pol zog überrascht die Augenbrauen hoch und wischte sich weiter über die Stirn und dann über das Schweißband seiner Mütze, bis er sich wieder gefangen hatte. Dann lehnte er sich auf seine Hacke und blickte sich um. In diesem Moment entdeckte er die grauen Wolken.

»Die gefallen mir gar nicht, Liebes«, sagte er. »Ich mache lieber eine Pause, bis der Sturm vorüber ist.« Er lächelte ihr zu. »Inzwischen können wir uns deine Notizen über die Mentazucht ansehen. Fancy ist eine Menta, kein einheimischer Zwergdrache.«

Plötzlich war die Luft erfüllt von kreischenden, schreienden, trompetenden und völlig verängstigten Zwergdrachen.

»Wo waren die kleinen Plagegeister denn?« fragte Paul. »Pfui Teufel! Sie stinken!« Er riß sich die Mütze vom Kopf und schwenkte sie heftig vor seinem Gesicht hin und her.

Bay hielt sich die Nase zu und eilte zum Haus. »Und wie! Eindeutig nach Schwefel.«

Sechs Zwergdrachen lösten sich aus dem Wirbel, stießen auf Bay und Pol herab, schlugen von hinten auf sie ein und drängten sie mit schrillen Schreien zur Eile.

»Ich habe tatsächlich den Eindruck, als wollten sie uns ins Haus scheuchen, Pol«, sagte Bay. Als sie stehenblieb, um dieses exzentrische Verhalten genauer zu studieren, packte ihre Königin sie an den Haaren, und die zwei Bronzefarbenen krallten sich in ihre Tunika und zerrten sie weiter. Die Schreie wurden immer aufgeregter.

»Ich glaube, du hast recht. Und bei anderen Leuten machen sie es genauso.«

»Ich habe noch nie so viele Zwergdrachen gesehen. Normalerweise kommen sie doch nicht in solchen Scharen hierher«, fuhr Bay fort und tat den Tieren den Gefallen, einen schwerfälligen Trab anzuschlagen. »Die meisten sind wilde! Sieh nur, wieviel kleiner einige von den Königinnen sind. Und überwiegend Grüne. Faszinierend.«

»Äußerst faszinierend«, stimmte Pol zu und beobachtete amüsiert, daß die Zwergdrachen, die ihre speziellen Freunde waren, sich mit ihnen ins Haus gedrängt hatten und sich nun gemeinsam bemühten, die Tür hinter den Menschen zu schließen. »Sehr bemerkenswert.«

Bay saß schon am Terminal. »Es muß sich offensichtlich um etwas handeln, was für sie wie für uns gefährlich ist.«

»Es wäre mir lieber, wenn sie sich irgendwo niederlassen würden«, sagte Pol. Die Zwergdrachen schossen im Wohnraum umher, ins Schlafzimmer, ins Badezimmer und sogar in den Anbau, den sich die beiden Wissenschaftler als kleines, aber gut ausgestattetes Heimlabor eingerichtet hatten. »Das geht ein bißchen zu weit. Bay, sag deiner Königin, sie soll sich hinsetzen, dann werden die anderen schon folgen.«

»Sag es ihr selbst, Pol, ich rufe gerade das Verhaltensprogramm auf. Sie gehorcht dir ebenso wie mir.«

Pol versuchte, Mariah auf seinen Arm zu locken, aber sie war kaum gelandet, als sie auch schon wieder davonflatterte, und die anderen hinterher. Ein Stückchen ihres Lieblingsfischs fand keine Beachtung. Für Pol war das Ganze allmählich nicht mehr komisch. Er blickte aus dem Fenster, um zu sehen, ob andere Tiere ebenfalls von dieser Massenhysterie erfaßt waren, und stellte fest, daß die Plätze wie ausgestorben dalagen. Drüben bei den Veterinärschuppen sah er Staubwolken aufsteigen, und dazwischen flitzten wie dunkle Schatten Zwergdrachen hin und her und versuchten, das Vieh zusammenzutreiben. Von ferne hörte er das mißtönende Geschrei verängstigter Tiere.

»Hoffentlich gibt es dafür eine Erklärung«, murmelte er und blieb hinter Bay stehen, um auf den Bildschirm zu schauen. »Bei meiner Seele, sieh dir mal Bettys Haus an!« Er zeigte über den Schirm hinweg zum Fenster hinaus auf ein Gebäude, das völlig unter einer Masse von Zwergdrachen verschwand. »Mein Gott, soll ich rübergehen und fragen, ob sie Hilfe brauchen?«

Als er nach dem Türöffner greifen wollte, schoß Mariah zornig kreischend auf ihn los, stieß seine Hand beiseite und kratzte ihn.

»Geh nicht raus, Pol! Bleib hier! Sieh doch nur!«

Bay hatte sich halb aus ihrem Stuhl erhoben und war in dieser Stellung erstarrt, in ihrem Gesicht stand das nackte Entsetzen. Pol legte ihr schützend den Arm um die Schultern, und dann hörten sie beide, wie ein schrecklicher Regen auf Landing herunterzischte, und sahen, wie einzelne längliche ›Tropfen‹ auf die Oberfläche trafen. Manchmal fielen sie nur in den Staub, dann wieder wickelten sie sich um Sträucher und Gräser, und alles verschwand, nur vollgefressene, schneckenähnliche Gestalten blieben übrig, die weiter in rasendem Tempo über alle grünen Pflanzen herfielen, die ihnen in den Weg kamen. Pols herrlicher Garten war im Nu eine Wüste voll sich windender, grauweißer ›Dinger‹, die in Sekundenschnelle mit jeder neuen Beute weiter anschwollen.

Mariah stieß einen heiseren Schrei aus und verschwand. Die anderen fünf Zwergdrachen folgten ihr sofort.

»Ich traue meinen Augen nicht«, flüsterte Pol starr

vor Staunen. »Sie teleportieren in Scharen, fast in Formation. Die Telekinese wurde also ursprünglich als Überlebenstechnik entwickelt. Hmm.«

Der gräßliche Regen war weiter vorgerückt, hinter ihm breitete sich seine schreckliche Fracht immer weiter aus, und nun fielen die Fäden auf Pols sauber gepflastertes Patio und näherten sich unaufhaltsam dem Haus.

»Dem Stein können sie nichts anhaben«, bemerkte Pol mit wissenschaftlichem Interesse. »Hoffentlich schützt uns das Silikonplastikdach ebenso gut.«

»Die Zwergdrachen haben noch mehr bisher unentdeckte Fähigkeiten«, bemerkte Bay stolz und deutete aus dem Fenster.

Draußen schossen die Zwergdrachen auf und ab und spien Feuer, um die angreifende Lebensform einzuäschern, ehe sie das Haus erreichte.

»Ich wäre ruhiger, wenn ich wüßte, daß diese Dinger keine Chance haben«, wiederholte Pol mit leicht zitternder Stimme und blickte zu dem durchscheinenden Dach auf. Etwas traf auf den Belag und rutschte ab. Pol zuckte erschrocken zusammen und duckte sich instinktiv, noch ein Aufprall, und dann sah er kurze Feuerstöße über das dunkle Material fegen.

»Immerhin ein Trost«, sagte er und richtete sich erleichtert auf.

»Aber sie sind so lange auf das Dach gefallen, bis die Zwergdrachen, der Himmel möge es ihnen vergelten, sie in Flammen aufgehen ließen.« Bay spähte aus dem Fenster zu Betty Musgrave-Blakes Haus hinüber. »Bei meiner Seele! Sieh dir das an!«

Das Haus war von Feuerwirbeln und Flammengarben wie von einem Schirm umgeben, ein ganzer Schwarm von Zwergdrachen sorgte dafür, daß kein einziges Stück des unheimlichen Regens das Haus einer in Wehen liegenden Frau erreichte.

Pol war geistesgegenwärtig genug, sich aus dem

Durcheinander auf einem Regal sein Fernglas zu holen und es auf die Felder und die Veterinärschuppen zu richten. »Ob sie wohl auch unsere Tiere beschützen? Es sind zu viele, um sie alle in Sicherheit zu bringen, aber in dieser Gegend scheinen sich Massen von Zwergdrachen aufzuhalten.«

Zutiefst besorgt um die Sicherheit der Tiere, die sie schließlich mit geschaffen hatten, beobachteten sie abwechselnd das Gebiet um die Schuppen. Plötzlich ließ Bay das Fernglas sinken; ein Schauder durchlief sie, und sie übergab es wortlos an Pol. Der Anblick einer ausgewachsenen Kuh, die sich innerhalb weniger Augenblicke in einen versengten, von Massen sich windender Lebewesen bedeckten Kadaver verwandelte, hatte sie zutiefst erschüttert. Pol stellte das Glas schärfer, dann stöhnte er in hilfloser Verzweiflung auf und setzte es ab.

»Eine Pest. Gefräßig. Unersättlich. Offenbar verschlingen sie alles, was organisch ist«, murmelte er. Dann holte er tief Luft und hob entschlossen das Glas wieder an die Augen. »Leider machen sie offenbar auch vor Plastik auf Kohlenstoffbasis nicht halt, den Spuren auf den Dächern der Hütten nach zu schließen, die wir als erste aufgestellt haben.«

»Du meine Güte. Das ist ja entsetzlich. Könnte es sich um ein regional begrenztes Phänomen handeln?« fragte Bay mit immer noch zitternder Stimme. »Auf den bewachsenen Flächen gab es diese merkwürdigen Kreise, die im ursprünglichen EV-Fax ...« Sie wandte sich vom Fenster ab, setzte sich wieder vor ihr Terminal, machte den Schirm frei und rief verschiedene Dateien auf.

»Hoffentlich ist niemand so verrückt und geht hinaus, um die letzten paar Kühe und Schafe zu retten«, sagte Pol mit gepreßter Stimme. »Und hoffentlich sind wenigstens alle Pferde in Sicherheit. Die neue Züchtung ist zu vielversprechend, als daß wir sie verlieren dürften, ganz gleich, wie grauenvoll die Katastrophe ist.«

Mit einiger Verspätung begann die Alarmsirene auf dem Wetterbeobachtungsturm zu heulen.

»Na, damit bleibst du aber hinter den Ereignissen zurück, alter Junge«, sagte Pol und richtete das Glas auf den Turm. Er konnte Ongola erkennen, der sich einen Lappen gegen die Wange drückte. Der Schlitten, der gestartet war, um das Gewitter zu untersuchen, parkte dicht am Turmeingang, und Pol vermutete, daß Ongola direkt aus der Kanzel zur Tür gesprungen war.

»Nein, der Schall trägt und schaltet die Zwischenstationen ein«, erklärte Bay zerstreut, während ihre Finger über die Tasten flogen.

»Ach ja, das hatte ich vergessen. Heute morgen sind nämlich eine ganze Menge Leute auf die Jagd gegangen.«

Bays flinke Finger stockten, und sie drehte sich langsam zu Pol um. Ihr Gesicht war aschgrau.

»Nicht aufregen, mein Schatz, so viele Leute haben inzwischen Zwergdrachen und mindestens einen von den schlaueren Mentas, die du entwickelt hast.« Er trat hinter sie und strich ihr beruhigend über das Haar. »Es war erstklassig, wie sie uns gewarnt und beschützt haben. Da! Horch!«

Das jubelnde Trällern der Zwergdrachen, das stets eine Geburt verkündete, war nicht zu überhören. Trotz der gräßlichen Katastrophe, die in diesem Moment über Pern hereinbrach, war neues Leben in die Welt gekommen. Der Begrüßungsgesang unterbrach jedoch nicht das schützende Flammennetz, das das Haus einhüllte.

»Das arme Baby! Ausgerechnet jetzt geboren zu werden!« klagte Bay. Ihre runden Wangen waren eingefallen, und ihre Augen lagen tief in den Höhlen.

Ohne auf den stechenden Schmerz in seiner linken Gesichtshälfte zu achten, drückte Ongola mit einem Finger auf den Sirenenknopf und begann gleichzeitig, die anderen Stationen des Sendernetzes anzurufen.

»Mayday! Mayday! Mayday in Landing! Alles in Dekkung! Bringt das Vieh unter Dach! Höchste Gefahr! Alle Lebewesen in Deckung.« Die Erinnerung an den entsetzlichen Anblick zweier streunender Schafe, die in kürzester Zeit von dem grausigen Niederschlag zerfressen worden waren, ließ ihn schaudern. »Nehmt Deckung unter Felsen, unter Metall, im Wasser! Ein unnatürlicher Regen dringt in unregelmäßigen Schauern nach Westen vor. Tödlich! Tödlich! Alles in Deckung. Mayday von Landing! Mayday von Landing! Mayday von Landing!« Von seinem Kopf und seinem Hals tropfte Blut und bekräftigte die knappen Sätze. »Unnatürliche Wolkenformation. Tödliche Niederschläge. Mayday von Landing! Alles in Deckung. Mayday. Mayday.«

Sein eigenes Haus war durch den dichten Regen fast nicht zu erkennen, aber er sah die Flammengarben über den anderen noch bewohnten Häusern von Landing und nahm erstaunt zur Kenntnis, daß sich tausende von Zwergdrachen versammelt hatten, um ihren menschlichen Freunden zu helfen, und daß sie einen lebenden Flammenschild über Betty Musgrave-Blakes Haus gelegt hatten und in Scharen über den Veterinärschuppen und den Weiden flatterten. Er erinnerte sich auch, daß Fancy versucht hatte, in das Fenster hineinzufliegen, hinter dem er Wache hielt. Als ihm plötzlich aufgefallen war, daß keines der meteorologischen Instrumente die Wolkenmasse registrierte, die sich unaufhaltsam von Osten näherte, hatte er Emily zu Hause angerufen.

»Sehen Sie sich die Sache an, Ongola. Mir kommt es vor wie ein ordentliches Äquinoktialgewitter, aber wenn die Wasserdampfinstrumente nichts anzeigen, sollten Sie lieber die Windgeschwindigkeit feststellen und nachsehen, ob die Wolken Hagel oder Graupel enthalten. Heute sind nicht nur Farmer unterwegs, sondern auch Jäger und Fischer.«

Ongola war so dicht an die Wolke herangeflogen, daß er ihre ungewöhnliche Zusammensetzung feststellen —

und beobachten konnte, welchen Schaden sie anrichtete. Er wollte Emily vom Schlitten aus anrufen, und als das Komgerät nicht funktionierte, versuchte er, Jim Tillek in der Hafenverwaltung zu warnen. Aber er hatte den nächstbesten Schlitten genommen, eine kleine, schnelle Maschine, die nicht über die raffinierte Ausrüstung der größeren verfügte. Er probierte jede Nummer, die ihm einfiel, erreichte aber nur Kitti, die meistens zu Hause blieb, weil sie mit ihren hundert Jahren schon recht gebrechlich war, auch wenn künstliche Gliedmaßen ihr eine gewisse Beweglichkeit ermöglichten.

»Vielen Dank für die Warnung, Ongola. Man kann nicht vorsichtig genug sein. Ich werde die Veterinärschuppen informieren, damit das Vieh unter Dach gebracht wird. Ein gefräßiger Regen?«

Ongola holte aus dem kleinen Schlitten das letzte an Geschwindigkeit heraus und konnte nur hoffen, daß die Zellen genug Energie enthielten, um dieser Belastung standzuhalten. Die Maschine tat ihr Bestes, aber ihr Pilot schaffte es nur mit knapper Not bis zum Turm zurück, und sie hatte kaum den Boden berührt, als auch schon der Motor aussetzte.

Das Zeug prasselte auf das Kanzeldach herunter. Es war ihm nicht gelungen, der Regenfront davonzufliegen. Ongola packte das Klemmbrett für die Flugpläne — ein unzureichender Schutz vor dem tödlichen Regen, aber besser als nichts. Dann holte er tief Luft, drückte auf die automatische Verriegelung und sprang geduckt aus der Kanzel. Mit drei langen Sätzen, eher springend als laufend, erreichte er die Tür zum Turm, als gerade ein Knäuel herabsank. Das schräg gehaltene Brett lenkte das Zeug direkt auf seine ungeschützte linke Kopfseite. Schreiend vor Schmerz schlug er mit der Hand auf sein Ohr ein, doch in diesem Moment kam ihm schon ein feuerspeiender Zwergdrache zu Hilfe. Ongola schrie »Danke«, warf sich durch die Tür und knallte sie hinter sich zu. Automatisch zog er den Riegel vor, schnaubte verächtlich, als ihm bewußt wurde, wie sinnlos das war, und jagte dann, zwei bis drei Stufen auf einmal nehmend, die Treppe hinauf.

Der stechende Schmerz hielt an, und er spürte, wie etwas an seinem Hals herunterrann. Blut! Er tupfte die Verletzung mit seinem Taschentuch ab und stellte fest, daß das Blut mit schwarzen Teilchen vermischt war. Außerdem roch er verbrannte Wolle. Der Feueratem des Zwergdrachen hatte seinen Pullover angesengt.

Nachdem er die Warnung abgesetzt hatte und gerade das Aufzeichnungsgerät einschaltete, spürte er einen zweiten, stechenden Schmerz an seiner linken Schulter und blickte nach unten. Das vordere Ende einer Faser bewegte sich, und es sah keineswegs wie Wolle aus. Der Schmerz schien die Faser zu begleiten. Ongola hatte sich noch nie so schnell ausgezogen. Und es reichte gerade noch: die Faser war dicker geworden und bewegte sich schneller und zielbewußter. Vor seinen entsetzten Augen verschwand die ganze Wolle, und das grotesk zuckende, wurmförmige Segment, das zurückblieb, erfüllte ihn mit Ekel.

Wasser! Er griff nach dem Wasserkrug und nach der Thermosflasche mit Klah und leerte beides über das ... das Ding. Sich windend und Blasen werfend, löste es sich langsam auf und wurde zu einem Häufchen Matsch, das er voller Genugtuung zertrampelte. Mit den gleichen Gefühlen hatte er einst die Gefechtsstellungen der Nathi vernichtet.

Dann sah er sich seine Schulter an und fand eine dünne, blutige Linie, wo sich das tödliche Stück Faden in sein Fleisch gefressen hatte. Ein krampfhaftes Zittern erfaßte seinen Körper, und er mußte sich an einem Stuhl festhalten, weil ihm die Knie weich wurden.

Das Komgerät begann zu jaulen. Er atmete ein paarmal tief durch, richtete sich auf und kehrte an seine Arbeit zurück.

»Vielen Dank für die Warnung, Ongola. Wir hatten gerade noch Zeit, die Luken dichtzumachen. Wir wußten zwar, daß die Tiere uns etwas sagen wollten, aber wie, zum Teufel, sollten wir auf *so etwas* kommen?« Jim Tillek meldete sich von der Brücke der *Southern Star*. »Dank allen höheren Mächten, daß unsere Schiffe samt und sonders aus Siliplex sind.«

Das Hafenbüro von Monaco Bay berichtete von gekenterten Kleinbooten und leitete Rettungsaktionen ein.

Das Lazarett meldete, daß die Menschen in und um Landing nur geringfügige Verletzungen erlitten hatten: hauptsächlich Kratzer von Zwergdrachenklauen. Die Tiere hatten vielen das Leben gerettet.

Red Hanrahan erklärte für die tiermedizinische Abteilung, daß sie fünfzig bis sechzig verschiedene Stück Vieh von den Zuchtherden verloren hätten, die in der Gegend von Landing weideten. Zum Glück hatte man erst einen Monat zuvor dreihundert Kälber, Lämmer, Kitze und Ferkel in neue Heimstätten verfrachtet. Größere Verluste gab es jedoch auf den nähergelegenen Anwesen, die noch keine Stallungen hatten und über die der grausige Regen hinweggegangen war. Red fügte hinzu, daß man alle Tiere, die man frei hatte herumlaufen lassen, als verloren betrachten müsse.

Zwei der größeren Fischdampfer meldeten starke Verbrennungen bei all jenen, die es nicht rechtzeitig geschafft hatten, in Deckung zu gehen. Einer der Hegelman-Jungen war über Bord gesprungen und ertrunken, als ein Klumpen von den Dingern auf seinem Gesicht landete. Maximilian, der die *Perseus* begleitete, hatte ihn nicht retten können. Der Delphin hatte weiterhin erzählt, daß einheimische Meerestiere in Scharen an die Oberfläche strömten und sich um die ertrinkenden Zappeldinger stritten. Er selbst mochte sie nicht besonders: zu wenig Substanz.

Auf Ongolas Tisch wurde der Stapel mit den Meldungen schnell höher, und er rief Emily an und bat um Hilfe.

Der Kapitän der *Maid of the Sea,* die im Norden auf Fischfang war, wollte wissen, was eigentlich vorging. In seiner Gegend war der Himmel bis zum südlichen Horizont frei. Patrice de Broglie, der mit dem Seismologenteam draußen am Young Mountain stationiert war, fragte an, ob er seine Crew zurückschicken sollte. In den letzten Wochen hatte es nur ein paarmal gegrummelt, allerdings zeigten die Aufzeichnungsgeräte der Gravimeter ein paar interessante Veränderungen. Ongola bat ihn, so viele Leute freizustellen, wie er entbehren konnte, denn er wollte gar nicht darüber nachdenken, was mit den Heimstätten geschehen war, die auf dem Weg des verheerenden Fädenfalls lagen.

Bonneau rief vom Drake-See aus an, wo es noch Nacht und der Himmel klar war. Er erbot sich ebenfalls, ein Kontingent von Helfern zu schicken.

Aus Karachi Camp teilte Sallah Telgar-Andiyar mit, Hilfe sei bereits unterwegs. Wie verbreitet der Regen eigentlich sei, wollte sie wissen.

Ongola fertigte alle diese Anrufe kurz ab, als sich die erste der nähergelegenen Siedlungen meldete.

»Wenn die Zwergdrachen nicht gewesen wären«, sagte Aisling Hempenstahl von Bordeaux, »wären wir alle — bei lebendigem Leib aufgefressen worden.« Sie schluckte hörbar. »Weit und breit ist kein Hälmchen Grün zu sehen, und wir haben kein Stück Vieh mehr, bis auf die Kuh, die die Zwergdrachen in den Fluß getrieben haben, und sie sieht schaurig aus.«

»Irgendwelche Verletzungen?«

»Damit komme ich schon zurecht, aber wir sind etwas knapp an frischen Nahrungsmitteln. Ach, und Kwan möchte wissen, ob ihr ihn in Landing braucht?«

»Ich würde sagen, ja, wir brauchen ihn dringend«, antwortete Ongola mit bewegter Stimme. Danach bemühte er sich erneut, die Du Vieux, die Radelins, die Grant van Toorns, die Ciottis und die Holstroms zu erreichen. »Versuchen Sie es weiter, Jacob.« Er reichte Jacob Chernoff, der mit drei jungen Lehrlingen gekommen war, um ihm zu helfen, die Liste. »Kurt, Heinrich, ihr versucht es mit den Nummern am Fluß, Calusa, Cambridge und Wien.« Ongola rief Lilienkamp im Magazin an. »Joel, wie viele haben sich heute zur Jagd abgemeldet?«

»Zu viele, Ongola, zu viele.« Der sonst so abgebrühte Joel weinte.

»Ihre Söhne auch?«

Die Antwort war nur ein Flüstern. »Ja.«

»Tut mir leid, das zu hören, Joel. Wir haben Suchaktionen organisiert. Und die Jungen haben Zwergdrachen.«

»Sicher, aber Sie wissen doch, wie viele nötig waren, um Landing zu schützen!« Joels Stimme wurde schrill.

»Sir.« Kurt zog ungeduldig an Ongolas nacktem Ellbogen. »Einer von den Schlitten . . .«

»Ich melde mich wieder, Joel.« Ongola nahm den Anruf entgegen. »Ja?«

»Was kann man machen, um das Zeug zu vernichten, Ongola?« Als Ongola Ziv Marchanes qualvollen Schrei hörte, durchfuhren ihn Entsetzen und Wut wie Messerstiche.

»Kauterisieren, Ziv. Wer ist es?«

»Das, was vom jungen Joel Lilienkamp noch übrig ist.«

»Schlimm?«

»Sehr schlimm.«

Ongola schwieg und schloß einen Moment lang fest die Augen. Er mußte an die beiden Schafe denken. »Dann geben Sie ihm den Gnadenschuß!«

Ziv unterbrach die Verbindung, und Ongola starrte wie gelähmt die Konsole an. Er hatte so etwas schon mehrmals getan, zu oft, vor allem im Krieg gegen die Nathi, wenn sein Zerstörer einen Treffer abbekommen hatte und seine Männer in Stücke gerissen worden waren. Bei Kämpfen zu Land war es allgemein üblich. Man überließ niemals einen Verwundeten der Gnade der

Nathi. Gnade, ja, es war gnädig, so zu handeln, aber Ongola hatte nicht geglaubt, daß es noch einmal nötig sein würde.

Paul Bendens kräftige Stimme durchbrach seine qualvolle Trance. »Was, zum Teufel, ist eigentlich los, Ongola?«

»Verdammt, Admiral, ich wollte, ich wüßte es.« Ongola schüttelte den Kopf, dann lieferte er einen genauen Bericht der Ereignisse und verlas eine Liste der bekannten und mutmaßlichen Opfer.

»Ich komme sofort.« Paul hatte für sein Anwesen ein Gelände auf den Höhen über der Deltamündung des Boca-Flusses gewählt. Dort würde bald der Tag anbrechen. »Ich sehe auch auf den Besitzungen nach dem Rechten, die auf meinem Weg liegen.«

»Pol und Kitti hätten gern Proben von dem Zeug in der Luft — wenn es einigermaßen gefahrlos möglich ist. Es brennt Löcher durch dünnes Material, also verwenden Sie unbedingt Behälter aus dickem Metall oder Siliplex. Von dem, was unsere Felder kahlgefressen hat, haben wir genug. Ich habe alle großen Schlitten losgeschickt, um diesen dreimal verfluchten Niederschlag zu verfolgen. Kenjo kommt mit seinem hochfrisierten Flitzer von Honshu. Das Zeug ist einfach aus dem Nichts aufgetaucht, Paul, aus dem Nichts!«

»Wurde von keinem Gerät registriert? Nein? Gut, wir werden alles nachprüfen.«

Die ruhige Zuversicht in Paul Bendens Stimme wirkte ansteckend auf Ongola. Diesen Tonfall hatte er während der ganzen Cygnus-Schlacht gehört, und auch jetzt flößte er ihm neuen Mut ein.

Den hatte er freilich auch dringend nötig. Ehe Paul Benden am Spätnachmittag eintraf, war die Zahl der Toten und Verwundeten erschreckend angestiegen. Von den zwanzig Leuten, die an diesem Morgen auf die Jagd gegangen waren, waren nur drei zurückgekehrt: Sorka Hanrahan, Sean Connell und David Catarel. Letzterer hatte, hilflos im Wasser stehend, zusehen müssen, wie seine Begleiterin, Lucy Trubberman trotz heftigster Bemühungen ihrer Zwergdrachen am Flußufer von dem Regen zerfressen wurde. Er hatte tiefe Brandwunden auf der Kopfhaut, auf der linken Wange, an Armen und Schultern und stand unter einem schweren Schock.

Zwei Säuglinge, die man offensichtlich im letzten Augenblick in einen kleinen Metallbehälter geworfen hatte, waren die einzigen Überlebenden des größten Tuareg-Lagers auf den Ebenen westlich der großen Biegung des Paradiesflusses. Sean und Sorka hatten sich auf die Suche nach den Connells gemacht, die zuletzt am östlichen Ausläufer der Provinz Kahrain gesichtet worden waren. Auf den nördlichen Besitzungen am Jordan meldete sich niemand. Es sah schlimm aus.

Porrig Connell hatte ausnahmsweise auf die Warnungen der Zwergdrachen gehört und in einer Höhle Unterschlupf gesucht. Sie war nicht groß genug gewesen, um alle seine Pferde aufzunehmen, und vier von den Stuten waren umgekommen. Als sie draußen schrien, hatte der Hengst in der engen Höhle durchgedreht, und Porrig war nichts anderes übrigeblieben, als ihm die Kehle durchzuschneiden. Für die restlichen Stuten gab es kein Futter mehr, also kehrten Sean und Sorka noch einmal mit Heu und Lebensmitteln zu ihm zurück. Dann zogen sie weiter, um nach anderen Überlebenden zu suchen.

Die Du Vieux und die Holstroms auf Amsterdam, die Radelins und Duquesnes auf Bavaria und die Ciottis auf Mailand waren tot; weder von ihnen, noch von ihrem Vieh fand man eine Spur. Nur die Metalle und das dicke, freilich von tiefen Narben gezeichnete Silikonplastikdach zeugten noch davon, daß es hier einmal eine blühende Siedlung gegeben hatte. Die Leute hatten zum Bau ihrer Häuser die neuen, aus Pflanzenfasern gepreßten Platten verwendet. Niemand auf Pern würde dieses Material jemals wieder benützen.

Aus der Luft war die Schneise der Verwüstung, die der fadenförmige Regen in die Landschaft geschlagen hatte, unübersehbar. An ihren Rändern zappelten aufgequollene, wurmähnliche Wucherungen, die von feuerspeienden Zwergdrachengeschwadern angegriffen wurden. Der Streifen endete fünfundsiebzig Kilometer hinter dem schmalen Paradiesfluß, wo er die Lager der Tuareg vernichtet hatte.

Als es Abend wurde, fütterten die erschöpften Siedler zuerst ihre eigenen Zwergdrachen und legten dann gekochtes Getreide in kleinen Häufchen für die wilden Tiere aus, die zu scheu waren, um aus der Hand zu fressen.

»Davon war im EV-Bericht nirgends die Rede«, murmelte Mar Dook verbittert.

»Niemand hat je eine Erklärung für diese elenden Tupfen gefunden«, sagte Aisling Hempenstahl so laut, daß alle es hören konnten.

»Wir sind dieser Möglichkeit nachgegangen«, verteidigte sich Pol Nietro und nickte zu Bay hin, die müde an seiner Schulter lehnte.

»Trotzdem sollten wir, glaube ich, noch vor morgen früh zu einigen ersten Schlüssen kommen«, sagte Kitti. »Die Leute brauchen Tatsachen, das wird sie beruhigen.«

»Bill und ich haben die Berichte nachgelesen, die wir über die Tupfen gemacht haben ...« Carol Duff-Vassaloe lächelte grimmig. »... im Jahr der Landung. Wir haben uns nicht mit jeder Stelle beschäftigt, aber jene, die wir untersucht haben und wo man das Wachstum der Bäume messen konnte, lassen auf eine Zeitspanne von mindestens hundertsechzig oder -siebzig Jahren schließen. Für mich ist es ziemlich offensichtlich, daß diese schreckliche Lebensform die Ursache für diese Muster war, weil sie alle organische Materie absorbiert, auf die sie trifft. Dem Himmel sei Dank, daß unsere Plastikbaustoffe größtenteils auf Silikon basieren. Wäre die Basis

Kohlenstoff, dann wären wir zweifellos alle umgekommen. Diese Seuche ...«

»Seuche?« Chuck Havers' Stimme schnappte in ungläubigem Zorn über.

»Wie soll man es sonst nennen?« bemerkte Phas Radamanth auf seine trockene Art. »Wir müssen in Erfahrung bringen, wie oft sie auftritt. Alle hundertfünfzig Jahre? Diese Muster gab es überall auf dem Planeten, nicht wahr, Carol?« Sie nickte. »Und wie lange dauert sie, wenn sie einmal auftritt?«

»Dauern?« Chuck war entsetzt.

»Wir werden die Antworten finden«, erklärte Paul Benden entschlossen.

Am späten Abend wurden die beiden Psychologen der Kolonie eingeflogen, im Lazarett drängten sich noch immer die Verwundeten und unter Schock Stehenden, und die Spezialisten machten sich sofort an die Arbeit, um bei der Bewältigung der Traumata behilflich zu sein. Cherry Duff hatte auf die Nachricht hin einen Schlaganfall erlitten, erholte sich aber glänzend. Joel und seine Frau waren durch den Verlust ihrer Söhne völlig niedergeschmettert. Bernhard Hegelman hatte seinen eigenen Schmerz zurückgedrängt, um seine verstörte Frau und die anderen von Verlusten betroffenen Familien zu trösten.

Sean und Sorka hatten unermüdlich mit Schlitten alle Verwundeten herbeigeschafft, die sie finden konnten. Selbst die Unverletzten waren wie betäubt, manche weinten hemmungslos, bis man ihnen Beruhigungsmittel gab, anderen waren erschütternd still. Porrig Connell hatte seine älteste Tochter und seine Frau geschickt, damit sie sich um die Überlebenden kümmerten, während er mit seiner Großfamilie in der Höhle blieb.

»Das ist das erstemal, daß Porrig Connell irgend etwas für andere Leute getan hat«, bemerkte sein Sohn leise zu Sorka, die ihn wegen seines Zynismus schalt. »Er möchte, daß Cricket seine restlichen Stuten deckt, wenn sie gefohlt haben. Er erwartet von mir, daß ich *meinen* Hengst hergebe, nur weil er den seinen nicht richtig erzogen hatte!«

Sorka hielt klugerweise den Mund.

Mit einer Ausnahme hatten alle entfernten Siedlungen Kontakt mit Landing aufgenommen und entweder ihre Hilfe angeboten oder wenigstens ihr Mitgefühl zum Ausdruck gebracht. Die eine Ausnahme war das Bergwerkscamp Große Insel, bestehend aus Avril Bitra, Stev Kimmer, Nabhi Nabol und einigen anderen. Als Ongola die Protokolle durchsah, vermißte er diesen Außenposten.

Kenjo war wie durch Zauberei von seinem fernen Honshu-Plateau aufgetaucht und leitete die Lufterkundung. Bei Einbruch der Dunkelheit konnten er und sein Team genaue Karten und Aufnahmen vorlegen, die das Ausmaß des schrecklichen ›Fädenfalls‹, wie das Ereignis bald genannt wurde, dokumentierten. Die Biologengruppe traf sich nun wieder in der ursprünglichen Zusammensetzung in Landing, um festzustellen, mit was für einem Wesen man es hier zu tun hatte. Sobald die ersten Proben herangeschafft worden waren, stellten Kitti Ping und Windblüte ihre besonderen Kenntnisse für die Analyse der Lebensform zur Verfügung.

Leider lagen zu viele der von Freiwilligen unter beträchtlichen Gefahren gesammelten Exemplare allem Anschein nach sterbend in den Behältern aus Metall oder schwerem Plastik, in denen man sie aufbewahrt hatte. Offenbar kam nach etwa zwanzig Minuten die hektische Aktivität, die vieltausendfache Reproduktion der ursprünglichen Strähne zu dicken, zappelnden ›Würsten‹, zum Stillstand. Die Fäden verloren ihre Form, wurden schwarz und verwandelten sich unter der festeren Außenhaut in eine völlig leblose, klebrige, teerähnliche Masse.

Der Kapitän der *Mayflower*, die am ausfransenden Nordrand der Niederschlagsfront mit Schleppnetzen gefischt hatte, entdeckte zufällig ein Fadensegment in einem Eimer mit Fischköder, legte einen festen Deckel darauf und meldete den Fund nach Landing. Man bat ihn, das Wesen wenn möglich durch vorsichtige Fütterung am Leben zu erhalten, bis man es nach Landing einfliegen konnte.

Bis dahin mußte das Ding im größten, dickwandigsten Plastikfaß an Bord der *Mayflower* untergebracht werden. Ongola zog den luftdicht verschlossenen Behälter an einer langen, am großen Transportschlitten befestigten Stahltrosse hinter sich her. Erst als die Besatzung das Flugzeug in der Ferne verschwinden sah, wagte sie sich wieder an Deck. Später erfuhr der Kapitän erstaunt, daß seine Tat als äußerst heldenhaft gerühmt wurde.

Als die pulsierende Lebensform Landing erreichte, hatte sie eine Gesamtlänge von einem Meter und einen Umfang von etwa zehn Zentimetern erreicht und ähnelte zusammengerollt einem dicken Kabeltau. Doppeltstarke Platten aus transparentem Silikonplastik wurden mit Metallstreifen zu einem stabilen Käfig verbunden, den man mit Quikplas am Boden befestigte. Mehrere dünne Schlitze wurden in die Wände gefräst und mit verschließbaren Klappen versehen. In die Deckplatte schnitt man ein Loch von der Größe der Faßöffnung, dann lockerte man den Faßdeckel und beförderte mit Hilfe grimmig entschlossener, aber dennoch ängstlicher Freiwilliger das schreckliche Geschöpf in den Käfig. Sobald die Lebensform sich im Innern des Plastikwürfels befand, wurde die Öffnung versiegelt.

Einer der Männer hastete in eine Ecke und übergab sich. Andere wandten das Gesicht ab. Nur Tarvi und Mar Dook beobachteten scheinbar ungerührt das sich windende Geschöpf, das die im Würfel bereitgelegte Nahrung gierig verschlang.

Während das Wesen hastig fraß, begann es in den verschiedensten, schmierig glänzenden Farben zu schil-

237

lern: widerliche Grüntöne, mattes Rosa und gelegentlich ein Streifen Gelb strömten in Wellen über seine Oberfläche, und der Anblick wurde durch das dicke, klare Plastik widerwärtig verzerrt. Die Außenhaut des Wesens schien sich zu verfestigen. Erst bei seinem Tod bildete sich wahrscheinlich eine harte Schale, vermuteten die Beobachter, denn solche Hülsen hatte man in steinigem Gelände gefunden, wo der Organismus verhungert war. Das Innere verweste offensichtlich ebenso schnell, wie es sich ursprünglich vergrößert hatte. War es wirklich ein Lebewesen? Oder eine angriffslustige chemische Verbindung, die sich von Lebewesen ernährte? Sein Appetit war jedenfalls enorm, obwohl gerade der Vorgang des Essens seine physische Organisation zu stören schien, es war, als beschleunige das, was es verzehrte, seine Vernichtung.

»Seine Wachstumsgeschwindigkeit ist bemerkenswert«, sagte Bay ganz ruhig. Pol lobte sie hinterher, weil sie den anderen, die wie gelähmt vor dieser fetten Bedrohung gestanden hätten, ein Beispiel gegeben habe. »Eine solche Expansion erwartet man unter dem Mikroskop, aber nicht im Makrokosmos. Wo mag es hergekommen sein? Aus dem Weltraum?«

Verständnisloses Schweigen war die Antwort auf diese erstaunliche Frage, und alle im Raum wechselten teils überraschte, teils verlegene Blicke.

»Haben wir irgendwelche Informationen bezüglich der Periodizität von Kometen in diesem System?« fragte Mar Dook hoffnungsvoll. »Über diesen exzentrischen Himmelskörper vielleicht? Könnte unsere Oort'sche Wolke etwas mitgebracht haben? Außerdem gibt es auch noch die Theorie von Hoyle-Wickramansingh über das mögliche Vorhandensein von Viren, die nie völlig widerlegt werden konnte.«

»Das wäre aber ein verdammt großer Virus, Mar«, meinte Bill Duff skeptisch. »Und hat nicht jemand auf Ceti III diese alte Theorie in tausend Stücke zerrissen?«

»Wenn man bedenkt, daß das Zeug vom Himmel fällt«, überlegte Jim Tillek, »warum sollte es dann nicht aus dem Weltraum stammen? Ich bin nicht der einzige, dem aufgefallen ist, daß dieser rote Morgenstern im Osten in den letzten paar Wochen heller geworden ist. Ein merkwürdiges Zusammentreffen, nicht wahr, daß der Planet mit dem verrückten Orbit gerade in dem Augenblick die Bahn der inneren Planeten kreuzt, in dem dieses Zeug auf uns runterkommt? Könnte es von dort stammen? Gibt es in der Bibliothek irgendwelche Daten über diesen Planeten? Oder über etwas Ähnliches wie diese Fäden?«

»Ich werde Cherry fragen. Nein«, verbesserte sich Bill Duff, ehe jemand ihn daran erinnern konnte, daß die respekteinflößende Richterin momentan nicht verfügbar war. »Ich werde mir die Informationen selbst suchen und Ausdrucke mitbringen, damit wir sie studieren können.« Er verließ hastig den Raum, fast als sei er froh, eine Ausrede gefunden zu haben, um sich verdrücken zu können.

»Ich besorge mir eine Probe von dem Teil, der sich gegen den unteren Schlitz drückt«, sagte Kwan Marceau und suchte sich die notwendigen Instrumente so überstürzt zusammen, als wolle er nicht allzu lange über sein Vorhaben nachdenken.

»Wird eigentlich die — aufgenommene Menge kontrolliert?« fragte Bay. Den Ausdruck ›Nahrung‹ brachte sie angesichts dessen, was diese Wesen bereits konsumiert hatten, seit sie auf Pern gefallen waren, nicht über die Lippen.

»Im Moment nur, um zu beurteilen, wie häufig… diese Aufnahme erfolgen muß«, — Pol übernahm dankbar den Euphemismus —, »um den … Organismus am Leben zu erhalten.«

»Und um zu sehen, wie er stirbt«, fügte Kitti sanft, aber mit einem deutlich befriedigten Unterton hinzu.

»Und herauszufinden, warum alle anderen Vertreter

der Gattung damals beim ersten Ansturm umgekommen sind«, ergänzte Phas Radamanth und zog die EV-Bilder aus dem Stapel von Ausdrücken heraus, den er vor sich liegen hatte.

»Sind sie denn wirklich alle umgekommen?« fragte Kitti.

Als am Morgen noch kein Bericht von den Wissenschaftlern vorlag, die die ganze Nacht durchgearbeitet hatten, ging das Murren los: erst ein immer noch schokkiertes Geflüster beim Morgen-Klah; dann Gerüchte, die in alle Büros und auch in die hastig wiedereröffneten Wohnungen an den verlassenen Plätzen drangen. Am Abend zuvor hatte man am Freudenfeuerplatz ein riesiges Feuer angezündet, das noch immer brannte. An jeder Ecke waren Pechfackeln aufgestapelt, die nur noch angesteckt zu werden brauchten, und im Laufe des Tages wurden die Stapel immer größer.

Viele der leichteren Schlitten, die in Landing gestanden hatten, brauchten neue Kanzeldächer. Die verwesten Fädenhülsen fegte man mit Masken und dicken Arbeitshandschuhen hinaus.

Die geflügelten Freunde hatten einen neuen, Respekt verratenden Namen bekommen: Feuerdrachen. Auch Leute, die die Tiere bisher verachtet hatten, trugen nun Leckerbissen für sie in den Taschen. Landing wimmelte von dickbäuchigen Zwergdrachen, die in der Sonne schliefen.

Mittags wurde von der alten Gemeinschaftsküche eine Mahlzeit ausgegeben, und die Gerüchte verdichteten sich. Am Nachmittag führten Ted Tubberman und ein Gleichgesinnter mit tränenverschmierten und schmerzverzerrten Gesichtern Angehörige von Opfern der Katastrophe zur Tür der Isolierstation.

Paul und Emily kamen mit Phas Radamanth und Mar Dook heraus.

»Nun? Habt ihr festgestellt, was das für ein Wesen ist?« wollte Ted wissen.

»Es ist ein komplexes, aber durchschaubares Netzwerk von feinen Fasern, das etwa einer terrestrischen Mykorrhiza entspricht«, begann Mar Dook. Tubbermans Verhalten erregte seinen Unmut, aber er respektierte seinen Kummer.

»Das sagt nicht viel, Mar«, gab Ted zurück und schob streitlustig das Kinn vor. »In all den Jahren, seit ich Botaniker bin, habe ich noch nie einen Pflanzensymbionten gesehen, der für Menschen gefährlich gewesen wäre. Was kommt denn als nächstes? Ein tödliches Moos?«

Emily wollte die Hand auf Tubbermans Arm legen, um ihm ihr Mitgefühl zu zeigen, aber er zuckte zurück.

»Es gibt nicht viel, worauf wir uns stützen können«, meldete sich Phas scharf zu Wort. Er war müde, und die ganze Nacht in der Nähe dieses monströsen Wesens zu arbeiten, war eine schreckliche Nervenbelastung gewesen. »Auf keinem der Planeten, die von Menschen erkundet wurden, hat man je so etwas entdeckt. Am nächsten kommen der Sache noch einige fiktive Vorstellungen aus dem Religiösen Zeitalter. Wir müssen uns eingehender damit befassen, um es besser zu verstehen.«

»Es lebt also noch? Ihr *haltet* es am Leben!« Teds Gesicht wurde aschgrau vor blinder Empörung. Seine Begleiter nickten zustimmend, und neue Tränen liefen ihnen über die Gesichter. Mit zornigem Gemurmel drängte sich die Delegation näher an den Eingang; sie alle suchten nach einem Ventil für ihre Frustration und ihren ohnmächtigen Kummer.

»Natürlich müssen wir es studieren, Mann.« Mar Dook bemühte sich, ruhig zu bleiben. »Um genau herauszufinden, was es ist. Dazu muß es gefüttert werden, um ... sich zu halten. Wir müssen feststellen, ob dies erst der Beginn seines Lebenszyklus ist.«

»Erst der Beginn!« schrie Tubberman. Paul und Phas sprangen herbei, um den rasenden Botaniker festzuhalten. Lucy war seine Tochter, aber auch sein Lehrling gewesen, und zwischen den beiden hatte eine tiefe Zuneigung bestanden. »Bei allem, was heilig ist, damit mache ich jetzt ein Ende!«

»Ted, sei doch vernünftig. Du bist Wissenschaftler!«

»Zuerst einmal bin ich Vater, und meine Tochter ist ... von einem dieser Wesen aufgefressen worden! Ebenso wie Joe Milan, Patsy Swann, Eric Hegelman, Bob Jorgensen und ...« Tubbermans Gesicht war jetzt totenblaß. Er hatte die Hände zu Fäusten geballt, und sein ganzer Körper bebte in hilflosem Zorn. Er starrte Emily und Paul anklagend an. »Wir haben euch beiden vertraut. Wie konntet ihr uns an einen Ort bringen, wo unsere Kinder und alles, was wir in den vergangenen acht Jahren geschaffen haben, einfach aufgefressen werden!« Das Gemurmel der Delegation unterstützte seinen Vorwurf. »Wir«, — seine Handbewegung schloß die dichtgedrängte Menge hinter sich mit ein —, »wollen, daß das Wesen getötet wird. Ihr habt lange genug Zeit gehabt, es zu studieren. Kommt, Freunde. Wir wissen, was wir zu tun haben!« Er warf den Biologen einen letzten, verbitterten Blick zu, drehte sich um und stieß grob die Leute zur Seite, die ihm im Weg standen. »Feuer vernichtet es.«

Damit stapfte er wütend davon. Seine Anhänger folgten ihm.

»Was sie auch tun, es ist egal, Paul«, sagte Mar Dook und hielt Paul Benden zurück, der hinterherlaufen wollte. »Das Vieh liegt schon jetzt im Sterben. Laß ihnen den Kadaver, sollen sie doch ihre Wut daran auslassen. Die Untersuchungen, die wir durchführen können, sind ohnehin fast abgeschlossen.« Er zuckte müde die Achseln. »Auch wenn sie uns nicht viel gebracht haben.«

»Und was haben sie gebracht?« fragte Paul ermunternd. Mar Dook und Phas winkten ihm und Emily, noch einmal mit in die Isolierstation zu kommen, wo Pol, Bay und die beiden Genetikerinnen immer noch mit ihren Notizen beschäftigt waren.

Mar Dook rieb sich das Gesicht, seine fahle Haut war grau vor Erschöpfung, als er sich über einen Tisch beugte, der mit Bändern und Objektträgern übersät war. »Wir wissen jetzt, daß es hauptsächlich aus Kohlenstoffverbindungen aufgebaut ist, aus komplexen, sehr großen Eiweißkörpern, die ruckartig den Zustand wechseln und Bewegung erzeugen, und aus anderen, die eine unglaubliche Vielfalt von organischen Substanzen angreifen und verdauen. Es sieht fast so aus, als sei dieses Wesen ganz gezielt darauf angelegt, unsere Art von Leben zu bekämpfen.«

»Ich bin froh, daß du das für dich behalten hast«, stellte Emily trocken fest und deutete mit einer Kopfbewegung nach draußen, wo sich die Gruppe der Unzufriedenen langsam entfernte.

»Mar Dook, was du eben gesagt hast, kann nicht dein Ernst sein«, begann Paul und legte beide Hände auf die Schultern des übermüdeten Biologen. »Gefährlich mag es sein, ja — aber darauf angelegt, *uns* zu töten?«

»Es ist eigentlich nur so ein Gedanke«, entgegnete Mar Dook mit einem etwas verlegenen Grinsen. »Phas hat eine noch verrücktere Idee.«

Phas räusperte sich nervös. »Na ja, es ist so unerwartet aus dem Nichts aufgetaucht, daß ich mich gefragt habe, ob es möglicherweise eine Waffe sein könnte, die den Boden für eine Invasion vorbereiten soll.« Wie vom Blitz getroffen starrten Paul und Emily ihn an, Bay rümpfte abfällig die Nase, und Kitty Ping schien sich zu amüsieren. »So unlogisch ist diese Interpretation nämlich gar nicht. Und mir ist sie immer noch lieber als Bays Überlegung, diese Form könnte nur der Anfang eines Lebenszyklus sein. Was danach folgen könnte, macht mir Angst.«

Wie betäubt von einer so schrecklichen Möglichkeit blickten Paul und Emily sich um. Aber Pol Nietro stand von seinem Stuhl auf, räusperte sich und sah nachsichtig in die Runde.

»Das ist wieder so eine Idee aus der Mottenkiste des Religiösen Zeitalters, Mar«, sagte er dann und lächelte ironisch. Er warf seiner Frau einen entschuldigenden Blick zu und bemerkte dann Kitti Pings ermunterndes Lächeln. »Und meiner Ansicht nach sehr wahrscheinlich. Wenn der Lebenszyklus Formen produziert, die uns feindlich gesinnt sind, wo sind dann die Nachkommen der späteren Metamorphosen? Das EV-Team mag sich geirrt haben, als es die Tupfen für ungefährlich erklärte, aber es hat auch keine anderen mit dieser Welt nicht zu vereinbarenden Lebensformen entdeckt.

Was eine Invasion aus dem Weltraum angeht, so hat man festgestellt, daß jeder andere Planet in diesem Raumsektor für Lebensformen ungeeignet ist, die auf Kohlenstoff basieren.« Pol begann sich für seine eigene Theorie zu erwärmen und sah, daß Emily sich allmählich von ihrem Schock erholte. »Und wir haben nachgewiesen, daß *dieses* Wesen« — er deutete mit dem Daumen auf den verfärbten Würfel — »aus Kohlenstoffverbindungen besteht. Es scheint also, als wäre es mehr oder weniger auf unser System hier beschränkt. Und wir werden herausfinden, wo es herkommt.« Nach dieser hastig hervorgesprudelten Erklärung war Pol offenbar am Ende seiner Kräfte, und er lehnte sich erschöpft gegen den hohen Laborständer. »Aber ich glaube, daß ich recht habe. Daß wir die schlimmsten Interpretationen vorgetragen haben, die man aus den gewonnen Informationen herauslesen kann, hat sozusagen die Atmosphäre gereinigt.« Er zuckte leicht die Achseln, fast als wolle er sich entschuldigen, und lächelte Phas und Bay hoffnungsvoll an.

»Ich habe immer noch das Gefühl, daß wir bei der Untersuchung etwas übersehen haben«, meinte Phas kopfschüttelnd. »Etwas, das offenkundig und wichtig ist.«

»Nach vierzig Stunden im Geschirr kann keiner mehr klar denken.« Pol packte Phas an den Schultern und schüttelte ihn. »Wir sehen uns deine Notizen noch einmal an, wenn du dich ein wenig ausgeruht und etwas gegessen hast, und zwar anderswo, nicht in diesem Gestank hier. Jim, Emily und ich bleiben noch und kümmern uns um Teds Delegation. Die Leute sind völlig überreizt.« Er seufzte. »Ich kann es ihnen nicht verdenken. Ein so plötzlicher Verlust ist immer ein Schock. Persönlich würde ich allerding sagen, wir sollten uns auf das Schlimmste einstellen. Da ihr mehrere gräßliche Möglichkeiten angedeutet habt, kann uns nichts mehr überraschen. Und wir sollten uns überlegen, wie wir künftig die Auswirkungen solcher Vorkommnisse auf die Siedlungen mildern können.«

Paul sprach leise mit einem der Psychologen, der der Ansicht war, die angestaute Aggression der Hinterbliebenen könnte am besten durch eine Zeremonie abgebaut werden, die er als ›rituelle Verbrennung‹ bezeichnete. Also ließ man Ted Tubberman und seine Anhänger gewähren, als sie die Herausgabe des Würfels verlangten, ein großes Feuer entfachten und ihn darin verbrannten. Bei dem dabei entstehenden Gestank wurde vielen übel, aber das führte dazu, daß die Zuschauer sich schnell zerstreuten. Nur Ted blieb mit ein paar anderen zurück, um zu warten, bis die Asche ausgekühlt war.

Der Psychologe schüttelte langsam den Kopf. »Ich glaube, ich muß Ted Tubberman eine Weile im Auge behalten«, erklärte er Paul und Emily. »Es hat offensichtlich nicht genügt, um seinen Kummer zu lindern.«

Am nächsten Morgen richtete man Teleskope auf den exzentrischen Planeten. Seine rötliche Farbe war, wie Ezra Keroon vermutete, auf die Staubwirbel zurückzuführen, die er vom Rand des Systems mitgebracht hatte. Obwohl es keinen Beweis gab, hatten alle Beobachter das Gefühl, daß der Planet irgendwie für die Katastrophe verantwortlich war.

Im Laufe des Tages entdeckte Kenjos Gruppe Spuren

eines früheren Fädenfalls auf der Insel Ierne, ein Augenzeuge hatte ihn allerdings eher als Gewittersturm mit schwarzen Staubteilchen in Erinnerung. Ein auf den Nordkontinent entsandter Kundschafter fand dort auf der östlichen Halbinsel Spuren von Zerstörungen aus jüngerer Zeit. Diese Entdeckung machte die Hoffnung zunichte, daß der Niederschlag einmalig oder auf ein bestimmtes Gebiet beschränkt sein konnte. Auch eine Überprüfung der Sondenaufnahmen des EV-Protokolls löste die Spannung nicht, denn das Fax zeigte eindeutig, daß die Niederschläge vor zweihundert Jahren sehr weit verbreitet gewesen sein mußten. Man errechnete, daß das Ereignis kurz vor dem Eintreffen des Teams stattgefunden haben mußte. Mit immer bedrohlicherem Nachdruck wurde gefordert, das Ausmaß und die Häufigkeit der Fadenfälle festzustellen.

Um die immer größer werdenden Ängste und Spannungen abzubauen, machten sich Betty Musgrave-Blake und Bill Duff daran, die ersten botanischen Informationen der EV-Berichte zu überprüfen. Ted Tubberman war der einzige qualifizierte Botaniker, der noch am Leben war, aber er war die ganze Zeit damit beschäftigt, jede einzelne Fadenhülse aufzuspüren und seine Ausbeute allabendlich zu verbrennen. Die Psychologen überwachten ihn weiterhin.

Aus den ursprünglichen Daten leiteten Betty und Bill ab, daß die Bedrohung in Abständen von zweihundert Jahren auftrat. Nachdem sie das Alter der größten Bäume aus der Zeit des letzten Fädenfalls mit einbezogen hatten, gaben sie noch zehn bis fünfzehn Jahre für die Regeneration der Vegetation auf den beschädigten Kreisen zu. Betty formulierte diese Schlußfolgerungen als definitive Erkenntnisse, die Optimismus verbreiten sollten, aber auf die entscheidende Frage, wie lange der tödliche Regen noch fallen würde, konnte auch sie keine Antwort geben.

Um Mars Theorie eines gezielten Plans oder Phas'

ebenso beunruhigende Vermutung einer Invasion zu entkräften, verbrachte Ezra Keroon einen ganzen Tag am Interface mit dem Zentralcomputer auf der *Yokohama*. Seine Berechnungen ergaben zweifelsfrei, daß der exzentrische Planet eine Umlaufbahn von 250 Jahren Dauer hatte. Im inneren System verbrachte er jedoch nur kurze Zeit, ähnlich wie der Halley'sche Komet, der sich in regelmäßigen Abständen der Sonne näherte. Man konnte nun eigentlich nicht mehr davon ausgehen, daß zwischen den beiden Ereignissen kein Zusammenhang bestand, und deshalb programmierte Ezra nach Rücksprache mit Paul und Emily eine der wenigen noch vorhandenen Sonden der *Yokohama* darauf, den Planeten zu umfliegen und seine Zusammensetzung und besonders die Bestandteile seiner offenbar gasförmigen Hülle festzustellen.

Obwohl alle Berichte sofort nach ihrem Eintreffen ehrlich und vollständig der ganzen Bevölkerung bekanntgemacht wurden, waren bis zum Abend die alarmierendsten Deutungen und Spekulationen entstanden. Verbissen bemühten sich die verantwortungsbewußteren Bewohner, jene zu beruhigen, die sich von Panik überwältigen ließen.

Dann kam Kenjo völlig ratlos zu Betty und erzählte ihr von einer beunruhigenden Beobachtung. Sie informierte unverzüglich Paul und Emily, und man rief ohne Aufsehen all jene Leute zusammen, die in der Lage waren, die Situation einigermaßen objektiv zu betrachten.

»Sie wissen alle, daß ich die betroffenen Gebiete überflogen habe, um das Ausmaß der Verwüstungen festzustellen«, begann Kenjo. »Ich merkte gar nicht, was ich sah, bis es mir oft genug begegnet war und ich begriff, daß etwas *nicht* da war.« Er zögerte, als wappne er sich gegen Vorwürfe oder Zweifel. »Ich glaube nicht, daß alle Fäden verhungert sind. Und der verrückte Tubberman ist nicht so weit vorgedrungen wie ich. An den meisten Stellen findet man Hülsen! Aber in neun Kreisen, die ich gesehen habe — und ich bin sogar gelandet, um ganz sicher zu gehen — gab es keine Hülsen.« Er fuchtelte mit beiden Händen durch die Luft. »Überhaupt keine. Diese Kreise lagen weit auseinander, nicht in einer Gruppe, und das Gebiet — das verwüstete Gebiet — war nicht so groß wie üblich.« Er blickte der Reihe nach in die ernsten Gesichter. »Ich habe es gesehen. Ich habe es beobachtet. Ich habe auch Bilder davon.«

»Schön«, sagte Pol mit einem müden Seufzer und streichelte zerstreut die gefalteten Hände seiner Frau, die neben ihm am Tisch saß. »Aus biologischer Sicht ist es konsequent, wenn zur Erhaltung einer Art viele berufen, aber nur wenige auserwählt werden. Vielleicht werden die meisten Organismen auf dem Weg durch den Weltraum geschädigt. Es erleichtert mich fast, daß ein paar tatsächlich überleben und sich entwickeln. Das ergibt eher einen Sinn. Ich ziehe diese Theorie manchen anderen vor, die in letzter Zeit verbreitet wurden.«

»Ja, aber was wird in der nächsten Metamorphose daraus?« fragte Bay deprimiert. Manchmal war man auch gescheitert, wenn man recht behielt.

»Das müssen wir eben herausfinden«, erklärte Paul und sah sich um Unterstützung heischend um. »Gibt es in der Nähe eine dieser Stellen, Kenjo?« Als der Pilot ihm die Lage auf der Karte zeigte, nickte er. »Schön. Phas, Pol, Bill, Ezra, Bay und Emily, ihr verlaßt Landing unauffällig mit kleinen Schlitten. Mal sehen, ob wir den nächsten Schwung wilder Phantastereien nicht im Ansatz stoppen können. Meldet euch zurück, sobald ihr könnt.«

Paul schickte Betty zu ihrem Baby nach Hause und befahl ihr, sich auszuruhen. Boris Pahlevi und Dieter Clissman wurden herbeordert, um ein umfassendes Computerprogramm zu entwerfen, das die ständig eintreffenden Daten analysieren sollte. Dann warteten Paul und Ongola gespannt auf die Rückkehr der anderen Spezialisten.

Als erste kamen Pol, Bay und Phas, und sie brachten wenig gute Nachrichten.

»Alle Insekten, Schneckenformen und Raupen, die wir an diesen Stellen gefunden haben«, berichtete Phas, »scheinen harmlos zu sein. Einige sind bereits katalogisiert, aber«, fügte er achselzuckend hinzu, »wir haben noch kaum angefangen, die einzelnen Geschöpfe und ihre Funktion im ökologischen System dieses Planeten zu bestimmen. Kenjo hatte recht, uns zu warnen. Einige der Fäden oder Sporen überleben eindeutig und pflanzen sich auch fort, Bays Theorie ist also momentan die stichhaltigste.« Phas wirkte erleichtert. »Aber ich werde so lange nicht mehr ruhig schlafen, bis ich den ganzen Zyklus kenne.«

Am Spätnachmittag des dritten Tages nach jenem ersten Fädenfall kam ein fast hysterischer Anruf von Wade Lorenzo auf Sadrid in der Provinz Mazedonien. Jacob Chernoff war am Komgerät und nahm sofort Kontakt mit Ongola und Paul im Verwaltungsgebäude auf. »Er sagt, es kommt direkt über das Meer, geradewegs auf ihn zu, Sir. Sein Anwesen liegt genau westlich auf der Zwanzig-Grad-Linie. Ich habe ihn auf Kanal siebenunddreißig gelegt.«

Noch während Paul den Hörer aufnahm und den Kanal eintippte, suchte er auf der großen Karte des Kontinents die Küstensiedlung Sadrid.

»Alles soll unter Silikonplastik in Deckung gehen«, ordnete er an. »Stecken Sie das Zeug in Brand, wenn es auf den Boden trifft, nötigenfalls mit Fackeln. Haben Sie Zwergdrachen?«

Die tiefen Atemzüge des um Fassung ringenden Farmers drangen aus dem Hörer. »Wir haben einige Zwergdrachen, Sir, und auch zwei Flammenwerfer — wir haben damit das Gestrüpp gerodet. Wir dachten, es sei nur ein besonders schlimmes Gewitter, bis wir die Fische fressen sahen. Können Sie nicht herkommen?«

»Wir sind so schnell wie möglich da.«

Paul bat Jacob, niemandem von dem neuen Fädenfall zu erzählen.

»Man soll die Panik, die wir ohnehin schon haben, nicht noch schüren, Sir«, stimmte Jacob zu.

Paul lächelte kurz über den leidenschaftlichen Ernst des Jungen, dann rief er Jim Tillek in der Hafenmeisterei von Monaco Bay an und fragte, ob sich irgendwelche Fischdampfer im Südwesten in der Nähe von Sadrid aufhielten.

»Heute nicht. Probleme?«

Soviel zu dem Versuch, sich nichts anmerken zu lassen, dachte Paul. »Kannst du hierher ins Verwaltungsgebäude kommen, ohne daß es überstürzt aussieht?«

Ongola starrte verbissen auf die Karte, sein Blick huschte zwischen Mazedonien und dem Delta hin und her. »Ihr Anwesen am Bocafluß ist nicht sehr weit von Sadrid entfernt«, erklärte er dem Admiral.

»Ich habe es bemerkt.« Paul wählte seine eigene Nummer, brachte seiner Frau in knappen Sätzen die schlechte Nachricht bei und erklärte ihr, welche Vorsichtsmaßnahmen sie treffen sollte. »Ju, vielleicht kommt es nicht bis zu uns, aber ...«

»Man sollte lieber auf Nummer Sicher gehen, nicht wahr?«

Paul war stolz, daß sie so ruhig reagierte. »Ich halte dich auf dem laufenden, sobald wir neue Informationen bekommen. Wenn wir Glück haben, bleibt dir mindestens noch eine Stunde Zeit, falls es in diesem Moment Sadrid erreicht hat. Ich komme, sobald ich kann. Durchaus möglich, daß Boca weit genug im Norden liegt. Das Zeug scheint nach Südwesten abgetrieben zu werden.«

»Fragen Sie sie, ob ihre Zwergdrachen sich normal verhalten«, schlug Ongola vor.

»Sie sonnen sich, wie immer zu dieser Tageszeit«, berichtete Ju. »Ich werde sie beobachten. Wissen sie wirklich im voraus, wann das Zeug kommt?«

»Ongola glaubt es. Ich melde mich später, Ju.«

»Ich habe eben die Logorides in Thessalien erreicht«, sagte Ongola. »Könnte sein, daß sie auf der Bahn liegen. Sollten wir Caesar auf Roma nicht auch warnen? Er hat so viel Vieh.«

»Er war allerdings auch schlau genug, Steingebäude zu errichten, aber rufen Sie ihn ruhig an, und fragen Sie dann nach, ob das neue Programm von Boris und Dieter schon läuft. Verdammt, wenn wir nur genau wüßten, wann es angefangen hat und wie weit es gehen wird«, murmelte Paul nervös. »Ich werde den Transport organisieren.« Er rief den Technikerschuppen an und fragte nach Kenjo.

»Ein neuer Fädenfall? Wie weit entfernt?« fragte Kenjo. »Sadrid? Auf dem zwanzigsten? Ich habe da etwas, damit können wir in etwas mehr als einer Stunde dort sein.« Kenjos normalerweise so gelassene Stimme zitterte vor Aufregung. »Fulmar hat einen der mittelgroßen Schlitten mit Düsenverstärkern ausgerüstet und glaubt, wir müßten selbst bei voller Beladung mindestens siebenhundert Stundenkilometer rausholen können. Bei geringem Gewicht noch mehr.«

»Wir müssen so viele Flammenwerfer mitnehmen wie möglich und außerdem Notvorräte. Wir verwenden HNO_3-Zylinder — das ist, als ginge man gleichzeitig mit Feuer und Wasser gegen die Sporen vor. Pol und Bay wiegen nicht viel, und als Beobachter sind sie von unschätzbarem Wert. Wir brauchen mindestens einen Mediziner, zwei Sanitäter, außerdem werden Tarvi, Jim und ich dabei sein. Insgesamt acht Leute. Schön, wir sind dann gleich bei Ihnen.« Paul wandte sich an Ongola. »Etwas erreicht?«

»Wenn wir ihnen schon nicht sagen können, wann es angefangen hat, dann möchten sie wenigstens wissen, wann es aufhört«, sagte Ongola. »Je mehr Fakten wir ihnen geben können, desto genauer werden die Voraussagen — beim nächstenmal. Gehöre ich zu den acht Leuten?«

Paul schüttelte bedauernd den Kopf. »Ich brauche Sie hier, falls irgendwo Panik ausbricht. Verdammt, wir müssen diese Sache irgendwie in den Griff bekommen.«

Ongola schnaubte belustigt. Paul Bendens Fähigkeit, in Notsituationen eine bestens funktionierende Organisation aufzubauen, war bereits legendär. Innerhalb von zwanzig Minuten nach dem ersten Anruf waren Beobachter, Crew und Vorräte an Bord des frisierten Schlittens, und die Maschien war schon in der Luft und außer Sicht, ehe Ongola das gedämpfte Röhren des verstärkten Antriebs hörte.

Passagiere und Vorräte waren fest angeschnallt, und Kenjo flog den Schlitten mit Höchstgeschwindigkeit. Sie rasten über die grüne Landspitze der unberührten Halbinsel am Jordan vorbei und dann hinaus auf das Meer, wo sporadische, aber heftige Gewitterschauer Turbulenzen verursachten und den ohnehin schon unruhigen Flug in der nicht für solche Geschwindigkeiten gebauten Maschine noch unangenehmer machten.

»Keine Spur vom vordersten Rand des Niederschlags. Die Wolkenformation südlich von uns besteht zur Hälfte nur aus Regen«, sagte Paul, blickte vom Teleskop auf und rieb sich die Augen. »Vielleicht, aber wirklich nur vielleicht«, fügte er leise hinzu, »haben diese Schauer auch Sadrid gerettet.«

Trotz der hohen Geschwindigkeit schien der hauptsächlich über Wasser führende Flug kein Ende nehmen zu wollen. Plötzlich verringerte Kenjo das Tempo. Auf der Steuerbordseite war nun das Meer zu erkennen, nicht mehr nur ein blauer Wischer, und backbords konnte man durch den Dunst der Regenschauer undeutlich das riesige Festland näher kommen sehen. Die Sonne brach durch die Wolken und beschien vom Wind gepeitschte Pflanzen ebenso wie kahlgefressene Stellen.

»Selten ein Schaden ohne Nutzen«, bemerkte Jim Tillek und zeigte auf das Meer, das unter Wasser mehr aufgewühlt wurde als an der Oberfläche durch den Wind.

»Übrigens habe ich, ehe ich Monaco Bay verließ, unsere mit Flossen ausgestatteten Freunde beauftragt, sich umzusehen und so viel wie möglich herauszufinden.«

»Du lieber Himmel!« rief Bay und preßte das Gesicht gegen das dicke Plastik des Kanzeldachs. »So schnell können sie doch nicht bis hierher gekommen sein.«

»Wohl kaum«, lachte Jim leise, »aber für die Einheimischen ist der Tisch wirklich reich gedeckt.«

»Sitzen bleiben!« schrie Kenjo und kämpfte mit dem Steuerjoch.

»Wenn die Delphine feststellen könnten, wo es angefangen hat ... Fakten, das ist es, was Dieter und Boris brauchen.« Paul ging wieder an das vordere Teleskop. »Sadrid hatte nur teilweise Glück«, fuhr er stirnrunzelnd fort. »Es sieht aus, als hätte jemand die Pflanzen dicht über dem Boden mit einem heißen Messer abrasiert«, murmelte er leise und wandte sich ab. »Bringen Sie uns runter, so schnell es geht, Kenjo!«

»Es war der Wind«, erklärte Wade Lorenzo der Rettungsmannschaft. »Der Wind hat uns gerettet, und die Regenschauer. Es hat in Strömen gegossen, aber es war Wasser, keine Fäden. Nein, uns ist nicht viel passiert«, versicherte er ihnen und zeigte auf die Zwergdrachen, die auf den Dachbalken saßen und sich putzten. »Sie haben uns beschützt, genau wie damals in Landing.« Die jüngeren Kinder wurden gerade aus einem der großen Gebäude geführt und sahen sich mit großen Augen ängstlich um. »Aber wir wissen nicht, ob Jiva und Bahka durchgekommen sind. Sie waren draußen beim Fischen.« Er zeigte mutlos nach Westen.

»Wenn sie nach Nordwesten gefahren sind, hatten sie eine gute Chance«, beruhigte ihn Jim.

»Aber wir sind ruiniert«, schaltete sich Athpathis ein. Der Agronom deutete verzweifelt auf die verwüsteten Felder und Obstgärten.

»In Landing gibt es noch genügend Sämlinge«, versicherte ihm Pol Nietro und klopfte ihm unbeholfen auf die Schulter. »Und das Klima hier ermöglicht mehrere Ernten im Jahr.«

»Wir kommen später wieder«, sagte Paul und half mit, die Flammenwerfer auszuladen. »Jim, kannst du hier die Aufräumarbeiten leiten? Du weißt, was zu tun ist. Wir müssen die Hauptwolke bis ans Ende verfolgen. Hier, Wade. Machen Sie Asche aus dem Zeug!«

»Aber Admiral —« begann Athpathis; das Weiße seiner angstvoll aufgerissenen Augen hob sich grell von seinem sonnengebräunten Gesicht ab.

»Es liegen noch zwei weitere Anwesen im Gefahrenbereich«, erklärte Paul, kletterte in den Schlitten und schloß die Luke.

»Direkt zu Ihnen nach Hause, Paul?« fragte Kenjo, als der Schlitten abhob.

»Nein, fliegen Sie zuerst nach Norden. Mal sehen, ob wir Jiva und Bakha finden können. Und dann bis an den Rand des Niederschlags.«

Sobald der Schlitten in der Luft war, schaltete Kenjo die Düsenverstärker zu, und die Passagiere wurden in die Sitze gepreßt. Aber gleich darauf verringerte er das Tempo wieder. »Sir, ich glaube, Ihr Besitz ist verschont geblieben.«

Sofort preßte Paul ein Auge an das Teleskop und sah zu seiner Erleichterung, wie die Pflanzen am Strand von den Windböen geschüttelt wurden. Jetzt war er beruhigt und konnte sich ohne Ablenkung auf die vordringlichsten Aufgaben konzentrieren.

»Aber das hört ja einfach auf wie abgeschnitten«, sagte Bay überrascht.

»Es ist Regen, glaube ich«, bemerkte Pol, auch er verrenkte sich den Hals, um durch das Siliplex des Kanzeldachs sehen zu können. »Seht mal, ist das nicht ein orangefarbenes Segel?«

Paul blickte mit einem müden Lächeln vom Teleskop auf. »Ja, tatsächlich, und es ist unversehrt. Stellen Sie die Position fest, Fusaiyuki, und dann weiter zu Caesar,

mit allem, was die Kiste hergibt.« Er lehnte sich in seinem Sessel zurück und umfaßte die Armstützen.

»Aye, aye, Sir.«

Wieder wurden die sechs Passagiere durch die Beschleunigung in die Sitze gepreßt, und wieder bremste Kenjo unvermittelt ab. Diesmal legte er den Schlitten auch noch so stark nach Backbord, daß er auf dem Schwanz zu rotieren schien.

»Position festgestellt, Admiral. Wie lauten die Befehle, Sir?«

Paul Benden lief es unwillkürlich kalt über den Rükken. Hoffentlich war das nur der Schreck über das unerwartete Manöver, dachte er, und nicht etwa eine Reaktion auf Kenjos militärische Anrede.

»Wir folgen der Bahn der Wolke und stellen fest, wie weit sich die Verwüstungen nach der Seite hin erstrekken. Ich werde den anderen Anwesen mitteilen, daß die Gefahr vorüber ist.«

Er gestattete sich, als erstes Kontakt mit seiner Frau aufzunehmen, und gab ihr einen kurzen Bericht, einerseits, um sie zu beruhigen, aber auch, um sich die Einzelheiten selbst genau einzuprägen.

»Soll ich eine Hilfsmannschaft schicken?« fragte sie. »In dem Bericht von Landing heißt es, das Zeug muß oft verbrannt werden, um es ganz zu vernichten.«

»Johnny Greene und Greg Keating sollen mit dem schnelleren Schlitten kommen. Flammenwerfer haben wir dabei.«

Auch andere Besitzer erboten sich, ihre Söhne zu schicken, und Paul lehnte nicht ab. Caesar Galliani machte den gleichen Vorschlag, fügte aber hinzu, seine Söhne müßten rechtzeitig zurück sein, um die große Herde auf Roma zu melken.

»Ich hatte doch recht, nicht wahr?« lachte der Tierarzt zufrieden, »daß ich mit meinen Steingebäuden soviel Aufwand getrieben habe?«

»Nicht zu leugnen, Caesar.«

»Wenn man sich sicher fühlen will, gibt es nichts Besseres als Steinmauern. Die Jungen brechen auf, sobald Sie mir eine Position angeben. Sie halten uns auf dem laufenden, Admiral, nicht wahr?«

Als Paul nun schon zum zweiten Mal so automatisch mit seinem alten Titel angesprochen wurde, zuckte er zusammen. Er hatte sieben Jahre lang glücklich als Zivilist und Agronom gelebt und verspürte nicht den Wunsch, sich nun wieder die Verantwortung des Befehlshabers aufzuladen. Dann blieben seine Augen an den verwüsteten Stellen hängen, die aus der Luft so gräßlich deutlich zu sehen waren. Dazwischen gab es unversehrte Streifen, wo Regenschauer die Fäden ertränkt hatten, ehe sie den Boden erreichten. Regen und Zwergdrachen! Schwache Verbündete gegen ein solches Unheil. Wenn es nach ihm ginge ... Paul unterbrach diesen Gedankengang. Er hatte nicht das Kommando und wollte es auch gar nicht übernehmen. Dafür gab es jüngere Männer.

»Ich würde sagen, der Korridor ist fünfzig Kilometer breit«, verkündete Kenjo. Paul merkte, daß die anderen leise miteinander gesprochen hatten.

»Man kann zusehen, wie sich die Vegetation Meter für Meter auflöst«, sagte Bay erschrocken und sah Paul an. »Regen genügt nicht.«

»Er war eine Hilfe«, antwortete Tarvi, aber auch seine Augen waren auf Paul gerichtet.

»Wir bekommen Verstärkung von Thessalien und Roma. Auf dem Rückweg nach Sadrid verbrennen wir soviel, wie nötig ist. Gehen Sie runter, sobald Sie können, Kenjo. Landing braucht die Informationen, die wir heute gesammelt haben. Sie wollen Fakten, und sie werden sie kriegen.«

Als alle zur Verfügung stehenden HNO_3-Zylinder erschöpft waren, waren auch die Leute am Ende. Pol und Bay waren den Flammenwerferteams gefolgt, hatten sich gewissenhaft Notizen über die Verteilung der Fäden gemacht und dankbar festgestellt, daß der Regen die Schäden doch ein wenig in Grenzen gehalten hatte. Paul bedankte sich bei den Männern von Thessalien und Roma und gab Kenjo Anweisung, mit mäßiger Geschwindigkeit nach Sadrid zurückzufliegen und Jim Tillek abzuholen.

»So müssen wir uns denn mit Flammenzungen rüsten, um gegen diese Bedrohung unseres gütigen, großzügigen Planeten anzukämpfen«, sagte Tarvi leise zu Paul, als sie schließlich nach Osten flogen, der schnell hereinbrechenden Nacht entgegen. »Ist Sadrid jetzt in Sicherheit?«

»Nach dem Grundsatz, daß ein Blitz nie zweimal ins gleiche Haus einschlägt?« scherzte Paul. »Solche Versprechungen können wir nicht geben, Tarvi. Ich hoffe jedoch, daß Boris und Dieter uns bald ein paar Antworten liefern werden.« Dann wandte er sich beunruhigt an Pol. »Das Zeug kann doch nicht völlig willkürlich fallen, oder?«

»Ziehen Sie die Theorie vor, daß es geplant ist? Nein, Paul, wir haben festgestellt, daß wir es mit einem nicht denkenden, heißhungrigen Organismus zu tun haben. Intelligenz ist nicht erkennbar«, antwortete Pol, er ballte und lockerte abwechselnd die Faust und wunderte sich über seine heftige Reaktion, »und noch viel weniger eine Spur von Vernunft. Ich ziehe weiterhin Bays Theorie eines Lebenszyklus mit zwei oder drei Phasen vor. Auch dabei ist die Wahrscheinlichkeit sehr gering, daß sich in einer der späteren Phasen Intelligenz entwickelt.«

»Die Wherries?« witzelte Tarvi.

»Nein, nein, lächerlich. Wir haben sie zurückverfolgt bis zu einem Seeaal, der ein gemeinsamer Vorfahre von ihnen wie von den Zwergdrachen ist.«

»Die Zwergdrachen haben uns mehr geholfen, als ich erwartet hätte«, gestand Tarvi. »Sallah behauptet steif und fest, sie hätten einen hohen Intelligenzgrad.«

»Pol, haben Sie oder Bay versucht, diese Intelligenz

zu messen, als Sie die Mentasynthesebehandlung vornahmen?« fragte Paul Benden.

»Nein, eigentlich nicht«, gestand Pol. »Es war kein Grund dafür vorhanden, nachdem sich gezeigt hatte, daß ein gesteigertes Empathievermögen sie gefügiger machte. Es gab andere Prioriräten.«

»Absoluten Vorrang hat momentan, den Rahmen dieser Bedrohung abzustecken«, murmelte Paul. »Wir sollten alle ein paar Stunden schlafen.«

Sobald die Rettungsmannschaft nach Landing zurückgekehrt war, konnte man nicht mehr abstreiten, daß ein neuer Einfall stattgefunden hatte. Obwohl während der Reise Funkstille geherrscht hatte, waren Gerüchte nicht zu unterbinden gewesen.

»Das einzig Gute war«, sagte Paul zu Emily, während er eine hastig zubereitete Mahlzeit verzehrte, »daß es weit genug von hier entfernt passierte.«

»Wir haben immer noch nicht genug Fakten, um die Häufigkeit und die wahrscheinlichen Bahnen des Zeugs zu berechnen«, meldete Dieter Clissman. »Die Delphine konnten offenbar nicht herausfinden, wo und wann es angefangen hat. Im Meer achtet man nicht auf die Zeit. Boris fügt auf gut Glück Werte für Temperaturvariationen, Hoch- und Tiefdruckgebiete, Regenhäufigkeit und Windgeschwindigkeit in die Berechnungen ein.« Er stieß einen langgezogenen Seufzer aus und strich sich das dichte Haar aus der Stirn. »Im Regen ertrinkt es, wie? Feuer und Wasser vernichten es! Wenigstens ein Trost.«

Nur wenige ließen sich so leicht trösten. In Landing gab es sogar ein paar Leute, die froh waren, daß auch andere Teile des Kontinents unter der Katastrophe zu leiden hatten. Angst und Entsetzen hatten jedoch auch eine positive Auswirkung, niemand wehrte sich mehr gegen die Notverordnungen. Einige hatten zuerst gedacht, die von Landing ausgehenden Vorsichtsmaßnahmen sollten nur die vertraglich zugesicherte Autonomie einschränken, doch auch wer das offen ausgesprochen hatte, zog seine Einwände zurück, als Bilder der Verwüstung im Sadrid-Korridor — Pol hatte ihn so genannt — verteilt wurden. Danach hatten Ongola und sein Kommunikationsteam alle Hände voll zu tun, um abgelegenen Besitzungen Verhaltensmaßregeln zu geben.

Tarvi holte sich eine Mannschaft zusammen, mit der er rund um die Uhr leere Zylinder zu Flammenwerfern umbaute und sie mit HNO_3 füllte. Dieses Oxidationsmittel hatte sich nicht nur als sehr geeignet zur Vernichtung der Fäden erwiesen, sondern war auch einfach und billig aus Luft und Wasser synthetisch herzustellen. Den dazu nötigen Strom lieferte die Wasserkraft, und es verschmutzte die Umwelt nicht. Am wichtigsten war jedoch, daß die Haut der Zwergdrachen wie der Menschen nicht allzu stark geschädigt wurde, wenn einmal ein Feuerstrahl danebenging. Mit einem innerhalb von zwanzig Sekunden aufgelegten nassen Tuch konnte man schwere Verbrennungen verhindern. Kenjo brachte mit einer Gruppe an den schwereren Schlitten Halterungen für die Flammenwerfer an. Er war nicht davon abzubringen, daß der Angriff nicht nur die beste Verteidigung sei, sondern auch aus der Luft erfolgen müsse. Von den Leuten in Landing, die den Ersten Fädenfall überlebt hatten, stimmten ihm viele bereitwillig zu.

Das Feuer war die beste Waffe. Wie ein Witzbold es formulierte, war es die einzig zuverlässige Verteidigung, weil es schließlich noch niemand geschafft hatte, nach Bedarf Regen zu machen. Selbst die glühendsten Anhänger der Zwergdrachen wollten sich nicht völlig auf die Hilfe der kleinen Tiere verlassen.

Es gab nicht genug Hände, um alle notwendigen Arbeiten zu erledigen. Zweimal wurden Paul und Emily in Fällen von Arbeitspiraterie zu Schlichtern bestellt. Die Agronomen und Veterinäre verstärkten hastig die Unterstände für das Vieh. Höhlen wurden als mögliche Alternative in Betracht gezogen und erforscht. Leerstehende Lagerhallen in Landing wurden zu Stallungen für diejenigen Grundbesitzer umfunktioniert, die aus Sicherheitsgründen ihr Vieh hier unterbringen wollten. Joel Lilienkamp verlangte, wegen des Arbeitskräftemangels müßten die Siedler die Gebäude, die sie in Anspruch nehmen wollten, selbst ausbauen. Viele Grundbesitzer waren dagegen der Ansicht, das sei die Aufgabe von Landing, manche wollten auch ihr Anwesen nicht verlassen, solange man ihnen keine sicheren Unterkünfte garantierte. In den vergangenen acht Jahren hatte sich die Bevölkerung so stark vermehrt, daß die ursprünglichen Gebäude nicht einmal mehr die Hälfte der Siedler zu fassen vermochten.

Porrig Connell blieb in seiner Höhle, denn er hatte so viele miteinander verbundene Kammern entdeckt, daß er seine gesamte Großfamilie mit ihren Tieren unterbringen konnte. Außer den Ställen für seine Stuten und Fohlen hatte er noch eine Hengstbox gebaut, wo Cricket es sehr bequem hatte. In einem Anfall von Großmut erlaubte er sogar den Überlebenden einiger anderer Familien, in seinem Höhlenkomplex zu bleiben, bis sie einen eigenen gefunden hatten.

Obwohl Paul Benden und Emily Boll ihre offiziellen Ämter längst aufgegeben hatten, stellten sie — ebenso wie Jim Tillek, Ezra Keroon und Ongola — fest, daß man wegen vieler Entscheidungen zu ihnen kam, weil sie einst die Führer der Kolonie gewesen waren.

»Es ist mir immer noch lieber, sie wenden sich an mich als an Ted Tubberman«, bemerkte Paul müde zu Ongola, als der ehemalige Nachrichtenoffizier ihm die neuesten, dringenden Anfragen von entlegenen Besitzungen brachte. Dann wandte er sich wieder dem Psychologen Tom Patrick zu, der ihn über die jüngsten Nörgeleien und Gerüchte informiert hatte. »Tom?«

»Ich glaube nicht, daß Sie die Konfrontation noch lange aufschieben können«, sagte der Psychologe, »sonst verlieren Sie und Emily jede Glaubwürdigkeit, und das wäre ein großer Fehler. Sie beide wollen vielleicht das Kommando gar nicht übernehmen, aber jemand muß es tun. Tubberman untergräbt ständig die Moral und die Anstrengungen der Gemeinschaft. Er ist absolut negativ eingestellt, Sie müßten eigentlich froh sein, daß er die meiste Zeit unterwegs ist, um den Kontinent im Alleingang von verwesenden Fädenhülsen zu befreien. Der Kummer hat seine Wahrnehmungsfähigkeit und sein Urteilsvermögen vollkommen gestört.«

»Auf seine Phrasendrescherei fällt doch sicher niemand herein?« fragte Emily.

»Im Moment haben sich so viel Unbehagen, Groll und gute, ehrliche, kreatürliche Angst angestaut, daß einige Leute doch auf ihn hören. Besonders, wenn offizielle Stellungnahmen ausbleiben«, gab Tom zu bedenken. »Tubbermans Klagen enthalten immerhin ein Körnchen Wahrheit, wenn auch natürlich verzerrt.« Tom zuckte die Achseln und hob beide Hände. »Im Lauf der Zeit wird er sich selbst den Boden unter den Füßen wegziehen — hoffe ich. Inzwischen hat er freilich ziemlich viel untergründige Unzufriedenheit geschürt, der man bald entgegenwirken muß. Und das sollten am besten Sie tun, meine Herren, und Emily und die anderen Kapitäne. Man vertraut Ihnen nämlich immer noch, trotz Tubbermans Anklagen.«

»Dann muß der Rubikon also noch einmal überschritten werden«, scherzte Paul und seufzte dann. Als er merkte, daß er mit dem linken Daumen an der gefühllosen Haut seiner Ersatzfinger rieb, hörte er sofort damit auf, lehnte sich müde in seinem Stuhl zurück und verschränkte beide Hände hinter dem Kopf, als müsse er ein zusätzliches Gewicht stützen.

»Eine Versammlung kann ich leiten, Paul«, sagte Cabot, als Paul ihn auf einer abhörsicheren Frequenz anrief, »aber im Unterbewußtsein betrachtet man Sie und Emily als die Führer der Kolonie. Macht der Gewohnheit.«

»Jede Entscheidung, uns wieder als solche einzusetzen, muß spontan fallen«, entgegnete Paul nach einer langen Pause nachdenklich. Emily nickte langsam. Die letzten Tage hatten den Admiral wie auch die Gouverneurin altern lassen. »Die Sache muß strikt nach der Verfassung gehandhabt werden, obwohl ich, bei allem, was heilig ist, nie damit gerechnet hatte, mich auf diese Eventualklauseln berufen zu müssen.«

»Allen höheren Mächten sei Dank, daß es sie gibt«, bemerkte Cabot salbungsvoll. »Es wird ein bis zwei Stunden dauern, um hier alles zu organisieren. Ach, übrigens, gestern am frühen Morgen sind auch ein paar Nachrichten von jenseits des Flusses eingegangen. Habe sie erst heute gegen Mittag bemerkt. Es hat den Südrand von Bordeaux erwischt. Wir sind Pat und seiner Crew ein wenig zur Hand gegangen. Dort ist alles in Sicherheit.« Damit legte er auf und ließ Paul völlig verdutzt zurück.

»Nach unserem kleinen Scharmützel mit dem Zeug«, sagte Cabot, als er persönlich eintraf, »kann ich allmählich einschätzen, wie ernst die Lage der Kolonie ist.« Ein hoffnungsvolles Lächeln, das seine scharfen, grauen Augen nicht erreichte, spielte um seinen kraftvollen Mund. »Ist es wirklich so schlimm, wie die Gerüchte behaupten?«

»Wahrscheinlich. Kommt auf den Ursprung der Gerüchte an«, antwortete Paul und verzog das Gesicht.

»Beziehungsweise darauf, ob man Optimist oder Pessimist ist«, fügte Jim Tillek hinzu. »Ich war auf der Asteroidenlinie schon schlimmer in der Klemme und bin mit heiler Haut wieder rausgekommen. Mir ist es lieber, wenn ich einen Planeten habe, in, auf und über dem ich manövrieren kann. Und vor allem das Meer.«

Cabots Lächeln verschwand, als er die fünf Leute betrachtete, die sich ohne Aufsehen im Wetterbeobachtungsturm versammelt hatten.

»Das meiste, was wir *wissen*«, sagte Paul, »ist negativ.

Aber ...« Er zählte die häufigsten Gerüchte an seinen kräftigen, von der Arbeit fleckigen Fingern ab, um sie gleich zu widerlegen. »Es ist unwahrscheinlich, daß die Sporen die Vorläufer einer fremden Invasion sind, denn sie waren nicht auf dieses Gebiet allein begrenzt, sondern haben den Planeten den EV-Protokollen zufolge vor fast genau zweihundert Jahren auf mehr oder weniger die gleiche Weise befallen. Sie können von dem exzentrischen Planeten ausgehen oder auch nicht, er hat jedenfalls einen Orbit von zweihundertfünfzig Jahren. Und obwohl wir nicht wissen, wie ihr Lebenszyklus aussieht oder ob sie überhaupt einen haben — was die bisher brauchbarste Theorie behauptet —, sind die Sporen nicht das erste Stadium zum Beispiel der Tunnelschlangen, die haben viel ehrbarere Vorfahren, und auch keiner anderen Lebensform, die wir uns bisher angesehen haben.«

»Ich verstehe.« Cabot wiegte langsam das mächtige Löwenhaupt und zupfte sich nachdenklich an den Lippen. »Keine beruhigende Voraussage verfügbar?«

»Bisher nicht. Tom hier empfiehlt uns, ein Forum einzurichten, wo man Beschwerden vorbringen und Mißverständnisse korrigieren kann«, fuhr Paul fort. »Die Fäden haben Boca nicht verfehlt, weil es Paul Benden gehört, sie sind auch nicht auf Sadrid gefallen, weil es die neueste Ansiedlung ist, oder haben kurz vor Thessalien haltgemacht, weil Gyorgy als einer der ersten Konzessionäre seine Parzelle abgesteckt hat. Wir können und werden diese Gefahr überleben, aber wir können nicht zulassen, daß Techniker und kräftige Arbeiter wahllos zwangsverpflichtet werden. Jeder, der einen Augenblick nachdenkt, muß auch einsehen, daß wir nicht überleben können, wenn jeder kopflos in eine andere Richtung rennt. Oder wenn man nicht einige der wilderen Vorstellungen, die von Tubberman eingeschlossen, aus der Welt schafft und die Moral wiederherstellt.«

»Kurzum, was Sie wollen, ist die Aufhebung der Autonomie?«

»Ich will das keineswegs«, widersprach Paul mit deutlichem Nachdruck, »aber eine zentralisierte Verwaltung«, Cabot grinste über die Wortwahl des Admirals —, »wäre in der Lage, verfügbare Arbeitskräfte wirksam zu organisieren, Versorgungsgüter und Nahrungsmittel zu verteilen und sicherzustellen, daß die Mehrheit überlebt. Joel Lilienkamp hat heute, um Panikforderungen vorzubeugen, das Magazin unter dem Vorwand geschlossen, er müsse Inventur machen. Die Leute müssen begreifen, daß es hier tatsächlich ums Überleben geht.«

»Gemeinsam stehen wir, getrennt fallen wir?« Cabot gebrauchte die alte Redensart mit großem Respekt.

»Genau so ist es.«

»Das Kunststück besteht darin, all unseren radikalen Individualisten begreiflich zu machen, daß dies die klügste Lösung ist«, sagte Tom Patrick, und Cabot nickte zustimmend.

»Ich muß betonen«, fuhr Paul nach einem schnellen Blick auf Emily fort, die beifällig nickte, »daß es nicht darauf ankommt, wer während dieser Notlage die Regierung führt, solange irgendeine Autorität, die das Überleben sichert, anerkannt wird und man ihr gehorcht.«

Nach einer Pause bemerkte Cabot nachdenklich: »Wir sind Jahre von jeder Hilfe entfernt. Haben wir alle Brücken hinter uns abgebrochen?«

Als Cabot Francis Carter, der älteste Jurist der Kolonie, am nächsten Morgen überall verkündete, daß für den folgenden Abend eine Massenversammlung anberaumt sei, war ganz Landing überrascht und erleichtert. Vertreter aller größeren Ansiedlungen, Konzessionäre ebenso wie Kontraktoren, wurden ebenfalls zur Teilnahme aufgefordert.

Am Abend der Versammlung war es den Elektrikern gelungen, mittels unterirdischer Leitungen eine Seite des Freudenfeuerplatzes wieder mit Strom zu versorgen. Wo die Lampen noch dunkel blieben, hatte man an den Laternenpfählen Fackeln befestigt. Im erleuchteten Bereich waren Bänke und Stühle aufgestellt worden. Auf der ursprünglich für die Musiker bei den abendlichen Feuern gebauten Plattform stand ein langer Tisch mit sechs Stühlen an einer Seite. Es war hell genug, um zu erkennen, wer die Plätze dort einnahm.

Als weder Paul Benden noch Emily Boll erschienen, ging ein erstauntes Gemurmel durch die Reihen der Versammelten. Cabot Francis Carter trat, gefolgt von Mar Dook, Pol und Bay Harkenon-Nietro, Ezra Keroon und Jim Tillek, auf die Bühne.

»Wir hatten Zeit, unsere Verluste zu beklagen«, begann Cabot, und seine sonore Stimme drang mühelos bis zur letzten Bank. Selbst die Kinder lauschten schweigend. »Und sie waren schwer. Aber sie hätten noch schlimmer sein können, und es ist wohl niemand unter uns, der unseren kleinen, feuerspeienden, drachenähnlichen Verbündeten nicht dankbar ist.

Ich habe heute abend nicht nur schlechte Nachrichten für Sie, aber ich wünschte doch, sie wären besser. Wir können jetzt sagen, was einige unserer Lieben getötet und fünf Besitzungen ausgelöscht hat: es ist eine sehr primitive, mykorrhizoide Lebensform. Mar Dook hier hat mir erklärt, daß auf anderen Planeten, auch auf unserer Erde, überall solche einfachen Pilze in symbiotischer Verbindung mit Bäumen zu finden sind, das Myzel des Pilzes mit den Wurzeln einer Samenpflanze. Wir haben alle erlebt, wie dieses Zeug die Pflanzen angegriffen hat ...«

»Und fast alles andere«, rief Ted Tubberman aus der linken Seite des Publikums.

»Ja, das ist leider wahr.« Cabot sah den Mann nicht an und versuchte auch nicht, die Leute aufzuheitern, aber er würde keine Panik dulden. Er hob leicht die Stimme. »Was uns erst allmählich klar wird, ist, daß das Phänomen den ganzen Planeten betrifft und daß es das letztemal vor etwa zweihundert Jahren auftrat.« Er machte eine Pause, um den Zuhörern Gelegenheit zu geben, diese Tatsache zu verdauen, dann hob er ruhig die Hände, um dem anschwellenden Gemurmel Einhalt zu gebieten. »Bald werden wir in der Lage sein, genau vorherzusagen, wo und wann dieser Fädenfall wieder zuschlagen wird, denn das wird er leider tun. Aber dies ist *unser* Planet«, fuhr er mit wilder Entschlossenheit fort, »und kein verdammtes, hirnloses Fadenwesen wird uns von hier vertreiben.«

»Wir *können* doch gar nicht weg, du blöder Hund!«Ted Tubberman war aufgesprungen und fuchtelte mit den geballten Fäusten wild in der Luft herum. »Ihr habt dafür gesorgt, daß wir hier verfaulen müssen, ausgesaugt von diesen gottverdammten Biestern. Wir können nicht weg! Wir werden alle zugrundegehen.«

Sein Ausbruch löste dumpfes Gemurre im Publikum aus. Sean, der mit Sorka am Rand der Menge saß, war entrüstet.

»Verdammter, großmäuliger, strohdummer Konzessionär«, murmelte er. »Er hat doch vorher gewußt, daß es kein Zurück gibt, aber jetzt, wo ihm nicht alles glatt genug läuft, muß *irgend jemand* daran schuld sein.« Sean schnaubte laut, um seine Verachtung kundzutun.

Sorka brachte ihn zum Schweigen, um Cabots Erwiderung zu hören.

»Ich betrachte unsere Lage nicht als hoffnungslos, Tubberman«, begann Cabot, und seine geschulte Stimme übertönte mit ihrem festen, zuversichtlichen und entschlossenen Tonfall das Gemurmel. »Keineswegs! Ich denke lieber positiv. Ich sehe dies alles als Herausforderung an unseren Erfindungsreichtum, an unsere Anpassungsfähigkeit. Die Menschheit hat schon an schlimmeren Orten überlebt, als Pern es ist. Wir haben ein Problem, und wir müssen damit fertigwerden. Wir müssen es lösen, um zu überleben. Und wir werden überleben!« Als Cabot sah, wie der große Botaniker Luft holte, hob er die Stimme. »Als wir die Verfassung unterschrieben haben, wußten wir alle, daß dies eine unwiderrufliche Entscheidung war. Aber selbst wenn wir könnten, ich jedenfalls würde nicht daran denken, wieder nach Hause zu laufen.« Seine Stimme triefte nun vor Verachtung für die Kleinmütigen, die Feiglinge, die Drückeberger. »Denn auf diesem Planeten habe ich mehr gefunden, als First oder die Erde mir jemals geben konnten! Ich werde nicht zulassen, daß dieses Phänomen mich aus dem Haus vertreibt, das ich mir gebaut habe, mich dazu zwingt, das Vieh zu verlassen, das ich züchten will, und das Leben aufzugeben, das mir gefällt!« Mit einer Handbewegung tat er die Bedrohung als kleinere Unbequemlichkeit ab. »Ich werde jedesmal dagegen kämpfen, wenn es meinen Besitz oder den meiner Nachbarn trift, mit jedem Funken Kraft, mit allen Mitteln, die mir zur Verfügung stehen.

Diese Versammlung«, fuhr er ruhiger fort, »wurde einberufen, um demokratisch, wie es in unserer Verfassung verankert ist, zu überlegen, wie wir unsere Kolonie am besten durch diese Notlage bringen können. Wir werden von diesem Mykorrhizoid sozusagen belagert. Also müssen wir Maßnahmen ergreifen und Strategien entwickeln, mit dem Ziel, die Auswirkungen dieser Belagerung auf unser Leben und unser Hab und Gut möglichst gering zu halten.«

»Wollen Sie vorschlagen, das Kriegsrecht auszurufen, Cabot?« fragte Rudi Shwartz mit verschlossener Miene und stand auf.

Cabot lachte ironisch. »Da es auf Pern keine Armee gibt, Rudi, kann es auch kein Kriegsrecht geben. Die Umstände zwingen uns jedoch zu der Erwägung, ob wir unsere gegenwärtige Autonomie nicht vorübergehend aufheben sollen, um die Schäden zu verringern, die diese Fäden offensichtlich sowohl der Ökologie des Planeten als auch der Wirtschaft dieser Kolonie zufügen können — und werden. Ich gebe zu bedenken, daß eine Rückkehr zu einer zentralisierten Regierung, wie wir sie in unserem ersten Jahr auf Pern hatten, im Moment vielleicht ratsam wäre.« Bei seinen nächsten Worten mußte er fast brüllen, um die laut werdenden Proteste zu übertönen. »Und daß wir eventuell zu gewissen Mitteln greifen müssen, um das Überleben der Kolonie zu sichern, die uns als Individuen, denen ihre Autonomie teuer ist, keineswegs zusagen.«

»Und über diese Mittel wurde bereits entschieden?« fragte eine Frau.

»Keineswegs«, versicherte ihr Cabot. »Dazu wissen wir noch nicht genug über unseren — Gegner —, aber es müssen jetzt Pläne für alle nur denkbaren Möglichkeiten gemacht werden. Wir wissen, daß die Sporen weltweit fallen, früher oder später wird also jedes Anwesen betroffen sein. Wir müssen die Gefahren so gering wie möglich halten. Das bedeutet, Zentralisierung der vorhandenen Vorräte an Nahrungsmitteln und Versorgungsgütern und eine Rückkehr zum hydroponischen Anbau. Und es bedeutet unbedingt, daß einige von den Technikern nach Landing zurückbeordert werden müssen, weil ihre speziellen Fähigkeiten hier am nutzbringendsten eingesetzt werden können. Es bedeutet, daß wir alle wieder zusammenarbeiten müssen, anstatt unsere eigenen, getrennten Wege zu gehen.«

»Was haben wir denn für Alternativen?« fragte eine andere Frau, als eine kleine Pause entstand. Es klang resigniert.

»Einige von Ihnen haben ziemlich große Gemeinschaftsbesitzungen«, antwortete Cabot ganz nüchtern. »Sie kämen wahrscheinlich ganz gut allein zurecht. Eine Zentralverwaltung hier in Landing müßte vorrangig die Bedürfnisse der hiesigen Bevölkerung berücksichtigen, aber es würde nicht heißen ›Tritt nie wieder über unsere

Schwelle‹.« Er lächelte kurz in ihre Richtung. »Deshalb sind wir ja heute abend hier zusammengekommen, um alle Möglichkeiten ebenso eingehend zu diskutieren, wie zu Anfang die Grundsätze der Verfassung und die Aussichten der Kolonie diskutiert wurden.«

»Augenblick mal!« schrie Ted Tubberman, sprang wieder auf, breitete die Arme aus und blickte mit aggressiv vorgerecktem Kinn in die Runde. »Eine todsichere Möglichkeit bleibt uns noch, und die ist realistisch. Wir können eine Peilkapsel zur Erde schicken und um Unterstützung bitten. Das ist ein Notfall. Wir brauchen Hilfe!«

»Ich hab's dir ja gesagt«, murmelte Sean Sorka zu, »er quiekt wie ein angestochenes Schwein. Wenn die Erde hier landet, Mädchen, dann ziehen wir ins Grenzgebirge und lassen uns nie wieder blicken.«

»Ich würde mich nicht darauf verlassen, daß die Erde uns Hilfe schickt«, sagte Joel Lilienkamp aus der vordersten Reihe, aber seine Worte gingen unter im Geschrei derjenigen Kolonisten, die Ted zustimmten.

»Wir wollen nicht, daß die Erde auf Pern herumpfuscht«, rief Sean, auch er war aufgesprungen und fuchtelte wild mit den Armen herum. »Das ist *unser* Planet!«

Cabot bat um Ruhe, aber der Aufruhr wollte sich nicht legen. Ezra Keroon stand auf, um ihm zu Hilfe zu kommen, legte schließlich die Hände wie einen Trichter an den Mund und brüllte: »Jetzt haltet mal die Luft an, Freunde. Ich muß euch alle daran erinnern — *hört doch zu!* —, daß es mehr als zehn Jahre dauern würde, bis wir eine Antwort bekämen. Wie immer sie ausfällt.«

»Na, ich bin jedenfalls nicht scharf darauf«, sagte Jim Tillek in das Geschrei hinein, das nun erneut einsetzte, »daß das gute alte Terra oder auch First die Nase in *unsere* Angelegenheiten steckt. Das heißt, falls sie uns überhaupt einer Antwort würdigen. Sollten sie sich tatsächlich herablassen, uns zu helfen, dann würden sie uns dafür sicher bis zum Hals mit Hypotheken zuschaufeln. Und am Ende hätten sie alle Schürfrechte und den größten Teil des Ackerlandes. Oder habt ihr vergessen, was auf Ceti III geschehen ist? Ich begreife auch nicht, warum eine Zentralregierung in einer solchen Notlage etwas so Schreckliches sein soll. Für mich klingt es vernünftig. Gleiches Recht für alle!«

Deutlich hörbar erhob sich leises, zustimmendes Gemurmel, viele Gesichter blickten freilich mürrisch oder entmutigt drein.

»Er hat recht, Sorka«, sagte Sean so laut, daß auch andere ringsum es hören konnten.

»Dad und Mutter finden das auch.« Sorka zeigte auf ihre Eltern, die ein paar Reihen weiter vorn saßen.

»Wir müssen eine Botschaft schicken«, schrie Ted Tubberman und schüttelte die Hände der neben ihm Sitzenden ab, die ihn auf seinen Platz ziehen wollten. »Wir müssen ihnen sagen, daß wir in Schwierigkeiten sind. Wir haben ein Recht auf Hilfe! Was ist so schlimm daran, eine Botschaft zu schicken?«

»Was schlimm daran ist?« rief Wade Lorenzo von hinten. »Wir brauchen jetzt Hilfe, Tubberman, nicht erst in zehn oder zwanzig Jahren. Bis dahin haben wir die Sache wahrscheinlich auch selbst bewältigt. Ein Fädenfall ist so schlimm auch wieder nicht«, fügte er mit der Sicherheit der Erfahrung hinzu. Pfiffe und Buhrufe ertönten, hauptsächlich von den Leuten, die während der Tragödie in Landing gewesen waren.

»Und vergeßt nicht, daß es fünfzig Jahre gedauert hat, bis die Erde Ceti III zu Hilfe kam«, sagte Betty Musgrave-Blake und sprang auf.

Auch andere Stimmen meldeten sich.

»Ja, Kapitän Tillek hat recht. Wir müssen unsere Probleme selbst lösen. Wir können nicht auf die Erde warten.«

»Vergiß es, Tubberman!«

»Setz dich hin und halt den Mund, Tubberman!«

»Cabot, rufen Sie ihn zur Ordnung! Wir wollen weitermachen.«

Von allen Seiten waren ähnliche Kommentare zu hören.

Der Botaniker wurde von seinen Nachbarn auf seinen Platz gedrückt. Empört über den Mangel an Unterstützung schüttelte er die Hände ab und verschränkte trotzig die Arme. Tarvi Andiyar und Fulmar Stone stellten sich in seine Nähe. Sallah beobachtete sie ängstlich, obwohl sie genau wußte, wieviel Kraft in Tarvis hagerem Körper steckte.

Sean stieß Sorka an. »Sie werden ihn zum Schweigen bringen, und dann können wir endlich zur Sache kommen«, sagte er. »Ich hasse solche Versammlungen — die Leute schwafeln endlos, nur damit die Luft bewegt wird, und spielen sich auf, obwohl sie gar nicht wissen, wovon sie reden.«

Rudi Shwartz hob die Hand und stand wieder auf. »Wenn, wie Sie angedeutet haben, Cabot, die größeren Ansiedlungen sich weiterhin selbst verwalten könnten, wie soll dann eine Zentralverwaltung organisiert sein? Hätten die großen Besitzungen ihr gegenüber denn überhaupt Verpflichtungen?«

»Es geht eher um die gerechte Verteilung von Nahrungsmitteln, Versorgungsgütern und Unterkünften, Rudi«, sagte Joel Lilienkamp, »als um ...«

»Soll das heißen, daß wir nicht genug Lebensmittel haben?« mischte sich eine ängstliche Stimme ein.

»Im Moment schon, aber wenn dieses Fädenzeug planetenweit fällt ... wir haben alle gesehen, was mit den Feldern von Landing passiert ist«, erklärte Joel mit einer Handbewegung auf das dunkle, verwüstete Gebiet, »und wenn es immer wiederkommt, nun ja ...« Der bestürzte Protestschrei einer Frau war nicht zu überhören. »Nun«, fuhr der Magazinverwalter fort und rückte seinen Hosenbund zurecht, »jeder hat das Recht auf einen fairen Anteil an allem, was wir besitzen. Für mich spricht nichts dagegen, für die nächste Zeit wieder auf die Hydroponik zurückzugreifen. An Bord sind wir fünfzehn Jahre lang ganz gut damit gefahren, oder nicht? Ich gehe jede Wette ein, daß wir das auch jetzt wieder schaffen.«

Diese humorvolle Herausforderung wurde unterschiedlich aufgenommen, manche reagierten erheitert, andere deutlich erschrocken.

»Vergeßt auch nicht, Leute, daß die Fäden dem Meer nichts anhaben können«, sagte Jim Tillek ungekünstelt jovial. »Wir können vom Meer allein leben, und zwar gut.«

»Die meisten frühen Zivilisationen haben allein vom Meer gelebt«, rief Mairi Hanrahan herausfordernd. »Joel hat recht — wir können alternative Anbaumethoden anwenden. Und solange wir frisches Eiweiß aus dem Meer bekommen, wird es uns nicht schlecht gehen. Ich finde, wir sollten uns alle ranhalten, anstatt bei der ersten kleinen Schwierigkeit den Kram gleich hinzuschmeißen.« Sie warf einen vielsagenden Blick auf Ted Tubberman.

»Kleine Schwierigkeit?« brüllte der. Er machte Anstalten, sich durch die Menge zu drängen, und wäre auf Mairi losgegangen, wenn man ihn nicht zurückgehalten hätte. Tarvi und Fulmar rückten näher an ihn heran.

»Man kann wohl kaum von einer *kleinen* Schwierigkeit sprechen«, schaltete sich Mar Dook schnell ein. Er sprach laut genug, um das Gemisch aus Protestrufen und zustimmendem Gemurmel zu übertönen. »Und für viele von uns war es gewiß auch tragisch. Aber wir sollten jetzt nicht anfangen, uns gegenseitig zu bekämpfen. Ebenso sinnlos ist es, sich darüber aufzuregen, daß das EV-Team den Planeten nicht gründlich untersucht und uns grob getäuscht hat. Diese Welt hat doch schon bewiesen, daß sie eine solche Plage überleben und sich wieder regenerieren kann. Sind wir Menschen mit den Mitteln, die uns zur Verfügung stehen, weniger belastbar?« Er klopfte sich bedeutungsvoll an die Stirn.

»Ich will nicht einfach dahinvegetieren und nur von

der Hand in den Mund leben«, schrie Ted Tubberman und reckte wieder streitlustig das Kinn vor, »ich will nicht in einem Gebäude eingepfercht sein und mich ständig fragen, ob diese Dinger sich zu mir durchfressen werden oder nicht.«

»Ted, das ist das dümmste Geschwätz, das ich von einem erwachsenen Mann jemals gehört habe«, sagte Jim Tillek. »Wir haben ein paar Probleme mit unserer neuen Welt, und ich will verdammt sein, wenn ich nicht mithelfe, sie zu lösen. Also hör mit dem Genöle auf und laß uns überlegen, was zu tun ist. Wir sind nun einmal hier, Mann, und wir werden überleben!«

»Ich möchte, daß wir eine Kapsel nach Hause schicken und um Hilfe bitten«, sagte eine andere Stimme ruhig, aber entschieden. »Ich glaube, wir werden die Mittel brauchen, die eine hochentwickelte Gesellschaft uns bieten kann, um uns zur Wehr zu setzen, besonders, nachdem wir selbst so wenig Technologie mitgebracht haben. Und ganz besonders, wenn dieses Zeug so oft wiederkommt.«

»Wenn wir einmal um Hilfe gebeten haben, müssen wir nehmen, was man uns gibt«, sagte Cabot schnell.

»Lili, was wettest du, daß die Erde uns Hilfe schicken würde?« fragte Jim Tillek.

Ted Tubberman sprang wieder auf. »Wettet nicht, stimmt ab! Wenn es hier wirklich demokratisch zugeht, dann laßt uns darüber abstimmen, ob wir eine Kapsel zur Konföderation Vernunftbegabter Rassen schicken wollen oder nicht.«

»Ich unterstütze den Antrag«, sagte einer der Ärzte, und mehrere andere schlossen sich ihm an.

»Rudi«, bat Cabot, »ernennen Sie noch zwei Ordner, wir stimmen mit Handzeichen ab.«

»Es sind aber nicht alle anwesend«, wandte Wade Lorenzo ein.

»Wenn jemand an einer vorher angekündigten Versammlung nicht teilnehmen will, dann muß er sich an die Entscheidungen halten, die die Teilnehmer getroffen haben«, gab Cabot streng zurück. Die Menge reagierte mit begeisterter Zustimmung. »Wir stimmen nun über den vorliegenden Antrag ab. Wer dafür ist, eine Peilkapsel zur Konföderation Vernunftbegabter Rassen zu schicken und um Hilfe zu bitten, der hebe die Hand.«

Gehorsam gingen Hände in die Höhe, die Ordner zählten, und Rudi Shwartz hielt das Ergebnis fest. Dann bat Cabot um Gegenstimmen, und sie waren in der Mehrheit. Als das Ergebnis verkündet wurde, brach Ted Tubberman in wüste Beschimpfungen aus.

»Ihr seid alle verdammte Narren. Wir werden mit dem Zeug nicht allein fertig. Auf dem ganzen Planeten ist man nirgends sicher davor. Erinnert ihr euch nicht mehr an die EV-Berichte? Der gesamte Planet wurde zerfressen. Er hat mehr als zweihundert Jahre gebraucht, um sich wieder zu erholen. Was haben wir denn für eine Chance?«

»Das reicht, Tubberman«, brüllte Cabot. »Sie haben eine Abstimmung verlangt. Sie wurde vor aller Augen abgehalten, und die *Mehrheit* hat sich gegen einen Hilferuf entschieden. Selbst wenn die Entscheidung anders ausgefallen wäre, ist unsere Lage so ernst, daß gewisse Maßnahmen sofort in die Wege geleitet werden müssen.

Ein wichtiger Punkt ist die Herstellung von Metallverkleidungen zum Schutz bestehender Gebäude, ganz gleich wo. Zweitens müssen HNO_3-Zylinder und Flammenwerferteile produziert werden. Drittens sind alle Versorgungsgüter und Lebensmittel zu rationieren. Ein weiteres Problem ist, daß in jeder Ansiedlung nach Osten hin ständig Wachen aufgestellt werden müssen, bis man erkennen kann, nach welchem System diese Sporen fallen.

Ich schlage vor, daß wir einstweilen Emily Boll und Paul Benden wieder als Führer einsetzen. Gouverneurin Boll ist es gelungen, trotz einer fünf Jahre dauernden

Raumblockade durch die Nathi ihren Planeten zu ernähren und ihm die Freiheit zu bewahren, und Admiral Benden ist bei weitem der beste Mann, wenn es darum geht, eine wirksame Verteidigungsstrategie aufzustellen und zu organisieren.

Ich bitte jetzt um Handzeichen, später, wenn wir wissen, wie lang der Ausnahmezustand genau dauern muß, werden wir eine reguläre Volksbefragung durchführen.« Seine knappen, entschiedenen Sätze wurden mit zustimmendem Gemurmel aufgenommen. »Rudi, bereiten Sie eine weitere Zählung vor.« Er wartete einen Augenblick, bis die Menge sich wieder beruhigte. »Wer dafür ist, die oben genannten Projekte unter Leitung von Admiral Benden und Gouverneurin Boll durchzuführen, der hebe die Hand.«

Viele Hände schossen sofort in die Luft, einige folgten etwas langsamer, weil die Unentschlossenen erst abwarteten, was ihre Nachbarn taten. Noch ehe Rudi ihm das Ergebnis mitteilte, sah Cabot, daß die Abstimmung deutlich zugunsten des Notprogramms ausgefallen war.

»Gouverneurin Boll, Admiral Benden, wollen Sie das Mandat annehmen?« fragte er förmlich.

»Das war alles getürkt!« schrie Ted Tubberman. »Ich sage euch, alles Schwindel. Die wollen nur wieder an die Macht.« Er verstummte plötzlich, als Tarvi und Fulmar ihn energisch auf die Bank zurückstießen.

»Gouverneurin? Admiral?« Cabot ignorierte die Störung. »Sie beide sind immer noch am besten für die anstehenden Aufgaben qualifiziert, aber falls Sie ablehnen, nehme ich weitere Vorschläge aus dem Plenum entgegen.« Er schwieg erwartungsvoll, ohne sich anmerken zu lassen, welche Antwort er selbst gerne hören würde, und ohne auf die Unruhe der Zuhörer und das anschwellende, ängstliche Geflüster zu achten.

Emily Boll stand langsam auf. »Ich nehme an.«

»Ich ebenfalls«, sagte Paul Benden und stellte sich neben die Gouverneurin. »Aber nur für die Dauer dieses Notstandes.«

»Glaubt ihr das?« brüllte Tubberman und riß sich los, als man ihn erneut zurückhalten wollte.

»Jetzt ist es wirklich genug, Tubberman«, schrie Cabot und gab sich den Anschein, als sei er mit seiner von Amts wegen erforderlichen Geduld am Ende. »Die Mehrheit ist für diese zeitweilige Maßnahme, auch wenn Sie dagegen sind.« Das Publikum beruhigte sich langsam. Cabot wartete, bis es völlig still geworden war. »Nun, ich habe mir die schlimmsten Nachrichten noch aufgespart, bis ich sicher sein konnte, daß wir alle zur Zusammenarbeit entschlossen sind. Dank Kenjo und seinem Beobachtungsteam glauben Boris und Dieter, allmählich ein Schema erkennen zu können. Wenn das stimmt, müssen wir damit rechnen, daß diese Fäden morgen nachmittag am Malayfluß fallen und über die Provinz Cathay nach Mexiko am Maori-See weiterziehen.«

»Auf Malay?« Chuck Kimmage sprang auf, seine Frau umklammerte seinen Arm, beide waren entsetzt. Phas hatte alle anderen Grundbesitzer von Malay und Mexiko vorher ausfindig machen und warnen können, aber Chuck und Chaila waren dafür zu spät eingetroffen.

»Wir werden alle mithelfen, Ihre Anwesen zu schützen«, versprach Emily Boll mit lauter und fester Stimme.

Paul sprang auf die Plattform, hob die Hände und bat Cabot mit einem Blick um das Wort. »Ich brauche Freiwillige, um die Schlitten zu fliegen und die Flammenwerfer zu bedienen. Kenjo und Fulmar haben eine Möglichkeit gefunden, sie an den Schlitten zu befestigen. Die Maschinen, die sie requirieren konnten, sind bereits damit ausgerüstet. Wer von ihnen mittelgroße und große Schlitten besitzt, hat sie eben freiwillig zur Verfügung gestellt. Die Sporen sind am besten in der Luft zu vernichten, ehe sie landen können. Wir brauchen auch

Leute am Boden, die mit dem aufräumen, was den Flugzeugen durch die Lappen geht.«

»Was ist mit den Feuerechsen oder wie man sie nennt? Werden sie nicht mithelfen?« fragte jemand.

»Sie haben uns damals in Landing geholfen« fügte eine Frau mit vor Angst überschnappender Stimme hinzu.

»Vor zwei Tagen auf Sadrid ebenfalls«, sagte Wade.

»Auch der Regen war sehr nützlich«, ergänzte Kenjo, der sich nicht gerne auf Unterstützung aus dem nicht-technischen Bereich verlassen wollte.

»Jeder, der Zwergdrachen hat, ist bei den Bodenmannschaften sehr willkommen«, fuhr Paul fort. Er begrüßte alle Hilfstruppen, ganz gleich, woher sie kamen. Aber auch er war skeptisch; er war bisher zu beschäftigt gewesen, um einen Zwergdrachen an sich zu binden, seine Frau und sein ältester Sohn hatten allerdings jeweils zwei von den Tierchen. »Ich brauche besonders Leute mit Kampf- und Flugerfahrung. Unsere Feinde sind diesmal nicht die Nathi, aber es ist unsere Welt, die überfallen wird. Halten wir die Invasion auf, morgen und wann immer es nötig ist.«

Die zündenden Worte lösten spontanen Jubel aus. Das Geschrei wurde immer lauter, schließlich erhoben sich die Leute von ihren Plätzen und schwenkten die geballten Fäuste. Auf der Plattform beobachtete man die Demonstration erleichtert und beruhigt. Ongola war vielleicht der einzige, der registrierte, wer nicht aufstand oder stumm blieb.

Wenn Dieter und Boris recht hatten, würde der bevorstehende Fädenfall die Halbinsel Kahrain knapp verfehlen und etwa um 16.30 Uhr ungefähr 120 km nordwestlich der Mündung des Paradiesflusses, 25 Grad Süd beginnen. Dieter und Boris waren nicht sicher, ob der Niederschlag sich so weit nach Südwesten erstrecken würde, daß er Mexiko am Maori-See erreichte, aber man traf auch dort Vorsichtsmaßnahmen.

Kommandant Kenjo Fusaiyuki sammelte seine Geschwader an der bezeichneten Stelle. Dort ertranken die Sporen zwar im Meer, aber seine Teams würden wenigstens etwas Übung darin bekommen, mit Flammen gegen den ›wahren Feind‹ zu kämpfen.

›Übung‹ war nicht der richtige Ausdruck für das Chaos, das dabei entstand. Kenjo konnte nur noch kategorisch Befehle in das Komgerät fauchen, während die unerfahrenen, aber dafür übereifrigen Schlittenpiloten auf der Jagd nach den Fäden wild durch den Himmel schossen und sich dabei häufig gegenseitig mit HNO_3 streiften.

Der Kampf gegen die Sporen erforderte eine vollkommen andere Technik als die Jagd auf Wherries oder der Beschuß eines großen Flugzeugs, das von einem einigermaßen intelligenten Feind gesteuert wurde. Sporen besaßen keinen Verstand. Sie fielen einfach — in schräger Front nach Südwesten, gelegentlich von Windböen zu Knäueln zusammengetrieben. Dieses unerbittliche Herabfallen war es, was die Leute so wütend machte, entmutigte und frustrierte. Ganz gleich, wie viele Fäden am Himmel zu Asche versengt wurden, es folgten immer noch mehr. Nervöse Piloten gingen in Sturzflug, drehten scharf ab und ließen die Maschinen absacken. Untrainierte Schützen feuerten auf alles, was in ihre Reichweite kam, und das war nur allzuoft ein anderer hinter einem Fädenknäuel herjagender Schlitten. Neun zahme Zwergdrachen fielen dieser Unerfahrenheit zum Opfer, und die Zahl der wilden Tiere, die sich dem Kampf angeschlossen hatten, wurde plötzlich merklich geringer.

In der ersten halben Stunde waren sieben Schlitten in Zusammenstöße verwickelt, drei wurden schwer beschädigt, bei zweien bekamen die Kanzeldächer Sprünge, so daß sie nicht mehr einsetzbar waren. Sogar Kenjos Schlitten zeigte Brandspuren. Vier gebrochene Arme, sechs gebrochene oder verstauchte Hände, vier

Schlüsselbeinbrüche und ein Beinbruch setzten vierzehn Schützen außer Gefecht; viele andere machten trotz Fleischwunden und Prellungen weiter. Niemand hatte daran gedacht, Haltegurte für die Schützen anzufertigen.

Zu Beginn der zweiten Stunde, als die Sporen noch über dem Wasser fielen, wurde auf einer abhörsicheren Frequenz hastig eine Konferenz der Geschwaderführer einberufen. Die Geschwaderführer — Kenjo, Sabra Stein-Ongola, Theo Force und Drake Bonneau, außerdem Paul Benden als Anführer der Bodenmannschaften — beschlossen, jedem Geschwader in Abständen von hundert Metern eine eigene Flughöhe zuzuweisen. Die Maschinen sollten in enger Keilformation den fünfzig Kilometer breiten Fädenkorridor abfliegen. Das wichtigste war, daß jeder der aus sieben Schlitten bestehenden Keile die ihm zugewiesene Höhe auch einhielt.

Sobald die Schlitten anfingen, voneinander Abstand zu halten, gingen die Kollisionen und Verbrennungsschäden deutlich zurück. Kenjo flog mit den fähigsten Piloten auf der tiefsten Ebene, um dort so viele bis dahin noch unverbrannte Sporen zu erwischen wie nur möglich, und um den Bodenmannschaften mitzuteilen, wo Knäuel durchgeschlüpft waren. Paul Benden koordinierte die schnellen Bodengleiter, die Teams mit kleinen Flammenwerfern beförderten. Man hielt ständig Funkverbindung mit den Geschwadern, den Bodenmannschaften und mit Landing. Joel Lilienkamp organisierte den Austausch der leeren HNO_3-Zylinder und Energiezellen. Ein Team von Medizinern hielt sich in Bereitschaft.

Mitten im Fädenfall erkannte Paul, daß seine Bodenmannschaften zu weit auseinandergezogen waren, um wirklich etwas ausrichten zu können, obwohl es glücklicherweise weite Strecken gab, wo die Sporen auf steinigem oder kargem Boden landeten, einschrumpften und schnell zugrunde gingen. Gegen Ende, als den müden

Piloten allmählich die Kräfte versagten und die Energie-zellen der Schlitten fast erschöpft waren, kamen mehr Fäden durch. Es paßte zu der immer schlimmer werden-den Pechsträhne, daß diese über dichte Vegetation und über die Farm der Mexiko-Besitzung fielen.

Der Niederschlag endete so jäh am Rand des Maori-Sees und vor den Hauptgebäuden von Mexiko, daß es alle, die sich so sehr bemüht hatten, die Fäden zu zer-stören, wie einen Schock empfanden. Die Geschwader-führer wiesen ihre Leute an, am Seeufer zu landen, wo sie sich mit den Koordinatoren der Bodenmannschaften absprechen konnten. Die Bewohner von Mexiko, die nicht bei der Bodenverteidigung mitgeholfen hatten, brachten nun heiße Suppe und Klah, frisches Brot und Obst, und in einem der Häuser hatte man ein Lazarett eingerichtet. Tarvi und das Team von Karachi hatten ge-rade noch Metalldächer fertigstellen können, ehe die Fä-den das Gebiet erreichten. Dann traf Joel Lilienkamps Versorgungsschiff mit frischen Energiezellen und HNO_3-Zylindern ein.

Der Tag war noch nicht zu Ende. Piloten flogen lang-sam den Korridor ab und suchten nach ›aktiven‹ Spo-ren. Paul kehrte mit seinen verschwitzten, rußver-schmierten, müden Leuten zum Malay-Anwesen und zur Küste zurück, um an den Stellen, wo weder Hülsen noch verwesende Materie zu sehen waren, nach Spuren eines Sekundärbefalls zu suchen. Sie fanden nur zwei solcher Flecken, und auf Pauls Anweisung hin wurde dort der Boden mit Dauerfeuer aus HNO_3-Zylindern sterilisiert.

Ein Angehöriger des Bodentrupps erklärte dem Ad-miral, er hielte dies für Verschwendung. »Die Zwerg-drachen benehmen sich ganz unbekümmert, Admiral. Wenn Fäden da sind, reagieren sie ganz anders.«

»Wir dürfen in diesem Stadium kein Risiko einge-hen«, antwortete Paul lächelnd und keineswegs ge-kränkt. Er hielt das Feuerbad nicht für überflüssig. Die

Zwergdrachen hatten unverkennbar ein Gespür für Sporen, aber das Vorhandensein des zweiten und möglicherweise noch schlimmeren Stadiums dieses Lebenszyklus nahmen sie ganz offensichtlich nicht wahr.

Paul Bendens Respekt vor den Zwergdrachen war noch gewachsen, als er sah, wie gewissenhaft sie auf frisch gefallene Fäden losgingen. Während des Kampfes fiel ihm mehrmals ein Schwarm auf, der Seite an Seite mit Sean Connell und dem rothaarigen Hanrahanmädchen kämpfte. Die Geschöpfe schienen Befehle auszuführen und bewegten sich diszipliniert, während andere Gruppen kopflos hin- und herflitzten.

Fast zu häufig beobachtete Paul, daß die kleinen Wesen genau dann plötzlich verschwanden, wenn man sicher war, daß sie von einem Feuerstoß erfaßt worden waren, und er wünschte sich, daß auch die Schlitten über diese Fähigkeit oder wenigstens über größere Wendigkeit verfügten. Schlitten waren nicht die geeignetsten Kampfflugzeuge. Er erinnerte sich, wie er die Zwergdrachen während des Wherry-Angriffs bewundert hatte. Aus Berichten über die inzwischen legendäre ›Schirm‹-Verteidigung von Landing beim Ersten Fädenfall wußte er, daß Hunderte von wilden Tieren ihren zahmen Verwandten beigestanden hatten. Sie könnten ausgezeichnete Verstärkungstruppen abgeben. Paul fragte sich, wie groß wohl die Chance war, *alle* Zwergdrachen zu rekrutieren, um sie von Connel und Hanrahan ausbilden zu lassen.

Auch diesmal hatten die Sporen kahle Stellen auf der Oberfläche hinterlassen, aber trotz aller anfänglichen Pfuscherei, trotz der Unerfahrenheit der Schlittenbesatzungen und Bodenmannschaften war die Verwüstung nicht so umfangreich wie nach jener ersten, schrecklichen Katastrophe.

Die meisten der erschöpften Kämpfer beschlossen, die Nacht auf Malay zu verbringen. Pierre de Courci übernahm die Rolle des Küchenchefs, und seine Leute brieten in großen Gruben am Strand Fische und Knollenfrüchte. Müde Männer, Frauen und Kinder saßen erschöpft um die anheimelnden Lagerfeuer herum, zu müde, um sich zu unterhalten, aber froh, die Strapazen des Tages lebend überstanden zu haben.

Sean und Sorka richteten am Strand von Malay ein Notlazarett für die verletzten Feuerechsen ein und behandelten von Fäden versengte Flügel und Hautverbrennungen mit schmerzstillenden Kräutern.

»Glaubt ihr, daß mein Bronzefarbener und mein Brauner zurückkommen, wenn Sira zu schreien aufhört?« fragte Tarrie Chernoff. Sie war mit Ruß- und Grasflecken übersät, und ihr Wherlederwams zeigte zahlreiche alte und neue Brandstellen, aber wie alle treuen Zwergdrachenbesitzer versorgte sie zuerst ihr Tierchen, ehe sie sich um ihr eigenes Wohlbefinden kümmerte.

Sean hob nur die Schultern, aber Sorka legte Tarrie beruhigend die Hand auf den Arm. »Normalerweise schon. Sie sind immer ziemlich außer sich, wenn einer von ihrem Schwarm verletzt wird, besonders eine Königin. Schlaf du dich erst einmal richtig aus und warte ab, was der Morgen bringt.«

»Warum tröstest du sie mit leeren Versprechungen, Sorka?« fragte Sean leise, als Tarrie, ihre inzwischen ruhiger gewordene Königin auf den Armen wiegend, zu den Feuern zurückgestapft war. »Du weißt doch inzwischen verdammt genau, daß eine Feuerechse nicht wiederkommt, wenn sie so schwer verletzt ist.« Sean machte ein grimmiges Gesicht. Er und Sorka hatten bisher mit ihrem Schwarm Glück gehabt, aber er hatte schließlich auch dafür gesorgt, daß die Tiere sich diszipliniert verhielten.

»Sie muß sich erst einmal ausschlafen, ohne vor Sorgen den Verstand zu verlieren. Und viele kommen doch zurück.«

Sorka seufzte vor Müdigkeit, als sie den Sanitätskasten schloß, und versuchte, ihre überanstrengten Rükkenmuskeln zu entspannen. »Massiere mich doch bitte mal, Sean. An der rechten Schulter.« Sie wandte ihm den Rücken zu und stöhnte erleichtert, als sich unter seinen kräftigen Fingern die Verspannung löste.

Es war herrlich, Seans Hände auf ihrem Rücken zu spüren; er wußte genau, wie man Verkrampfungen beseitigte. Dann wanderten sie zärtlich über ihren Nacken und wühlten liebevoll in ihrem Haar. Trotz ihrer Erschöpfung reagierte sie auf die stumme Bitte, trat lächelnd zurück und sah sich schnell nach ihrem Schwarm um.

»Die haben alle schon ein ruhiges Nest gefunden und sich zusammengekuschelt.« Seans leise Stimme klang verführerisch.

»Komm, wir suchen uns auch eines.« Sie nahm ihn an der Hand und führte ihn vom Strand weg in ein dichtes Gebüsch, das mit ihrer Hilfe vor den Fäden bewahrt worden war.

Erfrischt durch die warme Mahlzeit und ein großzügiges Quantum sehr milden Quikals, das Chaila Xavior-Kimmage aus einheimischen Früchten gebraut hatte, beriefen Paul und Emily in aller Stille in einem der unversehrten Außengebäude von Malay eine Sitzung ein, an der außer dem Admiral und der Gouverneurin Ongola, Drake, Kenjo, Jim Tillek, Ezra Keroon und Joel Lilienkamp teilnahmen.

»Beim nächstenmal geht es bestimmt besser, Admiral«, versicherte Drake Bonneau und salutierte flott vor Paul. Kenjo, der hinter ihm eintrat, betrachtete den hochgewachsenen Kriegshelden mit belustigter Herablassung. »Heute haben wir gelernt, daß diese Fäden ganz andere Flug- und Kampftechniken erfordern. Wir werden die Keilformation so verfeinern, daß nichts mehr durchschlüpft. Die Schlittenpiloten müssen üben, bestimmte Höhen einzuhalten. Die Schützen müssen lernen, ihre Feuerstöße gezielt anzubringen. Es reicht nicht, nur auf den Knopf zu drücken. Ein paarmal ging es verdammt knapp her. Auch ein paar von den kleinen Zwergdrachen haben wir verloren. Wir können nicht so viele Leben aufs Spiel setzen, von den Schlitten ganz zu schweigen.«

»Die Schlitten lassen sich reparieren, Drake«, bemerkte Joel Lilienkamp trocken, ehe Paul zu Wort kam, »aber die Energiezellen halten nicht ewig. Wir können es uns nicht leisten, sie für sinnlose Übungsflüge zu verschwenden. Trotz unseres Nachschubsystems, das ich sicher noch verbessern kann, mußten neun Piloten bei Maori im Gleitflug runtergehen. Das zeugt von schlechter Einteilung. Übrigens werden bei der Keilformation die Zellen geschont, Drake. Aber es dauert trotzdem Tage, bis man sie wieder aufgeladen hat, wenn sie einmal erschöpft sind. Wie lange wird das Zeug noch fallen, Paul?« Joel blickte von seinen Berechnungen auf.

»Das wissen wir noch nicht«, antwortete Benden und rieb sich mit dem linken Daumen über die Knöchel seiner Hand. »Boris und Dieter sammeln gerade bei einer Abschlußbesprechung mit den Piloten Informationen.«

»Hölle und Teufel, das alles sagt uns doch nicht, was wir wissen müssen, Paul«, klagte Drake müde. »Wo kommt das Zeug her?«

»Die Sonde ist abgesetzt«, erklärte Ezra Keroon. »Es wird noch ein paar Tage dauern, bis die ersten Berichte eintreffen.«

Drake fuhr fort, als habe er ihn gar nicht gehört. »Ich möchte herausfinden, ob das Zeug in der Atmosphäre nicht vielleicht empfindlicher ist. Wäre ein Angriff aus großer Höhe nicht vielleicht wirkungsvoller, auch wenn wir nur zehn Schlitten mit Druckkabinen haben? Trifft dieser Schrott möglicherweise in Klumpen auf die Atmosphäre und verteilt sich erst dann? Können wir eine Verteidigungsmethode entwickeln, die mehr Wendigkeit gestattet als die Flammenwerfer? Wir müssen mehr über diesen Feind in Erfahrung bringen.«

»Jedenfalls wehrt er sich nicht«, bemerkte Ongola und rieb sich die Schläfen, um die hämmernden Kopfschmerzen zu lindern, die ihn nach Kämpfen stets überfielen.

»Das ist richtig«, antwortete Paul und wandte sich mit grimmigem Lächeln an Kenjo. »Was meinen Sie, ob wir wohl bei einem orbitalen Erkundungsflug brauchbare Informationen gewinnen könnten? Wieviel Treibstoff befindet sich im Tank der *Mariposa*?«

»Mit mir als Piloten reicht es für drei, wenn nicht sogar für vier Flüge«, antwortete Kenjo und wich betont Drakes Blick aus, »das hängt davon ab, wie viele Manöver erforderlich sind und wieviel Umkreisungen.«

»Du bist der richtige Mann dafür, Kenjo«, sagte Drake mit einer schwungvollen Handbewegung und sah ihn neiderfüllt an. »Du kannst noch mit einem Fingerhut voll Treibstoff landen.« Kenjo lächelte ein wenig und verneigte sich kurz aus der Taille. »Wissen wir, wann oder wo das Zeug wieder zuschlagen wird?«

»Das wissen wir«, versicherte Paul tonlos. »Wenn die Daten stimmen, und das war heute der Fall, dann haben die Grundbesitzer Glück. Die Fäden werden an zwei Orten niedergehen: Um 19.30 Uhr über Arabien bis zum Asowschen Meer«, — in seinem Gesicht war zu lesen, daß er den Verlust Arabiens und seiner ursprünglichen Besitzer noch immer nicht verwunden hatte — »und um 3.30 Uhr vom Meer her über die Spitze von Delta. Beide Gebiete sind unbewohnt.«

»Wir dürfen das Zeug aber nirgends unkontrolliert runterkommen lassen, Paul«, mahnte Ezra erschrocken.

»Ich weiß, aber wenn wir alle drei Tage Mannschaften ausschicken müssen, sind wir bald völlig erschöpft.«

»Nicht alles muß geschützt werden«, sagte Drake und entfaltete seine Fliegerkarte. »Es gibt dort viel Sumpf und Gestrüpp.«

»Man wird den Fädenfall trotzdem überwachen«, sagte Paul in einem Ton, der keinen Widerspruch duldete. »Betrachten Sie es als Chance, die Manöver zu verfeinern und die Teams auszubilden, Drake. Es ist zweifellos am wirkungsvollsten, das Zeug zu erwischen, solange es noch in der Luft ist. Die Sporen haben heute nicht so viel Land zerstört, aber wir können es uns nicht leisten, jedesmal, wenn sie kommen, diese breiten Korridore zu verlieren.«

»Stellt doch noch ein paar von diesen Zwergdrachen in Dienst«, scherzte Joel. »Die sind am Boden genausogut wie in der Luft.«

Emily sah ihn traurig an, während die anderen grinsten. »Leider sind sie einfach nicht groß genug.«

Paul drehte sich auf seinem Stuhl um und warf der Gouverneurin einen langen, forschenden Blick zu. »Das ist der beste Einwand, den ich heute gehört habe, Emily.«

Drake und Kenjo sahen sich verständnislos an, aber Ongola, Joel und Ezra Keroon richteten sich mit erwartungsvollen Gesichtern auf. Jim Tillek grinste.

Vor der Südküste der Großen Insel lagen fünf Hauptinseln und mehrere kleine Überreste von Vulkanen, die aus dem strahlend grünblauen Meer herausragten. Die Kuppe, der Avril und Stev sich nun erwartungsvoll näherten, war nichts anderes als der Krater eines versunkenen Vulkans. Ihre Seiten fielen steil ins Meer ab und bildeten ringsum eine schmale Küste, außer im Süden, wo der Kraterrand am niedrigsten war. Avril fieberte vor Ungeduld, als Stev den Bug des kleinen Bootes im Norden auf den Strand schob.

»Die Nielsen, das kleine Dummchen, konnte doch unmöglich recht haben«, murmelte sie und sprang auf den Kiesstrand, noch ehe Stev den Motor abgeschaltet hatte. »Wie sollten wir denn einen ganzen Strand voll Diamanten übersehen haben?«

»Wir hatten schon aussichtsreichere Stellen, Avril, weißt du noch?«

Stev sah zu, wie sie eine Handvoll der schwarzen Steine aufhob und durch die Finger rinnen ließ. Sie behielt nur den größten, und den schob sie ihm hin.

»Hier! Untersuche ihn!« Als er den handflächengroßen Stein in den tragbaren Scanner legte, sah sie sich empört um. »Es ergibt einfach keinen Sinn. Es können doch nicht alles schwarze Diamanten sein, oder?«

»Das hier ist jedenfalls einer!«

Er gab ihr den Stein zurück, und sie hielt ihn einen Augenblick in die Sonne. »Und was ist mit dem?« Sie hob einen faustgroßen Stein auf und warf ihn ihm zu, aber er sah gerade noch, wie sie den ersten Stein in ihren Beutel schob. »Ein Glück, daß die kleine Nielsen nur unser Lehrling ist. Das hier gehört alles — uns!«

»*Wir*« — Stev war nicht entgangen, daß Avril kurz gestockt hatte — »werden aufpassen müssen, daß wir den Markt nicht überschwemmen.« Er legte den großen Stein mit ungeduldigen und nicht ganz sicheren Fingern in den Scanner. »Es ist tatsächlich ein schwarzer Diamant. Etwa vierhundert Karat und einigermaßen rein. Herzlichen Glückwunsch, meine Liebe, du hast das große Los gezogen.«

Es klang spöttisch, und sie verzog das Gesicht, riß ihm den Diamanten aus der Hand und drückte ihn an sich, fast als wolle sie ihn beschützen. »Es können nicht alles schware Diamanten sein«, murmelte sie. »Oder doch?«

»Warum nicht? Nichts kann einen Vulkan davon abhalten, Diamanten auszubrüten, wenn die richtigen Zutaten vorhanden sind und zu irgendeinem Zeitpunkt der Druck hoch genug ist. Ich gebe zu, daß dies vielleicht der einzige Strand aus schwarzen Diamanten oder überhaupt aus Diamanten im ganzen Universum sein könnte, aber genau den« — Stev grinste boshaft — »hast *du* hier gefunden.«

Sie sah ihn mißtrauisch an und rang sich ein Lächeln ab. »*Wir* haben ihn gefunden, Stev.« Sie lehnte sich an ihn, ihre Haut berührte warm die seine. »Das ist der aufregendste Moment meines Lebens.« Sie legte ihre freie Hand um seinen Nacken, küßte ihn leidenschaftlich und preßte sich so fest an ihn, daß sich der Diamant in seine Rippen bohrte.

»Nicht einmal Diamanten dürfen zwischen uns stehen, mein Liebes«, murmelte er, nahm ihr den Stein aus den widerstrebenden Fingern und warf ihn hinter sich in den offenen Schlitten.

Stev war nicht allzu überrascht, als er am nächsten Morgen feststellte, daß Avril mit seinem schnellsten Schlitten das Bergwerkscamp Große Insel verlassen hatte. Er kontrollierte vorsichtshalber auch die Felshöhle, wo sie, wie er genau wußte, die sensationellsten Funde versteckt hatte. Die Höhle war leer.

Stev grinste schadenfroh. Sie mochte die Warnung von Landing als unwichtig abgetan haben, aber er nicht. Er hatte verfolgt, was auf dem Südkontinent vor sich ging, und behielt stets den Osten im Auge, sobald eine Wolke erschien. Er hatte auch Pläne für den Notfall gemacht, bezweifelte jedoch, daß Avril ebenso umsichtig gewesen war. Er hätte gern ihr Gesicht gesehen, wenn sie entdeckte, daß es in Landing von emsigen Leuten nur so wimmelte und sich auf dem Startgitter Schlitten und Techniker drängten. Deshalb brüllte er vor Lachen, als einer der Lehrlinge ängstlich meldete, Avril sei nirgends zu finden.

Nabhi Nabol fand das gar nicht komisch.

Kenjo erreichte den Orbit mit minimalem Treibstoffaufwand und konzentrierte sich voll auf die vor ihm liegende Aufgabe, obwohl er den Aufwärtsschub der wendigen Maschine spürte und das herrliche Gefühl der Befreiung von der Schwerkraft genoß. Es wäre schön, wenn alle seine Sorgen ebenso leicht von ihm abfallen könnten, aber wenigstens hatte er seine Hand für Raumschiffe nicht verloren. Liebevoll glitt er mit den Fingern am Rand der Steuerkonsole entlang.

Die letzten drei Tage waren hektisch gewesen, die ruhenden Systeme der *Mariposa* mußten gewartet und alle wichtigen Teile auf mögliche Materialermüdung oder Beschädigungen untersucht werden. Er hatte sich sogar von Theo Force bei seinem Geschwader vertreten lassen, als die Fäden über die Berge südöstlich von Karachi fielen und Longwood auf der Insel Ierne streiften. Für ihn war es wichtiger, die *Mariposa* zu reaktivieren. Ongola hatte sich die Zeit genommen, die Schaltkreise des Komgeräts einzustellen und bei den letzten Checks mitzuhelfen. Das kleine Schiff war dafür gebaut, inaktiv im Vakuum des Weltraums zu schweben, und obwohl die wichtigeren Stromkreise in Vakuumbehältern gelagert worden waren, konnte man nie ganz ausschließen, daß irgendeine kleine, aber wichtige Verbindung *nicht* genau überprüft worden war. Aber schließlich hatten alle Systeme einwandfrei funktioniert, die Triebwerke hatten beim Probelauf beruhigend laut und ruhig geklungen — und Kenjo hatte protestiert, als man ihn zwang, sich in den letzten zwölf Stunden vor dem Start auszuruhen.

»Sie mögen ein verdammt guter Jockey sein, Kenjo, aber es gibt bessere Mechaniker auf Pern als Sie«, hatte ihm Paul Benden kategorisch erklärt. »Sie brauchen *jetzt* Ruhe, damit sie im Weltraum wach sind, wo wir Ihnen nicht helfen können.«

Man hatte den Flugplan so kalkuliert, daß Kenjo sich zu dem Zeitpunkt in der richtigen Position befand, zu dem nach Boris' und Dieters Berechnungen die nächste Fädenwand in Perns Atmosphäre eindringen würde. Ihr Programm hatte ergeben, daß die Fäden in einem Rhythmus von annähernd zweiundsiebzig Stunden fielen, mit einer Stunde Spielraum. Kenjos Auftrag bestand darin, die Genauigkeit des Programms zu überprüfen, die Zusammensetzung der Sporen vor dem Eintritt festzustellen und, wenn möglich, ihre Flugbahn zurückzuverfolgen. Außerdem, und das war bei weitem nicht das unwichtigste, sollte er sie zerstören, ehe sie die Atmosphäre erreichten. Der nächste Fädenfall würde auf die Provinz Kahrain gleich oberhalb des verlassenen Anlegeplatzes von Oslo niedergehen, dann über die Paradiesflußsiedlung ziehen und über die Ebenen von Arabien enden.

Kenjo befand sich hundertfünfzig Kilometer unterhalb der leeren Raumschiffe, zu weit entfernt, um sie mit seinem Teleskop erkennen zu können, aber er versuchte es trotzdem mit der größtmöglichen Einstellung. Dann zuckte er die Achseln. Die Schiffe gehörten der Vergangenheit an. Er würde jetzt einen neuen Beitrag zur Geschichte leisten, eine unerhörte Tat. Kenjo Fusaiyuki würde entdecken, woher die Sporen kamen, er würde sie ein für allemal ausrotten und der Held des Planeten werden. Dann würde ihn niemand mehr verurteilen, weil er so viel Treibstoff für seinen Privatgebrauch ›gespart‹ hatte. Der Fleck auf seiner Ehre würde getilgt werden, und die heftigen Gewissensbisse würden verstummen.

Der Bau seines superleichten Flugzeugs hatte sich wirklich gelohnt. Er hatte den Plan auf einem Band in der Bibliothek der *Yokohama* entdeckt, in der Abteilung ›Geschichte der Luftfahrt‹. Es war nicht gerade sehr treibstoffökonomisch, auch dann noch nicht, als er das Triebwerk umgestaltet hatte, aber die Mengen, die er bei seinen Fährenflügen erübrigt hatte, hatten für diese flotte Maschine ausgereicht. Seine einsam gelegene Honshu-Besitzung im Westlichen Grenzgebirge zu überfliegen, hatte ihm eine Befriedigung verschafft, wie er sie sich nie hätte träumen lassen, auch wenn Gerüchte entstanden waren, dort treibe sich ein großes, bis dahin unbekanntes Flugwesen herum. Seine geduldige, ruhige Frau hatte sich zu seiner Nebenbeschäftigung nicht weiter geäußert, sondern sogar beim Bau mit angepackt. Sie war Maschinenbauingenieurin und hielt das kleine Wasserkraftwerk in Gang, das ihr Heim auf der Hochebene und drei kleine Anwesen im nächsten Tal mit Strom versorgte. Sie hatte ihm vier Kinder geschenkt, darunter drei Söhne, war eine gute Mutter und schaffte es darüber hinaus noch, ihm bei der Veredelung der Obstbäume behilflich zu sein, deren Ernte er verkaufen wollte.

Die Fäden waren keine Gefahr für sie, denn sie hatten ihr Haus direkt in den Berg hineingehauen und nur für die Innenausstattung Holz verwendet. Sie hatte ihm auch bereitwillig geholfen, mit den Steinschneidern, die er sich von Drake Bonneau ausgeliehen hatte, einen Hangar für sein Flugzeug in den Fels zu treiben. Von der zweiten, gut versteckten Höhle, wo er seinen Vorrat an Flüssigtreibstoff lagerte, wußte sie freilich nichts. Es war ihm bisher noch nicht gelungen, die ganze Menge aus der Höhle bei Landing nach Honshu zu bringen.

Ja, niemand würde mehr gegen Kenjos Handlungsweise protestieren, wenn er die so dringend benötigten Informationen brachte. Und er würde schon dafür sorgen, daß dazu drei oder vier derartige Flüge notwendig wurden. Er hatte die Stille und die Herausforderung des Weltraums vermißt. Was für ein jämmerliches Ding war doch sein kleiner Atmosphärenflieger, verglichen mit der eleganten, kraftvollen *Mariposa*. Wie schwerfällig war dagegen der Schlitten, den er als Geschwaderführer gesteuert hatte. Er war endlich wieder in seinem wahren Element — im Weltraum!

Der Schiffsalarm schlug an, und Augenblicke später begann das Klingeln. Er befand sich inmitten einer Wolke aus kleinen, eiförmigen Kokons. Mit einem Schrei, wie ihn einst die längst verstorbenen japanischen Krieger ausgestoßen hatten, feuerte Kenjo die Steuerbordrepulsoren ab und grinste, als auf dem Schirm winzige Sterne der Zerstörung aufblühten.

Avril Bitra war ganz bleich vor Schreck. Es war unfaß-
bar, wie sehr Landing sich verändert hatte, und dabei
hatte sie damit gerechnet, es so gut wie verlassen vor-
zufinden. Als Stev sie überredet hatte, Lehrlinge anzu-
nehmen, damit niemand sich allzu genau dafür interessierte, was sie eigentlich auf der Großen Insel machten,
hatte die Bevölkerung von Landing noch aus ganzen
zweihundert Leuten bestanden.

Das Landing, das jetzt vor ihr lag, wimmelte hingegen von Menschen. Überall brannten Lichter, und trotz
der späten Stunde eilten die Leute geschäftig umher.
Und was das schlimmste war, auf dem Landestreifen
herrschte ein Gedränge von großen, kleinen und mittelgroßen Schlitten, dazwischen liefen Techniker hin und
her — und die *Mariposa* war nicht da! Was unter allen
Sonnen war geschehen?

Sie hatte ihren Schlitten ganz am Rand des Streifens
abgestellt, in der Nähe der Stelle, wo sie die kleine
Raum-Gig zum letzten Mal gesehen hatte. Die Enttäuschung erfüllte sie von neuem mit hilflosem Zorn. Da
hatte sie nun ein Vermögen, mit dem sie diesen elenden
Klumpen Dreck verlassen konnte. Es war ihr sogar gelungen, alle ihre Gefährten abzuschütteln, und sie hatte
auch keinerlei Skrupel, Stev Kimmer zurückzulassen. Er
hatte sich als nützlich und amüsant erwiesen — bis er
vor kurzem diese schwarzen Diamanten taxiert hatte.
Ja, es war richtig gewesen, sofort aufzubrechen, ehe er
auf die Idee kam, die Schlitten unbrauchbar zu machen
oder sonst etwas Drastisches zu unternehmen, um sie
zu zwingen, ihn mitzunehmen. Aber wo in allen Höllen
auf siebzehn Welten war die *Mariposa?* Wer verbrauchte
den Treibstoff, den sie benötigte, um zu den Kolonistenschiffen zu gelangen? Sie bemühte sich, ihren Zorn zu
beherrschen. Sie mußte nachdenken!

Erst nach einer Weile fiel ihr der Alarm ein. Jetzt
wünschte sie, genauer zugehört zu haben. Nun, so
ernst war es wohl nicht gewesen, sonst ginge es in Lan-

ding nicht zu wie in einem Bienenstock. Aber vielleicht war das sogar günstig für sie. Bei so vielen Leuten würde es niemandem auffallen, ob sich ein Arbeiter mehr oder weniger herumtrieb.

Sie schauderte, die Kühle der Nachtluft auf dem Plateau kam ihr plötzlich zu Bewußtsein. Sie war an das Tropenklima auf der Großen Insel gewöhnt. Leise, aber kräftig fluchend, kramte sie in den Stauräumen des Schlittens und fand einen einigermaßen sauberen Overall. Sie schnallte sich auch den Mechanikergürtel um, den sie darunter gefunden hatte. Wahrscheinlich gehörte er Stev — er war immer gut ausgerüstet. Sie grinste höhnisch. Aber nicht immer auf alles vorbereitet.

Ehe sie sich auf die Suche nach der *Mariposa* machte, mußte sie den Schlitten verstecken. Sie versuchte, im Dunkeln wenigstens einen der dichten Büsche zu finden, die am Rand des Landestreifens wuchsen, aber sie sah keinen. Statt dessen stolperte sie in ein kleines Loch, das sich als groß genug erwies, um die Säcke mit den Schätzen zu verstecken. Sie holte sie aus dem Schlitten, ließ sie in das Loch fallen, schichtete Steine und Erde darüber und leuchtete dann mit der Taschenlampe auf die Stelle, um zu sehen, ob sie gut getarnt war. Nach einigen kleinen Veränderungen war sie zufrieden.

Mit kühnen Schritten ging sie am Gitter entlang auf die Lichter und das rege Treiben der Stadt zu.

Als Sallah Telgar-Andiyar aus dem Erdgeschoßfenster des Wetterbeobachtungsturms schaute, wo Drake Bonneau gerade Unterricht hielt, traute sie ihren Augen nicht: die Frau sah sicher nur so aus wie Avril Bitra. Sie trug einen Werkzeuggürtel und ging zielbewußt auf einen zerlegten Schlitten zu. Aber Sallah kannte sonst niemanden, der sich so arrogant bewegte, so provozierend die Hüften schwenkte. Die Frau blieb stehen und machte sich an dem Schlitten zu schaffen. Sallah schüttelte den Kopf. Avril war auf der Großen Insel; sie hatte nicht einmal auf den Alarm reagiert und war auch nicht erschienen, als vor kurzem alle Piloten nach Landing zurückbeordert worden waren. Niemand hatte sie besonders vermißt, Stev Kimmers geniale Fähigkeiten im Umgang mit Schaltkreisen hätte man allerdings gut gebrauchen können. Ongola versuchte immer noch, Paul Benden dazu zu bringen, daß er den Bergleuten auf der großen Insel die Rückkehr *befahl*.

»Laßt den Finger nicht auf dem Auslöser.« Drakes Stimme riß sie aus ihren Gedanken.

Armer Kerl! dachte Sallah. Er gab sich alle Mühe, diesen eifrigen Kindern beizubringen, wie man Fäden bekämpfte. Wenn das, was Tarvi ihr über diese tödliche Bedrohung erzählt hatte, nur zur Hälfte stimmte, war dies verteufelt schwer.

»Schwenkt immer vom Bug zum Heck. Die Fäden fallen in südwestlicher Richtung, wenn ihr also unter den vordersten Rand kommt, könnt ihr mehr verbrennen.« Drake hatte allmählich keinen Platz mehr auf der Tafel, die er mit seinen Diagrammen und Flugschemata vollgekritzelt hatte. Sallahs erster Einsatz stand noch bevor, deshalb hatte sie aufgepaßt — bis zu dem Augenblick, als sie geglaubt hatte, Avril Bitra zu erkennen.

Der Tag hatte auch so etwas wie eine Wiedersehensfeier der Fährenpiloten gebracht. Bis auf Nabhi Nabol und Kenjo war die ganze alte Gruppe dem Ruf gefolgt. Sallah wußte, wo Kenjo war, und beneidete ihn ein wenig, daß Nabol nicht dabei war, war ihr hingegen ganz recht. Er hätte sich bestimmt darüber mokiert, mit all den jungen Leuten zusammenarbeiten zu müssen, die sich erst nach der Landung auf dem Planeten ihre Fluglizenz erworben hatten. Tja, einige von ihnen hatte sie noch als Heranwachsende gekannt.

In Karachi Fuß zu fassen hatte mehr Zeit gekostet, als ihr bewußt gewesen war. Und es gab so viel Neues, zum Beispiel die Zwergdrachen, die auf den Schultern der Kinder saßen oder sich an Beinen in Wherlederhosen hinaufhangelten. Ihren drei eigenen — einer Goldenen und zwei Bronzefarbenen — hatte sie genau wie ihren Kindern beigebracht, sich einigermaßen manierlich zu benehmen. Im Moment hockten sie ganz oben auf den Regalen des großen Bereitschaftsraums. Zwei davon waren Mentas, und sie fragte sich, ob sie wohl verstanden, was vor ihren wachsamen, in allen Regenbogenfarben schillernden Augen vor sich ging.

Drakes eindringliche Warnung holte sie erneut in die Gegenwart zurück. »Weicht *nicht* von der vorgeschriebenen Flughöhe ab. Wir versuchen, Geräte zu bauen, die euch labile Piloten warnen, wenn ihr aus der Reihe tanzt. Wir müssen bestimmte Flughöhen einhalten, um Kollisionen zu vermeiden. An Leuten, die fliegen können, fehlt es uns weniger als an Schlitten. *Ihr*«, sagte er und deutete dabei mit dem Finger auf seine Zuhörer, »seid zu ersetzen. Der Schlitten nicht, und wir werden jede Maschine brauchen, die sich in der Luft halten kann.«

»Nun, bei einem Schwenk vom Bug zum Heck mit einem einsekündigen Stoß werden alle Fäden in der Reichweite dieser Flammenwerfer verkohlt. Wenn ihr auch nur ein Ende von den Dingern erwischt, frißt sich das Feuer meistens von selbst weiter. Verschwendet also kein HNO_3.« Er ratterte die chemische Formel so schnell herunter, daß es sich eher wie ›Agenodrei‹ anhörte, dachte Sallah, und ihre Gedanken schweiften wieder ab. Verdammt, sie mußte aufpassen, aber sie war inzwischen mehr daran gewöhnt, auf Geräusche zu hören als auf Worte. Und auf Stille. Auf die Stille zum Beispiel, die bei allen Kindern eintrat, wenn sie unfolgsam waren oder etwas Verbotenes ausprobierten. Und die ihren waren sehr erfinderisch. Sie spürte, wie sich ihre Lippen zu einem stolzen, mütterlichen Lächeln verzogen, und nahm sich schnell zusammen, weil sie Drakes Blick auf sich ruhen fühlte.

Sie vermißte ihre drei älteren Kinder schon jetzt schrecklich. Ram Da, ihr kräftiger, zuverlässiger, sieben Jahre alter Sohn hatte versprochen, auf Dena und Ben aufzupassen. Die drei Monate alte Cara hatte sie mitgenommen — das Baby war unter Mairi Hanrahans Meute gut untergebracht — sie war also nicht ganz allein. Aber Tarvi war in Karachi und preßte rund um die Uhr Metallblech, er schuftete ebenso hart wie seine Leute, die er bis zum Umfallen antrieb.

»... damit ihr mit jedem Zylinder möglichst lange auskommt«, sagte Drake. »Je mehr Agenodrei und Energie ihr spart, desto länger könnt ihr in der Formation bleiben. Und dort werdet ihr gebraucht. Nun haben die meisten von euch schon Erfahrung mit Turbulenzen. Legt eure Sicherheitsgurte *erst* ab, wenn ihr am Boden seid. Die leichteren Schlitten können beim Landen umkippen, wenn plötzliche Böen auftreten, weil sie durch die Flammenwerferbefestigungen vorderlastig sind.«

Nachdem Tarvi so unter Druck stand, war es ganz gut, daß sie eine eigene Aufgabe hatte, dachte Sallah. Er hatte ohnehin nur wenig Zeit für sie, und sie würde nicht einmal das Vergnügen haben, neben ihm zu schlafen — oder ihn im Morgengrauen, wenn er zu müde war, um Widerstand zu leisten, mit ihren Zärtlichkeiten zu erregen.

Was machte sie nur falsch? fragte sie sich zum hundertsten Mal. Sie hatte Tarvi nicht eingefangen. Das Verlangen, die Leidenschaft an jenem Tag in der Höhle waren doch auf beiden Seiten echt gewesen. Als sie schwanger geworden war, hatte Tarvi ihr sofort angeboten, das Verhältnis zu legalisieren. Sie hatte nicht darauf bestanden, war aber sehr erleichtert gewesen, daß er die Initiative ergriffen hatte. Während der Schwangerschaft war er rücksichtsvoll, zärtlich und besorgt gewesen, und als sein erstes Kind, ein kräftiger, gesunder Junge, zur Welt kam, hatte er sich vor Freude nicht zu lassen gewußt. Er vergötterte alle seine Kinder, war entzückt, wenn sie geboren wurden und verfolgte begeistert ihre Entwicklung. Nur seine Frau wurde gemieden, beiseitegeschoben, ignoriert.

Sallah seufzte, und ihre alte Freundin Barr warf ihr einen fragenden Blick zu. Sallah zuckte lächelnd die Achseln, zum Zeichen, daß Drake ihr diese Reaktion entlockt hatte. Wie wäre ihr Leben wohl verlaufen, wenn sie sich in trauter Zweisamkeit mit Drake Bonneau an seinem See niedergelassen hätte? Svenda schien es an nichts zu fehlen, sie prahlte sogar damit, daß sie ihre Schwangerschaften auf zwei beschränken wolle. In der Öffentlichkeit mochte Drake den selbstsicheren Paradeflieger markieren, aber am Abend zuvor war er doch auffallend nach der Pfeife seiner dominierenden Frau getanzt. Sallah hatte schon immer den Verdacht gehabt, daß bei Drake hinter der Fassade nicht allzuviel steckte. Trotz aller Verschrobenheiten zog sie ihren Tarvi vor und hätte jene freilich immer seltener werdenden Gelegenheiten, zu denen sie seine Leidenschaft wecken konnte, nicht missen mögen. Vielleicht war das der Fehler: vielleicht sollte sie ihm die Initiative überlassen. Nein, das hatte sie schon einmal versucht und war ein Jahr lang kreuzunglücklich gewesen, ehe sie auf die Idee mit den ›Angriffen im Morgengrauen‹ verfiel.

Sie hatte von Jivan einige Pushtu-Ausdrücke gelernt und sich ganz harmlos nach Frauennamen erkundigt. Nach wem Tarvi auf dem Gipfel der Leidenschaft auch immer rief, eine andere Frau war es nicht. Und soviel sie feststellen konnte, auch kein anderer Mann.

»Nun«, sagte Drake, »hier ist der Einsatzplan für den nächsten Fädenfall. Vergeßt nicht, er erfolgt an zwei Stellen, am Jordan und in Dorado. Wir schicken die Dorado-Geschwader voraus, damit ihr ausgeruht seid, wenn der Kampf beginnt.« Wieder schweifte Drakes Adlerblick über seine bewundernden Schüler. »Und jetzt zurück mit euch zu euren Schlitten, helft den Technikern, wo ihr könnt. Um Mitternacht gehen die Lichter aus. Wir brauchen alle unseren Schlaf«, schloß er fröhlich und entließ sie mit einer Handbewegung.

Svenda trat schnell an seine Seite und schreckte mit ihrer finsteren Miene alle ab, die mit privaten Fragen an Drake herandrängten.

»Seit wann bist du hier, Sallah?« fragte Barr und wandte sich ihr mit dem gewohnt freundlichen Grinsen zu. »Ich bin erst gegen Mittag von unserem Anwesen gekommen. Von der alten Gruppe wußte niemand, bis wann du es schaffen würdest. Mir war gar nicht bewußt, daß die Lage so ernst ist, bis ich auf dem Weg hierher sah, was diese Sporen alles angerichtet hatten.«

Sallah lachte. Die temperamentvolle Barr war ganz die alte geblieben, nur etwas rundlicher war sie geworden. »Wie viele Kinder hast du jetzt, Barr?« fragte sie. »Wir haben uns doch ziemlich aus den Augen verloren, seit du auf der anderen Seite des Kontinents lebst.«

»Fünf!« Barr ließ ein backfischhaftes Kichern hören und warf Sallah einen verschmitzten Blick zu. »Beim letzten Mal waren es Zwillinge, und damit hätte ich nie gerechnet. Dann hat Jess mir erzählt, daß er auch ein Zwilling ist und daß Zwillingsgeburten in seiner Familie nichts Ungewöhnliches sind. Ich hätte ihn erwürgen können.«

»Aber du hast es nicht getan.«

»Nein! Er ist ein guter Mann, ein liebevoller Vater, und er arbeitet schwer.« Barr nickte bei jeder der aufgezählten Tugenden nachdrücklich mit dem Kopf und grinste Sallah wieder an. Dann trat ein besorgter Ausdruck in ihr lebhaftes Gesicht. »Bei dir alles in Ordnung, Sallah?«

»Sicher. Ich habe vier Kinder. Cara habe ich mitgebracht. Sie ist erst drei Monate alt.«

»Ist sie bei Mairi oder bei Chris MacArdle-Cooney?«

»Bei Mairi. Aber wir sollten uns den Dienstplan ansehen und feststellen, wann wir eingeteilt sind. Wo ist Sorka denn inzwischen?« Sallah hatte auch das rothaarige Hanrahanmädchen aus den Augen verloren. »Alle anderen habe ich getroffen.«

»Ach, sie lebt mit einem Tierarzt zusammen. Am Irenplatz.«

»Wie passend!« Plötzlich stieg Groll in Sallah auf, zum Teil wegen der Freiheit, die junge Leute genießen durften, zum Teil hatte es auch mit ihrer Enttäuschung über Tarvis Zurückhaltung zu tun. Aber gleichzeitig wurde ihr klar, daß sie im Moment relativ wenig Verantwortung hatte und daß ihre beruflichen Fähigkeiten wieder gefragt waren. »Komm, wir besorgen uns was zu trinken und erzählen uns gegenseitig, was in den letzten Jahren passiert ist!«

Sorka und Sean kamen aus verschiedenen Richtungen und trafen sich vor ihrer Wohnung, Sean hatte an einer außerordentlichen Sitzung bei Admiral Benden teilgenommen, Sorka war in einem der Veterinärschuppen gewesen. Sein harter Schritt verriet ihr, daß er sich vor Wut kaum noch beherrschen konnte, aber er hielt sich zurück, bis sie im Haus waren.

»Dieser verdammte Narr, dieser dreimal verfluchte Narr«, sagte er und knallte die Tür hinter sich zu. »Dieser aufgeblasene, dickschädelige, vernagelte Blödmann.«

»Admiral Benden?« fragte sie überrascht. Sean hatte bisher nie einen Anlaß gefunden, den Admiral zu kritisieren, und er war sehr stolz gewesen, als er zu dieser Sonderbesprechung geladen wurde.

»Dieser blöde Admiral will eine Kavallerieeinheit!«

»Kavallerie?« Sorka holte gerade das Abendessen aus dem Gefrierfach, aber jetzt hielt sie inne.

»Um mit Flammenwerfern in der Gegend herumzurasen, nicht mehr und nicht weniger.«

»Ist ihm denn nicht bekannt, daß Pferde Feuer hassen?«

»Jetzt schon.« Sean ging an ihr vorbei an den kleinen

Schrank, zog eine Flasche Quikal heraus und hielt sie vielsagend hoch.

»Ja, bitte. Wenn ich nicht ruhiger werde, bekommt mir das Essen nicht.« Sie unterdrückte ihre Neugier. Daß er nach Alkohol verlangte, war ein deutliches Zeichen für seine Anspannung, denn Sean war gewöhnlich kein starker Trinker.

»Wir brauchen nicht oben zu essen, oder?« fragte er und deutete mit dem Kopf in Richtung der wiedereröffneten Gemeinschaftsküche.

»Nein, ich habe Mutters Tiefkühltruhe geplündert.« Sie schob ein Gefäß in den Herd und stellte die Zeit ein.

Sean reichte ihr ein Glas und erhob das seine zu einem Trinkspruch. »Auf idiotische Admiräle, die sich zwar im Weltraum bestens auskennen, aber nicht die leiseste Ahnung von Pferden haben. Als ob wir solche Mengen von den Tieren hätten, daß wir sie mit hirnlosen Kapriolen verheizen könnten. Außerdem bildet er sich ein, ich könnte Feuerechsengeschwader ausbilden«, — Sean hatte sich nicht davon abbringen lassen, die Tiere mit seinem eigenen Namen zu bezeichnen —, »die die Fäden auf Kommando vernichten. Er glaubt sogar, er müßte sich auch so ein Tier anschaffen. Und dann weiß er nicht einmal, daß sie erst im Sommer wieder schlüpfen! Wenn diese Paradeflieger sie bis dahin nicht alle angezündet haben.«

Sorka hatte Sean noch nie so wütend gesehen. Sein Gesicht war zornrot. Um sich abzureagieren, ging er auf und ab, fuchtelte mit dem rechten Arm wie wild in der Luft umher und nippte zwischen den Sätzen an seinem Glas. Ständig warf er den Kopf zurück, um sich das sonnengebleichte Haar aus dem Gesicht zu schütteln. Seine starre Miene ließ ihn undurchschaubar, fast beängstigend wirken. Sorka hörte ihm mit einem Teil ihres Bewußtseins zu und pflichtete ihm bei, während er seine Befürchtungen und Ansichten zum besten gab; aber daneben registrierte sie wieder einmal erfreut, was sich hinter der beherrschten, fast gefühllosen Fassade, die er den meisten Leuten präsentierte, für eine leidenschaftlich engagierte, intelligente, kritische und durch und durch vernünftige Persönlichkeit verbarg.

Sie wußte nicht mehr genau, wann ihr klar geworden war, daß sie ihn liebte — es schien schon immer so gewesen zu sein —, aber sie erinnerte sich an den Tag, an dem sie gemerkt hatte, daß auch er sie liebte: damals war er zum ersten Mal in ihrer Gegenwart wegen einer Kleinigkeit explodiert. Diesen Luxus hätte Sean sich nie gestattet, wenn er sich bei ihr nicht völlig sicher gefühlt, wenn er nicht unbewußt ihre Zuneigung und ihre besänftigende Anwesenheit gebraucht hätte. Mit einem kleinen Lächeln, das sie jedoch taktvoll hinter ihrem Glas verbarg, beobachtete sie nun, wie er sich seinen Ärger von der Seele redete.

»Weißt du, Sean, eigentlich war es doch auch ein Kompliment für dich«, bemerkte sie schließlich. Als sie seinen überraschten Blick sah, lächelte sie. »Insofern, als der Admiral sich an *dich* gewandt hat. Dir ist es vielleicht gar nicht aufgefallen, aber er hat uns da draußen im Malay-Korridor beobachtet und gesehen, wie gut sich unser Schwarm benimmt. Und er weiß sicher, daß du eher als alle anderen die Stellen finden wirst, wo die Königinnen ihre Eier verstecken.«

»Hm. Ja, wahrscheinlich hast du recht.« Sean ging weiter auf und ab, aber seine Erregung hatte nachgelassen.

Sorka liebte Sean in jeder Stimmung, aber seine gelegentlichen Explosionen faszinierten sie. Sein Zorn hatte sich nie gegen sie gerichtet; er kritisierte sie selten, und dann nur auf sehr knappe und unpersönliche Weise. Einige ihrer Freundinnen wunderten sich, wie sie seine Schweigsamkeit, seine fast mürrische Launenhaftigkeit ertragen konnte, aber wenn sie mit ihm allein war, war er nie mürrisch. Er war im allgemeinen rücksichtsvoll, wurde nie ausfallend, selbst wenn er völlig anderer Ansicht war, und war sicher ein Mann, der seine Meinung für sich behielt — es sei denn, Pferde waren in Gefahr. Seine schlanke Gestalt bewegte sich selbst jetzt noch mit einer gewissen Eleganz, obwohl er mit schweren Schritten hin und her stapfte und in dem dicken Wollteppich, den sie selbst gewebt hatte, Abdrücke hinterließ. Sie ließ ihn weiterlamentieren und hörte belustigt zu, wie er sich in abfälligen Vermutungen über die Abstammung des Admirals erging, vor dem er normalerweise größten Respekt hatte, und sämtliche Biologen als Idioten beschimpfte, weil sie mit Tieren herumpfuschten, obwohl sie zu dumm waren, um ihr Wesen zu verstehen.

»Hast du nun dem Admiral angeboten, ihm ein Zwergdrachenei zu besorgen, wenn die Zeit kommt, oder nicht?« fragte sie, als er nach einer weiteren ausführlichen Verurteilung aller militärischen Esel eine Pause einlegte, um wieder zu Atem zu kommen.

»Ha! Falls ich das kann, ja.« Er machte auf dem Absatz kehrt und ließ sich neben sie auf die Couch fallen. Sein Gesicht war plötzlich ruhig geworden, Zorn und Frustration waren verflogen, seine Augen ruhten auf der bernsteinfarbenen Flüssigkeit in seinem Glas. Sie spürte, daß er noch etwas auf dem Herzen hatte, und wartete, daß er weitersprach. »Du weißt ebensogut wie ich, daß wir hier in der Gegend von den wilden Feuerechsen keine Flügelspitze mehr gesehen haben. Seit dem Fädenfall von Sadrid machen sie sich rar. Himmel, wenn es auf diesem Planeten einen sicheren Platz gäbe, sie würden ihn finden!«

»Im Malay-Korridor haben uns aber eine Menge von ihnen geholfen.«

»So lange, bis ein paar Irre auch auf sie gefeuert haben!« Sean trank sein Glas leer, um seinen Abscheu hinunterzuspülen. »Wenn sich das rumspricht, wird uns von den Wilden überhaupt keiner mehr helfen.« Er schenkte sich noch einmal ein. »Sag mal, wo sind eigentlich deine?« fragte er plötzlich, weil ihm auffiel, daß die gewohnten Plätze leer waren.

»Genau da, wo auch deine sind, nämlich irgendwo draußen«, antwortete sie sanft.

Sean begann zu lachen, über sich selbst und weil er sich jetzt erinnerte, wie seine Feuerechsen sich verdrückt hatten, sobald er das Verwaltungsgebäude verließ.

»Ein Wunder ist es nicht, oder?« neckte sie ihn grinsend. Er legte ihr einen Arm um die Schultern und zog sie dichter an sich, ohne daß sie sich gewehrt hätte. »Als Emmett mir berichtete, Blazer sei wegen deines gerechten Zorns ganz aus dem Häuschen, habe ich den meinen gesagt, sie müßten sich heute abend selbst etwas zu essen suchen. Von Käse sind sie sowieso nicht begeistert.«

»Es passiert nicht oft, daß wir einen Abend für uns allein haben«, flüsterte Sean ihr leise ins Ohr. »Trink aus, mein kleiner Rotschopf.« Er fuhr ihr durchs Haar, dann schob sich seine Hand in zärtlichem Streicheln über ihre Wange und faßte nach ihrem Kinn. »Und schalte den Herd aus«, fügte er hinzu, ehe er sie küßte.

Sorka gehorchte gern. Es war umständlich, sich jedesmal irgendwelche Scheinaufträge für die Zwergdrachen einfallen lassen zu müssen. Aber die Tiere genossen starke Gefühle, auch wenn sie selbst nicht in Hitze waren, und wenn ein dreizehnköpfiger Chor seinen Ermunterungsgesang anstimmte, wußte die ganze Nachbarschaft, was im Haus Hanrahan-Connell vorging.

Am späten Abend, als es in Landing allmählich ruhig wurde, fragte sich Sorka, ob sie wohl diesmal empfangen hatte. Sean schlief ruhig neben ihr, die Finger leicht um ihren Oberarm gelegt. Sie hatte ihm gegenüber nie den Wunsch geäußert, ihr Verhältnis zu legalisieren, oder darauf hingewiesen, daß sie in den Augen von ganz Landing ein festes Paar waren. Sie waren bei fast allem, was sie taten, einer Meinung und nützten ihre

Veterinärlehrzeit dazu, das beste Material aus dem Genvorrat auszuwählen, der ihnen entweder in den Samenbanken oder an lebendigen Hengsten zur Verfügung stand, um kräftige Pferde zu züchten. Bald würden sie ihr Abschlußexamen in Tiermedizin ablegen, und sie hatten schon genau die richtige Stelle für ihr künftiges Heim gefunden — ein Tal etwa in der Mitte des Östlichen Grenzgebirges. Sean hatte Red mitgenommen und ihm das geplante Killarney-Anwesen gezeigt, und ihr Vater hatte ihrer Wahl begeistert zugestimmt. Sorka deutete das als stillschweigende Zustimmung zu ihrer immer noch inoffiziellen Beziehung.

Sorkas Eltern hatten sich also mittlerweile mit Sean abgefunden, aber Porrig Connell behandelte die Freundin seines Sohnes immer noch sehr förmlich, wie einen Gast, den er nicht allzuoft zu sehen wünschte. Seine Frau hatte nie ihre Bemühungen aufgegeben, ihren Sohn an den Herd zurückzubringen, an den er ihrer Ansicht nach gehörte. Sie hatte sich sogar eine Schwiegertochter ausgesucht und brachte manchmal alle Beteiligten in Verlegenheit, weil sie ihm das Mädchen bei jeder sich bietenden Gelegenheit aufdrängte.

»Ich will niemanden, der so nahe mit mir verwandt ist, Mam«, hatte Sean ihr erklärt, als sie ihn einmal zu oft damit geplagt hatte. »Dabei kommt nichts Gutes heraus. Der Vater von Lally Moorhouse ist ein Vetter ersten Grades von dir. Wir müssen den Genpool vergrößern, nicht begrenzen.«

Sorka hatte es gehört, aber sie kannte Sean inzwischen so gut, daß sie nicht gekränkt war, obwohl er nichts davon erwähnt hatte, daß seine Wahl bereits getroffen war. Vielleicht hatte er damals noch nicht gemerkt, daß er die fünfzehn Jahre alte Sorka Hanrahan liebte, die ihrerseits ganz genau wußte, wem ihr Herz gehörte.

Sie war siebzehn gewesen, als er zum ersten Mal so etwas wie Leidenschaft gezeigt hatte, und das war eine denkwürdige Nacht gewesen. Sie hatten die Rollen getauscht: sie war die Zügellose gewesen, er der zögernde, zärtliche Liebhaber. Ihre heftige Reaktion auf seine vorsichtigen Annäherungsversuche hatte sie beide überrascht und befriedigt, aber eine eigene Wohnung hatten sie erst nach ihrem achtzehnten Geburtstag genommen. In ihrer Generation hatte es sich eingebürgert, erst einmal eine Weile auf Probe zusammenzuleben, ehe man vor dem Richter eine offizielle Bindung einging.

Sorka wollte unbedingt ein Kind von Sean. Seit jener schrecklichen halben Stunde, in der sie unter dem Steinsims im Wasser gestanden hatten, war ihr bewußt, daß sie sterblich waren. Sie wollte etwas von Sean für sich haben — nur für den Fall der Fälle. Nicht daß er besonders wild oder unvorsichtig gewesen wäre, aber die Lilienkampsöhne waren auch nicht leichtsinnig gewesen, und die arme Lucy Tubberman ganz gewiß nicht. Bei jenem ersten Fädenfall waren so viele Menschen ausgelöscht worden!

Sorka wollte nicht allein zurückbleiben, ohne irgendein Andenken an Sean zu haben. Sie hatte sich bisher nicht bemüht, ein Kind zu empfangen, weil eine Schwangerschaft ihre Pläne für das Killarney-Anwesen verzögert hätte: sie brauchte die Anrechnungspunkte für ihre Arbeit, um möglichst viele Morgen Land erwerben zu können. Sie hatte sich allerdings schon Sorgen gemacht, weil sie bisher nicht schwanger geworden war, obwohl sie und Sean sich bisher bei ihren Spielereien nie besonders vorgesehen hatten. Aber jetzt war Schluß mit den Spielereien, soweit es sie anging. In dieser Nacht war sie aufs Ganze gegangen.

Windblüte öffnete Paul Benden, Emily Boll, Ongola und Paul und Bay Harkenon-Nietro weit die Tür und neigte anmutig den Kopf zur Begrüßung.

Kitti Peng saß auf einem gepolsterten Stuhl, der nach Pauls Ansicht unter dem Bezug auf einem Podest stehen mußte, so daß er aussah wie ein archaischer Thron. Für jemanden, der nur halb so groß war wie er selbst, wirkte sie beeindruckend. Der schmächtige Körper war in eine herrlich weiche, gewebte Decke gewickelt, und auch die langärmelige, kunstvoll bestickte Tunika steigerte die Ausstrahlung von Kraft und Autorität. Sie hob eine zarte Hand, nicht größer als die seiner ältesten Tochter, und bedeutete ihnen, auf den Hockern Platz zu nehmen, die in einem unregelmäßigen Halbkreis vor ihr aufgestellt waren.

Paul mußte seine langen Beine anwinkeln, um sich niederzulassen, und dabei wurde ihm klar, daß sie sich damit einen fast unmerklichen Vorteil vor ihren Besuchern verschafft hatte. Belustigt von dieser Taktik lächelte er zu ihr auf und glaubte, in ihren Augen eine leise Reaktion zu entdecken.

Nur ganz wenige starke Volkstraditionen hatten das Religiöse Zeitalter überstanden, aber vier Völker, Chinesen, Japaner, Maori und Amazonasindianer, hatten einige ihrer alten Sitten beibehalten. In Kittis mit erlesenen Familienerbstücken ausgestattetem pernesischem Haus hätte Paul nie gewagt, das Ritual der Gastfreundschaft zu stören. Windblüte servierte den Besuchern duftenden Tee in zarten Porzellantassen. Die kleine Teepflanzung, die man nur angelegt hatte, um diese wunderschöne Zeremonie zu ermöglichen, war dem ersten Fädenfall zum Opfer gefallen. Paul war sich schmerzlich bewußt, daß der Tee, an dem er jetzt nippte, vielleicht der letzte sein würde, den er je zu kosten bekam.

»Hatte Mar Dook schon Gelegenheit, Ihnen zu sagen, daß er im Treibhaus noch mehrere Teesträucher in Reserve hatte, Kitti Ping?« fragte Paul, als alle genügend Zeit gehabt hatten, das Getränk zu genießen.

Kitti Ping senkte zum Zeichen der Dankbarkeit tief den Kopf und lächelte. »Das ist eine große Beruhigung.«

Ihre unverbindliche Höflichkeit lieferte ihm keinen Ansatzpunkt. Paul rutschte auf der Suche nach einer bequemeren Stellung unruhig auf dem Hocker hin und her und war sich durchaus bewußt, daß Pol und Bay es kaum erwarten konnten, auf den Grund für diese Unterredung zu sprechen zu kommen.

»Wir wären alle noch beruhigter, Kit Ping Yung«, — er dämpfte unvermittelt seine Stimme, die nach ihrer zarten Antwort so laut geklungen hatte —, »wenn wir ... irgendeine zuverlässige Unterstützung im Kampf gegen diese Bedrohung hätten.«

»Ach?« Ihre bleistiftstrichdünnen Augenbrauen gingen in die Höhe, und ihre winzigen Hände auf den Armlehnen vollführten eine unbestimmte Geste.

»Ja.« Paul räusperte sich, er ärgerte sich über seine Unbeholfenheit und darüber, daß er sich durch eine Kleinigkeit wie die Sitzordnung so aus der Fassung bringen ließ. Sie mußte doch wissen, warum er diese Privatkonferenz arrangiert hatte. »Die Wahrheit ist, daß wir nur sehr schlecht dafür gerüstet sind, uns gegen die Sporen zu verteidigen. Rundheraus gesagt, in fünf Jahren sind unsere Vorräte erschöpft. Wir haben nicht die Mittel, um Schlitten oder Energiezellen herzustellen, wenn die mitgebrachten am Ende sind. Kenjos Versuch, die Sporen im Weltraum zu zerstören, war nur zum Teil erfolgreich, und für die *Mariposa* ist nicht mehr viel Treibstoff vorhanden.

Wie Sie wissen, hat keines der Kolonistenschiffe irgendwelche Defensiv- oder Vernichtungswaffen mitgeführt. Selbst wenn wir Laserkanonen bauen könnten, wir hätten nicht genug Treibstoff, um auch nur ein Schiff in eine Position zu bringen, von der aus es die Kokons wirkungsvoll vernichten könnte. Trotzdem bleibt die Zerstörung der Sporen aus der Luft die beste Möglichkeit, den Boden zu schützen.

Boris und Dieter haben unsere schlimmsten Befürchtungen bestätigt: die Fäden werden nach einem Schema über Pern hinwegfegen, das den ganzen Planeten in eine Wüste verwandelt, wenn wir sie nicht aufhalten können. Wir haben auch nicht viel Hoffnung, daß Ezra Keroons Sonde uns irgendwelche brauchbaren Informationen liefert.« Paul spreizte die Hände, die Hoffnungslosigkeit drohte ihn zu überwältigen.

Kitti zog aufrichtig überrascht ihre zarten Augenbrauen in die Höhe. »Der Morgenstern ist also der Ursprung?«

Paul seufzte schwer. »So lautet die aktuelle Theorie. Wenn die Sonde ihre Daten schickt, werden wir mehr wissen.«

Kitti Ping nickte nachdenklich, ihre gertenschlanken Finger umklammerten die Armlehnen fester.

»Kit Ping Yung«, sagte Emily und setzte sich noch aufrechter auf ihren Hocker, »wir sind in einer verzweifelten Lage.«

Paul fand es auf undefinierbare Weise ermutigend, daß sich die Gouverneurin nicht weniger wie ein nervöses Schulkind benahm als er selbst. Pol und Bay nickten ihr aufmunternd zu. Kitti Ping und Windblüte, die links hinter ihrer Großmutter stand, warteten geduldig.

»Wenn die Zwergdrachen größer wären, Kitti«, schaltete sich Bay ungewöhnlich schroff ein, »und intelligent genug, um Anweisungen zu befolgen, wären sie uns eine gewaltige Hilfe. Ich konnte mit Hilfe der Mentasynthese ihre latent vorhandenen empathischen Fähigkeiten verstärken, aber das ist vergleichsweise einfach. Um Zwergdrachen zu züchten, die groß genug sind — Drachen — sie müssen sehr groß sein —« Bay streckte die Arme aus, so weit sie konnte, und deutete mit den Fingern etwa die Größe eines Zimmers an, »— intelligent, folgsam, stark genug, um die erforderliche Aufgabe zu erfüllen: Fäden am Himmel zu verbrennen.« Sie stockte, denn sie wußte sehr wohl, wie Kitti Ping über den Einsatz von Biotechnik dachte, wenn es über einfache Korrekturen hinausging, um Lebewesen an neue, ökologische Rahmenbedingungen anzupassen.

Wieder nickte Kitti Ping, und ihre Enkelin sah sie

überrascht an. »Ja, Größe, Kraft und beträchtliche Intelligenz wären nötig«, sagte sie kaum hörbar. Sie schob die Hände in die Manschetten ihrer langen Ärmel, verschränkte die Arme, neigte den Kopf und schwieg so lange, daß die Besucher sich schon fragten, ob sie vielleicht in den letzten Schlaf der Greise gefallen sei. Dann fuhr sie fort: »Und Begeisterungsfähigkeit, die man manchen Wesen leicht einflößen kann, während es bei anderen unmöglich ist. Die Zwergdrachen besitzen bereits die Züge, die Sie verstärken und verbessern wollen.« Sie lächelte, ein sanftes, fast entschuldigendes Lächeln, hinter dem sich große Traurigkeit und Mitgefühl verbargen. »Ich war nur eine — wenn auch sehr willige und lerneifrige — Schülerin in den Großen Beltrae-Hallen der Eridani. Man hat mich gelehrt, was geschehen würde, wenn ich dies oder jenes täte, wenn ich vergrößerte oder verkleinerte, jene Synapse durchtrennte oder dieses Genmuster veränderte. Die meiste Zeit funktionierte das, was man mir beigebracht hatte, aber leider«, fügte sie hinzu und hob warnend eine Hand, »wußte ich nie, warum manchmal eine Veränderung scheiterte und der Organismus zugrunde ging. Ich sollte es auch nicht erfahren. Die Beltrae lehrten uns das Wie, aber niemals das Warum.«

Paul seufzte tief auf, die Verzweiflung drohte ihn zu überwältigen.

»Aber ich kann es versuchen«, sagte sie. »Und ich werde es versuchen. Denn obwohl mein Leben fast zu Ende ist, sind andere da, auf die es Rücksicht zu nehmen gilt.« Sie drehte sich um und lächelte freundlich zu Windblüte auf, die demütig den Kopf senkte.

Paul schüttelte den Kopf, er glaubte, nicht recht gehört zu haben.

»Sie werden es tun?« Bay sprang auf und beherrschte sich gerade noch so weit, daß sie nicht auf Kittis hohen Stuhl zustürmte.

»Natürlich werde ich es *versuchen!*« Wieder hob Kitti

warnend ihre winzige Hand. »Aber ich muß voraus-
schicken, daß nicht unbedingt mit einem Erfolg zu rechnen ist. Was wir vorhaben, ist gefährlich für die Spezies,
es könnte gefährlich für uns ein, und es gibt keine Ga-
rantie, daß es gelingt. Es ist in höchstem Maß ein
Glücksfall, daß die kleinen Zwergdrachen bereits so viele der Eigenschaften besitzen, die das genetisch veränderte Tier braucht, um unsere dringendsten Bedürfnisse
zu erfüllen. Trotzdem ist es uns vielleicht nicht möglich,
genau das richtige Wesen zu schaffen und auch noch einer genetischen Progression sicher zu sein. Wir haben
weder hochwertige Laboreinrichtungen noch die Analy-
semethoden, die uns die Schwierigkeiten erleichtern
könnten. Wiederholung, die Arbeit vieler Hände und
Augen müssen uns die Präzision und die Empfindlich-
keit der Geräte ersetzen. Die Aufgabe ist nicht unlösbar,
aber die Mittel sind barbarisch.«

»Aber wir müssen es versuchen!« sagte Paul Benden
und erhob sich mit entschlossen geballten Fäusten.

Alles medizinische Personal, das nicht im Lazarett oder
bei den Bodenmannschaften Dienst tat, die Veterinäre
und alle Lehrlinge, auch Sean und Sorka, arbeiteten in
Schichten an Kitti Pings Projekt, das Vorrang vor allem
anderen erhielt. Jeder, der in Biologie, Chemie oder irgendwelchen Labortechniken ausgebildet war, wurde
zu dieser Arbeit herangezogen — manchmal auch einfach Leute mit geschickten Fingern, um die Objektträger
vorzubereiten, oder Rekonvaleszenten von Fädenverlet-
zungen, um die Monitore zu beobachten. Kitti, Windblüte, Bay und Pol extrahierten einen genetischen Kode
aus den Chromosomen der Feuerechsen. Obwohl die
Tiere nicht von der Erde stammten, war ihre Biologie
nicht allzu fremdartig.

»Wir hatten Erfolg mit den Chiropteroiden auf Centauri«, sagte Pol, »und deren genetisches Material waren Silikonketten.«

Man mußte viel mit Terminen jonglieren, um genügend Leute zusammenzubekommen, wenn über bewohnten Gebieten Fäden fielen. Das von Boris Pahlevis und Dieter Clissmanns erschöpftem Team bis ins kleinste ausgearbeitete Schema der Niederschläge strukturierte das Leben aller, und dem hatte sich auch Kitti Pings Projekt zu beugen. Daraus entstand ein Dienstplan in vier Schichten, der versuchte, jedem noch entwas Zeit für sich selbst zu lassen — sei es, um sich zu entspannen, oder sich um seine eigene Besitzung zu kümmern; einige Spezialisten schoben solche Überlegungen jedoch beiseite und mußten zum Schlafen gezwungen werden.

Alle über Zwölfjährigen wurden herangezogen, wenn die Sporen fielen. Die Hoffnung, daß Kenjo in der *Mariposa* die Sporenkokons in den oberen Bereichen der Atmosphäre ablenken könnte, mußte man begraben. Der vorhergesagte Doppeleinfall — über Cardiff in der Mitte des Jordan und Bordeaux in Kahrain, sowie über Seminole und der Insel Ierne — kam in unregelmäßigen Schauern, aber widersinnigerweise lagen gerade nicht die bewohnten Gebiete in den Lücken.

Man mußte mit weiteren Doppeleinfällen rechnen: am eindunddreißigsten Tag nach dem Ersten Fädenfall würden die Sporen über Karachi Camp und die Spitze der Halbinsel Kahrain dahinfegen; drei Tage später würde sich ein Landkorridor von Kahrain bis über die Paradiesflußsiedlung erstrecken, während ein zweiter Niederschlag ohne Schaden anzurichten weit jenseits der Spitze der Provinz Cibola über dem Meer herunterkommen würde. Nach weiteren drei Tagen würde ein gefährlicher Doppeleinfall sowohl die Boca-Siedlung als auch die dichten Wälder im unteren Teil von Kahrain und Arabien treffen, die einzigen brauchbaren Holzvorräte, die dringend benötigt wurden, um die Gruben von Karachi Camp und am Drake-See abzustützen, wo eifrig gearbeitet wurde.

Ezra verbrachte Stunden in der Hütte, in der die Interfacestation, die Verbindung zum Hauptcomputer der *Yokohama* untergebracht war, und durchforstete die Marine- und Militärgeschichte nach einem Mittel, um die Gefahr zu bekämpfen. Mit viel weniger Optimismus suchte er auch nach abwegigen Gleichungen oder Geräten, mit denen man eventuell den Orbit des Planeten verändern konnte, um vielleicht auf diese Weise dem nächsten Fädenfall zu entrinnen. Inzwischen war jedoch der ganze Orbit von Pern mit Spiralen der verkapselten Sporen übersät, und dieser Gefahr konnten die Kolonisten auf keinen Fall entgehen. Er stellte auch Vergleiche mit Daten aus Kittis Programm an, wühlte in wissenschaftlichen Akten und verschaffte sich mit Hilfe seines geschützten Paßworts Zugang zu geheimen oder vertraulichen Informationen. Außerdem wartete er auf die Ergebnisse der Sonde. Und weil jedermann wußte, wo Ezra zu finden war, konnte er oft Beschwerden und kleinere Probleme abfangen, die den Admiral und die Gouverneurin unnötigerweise noch weiter belastet hätten.

Kenjo wurde noch dreimal mit der Admirals-Gig ausgeschickt und bemühte sich jedesmal, eine wirksame Methode zu finden, um so viele Sporen im Weltraum zu zerstören, daß der Verbrauch des kostbaren Treibstoffs gerechtfertigt wurde. Die Anzeigen der *Mariposa* sanken bei jeder Reise nur leicht, und Kenjo wurde für seine Sparsamkeit gelobt. Drake verlieh seinem Neid auf das Können des Raumschiffpiloten sogar offen Ausdruck.

»Himmel, Mann«, pflegte er zu sagen, »du fliegst das Ding mit den Auspuffgasen.«

Kenjo nickte nur bescheiden und schwieg. Er war jedoch froh, daß es ihm nicht gelungen war, alle Treibstoffsäcke in das Versteck auf Honshu zu schaffen. Zu bald schon würde er diesen Vorrat angreifen müssen, um weitere Flüge in den Weltraum zu ermöglichen. Nur dort fühlte er sich mit allen Sinnen, mit jedem Nerv wach und seiner Umwelt bewußt.

Aber er brachte auch jedesmal nützliche Informationen mit. Es stellte sich heraus, daß die Sporen sich in einem Kokon befanden, der verbrannte, wenn sie auf die Atmosphäre von Pern trafen, so daß eine innere Kapsel zurückblieb. Etwa fünfzehntausend Fuß über der Oberfläche öffnete sich dann diese Kapsel und entließ die Bänder, von denen einige nicht dick genug waren, um in den oberen Bereichen zu überleben. Aber wie ganz Landing am eigenen Leib erfahren hatte, erreichten immer noch genügend viele die Oberfläche.

Die meisten der Schlitten besaßen keine Druckkabinen, so daß sie höchstens auf einer Höhe von zehntausend Fuß fliegen konnten. Es gab immer noch nur eine Möglichkeit, die Sporen am Himmel zu beseitigen: Flammenwerfer.

Da am vierzigsten Tag Fäden auf der Besitzung Große Insel zu erwarten waren, beorderte Paul Benden Avril Bitra und Stev Kimmer nach Landing zurück. Auf Stevs Anfrage, was Landing von den auf der Großen Insel geförderten Erzen gebrauchen könne, lieferte ihm Joel Lilienkamp nur zu gern eine Liste. Als dann vier bis zum Kanzeldach mit Metallbarren bepackte Schlitten in Landing eintrafen, sprach niemand mehr davon, daß Kimmer und seine Kollegen sich so lange nicht gemeldet hatten.

»Ich sehe Avril nicht«, bemerkte Ongola, als die Schlitten bei den Metallschuppen entladen wurden.

Stev sah ihn überrascht an. »Sie ist schon vor Wochen zurückgeflogen.« Er spähte den Landestreifen entlang und sah die Sonne auf dem Rumpf der *Mariposa* glitzern. »Hat sie sich nicht gemeldet?« Ongola schüttelte langsam den Kopf. »Das ist doch nicht zu fassen!« Stevs Blick ruhte so lange nachdenklich auf der *Mariposa,* daß es Ongola auffiel. »Vielleicht haben die Fäden sie erwischt!«

»Sie vielleicht, aber den Schlitten sicher nicht«, antwortete Ongola. Avril Bitra war durchaus fähig, auf ihre eigene Haut aufzupassen, das wußte er. »Wir werden die Augen offen halten.«

Überall waren Fädenfallpläne ausgehängt, die ständig auf den neuesten Stand gebracht wurden; frühere Einfälle wurden gelöscht, die zu erwartenden begrenzte man auf die nächsten drei, damit die Leute eine Woche vorausplanen konnten. Avril konnte sich keine zehn Minuten in Landing aufgehalten haben, ohne von dieser Gefahr zu erfahren. Ongola nahm sich vor, den Chip im Steuermodul der *Mariposa* zu entfernen, sobald Kenjo gelandet war. Er wußte genau, wie der Raumschiffpilot den Treibstoff gestreckt hatte, aber er wollte nicht, daß jemand anderer, schon gar nicht Avril Bitra, es entdeckte. Paul Benden hatte recht behalten, was Kenjo betraf. Ongola hatte nicht den Ehrgeiz, es ihm in bezug auf die Astrogatorin gleichzutun.

»Wo wollen Sie mich einsetzen, Ongola, nachdem ich nun schon mal hier bin?« fragte Stev mit schiefem Grinsen.

»Fragen Sie Fulmar Stone, wo er Sie am dringendsten braucht, Kimmer. Freut mich jedenfalls, Sie heil wiederzusehen.«

Avril war in dieser Nacht nur so lange in der Nähe von Landing geblieben, bis ihr klar war, daß sie von keinem der verschiedenen Teams vereinnahmt werden wollte, die ihre besonderen Fähigkeiten gebrauchen konnten. Das einzige, was sie wirklich gern getan hätte — Navigation im Weltraum —, wurde ihr verwehrt. Ehe also in Landing der Tag anbrach, und ehe jemand den zusätzlichen Schlitten bemerkte, startete sie die mit Nahrungsmitteln und Versorgungsgütern beladene Maschine wieder.

Sie landete auf den felsigen Höhen über dem verwüsteten Mailand-Anwesen, wo sie einen guten Blick auf

Landing und, was noch wichtiger war, auf das belebte, hell erleuchtete Landegitter hatte, wo die *Mariposa* niedergehen würde. Sie verbrachte die frühen Morgenstunden damit, aus den Metallblechen, die sie sich organisiert hatte, über dem Siliplex-Kanzeldach des Schlittens einen Schirm zu errichten, denn mit dem tödlichen Zeug aus der Luft wollte sie kein Risiko eingehen. Am späten Vormittag hatte sie ihren Adlerhorst getarnt und das Schlittenteleskop auf ihr Ziel eingestellt. Der provozierende Anblick von Kenjos Rückkehr belohnte sie.

Indem sie sorgfältig alle mit dem Komgerät des Schlittens zu empfangenden Kanäle abhörte, bekam sie heraus, worum es bei seinem Auftrag ging und wie begrenzt sein Erfolg gewesen war.

Im Lauf der nächsten Tage fühlte sie sich in ihrem Versteck immer sicherer. Wegen der alten Vulkane bewegte sich der Luftverkehr zum größten Teil durch Korridore, die sich weitab von ihrem Standort befanden. Vormittags lag der Schatten des höchsten Gipfels wie ein breiter, direkt auf sie zeigender Finger über ihrer Zuflucht und verursachte ihr eine Gänsehaut. Grandiose Ausblicke hatte sie eigentlich noch nie so recht zu schätzen gewußt, allerdings garantierte ihr die Tatsache, daß sie den Jordan entlang auf der einen Seite bis zur Bucht und auf der anderen bis Bordeaux sehen konnte, daß man sie wohl nicht so leicht überraschen würde. Sie bemühte sich, in aller Ruhe abzuwarten, aber in Anbetracht der erhofften Belohnung fiel es ihr schwer, sich in Geduld zu üben.

»Haben Sie denn *irgendwelche* Fortschritte zu melden, Kitti?« fragte Paul Benden die kleine Genetikerin.

Er hatte eigentlich immer wieder festgestellt, daß es die Leistungen keineswegs verbesserte, wenn man den Leuten ständig im Nacken saß, aber er brauchte wenigstens einen Anflug von Ermunterung, um seine deprimierten Leute ein wenig aufzuheitern. Als der zweite

Monat der Fadeneinfälle sich hinschleppte, meldeten die Psychologen ein Absinken der Moral. Die anfängliche Begeisterung und Entschlossenheit wurden allmählich von der gewaltigen Arbeitsbelastung untergraben, die nur wenig Zerstreuung zuließ. Das einst so großzügig angelegte Landing war überfüllt, weil man viele Techniker in die Labors geholt hatte und weil sich die Familien vieler Grundbesitzer in die zweifelhafte Sicherheit der ersten Siedlung flüchteten.

Niemand war untätig. Mairi Hanrahan hatte sich für die Fünf- bis Sechsjährigen, die bereits über eine gute Feinmotorik verfügten, ein Spiel ausgedacht, bei dem sie Schalttafeln nach der Farbe der Chips zusammensetzen mußten. Selbst die Ungeschicktesten konnten mithelfen, auf den noch nicht verwüsteten Feldern Obst und Gemüse zu ernten, oder sie konnten um die Wette nach auffallend gefärbtem Seetang suchen, der nach der Flut oder nach Stürmen an den Stränden angetrieben wurde. Die Sieben- bis Achtjährigen bekamen Angeln und durften unter strenger Aufsicht beim Fischen helfen. Aber sogar bei den kleinsten Kindern machte sich die ständig steigende Gereiztheit allmählich bemerkbar.

Es wurde viel davon geredet, daß man mehr Grundbesitzern gestatten sollte, auf ihr eigenes Land zurückzukehren und von dort aus gegen die Fäden zu fliegen. Aber das würde bedeuten, daß man die Vorräte aufteilte und die Arbeitsprogramme der wertvollen Techniker durcheinanderbrachte. Paul und Emily mußten schließlich streng auf der Zentralisierung bestehen.

An jenem Abend sah Kitti die beiden Führer der Kolonie mit einem weisen, verständnisvollen Lächeln an. Sie saß aufrecht auf einem Hocker neben den großen, mikrobiologischen Apparaten, deren winzige Laserwerkzeuge von der Manipulatorkammer zurückgeklappt waren, und man sah ihr keine Erschöpfung an, nur die blutunterlaufenen Augen verrieten, welche Strapazen die Arbeit mit sich brachte. Ein Programm lief flüsternd und klickend ab, auf mehreren Monitoren erschienen unverständliche Anzeigen. Kitti hielt kurz inne, betrachtete einen Graphen auf einem Schirm und einen Satz Gleichungen auf einem anderen, dann richtete sie ihren Blick wieder auf die ungeduldigen Besucher.

»Es gibt keine Möglichkeit, Admiral, das Reifen zu beschleunigen, nicht, wenn Sie gesunde, lebensfähige Exemplare wollen. Diesen Vorgang konnten nicht einmal die Beltrae verkürzen. Wie ich in meinen letzten Berichten dargelegt habe, ist es uns gelungen, die Ursache unserer ersten Fehlschläge genau zu eruieren und die notwendigen Korrekturen vorzunehmen. Zeitraubend, das ist mir klar, aber es lohnt die Mühe. Die zweiundzwanzig gentechnisch behandelten Prototypen, die wir im Moment haben, sind schon recht weit entwickelt. Wir alle« — ihre zarte Hand vollführte eine anmutige Geste, die sämtliche in dem riesigen Laborgebäude beschäftigten Techniker einschloß — »sind über diesen hohen Erfolgsgrad sehr erfreut.« Sie drehte ein wenig den Kopf, um eine über den Bildschirm flackernde Anzeige zu lesen. »Wir überwachen die Exemplare ohne Unterbrechung. Sie zeigen die gleichen Reaktionen wie die kleinen Tunnelschlangen, deren Entwicklung wir sehr gut durchschauen. Lassen Sie uns hoffen, daß alles reibungslos vonstatten geht. Bisher hatten wir unendlich viel Glück. Jetzt müssen Sie Geduld aufbringen.«

»Geduld«, wiederholte Paul ironisch. »Geduld ist Mangelware.«

Kitti hob in einer hilflosen Geste die Hände. »Die Embryos wachsen Tag für Tag. Windblüte und Bay verfeinern das Programm immer weiter. In zwei Tagen beginnen wir mit einer zweiten Gruppe. Wir werden die Manipulationen auch weiterhin verbessern, sind stets auf Vervollkommnung bedacht. Wir stehen nicht still. Wir schreiten fort.

Unsere Aufgabe ist groß und höchst verantwortungsvoll. Man verändert nicht leichtfertig das Wesen und den Zweck eines Geschöpfes. Wie schon gesagt wurde, gebietet es die Klugheit, vorsichtig zu differenzieren, damit alles seinen Platz findet. Besonnenheit und Behutsamkeit sind unerläßliche Voraussetzungen für den Erfolg.«

Kitti entließ die beiden Führer mit einem hoheitsvollen Lächeln und wandte den schnell wechselnden Bildern auf den Monitoren wieder ihre ungeteilte Aufmerksamkeit zu. Paul und Emily verneigten sich ebenso höflich vor ihrem schmalen Rücken und verließen den Raum.

»Nun ja«, begann Paul und schüttelte seine Enttäuschung mit einem Achselzucken ab. »So ist es eben.«

»Welche Stadt wurde nicht an einem Tag erbaut, Paul?« fragte Emily schelmisch.

»Rom.« Paul grinste, weil sie über seine prompte Antwort so verwundert war. »Alte Erde, erstes Jahrhundert, glaube ich. Gute Kämpfer zu Lande und gute Straßenbauer.«

»Militaristen.«

»Ja«, sagte Paul. »Hmm ... Sie hatten auch eine besondere Methode, für Zufriedenheit im Volk zu sorgen. Zirkus nannten sie es. Ich überlege ...«

Am zweiundvierzigsten Tag nach dem Ersten Fädenfall — die Sporen würden unbewohnte Teile von Arabien und Cathay überqueren, ohne Schaden anzurichten, in das Nordmeer oberhalb von Delta fallen und die Westspitze von Dorado verfehlen — verfügten Admiral Benden und Gouverneurin Boll, daß alle einen Ruhetag einlegen sollten. Gouverneurin Boll bat die Leiter der einzelnen Abteilungen, die Arbeit so einzuteilen, daß jeder am nachmittäglichen Festmahl und am abendlichen Tanz teilnehmen konnte. Selbst die am weitesten entfernten Grundbesitzer wurden aufgefordert, zu kommen und so lange zu bleiben, wie es ihnen möglich war. Admiral Benden bat um zwei Geschwader von Freiwilligen, die um 9.30 Uhr den östlichen Korridor durchfliegen sollten, und um weitere zwei, die sich am frühen Abend bereithalten sollten, um den westlichen zu kontrollieren.

Die Plattform auf dem Freudenfeuerplatz war mit bunten Wimpeln geschmückt, und eine neue Planetenflagge flatterte an der Stange im Wind. Tische, Bänke und Stühle wurden um den Platz herum aufgestellt, die Mitte blieb frei für den Tanz. Fässer mit Quikal sollten angestochen werden, und Hegelman würde Bier brauen — niemand wollte daran denken, daß es vielleicht für lange Zeit das letzte sein würde. Joel Lilienkamp knauserte nicht und gab großzügig Vorräte heraus. »Bedankt euch bei den Kindern, die sie gesammelt haben! Kinderarbeit kann sehr einträglich sein«, grinste er. Die Fischer von Monaco Bay brachten kistenweise glänzende Fische und saftigen Seetang. Das alles sollte in den großen, nun schon so lange nicht mehr benützten Gruben schmoren; zwanzig Farmen steuerten ebensoviele Stiere bei, die man am Spieß braten wollte; Pierre de Courci hatte die ganze Nacht hindurch Kuchen gebacken und köstliches Naschwerk hergestellt. »Sollen doch lieber die Menschen fett werden als die Sporen!« Er war immer am glücklichsten, wenn er eine Großaktion leiten konnte.

»Es tut gut, Musik, Gesang und Gelächter zu hören«, murmelte Paul, als er mit Ongola von einer Gruppe zur anderen schlenderte.

»Ich glaube, es wäre nicht schlecht, das zu einer ständigen Einrichtung zu machen«, antwortete Ongola. »Die Leute hätten etwas, worauf sie sich freuen könnten. Man trifft alte Freunde wieder, Beziehungen werden gefestigt, jeder hat eine Chance, mal rauszukommen und zu vergleichen, wie es die anderen machen.« Er nickte einer Gruppe zu, die aus seiner Frau Sabra, Sallah Telgar-Andiyar und Barr Hamil-Jessup bestand, alle plauderten und lachten, und jede hatte ein schläfriges Kind auf dem Schoß. »Wir müssen uns öfter treffen.«

Paul nickte, dann schaute er auf seinen Chrono, fluchte leise und verließ das Fest, um die Freiwilligen gegen die Fäden im Westen zu führen.

Ongola war in etwas angeschlagener Verfassung, als er am nächsten Morgen seine Wache im Wetterbeobachtungsturm antrat. Er hatte sogar zuvor das Lazarett aufgesucht, wo ihm die Apothekerin eine Tablette gegen den Kater gegeben und ihm versichert hatte, daß er bei weitem nicht der einzige sei. Ihre Bemerkung über beunruhigende Ausfälle beim letzten Fädenfall hatte seine Kopfschmerzen freilich eher noch verschlimmert.

Der Bericht, der ihn im Wetterbeobachtungsturm erwartete, war gleichzeitig schockierend und überraschend. Ein Schlitten war völlig zerstört, die dreiköpfige Besatzung war tot; ein zweiter Schlitten war bei einem Frontalzusammenstoß in der Luft stark beschädigt worden, der Steuerbordschütze war tot, der Pilot und der Backbordschütze schwer verletzt. Jemand hatte sich nicht an die vorgegebenen Flughöhen gehalten. Ongola stöhnte unwillkürlich, als er die Verlustliste las: Becky Nielsen, Bergwerkslehrling, eben erst von der Großen Insel zurückgekehrt — bei Avril war sie doch besser aufgehoben gewesen; Bart Nilwan, ein vielversprechender junger Mechaniker, und Ben Jepson. Ongola rieb sich die Augen. Der zweite getötete Pilot war Bob Jepson. Zwei aus einer Familie. Diese Zwillinge! Vollführten halsbrecherische Kunststücke, anstatt sich an die Befehle zu halten. Verdammter Mist! Was sollte er ihren Eltern erzählen? Ein eher unbedeutender Fädenfall, hinterher wartete ein Fest, und sie kamen dabei um!

Ongola streckte die Hand nach dem Komgerät aus und wollte gerade die Nummer der Verwaltung wählen, als jemand zaghaft an die Tür klopfte.

»Herein!« rief er.

Catherine Radelin-Doyle stand mit großen Augen und blassem Gesicht vor ihm.

»Ja, Cathy?«

»Sir, Mr. Ongola ...«

»Eins von beiden reicht.« Er rang sich ein freundliches Lächeln ab. In Anbetracht der Schwierigkeiten, in die Cathy immer wieder geriet, angefangen damit, daß sie schon als Kind in Höhlen stolperte, bis hin zu der Tatsache, daß sie den größten Tunichtgut auf dem ganzen Planeten geheiratet hatte, war ihre Schüchternheit eigentlich nicht verwunderlich. Das arme Kind gehörte einfach zu den Leuten, denen ständig etwas zustieß, ohne daß sie das Geringste dazu getan hätte.

»Sir, ich habe eine Höhle gefunden.«

»Ja?« ermunterte er sie, als sie zögerte. Sie fand am laufenden Band Höhlen.

»Sie war nicht leer.«

Ongola richtete sich auf. »Waren eine Menge Treibstoffsäcke darin?« fragte er. Wenn Catherine die Höhle gefunden hatte, würde dann auch Avril darauf stoßen? Nein, Avril war kein solches Glückskind wie Catherine.

»Woher wissen Sie das denn, Mr. Ongola?« Ihr war ganz flau vor Erleichterung.

»Möglicherweise, weil ich weiß, daß sie da sind.«

»Tatsächlich? Ist das wahr? Ich meine, sie wurden nicht von ›ihnen‹ dorthin gebracht?«

»Nein, von uns.« Er wollte von Kenjos Hort so wenig Aufhebens wie möglich machen. Er hatte die ständig weniger werdenden Säcke gezählt und sich schon gefragt, warum Kenjo nach jedem Flug so mit sich zufrieden schien. Ongola warf einen schnellen Blick in die im Schatten liegende Regalecke, wo in einem Schaumstoffkasten die Steuerchips versteckt waren.

Catherine ließ sich plötzlich in den nächsten Stuhl sinken. »O Sir, Sie können sich nicht vorstellen, wie ich erschrocken bin. Ich dachte, es sei noch jemand da, schließlich wissen wir doch alle, wie wenig Treibstoff noch übrig ist. Und als ich dann sah ...«

»Aber du hast doch gar nichts gesehen, Catherine«, erklärte Ongola streng. »Überhaupt nichts. Unter diesem speziellen Spalt gibt es keine Höhle, die der Rede wert wäre, und du wirst mit niemandem ein Wort darüber sprechen. Ich werde es dem Admiral persönlich sagen. Aber du hältst den Mund.«

»Ja, Sir.«

»Diese Information darf keinesfalls — ich wiederhole, *darf keinesfalls* — an irgendwelche anderen Personen verraten werden.«

»Verstanden, Mr. Ongola.« Sie nickte mehrmals feierlich mit dem Kopf, dann lächelte sie strahlend. »Soll ich weitersuchen?«

»Ja, ich glaube, das wäre nicht schlecht. Und sieh zu, daß du etwas findest!«

»Das habe ich doch schon, Mr. Ongola, und Joel Lilienkamp sagt, es sind ausgezeichnete Lagerräume.« Ihr Gesicht verdüsterte sich kurz. »Aber er hat nicht gesagt, wofür.«

»Geh nur, Cathy, und suche etwas — anderes.«

Sie zog ab, und Ongola hatte gerade wieder angefangen, über die ersten schweren Verluste bei der Verteidigung nachzugrübeln, als Tarvi die Treppe heraufgestürmt kam.

»Es hat uns die ganze Zeit ins Gesicht gestarrt, Zi«, sagte er und schwenkte in seiner etwas überspannten Art die Arme. Sein Gesicht strahlte vor Begeisterung, obwohl seine Haut nach den Exzessen der letzten Nacht ein wenig grau wirkte.

»Was?« Ongola war nicht in Stimmung für Rätsel.

»Sie! Da!« Tarvi deutete aufgeregt durch das Nordfenster. »Die ganze Zeit.«

Wahrscheinlich lag es an den Kopfschmerzen, dachte Ongola, er hatte jedenfalls keine Ahnung, wovon Tarvi redete.

»Worum geht es eigentlich?«

»Die ganze Zeit plagen wir uns damit ab, Erz zu fördern, zu verhütten, zu gießen, wir schlagen uns damit Wochen um die Ohren, obwohl wir die ganze Zeit vor der Nase hatten, was wir brauchen.«

»Keine Rätsel, Tarvi, bitte!«

Tarvis ausdrucksvolle Augen weiteten sich erstaunt und bestürzt. »Ich gebe dir keine Rätsel auf, mein Freund Zi, sondern ich nenne dir die Quelle vieler kostbarer Metalle und anderer Materialien. Die Fähren, Zi, die Fähren können zerlegt und ihre Bestandteile für unseren spezifischen Bedarf hier und jetzt verwendet werden. Sie haben ihren Zweck erfüllt. Warum lassen wir sie auf der Wiese langsam verkommen?« Tarvi begleitete jeden Satz mit einem Schnippen seiner langen Finger, dann zog er Ongola, voll Ungeduld über dessen Begriffsstutzigkeit, in die Höhe und zeigte mit seinem langen, nicht ganz sauberen Zeigefinger direkt auf die Schwanzflossen der alten Fähren. »Da! Wir werden alles verwenden. Hunderte von Schaltkreisen, Kilometer geeigneter Kabel und Röhren, sechs kleine Berge wiederverwertbaren Materials. Hast du eine Ahnung, wieviel Zeug da drin ist?« Im nächsten Moment war die Begeisterung im Gesicht des Geologen erloschen. Er legte Ongola beide Hände auf die Schultern. »Wir können den Schlitten ersetzen, den wir heute verloren haben, auch wenn wir diese wundervollen jungen Leute nicht wieder zum Leben erwecken und die trauernden Familien nicht trösten können. Die Teile ergeben ein neues Ganzes.«

Die Arbeit dämpfte den Schmerz, den ganz Landing nach dem Verlust vier junger Leute empfand. Die beiden Überlebenden gestanden widerstrebend ein, daß sich die beiden Jepsonzwillinge gegen Ende des Fädenfalls ein paar lebensgefährliche Eskapaden geleistet hatten. Bens Schlitten war nach dem Fädenfall zur Wartung vorgemerkt, weil der letzte Pilot festgestellt hatte, daß er bei Backbordwendungen etwas träge reagierte, aber man hatte geglaubt, für einen Überwachungsflug sei er sicher genug.

Weitere derartige Kollisionen wurden durch diese Katastrophe freilich nicht verhindert, im Gegenteil, während der nächsten Fädeneinfälle häuften sie sich. Tarvis Crew begann, die erste Fähre zu zerlegen, und Fulmars Leute konnten aus der Fundgrube von Ersatzteilen die anderen Maschinen warten und reparieren.

Am längsten wurde immer noch in Kitti Pings Labor gearbeitet, die Entwicklung der Exemplare mußte ständig überwacht werden, um jede Abweichung vom Programm sofort festzustellen.

»Geduld«, lautete Kittis Antwort auf alle Fragen. »Alles geht gut voran.«

Drei Tage nach der Luftkollision entdeckte Windblüte, daß ihre Großmutter immer noch am Elektronenmikroskop saß und offenbar ein Präparat betrachtete. Aber als sie Kittis Arm berührte, hatte das unerwartete Folgen. Die zarten Finger, die locker auf der Tastatur lagen, rutschten weg, und der Körper sackte nach vorne, nur von dem Stützband gehalten, das ihn während der langen Sitzungen am Mikroskop an den Hocker gefesselt hatte. Windblüte stöhnte laut auf, fiel auf die Knie und drückte die winzige, kalte Hand an ihre Stirn.

Bay hörte ihr verzweifeltes Weinen und sah nach, was geschehen war. Sofort rief sie Pol und Kwan und telefonierte dann nach einem Arzt. Sobald Windblüte hinter der Trage mit der Leiche ihrer Großmutter den Raum verlassen hatte, nahm Bay ihre rundlichen Schultern zurück, trat an die Konsole und fragte den Computer, ob er sein Programm beendet habe.

PROGRAMM BEENDET, flimmerte es über den Bildschirm — fast entrüstet, ging es Bay trotz ihrer Trauer durch den Kopf. Sie tippte eine Informationsanfrage ein. Der Bildschirm zeigte eine verwirrende

Folge von Berechnungen und endete mit der Aufforderung: **KAPSEL SOFORT ENTFERNEN! HÖCHSTE GEFAHR!**

Erstaunt erkannte Bay die Utensilien, die neben dem Elektronenmikroskop auf dem Arbeitstisch lagen. Kitti Ping hatte wieder Genmuster manipuliert, ein komplizierter Prozeß, den Bay trotz der Ermunterungen der Genetikerin ebenso beängstigend fand wie Windblüte. Kitti hatte also diese winzigen Veränderungen an den Chromosomen vorgenommen. Bay fröstelte, eine schreckliche Angst schüttelte sie. Sie preßte die Lippen aufeinander. Das war nicht der richtige Augenblick, um in Panik zu geraten. Sie durften nicht verlieren, was Kitti Peng aus dem Rohmaterial von Pern geschaffen hatte.

Mit nicht ganz ruhigen Händen öffnete sie den Mikrozylinder, entfernte die winzige Gelatinekapsel und legte sie in die von Kitti vorbereitete Kulturschale. Ein Schmerz, fast so heftig wie ein Messerstich, durchzuckte sie, und sie hätte sich fast gekrümmt, aber sie kämpfte ihre Erschütterung über die Erkenntnis nieder, daß Kit Ping Yung gestorben war, um diese veränderte Eizelle zu erzeugen. Sogar das Etikett lag schon bereit: Versuch 2684/16/M: Nukleus #22A; Mentasynthgeneration B2; Bor/Silikon System 4, Größe 2H; 16.204.8.

Allmählich faßte sich Bay, trug, so schnell es ihre zittrigen Beine gestatteten, das letzte Vermächtnis der genialen Technikerin in die Brutkammer und legte es vorsichtig neben die einundvierzig anderen Kapseln, die Perns ganze Hoffnung enthielten.

»*Das* war die zweite Sonde, die versagt hat«, erklärte Ezra Paul und Emily, und seine ruhige Stimme war heiser vor Enttäuschung. »Als die erste hochging, hielt ich es für eine Panne. Selbst das Vakuum schützt nicht vollkommen gegen Verfall. Sondenmotoren können fehlzünden, ihr Aufzeichnungsmechanismus kann irgendwie steckenbleiben. Also habe ich das Programm für die zweite Sonde noch verbessert. Sie kam genauso weit wie die erste, und dann wurden alle Lichter rot. Entweder ist die Atmosphäre so ätzend, daß sie sogar die Sondenlegierungen angreift, oder die Garage auf der *Yokohama* wurde irgendwie beschädigt und damit auch die Sonden. Ich weiß es nicht, Leute.«

Ezra neigte nicht zu heftigen Bewegungen, aber jetzt ging er mit großen Schritten in Pauls Büro auf und ab und fuchtelte mit den Armen herum wie eine Vogelscheuche im Sturm. Die Strapazen der letzten Tage hatten ihn altern lassen. Paul und Emily wechselten besorgte Blicke. Kitti Pings Tod, noch dazu so kurz nach den Schlittenkollisionen, war ein großer Schock gewesen. Alle hatten die Genetikerin trotz ihrer körperlichen Hinfälligkeit für unverwüstlich gehalten. Sie hatte den Eindruck vermittelt, sie sei unsterblich, aber dieser Eindruck hatte sich als falsch erwiesen.

»Wer hat doch noch die Theorie aufgestellt, daß uns jemand aus dem Weltraum bombardiert, um uns gefügig zu machen?« fragte Ezra, blieb unvermittelt stehen und starrte die beiden Führer an.

»Ach, Ezra, kommen Sie!« höhnte Paul. »Denken Sie doch mal nach, Mann! Wir stehen alle unter Druck, aber doch nicht so weit, daß wir den Verstand verlieren. Wir wissen alle, daß es Atmosphären gibt, die Sonden zerstören können und es auch schon getan haben. Außerdem ...« Er stockte, denn er wußte nicht, was er noch sagen sollte, um Ezra und sich selbst zu beruhigen.

»Außerdem ist der Organismus, der uns angreift«, fuhr Emily mit bewundernswerter Gelassenheit fort, »aus Kohlenwasserstoffen aufgebaut, und wenn er von diesem Planeten kommt, dann ist die Atmosphäre dort nicht ätzend. Ich tippe eher auf eine Panne.«

»Das ist auch meine Ansicht.« Paul nickte energisch mit dem Kopf. »Donnerwetter, Ezra, reden wir uns doch nicht noch mehr Probleme ein, als wir ohnehin schon haben.«

»Wir müssen« — Ezra schlug mit beiden Fäusten auf den Tisch — »diesen Planeten mit einer Sonde erforschen, das ist die einzige Möglichkeit, wie wir genügend Informationen bekommen können, um das Zeug zu bekämpfen. Die Hälfte der Siedler will wissen, wo es herkommt, um die Quelle zu zerstören, damit wir unser altes Leben wiederaufnehmen können. Den Schutt zusammenharken und alles vergessen.«

»Wem sagen Sie das, Ezra?« fragte Emily, legte leicht den Kopf schief und sah den Kapitän an, ohne mit der Wimper zu zucken.

Ezra erwiderte den Blick lange, dann richtete er sich aus seiner halb gebückten Haltung auf und lächelte verlegen.

»Sie haben zu lange am Interface gesessen, Ezra, und Sie haben schließlich nicht Däumchen gedreht, während die Programme liefen«, fuhr Emily fort.

»Meine Berechnungen sind beängstigend«, sagte er leise und sah sich nach allen Seiten um. »Wenn das Programm auch nur einigermaßen fehlerfrei arbeitet, und ich habe es fünfmal von Anfang bis Ende durchlaufen lassen, müssen wir uns mit den Sporen noch herumschlagen, wenn dieser rote Planet das innere System schon lange verlassen hat.«

»Und wie lange wird das sein?« Paul spürte, wie seine Finger sich um die Armlehnen krampften, und zwang sich, sie zu lockern, während er gleichzeitig versuchte, sich an irgendeine beruhigende Einzelheit in bezug auf Planetenumlaufbahnen zu erinnern.

»Meinen Ergebnissen nach zwischen vierzig und fünfzig Jahre!«

Emily verzog das Gesicht und schnappte überrascht nach Luft, dann atmete sie langsam aus. »Vierzig oder fünfzig Jahre, sagen Sie?«

»Wenn«, fuhr Ezra grimmig fort, »die Bedrohung tatsächlich von diesem Planeten ausgeht.«

Paul sah ihm fest in die Augen und bemerkte die tiefe

Müdigkeit und Resignation darin. »Wenn? Gibt es noch eine Alternative?«

»Ich habe eine Trübung um den Planeten entdeckt, die nichts mit seiner Atmosphärenhülle zu tun hat. Einen Schleier, der sich hinter dem Wanderstern im System verteilt und an seiner Bahn entlangwirbelt. Das Teleskop vergrößert nicht so weit, daß ich Genaueres sagen könnte. Vielleicht handelt es sich auch um Weltraumschutt, um einen Nebelfleck, um die Reste eines Kometenschweifes, es könnte alle möglichen harmlosen Erklärungen dafür geben.«

»Und wenn es nicht harmlos ist?« fragte Emily.

»Es würde fast fünfzig Jahre dauern, bis dieser Schweif aus dem Orbit um Pern verschwindet, ein Teil wird in Rubkat stürzen — und der Rest, wer weiß?«

Lange Zeit schwiegen alle.

»Irgendwelche Vorschläge?« fragte Paul schließlich.

»Ja«, sagte Ezra, nahm mit einem Ruck die Schultern zurück und hob zwei Finger. »Wir fliegen zur *Yokohama*, stellen fest, was mit den Sonden los ist und schicken zwei davon zu dem Planeten, um so viele Daten zu bekommen, wie nur möglich. Die beiden anderen lassen wir an diesem Kometenstaub entlangfliegen, und mit dem stärkeren Weltraumteleskop auf der *Yokohama* versuchen wir, ohne Störung durch den Planeten seinen Ursprung und seine Zusammensetzung zu bestimmen.« Ezra verschränkte die Finger und knackte mit den Knöcheln, eine Angewohnheit, bei der Emily jedesmal ein Schauder über den Rücken lief. »Entschuldigung, Em.«

»Wenigstens ein positives Konzept«, bemerkte Paul anerkennend.

»Die große Frage ist, ob wir genügend Treibstoff haben, um jemanden zur *Yoko* und wieder zurück zu bringen. Kenjo hat schon mehr Flüge gemacht, als ich für möglich gehalten hätte.«

»Er ist ein guter Pilot«, sagte Paul diskret. »Für das,

was wir dazu brauchen, reicht es. Kenjo wird fliegen, wollen Sie mit?«

Ezra schüttelte langsam den Kopf. »Für solche Dinge ist Avril Bitra ausgebildet.«

»Avril?« fauchte Paul schroff, dann schüttelte er den Kopf und grinste säuerlich. »Avril ist die letzte, die ich in die *Mariposa* setzen würde, ganz gleich, aus welchem Grund. Selbst wenn wir wüßten, wo sie ist.«

»Tatsächlich?« Ezra sah Emily fragend an, aber die zuckte nur die Achseln. »Na, dann soll Kenjo beides machen. Nein«, verbesserte er sich. »Wenn mit den Sonden etwas nicht stimmt, brauchen wir einen guten Techniker. Stev Kimmer. Er ist wieder da, oder nicht?«

»Wer noch?« Paul kritzelte Namen auf einen Block, um Ezra nicht mit weiteren Verdächtigungen zu beunruhigen.

»Kenjo ist ein sehr fähiger Techniker«, betonte Emily.

»Aus Sicherheitsgründen sollte der Auftrag von zwei Leuten durchgeführt werden«, beharrte Ezra stirnrunzelnd. »Wir müssen die Ergebnisse bekommen, wir brauchen sie dringend.«

»Zi Ongola«, schlug Paul vor.

»Ja, das ist genau der richtige Mann«, stimmte Ezra zu. »Wenn er auf Schwierigkeiten stößt, kann ich Stev als fachkundigen Berater ans Interface setzen.«

»Hm, vierzig Jahre?« Emily sah zu, wie Paul die beiden Namen, für die man sich schließlich entschieden hatte, auf dem Block unterstrich. »Einiges länger, als wir gerechnet hätten, mein Freund. Wir sollten anfangen, unsere Nachfolger einzuarbeiten.«

Unwillkürlich wanderten ihre Gedanken zu Windblüte, die ganz offensichtlich zu schwach war, um die Arbeit fortzusetzen, die ihre Großmutter begonnen hatte.

Avrils Mißtrauen wurde nicht durch etwas geweckt, was sie hörte, obwohl das, was sie nicht hörte, ebenso bedeutsam war, sondern durch das, was sie in den langen

Stunden am Schlittenteleskop sah. Es war normalerweise auf die am anderen Ende des Landegitters stehende *Mariposa* gerichtet. Kenjo hatte bisher vor jedem seiner Flüge am Abend die Maschine von außen und von innen inspiziert. Fusi Pingelig! Der Spitzname war nicht nur spöttisch gemeint, denn sie konnte sich einfach nicht vorstellen, wie es ihm gelungen war, die kleine Treibstoffreserve in den Tanks der *Mariposa* so weit zu strecken. Letzte Nacht hatte sie beobachtet, daß um die Gig herum einiges los war, aber von Kenjo war nichts zu sehen gewesen. Da keiner der beiden Monde schien, hatte sie eigentlich nur sich bewegende Schatten erkennen können, die auf Aktivität hindeuteten, und war sehr nervös geworden. Beruhigend fand sie nur, daß es sich um mehrere Gestalten handelte. Aber niemand bestieg das Raumschiff, was wiederum verwirrend war.

Im ersten Morgengrauen, so früh, daß sich noch kein Lastesel am Skelett der Fähre zeigte, die während der ganzen Woche das Zentrum reger Betriebsamkeit gewesen war, beobachtete sie überrascht, daß sich Fulmar Stone und Zi Ongola dem Schiff näherten. Das wochenlange Warten hatte ihre Nerven aufs äußerste angespannt, und jetzt entfernte sie hastig die Schutzhülle über ihrem Schlitten und bereitete alles für einen schnellen Start vor. Mit Höchstgeschwindigkeit konnte sie das Landegitter in weniger als fünfzehn Minuten erreichen. Der morgendliche Verkehr würde ihr auf dem Weg nach Landing genügend Deckung bieten.

Einen Augenblick lang wurde sie unsicher. Vielleicht waren bei der *Mariposa* irgendwelche Probleme aufgetreten, und man zerlegte die Fähre, weil man Ersatzteile brauchte. Kenjo hatte vor drei Tagen einen Flug absolviert und war auf gewohnt sparsame Weise gestartet und gelandet. Eines mußte sie ihm lassen — er glitt so sanft herein, daß er überhaupt keinen Schub brauchte. Nur, wo bekam er eigentlich den Treibstoff für den Start her?

Die drei Männer schlüpften schnell, fast verstohlen in das kleine Raumschiff und schlossen die Luftschleuse. Nun, zu den Triebwerken gelangte man durch Platten an der Außenseite, also kein Grund zur Aufregung. Die beiden blieben drei Stunden im Innern des Schiffs, lange genug für eine vollständige Überprüfung der internen Systeme. Das deutete freilich nicht auf einen gewöhnlichen Flug hin. Vielleicht war die *Mariposa* doch defekt. Dann sollte Kenjo der Teufel holen. Sie brauchte die *Mariposa* in raumtüchtigem Zustand. Avril fluchte.

Oder war Kenjo etwas zugestoßen, so daß jetzt Ongola das Schiff übernahm? Aber wie? Viel Treibstoff konnte nicht mehr übrig sein. Warum überprüften sie also die internen Systeme? Warum wollten sie noch eine Spritztour unternehmen? Ungehalten beendete Avril ihre Startvorbereitungen.

Sallah Telgar-Andiyar saß auf der schattigen, überdachten Veranda des Hauses von Mairi Hanrahan am Asienplatz und fütterte ihre kleine Tochter, als sie eine Gestalt den Weg entlanggehen sah, die ihr bekannt vorkam. Sie trug einen weiten Overall und eine Schirmmütze, die sie tief ins Gesicht gezogen hatte, aber dem Gang nach war es unverkennbar Avril, besonders von hinten. Die verschmierten Hände, das Klemmbrett, das Auspuffrohr, das so demonstrativ in einer Hand getragen wurde, konnten Sallah nicht beirren. Es war Avril, und sie mußte schon einen triftigen Grund haben, um sich die Hände schmutzig zu machen. Seit sie die Große Insel verlassen hatte, war sie wie vom Erdboden verschwunden. Sallah sah ihr nach, bis Avril sich in das Gedränge der Techniker am Hauptdepot mischte, die um Ersatzteile und andere Dinge anstanden.

Seit Sallah Avrils Gespräch mit Kimmer belauscht hatte, war ihr klar, daß die Frau versuchen würde, Pern zu verlassen. Wußte Avril von Kenjos Treibstofflager? Gereizt schüttelte Sallah den Kopf. Cara blinzelte und starrte ihre Mutter mit ihren großen, braunen Augen ängstlich an.

»Entschuldige, mein Schatz, aber deine Mutter ist mit ihren Gedanken meilenweit weg.« Sallah häufte Püree auf den Löffel und schaufelte es in Caras gehorsam aufgesperrtes Mäulchen. Nein, sagte sie sich nachdrücklich, weil sie es so gern glauben wollte, Avril konnte den Treibstoff nicht entdeckt haben: sie war zu sehr damit beschäftigt gewesen, auf der Großen Insel nach Edelsteinen zu suchen. Wenigstens bis vor drei Wochen. Und wo hat sie sich seither versteckt? fragte sich Sallah. Hat sie beobachtet, wie oft Kenjo mit der *Mariposa* geflogen ist? Dann hatte Avril Bitra sich bestimmt einige Gedanken gemacht.

Nun, Sallah mußte ohnehin bald ihren Dienst antreten, und wie es der Zufall so wollte, stand der Schlitten, den sie warten sollte, auf dem Gitter. Sie würde die *Mariposa* und jeden, der sich ihr näherte, ungehindert beobachten können. Wenn Avril sich irgendwo zeigte, würde sie Alarm schlagen.

Es war nicht die Rede davon gewesen, daß Kenjo noch einen Versuch machen sollte, in der Atmosphäre Sporen zu vernichten. Außerdem wurden seine Flüge gewöhnlich so angesetzt, daß er das morgendliche Startfenster nützen konnte, und Sallahs Schicht begann sehr viel später.

Dann ging alles sehr schnell. Sallah näherte sich dem Schlitten, den sie warten sollte, als Ongola und Kenjo in Raumanzügen den Turm verließen, begleitet von Ezra Keroon, Dieter Clissmann und zwei anderen Gestalten in Overalls, der Haltung nach Paul und Emily, wie Sallah erstaunt feststellte. Ongola und Kenjo schienen gerade letzte Anweisungen zu erhalten. Dann gingen sie fast gemächlich auf die *Mariposa* zu, während die anderen in den Wetterbeobachtungsturm zurückkehrten. Plötzlich kam eine andere Gestalt in einem Raumanzug über das Gitter, als wolle sie Ongola und Kenjo den Weg abschneiden. Sogar in der weiten Raumkleidung war Avrils Gang unverkennbar!

Sallah schnappte sich den nächsten großen Schraubenschlüssel und begann zu laufen. Ongola und Kenjo verschwanden hinter einem Stapel von Schlittenteilen am Rand des Feldes. Auch Avril hatte zu laufen begonnen, und Sallah steigerte ihr Tempo. Sie verlor Ongola und Kenjo aus den Augen und sah gerade noch, wie Avril eine kurze Eisenstrebe von dem Stapel nahm, dann war auch sie verschwunden.

Als Sallah um den Stapel herumkam, sah sie Kenjo und Ongola flach auf dem Boden liegen. Kenjos Kopf und Ongolas Schulter und Hals waren blutüberströmt. Sallah spurtete los und duckte sich dabei hinter die Schrotthaufen, die zwischen ihr und der *Mariposa* lagen. Auf diese Weise erreichte sie die Gig gerade in dem Moment, als die Luftschleuse sich schloß. Sie sprang mit einem Satz hinein und spürte noch, wie etwas über ihren linken Fuß schrammte. Dann hörte sie ein gewaltiges Zischen und verlor die Besinnung.

Mairi Hanrahan wunderte sich, als Sallah zur Mittagszeit nicht anrief, um ihr zu sagen, daß sie sich verspäten würde. Da so viele Kleinkinder zu füttern waren, bemühte sich jede Mutter, zu den Mahlzeiten da zu sein. Mairi beauftragte eines ihrer älteren Kinder, Cara zu füttern, und dachte sich, es gebe sicher einen wichtigen Grund für Sallahs Ausbleiben.

Niemand von den Leuten im Wetterbeobachtungsturm oder im Verwaltungsgebäude rechnete damit, daß Ongola oder Kenjo sich meldeten, solange die Gig sich in der Ionosphäre befand. Ezra saß am Interface, hatte per Sprachsteuerung die Monitorschirme an Bord der *Yokohama* aktiviert und konnte so den Flug verfolgen. Die *Mariposa* näherte sich schnell dem Schiff und erreichte bald die Andockluke. »Gut angekommen«, teilte Ezra über Funk dem Turm und dem Verwaltungsgebäude mit.

Eine halbe Stunde später kamen Kinder, die am Rand des Landegitters gespielt hatten, schreiend zu ihrem Lehrer gelaufen und berichteten etwas von toten Männern. Wie sich herausstellte, war Ongola jedoch noch am Leben. Paul traf sich mit dem Ärzteteam im Lazarett.

»Er wird durchkommen, aber er hat sehr viel Blut verloren«, erklärte der Doktor. »Was zum Teufel ist mit ihm und Kenjo passiert?«

»Wie wurde Kenjo getötet?« fragte Paul.

»Mit einem stumpfen Gegenstand, wie in alten Zeiten. Die Sanitäter haben in der Nähe eine blutverschmierte Eisenstrebe gefunden. Das war es vermutlich. Kenjo hat überhaupt nichts mitbekommen.«

Paul war nicht sicher, ob es ihm anders erging, denn plötzlich wollten ihn seine Beine nicht mehr tragen. Der Arzt winkte hastig einen der Sanitäter heran, damit er dem Admiral auf einen Stuhl half, und schenkte ein Glas Quikal ein.

Paul versuchte, die hilfsbereiten Hände abzuschütteln. Er war zutiefst betroffen. Für Kenjos Verlust gab es kein Gegenmittel, obwohl das verdammte Quikal den ersten Schock milderte. Während er den Alkohol hinunterkippte, beschäftigte ihn unwillkürlich die Frage, wo Kenjo wohl den Rest des Treibstoffs versteckt hatte. Warum, haderte er mit sich selbst, hatte er den Mann nicht früher gefragt? Vor oder nach Kenjos letzten Flügen mit der *Mariposa* hätte er so oft Gelegenheit dazu gehabt. Als Admiral wußte er genau, wieviel Treibstoff beim letzten Flug noch in der Gig gewesen war. Jetzt war es zu spät! Es sei denn, Ongola wußte Bescheid. Er hatte Paul gegenüber erwähnt, im ursprünglichen Versteck sei nicht mehr viel übrig, aber Kenjo habe die *Mariposa* nachgetankt. Die Zahlen, die Sallah zu Anfang gemeldet hatte, deuteten auf sehr viel größere Mengen hin, als Paul neulich nachts in der Höhle gesehen hatte. Nun, das veruntreute Gut — ja, das war der richtige

Ausdruck — war schließlich doch noch der richtigen Verwendung zugeführt worden. Vielleicht wußte Kenjos Frau, wo er den Rest gelagert hatte.

Mit diesem Gedanken tröstete sich Paul. Kenjos Frau wußte bestimmt, ob es auf der Honshu-Besitzung noch weitere Treibstoffsäcke gab. Aber jetzt mußte er sich mit dem unmittelbar anstehenden Problem beschäftigen. Ein Mann war ermordet worden, und ein zweiter war dem Tode nahe, und das auf einem Planeten, auf dem es bis zu diesem Augenblick kein Kapitalverbrechen gegeben hatte.

»Ongola wird es überleben«, sagte der Arzt und schenkte Paul noch einmal ein. »Er hat eine phantastische Konstitution, und wir werden jedes erforderliche Wunder wirken. Wahrscheinlich hätten wir auch Kenjo retten können, wenn wir früher gekommen wären. Hirntod. Trinken Sie das — Sie sehen miserabel aus.«

Paul leerte das Glas und stellte es mit entschlossenem Schwung ab. Dann holte er tief Luft und stand auf. »Danke, es geht wieder. Kümmern Sie sich lieber um Ongola. Wir müssen wissen, was passiert ist, sobald er das Bewußtsein wiedererlangt. Und möglichst keine Gerüchte, Leute!« bat er die übrigen Anwesenden.

Er verließ den Notaufnahmeraum und wandte sich sofort dem Gebäude zu, wo Ezra am Interface saß. Unterwegs grübelte er über das Rätsel nach, gegen das sich sein in geordneten Bahnen verlaufendes Denken sträubte. Er hatte die *Mariposa* starten sehen. Wer hatte sie geflogen? Er holte Emily von ihrem Büro ab und berichtete ihr von der Katastrophe. Ezra war überrascht, als der Admiral und die Gouverneurin bei ihm auftauchten; der Flug der *Mariposa* sollte als Routineangelegenheit behandelt werden.

»Kenjo ist tot und Ongola schwer verletzt, Ezra«, sagte Paul, sobald er die Tür hinter sich geschlossen und versperrt hatte. »Wer fliegt also die *Mariposa*?«

»Bei allen Göttern im Himmel!« Ezra sprang auf und

zeigte auf den Monitor, auf dem die sicher angedockte Gig deutlich zu erkennen war. »Der Flug war so berechnet, daß er das richtige Fenster erwischte, aber das Andocken sollte dem Piloten überlassen werden. Es hat alles perfekt geklappt. Das schafft nicht jeder.«

»Ich werde nachprüfen, wo sich die einzelnen Piloten aufhalten, Paul«, sagte Emily und griff nach einem Hörer.

Paul starrte auf den Monitor. »Ich glaube, das ist nicht nötig. Ruf —« Paul hatte ›Ongola‹ sagen wollen und fuhr sich nun mit der Hand über das Gesicht. »Wer ist im Wetterbeobachtungsturm?«

»Jake Chernoff und Dieter Clissmann«, meldete Emily.

»Dann frag Jake, ob irgendwelche nicht umgebauten Schlitten auf dem Gitter stehen. Stell genau fest, wo sich Stev Kimmer, Nabhi Nabol und Bart Lemos befinden. Und« — Paul hob warnend die Hände — »ob Avril Bitra irgendwo gesehen wurde.«

»Avril?« wiederholte Ezra und machte gleich wieder den Mund zu.

Plötzlich stieß Paul einen Schwall von so wüsten Beschimpfungen aus, daß sogar Ezra ihn entgeistert ansah, und verließ türenknallend den Raum. Emily konzentrierte sich darauf, die Piloten zu suchen, und hatte sie alle gefunden, als Paul zurückkehrte und sich schwer atmend gegen die geschlossene Tür lehnte.

»Wo Stev, Nabhi und Lemos sind, wissen wir. Wo warst du?« fragte Emily.

»Ich habe Ongolas Raumanzug durchsucht. Doc sagt, er wird sich von seinen Verletzungen erholen. Die Strebe hätte fast seinen Schultermuskel durchtrennt und ihn zum Krüppel gemacht. Aber —« Paul hielt mit Daumen und Zeigefinger einen kleinen Kristallwürfel in die Höhe. »Mit der *Mariposa* wird niemand sehr weit kommen.« Er nickte grimmig, als Ezra erkannte, was der Admiral in der Hand hatte. »Eines der wichtigeren Teile des Steuersystems! Ongola hatte es noch nicht wieder eingebaut.«

»Aber wie konnte dann — Avril?« Emily wartete auf eine Bestätigung. Paul nickte langsm. »Ja, es muß Avril sein, nicht wahr? Aber was will sie auf der *Yoko?*«

»Der erste Schritt, um das System zu verlassen, Emily. Wir waren sträflich leichtsinnig. Ja, ich weiß, wir haben dies hier«, gab er zu, als Emily auf den Chip deutete. »Aber wir hätten nicht zulassen dürfen, daß es überhaupt so weit kommt. Und wir wußten doch alle, was für ein Mensch sie ist. Sallah hat uns gewarnt, und die ganzen Jahre ...«

»Und die ungewöhnlichen Ereignisse in jüngster Zeit«, warf Ezra ein und deutete damit behutsam an, Paul brauche sich nicht in Selbstzerfleischung zu üben.

»Wir hätten die *Mariposa* bewachen müssen, solange auch nur ein Tropfen Treibstoff in den Tanks war.«

»Wir hätten auch so schlau sein sollen, Kenjo zu fragen, woher er all den Treibstoff hatte«, fügte Ezra hinzu.

»Das war uns bekannt«, grinste Emily.

»Das war bekannt?«

»Wenigstens ist Ongola kein Risiko eingegangen«, fuhr Paul fort und zuckte zusammen, als er sich an die zerschmetterte Schulter des Mannes erinnerte. »Dies«, — er legte den Steuerchip sehr vorsichtig auf das Regal über dem Computer —, »war Ongolas spezielle Vorsichtsmaßnahme, und sie wurde mit Kenjos vollem Einverständnis getroffen.«

Emily ließ sich schwer in den nächsten Stuhl fallen. »Und wo stehen wir jetzt?«

»Ich würde sagen, Avril ist am Zug.« Ezra schüttelte traurig den Kopf. »Sie hat mehr als genug Treibstoff, um wieder runterzukommen.«

»Das ist nicht ihre Absicht«, sagte Paul.

»Leider«, erklärte Emily, »hat sie eine Geisel, ob sie es weiß oder nicht. Sallah Telgar-Andiyar wird ebenfalls vermißt.«

Als Sallah wieder zu sich kam, fühlte sie sich elend, und ihr linker Fuß schmerzte heftig. Jemand hatte ihr die Hände auf dem Rücken gefesselt und sie mit den ebenfalls gefesselten Füßen verbunden, so daß sie sich nicht bewegen konnte. Sie schwebte frei im Raum und berührte nur mit der Seite leicht den Boden des Raumschiffs; die Schwerelosigkeit verriet ihr, daß sie sich nicht mehr auf Pern befand. Sie vernahm ein rhythmisches, aber unangenehmes Geräusch im Hintergrund, außerdem rutschten verschiedene Gegenstände klappernd hin und her.

Dann identifizierte sie die gräßlichen, monotonen Geräusche: Avril Bitra fluchte.

»Was zum Teufel hast du mit den Steuersystemen gemacht, Telgar?« fragte sie und trat der Gefesselten in die Rippen.

Der Tritt ließ Sallah in die Höhe schweben, bis sie nur wenige Zentimeter vom Gesicht der tobenden Avril Bitra entfernt war. Daß sie überhaupt atmen konnte, lag vermutlich daran, daß die Kabine der *Mariposa* ihre eigene Sauerstoffversorgung hatte. Kenjo hatte die Tanks doch sicher bis zum Rand gefüllt? fragte sie sich in kurz aufflackernder Panik, während sie dicht vor Avril weiter in die Höhe schwebte. Die Astrogatorin trug einen Raumanzug; der Helm lag griffbereit auf dem Regal über dem Pilotensitz.

Avril packte Sallahs Arm. »Was weißt du davon? Sag es mir, und zwar schnell, oder ich werfe dich raus, das spart Atemluft!«

Sallah zweifelte nicht daran, daß diese Frau zu so etwas fähig war. »Ich weiß von gar nichts, Avril. Ich habe gesehen, wie du Ongola und Kenjo aufgelauert hast, und da wußte ich, daß du etwas im Schilde führst. Also bin ich dir gefolgt und konnte gerade noch vor dem Start in die Luftschleuse schlüpfen.«

»Du bist mir gefolgt?« Avrils Faust schnellte vor, durch den Aufprall wurden die beiden Frauen auseinandergetragen. Avril hielt sich an einem Handgriff fest. »Wie konntest du es wagen?«

»Ich hatte dich monatelang nicht gesehen und wollte gerne wissen, wie es dir geht, und da dachte ich, es sei eine gute Idee.« Jetzt ist schon alles egal, dachte Sallah. Es war ihr nicht möglich, die Achseln zu zucken. Was war nur mit ihrem Fuß passiert? Er schmerzte entsetzlich.

»Verdammte Schweinerei. Du hast diese verfluchte Kiste geflogen. Wie kann ich die vor dem Flug eingegebenen Anweisungen aufheben? Du mußt das doch wissen.«

»Vielleicht, wenn du mich an die Konsole läßt.« Sie sah erst Hoffnung und dann einen irren Funken des Zweifels in Avrils Augen aufflackern. Sallah log nicht. »Wie soll ich das von hier aus sagen können? Ich weiß nicht, wo wir sind. Ich bin doch auch nur mit Schlitten gegen Fäden geflogen.« Selbst wenn jemand leicht paranoid war, mußte er merken, daß das die Wahrheit war. Sallah nahm sich vor, ganz behutsam vorzugehen. »Laß mich wenigstens mal sehen.«

Sie bat nicht darum, losgebunden zu werden, obwohl sie sich das verzweifelt wünschte. Beim Sprung in die Kabine mußte sie sich die rechte Schulter geprellt haben, und jetzt hatten sich alle Muskeln schmerzhaft verkrampft.

»Bilde dir ja nicht ein, daß ich dir die Fesseln abnehme«, warnte Avril und gab Sallah einen verächtlichen Schubs, der diese quer durch die Kabine trug. Dann packte sie einen Handgriff und korrigierte die Richtung der sich hilflos Drehenden, bis Sallah schmerzhaft gegen die Steuerkonsole prallte. »Jetzt sieh es dir an!«

Sallah gehorchte, obwohl sie fast mit dem Kopf nach unten in der Luft hing, was nicht gerade die ideale Stellung war. Sie mußte scharf nachdenken, denn Avril hatte Fähren geflogen und verstand etwas von ihren Systemen. Die kleine *Mariposa* war allerdings für interplanetarische Entfernungen gebaut, konnte an den verschiedensten Raumstationen oder Raumschiffen andocken und hatte komplizierte Steuerelemente, die es ihr gestatteten, eine große Anzahl von Manövern im Weltraum und auf Planetenoberflächen auszuführen. Sallah hatte die leise Hoffnung, daß ein Teil dieser Instrumente Avril unbekannt sein würde.

»Um festzustellen, was das Schiff eben gemacht hat«, erklärte sie, »mußt du den Wiederholungsknopf in der unteren grünen Reihe drücken. Nein, backbord.«

Avril riß so heftig an ihrem Arm, daß ihre ohnehin schon überdehnten Muskeln schmerzhaft protestierten und sie mit dem Kopf gegen das Beobachtungsfernrohr stieß. Ihr langes, aufgestecktes Haar löste sich und schwebte ihr ins Gesicht.

»Spiel hier nicht den Schlaukopf!« fauchte Avril, und hielt den Finger über dem richtigen Knopf. »Ist es der hier?«

Sallah nickte und wurde wieder abgetrieben. Avril drückte mit einer Hand auf den Knopf, zog sie mit der anderen zurück und faßte wieder nach ihrem Handgriff.

Jede Aktion ruft eine Reaktion hervor, dachte Sallah. Sie mußte jetzt scharf überlegen, trotz ihrer Schmerzen und des Schwindelgefühls.

Auf dem Monitor erschien der Plan der vor dem Flug eingegebenen Befehle.

»Die *Mariposa* wurde darauf programmiert, hier an der *Yoko* anzudocken.« Es war immerhin angenehm zu wissen, wo man war, dachte Sallah. »Ab dem Moment, in dem die Triebwerke eingeschaltet wurden, konnte man den Kurs nicht mehr korrigieren.«

»Na schön«, sagte Avril jetzt in ganz anderem Tonfall. »Ich wollte sowieso zuerst hierher. Nur wäre ich lieber allein gewesen.« Sallah konnte zwar nichts sehen, weil ihr die Haare vor den Augen schwebten, aber sie spürte, wie die Spannung der anderen nachließ. Wut und Enttäuschung waren aus Avrils Gesicht gewichen, und es hatte einen Teil seiner früheren Schönheit zurückgewonnen. »In diesem Fall brauche ich dich hier nicht mehr.« Avril versetzte Sallah einen genau berechneten Stoß, der sie bis ans gegenüberliegende Ende der Kabine trug, wo sie, ohne sich zu verletzen, gegen die Wand prallte und in der Luft verharrte. »Ich mache mich jetzt an die Arbeit.«

Wie lange Sallah so im Raum schwebte, wußte sie nicht. Es gelang ihr, mit einer Kopfdrehung die Haare, die ihr die Sicht verdeckten, in eine andere Richtung zu lenken, aber sehr viel mehr wagte sie nicht zu tun — jede Aktion rief eine Reaktion hervor, und sie wollte Avril nicht auf sich aufmerksam machen. Eigentlich tat ihr alles weh, aber der Schmerz in ihrem Fuß war fast unerträglich.

Avril stieß einen Strom empörter Beschimpfungen aus. »Kein einziges Programm läuft, verdammtes Pech. Nichts funktioniert!«

Sallah konnte gerade noch den Kopf einziehen, als Avril auf sie zugeschossen kam. Dafür begann sie unkontrolliert zu rotieren, und Avril setzte ihr noch mit einem schadenfrohen Lachen zu, bis Sallah zu würgen begann.

»Du verdammte Hure!« Avril bremste die Drehung ab, um zu verhindern, daß noch mehr Erbrochenes durch die Luft schwebte. »Na schön! Wenn das so ist, du weißt also, was ich wissen muß, und du wirst es mir sagen, oder ich bringe dich zentimeterweise um.« Ein Raumfahrermesser mit vielen in den Griff eingeklappten Werkzeugen fuhr über Sallahs Nasenrücken.

Dann durchschnitt die Klinge unsanft die Fesseln an ihren Händen und Füßen. Das gestaute Blut schoß ihr durch die Adern, und ihre überdehnten Muskeln machten sich schmerzhaft bemerkbar. Wenn sie nicht im freien Fall gewesen wäre, wäre sie zusammengebrochen. So aber begann sie vor Schmerzen zu schluchzen und zu zittern.

»Zuerst putzt du deine Kotze auf«, befahl Avril und stieß einen Toiletteneimer zu ihr hin.

Sallah gehorchte, sie war froh über die Schwerelosigkeit, froh, daß sie die Fesseln los war, und fragte sich schon wieder, was sie tun konnte, um die Oberhand zu gewinnen. Sie hatte jedoch nicht lange Gelegenheit, ihre Freiheit zu genießen, denn Avril hatte noch andere Mittel auf Lager, um sich die Kooperation ihrer Gefangenen zu sichern.

Ehe Sallah wußte, wie ihr geschah, hatte die Astrogatorin ein Seil an ihrem verletzten Fuß befestigt und riß daran. Ein stechender Schmerz jagte durch Sallahs Bein und hinauf bis in ihre Lenden. Sie hatte nicht mehr genug im Magen, um sich zu übergeben. Avril zog sie mit einem Ruck zur Konsole hinüber, stieß sie in den Pilotensessel und band sie dort fest, wobei sie immer wieder an ihrem improvisierten Führungsseil zog, um Sallah an ihre Hilflosigkeit zu erinnern.

»Jetzt sieh nach, wieviel Treibstoff an Bord ist und wieviel sich in den Tanks der *Yoko* befindet — ich habe das schon gemacht, ich kenne die Zahlen, also komm mir nicht mit irgendwelchen Tricks.« Ein weiterer Ruck an Sallahs verletztem Fuß unterstrich die Drohung. »Dann gib ein Programm ein, das mich aus diesem verdammten Misthaufen von einem System rausbringt.«

Sallah tat wie verlangt, obwohl sie Kopfschmerzen hatte und ihr wiederholt alles vor den Augen verschwamm. Als sie sah, welche Menge Treibstoff sich in den Tanks der *Mariposa* befand, konnte sie ihre Überraschung nicht verbergen.

»Ja, da hat jemand gehortet. Warst du es?« Wieder ein Ruck am Seil.

»Vermutlich Kenjo.« Sallah unterdrückte einen Aufschrei und antwortete ganz ruhig. Sie war fest entschlossen, Avril keinerlei Genugtuung zu geben.

»Fusi Pingelig? Ja, das könnte passen. Es kam mir gleich komisch vor, daß er so zahm geworden sein soll!

Wo hat er das Zeug versteckt?« Das Seil spannte sich. Sallah mußte sich fest auf die Unterlippe beißen, um nicht aufzuschluchzen.

»Wahrscheinlich auf seinem Anwesen. Es liegt am Ende der Welt. Niemand kommt jemals hin. Dort könnte er alles verstecken.«

Avril schnaubte wütend, sagte aber nichts mehr. Sallah zwang sich, tief durchzuatmen, um die Adrenalinproduktion anzuregen und besser gegen den Schmerz, die Müdigkeit und die Angst ankämpfen zu können.

»Na schön, dann programmiere mir einen Kurs nach ...« Avril sah in einem Notizbuch nach. »Hierhin.«

Nur weil Sallah die Koordinaten schon kannte, wußte sie, worum es ging. Avril wollte das nächstgelegene System erreichen, das zwar unbewohnt war, sich aber näher an den besiedelten Raumsektoren befand. Auf diesem Kurs würde die *Mariposa* den gesamten verfügbaren Treibstoff verbrauchen, auch wenn Avril noch die Tanks der *Yoko* leerte. Der Gedanke, daß das kleine Schiff vielleicht jahrhundertelang dahintrieb, während Avril ruhig und sicher im Tiefschlaf lag, tröstete Sallah nicht. Es sei denn, Ongola hätte sich auch an den Kälteschlaftanks zu schaffen gemacht. Die Vorstellung gefiel ihr, aber sie kannte Ongola zu gut, als daß sie ihm so viel Weitblick zugetraut hätte.

Leider wurden die Avrils der Galaxis in jeder Zeit und in jeder Kultur schnell heimisch. Wenn Avril also in Tiefschlaf ging, würde irgendwann jemand oder etwas sie und die *Mariposa* retten. Sallah wußte, ohne es sehen zu müssen, daß die Astrogatorin an Bord der *Mariposa* ein riesiges Vermögen an Juwelen und Edelmetallen mitführte. Niemand hatte je daran gezweifelt, warum sich Avril ausgerechnet die Große Insel ausgesucht hatte, aber es hatte niemanden weiter interessiert. Wer hätte aber auch gedacht, daß sie so aberwitzig sein könnte, Pern verlassen zu wollen, selbst wenn die Sporen den Planeten bedrohten?

Sallah fragte sich zwar, warum Avril, die immerhin Astrogatorin war, einen so simplen Kurs nicht selbst hatte einprogrammieren können, aber sie wehrte sich nicht. Sie hatte schließlich mehr Erfahrung mit dem Bordcomputer der *Mariposa*. Aber das Programm wurde nicht akzeptiert. `ERROR 259 IN ZEILE 57465534511` lautete die Meldung.

Avril riß hart am Seil, und Sallah zog zischend die Luft ein, als ein brennender, fast unerträglicher Schmerz durch ihren Fuß schoß.

»Versuch es noch mal! Es gibt doch mehrere Möglichkeiten, einen Kurs einzugeben.«

Sallah gehorchte. »Ich muß die bestehenden Parameter umgehen.«

»Du kannst meinetwegen das ganze verdammte Ding löschen, aber gib mir diesen Kurs ein«, verlangte Avril.

Während Sallah sich daranmachte, auf einem mühsamen Umweg ins Befehlszentrum des Kurscomputers vorzudringen, wurde ihr bewußt, daß Avril sich von dem Regal, auf dem auch ihr Helm lag, einen langen, schmalen Zylinder geholt hatte. Sie spielte damit herum, summte tonlos vor sich hin und schien sehr zufrieden mit sich selbst.

Als Sallah schließlich auf die ›Return‹-Taste drückte, betrachtete Avril mit gespannter Aufmerksamkeit die flackernde Konsole, und Sallah riskierte einen Blick auf das Ding, mit dem sie gespielt hatte. Es war eine selbstgebaute Kapsel. Keine Peilkapsel — die waren dicker und länger —; es glich eher einem Standardfunkfeuer. Plötzlich durchschaute sie Avrils Plan.

Avril würde sich mit der *Mariposa* so weit vom Rubkat-System entfernen wie nur möglich, und dann mit dem Funkfeuer einen Notruf auf die Raumfahrtstraßen richten. Alle Planetensysteme, die Verbindung zur Konföderation Vernunftbegabter Rassen hatten, und auch einige Lebensformen, bei denen das nicht der Fall war, würden einen Notruf bis zu seinem Ursprung zurückverfolgen. Die Geräte schalteten sich bei der Zerstörung eines Schiffes automatisch ein und wurden oft von Leuten aufgespürt, die es auf das möglicherweise wertvolle Treibgut abgesehen hatten.

Avrils Plan war nicht so verrückt, wie er sich anhörte. Sallah war sicher, daß Stev Kimmer eigentlich beabsichtigt hatte, sie auf dieser Reise zu begleiten, um dann mit Hilfe des von ihm gebauten Funkfeuers mit ihr gerettet zu werden.

Auf dem Schirm erschienen Worte. KEIN ZUGRIFF OHNE STANDARD FCP120GM.

»Mist! Genau das habe ich auch gekriegt. Versuch es noch einmal, Telgar.« Avril preßte Sallahs Fuß gegen den Sockel der Konsole und steigerte den Schmerz, bis Sallah fast ohnmächtig wurde. Avril kniff sie brutal in die linke Brust. »Daß du mir ja nicht umkippst, Telgar!«

»Jetzt hör mir mal zu«, sagte Sallah, und ihre Stimme schwankte mehr, als ihr lieb war. »Ich habe es zweimal versucht, du selbst hast es auch versucht. Ich habe die narrensichere Methode angewendet, die man mir beigebracht hat. Jemand ist dir zuvorgekommen, Bitra. Nimm die Platte ab, dann kann ich dir sagen, ob du deine Zeit verschwendest.« Sie zitterte, nicht nur vor Schmerz, sondern weil sie dringend ihre Blase entleeren mußte, aber sie wagte nicht einmal um diese Vergünstigung zu bitten.

Bleich vor Enttäuschung und Wut und lauthals fluchend, entfernte Avril geschickt die Abdeckplatte und schlug wie eine Rasende auf die Konsole ein. Sallah beugte sich so weit zur Seite, wie es ihre Fesseln gestatteten, um nicht aus Versehen etwas abzubekommen.

»Wie haben sie das gemacht? Was haben sie rausgenommen, Telgar, sag es mir, oder ich fange an, dich in Stücke zu zerlegen.« Avril legte Sallahs linke Hand flach über die freiliegenden Chips und schnitt mit dem Messer bis auf den Knochen in den kleinen Finger. Sallah erstarrte vor Schreck und Schmerz. »Der ist sowieso überflüssig!«

»Blut schwebt in der Luft, genauso wie Erbrochenes oder Urin, Bitra. Und wenn du nicht aufhörst, fliegt beides hier rum.«

Ihre Augen bohrten sich ineinander, ein Wille kämpfte gegen den anderen.

»Was ... haben ... sie ... entfernt?« Mit jedem Wort sägte Avril weiter an dem kleinen Finger. Sallah schrie. Das Schreien tat gut, und sie wußte, daß sie damit das Bild vervollständigte, das Avril von ihr hatte: weich. Sallah hatte sich in ihrem ganzen Leben noch nie so hart gefühlt.

»Steuerung. Sie haben den Steuerungschip entfernt. Du kannst nirgendwohin.«

Die Klinge ließ von ihrem Finger ab, und Sallah starrte wie gebannt das Blut an, das sich zu Tropfen formte und zu schweben begann. Das lenkte sie von Avrils Getobe ab, bis diese nach ihrer Schulter faßte.

»Sind alle Ersatzteile auf dem Planeten? Hat man aus der *Yoko* alles ausgebaut?«

Sallah riß sich mit Mühe von dem Blut und von ihren Schmerzen los und konzentrierte sich auf die einzig wichtige Überlegung: Wie konnte sie Avrils Pläne vereiteln, ohne daß es auffiel? »Ich würde sagen, in der Leitzentrale müßten noch Steuerchips sein, die man einsetzen könnte.«

»Hoffentlich.« Avril ließ das Messer durch die Schnur gleiten, mit der Sallah am Sessel festgebunden war. »Okay. Wir ziehen diese Anzüge an und gehen auf die Brücke.«

»Erst wenn ich auf der Toilette war, Avril«, antwortete Sallah. Sie sah auf ihre Hand hinunter. »Und das muß verbunden werden. Du willst doch schließlich kein Blut auf den Chips.« Sie gestattete sich den Luxus, vor Schmerz zu schreien, als Avril wieder an ihrem Fuß riß, aber sie hatte das Gefühl, ihre Unterwerfung gut gespielt zu haben. Wenn sie schneller kapituliert hätte, wäre Avril mißtrauisch geworden. »Und ich brauche einen anderen Stiefel.«

Endlich konnte Sallah einen teilnahmslosen Blick auf ihren Fuß werfen. Die Hälfte der Ferse fehlte, und eine Blutlache schwappte, von Avrils Tritten erschüttert, langsam hin und her.

»Warte!« Auch Avril hatte das Blut bemerkt. Sie wirbelte zu den Spinden neben der Luke und kam mit einem Raumanzug und einem schmutzigen Lappen zurück. »Hier! Reiß dir ein paar Streifen ab!«

Sallah verband ihren Finger mit dem am wenigsten schmutzigen Stoffstück und wickelte den Rest um ihren Fuß. Er tat sehr weh, und sie spürte, daß sich Teile ihres Arbeitsstiefels ins Fleisch gebohrt hatten. Sie durfte auch die Toilette benützen, Avril sah ihr zu und stellte dabei hämisch fest, wie sehr die Mutterschaft doch den Körper einer Frau veränderte. Sallah tat so, als schäme sie sich sehr, und Avril fühlte sich sehr überlegen. Wer hoch steigt, wird tief fallen, dachte Sallah grimmig und zwängte sich in den Raumanzug.

»Sie hat die Gig verlassen, Admiral!« sagte Ezra plötzlich. In dem überfüllten Interfaceraum herrschte gespanntes Schweigen. Man hatte Tarvi verständigt. Er stand stumm dabei, aber sein Gesicht war tränenüberströmt. »Sie hat die Sensoren im Andockbereich passiert. Nein«, verbesserte er sich. »Zwei Personen haben die Sensoren passiert.« Tarvi schluchzte auf.

Steinchen für Steinchen hatte man das Mosaik zusammengesetzt, bis das Rätsel um Sallahs Verschwinden und Avril Bitras Wiederauftauchen schließlich gelöst war.

Ein Techniker, der unweit von Sallah an einem anderen Schlitten gearbeitet hatte, hatte beobachtet, wie sie sich entfernte und auf den Schrotthaufen am Ende des Landegitters zuschlenderte. Er hatte auch Kenjo und

Ongola zur *Mariposa* gehen sehen. Sonst war niemand in der Nähe gewesen. Kurz darauf war die Gig gestartet.

Sobald man erst einmal danach suchte, wurde der Schlitten, den Avril benützt hatte, recht schnell gefunden. Er hatte nicht die Zusatzausrüstung aller übrigen pernesischen Schlitten und war zwischen anderen zur Wartung anstehenden Fahrzeugen am Rand des Gitters abgestellt worden. Man rief Stev Kimmer, damit er ihn identifizierte. Avril hatte nichts zurückgelassen, Steve deutete jedoch auf einige Kratzer, die ihm neu waren. Seine persönliche Ansicht über seine ehemalige Partnerin behielt er für sich, seine Miene war allerdings so finster, daß Paul und Emily den Verdacht hatten, er sei hereingelegt worden. Er hatte einen Moment lang gezögert, dann jedoch achselzuckend alle Fragen beantwortet, die sie ihm stellten.

»Sie wird nicht weit kommen«, sagte Emily, um Zuversicht ringend.

»Nein, sicher nicht.« Paul blickte auf den Steuerkristall, um nicht Tarvi ansehen zu müssen.

»Könnte sie das Ding nicht mit ähnlichen Chips von der Brücke ersetzen?« fragte Tarvi; sein Gesicht war merkwürdig fahl, seine Lippen waren trocken, und seine glänzenden Augen blickten gequält.

»Falsche Größe«, sagte Ezra traurig. »Die *Mariposa* war moderner und arbeitete mit kleineren, technisch ausgefeilteren Kristallen.«

»Außerdem«, fügte Paul schwerfällig hinzu, »ist der Chip, den sie wirklich braucht, genau der, den Ongola durch eine Attrappe ersetzt hat. Oh, sie kann vermutlich einen Kurs eingeben, und es wird auch so aussehen, als würde er akzeptiert. Das Schiff wird rückwärts ablegen, sobald sie jedoch die Zündung betätigt, wird es einfach geradeaus fliegen.«

»Aber Sallah!« fragte Tarvi verzweifelt. »Was wird aus meiner Frau?«

Sallah wartete, bis Avril mit der *Mariposa* abgelegt und sich vom gewaltigen Rumpf der *Yokohama* entfernt hatte und bis ein Feuerstrahl aus den Heckdüsen schoß und anzeigte, daß sie die Triebwerke gezündet hatte, erst dann schaltete sie das Komgerät ein. Avril hatte an der Kommandokonsole so viel Schaden angerichtet, wie sie nur konnte, aber sie hatte vergessen, daß man vom Admiralsterminal aus eine Überbrückungsmöglichkeit hatte. Sallah griff darauf zu, sobald ihre Gegnerin die Brücke verlassen hatte.

»*Yokohama* an Landing. Ezra, bitte kommen. Sie müssen doch da sein!«

»Hier Keroon, Telgar! Wie ist Ihre Position?«

»Ich sitze«, sagte Sallah.

»Himmel noch mal, Telgar, Sie sollten in einem solchen Augenblick keine Witze machen«, schrie Ezra.

»Entschuldigen Sie, Sir«, sagte Sallah. »Ich kann keine Sichtverbindung herstellen.« Das war gelogen, aber sie wollte nicht, daß jemand sah, in welchem Zustand sie war. »Ich schalte jetzt um zur Sondengarage. Für diesen Bereich liegt keine Schadensmeldung vor. Es sind noch drei Sonden übrig. Wie soll ich sie programmieren?«

»Hölle und Teufel, Mädchen, lassen Sie doch jetzt die Sonden! Wie können wir Sie da runterholen?«

»Ich glaube nicht, daß Sie dazu in der Lage sind, Sir«, sagte sie gelassen. »Tarvi?«

»Sal-lah!« Der Tonfall dieser beiden Silben ließ ihr das Herz bis zum Hals schlagen und trieb ihr die Tränen in die Augen. Warum hatte er ihren Namen bisher nie so ausgesprochen? War dies die lang erwartete Liebeserklärung? Der Schmerz in seiner Stimme ließ ahnen, welche Qualen er litt.

»Tarvi, mein Liebster.« Sie sprach ganz ruhig, obwohl ihr die Kehle eng wurde. »Tarvi, wer ist bei dir?«

»Paul, Emily und Ezra«, antwortete er heiser. »Sallah! Du mußt zurückkommen!«

»Auf den Schwingen eines Gebets? Nein. Geh zu Cara! Verlaß den Raum. Ich habe noch einiges zu erledigen, für Pern. Paul, sorgen Sie dafür, daß er geht. Ich kann nicht denken, wenn ich weiß, daß er zuhört.«

»Sallah!« Ihr Name hallte ihr in den Ohren wider.

»Okay, Ezra, sagen Sie mir, wo Sie sie haben wollen.«

Ein ersticktes Räuspern war zu hören. »Eine soll den Kometenkörper ansteuern, die zweite soll ihn umfliegen.« Ezra räusperte sich wieder. »Die dritte soll der Spiralkurve dieses Nebelflecks folgen. Wenn das große Teleskop funktionsfähig ist, möchte ich, daß es an dem verdammten Ding entlanggeführt wird und mir die Daten übermittelt. Mit unserem Teleskop hier können wir den Planeten nicht beobachten — die Auflösung ist zu gering. Hätte nie gedacht, daß wir das große brauchen würden, sonst hätten wir es ausgebaut.« Er faselte irgend etwas, dachte Sallah gerührt, um die Beherrschung wiederzufinden. Hatte sie da eben ein Weinen gehört? Gouverneurin Boll und der Admiral waren doch hoffentlich so verständnisvoll gewesen, Tarvi wegzuschicken?

Dann mußte sie sich auf die Informationen konzentrieren, die Ezra ihr gab, um die einzelnen Sonden auf ihre Aufgaben und ihre Ziele zu programmieren.

»Sonden abgesetzt, Sir«, sagte sie und erinnerte sich, wann sie diese Antwort das letztemal gegeben hatte. Sie sah Pern auf dem großen Bildschirm; sie hätte nie gedacht, daß sie die Welt, die inzwischen ihre Heimat geworden war, noch einmal vom Weltraum aus beobachten würde. »Jetzt schicke ich noch ein paar Daten, die Dieter entschlüsseln soll. Avril sagte, sie habe Ongola und Kenjo getötet. Ist das wahr?«

»Kenjo schon. Ongola wird durchkommen.«

»Alte Soldaten sind nicht so leicht umzubringen. Hören Sie, Ezra, was ich für Dieter übermittle, sind einige Notizen über verfügbaren Treibstoff, die ich mir gemacht habe. Ongola weiß schon, was sie bedeuten. Und ich habe Avrils Kurs eingegeben. Sie flog in die richtige Richtung, aber ich habe im Steuersystem einen sehr merkwürdigen Kristall entdeckt, den ich auf der *Mariposa* noch nie gesehen habe. Habe ich recht? Sie wird nicht weit kommen.«

»Sobald Bitra die Triebwerke zündet, fliegt sie eine gerade Linie.«

»Ausgezeichnet.« Sallah war zutiefst befriedigt. »So gerade und schmal wie nur möglich für unsere liebe Freundin, die uns eben verlassen hat. Ich aktiviere jetzt das große Teleskop und werde es so programmieren, daß es die Daten über das Interface zu Ihnen schickt. In Ordnung?«

»Geben Sie mir die Daten selbst, Telgar«, befahl Ezra schroff.

»Das ist nicht möglich, Kapitän«, sagte sie, froh, diese unpersönliche Anrede gebrauchen zu können. Im Geiste sah sie Ezra Keroons mageren Körper vor sich, wie er sich über das Interface beugte. »So viel Zeit habe ich nicht mehr. Ich verfüge nur über den Sauerstoff in meinen Tanks. Als Avril mir erlaubte, sie anzulegen, waren sie voll, aber sie hat mir gesagt, sie würde das unabhängige System der Brücke abschalten. Ich habe keinen Anlaß, an ihren Worten zu zweifeln. Ein weiterer Grund, warum ich die Teleskopdaten zu Ihnen schalte, sind die Raumhandschuhe. Sie sind zwar sehr praktisch, aber für Feineinstellungen nicht geeignet. Avril hat ihre Wut an der Konsole ausgelassen, und es ist mir mit Mühe gelungen, sie teilweise zu reparieren, wenigstens provisorisch. Falls ... falls jemand die Chance hat, hier heraufzukommen, wird fast alles funktionieren.«

»Wieviel Zeit haben Sie, Sallah?«

»Ich weiß es nicht.« Sie spürte, daß ihr das Blut in dem großen Stiefel schon bis zur Wade reichte, und auch ihr linker Handschuh war vollgesogen. Wieviel Blut hatte ein Mensch? Sie fühlte sich schwach und merkte, daß ihr das Atmen zunehmend schwerer fiel. Es paßte alles zusammen. Schade, sie hätte Cara gern besser kennengelernt.

»Sallah?« Ezras Stimme klang ganz sanft. »Sallah, Sie müssen mit Tarvi reden. Er läßt sich nicht wegschicken und führt sich auf wie ein Wahnsinniger. Er will unbedingt mit Ihnen sprechen.«

»Sicher, in Ordnung, geben Sie ihn mir«, sagte sie, und merkte selbst, wie belegt ihre Stimme klang.

»Sallah!« Tarvi hatte sich wieder einigermaßen unter Kontrolle. »Geht raus hier, alle! Sie gehört jetzt mir. Sallah, du Edelstein meiner Nacht, mein Goldmädchen, meine smaragdäugige Rani, warum habe ich dir nie gesagt, wieviel du mir bedeutest? Ich war zu stolz. Ich war zu eitel. Aber du hast mich gelehrt zu lieben, du hast dich für mich geopfert, als ich zu verblendet war von der Liebe zu meiner Arbeit — um das unschätzbare Geschenk deiner Güte und Zuneigung zu erkennen. Wie konnte ich so töricht sein? Wie konnte ich übersehen, daß du mehr warst als ein Körper, um meinen Samen zu empfangen, mehr als ein Ohr, um meinen ehrgeizigen Plänen zu lauschen, mehr als Hände, um — Sallah? Sallah! Antworte mir, Sallah!«

»Du — hast — mich geliebt?«

»Ich liebe dich, Sallah. Ich liebe dich! Sallah? Sallah? *Sallllaaaah!*«

»Was meinen Sie, Dieter?« fragte Paul, als der Programmierer die Zahlen überprüfte, die er von Ezra bekommen hatte.

»Nun, dieser ersten Zahlenreihe nach haben wir mehr als zweitausend Liter Treibstoff. Die zweite Reihe ist eine Schätzung der Mengen, die die *Mariposa* auf Kenjos vier Flügen und bei ihrem heutigen Flug verbraucht hat. Irgendwo muß hier unten noch ein ziemlich großer Posten vorhanden sein. Die dritte Reihe zeigt offenbar, wieviel noch in den Tanks der *Yoko* war und sich jetzt in denen der *Mariposa* befindet. Aber ich möchte ebenso wie Sallah darauf hinweisen, daß die Menge in der Überlaufwanne der *Yoko* ausreicht, um noch ein paar Jahrhunderte lang kleinere Orbitalkorrekturen durchführen zu können.«

Paul nickte frostig. »Weiter.«

»Dieser Abschnitt gibt uns den Kurs, den Bitra zu programmieren versuchte. Die erste Kurskorrektur sollte inzwischen eingeleitet worden sein.« Dieter betrachtete stirnrunzelnd die Gleichungen auf seinem Monitor. »Sie müßte jetzt geradewegs auf unseren exzentrischen Planeten zustürzen. Vielleicht werden wir früher erfahren, wie seine Oberfläche beschaffen ist, als wir dachten.«

»Avril wird aber sicher nicht so lange ruhig zusehen, bis sie uns brauchbare Informationen geben kann, im Gegensatz zu — zu Sallah.« Die Stimme des Admirals klang so rabiat, daß Dieter erschrocken aufschaute. »Tut mir leid. Kommen Sie mit. Das ist Ihr gutes Recht. Und wenn etwas schiefgeht ...« Paul brach ab und ging vor Dieter her zum Interfaceraum.

Emily hatte Tarvi begleitet, um ihn zu trösten, soweit das überhaupt möglich war, Ezra war also allein im Raum. Er sah alt aus, und auch Paul fühlte sich nach den emotionellen Erschütterungen dieses Tages wie ein Greis.

»Irgendwelche Nachrichten?«

»Nichts, was man unter anständigen Leuten wiedergeben könnte«, schnaubte Ezra. »Sie hat eben entdeckt, daß die erste Kurskorrektur nicht ausgeführt wurde.« Er drehte die Scheibe, bis die fauchenden, haßerfüllten Beschimpfungen deutlich zu hören waren.

Paul grinste Dieter schadenfroh an. »Genau wie Sie sagten.« Er schaltete die Lautsprecher ein.

»Avril, kannst du mich hören?«

»Benden! Was zum Teufel hat diese Hure angerichtet? Wie hat sie es gemacht? Die Überbrückung funktioniert nicht. Ich kann nicht einmal steuern. Ich wußte doch, daß ich ihr den Fuß hätte absägen sollen.«

Ezra wurde blaß, und Dieter sah so aus, als würde ihm gleich übel, und Paul lächelte nur böse. Avril hatte Sallah also unterschätzt. Er war stolz auf die tapfere Frau.

»Du wirst den roten Planeten erforschen, mein Liebling. Warum bist du nicht einmal im Leben anständig und erstattest uns laufend Bericht?«

»Häng dich auf, Benden. Du kannst mich mal! Aus mir kriegst du nichts raus. Oh, Scheiße! Scheiße! Das ist nicht — Oh, Scheiiiße!«

Der letzte Ausruf ging unter in einem Knistern und Jaulen, das Ezra nach dem Lautstärkeregler greifen ließ.

»Scheiße!« wiederholte Paul ganz leise. »›Es ist nicht ...‹ — was denn? Verdammt, Avril, fahr doch zur Hölle! *Was* ist es denn nicht?«

Emily und Pierre flogen zusammen mit Chio-Chio Yorimoto, die auf der *Buenos Aires* die Kabinengenossin von Kenjos Frau gewesen war und später am Irenplatz ein Haus mit ihr geteilt hatte, mit dem schnellen Schlitten zu Kenjos Honshu-Besitzung. Fast ganz Landing wußte zwar von Kenjos Tod und von Ongolas schwerer Verletzung, aber es war nicht öffentlich verkündet worden. Nur die Gerüchte beschäftigten sich eifrig mit dem ›unbekannten‹ Angreifer.

Als Emily am Abend zurückkehrte, brachte sie dem Admiral eine versiegelte Nachricht.

»Sie hat uns erklärt«, sagte Emily trocken, »sie würde lieber auf Honshu bleiben, um ihren vier Kindern den Besitz zu erhalten. Sie brauche nicht viel und würde uns nicht belästigen.«

»Sie hängt sehr am Althergebrachten«, bemerkte Chio-Chio atemlos. »Sie wollte keine Trauer zeigen, denn das schmälert das Ansehen des Toten.« Sie zuckte die Achseln, senkte die Augen, und ihre Hände ballten sich zu Fäusten und öffneten sich wieder. Dann blickte sie fast trotzig auf. »So war sie schon immer. Kenjo hat sie geheiratet, weil sie niemals in Frage stellen würde, was er tat. Er hat vorher mich gefragt, aber ich war vernünftiger, auch wenn er ein Kriegsheld war. Oh!« Sie schlug die Hände vors Gesicht. »Aber so umzukommen! Von hinten erschlagen. Ein schmähliches Ende für jemanden, der dem Tod so oft von der Schippe gesprungen ist!« Sie drehte sich um und verließ fluchtartig den Raum; ihr Schluchzen war noch lange in der Nacht zu hören.

Emily bedeutete Paul mit einer Handbewegung, die kleine Notiz zu öffnen, die mit Wachs versiegelt und mit irgendeinem Zeichen gestempelt war. Er erbrach das Siegel, entfaltete das schöne, dicke, handgeschöpfte Papier und reichte es verblüfft an Emily und Pierre weiter.

»»Der verbrauchten Treibstoffmenge und dem aufgehäuften Schutt nach zu schließen wurden zwei Höhlen gegraben. In einer Höhle war das Flugzeug untergebracht. Wo die andere war, weiß ich nicht‹‹, las Emily laut vor. »Er hat es also geschafft, einen Teil des Treibstoffs wegzuschaffen? Wieviel?«

»Wir werden sehen, ob Ezra es berechnen kann — oder Ongola, wenn er wieder auf den Beinen ist. Pierre?« Paul bat den Küchenchef um strengstes Stillschweigen.

»Natürlich. In unserer Familie wird die Diskretion seit Generationen gepflegt, Admiral.«

»Paul«, verbesserte der Admiral.

»In solchen Fällen, mein alter Freund, bist du für mich der Admiral!« Pierre schlug die Hacken zusammen, verneigte sich leicht aus der Hüfte heraus und lächelte kurz. »Emily, du bist müde. Du solltest dich jetzt ausruhen. Paul, sag du es ihr!«

Paul legte eine Hand auf die Schulter von Pierre de Courci und nahm mit der anderen Emilys Arm. »Eine Pflicht müssen wir heute noch erledigen, Pierre, und du solltest mit dabei sein.«

»Das Feuer!« Emily sträubte sich gegen Pauls Arm. »Ich weiß nicht, ob ich ...«

»Wer kann das schon?« schaltete Paul sich ein, als sie stockte. »Tarvi hat darum gebeten.«

Die drei gingen zögernd hinter den paar anderen, die die gleiche Richtung eingeschlagen hatten, zum dunklen Freudenfeuerplatz hinunter. In jedem Haus brannte ein Licht. Am Himmel leuchteten ein paar vereinzelte Sterne, und Timor, der erste Mond, zeigte sich nur als schmale Sichel am östlichen Horizont.

Neben der Pyramide aus Reisig und Farn stand Tarvi mit gesenktem Kopf, fast so dürr wie manche der Äste, die man auf den Haufen geschichtet hatte. Plötzlich, als wüßte er, daß nun niemand mehr kommen würde, zündete er eine Fackel an. Sie loderte auf und erhellte sein Gesicht. Es war abgezehrt vor Kummer, und die Haare hingen ihm über die tränennassen Wangen.

Tarvi hielt die Fackel hoch und drehte sich langsam nach allen Seiten, als wolle er sich die Gesichter der Anwesenden für immer einprägen.

»Von jetzt an«, rief er heiser, »heiße ich nicht mehr Tarvi oder Andiyar. Ich heiße Telgar, auf daß ihr Name tagtäglich gesprochen werde und allen in Erinnerung bleibe, denn sie hat heute für *uns* ihr Leben hingegeben. Auch unsere Kinder werden diesen Namen tragen. Ram Telgar, Ben Telgar, Dena Telgar und Cara Telgar, die ihre Mutter niemals kennen wird.« Er atmete tief ein, sein Brustkorb weitete sich. »*Wie ist mein Name?*«

»Telgar!« antwortete Paul, so laut er konnte.

»Telgar!« schrie Emily neben ihm, und Pierres Bariton wiederholte es einen Atemzug später. »*Telgar!*«

»Telgar!« »Telgar!« »Telgar!« »*Telgar!*« »*Telgar!*« Fast dreitausend Stimmen nahmen den Ruf auf wie einen Gesang und schwenkten die Arme, bis Telgar die brennende Fackel ins Feuer warf. Als die Flamme sich prasselnd durch das trockene Holz und das Farnkraut fraß, schallte der Name noch lauter durch die Nacht. »*Telgar!*« »*Telgar!*« »*Telgar!*«

Sallah Telgars Tod rief auf dem ganzen Kontinent Bestürzung hervor. Viele hatten sie entweder als Fährenpilotin während der Landung oder als fähige Verwalterin des Karachi Camps gekannt. Ihre mutige Tat hatte jedoch eine unerwartete Stärkung der Moral zur Folge, es war fast, als müßten sich jetzt, nachdem Sallah so bereitwillig die letzten Augenblicke ihres Lebens dem Wohl der Kolonie gewidmet hatte, alle noch mehr bemühen, um ihr Opfer zu rechtfertigen. So schien es jedenfalls während der nächsten acht Tage, bis sich erneut beunruhigende Gerüchte zu verbreiten begannen.

»Hör zu, Paul«, begann Joel Lilienkamp, noch ehe er die Tür hinter sich geschlossen hatte. »Jeder hat das Recht, sich im Magazin zu bedienen. Aber dieser Ted Tubberman holt sich in letzter Zeit Sachen, die für einen Botaniker recht ungewöhnlich sind.«

»Nicht schon wieder Tubberman!« Paul lehnte sich mit einem tiefen Seufzer in seinem Stuhl zurück. Tarvi — Telgar, verbesserte sich Paul — hatte am Tag zuvor angerufen und gefragt, ob Tubberman die Genehmigung habe, sich Teile der Fähre zu holen, die sie eben zerlegten.

»Ja«, sagte Joel. »Wenn du mich fragst, der hat nicht mehr alle Chips im Computer. Du hast genug am Hals, Paul, aber du mußt doch wissen, was dieser Narr treibt. Ich wette meine letzte Flasche Brandy, daß der was im Schilde führt.«

»Auf Windblütes Bitte hin hat Pol ihm verboten, die Biologielabors noch einmal zu betreten«, sagte Paul müde. »Offenbar hat er sich so aufgeführt, als sei *er* dort der Boß. Bay kann ihn auch nicht besonders leiden.«

»Da ist sie nicht die einzige«, stellte Joel fest, ließ sich in einen Stuhl sinken und rieb sich das Gesicht. »Ich brauche deine Erlaubnis, um ihm ebenfalls die Ladentür vor der Nase zuzumachen. Ich habe ihn in Gebäude G erwischt, wo hochempfindliche technische Geräte untergebracht sind. Ich will nicht, daß sich da jemand ohne mein Einverständnis rumtreibt. Und er hat aufgetrumpft, als sei das sein gutes Recht. Bart Lemos war auch dabei.«

»Bart Lemos!« Paul richtete sich wieder auf.

»Ja. Er, Bart und Stev Kimmer glucken zur Zeit ständig zusammen und machen auf alte Kumpel. Und was ich aus meinen Quellen über die Gerüchte höre, die sie verbreiten, gefällt mir gar nicht.«

»Stev Kimmer gehört auch dazu?«

Joel zuckte die Achseln. »Eine richtig dicke Freundschaft.«

Paul rieb sich nachdenklich die Fingerknöchel. Bart Lemos war ein leicht zu beeinflussender Niemand, aber Stev Kimmer war hochqualifizierter Techniker. Paul hatte den Mann nach Avrils Flucht diskret überwachen lassen. Stev war drei Tage lang auf Sauftour gegangen, und dann hatte man ihn in der zerlegten Fähre schlafend aufgefunden. Nachdem er sich von den Nachwirkungen des Quikal erholt hatte, war er wieder an die Arbeit gegangen. Fulmar sagte, die anderen Techniker hätten ihn nicht gerne in ihrem Team, weil er wortkarg war, um nicht zu sagen brummig. Der Gedanke, daß Tubberman von Kimmers Fachkenntnissen profitieren könnte, bereitete Paul Unbehagen. »Was hast du genau gehört, Lili?« fragte er.

»Einen Haufen dummes Zeug«, sagte der kleine Magaziner und faltete die Hände vor der Brust. »Ich meine, niemand, der auch nur einen Funken Verstand hat, glaubt die Geschichte, daß Avril und Kenjo miteinander im Bunde gewesen sein sollen. Oder daß Ongola Kenjo tötete, um die beiden davon abzuhalten, mit der *Mariposa* loszufliegen, um Hilfe zu holen. Aber ich warne dich, Paul, wenn Kittis Biotechnikprogramm keine positiven Ergebnisse bringt, könnten wir dran sein. Ich wette jeden Betrag, daß man dann von dir und Emily verlangt, die Entscheidung rückgängig zu machen und die Peilkapsel doch noch abzuschicken.«

Am Abend zuvor hatte Paul mit Emily, Ezra und Jim über dieses letzte Mittel gesprochen. Keroon war am entschiedensten dagegen gewesen, mittels einer Peilkapsel Alarm zu geben, er bezeichnete das als aussichtsloses Unterfangen. Paul stellte noch einmal fest, daß Hilfe von den technisch höherentwickelten Welten frühestens in zehn Jahren eintreffen könne. Und die Chance, daß die KVR sich besonders beeilen würde, war bedrückend gering. Eine solche Maßnahme erschien ihnen nicht nur wie eine Mißachtung von Sallahs Opfer, sondern auch wie eine feige Kapitulation zu einer Zeit, da sie den Erfindungsreichtum und die Fähigkeiten ihrer Kolonie noch nicht bis zum letzten ausgeschöpft hatten.

»Was für Material hat Ted denn angefordert, Lili?« fragte Paul.

Joel zog einen Packen Papier aus seiner Hüfttasche, entfaltete ihn umständlich und las. »Ein ganzes Sammelsurium, von hydroponischem Zubehör über Isoliermaterial, Maschendraht und Pfosten bis hin zu einigen Computerchips, von denen Dieter behauptet, er könne sie unmöglich brauchen, einsetzen oder auch nur verstehen.«

»Hast du Tubberman zufällig gefragt, was er damit vorhat?«

»Ganz zufällig habe ich genau das getan. Und er hat mir sehr von oben herab erklärt, er benötige das alles für seine Experimente« — Joel zweifelte sichtlich an deren Wert — »um eine wirksamere Verteidigung gegen die Sporen zu entwickeln, bis Hilfe eintrifft.«

Paul verzog das Gesicht. Er hatte von den wilden Behauptungen des Botanikers gehört, *er*, nicht die Biologen und ihre hochgezüchteten, mutierten Echsen, würde Pern schützen. »Dieses ›bis Hilfe eintrifft‹ gefällt mir nicht«, murmelte Paul zähneknirschend.

»Dann gib mir Anweisung, ihn auszusperren, Paul. Auch wenn er Konzessionär ist, er hat seinen Kredit schon um einiges überzogen.« Er schwenkte seinen Zettel. »Das kann ich beweisen.«

Paul nickte. »Ja, aber wenn er dir das nächstemal eine Liste vorlegt, dann laß dir erst sagen, was er will, und danach schlägst du ihm die Tür vor der Nase zu. Ich muß wissen, was er vorhat.«

»Gib ihm Hausarrest!« empfahl Joel und stand mit aufrichtig besorgtem Gesicht auf. »Du ersparst uns damit allen eine Menge Ärger. Er ist unberechenbar, man weiß nie, wo er das nächstemal aneckt.«

Paul grinste den Magaziner an. »Das würde ich ja gern tun, Lili, aber es wäre gegen die Verfassung.«

Joel schnaubte höhnisch, zögerte noch einen Augenblick und verließ dann, auf seine unnachahmliche Art mit den Achseln zuckend, das Büro.

Paul vergaß dieses Gespräch nicht, aber an diesem Morgen standen ihm noch dringendere Probleme bevor. Trotz aller Bemühungen Fulmars und seiner Techniker hatten drei weitere Schlitten die Lufttauglichkeitsprüfungen nicht bestanden. Das bedeutete, daß man die Bodentrupps verstärken mußte, die letzte Verteidigungslinie, der aufreibendste Einsatz für Leute, die ohnehin schon bis an die Grenze ihrer Kräfte beansprucht waren. Weder Paul noch Emily erkannten die Bedeutung dreier unabhängig voneinander eintreffender Berichte: der erste kam vom Veterinärlabor und besagte, daß in der Nacht die Vorratsräume geplündert worden seien; dann meldete Pol Nietro, Ted Tubberman sei im Biotechniklabor gesehen worden; und als letzter teilte Fulmar mit, jemand habe sich mit den Auspuffzylindern der zerlegten Fähre heimlich davongemacht.

Als Joel Lilienkamps zorniger Anruf kam, hatte Paul wenig Mühe, eine Schlußfolgerung zu ziehen.

»Alle Körperöffnungen sollen ihm zufrieren und alle Extremitäten abfallen.« Joel schrie aus vollem Halse. »Er hat die Peilkapsel!«

Paul fuhr wie von der Tarantel gestochen von seinem Stuhl hoch, während Emily und Ezra ihn erstaunt ansahen. »Bist du sicher?«

»Natürlich bin ich sicher, Paul. Ich hatte den Karton zwischen Ofenrohren und Heizgeräten versteckt. Verstellt wurde er nicht, aber wer zum Teufel konnte denn *wissen*, daß Karton #45/879 eine Peilkapsel enthielt?«

»Tubberman hat ihn genommen?«

»Darauf verwette ich meine letzte Flasche Brandy.« Joel sprach so schnell, daß er kaum mehr zu verstehen war. »Dieser Schweinehund! Dieser Scheißefresser, diese schleimige Made!«

»Wann hast du festgestellt, daß die Kapsel weg ist?«

»Gerade eben. Ich spreche von Gebäude G aus. Ich prüfe dort mindestens einmal pro Tag alles nach.«

»Könnte dir Tubberman gefolgt sein?«

»Für wie verblödet hältst du mich eigentlich?« Joel regte sich über diese Anschuldigung fast ebenso sehr auf wie über den Diebstahl. »Ich prüfe jeden Tag jedes Gebäude nach, und ich kann dir genau sagen, was gestern und vorgestern angefordert wurde, deshalb weiß ich auch verdammt genau, wenn etwas fehlt!«

»Daran zweifle ich doch keinen Augenblick, Joel!« Paul rieb sich mit der Hand über den Mund und überlegte angestrengt. Dann sah er die ängstlichen Mienen von Emily und Ezra. »Warte mal«, sagte er in den Hörer und berichtete den beiden, was Joel gesagt hatte.

»Ach so!« sagte Ezra, und ein Ausdruck tiefster Erleichterung trat in seine hageren Züge. »Tubberman kriegt doch nicht einmal einen Drachen in die Luft und kann kaum mit einem Schlitten umgehen. Seinetwegen würde ich mir keine Sorgen machen.«

»Seinetwegen nicht. Aber Stev Kimmer und Bart Lemos wurden in letzter Zeit oft in seiner Gesellschaft gesehen, und das beunruhigt mich sehr«, sagte Paul leise. Ezra schien in sich zusammenzusinken und vergrub den Kopf in den Händen.

»Jetzt ist Ted Tubberman dran«, sagte Emily, legte die Akte, in der sie gelesen hatte, entschlossen auf den Tisch und stand auf. »Seine Stellung als Konzessionär oder die Privatsphäre seines Anwesens kümmern mich einen Dreck. Wir durchsuchen Calusa.« Sie knuffte Ezra in die Schulter. »Kommen Sie, Sie müßten wissen, was für Teile er dazu braucht.«

Schnelle Schritte waren zu hören, dann wurde die Tür aufgerissen, und Jake Chernoff kam ins Büro gestürmt.

»Sir, Verzeihung, Sir«, rief der junge Mann. Sein Gesicht war von der Anstrengung gerötet, und er atmete schwer. »Ihr Komgerät —« Er deutete aufgeregt auf den Hörer in der Hand des Admirals. »Zu wichtig. Die Scanner im Turm — Von der Anlegestelle Oslo ist etwas gestartet, vor drei Minuten — Und es war kein Schlitten. Zu klein.«

Paul, Emily und Ezra rannten gleichzeitig zur Tür und weiter in den Interfaceraum. Ezra hatte es so eilig, das Programm zu starten, daß er kaum die Tasten fand. Am Himmel war deutlich ein Kondensstreifen zu sehen, der nach Nordwesten zog. Leise fluchend schaltete Ezra auf den Monitor der *Yoko* um, der den Echoimpuls weiterverfolgte. Lange standen sie alle drei vor Wut und Enttäuschung wie erstarrt, dann richtete Ezra seinen hageren Körper auf und ließ die Hände sinken.

»Was geschehen ist, ist geschehen.«

»Nicht ganz«, sagte Emily mit belegter Stimme, und die Worte kamen in einem merkwürdigen Singsang heraus. Sie wandte sich mit unversöhnlicher Miene an Paul und schürzte die Lippen. »Anlegestelle Oslo, wie? Die Kapsel wurde eben abgeschossen. Die Scheißkerle holen wir uns.«

Paul und Emily überließen es Ezra, den Flug der Kapsel zu überwachen, und machten sich im Laufschritt auf den Weg zum Landegitter. Die drei ersten kräftigen Männer, die sie unterwegs trafen, mußten mitkommen.

Paul entdeckte Fulmar und befahl ihm, Kenjos frisierten Schlitten zu steuern.

»Keine Fragen, Fulmar«, sagte er und holte sich noch zwei weitere, stämmige Techniker zu Hilfe. »Fliegen Sie einfach in Richtung Jordan, und alles achtet auf den Schlittenverkehr.« Er griff nach dem Komgerät, während er die Sicherheitsgurte anlegte. »Wer ist im Turm? Tarrie? Ich möchte wissen, wer über dem Fluß in der Luft ist, wo er hin will und wo er herkommt.«

Fulmar startete so steil, daß der Lärm einen Augenblick lang Tarrie Chernoffs Antwort übertönte.

»Nur ein Schlitten über dem Jordan, Sir, abgesehen von jenem — anderen Flug.« Sie brachte die Worte fast nicht heraus, aber dann fand sie die für einen Funkoffizier erforderliche nüchterne Besonnenheit wieder. »Der Schlitten antwortet nicht.«

»Das wird er schon noch tun«, versicherte Paul ihr grimmig. »Überwachen Sie weiter allen Verkehr in dieser Gegend!«

Tubberman war dumm genug, um sich erwischen zu lassen, aber Paul war nicht der Ansicht, daß Stev Kimmer, oder wer auch immer von Ted dazu überredet worden war, sich auf so feige Weise über die demokratische Entscheidung der Kolonie hinwegzusetzen, als dumm zu bezeichnen war.

Tubberman war allein im Schlitten, als Fulmar ihn zwang, auf dem öden Gelände des vom Schicksal heimgesuchten Bavaria-Anwesens am Fluß zu landen. Verstockt trat er vor sie hin, verschränkte die Arme vor der Brust und streckte trotzig das Kinn vor.

»Ich habe getan, was nötig war«, stellte er hochtrabend und selbstgefällig fest. »Ich habe den ersten Schritt unternommen, um diese Kolonie vor der Vernichtung zu retten.«

Paul ballte die Fäuste. Neben ihm zitterte Emily vor Wut.

»Ich will die Namen Ihrer Komplizen, Tubberman«,

preßte Paul erregt hervor, »und zwar jetzt, auf der Stelle!«

Tubberman atmete tief ein. »Tun Sie, was Sie wollen, Admiral, ich bin Manns genug, es zu ertragen.«

Die falsche Heldenpose wirkte auf die Zuschauer so grotesk, daß einer der Männer hinter Paul kurz und ungläubig auflachte, um gleich wieder zu verstummen. Der Heiterkeitsausbruch ließ jedoch Pauls Stimmung umschwenken.

»Tubberman, ich würde nicht zulassen, daß jemand Ihnen ein Haar krümmt«, grinste er. Seine Spannung hatte sich gelöst. »Es gibt durchaus geeignete Mittel, um mit Ihnen fertig zu werden, sie werden in der Verfassung deutlich formuliert — und sind nicht so grob und barbarisch wie körperliche Mißhandlungen.« Dann drehte er sich um. »Bringt ihn mit seinem Schlitten nach Landing zurück. Setzt ihn in mein Büro und ruft Joel Lilienkamp. Er wird sich um den Gefangenen kümmern.« Befriedigt sah Paul, wie der Märtyrerblick aus Tubbermans Augen verschwand und an seine Stelle eine Mischung aus Angst und Überraschung trat. Paul drehte sich auf dem Absatz um und winkte Emily, Fulmar und den anderen, ihren Schlitten zu besteigen.

Tarrie meldete, daß sich in dieser Gegend keine weiteren Maschinen aufhielten, und entschuldigte sich, daß der Verkehr nicht mehr ständig erfaßt wurde. »Bis auf dieses ... Raketending war alles normal, Sir. Ach ja, Jake ist zurück. Wollen Sie mit ihm sprechen?«

»Ja«, antwortete Paul und wünschte sich im stillen, Ongola würde das Kommando wieder übernehmen. »Jake, ich möchte wissen, wo sich Bart Lemos und Stev Kimmer aufhalten. Und Nabhi Nabol.« Emily nickte beifällig.

Inzwischen hatte Fulmar die kurze Strecke zwischen Bavaria und der Anlegestelle Oslo zurückgelegt. Die Überreste der Startplattform qualmten noch. Während Paul mit den andern die Gegend nach Schlittenspuren absuchte, stocherte Fulmar sorgfältig in dem überhitzten Kreis herum und schnupperte dabei.

»Dem Geruch nach ist es Fährentreibstoff, Paul«, meldete er. »Für eine Peilkapsel würde man nicht viel brauchen.«

»Aber man müßte sich damit auskennen«, sagte Paul grimmig. »Man braucht Fachkenntnisse, und Sie und ich wissen genau, wie viele Leute in der Lage sind, mit dieser Art von Technologie umzugehen.« Er schaute Fulmar fest in die Augen, und der Mann ließ die Schultern hängen. »Nicht Ihre Schuld, Fulmar. Ich habe Ihren Bericht bekommen, und es war nicht der einzige. Ich habe es nur versäumt, eins und eins zusammenzuzählen.«

»Wer hätte auch gedacht, daß Ted eine solche Wahnsinnstat vollbringt? Kein Mensch glaubt doch auch nur die Hälfte von dem, was er so daherredet«, verteidigte sich Fulmar.

Emily und die anderen kamen von ihrer erfolglosen Suche zurück. »Jede Menge Schlittenspuren, Paul«, meldete sie. »Und Müll.« Sie zeigte auf einen leeren Treibstoffsack und eine Handvoll Stecker und Drähte. Fulmars Miene verdüsterte sich noch mehr.

»Wir vergeuden hier nur unsere Zeit«, sagte Paul und unterdrückte dabei seine Gereiztheit.

»Cherry und Cabot sollen in meinem Büro auf uns warten«, murmelte Emily, als sie in den Schlitten stiegen.

»Er ist auch noch *stolz* darauf«, wütete Joel, als Paul und Emily ihn nach ihrer Rückkehr in Emilys Büro riefen. »Behauptet, es sei seine *Pflicht* gewesen, die Kolonie zu retten, und wir würden überrascht sein, wie viele Leute ihm zustimmten.«

»Er ist derjenige, der überrascht sein wird«, gab Emily zurück. Sie hatte das Kinn entschlossen vorgereckt und die Lippen zu einem merkwürdigen Lächeln verzogen, das ihre müden Augen nicht erreichte.

»Ja, Em, aber was *können* wir denn mit ihm machen?«
fragte Joel in ohnmächtigem Zorn.

Emily schenkte sich einen neuen Becher Klah ein und
trank einen Schluck, dann antwortete sie: »Er wird geächtet.«

»Wer wird geächtet?« fragte Cherry Duff, die in diesem Augenblick den Raum betrat, mit ihrer tiefen Stimme. Cabot Carter kam dicht hinter ihr, er hatte, als ihn
Emilys Aufforderung erreichte, die Richterin in ihrem
Büro abgeholt und hierher geleitet.

»Geächtet?« Carters markantes Gesicht wurde von einem Lächeln erhellt, das in ein breites Grinsen überging,
als er erwartungsvoll von Paul zu Emily blickte, und sich
abschwächte, als er den mürrischen Magaziner ansah.

Paul grinste zurück. »Geächtet!«

»Geächtet?« rief Joel empört.

Emily winkte Cherry, sich in den bequemsten Stuhl
zu setzen, und forderte auch die anderen auf, Platz zu
nehmen. Auf ein Nicken von Paul hin gab sie einen
knappen Bericht, der in Tubbermans unrechtmäßiger
Aneignung der Peilkapsel gipfelte.

»Wir sollen also Tubberman für geächtet erklären,
wie?« Cherry sah sich zu Carter um.

»Illegal wäre es nicht, Cherry«, erklärte der Jurist, »es
ist keine körperliche Züchtigung per se, was nach den
Grundsätzen der Verfassung verboten wäre.«

»Frischt doch mal mein Gedächtnis auf«, sagte Cherry, und es klang sehr belustigt.

»Die Acht war ein Verfahren«, begann Emily, »mit
dem passive Gruppen ein Mitglied bestrafen konnten,
das vom rechten Weg abgewichen war. Religiöse Ge-
meinschaften setzten es ein, wenn Angehörige ihrer
Sekte sich nicht an die jeweiligen Vorschriften hielten.
Eigentlich ganz wirkungsvoll. Die übrige Sekte tat so,
als existiere der Schuldige nicht. Niemand sprach mit
ihm, niemand nahm von seiner Anwesenheit Notiz,
niemand half ihm in irgendeiner Weise. Es hört sich gar

nicht so grausam an, aber in Wirklichkeit ist diese Art des Ausstoßens psychologisch vernichtend.«

»Das genügt«, sagte Cherry und nickte befriedigt. »Eine phantastische Strafe für jemanden wie Tubberman. Wirklich phantastisch.«

»Und vollkommen legal!« pflichtete Cabot ihr bei. »Soll ich die Erklärung aufsetzen, Emily, oder wollen Sie das übernehmen, Cherry?«

Cherry winkte gebieterisch mit der Hand. »Machen Sie nur, Cabot! Sie haben sicher die richtigen Formulierungen parat. Aber erklären Sie genau, was aus der Acht folgt. Die meisten von uns haben sein Geschwätz und seine Gerüchte ohnehin so satt, daß sie begeistert sein werden, wenn sie eine offizielle Ausrede haben, um ihn ... äh ... zu ächten! Zu ächten!« Sie legte den Kopf zurück und begann aus vollem Halse zu lachen. »Bei allem, was heilig — und legal — ist, mir gefällt das, Emily. Es gefällt mir ausgezeichnet!« Unvermittelt schlug ihre Stimmung um, und sie fügte ohne jede Spur von Humor hinzu: »Das ist eine kalte Dusche für einige Hitzköpfe.« Sie streifte Paul und Emily mit einem scharfen Blick. »Tubberman hat das doch nicht allein gemacht. Wer hat ihm geholfen?«

»Wir haben keinen Beweis«, begann Paul, aber gleichzeitig sagte Joel: »Stev Kimmer, Bart Lemos und vielleicht Nabhi Nabol.«

»Die werden auch geächtet«, rief Cherry und schlug mit ihren mageren Greisenhänden auf die Armlehne ihres Stuhls. »Verdammt, wir können keine Uneinigkeit gebrauchen. Wir brauchen Unterstützung, Kooperation, harte Arbeit. Sonst gehen wir zugrunde. Bei allen Feuern der Hölle!« Sie streckte beide Hände in die Höhe. »Haben wir denn überhaupt eine Chance, wenn uns die Kapsel diese blutsaugerischen Aasfresser von der KVR auf den Hals hetzt?«

»Darauf würde ich keine Wette eingehen«, antwortete Joel und rollte die Augen.

Cherry musterte ihn argwöhnisch. »Es freut mich, daß es noch etwas gibt, worauf Sie nicht wetten, Lilienkamp. Schön, was *machen* wir nun mit Tubbermans Komplizen?«

Cabot beugte sich vor und berührte leicht ihren Arm. »Wir müssen erst einmal beweisen, daß sie seine Komplizen waren, Cherry.« Er sah Paul und Emily erwartungsvoll an. »Die Verfassung bestimmt, daß eine Person so lange für unschuldig gehalten wird, bis ihre Schuld erwiesen ist.«

»Wir behalten sie im Auge«, sagte Paul. »Wir beobachten sie. Carter, setzen Sie diese Erklärung auf und sorgen Sie dafür, daß sie überall in Landing verbreitet wird, und daß auch jeder Grundbesitzer davon erfährt. Cherry, würden Sie Tubberman das Urteil verkünden?« Er reichte ihr den Arm und half ihr beim Aufstehen.

»Mit dem größten Vergnügen. Eine phantastische Art, eine solche Nervensäge loszuwerden«, fügte sie leise hinzu, während sie losmarschierte. Die diebische Freude auf ihrem Gesicht heiterte auch Joel Lilienkamp auf, und er rieb sich vergnügt die Hände, als er ihnen folgte.

Der Bote brachte mit Freuden eine Kopie der offiziellen Verlautbarung zu Bay und Windblüte, die in der großen Brutkammer arbeiteten. Der Raum war vom Hauptlabor abgetrennt und gegen Temperaturveränderungen und Lärm abgeschirmt. Der Brutkasten selbst stand auf dikken Stoßdämpfern, damit die im Anfangsstadium sehr empfindlichen Embryos in ihren Eisäcken keiner Erschütterung ausgesetzt waren, wenn im Hautplabor irgendwelche Geräte herumgeschoben wurden.

In einem natürlichen Mutterleib oder auch in einer richtigen Schale konnten Eier eine Menge aushalten, aber die *ex utero*-Befruchtung und die genetischen Veränderungen waren so kompliziert gewesen, daß man auch nicht den kleinsten Stoß riskieren wollte. Die Entwicklung lief noch nicht in festen Bahnen, und die neue Genstruktur war so unausgewogen, daß jede Veränderung in der Umgebung der Embryos zweifellos zu Schäden führen würde. Später, wenn die Eier das Stadium erreichten, in dem sie normalerweise abgelegt wurden, würde man sie in ein anderes Gebäude bringen, wo ein angewärmter Sandboden und künstliche Sonnenlampen die natürlichen Bedingungen simulierten, unter denen junge Zwergdrachen ausschlüpften. Dieser Zeitpunkt war jedoch noch einige Wochen entfernt.

Man hatte mehrere schwach entfernte Sichtfenster geschaffen, die kein Licht in die mutterleibähnliche Dunkelheit dringen ließen, während etwaige Beobachter den kostbaren Inhalt des Brutkastens deutlich erkennen konnten. Man hatte auch ein tragbares Vergrößerungsgerät entwickelt, das man an jeder Stelle der vier Glaswände des Brutkastens aufstellen konnte, um grobe Routineuntersuchungen durchzuführen. In den Laboratorien auf First und auf der Erde wäre jeder sich entwickelnde Embryo per Fernkontrolle überwacht und alles automatisch aufgezeichnet worden. Doch bei den relativ primitiven Verhältnissen auf Pern, über die Windblüte sich ständig beklagte, verbot es sich schon deshalb, Sensoren in die Nähe der Embryos in den Aufzuchtkammern zu bringen, weil alle toxischen Substanzen von ihnen ferngehalten werden mußten.

Bay machte sich gerade Notizen über Windblütes Diagnose, als der Bote die Nachricht überbrachte. Der Junge hätte nur zu gerne in allen Einzelheiten erklärt, was unter der Maßnahme der Ächtung zu verstehen war, aber Bay scheuchte ihn gleich weiter.

»Äußerst ungewöhnlich«, sagte sie, nachdem sie Windblüte die Verlautbarung vorgelesen hatte. »Ted war in letzter Zeit auch wirklich lästig. Haben Sie gehört, was für Gerüchte er verbreitete, Windblüte? Als ob diese verdammte Bitra etwas anderes als ihre eigenen Pläne verfolgt hätte, als sie die *Mariposa* stahl. Hilfe holen, von wegen!« Sie spähte in den Brutkasten, wo die zweiundvierzig Zukunftshoffnungen von Pern ruhten. »Aber eine Peilkapsel loszuschicken, nachdem ganz eindeutig dagegen gestimmt worden war ...«

»Ich bin froh darüber«, seufzte Windblüte leise.

»Ja, er hat Sie allmählich aus dem Gleichgewicht gebracht«, bemerkte Bay freundlich. Sie sagte sich immer wieder, daß Windblüte den Tod ihrer Großmutter noch nicht überwunden hatte. In letzter Zeit hätte Bay sie freilich hin und wieder gern daran erinnert, daß nicht nur die Familie Yung einen schmerzlichen Verlust erlitten hatte. Sie hatte es nicht getan, weil Windblüte momentan ziemlich unausgeglichen war und eine solche Bemerkung vielleicht als Kritik an ihren Fähigkeiten, das geniale, gentechnische Programm ihrer Großmutter fortzusetzen, aufgefaßt hätte. Als erste Assistentin ihrer Großmutter hatte sie streng genommen die Verantwortung für das im Biologiecomputer Mark 42 gespeicherte Programm. Bay hatte es sich ebenfalls angesehen, um sich mit dem Verfahren vertraut zu machen. Kitti Ping hatte ausführliche Anweisungen hinterlassen und alle möglicherweise erforderlichen kleinen Korrekturen, Ausgleichsoperationen und sonstigen Veränderungen vorausgesehen. Sie schien alles vorausgesehen zu haben bis auf ihren eigenen Tod.

»Sie haben mich mißverstanden«, gab Windblüte zurück und neigte den Kopf in einer Art, die an ihre Großmutter erinnerte, wenn sie einen Lehrling bei einem Fehler ertappte. »Ich bin froh, daß die Peilkapsel abgeschickt wurde. Nun kann uns niemand einen Vorwurf machen.«

Bay war nicht sicher, ob sie richtig gehört hatte. »Was bei allen Sonnen meinen Sie damit, Windblüte?«

Windblüte warf Bay einen langen Blick zu. »Wir haben alles auf eine Karte gesetzt«, sagte sie mit einem unergründlichen Lächeln und veränderte die Stellung der Beobachtungslinse.

Als Pol und Phas Radamanth kamen, um sie abzulösen, verließ Bay das Labor noch nicht gleich. Sie und Pol hatten nur noch wenig Zeit füreinander, und das eintönige Abendessen in der Gemeinschaftsküche lockte sie nicht besonders.

»Wie ich sehe, habt ihr auch eine Kopie bekommen«, sagte Pol und deutete auf die Ächtungserklärung.

»Es ist unglaublich.«

»Wurde höchste Zeit«, sagte Phas und blickte von Windblütes Notizen auf. »Wir können nur hoffen, daß er beim Starten der Kapsel nicht genauso unfähig war wie als Botaniker.«

Bay starrte den Xenobiologen erstaunt an, und Phas besaß immerhin soviel Anstand, verlegen zu werden.

»Niemand billigt Tubbermans Handlungsweise, meine Liebe«, versicherte ihr Pol.

»Ja, aber wenn sie kommen ...« Bays Handbewegung schloß den Brutkasten, das Labor und alles andere ein, was die Kolonisten sich auf ihrer neuen Welt geschaffen hatten.

»Wenn es dich tröstet«, sagte Phas, »Joel Lilienkamp hat noch keine Wetten über die geschätzte Ankunftszeit angenommen.«

»Ach ja! Und was ist jetzt mit Tubberman?« fragte sie dann.

»Er wurde auf seine Besitzung zurückgeleitet, und man hat ihn angewiesen, dort zu bleiben.«

Pol konnte ziemlich gewalttätig aussehen, wenn er wollte, fand sie. »Und Mary und seine kleinen Kinder?« wollte sie wissen.

Pol zuckte die Achseln. »Sie kann bleiben oder gehen. Sie fällt nicht unter die Acht. Ned Tubberman wirkte ziemlich verstört, aber er stand seinem Vater nie sehr nahe, und Fulmar Stone hält ihn für einen vielversprechenden Mechaniker.« Er zuckte wieder die Achseln und lächelte seiner Frau aufmunternd zu.

Bay hatte sich gerade zum Gehen gewandt, als die Erde unter ihren Füßen erbebte. Instinktiv sprang sie auf den Brutkasten zu und stellte fest, daß Pol und Phas dicht neben ihr waren. Auch ohne das Vergrößerungsgerät konnten sie sehen, daß sich das Fruchtwasser in den Eisäcken nicht bewegte. Die Stoßdämpfer hatten ihren Zweck erfüllt.

»Das hat uns gerade noch gefehlt!« rief Pol empört, stapfte zum Komgerät und wählte die Nummer des Wetterbeobachtungsturms, dann knallte er den Hörer auf die Gabel. »Belegt! Bay, beruhige sie!« Er deutete auf die erste Gruppe von erschrockenen Technikern, die sich der Tür der Kammer näherte. Er wählte wieder und kam gerade durch, als Kwan Marceau sich in den Raum drängte. »Wird es noch mehr Stöße geben, Jake?« fragte Pol. »Warum hat man uns nicht benachrichtigt?«

»Es war nur ein kleines Beben«, beschwichtigte ihn Jake Chernoff. »Patrice de Broglie hat es gemeldet, aber ich mußte zuerst das Lazarett warnen, falls eine Operation im Gange ist, und dann war bei Ihnen belegt.« Pol akzeptierte die Erklärung. »Patrice sagt, im Osten gibt es ein paar tektonische Verschiebungen, und in den nächsten paar Wochen könnte es noch ein paarmal rumpeln. Der Brutkasten steht doch auf Stoßdämpfern, oder nicht? Kein Grund zur Besorgnis.«

»Kein Grund zur Besorgnis?« fragte Pol und knallte den Hörer wieder auf die Gabel.

Es klopfte leise an die Tür des Admiralsbüros, und auf Pauls nicht übermäßig freundliches »Herein« trat Jim Tillek ein. Emily lächelte erleichtert. Der Herr von Monaco Bay war stets willkommen. Paul lehnte sich in seinem Drehstuhl zurück; er hatte nichts dagegen, bei der bedrückenden Bestandsaufnahme lufttauglicher Schlitten und einsatzbereiter Flammenwerfer unterbrochen zu werden.

»Hallo«, sagte Jim. »Ich bin nur hier, um meinen Gleiter warten zu lassen.«

»Seit wann brauchst du dabei Hilfe?« fragte Paul.

»Seit Joel Lilienkamp alle meine Ersatzteile von Monaco zurückverlangt hat.« Es klang eher vergnügt.

»Und seit die Schweine fliegen können«, gab Paul zurück.

»Ach, steht das als nächstes auf dem Programm?« Jim grinste, ließ sich in den nächsten Stuhl fallen und faltete die Hände vor dem Bauch. »Übrigens, Maximilian und Teresa haben die Erkundung durchgeführt, die Patrice verlangt hat. Der illyrische Vulkan hat ziemlich umfangreiche Lavaströme abgegeben. Es ist nur ein kleiner Vulkan, aber wundert euch nicht, wenn der Ostwind schwarzen Staub mitbringt. Es sind *keine* toten Fäden, nur guter, alter Vulkanstaub. Ich wollte es euch nur sagen, ehe neue Gerüchte entstehen.«

»Vielen Dank«, sagte Paul trocken.

»Logische Erklärungen sind immer willkommen«, fügte Emily hinzu.

»Ich habe auch bei unserem Lieblingspatienten vorbeigeschaut.« Jim drückte sich tiefer in den Stuhl und sah Paul unverwandt an. »Er kann es nicht erwarten, wieder aufzustehen, und droht, in den zweiten Stock des Wetterbeobachtungsturms zu ziehen und von dort aus den Funkverkehr zu leiten. Sabra droht ihm mit Scheidung, wenn er etwas unternimmt, ehe die Ärzte ihr Okay geben. Ich habe ihm gesagt, er braucht sich nicht aufzuregen, der junge Jake Chernoff macht seine Sache bisher sehr gut. Der Junge äußert nicht einmal einen Verdacht über das Wetter, solange er nicht den Satellitenbericht zweimal gelesen und aus dem Fenster geschaut hat.«

Paul und Emily lächelten über die witzige Charakterisierung.

»Ongola *muß* aber wieder an die Arbeit«, erklärte Emily.

»Er ist überzeugt, daß er seinen Arm nie wieder gebrauchen kann. Es wäre nicht schlecht, wenn er so viel zu tun hätte, daß ihm für solche Grübeleien gar keine Zeit bleibt.« Jim sah Paul mit schiefgelegtem Kopf an.

»Nach Meinung der Ärzte«, erklärte Emily mit dankbarem Lächeln, »*wird* Ongola seinen Arm wieder gebrauchen können — auch wenn er es nicht glauben will —, aber es ist noch fraglich, wie groß die Beweglichkeit sein wird.«

»Er schafft es schon«, meinte Jim unbesorgt. »He, ist eigentlich an dem Gerücht etwas dran, daß Stev Kimmer mit Tubberman unter einer Decke steckte?«

Paul schnitt eine Grimasse, und Emily warf ihm einen schnellen Blick zu. »Ich habe dir doch gesagt, daß es die Runde macht.«

Jim beugte sich neugierig vor. »Und stimmt es auch, daß er mit einem der großen Schlitten mit Druckkabine abgehauen ist und in der Nähe des Westlichen Grenzgebirges gesehen wurde, wo Kenjos Besitzung liegt? Kimmer ist weit gefährlicher, als Ted Tubberman es jemals war.«

Paul fuhr sich mit dem Daumen über seine künstlichen Finger und hielt inne, als er sah, daß Jim Tillek die nervöse Angewohnheit bemerkt hatte. »Das ist richtig. Da das Komgerät in dem gestohlenen Schlitten funktionierte, als er startete, weiß er sicher auch, daß wir ihn hierhaben wollen, um ihm ein paar Fragen zu stellen.«

Jim nickte ernst. »Hat Ezra mit den Berichten der Sonden etwas anfangen können, die Sallah …« Er blinzelte, und seine Augen wurden verräterisch feucht.

»Nein.« Auch Paul räusperte sich. »Er versucht immer noch, sie zu übertragen. Der Ausdruck ist unklar.«

»Hör zu«, sagte Jim, »ich habe ein paar Stunden Zeit, bis mein Gleiter fertig ist. Ich habe mir damals Hunderte von EV-Protokollen angesehen, bis ich einen Planeten gefunden hatte, der mir zusagte. Kann ich ihm vielleicht behilflich sein?«

»Ein Paar ausgeruhte Augen wäre vielleicht nicht

schlecht«, meinte Paul. »Ezra sitzt ununterbrochen darüber.«

»Habe ich recht gehört«, fragte Jim leise, »daß die
Mariposa direkt in den Wanderstern gestürzt ist?«

Paul nickte. »Aber sie hat nichts Brauchbares gesagt.«
Avrils rätselhafte Worte ›Es ist nicht . . .‹ dröhnten Paul
noch immer in den Ohren. Sie enthielten eine Botschaft,
die er glaubte, entziffern zu müssen. »Paß auf, Jim,
schau mal bei Ezra rein, vielleicht kannst du ihm helfen.
Wir könnten eine gute Nachricht gebrauchen. Nach den
Morden ist die Stimmung noch immer auf dem Tief-
punkt, und daß wir Ted Tubberman ächten und erklären
mußten, wie er diese Peilkapsel in die Hände bekam,
hat das Image der Regierung auch nicht gerade verbessert.«

»Es war aber eine raffinierte Lösung«, lachte Jim und
stand auf. »Dadurch braucht ihr die Autonomie der Besitzungen nicht aufzuheben, und der Narr kann keinen
weiteren Schaden anrichten. Ich geh mal rüber zu
Ezra.« Er winkte Emily und Paul zu und verließ den
Raum.

Der Besuch hatte die beiden sehr beflügelt, und jetzt
machten sie sich mit neuer Energie wieder an die müh-
selige Aufgabe, Mannschaften für die kommenden Fadeneinfälle einzuteilen und Teams zusammenzustellen,
die in Gegenden, die der verheerende Organismus bisher
noch verschont hatte, eßbare Grünpflanzen zum Silie-
ren sammeln sollten.

»Weißt du, Jim, ich finde einfach keine andere logische
Erklärung für die Zerstörung der Sonden und *dafür*.«
Ezra Keroon schwenkte eine Handvoll Sondenaufnahmen, die so verschwommen waren, daß man keine Einzelheiten erkennen konnte. »Eine, vielleicht zwei Sonden können versagen. Aber ich habe sieben losgeschickt! Und Sallah . . .« Ezra stockte einen Augenblick,
in seinem Gesicht spiegelte sich die Trauer, die er noch

immer um sie empfand. »Sallah hat uns gesagt, daß für die Sondengarage keine Schadensmeldung vorlag. Und dann die *Mariposa*. Sie ist nicht auf der Oberfläche aufgeschlagen, sie ist mit irgend etwas kollidiert, etwa zur gleichen Zeit, als eine der Sonden hochging!«

»Du ziehst also die Annahme vor, daß irgend etwas auf diesem Himmelskörper sich gegen eine Untersuchung wehrt?« fragte Jim Tillek ironisch. Er lehnte sich zurück, um seine Schultern zu entlasten, die vom stundenlangen Sitzen über dem Vergrößerungsgerät völlig verkrampft waren. »Daran kann ich einfach nicht glauben, Ez. Überleg doch mal, Mann! Wie könnte auf diesem Planeten irgend etwas funktionieren? Die Oberfläche ist gefroren. Sie kann in der kurzen Zeit, seit er sich Rubkat nähert, nicht merklich aufgetaut sein.«

»Auf einer unbewohnten Welt gibt es keine so regelmäßigen Formationen. Ich sage nicht, daß sie nicht natürlich entstanden sein können, sie sehen nur einfach nicht so aus. Und ich werde ganz gewiß keine Vermutungen darüber anstellen, was für Geschöpfe sie geschaffen haben könnten. Und dann sieh dir die Thermalwerte hier, hier und hier an.« Ezra deutete mit dem Finger auf die Aufnahmen, die er die ganze Zeit betrachtet hatte. »Sie sind höher, als ich sie auf einer fast gefrorenen Oberfläche erwartet hätte. Das haben wir alles von der einen Sonde erfahren, die überhaupt Daten geschickt hat.«

»Vulkantätigkeit unter der Kruste könnte eine Erklärung sein.«

»Aber diese ebenmäßig *konvexen*, nicht etwa konkaven Formationen entlang des Äquators?«

Jim ließ sich nicht überzeugen. »Du *willst* daran glauben, daß dieser Planet der *Ausgangspunkt* der Angriffe sein könnte?«

»Es ist mir immer noch lieber als eine Bestätigung der Hoyle-Wickramansingh-Theorie, Jim, das kann ich dir sagen.«

»Wenn Avril die Gig nicht genommen hätte, könnten wir feststellen, woraus dieser Nebelfleck besteht. Dann wüßten wir es genau! Hoyle-Wickramansingh oder kleine blaue Eismännchen.« Es klang etwas anzüglich.

»Wir hätten noch die Fähren«, meinte Ezra vorsichtig und klopfte mit seinem Bleistift auf den Tisch.

»Kein Treibstoff, und unter den Piloten, die wir noch haben, würde ich keinen mit einem so diffizilen Unternehmen betrauen wollen. Man müßte sich der Orbitalgeschwindigkeit anpassen. Ich habe die Beulen im Rumpf der *Mariposa* gesehen, als die Abwehrschirme zusammenbrachen. Außerdem haben wir keine schweren Raumanzüge mitgebracht, die gegen einen Meteorsturm Schutz bieten könnten. Und wenn deine Theorie stimmt, würde man den Piloten abschießen.«

»Nur, wenn er sich zu dicht an den Planeten heranwagt«, tastete sich Ezra behutsam weiter vor. »Aber um eine Probe aus dem Schweif zu entnehmen, wäre das gar nicht nötig. Wenn der Schweif nur aus Eis, Schmutz und Steinen, also dem üblichen Kometenschrott besteht, dann wüßten wir, daß die Bedrohung wirklich vom Planeten selbst ausgeht und nicht vom Schweif. Richtig?«

Jim sah ihn nachdenklich an. »Gefährlich wäre es in jedem Fall. Und außerdem haben wir keinen Treibstoff!« Er breitete entmutigt die Arme aus.

»Wir *haben* Treibstoff!«

»Was?« Jim setzte sich ruckartig auf und starrte ihn überrascht an.

Ezra lächelte traurig. »Das wissen nur ein paar Auserwählte.«

»Na ja!« Jim zuckte mit den Augenbrauen, grinste aber, um zu zeigen, daß er nicht gekränkt war, weil man ihn nicht ins Vertrauen gezogen hatte. »Wieviel?«

»Bei einem sparsamen Piloten genug für unser Vorhaben. Vielleicht noch mehr, wenn wir Kenjos Hauptdepot finden können.«

»Noch mehr?« Jim blieb vor Staunen der Mund offen stehen. »Kenjos Depot? Er hat Treibstoff beiseite geschafft?«

»Er war schon immer ein Könner. Hat ihn bei den Fährenflügen eingespart, sagte Ongola.«

Jim war fassungslos. »Deshalb schnüffelt Kimmer also im Westlichen Grenzgebirge herum. Er versucht, Kenjos Lager zu finden. Für seine eigenen Zwecke oder für uns?«

»Wohlgemerkt, es ist nicht so viel, daß jemand sich Hoffnungen machen könnte«, fuhr Ezra mit warnend erhobener Hand fort. »Vielleicht ist es gar nicht so schlecht, daß Tubberman die Kapsel abgefeuert hat, denn wenn es wirklich der Planet ist, brauchen wir Hilfe, und ich bin nicht zu stolz, um darum zu bitten.« Ezra verzog das Gesicht. »Kimmer hat allerdings zu niemandem ein Wort gesagt, als er sich mit dem großen Schlitten und so vielen Nahrungskonzentraten und Energiezellen davonmachte, daß er jahrelang nicht wiederzukommen braucht. Joel Lilienkamp hat fast der Schlag getroffen, als er merkte, daß jemand aus seinem Magazin *gestohlen* hat. Wir wissen nicht einmal, woher Stev von Kenjos Hort erfahren hat. Er wußte nur, wieviel Treibstoff die *Mariposa* vor acht Jahren in ihrem Tank hatte. Also muß er sich damals, als Kenjo diese Erkundungsflüge unternommen hat, ausgerechnet haben, daß irgendwo Treibstoff zurückgehalten wurde.« Als Jim den Mund aufmachte, fügte er noch hinzu: »Mach dir keine Sorgen, daß Kimmer sich aus dem Staub machen könnte, selbst wenn er den Treibstoff findet. Ongola und Kenjo haben die Fähren schon vor einiger Zeit unbrauchbar gemacht. Und Kimmer weiß nicht, wo wir hier die Treibstoffsäcke aufbewahren. Ich übrigens auch nicht.«

»Ich fühle mich geehrt — durch dein Vertrauen und weil du mir freundlicherweise neue Sorgen auf meine ohnehin schon gebeugten Schultern lädst.«

»Du bist vor drei Tagen hier reingekommen und hast freiwillig deine Dienste angeboten«, erinnerte ihn Ezra.

»Drei Tage ist das erst her? Mir kommt es vor wie drei Jahre. Ob wohl mein Gleiter schon fertig ist?« Er stand auf und streckte sich wieder, bis seine Wirbel mit hörbarem Knacken einrasteten. »Sollen wir also jetzt dieses Durcheinander« — er zeigte auf die vielen Fotos und Kopien, die in ordentlichen Stapeln auf dem Arbeitstisch lagen —, »den Leuten bringen, die entscheiden müssen, was wir damit machen?«

Paul und Emily hörten wortlos zu, bis beide Männer ihre widerstreitenden Auffassungen dargelegt hatten.

»Aber wenn der Planet in acht oder neun Jahren an uns vorübergezogen ist, werden die Fadeneinfälle doch aufhören«, sagte Paul etwas voreilig.

»Das hängt davon ab, wessen Theorie du vorziehst«, grinste Jim boshaft. »Oder wie weit Ezras Aliens entwickelt sind. Im Augenblick sind sie, wenn du ihm seine Theorie abkaufst, dabei, sich uns vom Leibe zu halten, während die Sporen uns mürbe machen.«

Davon wollte Paul Benden nichts wissen. »Ich kann das einfach nicht glauben, Ezra. Beim letzten Versuch waren die Fäden wirkungslos. Aber es könnte sein, daß der Pluto-Planet sich verteidigen will. Dieser Teil ihrer Theorie läßt sich mit dem vereinbaren, was wir wissen, und damit könnte ich leben.«

Emily sah Jim fest an: »Wie lange wird dieses klebrige Zeug fallen, wenn es aus eurem Kometenschweif stammt?«

»Zwanzig bis dreißig Jahre. Wenn ich wüßte, wie lang der Schweif ist, könnte ich eine genauere Schätzung abgeben.«

»Ich frage mich, ob Avril das gemeint hat«, sagte Paul langsam, »als sie ›es ist nicht ...‹ sagte. Meinte sie, daß wir nicht den Planeten zu fürchten hätten, sondern den

Schweif, den er aus der Oort'schen Wolke mitgebracht hat?«

»Wenn sie die *Mariposa* nicht gestohlen hätte, hätten wir die Chance, es herauszufinden.« Emilys Stimme klang scharf.

»Die Chance haben wir immer noch«, sagte Ezra. »Es ist genügend Treibstoff vorhanden, um eine Fähre hinaufzuschicken. Sie wäre nicht so sparsam wie die *Mariposa*, aber ausreichend.«

»Ist das sicher?« Pauls Züge hatten sich verhärtet, er griff nach einem Rechenblock und stellte mehrere Gleichungen auf. Dann lehnte er sich nachdenklich zurück und reichte Emily und Jim den Block. »Es könnte gerade hinkommen.« Er sah Emily an. »Wir müssen wissen, was wir schlimmstenfalls zu erwarten haben, erst dann können wir Pläne für die Zukunft machen.«

Ezra machte ein bedenkliches Gesicht und hob warnend die Hand. »Wohlgemerkt, man könnte nicht dicht an den Planeten heranfliegen! Wir haben sieben Sonden verloren. Ob es nun Minen oder Raketen waren — auf jeden Fall sind sie explodiert.«

»Wer immer das Wagnis eingeht, wird genau wissen, wo die Risiken liegen und wie groß sie sind«, sagte Paul.

»Allein der Flug ist schon riskant genug«, bemerkte Ezra düster.

»Es klingt vielleicht naiv, aber es wird doch ein Pilot zu finden sein, der die Herausforderung annimmt, um unsere Welt zu retten«, entgegnete Paul.

Zuerst wandte man sich an Drake Bonneau. Er hielt das Projekt für durchführbar, äußerte aber Bedenken wegen der Fähre, die seit acht Jahren nicht mehr in Betrieb war und sich sicher nicht mehr in bestem Zustand befand. Dann wies er darauf hin, daß er verheiratet sei und eine gewisse Verantwortung trage. Es gebe doch noch andere, ebenso qualifizierte Piloten. Paul und Emily drangen nicht weiter in ihn.

»Eine Ehefrau und unmündige Kinder, diese Entschuldigung hat praktisch jeder«, erklärte Paul seinen Privatberatern Ezra, Jim und Zi Ongola, dem die Ärzte widerstrebend vier Stunden Arbeit am Tag gestattet hatten. »Der einzige, der noch ungebunden ist, ist Nabhi Nabol.«

»Er ist ein fähiger Pilot«, meinte Ongola nachdenklich, »allerdings nicht unbedingt der Typ Mensch, von dem die Zukunft eines Planeten abhängen sollte. Andererseits genau der Typ, der das Risiko eingeht, wenn die Belohnung attraktiv genug ist.«

»Und was müßte man ihm anbieten?« fragte Emily skeptisch.

Nabhi war schon ein dutzendmal wegen sozialen Fehlverhaltens zurechtgewiesen worden, und Cherry Duff hatte ihn wegen Ruhestörung in betrunkenem Zustand, mehrfachen Fernbleibens von der Arbeit und einer ›unsittlichen Belästigung‹ bestraft. In letzter Zeit hatte er sich etwas gebessert und sich als guter Geschwaderführer erwiesen; die jungen Männer unter seinem Kommando bewunderten ihn sehr.

»Er ist Kontraktor«, sagte Ongola. »Wenn man ihm, sagen wir, die Besitzrechte eines Konzessionärs anbieten würde, könnte er meiner Meinung nach durchaus zugreifen. Er hat sich oft genug beschwert, daß die Ländereien so ungleich verteilt sind. Vielleicht stimmt ihn das gnädig. Außerdem hält er sich für einen Superpiloten.«

»Wir haben ein paar sehr gute junge Piloten«, begann Jim.

»Die keinerlei Weltraumerfahrung mit einer Fähre haben.« Ongola wehrte den Vorschlag entschieden ab. »Es wäre allerdings keine schlechte Idee, einen von ihnen als Kopiloten mitzuschicken, damit sie ein Gefühl dafür bekommen. Aber ich verlasse mich noch lieber auf Nabhi, als daß ich einen kompletten Neuling in den Weltraum schicke.«

»Wenn wir durchblicken ließen, daß er der zweite

war, an den wir dachten, und nicht etwa der letzte ...«, bemerkte Emily.

»Wir sollten uns beeilen, ganz gleich, wie wir uns entscheiden«, sagte Ezra. »Ich kann die Leute nicht ewig vertrösten. Wir brauchen Fakten, und wir brauchen Proben von dem Zeug im Kometenschweif. Dann wissen wir genau, wie unsere Zukunft aussieht.«

Das Feilschen mit Nabhi begann noch am selben Nachmittag. Er reagierte mit einem spöttischen Lächeln, als man ihm schmeichelte und an seine Fähigkeiten appellierte, und verlangte genau zu wissen, wie viele Morgen Land und andere Rechte ihm der Flug einbringen würde. Als er die gesamte Provinz Cibola verlangte, ließen Paul und Emily ihr Verhandlungsgeschick spielen. Als Nabhi darauf bestand, daß man ihm den Status eines Konzessionärs zuerkannte, stimmten sie so widerstrebend zu, daß der Mann sich zufrieden als Sieger wähnte.

Dann erwähnte Emily ganz nebenbei, daß die Große Insel jetzt leerstehe, und es gelang ihr und Paul nur mit Mühe, ihre Erleichterung zu verbergen, als er sofort darauf einging, Avrils ehemaligen Besitz zu übernehmen.

Nabhi verlangte die gleiche Fähre, die er bei den Landungstransporten geflogen hatte, und bestimmte genau, welche Leute unter seiner Aufsicht die Wiederinstandsetzung der *Moth* vornehmen sollten. Die Tatsache, daß alle von ihm Benannten schon bei wichtigen Projekten im Einsatz und unabkömmlich waren, kümmerte ihn nicht. Er würde den Flug nur unternehmen, wenn er überzeugt war, daß die seit langem stillgelegte Fähre technisch einwandfrei funktionierte. Alles andere mußte ihm sofort gewährt werden.

Dann forderte er Bart Lemos als Kopiloten und stellte die Bedingung, daß auch Bart den Status eines Konzessionärs erhielt. Dies ging Paul und Emily besonders gegen den Strich, aber sie stimmten zu.

Daraufhin veränderte sich Nabols Haltung gegenüber dem Admiral und der Gouverneurin schlagartig, und er gab sich so arrogant und blasiert, daß Emily sich zusammennehmen mußte, um sich ihre Antipathie nicht anmerken zu lassen. Sein triumphierendes Lächeln war schon fast ein höhnisches Grinsen, als er das Büro mit der unterzeichneten Konzessionärsurkunde verließ. Dann nahm er einen der Schnellschlitten in Beschlag, obwohl der für einen unmittelbar bevorstehenden Fädeneinfall benötigt wurde, und flog los, um sich seine Neuerwerbung anzusehen.

Der Admiral und die Gouverneurin gaben das geplante Unternehmen, seine Ziele und die daran beteiligten Personen offiziell bekannt. Die Nachricht stellte alle anderen interessanten Belange in den Schatten, mit einer Ausnahme: die Verlegung der siebenundzwanzig reifen Eier in die künstliche Brutstätte.

Das gesamte Veterinärsteam half den Biologen bei dieser Prozedur. Sorka Hanrahan und Sean Connell hatten im Rahmen ihrer Ausbildung unter Kitti Pings strenger Aufsicht auch einen Teil der ersten Analysen und der mühsamen Dokumentation des Projekts übernommen. Es dauerte nicht lange, die Verlegung durchzuführen, aber Sorka bemerkte, daß das ständige Hin und Her der übermäßig besorgten Biologen ihrem Liebhaber auf die Nerven ging. Das Projekt bedeutete ihm jedoch so viel, daß er seine Gereiztheit unterdrückte. Endlich waren die Eier zur Zufriedenheit von Windblüte, Pol und Bay in einem Doppelkreis angeordnet, siebzehn im inneren Ring, zwanzig im äußeren, und man häufte ringsum warmen Sand zu einem hohen Wall auf, um die natürliche Umgebung der Zwergdrachen möglichst genau nachzubilden.

»Das hätte man alles in einem Drittel der Zeit erledigen können«, murmelte Sean Sorka zu. »Das ganze Getue ist nicht gut für die Eier.« Er betrachtete finster die exakten Kreise.

»Sie sind viel größer, als ich gedacht hatte«, meinte Sorka nach kurzem Schweigen.

»Und auch viel größer, als *sie* gedacht hatten«, spottete Sean. »Vermutlich haben wir Glück, daß bis jetzt überhaupt so viele überlebt haben — und das ist nur Kit Ping zu verdanken, wenn man bedenkt, was alles nötig war, um sie zu schaffen.«

Sorka wußte, daß Sean ebenso stolz darauf war, an diesem Projekt beteiligt zu sein, wie sie selbst. Schließlich waren sie die ersten gewesen, die ein Nest entdeckt hatten. Aufgeregt, aber müde balancierte sie auf einem der Balken, die das Gelege umgaben, um ihre Füße nicht mit dem unangenehm warmen Sand der künstlichen Brutstätte in Berührung zu bringen.

Obwohl die Aktion beendet war, hatten sich die Helfer noch nicht zerstreut. Windblüte, Pol, Bay und Phas waren in ein Gespräch mit dem Admiral und der Gouverneurin vertieft, die als offizielle Vertreter der Kolonie erschienen waren. Sorka fand, daß besonders Emily Boll abgekämpft und erschöpft wirkte, aber ihr Lächeln war immer noch von aufrichtiger Herzlichkeit. Auch sie schien sich nicht trennen zu können.

Die Zwergdrachen von Landing flogen ständig in der Brutstätte aus und ein, schossen zu den Dachbalken hinauf und kämpften miteinander um Sitzplätze. Sie schienen sich mit der Rolle von Zuschauern zu begnügen; keines der Tiere war so mutig gewesen, die Eier genauer zu untersuchen. Sorka deutete das leise Zirpen als Ausdruck der Ehrfurcht.

»Ob sie wohl wissen, was das ist?« fragte sie Sean leise.

»Wissen wir es denn?« gab Sean mit einem belustigten Prusten zurück. Er hatte beide Arme über der Brust verschränkt; jetzt deutete er mit einer Hand auf das nächste Ei. »Das ist das größte. Ob es wohl eines von den goldenen ist? Bei dem Tanz, den wir eben aufgeführt haben, weiß ich nicht mehr, welches Ei wohin gelegt wurde. Unter denen, die wir verloren haben, waren mehr Männchen als Weibchen, und Lili nimmt schon Wetten an, wer von uns was bekommt.«

Sorka warf dem Ei einen langen, kritischen Blick zu, überlegte, ob es wohl ein goldenes war oder nicht, und entschied dann etwas willkürlich im stillen, nein, wohl doch nicht. Es war ein Bronzeei. Sie teilte Sean ihre Schlußfolgerung jedoch nicht mit. Sean fing in solchen Fällen immer Streit an, und sie wollte nicht, daß dieser Augenblick, in dem sie das erste ›Drachengelege‹ betrachteten, verdorben wurde. Sie seufzte.

Zwergdrachen waren für sie ebenso wichtig geworden wie Pferde. Sie gab bereitwillig zu, daß Seans Schwarm besser erzogen war als der ihre. Er hatte seine Tiere soweit im Griff, daß er sie bei Fädeneinfällen effektiv einsetzen konnte. Aber sie wußte, daß sie jedes Tier — die seinen, ihre eigenen und alle anderen auf Pern, die sich an Menschen angeschlossen hatten — besser *verstand* als er, besonders, wenn sie beim Kampf gegen die Fäden verletzt wurden. Vielleicht hatte sie auch im Lauf der letzten zwei Monate, seit sie schwanger war, mütterliche Gefühle entwickelt. Der Arzt hatte ihr bescheinigt, daß sie völlig gesund war und keine Probleme zu erwarten seien. Sie konnte so lange reiten, wie sie sich im Sattel wohl fühlte.

»Sie werden schon merken, wenn Sie nicht mehr reiten können«, hatte er ihr grinsend erklärt. »Und ab dem fünften Monat müssen Sie bei den Bodenmannschaften kürzertreten. Ab dann ist es nicht mehr empfehlenswert, stundenlang einen schweren Flammenwerfer zu schwingen.«

Sorka hatte sich noch nicht durchringen können, Sean über das bevorstehende Ereignis zu informieren, denn sie fürchtete seine Reaktion. Sie hatten genügend Anrechnungspunkte gesammelt, um für die Killarney-Besitzung ein ausreichend großes Stück Land zu erwerben, aber solange die Fäden fielen, kam das nicht in Frage. Sean hatte Killarney seit dem dritten Fädenfall nicht mehr erwähnt, aber das hieß nicht, daß er nicht daran dachte. Von Zeit zu Zeit sah sie den abwesenden Blick in seinen Augen.

Sie hatte gedacht, er würde von Killarney sprechen, als sein Vater ihm Cricket zurückgab, nachdem der Hengst seine Arbeit getan hatte, aber sie hatte sich geirrt. Da jedermann für zwei arbeitete, damit alles einigermaßen weiterlief, hatten nur sehr wenige Leute Zeit, sich über private Dinge Gedanken zu machen. Wenn Sean und Sorka ein wenig Muße hatten, dann kümmerten sie sich um ihre Pferde und ritten mit ihnen über das zerstörte Gebiet hinaus, um sie eine Stunde grasen zu lassen.

Die Haupttür ging auf, einer der Sicherheitsingenieure kam herein, und sofort wurde es auf der Galerie der geflügelten Beobachter unruhig. Sean lachte leise. »Hier drin braucht man kein Sicherheitssystem«, murmelte er Sorka zu. »Komm, Schätzchen, in fünf Minuten fängt die Sprechstunde an.«

Mit einem sehnsüchtigen Blick zurück auf die Kreise mit den gefleckten Eiern gingen die beiden Lehrlinge zu ihrer Arbeitsstätte. Als sie eine der Gassen überquerten, konnten sie deutlich die Lastesel sehen, die die Fähre *Moth* langsam in Startposition zogen.

»Glaubst du, sie werden es schaffen?« fragte Sorka.

»Genug Aufwand haben sie ja getrieben«, antwortete er verdrießlich. Seit ihrem plötzlichen Aufstieg in die Reihen der Konzessionäre hatten sich weder Nabhi Nabol noch Bart Lemos besonders beliebt gemacht. »Trotzdem, ich möchte um keinen Preis in ihren Schuhen stecken!«

Sie kicherte. »Raumfahrerin Yvonne. Du hast mir nie erzählt, Sean, ob dir das damals beim Flug geholfen hat.«

Er blickte ihr lange und forschend ins Gesicht, und ein leichtes Lächeln zuckte um seine Lippen. Dann legte er ihr den Arm um die Schultern und zog sie an sich. »Ich hatte nur einen Gedanken, ich wollte dir beweisen, daß ich keine Angst hatte. Aber ich hatte Angst, und wie!« Dann änderte sich sein Ausdruck, er blieb stehen, drehte sie mit hartem Griff zu sich herum, betastete mit beiden Händen ihren Bauch, zog den unförmigen Overall straff um ihren Körper und funkelte sie vorwurfsvoll an. »Warum hast du mir nicht gesagt, daß du schwanger bist?«

»Es ist doch eben erst bestätigt worden«, verteidigte sie sich trotzig.

»Und jeder außer mir weiß Bescheid, was?« Er war wütend; zum erstenmal in all den Jahren, seit sie zusammen waren, richtete sich sein Zorn gegen *sie*. Seine Augen blitzten, und seine Hände umfaßten grob ihre sich rundende Taille.

»Außer dem Arzt weiß es niemand, und der will mich erst in drei Monaten aus dem Verkehr ziehen.« Sie versuchte, seine Hände wegzuschieben. »Aber da ist auch noch Killarney, und ich weiß, daß du immer daran denkst ...«

»Weiß es deine Mutter?«

»Wann bekomme ich sie denn zu sehen? Sie kümmert sich um die Hälfte aller Babies von Landing, und außerdem hat sie meinen jüngsten Bruder zu versorgen. Du bist der einzige, der es sonst noch weiß.«

»Manchmal begreife ich dich nicht, Sorka«, sagte Sean. Sein Zorn war verraucht, und er schüttelte den Kopf. »Warum hast du mir das nicht gleich gesagt? Killarney ist für uns inzwischen in weite Ferne gerückt. Wir werden hier gebraucht. Ich dachte, das sei dir klar.« Er legte ihr beide Hände auf die Schultern und schüttelte sie heftig. »Ich wollte immer der Vater deiner Kinder sein. Du sollst nur von mir Kinder bekommen, und ich möchte auch, daß du sie jetzt bekommst, mein Liebes, aber ich dachte, ich hätte nicht das Recht, von dir zu verlangen, in diese Welt, wie sie jetzt ist, ein Kind zu setzen.« Seine Stimme klang so zärtlich wie sonst nur, wenn sie sich liebten.

»Nein, es ist die beste Zeit, um ein Kind zu bekommen. Dann haben wir beide etwas«, sagte sie. Sie fügte nicht ›falls‹ hinzu, aber er wußte, was sie dachte, und sein Griff wurde fester. Seine Augen zwangen sie, ihn anzusehen. An die Stelle der Wut war Entschlossenheit getreten.

»Sofort nach der Sprechstunde gehen wir zu Cherry Duff. Dieses Kind wird beide Elternteile haben, oder ich will nicht mehr Sean Connell heißen!«

Sorka begann zu lachen und hörte nicht mehr auf, bis sie den Veterinärschuppen erreichten.

Ongola mußte bei der Überholung der *Moth* immer wieder als Schiedsrichter auftreten. Nabhi Nabol trieb die Crew zum Wahnsinn, weil er sie in kritischen Augenblicken bei der Reparatur ständig störte, um sich zu erkundigen, ob dieser Schaltkreis oder jenes Rumpfsegment überprüft worden war. Obwohl er sich mit den komplizierten Systemen der Fähre recht gut auskannte, war er keine Hilfe, sondern hielt eher die Leute von der Arbeit ab. Auf der Fähre *Mayfly*, die neben der *Moth* lag, waren Büros für Ongola, Fulmar und Nabhi eingerichtet und ein Dutzend Funkkanäle installiert worden, damit Ongola sich auch anderen Aufgaben widmen konnte und trotzdem bei der Fähre zur Hand war. Die Wände seines Büros waren tapeziert mit Sondenaufnahmen und Vermessungskarten sowie mit Plänen für die verschiedenen Startfenster, die Nabhi offenstanden. Nabhi kam häufig herein, starrte grüblerisch die Umlaufbahnen an und zupfte dabei an seiner Unterlippe. Ongola beachtete ihn nicht.

Die *Moth* war im Grunde genommen in überraschend gutem Zustand gweesen: die internen Schaltkreise und Leitungen hatten so gut wie gar nicht gelitten. Aber alles mußte gründlichst überprüft werden, darin war sich

Ongola mit Nabhi einig. Die Techniker waren dadurch ziemlich stark beansprucht, aber das war nicht der Grund, weswegen Fulmar mit dem selbstherrlichen Nabhi immer wieder aneinandergeriet.

»Es wäre mir egal, was er von mir will«, erklärte der Techniker Ongola, »wenn er wenigstens höflich fragen würde. Aber er führt sich auf, als täte er *mir* einen Gefallen. Sind Sie sicher, daß er als Pilot so gut ist, wie er glaubt?«

»Er ist gut«, gab Ongola widerstrebend zu.

»Mir wäre es lieber gewesen, wenn Bonneau diese Mission übernommen hätte«, gab Fulmar zurück und schüttelte bekümmert den Kopf. »Aber bei seinem großen Anwesen, den Kindern und allem kann ich es ihm nicht verargen, daß er abgelehnt hat. Es ist nur ...« Er brach ab und hob ratlos die großen, schmutzigen Hände.

»Die Mission muß Erfolg haben, Fulmar.« Ongola klopfte dem Mann ermutigend auf die Schulter. »Und Sie sind der Mann, der am besten dafür Sorge tragen kann.«

In der dreizehnten Woche nach dem ersten Fädeneinfall stimmten plötzlich die Vorhersagen nicht mehr. Als die Geschwader den angegebenen Ort erreichten, hauptsächlich unbewohntes Gebiet, sah nur die Spitze den vordersten Rand der Fädenfront. Sie befand sich weit nördlich ihrer Position; der graue, schimmernde Fleck am Horizont war nur allzu leicht zu identifizieren.

»Hölle und Verdammnis!« schrie Theo Force und rief sofort Ongola in Landing an. »Das verdammte Zeug hat sich nach Norden verlagert, Zi. Wir brauchen Verstärkung.«

»Geben Sie mir die Koordinaten«, sagte Ongola, erteilte knappe Befehle und signalisierte Jake, mit Dieter oder Boris Kontakt aufzunehmen. »Fliegt hinterher. Wir stellen ein oder zwei weitere Geschwader zusammen, damit sie euch helfen. Ich werde Drake alarmieren.«

Boris wurde gefunden und stellte schnell ein paar Berechnungen an. »Es wird Calusa und Bordeaux treffen. Offenbar hat es sich um fünf Grad nach Norden verschoben. Ich verstehe das nicht. Warum in aller Welt mag es sich wohl so plötzlich verändern?«

Auf diese Frage gab es keine Antwort. Ongola legte auf. »Haben Sie den Dienstplan für diese Woche da, Jake? Sehen Sie nach, wo Kwan heute ist. Ich rufe Chuck Havers in Calusa an.«

Sue Havers meldete sich. Nach dem ersten Schreck über die Nachricht beruhigte sie sich schnell. »Dann haben wir also noch ein paar Stunden Zeit? Und vielleicht verfehlt es uns knapp? Hoffentlich! Ich weiß nicht, wo Chuck heute arbeitet. Danke, Zi. Noch etwas«, fügte sie ein wenig unsicher hinzu, »rufen Sie Mary Tubberman an, oder soll ich sie warnen?«

»Wir schicken Ned hin.« Ongola unterbrach die Verbindung.

Die Ächtung war für die Verwandten sehr hart. Ned hatte das Recht, seiner Mutter, seinen jüngeren Brüdern und seiner Schwester beim Kampf gegen die Fäden zur Seite zu stehen. Wenn er in diesem Notfall auch seinem Vater helfen wollte, würde es nur die Familie sehen. Tubberman hatte seine Gebäude schon sehr früh mit Metall verkleidet, seine Besitzung war also so weit geschützt. Darüber hinaus würde er keine Hilfe erhalten.

Als nächstes nahm Ongola Verbindung mit Drake auf und befahl ihm, das Tubberman-Anwesen zu umgehen. Drake protestierte zuerst, man könne nicht zulassen, daß Sporen sich im Boden eingruben, ganz gleich, wo.

»Ned kann mit Hilfe seiner Mutter das Anwesen soweit schützen, Drake, aber wir werden Ted Tubberman nicht helfen.«

»Aber es geht um Fäden, Mann!«

»Das ist ein Befehl, Mann«, gab Ongola in eisigem Tonfall zurück.

»Verstanden!«

Danach informierte Ongola Paul Benden und Emily Boll von der Veränderung.

»Jetzt wird Ezra endgültig überzeugt sein, daß die Fäden von einer Intelligenz gelenkt werden«, bemerkte Paul zu Emily.

»Wir verlieren so oder so, wie mir scheint«, gab Emily mit einem schweren Seufzer zurück.

»Es ist nur gut, daß wir nicht mehr lange zu warten brauchen, bis wir Bescheid wissen.« Paul nickte zum Landegitter hin, wo die *Moth* gerade den letzten Countdown hinter sich brachte. Keinem der Techniker war es gestattet worden, sich den zusätzlichen Hilfsgeschwadern anzuschließen. Die Arbeit an der Fähre hatte Vorrang vor allem anderen.

Wie es inzwischen der Brauch geworden war, machte Drake Bonneau auf dem Rückweg nach dem Ende des Fädeneinfalls einen Kontrollbesuch auf der Besitzung der Havers. Die Front hatte das jenseits des Jordan gelegene Bordeaux gerade noch am Rande berührt. Bonneau landete in Sichtweite des größeren Hauses der Tubbermans.

»Ned und Mary waren mit Flammenwerfern draußen«, berichtete Chuck dem Geschwaderführer, »und dann hat sie Ted aus irgendeinem verrückten Grund wieder zurückgescheucht. Großer Schaden kann nicht entstanden sein, sonst würde man es sehen.«

»Na, hier ist jedenfalls alles gutgegangen«, meinte Drake freundlich.

»Der Bodentrupp ist früh genug eingetroffen. Weiß eigentlich jemand, warum das Schema nicht mehr stimmt?« fragte Sue. Sie war müde vom Kampf und brauchte wenigstens einen Funken Zuversicht.

»Nein«, antwortete Drake fröhlich, »aber man wird es uns wahrscheinlich bald sagen.«

Er trank einen Becher von dem erfrischenden Fruchtgetränk, das die älteste Tochter der Havers ihm und seiner Mannschaft brachte, dann verabschiedete er sich. Drake hatte Ongolas Befehl befolgt und das Tubberman-Anwesen während des Fädenfalls ausgespart, aber Havers' Bericht hatte ihn neugierig gemacht. Seiner Ansicht nach mußten alle Sporen vernichtet werden, auch wenn sie auf die Heimstatt eines Geächteten fielen. Die Sporen kümmerten sich nicht um die Streitigkeiten der Menschen: sie fraßen alles. Drake wollte nicht, daß wegen einer von Menschen verfügten Beschränkung ein Nest entstand.

Daher flog er nach dem Start langsam eine Runde über dem Tubberman-Anwesen. Ned stand auf dem grünen Rasen vor dem Haus und winkte und gestikulierte ziemlich heftig, aber jetzt fühlte sich Drake doch verpflichtet, seine Befehle zu verfolgen, drehte nach Nordwesten ab und hielt auf Landing zu.

Er aß schnell einen Bissen im Speisesaal, als Ned Tubberman auftauchte.

»Du hast es gesehen, Drake, ich weiß es. Du mußt es gesehen haben.« Ned zerrte aufgeregt an Drakes Ärmel, um ihn zum Aufstehen zu bewegen. »Komm, du mußt ihnen erzählen, was du gesehen hast!«

Drake machte seinen Arm frei. »Wem soll ich was sagen?« Er schaufelte sich noch eine Gabelvoll in den Mund. Beim Fädenkampf entwickelte man einen unglaublichen Appetit.

»Du mußt Kwan, Paul und Emily erzählen, was du gesehen hast.«

»Ich habe doch gar nichts gesehen!« Dann überfiel ihn blitzartig die Erinnerung: Ned stand auf einem grünen Fleck, auf einem grünen Fleck inmitten von verbrannter Erde. »Ich kann es nicht glauben!« Er wischte sich den Mund ab und kaute zerstreut weiter, während er der Erinnerung nachhing. »Aber die Fäden waren eben erst über euer Anwesen weggegangen, und Chuck und Sue haben gesehen, wie dein Vater euch gehindert hat, sie zu verbrennen!«

»Genau!« Ned grinste breit und zerrte wieder an Drakes Ärmel. Der Geschwaderführer stand auf und folgte Ned aus dem Raum. »Ich möchte, daß du ihnen erzählst, was du gesehen hast, daß du meine Aussage bestätigst. Ich *weiß* allerdings nicht, was Dad gemacht hat.« Das Grinsen verblaßte, und Neds Begeisterung flaute ein wenig ab. »Er sagt, Ächten funktioniert nach beiden Seiten. Mutter hat erzählt, daß er sich in seinem Labor einschließt und niemanden in seine Nähe läßt. Meine Brüder und meine Schwester sind fast ständig bei Sue drüben, aber Mutter will Dad nicht allein lassen, auch wenn er nur selten im Haus ist. Sie sorgt dafür, daß alles weiterläuft.«

»Dein Vater macht irgendwelche Experimente?« Drake war etwas verwirrt.

»Nun ja, er ist ausgebildeter Botaniker. Und er hat immer gesagt, bis Hilfe käme, müsse sich der Planet selbst verteidigen.« Ned verlangsamte seine Schritte. »Und dieser Grasfleck muß sich — irgendwie — gegen die heutigen Fäden selbst verteidigt haben, denn er ist noch da!«

Drake erzählte Kwan, Paul, Emily und auch Pol und Bay, die hastig herbeigerufen worden waren, was er beobachtet hatte. Ned beharrte darauf, daß er die Sporen auf die Grasnarbe habe fallen sehen, daß diese aber weder verdorrt noch aufgefressen worden sei. Später, als Drake das Anwesen überflogen hatte, sei nicht mehr zu erkennen gewesen, daß auf dieses zwölf mal zwanzig Meter große Rechteck jemals Fäden niedergegangen seien.

»Ich kann mir nicht vorstellen, wie er das gemacht haben soll«, sagte Pol schließlich und sah Bay fragend an. »Vielleicht hat er Kitti Pings Grundprogramm so abgewandelt, daß es auf eine weniger komplexe Lebensform angewendet werden konnte. Vom Fachlichen her muß ich das allerdings bezweifeln.«

»Aber ich habe es gesehen.« Ned ließ nicht locker. »Und Drake ebenfalls.«

Ein langes Schweigen trat ein, bis endlich Emily das Wort ergriff. »Ned, wir zweifeln weder an Ihrem Bericht noch an Drakes Bestätigung, aber wie Ihr Vater sagte, Ächten funktioniert nach beiden Seiten.«

»Sind Sie zu stolz, um ihn zu fragen, was er gemacht hat?« fragte Ned. Er wurde unter seiner Sonnenbräune bleich, und seine Nasenflügel blähten sich entrüstet.

»Mit Stolz hat das nichts zu tun«, erklärte Emily sanft. »Aber mit dem Bedürfnis nach Sicherheit. Er wurde geächtet, weil er sich dem Willen der Kolonie widersetzt hat. Wenn Sie ehrlich sagen können, daß er seine Haltung geändert hat, dann können wir über eine Wiedereingliederung sprechen.«

Ned senkte vor Emilys nachsichtigem Blick errötend die Augen und seufzte tief. »Er will von Landing und seinen Bewohnern nichts wissen.« Dann umfaßte er die Tischkante und beugte sich zur Gouverneurin vor. »Aber er hat etwas Unglaubliches gemacht. Drake hat es gesehen.«

»Ich habe tatsächlich eine Grasnarbe gesehen, wo keine hätte sein dürfen«, räumte Drake ein.

»Könnte Ihre Mutter für ihn aussagen?« fragte Paul, um Neds willen um eine ehrenvolle Lösung bemüht.

»Sie sagt, er redet nur mit Petey, und Petey sagt, er mußte feierlich versprechen, den Mund zu halten, deshalb hat sie ihn nicht gedrängt.« Ein schmerzlicher Ausdruck zuckte über Neds Gesicht. »Aber ich werde sie fragen. Ich werde auch Petey fragen. Ich kann es versuchen!«

»Für Sie war das nicht leicht, Ned«, sagte Emily. »Wir wären alle froh, wenn diese Sache zu einem vernünftigen Ende gebracht werden könnte.« Sie berührte seine Hand, die immer noch die Tischkante umklammerte. »Gerade jetzt brauchen wir jeden einzelnen.«

Ned sah ihr fest in die Augen und nickte langsam. »Ich glaube Ihnen, Gouverneurin.«

»Manchmal bringt mir meine Stellung mehr Pflichten ein, als die ganze Sache wert ist«, sagte Emily leise zu Paul, als die Luke der Fähre sich endlich hinter Nabhi Nabol und Bart Lemos schloß. Sie mußte vorsichtig sein, denn alle jungen Männer aus Nabhis Geschwader waren gekommen, um ihrem Anführer Glück zu wünschen. Sie drehte sich um, lächelte ihnen zu und ging dann auf den Seitenstreifen, um pflichtschuldigst zusammen mit den Technikern auf den Start zu warten.

Es dauerte so lange, daß sowohl der Admiral als auch die Gouverneurin ängstliche Blicke zum Wetterbeobachtungsturm warfen. Gerade als beide zu der Ansicht gelangt waren, ihr Verdacht könne sich bestätigen und Nabhi würde nun vielleicht doch kneifen, hörten sie das Dröhnen der Zündung und sahen die gelbweißen Flammen aus den Rohren schlagen.

»Hört sich gut an«, brüllte Paul über den Lärm hinweg. Emily begnügte sich mit einem Nicken und stopfte sich die Finger in die Ohren.

Sie verstand nicht viel von der Funktionsweise einer Fähre, aber die jungen Männer grinsten und winkten triumphierend. Fulmar wirkte so erleichtert, daß es schon fast komisch war. Majestätisch begann sich die Fähre über das Landegitter zu bewegen, wurde immer schneller und erhob sich in einem steilen, aber anmutigen Bogen in die Lüfte. Die Flamme verlor sich im Blau des Himmels, und die Zuschauer hielten die Hand über die Augen, weil die aufgehende Sonne sie blendete. Dann blühte der flaumige Kondensstreifen auf, markierte in Wellen den Weg der Fähre. Die Techniker, die dies ermöglicht hatten, klopften sich jubelnd auf den Rücken.

»Mein lieber Mann, das ist vielleicht ein Gefühl, wieder mal 'nen Vogel steigen zu lassen«, rief einer der Männer. »He, was ist denn mit denen los?« fragte er und zeigte auf mehrere Zwergdrachenschwärme, die wie aus dem Nichts ziemlich tief über das Gitter gerast kamen und dabei merkwürdig gurrende Laute ausstießen.

»Bei wem ist ein Baby fällig?« wollte Fulmar wissen.

Emily und Paul sahen sich an. »Bei uns«, sagte sie und schlüpfte schnell in den Gleiter. »Seht ihr nicht? Sie fliegen geradewegs zur Brutstätte.«

Wenn man in Richtung Landing schaute, konnte man nicht mehr daran zweifeln, daß ganze Schwärme von Zwergdrachen dorthin unterwegs waren. Niemanden hielt es jetzt mehr auf dem Landegitter. Das Dach der Brutstätte war mit den gurrenden und schnatternden Tieren bedeckt. Das mißtönende Geschrei war eher aufregend als störend. Als der Admiral und die Gouverneurin eintrafen, mußten sie sich erst einen Weg durch die Menge bahnen, um die offene Doppeltür zu erreichen.

»Willkommen im neunhundertstimmigen Chor«, murmelte Emily, als sie und Paul den Rand des angewärmten Sands erreichten. Dort blieben sie stehen und beobachteten ehrfürchtig das Geschehen.

Kitti Ping hatte genaue Anweisungen hinterlassen, wer beim Ausschlüpfen anwesend sein sollte. Sechzig junge Leute im Alter zwischen achtzehn und dreißig, die bereits bewiesen hatten, daß sie mit den Zwergdrachen gut harmonierten, waren auserwählt worden und durften um den Kreis der Eier herumstehen. Windblüte, Pol, Bay und Kwan befanden sich seitlich auf einer Holzplattform; ihre Gesichter waren erwartungsvoll gerötet.

Von draußen drang weiterhin leise der Jubelgesang der Zwergdrachen herein, während das Gurren der wenigen, die einen Platz im Inneren gefunden hatten, wie eine gedämpfte, fast scheue Ermutigung klang.

»Sie können doch nicht wissen, worauf wir heute warten, Paul, oder doch?«

»Der junge Sean Connell« — Paul zeigte auf den jungen Mann, der neben seiner Frau vor den Eiern stand —

»würde behaupten, daß sie Bescheid wissen. Aber Geburten haben sie schließlich immer angezogen! Sie schützen doch auch ihre eigenen Jungen vor Angriffen.«

Tiefe Stille trat ein, als ein deutliches Knacken zu hören war. Eines der Eier schaukelte leicht, und die Bewegung rief ein erregtes Flüstern hervor.

Emily drückte fest die Daumen, verbarg aber die Hände in den Falten ihrer Hose. Sie bemerkte mit einem schwachen Grinsen, daß andere es ebenso machten. Von den Ereignissen dieses Tages hing so viel ab, sowohl von der ersten Drachenbrut wie von dem Unternehmen, das für Nabhi Nabol nun unwiderruflich begonnen hatte.

Ein zweites Ei bekam einen Sprung, und ein drittes wackelte. Der Gesang wurde betörend, drängend, und alle Zuschauer ließen sich von den Tönen anstecken.

Dann brach plötzlich eines der Eier auf, und ein noch ganz feuchtes Geschöpf erschien; es schüttelte seine kurzen Stummelflügel, stolperte aus der Schale und quäkte verschreckt. Die Zwergdrachen gurrten beschwichtigend. Die jungen Leute im Kreis wichen nicht von der Stelle, und Emily bewunderte ihren Mut, denn dieses plumpe Geschöpf war nicht das anmutige Wesen, das sie erwartet hatte, nicht das Tier, an das man sich aus alten Legenden und aus Illustrationen in seltenen Büchern erinnerte. Sie merkte, daß sie den Atem angehalten hatte, und stieß nun schnell die Luft aus.

Das Wesen spreizte die Flügel, die größer und dünner waren, als sie erwartet hatte. Es war so lang und mager, so unbeholfen, und seine gelb und rot funkelnden Augen hatten eine sehr merkwürdige Form. Emily war ganz starr vor Schreck. Das Wesen stieß einen verzweifelten Schrei aus, der vielstimmige Chor über ihm antwortete tröstend. Es stolperte mit flehentlichem Gewimmer nach vorne, und dann wurde daraus ein Jauchzen, ein langgezogener, lieblicher, hoher Ton. Es machte noch einen unsicheren Schritt und fiel dann David

Catarel zu Füßen, der sich niederbeugte, um ihm zu helfen.

Als er aufblickte, waren seine Augen vor Staunen weit aufgerissen. »Er will mich!«

»Dann nimm ihn an!« brüllte Pol und winkte einem der Aufseher, eine Schüssel mit Futter zu bringen. »Füttere ihn! Nein, laß dir von niemandem helfen. Die Bindung muß jetzt vollzogen werden!«

David kniete neben seinem neuen Schützling nieder und bot ihm einen Brocken Fleisch an. Der kleine Drache schlang ihn gierig hinunter, stieß mit dem Kopf energisch gegen Davids Bein und schrie nach mehr.

»Er sagt, er hat großen Hunger«, rief David. »Er spricht mit mir. In meinem Kopf! Es ist unglaublich. Wie hat sie das gemacht?«

»Die Mentasynthese funktioniert also!« murmelte Emily, und Paul nickte, als sei das selbstverständlich.

»Ihr Götter, was ist es häßlich«, sagte er ganz leise.

»Du warst bei deiner Geburt wahrscheinlich auch nicht gerade eine Schönheit.« Emily war selbst überrascht über ihre Worte und grinste, als er sie erstaunt ansah.

David lockte seinen neuen Freund aus dem Kreis der Menschen heraus an den Rand der Brutstätte und rief nach mehr Futter. »Polenth sagt, er ist am Verhungern.«

Bay hatte genügend rotes Fleisch bereitstellen lassen, von Tieren, die sich gut an die verbesserten pernesischen Gräser gewöhnt hatten. Die jungen Drachen brauchten in den ersten Monaten für ihre Entwicklung viel Bor, und das konnten sie am besten aus Rindfleisch aufnehmen.

Ein zweites Ei brach auf, ein zweiter kleiner Bronzedrache stürmte geradewegs auf Peter Semling zu. Von Peters Zwergdrachenschwarm kam schrille Zustimmung. Dann geschah lange nichts mehr. Ein besorgtes Summen stieg unter den Zuschauern auf. Dann zersplitterten plötzlich vier weitere Eier, aus zweien kamen unerwartet zierliche Geschöpfe heraus, ein goldener und ein Bronzedrache, die sich Tarrie Chernoff und Shih Lao als Partner aussuchten; die beiden anderen waren kräftig aussehende Braune, die auf Otto Hegelman und Paul Logorides zustrebten.

»Wird eigentlich erwartet, daß sie heute alle ausschlüpfen?« fragte Emily.

»Gehen wir doch zu Pol und Bay rüber«, schlug Paul vor. Sie drängten sich vorsichtig durch die Menge und blieben kurz stehen, um David Catarels Bronzedrachen zu bewundern, der seine Fleischbrocken so schnell hinunterschlang, als atme er sie ein. David war wie verzückt.

»Na ja, es wäre möglich«, antwortete Pol, als sie ihn erreichten. Er verbarg seine Nervosität recht gut, im Gegensatz zu Windblüte, die den leisen Gruß des Admirals und der Gouverneurin kaum zur Kenntnis nahm. »Sie wurden innerhalb einer Zeitspanne von sechsunddreißig Stunden erzeugt. Die sechs, die bereits ausgeschlüpft sind, stammen aus der ersten und zweiten Gruppe. Aber vielleicht müssen wir noch warten. Aus unseren Beobachtungen der wilden Zwergdrachen wissen wir, daß das Eierlegen sich über mehrere Stunden hinziehen kann. Ich vermute, die Grünen und Goldenen haben Ähnlichkeit mit den Vipern auf der Erde, die ihre Eier im Körper behalten konnten, bis sie den passenden Ort oder Zeitpunkt gefunden haben, um sie abzulegen. Wir wissen, daß die Jungen aus natürlich entstandenen Eiern mehr oder weniger gleichzeitig ausschlüpfen. Dies«, sagte er und deutete auf die Brutstätte, »ist ein Zugeständnis an Kitti Ping. Sie wollte die Lebensbedingungen der Vorfahren der Gattung möglichst genau imitieren. Ach, da bricht noch eins auf.« Er blickte auf die Liste in seiner Hand. »Es ist aus der dritten Gruppe!«

»Sechs Männchen, aber nur ein Weibchen«, sagte Bay leise. »Offen gestanden, ich hätte lieber mehr Weibchen. Was meinen Sie, Windblüte?«

»Ein vollkommenes Männchen und ein vollkommenes Weibchen, mehr brauchen wir nicht«, sagte Windblüte mit etwas belegter, aber beherrschter Stimme. Sie
hatte die Hände in ihren weiten Ärmeln verborgen; die
Anspannung hatte tiefe Falten in ihr Gesicht gegraben,
und ihre Augen blickten düster.

»Peter Semlings Bronzedrache sieht recht kräftig
aus«, meinte Emily ermunternd. Windblüte gab keine
Antwort, sie starrte wie gebannt auf die Eier. »Sind sie
so, wie Sie erwartet haben?« fragte die Gouverneurin
Pol und Bay.

»Nein«, gestand Bay, »aber schließlich hatte nur Kitti
das zugehörige Bild im Kopf. Wenn nur . . .« Sie stockte.
»Ach, wieder ein goldenes Weibchen. Ich glaube, Kitti
Ping hat die Wahl geschlechtsabhängig gemacht. Für
Nyassa Clissmann. Wie reizend sie doch sind!«

Emily konnte die Nestlinge gar nicht so anziehend
finden, aber sie war froh, daß so viele am Leben waren.
Aber was hatte Kitti Ping sich vorgestellt, als sie die Eier
der Zwergdrachen manipulierte? Das waren keine Drachen, wie Emily sie kannte. Und doch sah sie plötzlich
im Geiste den Himmel voll von solchen Geschöpfen,
sah sie schweben, herabstoßen und Feuer speien. Hatte
Kitti Ping eine ähnliche Vision gehabt?

»Die Fähre!« sagte Pol plötzlich. »Habe ich sie starten
hören?«

»Ja, er hat es geschafft«, antwortete Paul. »Ongola
wird uns auf dem laufenden halten. Wir haben nicht genug Treibstoff für einen Direktflug. Die Fähre muß eine
Woche lang ohne Antrieb fliegen, bis sie den Schweif
erreicht.«

»Verstehe.« Pol wandte sich wieder den Eiern zu.

Es herrschte ein ständiges Kommen und Gehen, einige Leute mußten an ihre Arbeit zurück, andere nahmen
ihre Plätze ein. Man brachte den Biologen und den Führern der Kolonie etwas zu essen und Holzbänke, damit
sie sich setzen konnten. Windblüte blieb stehen. Auch

der Kreis der hoffnungsvollen Drachenreiter wurde mit Essen versorgt. Die Zwergdrachen setzten ihren Ermunterungsgesang unermüdlich fort. Emily fragte sich, wie sie es nur so lange durchhalten konnten.

Es wurde dunkel, ehe sich wieder etwas tat, und dann sprengten ein Brauner und zwei Goldene gleichzeitig ihre Eier. Marco Galliani bekam den Braunen, die beiden Goldenen schlossen sich an Kathy Duff und Nora Sejby an. Die Menge jubelte.

Die Zuschauer zerstreuten sich allmählich, doch die Zwergdrachen blieben auf dem Posten und sangen weiter. Emily wurde allmählich müde, und sie sah, daß auch die anderen von der Erschöpfung übermannt wurden. Als Catherine Radelin-Doyle ihre Goldene an sich band, war sie halb eingeschlafen.

»Schließen sich immer Drachenweibchen an Menschenfrauen an?« fragte Emily. »Und Männchen an Männer?«

»Nachdem man die Männchen als Kämpfer einsetzen will und die Weibchen die Eier legen sollen, hat Kitti es logischerweise so eingerichtet«, antwortete Pol.

»Für sie war es vielleicht logisch«, meinte Emily ein wenig nachdenklich. »Es sind keine Blauen und Grünen darunter«, fiel ihr plötzlich auf.

»Kitty hat die größeren Männchen ausgewählt, aber ich glaube, ihr Sperma enthält Zellen für die ganze Bandbreite der Gattung. Die Grünen sind die kleinsten, die Kämpfer; die Blauen sind kräftiger und haben mehr Durchhaltevermögen; die Braunen sollen so etwas wie die Nachhut in der Formation bilden, sie haben noch mehr Ausdauer. Sie müssen vier bis sechs Stunden kämpfen, das darf man nicht vergessen! Die Bronzefarbenen sind die Anführer, und die Goldenen ...«

»Sitzen zu Hause und brüten die Eier aus.«

Pol warf Emily einen langen, verwunderten Blick zu.

»In der Wildnis haben die Grünen keine starken mütterlichen Instinkte, ganz im Gegensatz zu den Goldenen«, warf Bay ein, und auch sie sah die Gouverneurin merkwürdig an. »Kitti Ping hat so viele natürliche Instinkte beibehalten wie möglich. Jedenfalls ist das ihrem Programm zu entnehmen.«

»Da!« sagte Nahbi und lehnte sich von der Konsole zurück. Sein dunkles Gesicht strahlte vor innerer Befriedigung. »Kenjo war nicht der einzige, der Treibstoff sparen konnte.«

Bart starrte ihn überrascht und verständnislos an. »Wofür sparen, Nabhi?« Er sagte es schärfer, als es eigentlich seine Absicht war, aber seine Anspannung wollte einfach nicht weichen. Nicht, daß er Nabhi als Piloten nicht vertraut hätte — Nabhi verstand seine Sache, sonst hätte sich Bart niemals zu diesem Wahnsinnsunternehmen überreden lassen, nicht für das beste Land auf ganz Pern.

»Zum Manövrieren«, sagte Nabhi. Sein spöttisches Grinsen war nicht dazu angetan, Barts Unruhe zu dämpfen.

»Wo? Du ... du bist doch wohl nicht so verrückt und willst auf dem Teufelsplaneten landen?« Bart riß an der Gurtentriegelung, aber Nabhis träges Kopfschütteln ließ ihn innehalten.

»Ich denke gar nicht daran. Ich will diese Hülsen holen oder wie immer man sie nennt.« Sein Lächeln wurde breiter, und Bart registrierte erstaunt, daß er sich ins Fäustchen lachte. »Wir fliegen praktisch den gleichen Kurs wie Avril.« Er drehte den Kopf und sah seinen Kopiloten direkt an.

»Und?«

»Angeblich ist die Gig explodiert.« Jetzt war Nabhis Lächeln nur noch schadenfroh. »Schalte die Schirme ein. Vielleicht treibt da interessantes Strandgut herum. Diamanten, Goldnuggets, was immer Avril mitgenommen hatte. Niemand braucht zu wissen, was wir sonst noch auffischen. Es ist auf jeden Fall eine einfachere

Methode, als wenn man sich das Zeug eigenhändig aus der Erde scharren muß.«

Um Mitternacht beschlossen Pol und Bay, die noch verbliebenen Eier zu untersuchen, und machten langsam die Runde. Man hatte den Kandidaten Holzplattformen gebracht, damit sie sich ausruhen konnten, denn die Hitze im Sand war auf die Dauer unerträglich. Niemand von den Erwählten war bereit, die Brutstätte zu verlassen und sich damit der Chance zu begeben, einen Nestling an sich zu binden.

Als die beiden Biologen zurückkamen, schüttelte Pol den Kopf und Bays Züge wirkten verhärmt. Sie ging sofort zu Windblüte und berührte ihren Arm.

»Der Rest der ersten Gruppe gibt kein Lebenszeichen. Aber das Ergebnis übertrifft schon jetzt die Prognose. Bei den anderen regt sich noch etwas. Wir können nur warten. Sie wurden nicht alle zur gleichen Zeit befruchtet.«

Windblüte blieb weiter reglos stehen wie eine Statue.

Sean stieß Sorka in die Rippen, um sie aufzuwecken. Sie hatte sich an ihn gelehnt und war, die Wange an seinen Oberarm gedrückt, eingeschlafen. Jetzt fuhr sie mit einem Ruck hoch und wußte sofort wieder, wo sie war. Sean zeigte auf das größte Ei, das fast direkt vor ihnen lag. Diesen Platz hatte er sich gleich zu Anfang ausgesucht. Er hatte lange warten müssen, aber jetzt schaukelte das Ei leicht hin und her.

»Wie spät ist es?« fragte sie.

»Fast Morgen. Sonst hat sich nichts gerührt. Aber hör dir die Zwergdrachen an, vor allem Blaze. Sie kann doch bald keine Stimme mehr haben!«

Ihre eigenen Zwergdrachen waren von Anfang an dabeigewesen, und Sorka hatte der unermüdliche Gesang immer wieder neue Kraft gegeben.

»Das Ei da drüben bewegt sich seit etwa zwei Stunden immer wieder einmal«, sagte er leise. »Das dahinter hat eine Weile geschaukelt, aber jetzt hat es völlig aufgehört.«

Sorka versuchte, ein Gähnen zu unterdrücken, dann gab sie nach und fühlte sich besser. Sie hätte sich gerne gestreckt, aber ein Kandidat lag fest schlafend quer über ihren Beinen. Die anderen dahinter erwachten allmählich.

Irgendwann, während Sorka geschlafen hatte, waren der Admiral und die Gouverneurin gegangen. Pol und Bay lehnten aneinander, Kwan hatte den Kopf auf die Brust sinken lassen, und seine Arme lagen schlaff in seinem Schoß. Windblüte hatte sich offenbar nicht bewegt, seit sie ihre Wache begonnen hatte.

»Sie ist mir unheimlich«, sagte Sorka und wandte sich von der Genetikerin ab.

Ein lautes Knacken ließ alle aufschrecken. Das Ei vor ihnen zerfiel in zwei gezackte Hälften. Der bronzefarbene Nestling kam mit hoch erhobenem Kopf herausstolziert und gab einen Laut von sich wie eine stotternde Trompete. Alle waren jetzt hellwach. Sean sprang auf, und Sorka stieß ihn von hinten an, um ihn zur Eile zu mahnen. Sie hätte sich keine Sorgen zu machen brauchen. Sobald Sean dem Nestling in die Augen sah, ließ er ein leises, ungläubiges Ächzen hören und ging auf das Tier zu. Ihr Schwarm schmetterte triumphierend.

»Futter, schnell«, rief Sorka und winkte einem schläfrigen Aufseher. Hoffentlich war das Fleisch in der Hitze nicht schlecht geworden! Sie rannte dem Mann entgegen, entriß ihm die Schüssel, lief zurück und schob sie Sean in die Hand. Einen so vollkommen hingerissenen Blick hatte sie in seinen Augen noch nie zuvor gesehen.

»Er sagt, er heißt Carenath, Sorka. Er kennt seinen eigenen Namen!« Sean schaufelte Carenath das Fleisch aus der Schüssel ins Maul, so schnell er nur konnte. »Ich brauche mehr Fleisch. Schnell, ich brauche mehr Fleisch!«

Seine sonore Stimme hatte alle in der Brutstätte aufgeweckt. Dann zersprang das andere Ei, und ein goldenes Weibchen schlenderte schnatternd heraus und sah sich ungeduldig um. Sorka war so damit beschäftigt, Sean die Fleischschüsseln zu reichen, daß sie es gar nicht bemerkte, bis Betsy sie am Arm zupfte.

»Sie sucht nach dir, Sorka. Du mußt sie ansehen!«

Sorka wandte den Kopf, und plötzlich spürte auch sie, wie mit unglaublicher Kraft ein anderer Geist in den ihren eindrang, ein Geist, der sich freute, einen Gleichgesinnten, einen lebenslangen Partner gefunden zu haben. Sorka war so von Jubel erfüllt, daß es fast schmerzte.

Ich heiße Faranth, Sorka!

»Wir haben eigentlich eine Menge aus den Eiern gelernt, die nicht aufgebrochen sind«, erklärte Pol, als er mit Windblüte und Bay zwei Tage später Emily und Paul Bericht erstattete.

»So weit, so gut?« fragte Paul hoffnungsvoll.

»Oh, sehr gut sogar.« Bay grinste begeistert und nickte energisch mit dem Kopf. Windblüte rang sich nur ein sprödes, starres Lächeln ab. Der undurchdringliche Pessimismus, den sie am Tag des Ausschlüpfens verbreitet hatte, war jetzt einer reservierten Arroganz gewichen.

»Dann glauben Sie also, daß sich die achtzehn Jungen alle zu lebensfähigen Erwachsenen entwickeln werden?« fragte Paul.

Sie neigte den Kopf. »Wir müssen geduldig abwarten, bis sie zur Reife gelangen.«

»Aber sie werden doch fähig sein, wie die Zwergdrachen aus phosphinhaltigem Gestein Flammen zu erzeugen und ins *Dazwischen* zu gehen?« bohrte Paul weiter.

»Ich persönlich bin sehr zuversichtlich«, schaltete sich Pol ein, als Windblüte schwieg. »Auch Bay, vor allem, weil die Mentasynthese eine starke empathische Bindung und die Fähigkeit zur telepathischen Kommunikation bewirkt hat.«

»Ein echter Kontakt von Geist zu Geist«, fügte Bay mit befriedigtem Lächeln hinzu. »Besonders stark ausgeprägt bei Sorka und Sean.«

»Die Drachen wurden so *geschaffen*«, erklärte Windblüte gespreizt, daß sie auch mit anderen, nicht zu ihrer eigenen Art gehörenden Wesen eine Bindung eingehen. Insoweit war das Programm erfolgreich.« Sie hob die Hand. »Wir müssen unsere Ungeduld bezähmen und danach streben, das vollkommene Exemplar zu schaffen.«

»Die Stabilisierung der Bindung an eine andere Spezies war der wichtigste Aspekt«, sagte Pol und zog leicht die Augenbrauen zusammen. »Schließlich ist für Zwergdrachen die Teleportation so selbstverständlich wie das Atmen.«

»Für *Zwergdrachen* schon«, gab Windblüte kühl zurück. »Ob das bei Drachen auch so ist, bleibt abzuwarten.«

»Kitti Ping hat diese Fähigkeiten nämlich nicht verändert. Aber sie müssen natürlich vervollkommnet und kontrolliert werden«, fuhr Pol fort. Windblütes Haltung, ihre Weigerung, die bereits erreichten Erfolge als solche anzuerkennen, gefiel ihm nicht. »Ich muß sagen, ich bin sehr froh, daß die jungen Connells beide einen Nestling an sich binden konnten. Sie sind veterinärmedizinisch ausgebildet, auch sonst sehr tüchtig und haben bereits bewiesen, daß sie in der Lage sind, ihre Zwergdrachenschwärme unter Kontrolle zu halten, wir könnten uns keine besseren Partner wünschen.«

Windblüte gab ein mißbilligendes Geräusch von sich.

»Sie sind qualifiziert«, betonte Bay unerwartet gereizt. »Jemand muß den Anfang machen.«

»Die Entwicklung muß streng überwacht werden«, sagte Windblüte, »damit wir wissen, welche Fehler beim nächstenmal zu vermeiden sind.«

»Beim nächstenmal?« Emily blinzelte überrascht und bemerkte, daß Bay und Pol ähnlich reagierten.

»Ich weiß noch nicht, ob diese Wesen auch auf allen anderen Gebieten die gewünschten natürlichen oder von uns angezüchteten Verhaltensweisen zeigen werden.« Ihre Grabesstimme ließ erkennen, daß sie schwere Zweifel hegte.

»Wie können Sie so kleinmütig sein . . .« begann Pol ziemlich heftig.

Windblüte gbot ihm mit einer energischen Handbewegung Schweigen, und er starrte sie verständnislos an.

»Ich werde noch einmal ganz von vorn anfangen«, teilte ihnen die Genetikerin in einem fast märtyrerhaften Tonfall mit. Pol und Bay sahen sie erstaunt an. »Nach allem, was wir aus den Obduktionen erfahren haben, kann ich nicht sicher sein, daß die überlebenden Exemplare fruchtbar oder fortpflanzungsfähig sind. Wichtiger noch — fähig, sich selbständig fortzupflanzen! Ich muß es so lange versuchen, bis der Erfolg gesichert ist. Das war erst der Anfang.«

»Aber Windblüte . . .« Pol war wie vom Blitz getroffen.

»Kommen Sie, Sie werden mir assistieren.« Mit einer gebieterischen Geste fegte sie aus dem Zimmer.

Weder die Veterinäre noch die Xenobiologen verfügten über Orientierungshilfen, um zu beurteilen, ob sich die achtzehn Vertreter der neuen Gattung normal entwikkelten. Aber der herzhafte Appetit der Drachen, die kräftige Farbe ihrer wildlederähnlichen Haut und die Mühelosigkeit ihrer Bewegungen — hauptsächlich beim Fressen und beim Spreizen der Flügel — wurden als Maßstab ihres Wohlbefindens angesehen. In der ersten Woche ihres Lebens waren sie alle mindestens um eine Handbreit gewachsen und sahen auch nicht mehr so verhungert aus. Und als sich immer deutlicher zeigte, wie stabil ihre durchsichtigen Schwingen waren, waren auch jene erleichtert, die sich in dieser Hinsicht Sorgen gemacht hatten.

Fasziniert sahen die offiziellen medizinischen Berater zu, wie die beiden Connells ihre zehn Tage alten Drachen badeten und einölten. In der Nähe der Wohnungen aller Drachenpartner waren große, seichte Badeteiche aus Siliplas aufgestellt worden. Faranth registrierte geschmeichelt die bewundernden Blicke.

»Sie ist eitel, Dad«, sagte Sorka belustigt und goß Öl auf eine schuppige Stelle zwischen den Rückenwülsten. »Juckt es hier, Farrie?«

Ich heiße Faranth, und hier juckt es auch, erklärte Faranth erst vorwurfsvoll und dann zunehmend erleichtert. *An meinem Hinterbein ist noch eine Stelle.*

»Sie kann Spitznamen nicht leiden«, erklärte Sorka nachsichtig und grinste ihren Vater an. »Meine Güte, man hat ganz schön zu schrubben.« Zu diesem Zweck war eine harte Bürste angefertigt worden, fest genug, um das Öl einzumassieren, aber mit abgerundeten Borsten, damit die zarte, glatte Haut nicht verletzt wurde.

Plötzlich waren alle klatschnaß, denn Carenath hatte angefangen, mit den Flügeln zu schlagen, und sie alle mit Wasser vollgespritzt.

»Carenath, benimm dich!« Sorka und Sean sagten es gleichzeitig in scharfem Tonfall.

Ich bin doch schon sauber, du gefleckter Idiot, schimpfte Faranth, und es hörte sich genauso an, als ließe Sorka ihre Ermahnungen vom Stapel. *Ich war schon fast trocken, und jetzt muß ich noch einmal eingeölt werden.*

Sean und Sorka lachten und beeilten sich dann, den durchnäßten Männern zu erklären, daß Faranths Worte der Anlaß für die plötzliche Heiterkeit waren, nicht etwa Carenaths ausgelassenes Benehmen. Sean winkte zu den Zwergdrachen hinauf, die auf dem Dachfirst hockten und offensichtlich alles beobachteten, was unter ihnen vorging. Gleich darauf fielen Handtücher auf die durchnäßten Zuschauer herab.

»Nützliche Tiere, Sean«, sagte Red Hanrahan, trocknete sich Gesicht und Hände ab und wischte an seiner Kleidung herum.

»Auch bei den jungen Drachen sind sie eine große Hilfe, Red«, antwortete Sean. »Sie fangen ständig Fische, damit wir diese wandelnden Gierhälse satt bekommen.«

Mache ich dir so viel Mühe? fragte Carenath bekümmert.

»Überhaupt nicht, Kleiner«, versicherte ihm Sean schnell und streichelte liebevoll den traurig gesenkten Kopf. »Dummes Zeug. Du bist jung, du hast Appetit, und es ist unsere Pflicht, dich zu füttern.«

Red gewöhnte sich allmählich daran, daß seine Tochter und sein Schwiegersohn dauernd zusammenhanglose Sätze in den Raum stellten, aber für die anderen war es noch unheimlich. Faranth stupste Sorka an und wollte auch gestreichelt werden, und als sie ihr Ziel erreicht hatten, funkelten ihre Augen in ruhigem, zufriedenem Blau.

»Können sie noch nicht geritten werden? Und selbst auf die Jagd gehen?« wollte Phas Radamanth wissen.

»Man reitet auch kein Fohlen, auch wenn es noch so groß und kräftig ist«, gab Sean zurück und massierte Öl in eine rauhe Stelle auf Carenaths breitem Rücken ein. »Kitti Pings Programm empfiehlt, damit ein ganzes Jahr zu warten.«

»Können wir denn so lange warten, bis sie erwachsen sind?« Die Sporen und der Kampf gegen sie waren allen stets im Bewußtsein.

»Ich habe noch nie ein Pferd gedrängt«, sagte Sean, »und bei meinem Drachen werde ich nicht damit anfangen. Sie wachsen sehr schnell, und wenn sich herausstellt, daß ihre Knochenstruktur — die Knochen bestehen nämlich aus Borsilikat, das härter ist als unser Kalkmaterial — sich gut entwickelt, können sie, glaube ich, wie geplant zu bemannten Flügen eingesetzt werden. Meine Güte, das wird ein Spaß, was, alter Junge?« grinste er dann.

Die fürsorgliche Zärtlichkeit und die tiefe Zuneigung in Seans Stimme machte die anderen fast verlegen. Red sah seinen Schwiegersohn überrascht an. Die Beziehung zu seinem Drachen hatte den jungen Connell also ebenso verändert wie alle anderen Drachenpartner. Auch Sorka, die schon immer mütterliche Züge gezeigt hatte, schien jetzt noch mehr Kraft zu besitzen und von innen heraus zu leuchten, und das konnte nicht nur von ihrer Schwangerschaft herrühren.

Am auffallendsten hatte sich der junge David Catarel gewandelt. Geistig wie physisch seit jenem Ersten Fädenfall und Lucy Tubbermans tragischem Tod schwer angeschlagen, hatte sich der junge Mann in sich selbst zurückgezogen und in Selbstekel und unbegründeten Schuldgefühlen geschwelgt. Nicht einmal eine Intensivtherapie hatte diese Blockade durchbrechen können. David bekämpfte die Fäden mit einem erbarmungslosen Haß, der beängstigend war. Die ungestüme Zuneigung der Zwergdrachen hatte er erst geduldet, als er sah, wie nützlich sie für die Bodentrupps waren.

Die Erneuerung seiner Persönlichkeit hatte in dem Augenblick begonnen, als Polenth gegen sein Knie gestoßen war. Ein strahlend lächelnder, völlig verzückter David hatte, seinen stolpernden kleinen Drachen fürsorglich und geschickt stützend, den Sand der Brutstätte verlassen. Auch die anderen Jugendlichen hatten sich zu ihrem Vorteil verändert, auch wenn Catherine Radelin-Doyles Angewohnheit, über irgendeine unhörbare Bemerkung ihrer goldenen Partnerin in Gekicher auszubrechen, recht störend sein konnte. Der früher so in sich gekehrte Shih Lao, der den Bronzedrachen Firth an sich gebunden hatte, lief seither mit einem Lächeln auf dem Gesicht herum. Tarrie Chernoff hatte aufgehört, sich für jedes kleine Mißgeschick und jeden Fehler zu entschuldigen, und Otto Hegelmans Stottern war völlig verschwunden.

»Sie machen euch beiden alle Ehre«, sagte Caesar

Galliani zu Sean und Sorka. »Obwohl Marcos Duluth, wenn ich das sagen darf, auch sehr gut aussieht.«

Sean grinste den Besitzer von Roma an. »Das ist wahr. Solange sie essen, schlafen . . .«

»Gebadet, verhätschelt, geölt und gekratzt werden, haben sie *keinerlei* Klagen«, ergänzte Sorka und wischte ein letztes Mal über Faranths Nase. »So, mein Schatz, jetzt rollst du dich zusammen und machst ein Nickerchen.«

Carenath ist noch nicht fertig, beschwerte sich Faranth, aber sie war schon auf dem Weg zu dem sonnenwarmen Plasbeton, wo sie am liebsten lag. *Ich mag es, wenn ich mich an ihn lehnen kann. Außerdem habe ich ein wenig Hunger.*

Sorka steckte zwei Finger in den Mund und stieß einen durchdringenden Pfiff aus. Sofort verschwanden die Zwergdrachen.

Alles sauber, rief Carenath und sprang aus dem Teich. Da Sean ihn verwarnt hatte, schüttelte er sich nicht vor allen Zuschauern, sondern breitete vorsichtig seine nassen, glänzenden Flügel aus und hielt sie in die leichte Brise, während Sean mit Sorkas Hilfe seine Unterseite trockenrieb.

»Brauchst du etwas, Sean, wenn wir schon mal hier sind?« fragte Red.

»Nein«, knurrte Sean und bückte sich, um das Klauenbett abzutrocknen. Die Klauenform war eine der wenigen Veränderungen, die Kitti Ping an den Zwergdrachen vorgenommen hatte. Die fingerförmigen Klauen würden, so hatte sie gedacht, geeigneter sein, um laufende Tiere zu packen, als die zangenähnlich angeordneten Greifwerkzeuge der Zwergdrachen. »Sobald sie ihren Imbiß bekommen haben, werden wir auch etwas essen.«

»Ein erstaunliches Paar«, sagte Phas Radamanth und lächelte zu Red auf. »Wenn der Bronzefarbene fruchtbar ist und die Goldene willig, dann haben wir die nächste Generation.«

»Wir sollten uns nicht zu viel erwarten«, mahnte Caesar und blickte noch einmal über die Schulter zurück. »Windblüte sagt, bei diesem ersten Gelege müsse man äußerst vorsichtig sein.«

»Ihre *Großmutter* hat sie geschaffen.« Phas war stehengeblieben und sprach sehr entschieden.

»Sie hat aber auch unvollkommene Exemplare erzeugt, die nicht ausgeschlüpft sind.«

»Achtzehn war ein sehr gutes Ergebnis, und wir haben bei der Obduktion der Fehlschläge viel gelernt«, sagte Phas.

Sie wollten sich gerade abwenden, als ein riesiger Schwarm Zwergdrachen am Himmel erschien; jedes Tier hielt einen ziemlich großen Packschwanz in den Klauen. Die Drachen hoben die Köpfe, rissen die Mäuler auf und nahmen die Gabe wie eine ihnen zustehende Huldigung entgegen. Die Männer grinsten und setzten ihre Morgenrunde fort.

Sobald Faranth und Carenath gesättigt waren, kuschelten sie sich bereitwillig zusammen, um zu schlafen. Carenath legte seinen dreieckigen Kopf bequem auf die ausgestreckten Vorderbeine, Faranth plazierte Kopf und Hals über seinen Rücken, ihr Schwanz zuckte gelegentlich vor seiner Schnauze hin und her, und die auf dem Rücken gefalteten Flügel sanken ein wenig herab. Die frisch geölte Haut der beiden glänzte in der Sonne.

»Ich bin wirklich froh, wenn sie einmal selbst jagen können«, murmelte Sean Sorka zu und ließ sich müde im Schatten der Ostwand ihres Hauses auf dem Boden nieder.

»Bis dahin«, sagte Sorka und griff nach einem Krug mit Wasser, »würden wir es ohne den Schwarm gar nicht schaffen.« Sie schickte Duke, Emmet, Blazer und den anderen starke Gefühle der Dankbarkeit zu. Mit Rücksicht auf die schlafenden Drachen gedämpft, kam die Antwort: ›Gern geschehen.‹

»Die Bedürfnisse von Drachen haben die Architekten

von Landing eindeutig nicht berücksichtigt«, bemerkte Sean und nahm seinerseits den Wasserkrug. Drachenwaschen machte durstig. »Wenn sie größer werden, muß etwas geschehen. In Landing gibt es schon nicht mehr genug Häuser für die Menschen, von Drachen ganz zu schweigen.«

»Glaubst du, sie würden sich in einer von Catherines Höhlen wohl fühlen? Sie hat gestern wieder davon gesprochen.«

»Ja, und dann hat sie gekichert.«

Die beiden Connells grinsten sich belustigt und nachsichtig an. Die menschlichen Drachenpartner hatten sich plötzlich in einer eigenen Gruppe wiedergefunden, weil sie sich durch ihre mit sehr viel Engagement verbundene Tätigkeit, aber auch durch die subtilen Veränderungen, die sie erfahren hatten, von allen anderen unterschieden. Obwohl alle Mitglieder der Mediziner-, Veterinär- und Biologenteams sie uneingeschränkt unterstützten, stellten sie fest, daß sie besser zurechtkamen, wenn sie kleinere Probleme untereinander besprachen. Man mußte der Partner eines Drachen *sein,* um die damit verbundenen Schwierigkeiten — und Freuden — begreifen zu können.

Sorka stellte mit leisem Stolz fest, daß Sean offenbar häufiger als alle anderen um seine Meinung gefragt wurde. Und sie stimmte dem zu. Er hatte schon immer ein feines Gefühl für Tiere besessen. Aber sie erkannte auch, daß man die Drachen eigentlich nicht als ›Tiere‹ bezeichnen konnte. Dafür waren sie zu ... menschlich. Sogar ihre Stimmen: Carenath hörte sich genau so an wie Seans heller Bariton am Ende eines langen Tunnels. Und Sorka hatte den Verdacht, daß Faranths Stimme eine Kopie ihrer eigenen war.

Von dem Augenblick an, als sie die beiden Nestlinge zum Irenplatz gebracht hatten, konnte Sorka sowohl Faranth als auch Carenath hören, Sean dagegen nur Carenath. Das schien keinen der Drachen zu stören. Sie waren allem aufgeschlossen, was das Leben brachte, solange ihre Bäuche gefüllt waren und ihre Haut nicht juckte. Je mehr sich freilich Seans Beziehung zu dem Bronzedrachen weiterentwickelte, desto seltener wurde Sorka Zeuge von Privatgesprächen. Auch sie selbst hatte, wie vermutlich jeder Drachenpartner, gelernt, sich mit Faranth auf einer eigenen Wellenlänge zu verständigen.

»Ich würde sagen, in ein oder zwei Wochen sind sie so weit, daß sie jagen können — wenn wir die Tiere in einem kleinen Gehege einsperren.« Sean faßte nach ihrer Hand und drückte sie, dann betastete er ihren Bauch. »Das alles wird doch hoffentlich unserem Kind nicht schaden?«

Sorka stellte schuldbewußt fest, daß sie in den letzten Wochen gar keine Zeit gehabt hatte, an ihren Zustand zu denken: ständig gab es etwas für Faranth oder für einen anderen der jungen Drachen zu tun. Darüber hinaus taten sie und Sean weiterhin Dienst in der Zwergdrachenklinik und behandelten die Tiere, die beim Fädenkampf verletzt wurden.

»Der Arzt hat gesagt, ich sei gesund und könne reiten ...« Sorka stöhnte. »Sean, werden *wir* ihnen beibringen können, ins *Dazwischen* zu fliegen?« fragte sie leise und umklammerte ängstlich seine Hand.

»Ganz ruhig, mein Herz, wir werden alles können, was nötig ist.« Das Unbekannte hatte für Sean eindeutig seine Schrecken verloren.

»Aber Sean ...«

»Wenn *wir* wissen, wo sie hinfliegen sollen, dann werden *sie* es auch wissen. Sie werden es in unserem Geist lesen. Sonst sehen sie ja auch alles. Wie kommst du darauf, daß es schwierig sein könnte, ihnen eine Zielangabe zu übermitteln?«

»Aber wir wissen doch nicht einmal, wie die Zwergdrachen es machen?«

Sean grinste achselzuckend zu ihr hinunter. »Nein,

das wissen wir nicht. Aber wenn die Feuerechsen in der Lage sind zu teleportieren, dann werden es auch die Drachen können. Daran hat Kitti Ping nichts verändert. Wir sollten uns keine Sorgen machen und sie nicht beunruhigen.«

Sie sah ihn mißmutig an und drohte ihm mit dem Finger. »Dann mußt aber auch *du* aufhören, dir Sorgen zu machen.«

Er lachte über den geschickten Treffer, und seine blauen Augen funkelten, als er ihre Hand nahm und sie in seine Arme zog. Sie kuschelte sich an ihn; er gab ihr Kraft und sie ihm. Obwohl Sorka sich noch nie so zuversichtlich und so tatkräftig gefühlt hatte, gab es Augenblicke, in denen sie die Angst überfiel, sie könnte bei Faranth in einem kleinen, aber wesentlichen Punkt versagen. Das teilte sie auch Sean mit.

»Nein, das wirst du nicht«, sagte er und strich ihr das schweißfeuchte Haar aus der Stirn. »Ebensowenig wie ich bei Carenath. Sie gehören zu uns und wir zu ihnen.« Er hob sanft ihr Kinn an, so daß sie zu ihm aufschauen mußte, und in seinen Augen lag so viel Liebe und Sicherheit, daß ihr der Atem stockte. Wieder umarmte er sie fest. »Seit wir auf diesem Planeten gelandet sind, Sorka, ist dies unsere Bestimmung. Warum wären wir sonst die ersten gewesen, die die Feuerechsen gefunden haben? Warum haben sich die Feuerechsen von allen Menschen, die diese Welt erkundeten, ausgerechnet uns ausgesucht? Warum haben sich die letzten von Kitti Pings Geschöpfen gerade uns angeschlossen? Nein, du mußt Vertrauen zu dir selbst, zu uns beiden und zu unseren Drachen haben.« Er drückte sie noch einmal kurz an sich, dann gab er sie frei. »Ich glaube, wir müssen Cricket und Doove deinem Vater zurückgeben. Brian kommt mit Cricket sehr gut zurecht.«

Sorka hatte gewußt, daß in bezug auf ihre Pferde eine Entscheidung fallen mußte. Beide Tiere hatten von Anfang an eine Heidenangst vor den Drachen mit dem torkelnden Gang gezeigt, und daraufhin hatten Red und Brian sie in den Hauptschuppen der Veterinärabteilung gebracht. Sorka dachte kurz an die herrlichen Zeiten, die sie, meist zusammen mit Sean und Cricket, auf dem Rücken der Stute erlebt hatte. Aber jetzt waren die Drachen wichtiger als alles andere geworden.

»Ja«, hörte sie sich sagen, ohne weiter ihrem Bedauern nachzuhängen. »Ich hätte nie geglaubt, daß einmal ein Tag kommen könnte, an dem ich keine Zeit für Pferde haben würde.« Sie betrachtete liebevoll Faranths schlafende Gestalt und grinste über den aufgeschwollenen, goldenen Bauch, der nur allzu bald wieder in sich zusammenfallen würde. »Ich mache uns etwas zu essen.«

Sean küßte sie auf die Stirn. Daß er seit neuestem seine Zuneigung so offen zeigte, war auch ein Nebenprodukt der Beziehung zu Carenath, und Sorka liebte ihn mehr denn je. Sie lehnte sich an ihn und atmete seinen männlichen Geruch ein, der sich mit dem Duft des Kräuteröls für die Drachenhaut mischte.

»Mach Sandwiches, Liebes«, empfahl ihr Sean. »Da kommt Dave Catarel angetrabt. Wenn Polenth schläft, werden auch die anderen nicht lange auf sich warten lassen.«

»Sie haben es«, erklärte Ongola, als der Admiral in Emilys Quartier, wo er auf eine von Pierres erlesenen Mahlzeiten wartete, ans Komgerät ging. Emily hatte sich seiner erbarmt, denn Ju war am Tag zuvor nach Boca zurückgekehrt, um auf dem Anwesen nach dem Rechten zu sehen. »Nabhi hat sich eben gemeldet. Bart Lemos hat eine Kapsel voll von dem Zeug aufgefischt. Allerdings ...«

»Allerdings was?« fragte Paul und wechselte einen Blick mit Emily.

»Allerdings haben sie lange dazu gebraucht.« Ongola beendete den Satz mit einem besorgten Seufzer. »Sie hätten den Schweif schon längst erreicht haben müssen.« Es klang ratlos. »Aber sie haben das, was wir brauchen, und das ist das wichtigste: die Hülsen. Die Faxe sind im Moment zur Interfacestation unterwegs. Ezra und Jim müßten irgendwann morgen eine Analyse haben.«

»Sind Sie immer noch auf der *Mayfly?*« fragte Paul stirnrunzelnd. Ongola hatte sich von seinen Verletzungen noch nicht völlig erholt, und Paul neigte in seiner Sorge ein wenig zum Übertreiben. Ongola war in dem bevorstehenden Kampf um Autonomie und Überleben eine Schlüsselfigur.

»Ja, aber Sabra hat mir etwas zu essen gebracht.« Ongola gestattete sich den Luxus eines Lachens und legte auf.

»Sie haben, was wir brauchen«, erklärte Paul, als er sich wieder setzte. »Jetzt kann ich das Essen wirklich genießen.«

Das erste Rumpeln kam am nächsten Morgen, so früh, daß viele aus dem Schlaf gerissen wurden. Nur die jungen Drachen schlummerten ruhig weiter, ohne sich von dem Aufruhr der erschrockenen Menschen stören zu lassen.

»Gibt dieser Planet denn niemals Ruhe?« fragte Ongola, während er aus einem Schlafsack krabbelte und nach dem Komgerät tastete.

»War das ein Erdbeben?« fragte Sabra verschlafen. Sie hatte die Kinder bei einer Freundin untergebracht, um ein paar Stunden mit Ongola allein sein zu können. Sabra brauchte diese Entspannung fast ebenso dringend wie ihr Mann. Und dabei hatte sie eine Verfassung unterschrieben, die Ruhe und Ordnung versprach!

»Schlaf ruhig weiter«, riet ihr Ongola, während er wählte. »Was sagt Patrice, Jake?« fragte er seinen tüchtigen Assistenten.

»Er sagt, alle Gravimeter registrieren eine Störung in

den Lavakammern rund um den Inselring. Er weiß nicht, was hochgehen wird, aber den Anzeigen nach wird irgend etwas kommen. Er versucht, den wahrscheinlichsten Ausbruchspunkt zu erraten.«

Ongolas nächster Anruf ging an Paul, der noch zu Hause war.

»Man gönnt uns keine Ruhe, wie?« fragte Paul resigniert.

»Vulkanische Störungen an der gesamten Kette.«

»Von wegen Kette! Es hat direkt unter meinem Ohr gepoltert, Ongola, und über uns türmen sich drei Vulkane auf.«

Ongola war so an die hohen Gipfel gewöhnt, daß er ganz vergessen hatte, daß auch sie eine Bedrohung darstellen konnten; freilich waren sich alle Experten einig gewesen, daß die letzte Eruption des Mount Garben vor tausend Jahren stattgefunden hatte.

Am Vormittag konnte Patrice mit der Meldung, daß ein neuer Vulkan jenseits der Ostspitze der Provinz Jordan aus dem Meer auftauche, die schlimmsten Befürchtungen entkräften. Der Young Mountain, den man während der vergangenen acht Jahre überwacht hatte, spuckte eine Wolke aus Rauch, Gas und etwas Asche aus, aber der Magmadruck schien dort nicht zu steigen.

Ein zweites unterirdisches Grollen erschreckte die Leute am Nachmittag. Als Patrice eintraf und seinen Schlitten am Verwaltungsplatz abstellte, um sich mit Paul und Emily zu beraten, sammelte sich schnell eine verängstigte Menge, um das Ergebnis dieses Treffens abzuwarten. Endlich erschienen die beiden Führer der Kolonie zusammen mit Patrice auf der Veranda. Patrice lächelte und schwenkte mit beiden Händen Faxe.

»Wir können einen neuen Vulkan taufen. Er ist wie Aphrodite dem Meer entstiegen, aber ich bestehe nicht unbedingt auf diesem Namen«, rief er.

»Wo?«

»Hinter der östlichsten Spitze von Jordan, in sicherer

Entfernung von uns, meine Freunde.« Er hielt das größte Foto hoch, damit alle die aufgewühlte See und die herausragende Spitze des rauchenden Gipfels sehen konnten.

»Ja, aber das ist immer noch dieselbe tektonische Platte, auf der wir uns befinden, oder?« rief ein Mann und zeigte hinter sich auf den schroffen Gipfel des Mount Garben. »Der könnte auch wieder losgehen, nicht wahr?«

»Natürlich«, antwortete Patrice unbekümmert und zuckte die Achseln. »Aber das halte ich für sehr unwahrscheinlich. Er hat sich vor tausend Jahren selbst den Kopf abgesprengt. Wir haben dort keinerlei Aktivität festgestellt. Es ist ein alter Vulkan. Die jungen haben mehr zu sagen und tun es auch. Also keine Panik. In Landing sind wir sicher.« Es klang so überzeugt, daß das ängstliche Gemurmel verstummte und die Menge sich zerstreute.

Den ganzen Tag über war immer wieder ein Grummeln zu hören, wie Telgar es nannte. Er schlenderte ziellos durch Landing und stand jedem zur Verfügung, der beruhigt werden wollte. Es war das erste Mal seit Sallahs Tod, daß er wieder unter Menschen ging. An diesem Abend versammelte sich ein großer Teil der Bevölkerung von Landing auf dem Freudenfeuerplatz, und das Feuer wurde so hoch aufgeschichtet, daß es beinahe wie eine Trotzgeste wirkte.

»Unser schönes Pern hat einen Pickel auf dem Gesicht bekommen«, sagte Telgar mit einem Anflug seines früheren Humors zu einer Gruppe junger Leute. »Die Dame ist noch nicht so alt, daß ihre Verdauung reibungslos funktioniert. Und wir haben sie mit unserem Bohren und Graben ständig gestört.«

Als er wegging, folgte ihm einer der Geologenlehrlinge. »Hören Sie, Tar-Telgar«, begann der junge Mann ernst. »Wir sitzen hier in Landing nicht auf Grundgestein.«

»Sie haben ganz recht«, antwortete Telgar mit einem schwachen Lächeln. »Deshalb schaukelt es auch ein wenig. Aber ich mache mir weiter keine Sorgen.«

Der Lehrling errötete. »Nun ja, auf dem Nordkontinent, entlang des westlichen Gebirgszugs, gibt es einen langen, breiten Streifen Grundgestein.«

»Sie haben Ihre Lektion sehr gut gelernt«, bemerkte Telgar und nickte gelassen Cobber Alhinwa und Ozzie Munson zu, die sich ihnen angeschlossen hatten. »Kommen Sie, trinken Sie ein Glas mit uns!«

Beschämt, weil er eine Binsenwahrheit von sich gegeben hatte, entschuldigte sich der junge Mann hastig.

»Die Leute reden also von Grundgestein«, sagte Cobber, und Ozzie grinste breit.

»Ich weiß es, Sie wissen es, und er weiß es auch, aber für heute ist die Bevölkerung genügend verunsichert worden. Das Grundgestein läuft uns nicht weg. Wie Sie wissen, habe ich Paul, Emily und Patrice meine Ansicht mitgeteilt.« Telgar schaute an dem großen Bergmann vorbei in die Ferne. Cobber und Ozzie wechselten bedeutungsvolle Blicke. Der starre, schmerzliche Ausdruck auf Telgars Gesicht verriet ihnen, daß ihn irgend etwas an Sallah erinnert hatte.

Cobber stupste Ozzie und neigte sich mit Verschwörermiene zu Telgar. »Wollen wir uns jetzt alle ein wenig Grundgestein ansehen, Telgar?«

Am nächsten Morgen wurde Paul von einem Gepolter anderer Art geweckt, als Ju über ihn hinweg nach dem Komgerät griff.

»Für dich«, murmelte sie schläfrig, ließ den Hörer auf den Schlafsack fallen und drehte sich wieder um.

Paul tastete danach und räusperte sich. »Benden.«

»Admiral!« Ongolas Stimme klang drängend. »Sie sind beim Wiedereintritt, und Nabhis Kurs stimmt nicht.«

Paul löste die Befestigungsschnüre seines Schlafsacks

und setzte sich mit einem Ruck auf. »Wie ist das möglich?«

»*Er* behauptet, bei ihm sei alles in Ordnung, Admiral.«

»Ich komme.« Paul verspürte den unvernünftigen Wunsch, einfach den Hörer aufzulegen und weiterzuschlafen. Statt dessen rief er Emily an, und sie versprach, sich am Wetterbeobachtungsturm mit ihm zu treffen. Dann alarmierte er Ezra Keroon und Jim Tillek.

»Paul?« fragte Ju verschlafen.

»Bleib liegen, Schatz. Kein Grund, dir Sorgen zu machen.«

Er hatte versucht, leise zu sprechen, und es tat ihm leid, daß er sie geweckt hatte. Sie war im zweiten Drittel einer neuen Schwangerschaft und brauchte viel Schlaf. Sie waren gestern noch lange aufgeblieben und hatten miteinander geredet, weil sie sich, wenn auch mit Bedauern, bewußt waren, daß sie ein Beispiel geben und ihre Besitzung schließen mußten. Die ständigen Fadeneinfälle waren eine schreckliche Belastung für die Vorräte und die Energieversorgung. Joel ängstigte sich besonders wegen der nachlassenden Leistung der Energiezellen. Laut Tom Patrick war die Bevölkerung von Landing im wesentlichen in erfreulich guter psychischer Verfassung, allerdings verlangten die Leute in steigendem Maße nach Therapien und Medikamenten, um ihre Erschöpfung überwinden und weitermachen zu können. Irgendwie hatte Paul keine Hoffnung, daß Nabhi Nabol und Bart Lemos die so dringend nötigen ermutigenden Ergebnisse mitbringen würden.

Gestern hatten Ezra und Jim ihre neueste Analyse der Umlaufbahn des Wandersterns vorgelegt. Der Planet war nach Jims Worten so unberechenbar wie eine betrunkene Hure am Samstagabend in einer Weltraumfabrik im Asteroidengürtel. Was zuerst wie ein vernünftiger, berechenbarer, elliptischer Orbit durch das Rubkat-System ausgesehen hatte, stellte sich als entschieden bizarrer heraus: Die Umlaufbahn verlief schräg zur Ekliptik. Der Planet würde alle zweihundertfünfzig Jahre in die Nähe von Pern gewackelt kommen. Ezra hatte allerdings einige Extrapolationen durchgeführt und war dabei zu einigen Kursabweichungen gelangt, die auf die Einwirkung anderer Planeten im System zurückzuführen waren. Es sah so aus, als würde der Wanderstern samt seiner Raumschrottwolke bei einigen Umläufen Pern verfehlen.

»Der ausgefallenste Planet, dessen Spur ich jemals verfolgt habe«, hatte Ezra bedauernd gesagt und sich den Kopf gekratzt, als er seinen Bericht zusammenfaßte.

»Natürlicher Orbit?« hatte Jim den Astronomen mit verschmitztem Grinsen gefragt.

Ezra hatte ihm einen langen, verächtlichen Blick zugeworfen. »An diesem Planeten ist überhaupt nichts natürlich.«

Obwohl die Fädeneinfälle sich in der gegenwärtigen — dritten — Runde um fünf Grad nach Norden verschoben hatten, hielt der Admiral Ezras Theorie, daß diese Einfälle bewußt gesteuert waren, daß eine vernunftbegabte Macht versuchte, die Bevölkerung von Pern zu zermürben, nicht mehr für sehr glaubhaft. Wenn das der Fall wäre, so seine Argumentation, dann müßten die Fäden jetzt noch häufiger und dichter fallen, weil der Planet die in bezug auf Pern nächstgelegene Position im Weltraum erreicht hatte. Aber sie fielen weiterhin ohne Sinn und Verstand und hielten sich an ein Schema, das genau der Verschiebung nach Norden entsprach. Mathematische Berechnungen, von Boris Pahlevi und Dieter Clissmann mehrfach nachgeprüft, bestätigten Ezras bedrückende Schlußfolgerung. Der Wanderstern würde sich von Pern und aus dem inneren System nur entfernen, um in zweihundertfünfzig Jahren wiederzukommen.

Das Fax, das Bart nach Pern geschickt hatte, zeigte, daß die Schuttspur endlos lang war.

»Sie reicht bis zum Rand des Systems«, erklärte Ezra, die Waffen streckend. »Der Planet durchdringt die Oort'sche Wolke und zieht das Zeug mit. Im Rubkat-System bestätigt sich die Theorie von Hoyle und Wickramansingh.«

»Ist das nicht ein Glück?« fügte Jim hinzu. »Es ist immer noch möglich, daß der Schrott nur aus Eis und Gestein besteht. Wir können erst sicher sein, wenn wir sehen, was Bart Lemos da draußen zusammengeschaufelt hat.« Jim war keineswegs erfreut darüber, daß seine Theorie sich als richtig herausstellen sollte. Eine vernunftbegabte Intelligenz, die auf diesem exzentrischen Planeten irgendwie überleben konnte, wäre ihm fast lieber gewesen. Mit intelligenten Wesen konnte man im allgemeinen verhandeln. Seine Theorie machte es Pern sehr viel schwerer.

Im kalten Licht des frühen Morgens zog Paul sich schnell an, zwängte sich in die Stiefel und machte seinen Overall zu. Er kämmte sich das Haar ordentlich zurück und stolperte dann in die Dämmerung hinaus. Er nahm den Gleiter — das machte weniger Lärm, als wenn er im Laufschritt zum Turm hinunterkeuchte. Gewöhnlich achtete er darauf, sich an das zu halten, was er in puncto Energiesparen predigte, aber an diesem Morgen wollte er möglichst unbemerkt bleiben.

Die *Moth* war schon seit mehreren Tagen überfällig, und diese Zeit war für ihn nicht leicht gewesen. Warten war nicht seine Stärke: er glänzte, wenn es darum ging, Entscheidungen zu treffen und für ihre Ausführung zu sorgen. Emily hatte wieder einmal bewiesen, daß sie sich selbst und ihre Untergebenen fest unter Kontrolle hatte. Sie war wirklich die beste Ergänzung zu seinen eigenen Vorzügen und Schwächen.

Am Irenplatz brannte Licht, und er erhaschte zwischen den Gebäuden einen flüchtigen Blick auf flatternde Schwingen. Die jungen Connells waren gerade dabei, ihre Drachen zu füttern. Auf dem nächsten Platz versorgte David Catarel seinen jungen Bronzefarbenen.

Bei dem Gedanken an diese jungen Leute, die sich mit ganzer Kraft für das Überleben auf Pern einsetzten, stieg plötzlich Zuversicht in Paul auf, und er war überzeugt, daß er und Emily sie alle durchbringen würden. Bei allem, was heilig war, sie würden es schaffen! Hatte er vor der Schlacht im Purpur-Sektor nicht schon schlimmere Zeiten durchgestanden? Und Emily war fünf Jahre lang von der Außenwelt abgeriegelt gewesen, und trotz des Mangels an Rohstoffen war es ihr gelungen, ihre Bevölkerung gesund und funktionsfähig zu erhalten.

Der Turm war noch dunkel, als Paul seinen Gleiter dahinter abstellte. Die Fensterläden waren geschlossen, aber die Eingangstür war nur angelehnt. Er stieg die Treppe so leise hinauf, wie er nur konnte. Seit einiger Zeit schlief das Nachrichtenpersonal, das nicht im Dienst war, im Erdgeschoß, weil alle Schlafsäle überfüllt waren. Ganz Landing war überfüllt — mit Flüchtlingen, fügte Paul in Gedanken hinzu. Die Leute hatten sogar angefangen, sich in einigen der Catherine-Höhlen häuslich niederzulassen. Das mochte aus irgendeinem atavistischen Bedürfnis heraus geschehen sein, aber die Höhlen waren tatsächlich fädensicher, und einige waren sogar recht geräumig. Vielleicht wären sie auch eine gute Unterkunft für die schnell wachsenden Drachen.

Als er das oberste Stockwerk erreichte, wanderten seine Augen sofort zu dem großen Bildschirm, der die Position der *Moth* oberhalb von Pern zeigte, wie sie die Sendestation auf dem Mond übermittelte.

»Er hat seinen Kurs kein einziges Mal korrigiert«, sagte Ongola, schwenkte seinen Stuhl herum und bedeutete Jake mit einer Handbewegung, den zweiten Stuhl vor der Konsole freizumachen. Der junge Mann hatte vor Erschöpfung schwarze Ringe unter den Augen, aber Paul wußte, daß er ihm nicht vorschlagen durfte, sich auszuruhen, bis die Fähre sicher gelandet war. »Vor zehn Minuten hätte er die Bremsraketen abfeuern müssen, aber *er* behauptet, das sei nicht nötig.«

Paul ließ sich in den Stuhl fallen und schaltete das Komgerät ein. »Turm an *Moth*, hören Sie mich? Hier Benden. *Moth*, bitte kommen!«

»Guten Morgen, Admiral Benden«, antwortete Nabhi sofort in gewohnt dreistem Tonfall. »Wir liegen auf Kurs, und unser Eintrittswinkel ist gut.«

»Ihre Instrumente zeigen falsch an. Ich wiederhole, Sie bekommen falsche Anzeigen, Nabol. Kurskorrektur unbedingt erforderlich.«

»Da bin ich anderer Ansicht, Admiral«, kam es unbekümmert zurück. »Die Treibstoffverschwendung ist überflüssig! Unser Kurs ist vollkommen in Ordnung.«

»Korrektur, *Moth*! Auf unserem Schaltpult und auf unserem Bildschirm zeigen die Instrumente Rot und Orange an. Ihre Instrumente versagen seit längerer Zeit. Ich gebe Ihnen die Werte.« Paul las die Zahlen von dem Block ab, den ihm Ongola reichte, und glaubte, im Hintergrund ein erschrockenes Aufkeuchen zu hören.

Nabhi schien sich jedoch durch Pauls Informationen nicht aus der Ruhe bringen zu lassen und meldete tatsächlich Werte, die auf einen guten Eintrittskurs hindeuteten.

»Es ist nicht zu fassen«, sagte Ongola. »Er kommt aus dem falschen Quadranten, sein Winkel ist viel zu spitz, und er wird mitten in das Inselringmeer stürzen und zwar bald.«

»Wiederhole, *Moth*, Ihr Winkel stimmt nicht. Wiedereintritt abbrechen, Nabol, gehen Sie noch einmal in die Umlaufbahn. Bringen Sie die Sache in Ordnung! Ihre Instrumente zeigen falsche Werte.« Verdammt, wenn Nabol nicht spürte, wie ungünstig er hereinkam, dann war er keineswegs der Pilot, für den er sich hielt.

»Ich bin der Kapitän dieses Schiffes, Admiral«, fauchte Nabol zurück. »Wenn etwas versagt, dann ist es Ihr

Bildschirm ... Was sagst du, Bart? Das ist unmöglich. Du mußt dich irren. Schlag drauf! *Tritt dagegen!*«

»Ziehen Sie die Nase Ihres Gefährts hoch und geben Sie drei Sekunden Schub, Nabol!« schrie Paul, die Augen auf den Schirm und die Anzeige gerichtet, die die Geschwindigkeit der hereinkommenden Fähre angab.

»Ich versuche es. Zündung funktioniert nicht. Kein Treibstoff!« Nabols Stimme wurde plötzlich schrill vor Angst.

Im Hintergrund hörte Paul, wie Bart kreischte. »Ich hab' dir doch gesagt, daß das nicht stimmen kann. Ich hab's dir gesagt! Wir hätten nicht ... Ich werfe die Kapsel ab. Dann haben sie wenigstens die!« schrie er dann. »Falls das verdammte Relais funktioniert.«

»Benützen Sie den Handhebel, Bart!« brüllte Ongola über Pauls Schulter in das Komgerät.

»Ich versuche es, ich versuche es ... Sie heizt sich zu schnell auf, Nabhi. Sie heizt ...«

Starr vor Entsetzen sahen Paul, Ongola und Jake zu, wie die Fähre zerfiel. Einer der kurzen Flügel brach ab, die Maschine geriet ins Trudeln. Dann löste sich der Schwanz, wirbelte auf einem anderen Weg davon und verglühte in der Atmosphäre. Der zweite Flügel folgte.

»Wird sie ins Meer stürzen?« Pauls Flüstern war kaum zu hören, er versuchte sich auszurechnen, mit welcher Wucht ein solches Geschoß auf festem Boden auftreffen würde. Ongola nickte kaum merklich.

Der Schirm leuchtete auf und zeigte eine Wolke von vielen kleinen, in der Sonne funkelnden Teilchen und einen größeren Körper, die auseinanderstoben und wie glänzender Flitter verschwanden. Perns letzte Hoffnung war dahin.

Eine Gruppe von Delphinen wurde ins Ringmeer geschickt, um das Wrack zu suchen. Maximilian und Teresa meldeten sich eine Woche später müde zurück, um den Menschen betrübt zu erklären, sie hätten den ver-

bogenen Rumpf gesehen, er habe sich in einem Riff ver-
keilt, aber es befinde sich zu tief unter Wasser, und sie
hätten es nicht genau erforschen können. Alle Delphine
suchten weiterhin das Ringmeer nach der abgeworfenen
Kapsel ab.

»Sag ihnen, sie brauchen sich nicht weiter zu bemühen«, murmelte Jim Tillek niedergeschlagen. »Wahrscheinlich ist nichts mehr übrig, was man analysieren
könnte. Wir wissen, daß der Schrottschweif ein Jahr
weit zurückreicht. Der bleibt uns erhalten. Heil Hoyle
und Wickramansingh!«

»Ezra?« fragte Emily den ernsten Astronomen.

Keroons karamelfarbene Haut hatte einen grauen
Schimmer, die Verantwortung lastete schwer auf ihm.
Er stieß einen tiefen Seufzer aus und kratzte sich am
Hinterkopf. »Ich muß zugeben, daß Jims Theorie richtig
ist. Der Inhalt der Kapsel wäre der letzte Beweis gewesen, aber auch ich zweifle daran, daß noch etwas übrig
ist. Selbst wenn, würde es Jahre dauern, sie in dem riesigen Gebiet zu finden. Die Jahre gelten, fürchte ich,
auch für diesen Schweif. Wir werden erst urteilen können, wenn sein Ende in Sicht kommt.«

»Und wo stehen wir jetzt?« fragte Paul rhetorisch.

»Wir müssen eben kämpfen, Admiral, kämpfen!« antwortete Jim Tillek stolz. Mit einer Bewegung seiner
kräftigen Schultern hatte er die Leichenbittermiene ab-
geschüttelt und forderte statt dessen alle anderen heraus. »In zwei Stunden fallen Fäden, wir sollten also aufhören, uns Sorgen um die Zukunft zu machen, und uns
mit der Gegenwart befassen. Richtig?«

Emily sah Paul an und brachte ein zaghaftes Lächeln
zustande. Es war auch an Zi Ongola gerichtet, der sie alle mit unergründlicher Miene beobachtete.

»Gut! Kämpfen wir!« Sie sagte es mit fester, entschlossener Stimme. Zehn Jahre können wir sicher
durchhalten, dachte sie bei sich, wenn wir sehr vorsichtig sind. Sie fragte sich, warum niemand die Peilkapsel

erwähnt hatte. Vielleicht, weil niemand großes Vertrauen zu Ted Tubberman hatte. »Wir müssen.«

»Bis die Drachen anfangen, sich ihren Unterhalt zu verdienen«, sagte Paul. »Aber die Siedlung muß reorganisiert werden.« Er und Emily hatten tagelang über die neuen Maßnahmen diskutiert und nur auf den richtigen Augenblick gewartet, um das Thema den anderen Teilnehmern des inoffiziellen Rats von Landing vorzutragen.

»Nein«, sagte Ongola zur allgemeinen Überraschung. »Wir müssen alles evakuieren. Landing hat sich überlebt. Es war einmal eine Art Bindeglied zu unseren Anfängen, zu den Schiffen, die uns hierher brachten. Dieses Gefühl der Kontinuität haben wir jetzt nicht mehr nötig.«

»Schon gar nicht«, setzte Jim die Überlegung fort, »wenn ganz in der Nähe Vulkane ausbrechen und Feuer spucken.« Jim rutschte auf seinem Stuhl herum und bereitete sich darauf vor, über grundlegende Probleme zu sprechen. »Ich habe mich umgehört, was die Leute so reden. Ezra ebenfalls. Telgars Idee, in dieses Höhlensystem zu ziehen, das im Norden auf Grundgestein liegt, gewinnt immer mehr Freunde. Der Höhlenkomplex ist groß genug, um die Bevölkerung von Landing aufzunehmen — samt den Drachen! Wir haben noch genug Rohstoffe, um Plastik und Metall für Häuser herzustellen. Aber das kostet Zeit, die uns bei den wesentlichen Aufgaben, gegen die Fäden zu kämpfen und uns am Leben zu erhalten, fehlt. Warum nehmen wir also nicht, was die Natur uns bietet? Warum setzen wir unsere Technologie nicht dazu ein, das Höhlensystem zu einem angenehmen, dauerhaften und völlig fädensicheren Domizil zu machen?«

Emily nahm sich nicht einmal die Zeit, um Atem zu holen. »Genau darüber haben Paul und ich diskutiert. Es ist, glaube ich, genügend Treibstoff vorhanden, um einige der schwereren Geräte mit der Fähre zu transportieren. Dann können wir die Metalle an Ort und Stelle verarbeiten. Jim, die Marine von Pern wird dienstverpflichtet werden.«

Paul grinste Emily an. Es war immer einfacher, wenn die Leute von selbst auf die Idee kamen, das zu tun, was ihre Führer für das beste hielten.

TEIL DREI

UMSIEDLUNG

B eim Heiligsten«, murmelte Telgar respektvoll, als er seine Fackel in die Höhe hielt, aber trotzdem die Decke nicht erleuchten konnte. Seine Stimme löste in dem gewaltigen Raum Echos aus, die in den Seitengängren mehrfach widerhallten, bis sich das Geräusch schließlich in der Ferne verlor.

»Mann, was für eine Wahnsinnshöhle«, flüsterte Ozzie Munson. Seine Augen standen weiß und groß in seinem gebräunten, wettergegerbten Gesicht.

Cobber Alhinwa, der sich sonst nur selten beeindrukken ließ, war gleichermaßen überwältigt. »Ist das eine Pracht!« Er flüsterte ebenfalls.

»Allein in diesem Komplex gibt es Hunderte von bezugsfertigen Räumen«, sagte Telgar und entfaltete die Plasfolie, auf der er und seine geliebte Sallah acht Jahre zuvor die Resultate ihrer Erkundungen eingetragen hatten. »Es gibt mindestens vier Öffnungen nach oben zur Klippe hinaus, die man zur Belüftung verwenden könnte. Man legt einen Kanal bis hinunter zur Grundwasserebene, installiert Pumpen und Rohre — ich habe große artesische Wasserreservoire gefunden. Dann eine Kernbohrung bis zur wärmeführenden Schicht, und der ganze Komplex, so groß er auch ist, kann in den Wintermonaten beheizt werden.« Er wandte sich wieder dem Eingang zu. »Wenn man diese Öffnung mit den hier vorkommenden Steinen verschließen würde, hätte man eine uneinnehmbare Festung. Bei Fädeneinfällen ist man auf dem ganzen Planeten nirgendwo sicherer. Weiter unten im Tal gibt es hochgelegene Höhlen in der Nähe des Weidegebietes. Natürlich müßte man es neu ansäen, aber wir haben ja noch die Luzerneverbesserer, die wir für das erste Jahr mitgebracht hatten.

Damals bestand keine Notwendigkeit für eine gründliche Untersuchung, aber die Anlage existiert. Als wir den Gebirgszug über uns überflogen, entdeckten wir, wie ich mich erinnere, etwa eine halbe Flugstunde von hier entfernt, eine mittelgroße Caldera, gespickt mit kleinen Klippen. Wir haben nicht festgestellt, ob sie vom Boden her zugänglich ist, aber sie könnte eine ideale Drachenunterkunft abgeben, und in diesem Fall wäre die Erreichbarkeit kein Thema, vorausgesetzt, die großen Drachen können ebenso gut fliegen wie die Zwergdrachen.«

»Wir haben auch zwei so alte Krater gesehen«, sagte Ozzie und blätterte in dem abgegriffenen Notizbuch, das er ständig in seiner obersten Hemdtasche bei sich trug. »Einen an der Ostküste und einen in den Bergen oberhalb der drei tiefen Seen, wo wir Versuchsbohrungen nach Metallerz durchgeführt haben.«

»Also« — Cobber hatte sich von seinem Staunen erholt — »als erstes müssen bis hier herauf Stufen gehauen werden.« Er trat an den Höhleneingang und schaute kritisch auf die Felswand hinab. »Vielleicht etwas Ähnliches wie eine Rampe, über die man einigermaßen problemlos Sachen befördern kann. Die Schräge da drüben ist ja schon beinahe eine Treppe.« Er zeigte nach links. »Bessere Stufen bis zur nächsten Ebene könnte man sich fast nicht wünschen.«

Ozzie winkte ab. »Nee, die von Landing bringen bestimmt ihre Klugscheißer von Ingenieuren und Architekten her und lassen das Ganze mit allen Schikanen aufmotzen.«

Cobber setzte sich einen Helm auf und schaltete das Licht ein. »Ja, sonst kriegen so ein paar arme Teufel noch Klauphobie.«

»Das heißt Klaustrophobie, du dämlicher Maulwurf«, verbesserte Ozzie.

»Wie auch immer. Jedenfalls ist man da drin in Sicherheit, solange einem dieses Teufelszeug dauernd auf den Kopf fällt. Komm, Oz, machen wir 'nen Rundgang. Der Admiral und die Gouverneurin warten nämlich auf ein Gutachten von uns.« Ächzend lud er sich den schweren Steinschneider auf die Schulter und strebte zielbewußt auf den ersten Tunnel zu.

Ozzie setzte ebenfalls den Helm auf und griff sich eine Rolle Seil, Kletterhaken und einen Gesteinshammer. Thermal- und Ultraviolettanzeiger, Komgerät und kleinere Bergmannswerkzeuge waren mit Haken an seinem Gürtel befestigt. Zuletzt hängte er sich noch einen der kleineren Steinschneider über die Schulter. »Geh'n wir mal die Klaustrophobie testen. Links fangen wir an, ja? Ich ruf' Sie dann bald, Telgar.«

Cobber war schon in der ersten Öffnung auf der linken Seite verschwunden, und Ozzie folgte ihm. Telgar blieb allein zurück und stand lange mit geschlossenen Augen da, den Kopf zurückgelegt, die Arme vom Körper weggestreckt, die Handflächen flehentlich nach oben gerichtet. Er hörte aufgescheuchte Tiere davonhuschen, und das leise Gemurmel von Ozzie und Cobber, die gerade die erste Tunnelbiegung umrundeten, drang verzerrt zu ihm.

In dieser Höhle war nichts von Sallah zurückgeblieben. Sogar die Stelle, wo ihr winziges Lagerfeuer gebrannt hatte, war bis auf den feuergeschwärzten Fels kahlgefegt. Und doch hatte sie sich ihm dort hingegeben, und er hatte gar nicht gewußt, was für ein Geschenk er in jener Nacht empfangen hatte.

Plötzlich riß ihn das hohe Winseln des Steinschneiders aus seinen Gedanken und erinnerte ihn daran, daß er eine dringende Aufgabe hatte: er mußte diese natürliche Festung für Menschen bewohnbar machen.

Das Summen weckte Sorka, und sie versuchte, ihren unförmigen Körper in eine bequemere Stellung zu bringen. Wie froh würde sie sein, wenn sie endlich wieder auf dem Bauch schlafen konnte. Das Summen hielt an, ein unterschwelliges Geräusch, das sie hartnäckig wach hielt. Es ärgerte sie, denn sie hatte in den letzten paar

Wochen nicht gut geschlafen und brauchte soviel Ruhe, wie sie nur bekommen konnte. Gereizt streckte sie die Hand aus und zog den Vorhang zurück. Es konnte doch noch nicht Tag sein. Dann packte sie überrascht die Vorhangkante fester, denn vor ihrem Haus war Licht — das Licht vieler Drachenaugen, die in der frühmorgendlichen Dämmerung funkelten.

Sie gab einen Laut des Erstaunens von sich, und neben ihr regte sich Sean und streckte die Hand nach ihr aus. Sie rüttelte ihn an der Schulter.

»Wach auf, Sean! Schau!« Als sie sich bewegte, spürte sie plötzlich einen Schmerz in der Leistengegend, der ihr ein Zischen entlockte.

Sean fuhr hoch und legte die Arme um sie. »Was ist, mein Liebes? Das Baby?«

»Es kann nichts anderes sein«, sagte sie und fing an zu lachen, als sie aus dem Fenster deutete. »Man hat mich gewarnt!« Sie konnte nicht aufhören zu kichern. »Sieh nach, Sean, und sag mir, ob die Feuerechsen schlafen! Ich möchte nicht, daß sie dieses Ereignis versäumen.«

Sean rieb sich den Schlaf aus den Augen und wurde mühsam munter. Er war fast ein wenig ärgerlich über ihren unangebrachten Übermut, aber als ihr Lachen plötzlich wieder in ein schmerzliches Zischen überging, weil ein zweiter qualvoller Krampf ihren aufgeschwollenen Unterleib durchlief, gewann die Besorgnis unvermittelt die Oberhand.

»Ist es soweit?« Er fuhr zärtlich mit einer Hand über ihren Bauch, und seine Finger fanden instinktiv das kontrahierte Muskelband. »Ja, es ist soweit. Was ist daran so komisch?« Sie konnte sein Gesicht im schwachen Licht kaum sehen, aber seine Stimme klang ernst, fast entrüstet.

»Das Begrüßungskomitee natürlich! Alle, die sich da draußen versammelt haben. Faranth, meine Liebe, ist alles anwesend oder hat sich jemand entschuldigt?«

Wir sind hier, sagte Faranth. *Wo wir hingehören. Du amüsierst dich.*

»Ich amüsiere mich sehr«, sagte Sorka, doch dann kam die nächste Wehe, und sie klammerte sich an Sean. »Aber das war jetzt gar nicht komisch. Du solltest lieber Greta verständigen.«

»Himmel, wir brauchen sie doch gar nicht! Ich bin als Geburtshelfer genauso gut wie sie«, murmelte er und tastete mit seinen Füßen unter dem Bett nach den Schuhen.

»Wenn es um Pferde, Kühe oder Ziegen geht, ganz sicher, Sean, aber bei Menschen sind doch wohl Menschenhebammen zuständig ... oooh, Sean, die kommen jetzt sehr dicht aufeinander.«

Er stand auf und wollte sich gerade eine Decke gegen die Morgenkälte um die nackten Schultern legen, als es leise an die Tür klopfte. Er fluchte.

»Wer ist da?« brüllte er, keineswegs begeistert von dem Gedanken, daß ihn vielleicht gerade in diesem Augenblick jemand zu einem tiermedizinischen Notfall holen wollte.

»Greta!«

Sorka begann wieder zu lachen, aber plötzlich fiel ihr das sehr schwer, und sie schaltete auf die Atemtechnik um, die man ihr beigebracht hatte, und hielt sich krampfhaft den Bauch.

»Wie unter allen Sonnen hast du es erfahren, Greta?« hörte sie Sean mit erstaunter Stimme fragen.

»Ich wurde gerufen«, sagte Greta sehr würdevoll und schob ihn sanft beiseite.

»Von wem? Sorka ist doch eben erst aufgewacht«, antwortete Sean und folgte ihr ins Zimmer. »Sie ist es doch schließlich, die das Baby kriegt.«

»Aber das heißt nicht unbedingt, daß sie es als erste weiß, wenn die Wehen einsetzen«, erklärte Greta sehr ruhig, fast abweisend. »Jedenfalls nicht in Landing. Und ganz bestimmt nicht, wenn man eine Drachenkönigin

438

hat, die jeden Gedanken mithört.« Sie schaltete das Licht ein, als sie das Zimmer betrat, und stellte ihre Hebammentasche auf die Anrichte. Das einst so schlaksige Mädchen war zu einer schlanken Frau herangewachsen, mit kaffeebrauner Haut und ebensolchen Haaren und ein paar Sommersprossen über dem Nasenrücken. Den tiefbraunen Augen in dem gütigen Gesicht entging nur wenig.

»Faranth hat es dir gesagt?« Sorka staunte. Daß ein Drache mit jemandem sprach, der nicht ihrer Gruppe angehörte, war noch nie vorgekommen.

»Nicht direkt«, lachte Greta. »Ein Schwarm von Feuerzwergdrachen kam in mein Fenster geflogen und hat mir mit bemerkenswerter Deutlichkeit erklärt, daß man mich braucht. Sobald ich aus dem Haus trat, war es nicht mehr schwer festzustellen, wessen Baby sich angemeldet hatte. Und jetzt laß mich mal nachsehen, wie weit wir eigentlich sind.«

Ich habe ihnen gesagt, sie sollen sie holen, erklärte Faranth selbstgefällig. *Du magst sie.*

Sorka legte sich zurück, um sich von Greta untersuchen zu lassen, und dachte angestrengt nach. Sie mochte auch ihren Arzt und hätte nichts dagegen gehabt, wenn er ihre Entbindung überwacht hätte. Wie hatte Faranth wissen können, daß sie in Wirklichkeit am liebsten Greta dabeihaben wollte? Konnte Faranth tatsächlich gespürt haben, daß sie sich immer zu Greta hingezogen gefühlt hatte? Oder hatte das goldene Drachenweibchen einfach seine Schlüsse daraus gezogen, daß Sorka der Hebamme bei Mairi Hanrahans letzter Niederkunft assistiert hatte, als Sorkas jüngster Bruder zur Welt kam? Daß Faranth allerdings einen unbewußten Wunsch erfüllen konnte ...

Sean trat vorsichtig an die andere Bettseite und griff nach ihrer Hand. Sorka drückte sie, in ihr sprudelte noch immer das Lachen. Sie hatte in den letzten Wochen heftig darunter gelitten, daß ihr Körper nicht mehr ihr selbst zu gehören schien, daß der munter um sich tretende, quicklebendige Fötus, der ihr keinen Augenblick Ruhe gönnte, offenbar völlig die Herrschaft übernommen hatte. Sie lachte aus purer Erleichterung, weil das nun bald vorüber sein würde.

»Jetzt laß mal sehen ... wieder eine Wehe?«

Sorka konzentrierte sich auf ihre Atmung, aber die Kontraktion war viel schlimmer, als sie erwartet hatte. Dann war der schmerzhafte Krampf vorbei. Ihre Stirn war schweißnaß. Sean tupfte sie sanft ab.

Du hast Schmerzen? Faranths Stimme wurde schrill.

»Nein, nein, Faranth. Mir geht's gut. Mach dir keine Sorgen!« rief Sorka.

»Faranth regt sich auf?« Ohne ihre Hand loszulassen, duckte sich Sean und sah aus dem Fenster nach den dort wartenden Drachen. »Ja, ihre Augen färben sich tief orange und funkeln immer aufgeregter.«

»Das habe ich befürchtet!« Sorka richtete einen stummen, flehentlichen Blick auf Sean. Über sein Gesicht zuckten verschiedene Empfindungen. Wenn sie seinen Ausdruck richtig gedeutet hatte, war er verärgert über Faranth, unschlüssig — eine Seltenheit —, was er tun sollte, und ihretwegen beunruhigt. Dann gewann die zärtliche Besorgnis die Oberhand, er sah auf sie hinunter, und sie wußte, daß sie ihn noch nie so sehr geliebt hatte wie in diesem Augenblick.

»Ein Jammer, daß wir deiner Drachendame nicht auftragen können, einen Topf Wasser heißzumachen, um sie zu beschäftigen«, bemerkte Greta, während ihre starken, fähigen Hände die Untersuchung beendeten. Dann klopfte sie leicht auf Sorkas gewaltigen Bauch. »Wir werden die Aufregung gleich abstellen. Kannst du dich auf die Seite legen? Sean, hilf ihr.«

»Ich komme mir vor wie eine riesige Flunder«, klagte Sorka, als sie sich mit Mühe herumwälzte. Schließlich half ihr Sean, geschickt und so sanft, wie sie es noch nie erlebt hatte, die Bewegung abzuschließen. Sie hatte gerade die neue Stellung erreicht, als wieder eine kräftige Wehe sie erfaßte und sie erstaunt nach Luft schnappen ließ. Draußen trompetete Faranth herausfordernd. »Daß du mir ja nicht den ganzen Ort aufweckst, Faranth. Ich kriege doch nur ein Baby!«

Du hast Schmerzen! Du quälst dich! Faranth war empört.

Sorka spürte einen leichten Druck am unteren Teil der Wirbelsäule, die Kühle der Luftpistole, und dann eine herrliche Gefühllosigkeit, die sich schnell über ihren ganzen Unterleib ausbreitete.

»Oh, Greta, du bist ein Engel!«

Du hast keine Schmerzen mehr! So ist es besser. Faranths Unruhe legte sich, sie stimmte wieder in das merkwürdige Summen der anderen Drachen ein, und Sorka konnte ihre Stimme deutlich aus dem Chor heraushören. Das Summen wurde stärker, seltsamerweise wirkte es beruhigend — oder lag es einfach daran, daß sie diese schmerzhaften Krämpfe des Gebärmuttermuskels nicht mehr zu fürchten brauchte?

»Und jetzt stehen wir auf, Sorka, und gehen ein bißchen auf und ab«, sagte Greta. »Der Muttermund ist schon recht weit geöffnet. Ich glaube nicht, daß es noch lange dauert, bis das Baby kommt, auch wenn es dein erstes ist.«

»Ich spüre gar nichts«, entschuldigte sich Sorka, als Greta sie hochzog. Sean war sofort an ihrer Seite.

Er hatte sich angezogen, doch als Sorka auf ihre empfindungslosen Füße hinuntersah, bemerkte sie, daß er seine Socken vergessen hatte, und fand das sehr liebenswert. Merkwürdig, der Unterschied zwischen seinen und Gretas Händen — beide fürsorglich und sanft, aber Seans Griff strahlte zusätzlich liebevolle Besorgnis aus.

»Braves Mädchen«, lobte Greta. »Es geht prächtig voran, der Muttermund ist schon drei Fingerbreit geöffnet. Kein Wunder, daß die Schwärme unruhig waren.

Und du bist heute nicht die einzige, die sie in Aufregung versetzt.« Greta lachte leise, als sie langsam den Rückweg durch das Wohnzimmer und die kleine Diele ins Schlafzimmer antraten. »Das Gehen ist wichtig ... aha, wieder eine Wehe. Sehr schön. Die Atmung ist gut so.«

»Bei wem ist es noch soweit?« fragte Sorka. Es war besser, wenn man sich auf andere Dinge konzentrierte, nicht nur auf die Tätigkeit der eigenen Muskeln.

»Elizabeth Jepson. Ein Glück, denn das neue Baby wird ihr helfen, den Verlust der Zwillinge zu überwinden.«

Der Gedanke war schmerzlich. Sorka erinnerte sich noch gut an die beiden Lausbuben auf der *Yoko;* damals hatte sie ihren Bruder Brian beneidet, weil er gleichaltrige Freunde gefunden hatte.

»Komisch, nicht wahr?« sagte sie schnell. »Man hat zwei komplette Familien aus zwei verschiedenen Generationen. Ich meine, mein Baby wird einen Onkel haben, der nur sechs Monate älter ist. Und doch gehört er einer anderen Generation an ... eigentlich.«

»Ein Grund, warum wir die Geburtenbücher sehr genau führen müssen«, sagte Greta.

Sean brummte: »Wir sind alle Perner, und das allein zählt.«

In diesem Augenblick platzte die Fruchtblase, und draußen wurde das Summen um ein paar Töne höher und noch intensiver.

»Ich glaube, ich muß dich untersuchen, Sorka«, sagte Greta.

Sean starrte sie an. »Orientierst du dich bei jeder Entbindung am Drachengesang?«

Greta lachte leise. »Sie haben einen Instinkt für Geburten, Sean, und ich weiß, daß ihr Tierärzte das auch schon bemerkt habt. Komm, wir bringen sie ins Bett zurück.«

Ganz auf die zweite Phase der Entbindung konzentriert, empfand Sorka den Drachengesang gleichzeitig als tröstlich und beruhigend, wie eine Decke aus schimmernden Tönen, die sie wohltuend einhüllte. Plötzlich steigerte sich das Tempo, das Summen erreichte seinen Höhepunkt. Seans Hand umfaßte die ihre, gab ihr Mut und Kraft. Jedesmal, wenn sie die dank der Betäubung schmerzlosen Wehen spürte, half er ihr beim Pressen. Die Kontraktionen kamen jetzt schneller, fast ohne Unterbrechung, als wäre die Sache völlig ihrer Kontrolle entglitten. Sie überließ sich ihrem Instinkt, entspannte sich, wenn es möglich war, und half mit, weil ihr nichts anderes übrigblieb.

Plötzlich spürte sie, wie sich ihr Körper in einer gewaltigen Anstrengung krümmte, und dann empfand sie nur noch Erleichterung, der Druck, das Ziehen hatten aufgehört. Einen Augenblick lang war es draußen völlig still, dann vernahm sie einen neuen Laut. Seans Triumphgeschrei ging unter im Trompeten von achtzehn Drachen und niemand wußte wie vielen Feuerzwergdrachen! O je! dachte sie verwirrt. Sie werden wirklich ganz Landing aufwecken!

»Ihr habt einen gesunden Sohn, meine Lieben«, sagte Greta, und man hörte ihr die Befriedigung an. »Mit einem dichten, roten Haarschopf.«

»Einen Sohn?« fragte Sean, und es klang zutiefst überrascht.

»Jetzt erzähl mir bloß nicht, daß du eine Tochter wolltest, Sean Connell, nachdem ich mir so viel Mühe gegeben habe«, protestierte Sorka.

Sean umarmte sie nur verzückt.

»Manchmal kommt es mir so vor, als hätten uns alle vergessen«, sagte David Catarel zu Sean, während sie ihre beiden Bronzedrachen bei der Jagd beobachteten. Sean hatte den Blick auf Carenath geheftet und antwortete nicht.

Obwohl alle Drachen über kurze Strecken gut fliegen

konnten und bewiesen hatten, daß sie in der Lage waren, wilde Wherries zu erwischen, wurden ihre menschlichen Partner nervös, wenn sie sich zu weit entfernten. Es war auch nicht immer möglich, einen Schlitten oder Gleiter zu bekommen, um sie zu begleiten. Sean hatte einen Kompromiß gefunden und Red dazu überredet, ihnen das Merzvieh und die verletzten Tiere aus den großen Herden zu überlassen. Alle Drachengefährten hatten gemeinsam in einer der Höhlen einen fädensicheren Unterstand für die Mischherde gebaut und versorgten abwechselnd die Hydroponikkästen, die ihnen das Viehfutter lieferten.

Die jungen Drachen waren kräftig und flogen schon recht sicher, aber die übervorsichtigen Veterinäre hatten entschieden, daß man mit den ersten Reitversuchen nicht vor Ablauf eines vollen Jahres beginnen sollte. Sean hatte bei Sorka seinem Ärger über diese zaghafte Haltung Luft gemacht, aber sie hatte ihm seinen Trotz ausgeredet, indem sie ihn daran erinnerte, wieviel sie zu verlieren hatten, wenn sie die jungen Drachen überforderten. Glücklicherweise war die Entscheidung ohne vorherige Rücksprache mit Windblüte getroffen worden, dadurch konnte Sean die ›Verschleppungstaktik‹, wie er es nannte, leichter akzeptieren. Es ging ihm gegen den Strich, daß die Genetikerin so tat, als gehörten die Drachen ihr allein. Sie arbeitete weiter mit Kitti Pings Programm, allerdings nicht mehr mit dem gleichen Erfolg. Bei den ersten vier Versuchen waren keine lebensfähigen Eier zustandegekommen, die sieben neuen Eisäcke im Brutkasten sahen jedoch vielversprechend aus.

Bei Joel Lilienkamp waren viele Wetten auf den Erfolg der ersten Brut abgeschlossen worden, aber kaum weniger Leute hatten dagegen gesetzt. Insgeheim war Sean entschlossen, allen Zweiflern das Gegenteil zu beweisen, aber er wollte weder eine offizielle Rüge riskieren noch die jungen Drachen in Gefahr bringen.

»Ich habe zu Windblüte einfach nicht soviel Vertrauen wie zu Kitti Ping«, hatte Paul Sean und Sorka in einem Gespräch unter vier Augen erklärt, »aber wir könnten alle aufatmen, wenn wir einen Fortschritt sähen. Eure Drachen fressen und wachsen, und sie fliegen sogar, wenn sie jagen. Aber werden sie auch Feuerstein fressen?« Paul begann die Punkte an seiner linken Hand abzuzählen. »Einen Reiter tragen? Und ihre kostbare Haut bei einem Fädeneinfall schützen? Die Energiezellen sind in kritischem Zustand, Sean, in wirklich sehr kritischem Zustand.«

»Ich weiß, Admiral«, verteidigte sich Sean grimmig. »Und achtzehn voll einsatzfähige Drachen werden beim Fädenkampf auch keine entscheidende Entlastung bringen.«

»Aber sich reproduzierende, sich selbst erhaltende Fädenkämpfer machen auf lange Sicht doch einen gewaltigen Unterschied. Und offen gesagt, die lange Sicht ist es, die mir Sorgen macht.«

Sean behielt seine Ansicht über Windblüte für sich. Zum Teil war sie von Loyalität gegenüber Carenath, Faranth und den anderen aus dem ersten Gelege bestimmt; eine große Rolle spielte auch, daß er nicht so recht an Windblütes Fähigkeiten glaubte, während er ihrer Großmutter rückhaltlos vertraut hatte. Schließlich hatte Kitti Ping ihre Ausbildung an der Quelle erhalten, bei den Eridani.

Während er beobachtete, mit welcher Eleganz Carenath herabstieß und sich einen fetten Hammel aus der kopflos flüchtenden Herde schnappte, gewann sein Vertrauen in diese erstaunlichen Geschöpfe neue Kraft.

»Er fliegt wirklich ganz schön hoch«, bemerkte David neidlos. »Schau, jetzt hat Polenth die Flügel angelegt. Er hat es auf den dort abgesehen!«

»Und ihn auch erwischt«, ergänzte Sean das Kompliment.

Vielleicht waren sie alle nicht mutig genug, wagten

einfach nicht, etwas zu riskieren, um zu sehen, was dabei herauskäme. Carenath war ein kräftiger, geschickter Flieger. Der Bronzedrache hatte fast dieselbe Schulterhöhe wie Cricket, freilich einen ganz anderen Körperbau. Carenath war langgestreckter, hatte einen breiteren Brustkorb und kräftigere Hinterbeine. Ja, die Drachen besaßen bereits mehr Kraft als vergleichbare Pferde, und ihr Knochengerüst war viel stabiler, denn es bestand aus Kohlenstoff- und Korundverbindungen, die ihm Haltbarkeit und Elastizität verliehen. Pol und Bay waren an die Planung der Drachenkörper herangegangen, als sollten sie einen neuen Schlitten entwerfen, und Schlitten, dachte Sean ironisch, sollten die Drachen ja schließlich auch ersetzen. Dem Programm zufolge würden die Drachen im Laufe vieler Generationen allmählich immer größer werden, bis sie das Optimum erreicht hatten. Nach Seans Ansicht war Carenath jedoch genau richtig.

»Wenigstens essen sie manierlich«, sagte Dave und wandte die Augen von den beiden Drachen ab, die Fleischstücke aus ihrer Beute rissen. »Aber es wäre mir doch lieber, wenn sie nicht so deutlich zeigten, wie sehr sie es genießen.«

Sean lachte. »Du bist ein Stadtkind, nicht wahr?«

David nickte und lächelte schwach. »Nicht, daß ich für Polenth nicht alles tun würde. Nur ist es eben ein Unterschied, ob man etwas auf 3 D sieht oder in Wirklichkeit und dabei weiß, daß der beste Freund, den man hat, am liebsten lebende Tiere jagt. Was sagst du, Polenth?« In Daves Augen trat der merkwürdig verschwommene Blick aller Drachenpartner, wenn ihre Gefährten sich meldeten. Dann lachte er wehmütig.

»Na?« fragte Sean.

»Er sagt, alles ist besser als Fisch. Er ist zum Fliegen geboren, nicht zum Schwimmen.«

»Nur gut, daß er zwei Mägen hat«, bemerkte Sean, als er sah, wie Polenth das Schaf samt Hörnern, Hufen

Zwischendurch: ▮▮▮▮▮▮▮▮▮▮▮▮▮▮▮▮▮▮▮▮▮▮
▮▮▮▮▮▮▮▮▮▮▮▮▮▮▮▮▮▮▮▮▮▮▮▮▮▮▮▮▮▮▮▮
▮▮▮▮▮▮▮▮▮▮▮▮▮▮▮▮▮▮▮▮▮▮▮▮▮▮▮▮▮▮▮▮
▮▮▮▮▮▮▮▮▮▮▮▮▮▮▮▮▮▮▮▮▮▮▮▮
▮▮▮▮▮▮▮▮▮▮▮▮▮▮▮▮▮▮▮▮▮▮▮▮▮▮▮▮▮▮▮▮
▮▮▮▮▮▮▮▮▮▮▮▮▮▮▮▮▮▮▮▮▮▮▮▮▮▮▮▮▮▮▮▮
▮▮▮▮▮▮▮▮▮▮▮▮▮▮▮▮▮▮▮▮▮▮▮▮▮▮▮▮▮▮▮▮
▮▮▮▮▮▮▮▮▮▮▮▮▮▮ Drachen haben schon einen
unheimlichen Appetit: ein ganzes Schaf verschluckt Carenath
und hat doch noch immer Hunger. ▮▮▮▮▮▮▮▮▮▮
▮▮▮▮▮▮▮▮▮▮▮▮▮▮▮▮▮▮▮▮▮▮▮▮▮▮▮▮▮▮▮▮
▮▮▮▮▮▮▮▮▮▮▮▮▮▮▮▮▮▮▮▮▮▮▮▮▮▮▮▮▮▮▮▮
▮▮▮▮▮▮▮▮▮▮▮▮▮▮▮▮▮▮▮▮▮▮▮▮▮▮▮▮▮▮▮▮
▮▮▮▮▮▮▮▮▮▮▮▮▮▮▮▮▮▮▮▮▮▮▮
▮▮▮▮▮▮▮▮▮▮▮▮▮▮▮▮▮▮▮▮▮▮▮▮▮▮▮▮▮▮▮▮
▮▮▮▮▮▮▮▮▮▮▮▮▮▮▮▮▮▮▮▮▮▮▮▮▮▮▮▮▮▮▮▮
▮▮▮▮▮▮▮▮▮▮▮▮▮▮▮▮▮▮▮▮▮▮▮▮▮▮
▮▮▮▮▮▮▮▮▮▮▮▮▮▮▮▮▮▮▮▮▮▮▮▮▮▮▮▮▮▮▮▮
▮▮▮▮▮▮▮▮▮▮▮▮▮▮▮▮▮▮▮▮ Dem Leser fällt es leicht,
weitaus bescheidener zu sein. Ihm genügt oft eine kleine
warme Mahlzeit zwischendurch; etwas, das er nicht einmal
im Fluge erjagen muß, das aber doch flugs zubereitet ist.
Etwas wie die... ▮▮▮▮▮▮▮▮▮▮▮▮▮▮▮▮▮▮▮
▮▮▮▮▮▮▮▮▮▮▮▮▮▮▮▮▮▮▮▮▮▮▮▮▮▮
▮▮▮▮▮▮▮▮▮▮▮▮▮▮▮▮▮▮▮▮▮▮▮▮▮▮▮▮▮▮▮▮
▮▮▮▮▮▮▮▮▮▮▮▮▮▮▮▮▮▮▮▮▮▮▮▮▮▮▮▮▮▮▮▮
▮▮▮▮▮▮▮▮▮▮▮▮▮▮▮▮▮▮▮▮▮▮▮▮▮▮▮▮▮▮▮▮
▮▮▮▮▮▮▮▮▮▮▮▮▮▮▮▮▮▮▮▮▮▮▮▮▮▮
▮▮▮▮▮▮▮▮▮▮▮▮▮▮▮▮▮▮▮▮▮▮▮▮▮▮▮▮▮▮▮▮
▮▮▮▮▮▮▮▮▮▮▮▮▮▮▮▮▮▮▮▮▮▮▮▮▮▮▮▮▮▮▮▮

Zwischendurch:

Die kleine, warme Mahlzeit in der Eßterrine. Nur Deckel auf, Heißwasser drauf, umrühren, kurz ziehen lassen und genießen.

Die 5 Minuten Terrine gibt's in vielen leckeren Sorten – guten Appetit!

und Fell hinunterschlang. »So, wie er die Wolle in sich reinmampft, könnte er sonst einen verfrühten Feuerstoß auslösen, wenn er einmal Feuerstein kaut.«

»Das wird er doch tun, Sean, nicht wahr?« Dave flehte so inständig um Bestätigung, daß Sean sich Sorgen machte. Die Drachenpartner durften keinen Augenblick an ihren Tieren zweifeln, in keiner Hinsicht.

»Aber natürlich«, sagte Sean und stand auf. »Das reicht, Carenath. Mit zweien ist dein Bauch voll. Du darfst nicht so gierig sein. Es sind noch mehr da, die Hunger haben.«

Der Bronzedrache war eben im Begriff gewesen, sich wieder in die Lüfte zu erheben und zu einer Anhöhe im nächsten Tal zu fliegen, wo die verschreckte Herde hingeflüchtet war.

Ich hätte wirklich gern noch eines. Sie schmecken so lecker. Viel besser als Fisch. Jagen macht Spaß. Es klang ein wenig eigensinnig.

»Als nächstes jagt die Königin, Carenath.«

Mit einer mürrischen Kopfbewegung schlenderte Carenath zu Sean zurück, die Flügel spreizend, um das Gleichgewicht zu halten. Der Gang der Drachen sah komisch aus, weil ihre Vorderbeine kürzer waren als die Hinterbeine und sie sich zusammenkauern mußten. Einige bewegten sich mit einer Art Hopser und ließen sich nur alle paar Schritte auf die Vorderbeine nieder oder verschafften sich mit den Flügeln Auftrieb. Sean störte es, wenn Drachen so plump und unbeholfen erschienen.

»Bis später«, sagte er zu David und machte sich mit Carenath auf den Weg zurück zu ihrer Wohnhöhle.

Die Drachen waren schnell zu groß geworden für ihre Quartiere in den Hinterhöfen, und in vielen Fällen hatten auch die Nachbarn, von denen manche in Nachtschicht arbeiteten und bei Tag schliefen, die Geduld verloren, denn für eine Gattung, die nicht laut sprechen konnte, machten die Drachen eine Menge Lärm. Also hatten sie zusammen mit ihren Partnern die Catherine-Höhlen erkundet, um eine etwas abgelegenere Unterbringungsmöglichkeit zu finden. Sorka hatte sich zuerst nicht mit der Vorstellung anfreunden können, mit ihrem kleinen Sohn Michael unter der Erde zu leben, aber die Höhle, die Sean ausgesucht hatte, war geräumig und bestand aus mehreren großen Kammern — sie hatten hier viel mehr Bewegungsfreiheit als in ihrem alten Haus am Irenplatz. Faranth und Carenath waren begeistert. Oberhalb des Höhleneingangs gab es sogar ein Erdsims, wo sie sonnenbaden konnten, eine Beschäftigung, die sie sogar noch mehr genossen als das Schwimmen.

»Wir passen alle viel besser hierher.« Mit diesem Ausruf hatte Sorka sich geschlagen gegeben, und dann war sie darangegangen, die neue Wohnung mit Lampen, ihren handgewebten Teppichen und Stoffen und mit den Bildern, die sie Joel abgeluchst hatte, gemütlich zu machen.

Im Lauf der Zeit hatte sich jedoch herausgestellt, daß die neue Wohnung nicht nur eine räumliche Trennung bedeutete, dachte Sean, während er mit Carenath dahinstapfte. Dave Catarel hatte mit seiner wehmütigen Bemerkung, man habe sie vergessen, den Finger auf die Wunde gelegt.

Der Weg ist ziemlich weit. Ich würde lieber vorausfliegen, sagte Carenath, der mit mühsamen Hopsern neben Sean herwatschelte. Wieder einmal konnte sich Sean des Gedankens nicht erwehren, daß sein tapferer, schöner Carenath wie eine mißglückte Kreuzung zwischen einem Kaninchen und einem Känguruh aussah.

»Du bist zum Fliegen bestimmt. Ich freue mich schon, wenn wir beide fliegen können.«

Warum fliegst du dann nicht mit mir? Es wäre viel einfacher, als auf diesem furchtsamen Wesen zu reiten. In Carenaths Augen war Cricket kein sehr geeignetes Reittier für seinen Gefährten.

Furchtsames Wesen, dachte Sean und mußte lachen. Armer Cricket. Dabei wäre es so einfach, sich auf Carenaths Rücken zu schwingen und abzuheben! Bei dem Gedanken stockte ihm der Atem. Auf Carenath zu fliegen, anstatt auf dem staubigen Pfad dahinzuschlurfen! Das Jugendjahr der Drachen war fast vorüber. Sean sah sich nachdenklich um. Wenn Carenath sich von der höchsten Stelle fallen lassen konnte, hätte er genügend Platz für jenen ersten unerläßlichen Flügelschwung ...

Sean hatte sich ebensoviel Zeit genommen, das Verhalten der Feuerechsen und der Drachen in der Luft zu beobachten, wie früher, als er geduldig der Pferden zugesehen hatte. Ja, ein Sprung von einer Anhöhe, das müßte gehen.

»Los, Carenath. Zum Glück habe ich nicht zugelassen, daß du dich zu sehr vollstopfst. Komm, ganz nach oben.«

Ganz nach oben? Auf den Grat? Sean spürte, wie sich Verständnis im Geist des Drachen ausbreitete, und dann kletterte Carenath so hastig den Hang hinauf, daß Sean in eine Staubwolke gehüllt wurde und zu husten begann. *Schnell! Der Wind ist genau richtig.*

Sean rieb sich den Staub aus den Augen und lachte laut; er war in Hochstimmung, doch gleichzeitig raste sein Puls vor Angst. So etwas muß man *jetzt* tun, zur rechten Zeit, am rechten Ort, dachte er. Und dies war für ihn der rechte Moment, um zum erstenmal auf Carenath zu reiten!

Er hatte keinen Sattel, in den er sich hätte hineinschwingen können, keine Steigbügel, um die hohe Schulter zu erklettern. Carenath duckte sich entgegenkommend, Sean setzte leicht den Fuß auf den dargebotenen Unterarm, packte fest die beiden Nackenwülste, schwang ein Bein hinüber und schob seinen Körper in die Kuhle.

»Himmel, du bist wie für mich gemacht«, lachte er triumphierend und gab Carenath einen liebevollen Klaps auf den Hals. Dann faßte er den Wulst vor sich.

Carenath stand ganz am Rand des Grates, und Sean konnte beängstigend genau den Grund der mit Felsen übersäten Schlucht erkennen. Er schluckte hastig. Auf Carenath zu fliegen war keineswegs dasselbe wie auf Cricket zu reiten. Er holte tief Atem. Aber dies war auch nicht der Zeitpunkt, um sich die Sache noch einmal zu überlegen. Er legte wie unter einem Zwang die Beine mit den vom jahrelangen Reiten gestählten Muskeln an und schob sich so tief in den natürlichen Sattel, wie er nur konnte.

»Wir fliegen, Carenath. Wir wagen es!«

Wir werden fliegen, bestätigte Carenath mit unerschütterlicher Ruhe und neigte sich nach vorne.

Obwohl Sean Connell jahrelang auf buckelnden, rutschenden und sich aufbäumenden Pferden gesessen hatte, war das, was er in diesem scheinbar endlos langen Augenblick empfand, völlig anders und vollkommen neu. Kurz schoß ihm die Erinnerung an die Stimme eines Mädchens durch den Kopf, die ihn drängte, an Raumfahrer Yves zu denken. Wieder fiel er durch den Weltraum. Einen sehr kleinen Weltraum. Hatte er den Verstand verloren, daß er so etwas versuchte?

Faranth möchte wissen, was wir tun, sagte Carenath gelassen.

Ehe Sean in seiner Verwirrung die Frage auch nur registrierte, hatten Carenaths Schwingen ihre Abwärtsbewegung beendet, und sie stiegen auf. Sean spürte, wie die Schwerkraft plötzlich wiederkehrte, er spürte Carenaths Hals unter sich, spürte sein eigenes Gewicht, und sein Selbstvertrauen, das ihm während dieses endlos scheinenden Sturzes völlig abhanden gekommen war, kehrte zurück. Carenath strebte mit machtvollen Schwingenschlägen weiter nach oben, und Sean wurde tiefer zwischen die Nackenwülste hineingedrückt. Jetzt waren sie auf gleicher Höhe mit dem nächsten Grat, der Grund der Schlucht war nicht mehr so bedrohlich nahe.

»Natürlich kannst du Faranth sagen, daß wir fliegen«,

antwortete Sean. Er würde es Sorka niemals eingestehen — konnte es kaum vor sich selbst zugeben —, aber einen Augenblick lang hatte ihn tiefstes Entsetzen beherrscht.

Ich werde dich nicht fallen lassen, schalt ihn Carenath.

»Das habe ich auch nie geglaubt.« Sean zwang sich, seine angespannten Muskeln zu lockern, seine Beine lang nach unten hängen zu lassen und sie um Carenaths glatten Hals zu schließen, packte aber den Nackenwulst fester. »Ich habe nur befürchtet, daß ich mich keine Minute auf deinem Rücken würde halten können.«

Carenaths Flügel bewegten sich kurz hinter Seans Blickfeld auf und ab, und er spürte ihren kräftigen, regelmäßigen Schlag, auch wenn er sie nicht sehen konnte. Er spürte den Wind auf seinem Gesicht und seiner Brust. Um ihn herum war nichts als Luft, nichts als leere Weite, es war einfach großartig.

Ja, nachdem er einmal auf den Geschmack gekommen war, war dieser Flug auf seinem Drachen das Schönste, was er jemals erlebt hatte.

Mir gefällt es auch. Ich fliege gern mit dir. Du paßt auf meinen Rücken. Es geht gut. Wo wollen wir hin? Der Himmel gehört uns.

»Hör zu, Carenath, wir sollten es nicht gleich übertreiben. Du hast eben erst gefressen, und wir müssen uns das alles erst einmal gründlich überlegen. Es genügt nicht, sich einfach von einem Grat fallen zu lassen. Ooooooooooooh-« schrie er unwillkürlich auf, als sich Carenath in eine Kurve legte und er das weite, staubige, von Fäden zerfressene Gelände tief, tief unter sich sah. »Richte dich auf!«

Ich lasse dich schon nicht fallen! Es klang fast entrüstet, und Sean löste eine Hand, um dem Drachen einen beruhigenden Klaps zu geben. Aber gleich packte er wieder zu. Himmel, ein Reiter kann nicht gegen Fäden fliegen, wenn er sich ständig mit aller Kraft festhalten muß!

»Du würdest mich nicht fallen lassen, mein Freund, aber mir selbst traue ich nicht so ganz!«

Bemüht, die aufsteigene Panik zu unterdrücken, wagte Sean einen Blick nach unten. Sie hatten fast die Höhlenreihe erreicht, die jetzt ihr Zuhause war. Sean entdeckte Faranth auf dem Erdsims, sie mußte sich wohl gesonnt haben. Jetzt hockte sie, die Flügel halb gespreizt, auf der Hinterhand. Mit wenigen kräftigen Schwingenschlägen hatte Carenath eine Strecke zurückgelegt, die sie normalerweise einen mühseligen halbstündigen Marsch hügelauf-hügelab gekostet hätte.

Faranth sagt, Sorka will, daß wir sofort runterkommen. Sofort! Carenaths Tonfall klang trotzig, ein Betteln lag darin, Sean möge der goldenen Drachenkönigin widersprechen und nicht zulassen, daß dieses neue Erlebnis abgekürzt wurde. *Wir fliegen zusammen, und genau das sollten Drachen und ihre Reiter tun.*

»Es ist phantastisch, Carenath, aber jetzt sind wir zu Hause, würdest du, sagen wir, neben Faranth landen? Dann kannst du ihr genau erzählen, wie wir es gemacht haben!«

Sean kümmerte es nicht, ob Sorka wegen seines spontanen, völlig ungeplanten Fluges hysterisch wurde. Er hatte es getan, es war gelungen, Ende gut, alles gut. Endlich gab es Reiter für die Drachen von Pern! Das würde die Einsätze bei Joels Wetten ins Gegenteil verkehren!

Die anderen siebzehn Reiter — auch Sorka, sobald Faranth sie in bezug auf Carenaths Fähigkeiten beruhigt hatte — waren begeistert über diesen gewaltigen Fortschritt. Dave wollte freilich wissen, warum Sean sich so überstürzt dazu entschlossen hatte.

»Hättest du nicht auf mich warten können? Polenth und ich waren dicht hinter dir. Du hast mir einen Augenblick lang einen fürchterlichen Schrecken eingejagt.«

Sean umfaßte in wortloser Entschuldigung Daves

Arm. »Du hast gesagt, man hätte uns vergessen, Dave, und das war es. Daraufhin mußte ich es einfach probieren, aber ich wollte keinen anderen in Gefahr bringen, falls es ein Fehler war.« Sean sah Sorkas finsteres Gesicht und zuckte in gespieltem Schrecken zusammen. »Mir wäre nichts passiert, mein Liebes. Das weißt du! Aber...« Er sah die anderen, die um ihn herum auf den Teppichen saßen, warnend an. »Wir müssen die Sache logisch und vernünftig angehen, Leute. Auf einem Drachen zu fliegen ist etwas anderes, als ein Pferd zu reiten.«

Sein Blick fiel auf Nora Sejby. Er hätte es nie für möglich gehalten, daß ausgerechnet sie einen Drachen an sich binden würde, aber Tenneth hatte sie gewählt, und nun mußte man eben das Beste daraus machen. Nora neigte zu Unfällen, und Tenneth hatte ihre Gefährtin schon aus dem See gezogen und mehrfach verhindert, daß sie in die Spalten und Löcher stürzte, von denen die Hügel rund um die Catherine-Höhlen durchsetzt waren. Andererseits war Nora vor Monaco Bay gesegelt, seit sie kräftig genug war, um eine Ruderpinne zu halten, und konnte sowohl mit Schlitten als auch mit Gleitern umgehen.

»Zum einen ist ringsherum nichts als leere Luft. Wenn man stürzt, dann auf eine harte Oberfläche, und es geht sicher nicht ohne Verletzungen ab.« Sean begleitete seine Worte mit den passenden Gesten, zum Schluß schlug er mit der Faust in seine Handfläche, und das Geräusch ließ Nora aufschrecken.

»Na und?« fragte Peter Semling. »Dann verwenden wir eben einen Sattel.«

»Ein Drachenrücken ist voll mit Flügeln«, gab Sorka trocken zu bedenken.

»Man reitet vor den Flügeln, und das Gesäß befindet sich zwischen den beiden letzten Wülsten«, fuhr Sean fort, griff dabei nach einem Stück Folie und einem Stift, skizzierte den Rücken und die Schultern eines Drachen und zeichnete zwei Riemen ein. »Der Reiter trägt einen festen Gurt, so breit wie ein Werkzeugürtel. Man schnallt sich auf beiden Seiten fest, und die Riemen reichen auch noch über die Oberschenkel, das gibt zusätzliche Sicherheit. Außerdem brauchen wir besondere Reitkleidung und Schutzbrillen — der Wind hat mir die Tränen in die Augen getrieben, und dabei war ich gar nicht so lange oben.«

»Was war es eigentlich für ein Gefühl, Sean?« fragte Catherine Radelin mit erwartungsvoll leuchtenden Augen.

Sean lächelte. »Etwas so Unglaubliches habe ich noch nie erlebt. Kein Vergleich mit dem Fliegen in einer Maschine. Ich meine ...« Er hob die Fäuste, spannte die Arme an und stieß mit den Händen nach oben, um auszudrücken, wie unbeschreiblich dieses Erlebnis war. »Es ist ... es findet nur zwischen dir selbst und deinem Drachen statt und ...« Er breitete schwungvoll die Arme aus. »Und der ganzen, verdammten weiten Welt.«

Bei der hastig einberufenen Sitzung, wo er sich wegen des eingegangenen Risikos verantworten sollte, stellte er alles viel weniger dramatisch dar. Er hätte viel lieber unter vier Augen Bericht erstattet, vielleicht an Admiral Benden, Pol oder Red, aber er sah sich dem ganzen Rat gegenüber.

»Sehen Sie, Sir, das Risiko war einfach gerechtfertigt«, sagte er und blickte schnell vom Admiral zu Red Hanrahan. Sein Schwiegervater war gleichzeitig wütend und gekränkt gewesen, er empfand seine Handlungsweise als Verrat. Damit hatte Sean nicht gerechnet. »Wir hatten den Grat fast erreicht, als ich plötzlich ganz sicher war, beweisen zu müssen, daß die Drachen uns tragen können. Sir, alle Planung der Welt bringt einen manchmal nicht zur rechten Zeit an den rechten Ort.«

Admiral Benden nickte weise, aber der erschrockene Ausdruck auf Jim Tilleks offenem Gesicht und Ongolas plötzliches Aufhorchen verrieten Sean, daß er etwas Falsches gesagt hatte.

»Ich konnte meinen eigenen Hals riskieren, Sir, aber nicht den eines anderen«, fuhr er fort, »wir müssen uns also Zeit lassen, um einige der anderen Reiter auf das Fliegen vorzubereiten. Ich bin viel geritten und habe Erfahrung mit Schlitten, aber auf einem Drachen ist alles ganz anders, und ich werde nicht mehr aufsteigen, bis Carenath irgendein Reitgeschirr an seinem — und meinem — Körper trägt.«

Joel Lilienkamp beugte sich über den Tisch. »Und was wäre dazu erforderlich, Connell?«

Sean grinste erleichtert. »Keine Sorge, Lili, was ich brauche, gibt es auf Pern im Überfluß — Leder. Ich habe für die vielen gegerbten Wherhäute, die Sie im Magazin liegen haben, eine Verwendung gefunden. Sie sind haltbar genug und werden weniger auf dem Drachenhals scheuern als die synthetischen Gewebe, die man für die Schlittengurte verwendet. Ich habe ein paar Skizzen gemacht.« Er entfaltete die Diagramme, die er bei seinen Gesprächen mit den anderen Drachenpartnern noch sehr verbessert hatte. »Hier sieht man, wie die Riemen und Gurte angeordnet sein müssen, die wir brauchen, außerdem benötigen wir Fliegeranzüge, und ein paar von den Arbeitsbrillen, die die Plastikabteilung herstellt, wären auch nicht schlecht.«

»Fliegeranzüge und Plastikbrillen«, wiederholte Joel und griff nach den Zeichnungen. Je länger er sie betrachtete, desto weniger ablehnend wurde seine Haltung.

»Sobald ich das Reitgeschirr für Carenath zusammengebastelt habe, Admiral, Gouverneurin, meine Herren«, wandte sich Sean höflich an alle Versammelten und lächelte obendrein die finster blickende Cherry Duff zaghaft an, »können Sie zusehen, wie gut mein Drache mich trägt.«

»Man hat Ihnen doch mitgeteilt«, sagte Paul Benden, und Sean sah, wie er die Knöchel seiner linken Hand rieb, »daß auf dem Sand der Brutstätte neue Eier heranreifen?«

Sean nickte. »Wie ich Ihnen schon sagte, Admiral, achtzehn genügen nicht, sie können nicht genug ausrichten. Es wird Generationen dauern, bis sie in ausreichender Zahl vorhanden sind.«

»Generationen?« rief Cherry Duff mit ihrer krächzenden Stimme und sah das Veterinärsteam vorwurfsvoll an. »Warum hat man uns nicht gesagt, daß es Generationen dauern wird?«

»Drachengenerationen«, antwortete Pol, ein wenig über das Mißverständnis lächelnd. »Keine Menschengenerationen.«

»Und wie lange ist eine Drachengeneration?« wollte sie immer noch empört wissen und funkelte Sean entrüstet an.

»Die Weibchen sollten mit drei Jahren ihr erstes eigenes Gelege produzieren. Sean hat bewiesen, daß ein männlicher Drache mit knapp einem Jahr fliegen kann.«

Cherry schlug mit beiden Händen kräftig auf den Tisch. »Ich will Fakten, Pol, verdammt noch mal.«

»Dann eben vier bis fünf Jahre.«

Cherry schürzte verärgert die Lippen, eine Angewohnheit, die sie noch mehr wie eine verschrumpelte Trockenpflaume aussehen ließ, dachte Sean.

»Hm, dann werde ich wahrscheinlich keine Drachengeschwader mehr am Himmel sehen können, wie? Vier bis fünf Jahre. Und wann werden sie anfangen, Fäden zu verbrennen? Das war doch ihr eigentlicher Zweck, oder nicht? Wann werden sie anfangen, sich nützlich zu machen?«

Sean hatte genug. »Früher, als Sie denken, Cherry Duff. Joel, Sie können schon Wetten annehmen.« Damit verließ er den Raum. Es war ihm zutiefst zuwider, mit einem Gleiter zu Sorka und den anderen zurückzukehren, die schon warteten, um zu hören, was passiert war.

Als Joel Lilienkamp ihnen zehn Tage später persönlich die angeforderten Gurte, Riemen, Fliegeranzüge und Schutzbrillen brachte, konnte die Flugausbildung der Drachen von Pern allen Ernstes beginnen.

Landing hatte sich während der vergangenen eineinhalb Jahre an das unterirdische Rumpeln und Poltern gewöhnt. Am Morgen des zweiten Tages im vierten Monat des neunten Frühlings auf Pern bemerkten Frühaufsteher noch ganz verschlafen die Rauchwolke, erkannten aber ihre Bedeutung nicht.

Auch Sean und Sorka fiel sie auf, als sie mit Carenath und Faranth aus ihrer Höhle traten.

Warum raucht der Berg? wollte Faranth wissen.

»*Was* tut der Berg?« fragte Sorka und wurde gerade so weit munter, daß die Worte ihrer Drachenkönigin in ihr Bewußtsein drangen. »Himmel, Sean, schau!«

Sean genügte ein scharfer Blick. »Das ist nicht der Garben. Es ist der Picchu-Gipfel. Patrice de Broglie hat sich geirrt! Oder nicht?«

»Was in aller Welt willst du eigentlich sagen, Sean?« Sorka starrte ihn verständnislos an.

»Ich meine, es wurde doch dauernd über Grundgestein geredet und daß man Landing an eine günstigere Stelle verlegen wolle, mit besonderen Unterbringungsmöglichkeiten für die Drachen und für uns ...« Sean ließ die Rauchfahne nicht aus den Augen. Sie ringelte sich träge von der Bergspitze empor, die neben dem mächtigen Garben zwergenhaft, aber deshalb nicht weniger bedrohlich wirkte. Er zuckte die Achseln. »Nicht einmal Paul Benden kann auf Kommando einen Vulkan ausbrechen lassen. Komm, wir können bei deiner Mutter frühstücken. Wir stecken Mick in seinen Fliegeranzug, und dann geht's los. Vielleicht hat dein Dad irgend etwas Offizielles gehört.« Er machte ein finsteres Gesicht. »Wir sind immer die letzten, die etwas erfahren. Ich muß Joel wenigstens ein Komgerät für die Höhlen abschwatzen.«

Sorka packte ihren zappelnden Sohn in den pelzgefütterten Tragesack, dann schlüpfte sie in ihre Jacke und setzte sich Helm und Schutzbrille auf. Sean trug Mick zu Faranth hinaus. Mit der Geschicklichkeit langer Übung sprang Sorka die zwei Stufen bis zu dem höflich ausgestreckten Vorderbein ihres Drachen hinauf und schwang sich auf Faranths Rücken. Sean reichte ihr das protestierende Bündel, sie hängte es sich auf den Rükken, und dann wandte er sich dem aufbruchbereiten Carenath zu und saß ebenfalls auf.

Die Drachen stießen sich von dem Sims vor der Höhle ab, das hoch genug lag für den ersten vollen Schwingenschlag. Im Lauf der letzten paar Wochen hatten sich die Rückenmuskeln der Drachen gekräftigt, und sie hielten jetzt Flüge von mehreren Stunden Dauer durch. Die Reiter, sogar Nora Sejby — Sean hatte ein besonderes Geschirr entworfen, das ihr das Gefühl gab, auf Tenneths Rücken sicher festgebunden zu sein — wurden immer geschickter. Lange Gespräche mit Drake Bonneau und einigen der anderen Piloten, die einerseits Kampferfahrung aus den alten Nathi-Kriegen besaßen und auch oft genug gegen die Fäden geflogen waren, hatten den Drachenreitern ein besseres Verständnis für die erforderlichen Fähigkeiten vermittelt. Und mit der Übung wuchs ihr Mut.

Vor drei Wochen waren die Ergebnisse von Windblütes letztem Versuch ausgeschlüpft. Die vier überlebenden Wesen hatten sich nicht an die Kandidaten angeschlossen, die auf sie warteten, obwohl sie das Futter verzehrten, das diese ihnen reichten. Es stellte sich heraus, daß die armen Tiere an Photophobie litten, aber Windblüte hatte, sehr zur Empörung von Pol und Bay und gegen deren Rat, auf speziellen, verdunkelten Räumen für die Wesen bestanden, um diese Abart weiterhin studieren zu können.

Sogar die Feuerechsen waren nützlicher, dachte Sean, als die beiden Schwärme plötzlich ringsum in der Luft auftauchten und mit ihren hohen, lieblichen Stimmen den Morgen begrüßten. Wenn die Drachen nur auch *dazu* fähig wären, dachte Sean neidisch. Aber wie bringt man einem Drachen etwas bei, was man selbst nicht versteht? Die Drachen wurden jeden Tag klüger und lernten schnell, aber es war unmöglich, ihnen die Telekinese zu erklären oder sie aufzufordern, nach Art der Feuerechsen zu teleportieren. Kitti Ping hatte behauptet, das sei instinktives Verhalten, aber Sean fand nirgendwo in dem Genetikprogramm, das er sich genau eingeprägt hatte, einen weisen Rat, wie man einen Drachen dazu brachte, seine angeborenen Instinkte einzusetzen.

Und an solche Dinge ging man auch nicht spontan heran. Zuerst sollten die Drachen versuchen, Feuerstein zu fressen und Flammen zu erzeugen. Die Reiter wußten, wo die Feuerechsen das phosphinhaltige Gestein herbekamen; Sean hatte sogar beobachtet, wie die Braunen und Sorkas Duke sich die Stücke auswählten, die sie kauen wollten, und wie sorgfältig sie sich beim Kauen konzentrierten. Die Feuerechsen hatten gelernt, je nach Bedarf Flammen zu produzieren, daher hatte Sean keine Bedenken, daß man auch die Drachen darin unterweisen konnte. Aber sich *zwischen* einen Ort und einem anderen zu bewegen ... das war ihm unheimlich.

Ein Feuer ganz anderer Art erfaßte die Ratsmitglieder von Landing drei Tage später.

»Paul und Emily, die Leute wollen von Ihnen wissen«, sagte Cherry Duff und richtete ihren durchdringenden Blick erst auf den Admiral und dann auf die Gouverneurin, »wie lange vorher Sie von dem Ausbruch des Picchu erfahren haben.«

»Überhaupt nicht«, sagte Paul entschieden, und Emily nickte. »Patrice de Broglies Berichte wurden nicht verändert. Entlang des ganzen Rings gab es in letzter Zeit vulkanische Aktivität, außerdem ist dieser neue

Vulkan aus dem Meer aufgetaucht. Sie haben dieselben Stöße gespürt wie ich. Landing und sämtliche Grundbesitzer wurden über alle technischen Einzelheiten informiert. Für uns ist das eine ebenso unangenehme Überraschung wie für Sie!« Dann veränderte sich Pauls strenge Miene. »Bei allem, was heilig ist, Cherry, die viele schwarze Asche hat mich gestern genauso erschreckt wie alle anderen.«

»Und?« fragte Cherry, ohne einzulenken.

»Der Picchu ist offiziell als tätiger Vulkan registriert!« Paul breitete die Arme aus und blickte an Cherry vorbei zu Cabot Francis Carter und Rudi Shwartz. »Offiziell ist es auch wahrscheinlich, daß er weiterhin Rauch und Asche spuckt. Patrice und seine Leute sind momentan oben am Krater. Er wird heute abend am Freudenfeuerplatz öffentlich und vollständig berichten.«

Cherry sah ihn mit ihren schwarzen Augen scharf und bohrend an. Dann schnaubte sie. »Ich glaube ihm, aber das heißt nicht, daß es mir gefällt — auch die offizielle Prognose nicht. Landing bewegt sich, nicht wahr?«

Emily Boll nickte ernst.

»Und Ihre nächste Erklärung« fuhr Cherry mit ihrer harten Stimme fort, »lautet, daß Sie einen anderen Platz für uns gefunden haben!«

Paul brach in schallendes Gelächter aus, Emily bezwang sich gerade noch, als sie sah, daß Rudi Shwartz an dieser übermütigen Reaktion Anstoß nahm.

»Sie hatten kein Recht«, sagte Paul, sich mit Mühe beherrschend, »Emily ihren Text zu stehlen, Cherry Duff! Verdammt, wir hatten gerade an der offiziellen Verlautbarung gearbeitet, als Sie reingeplatzt sind. Und Sie wissen verdammt gut, wie wir uns beeilt haben, um die Festung im Norden fertigzustellen. Landing war so nicht länger tragbar, selbst wenn uns der Picchu nicht mit Asche überschüttet hätte. Das heißt natürlich nicht«, versicherte er schnell und hob die Hand, um Cabots Explosion zuvorzukommen, »daß man von den Grundbesitzern verlangt, ihr Land zu verlassen. Aber die Regierung des Planeten muß an dem geschütztesten Ort untergebracht werden, den wir finden können. Landing hat sich ganz offensichtlich überlebt. Es war nie als Dauereinrichtung geplant.«

Emily lenkte nun die Aufmerksamkeit auf sich und verteilte an die ganze Delegation Kopien des von ihr und Paul verfaßten Aufrufs. »Der Transfer wird ähnlich organisiert wie die Reise hierher. Wir verfügen über die erforderlichen Techniker und Geräte, um eine Umsiedlung nach Norden so einfach wie möglich zu gestalten. Wir verfügen über genügend Treibstoff, um zwei von den Fähren zum Transport der Geräte einzusetzen, die für Jims Schiffe zu sperrig sind. Für die Fähren wird es der letzte Flug; sie werden hinterher zerlegt und die Teile anderweitig verwendet. Wenn noch Zeit bleibt, können wir auch eine Mannschaft zurückschicken, um die drei anderen auszuschlachten. Joel Lilienkamp hat Prioritätenlisten für die großen Schlitten ausgearbeitet, um möglichst wenige von den Kampfgeschwadern abzuziehen.«

»Da wir gerade von Kampfgeschwadern sprechen, hat dieser junge Emporkömmling ihnen irgendwelche neuen Tricks beigebracht?« verlangte Cherry gebieterisch zu wissen und spähte an ihrer langen Nase entlang zu Paul hinüber. »Und da wir gerade von Eruption sprechen, wie geht es mit den Tieren von Kitti Ping voran? Ich sehe sie die ganze Zeit herumflitzen. In der Formation sehen sie ja blendend aus, aber taugen sie auch zum Kämpfen?«

»Bisher«, begann Paul vorsichtig, »haben sie sich besser entwickelt, als man erwarten konnte. Die jungen Connells haben sich als großartige Anführer erwiesen.«

»Sie waren die besten Führer bei den Bodentrupps, die ich je hatte«, sagte Cabot Carter verstimmt.

»Als Luftkämpfer werden sie phantastisch sein«, fuhr Paul fort und wies damit die unausgesprochene Kritik des Juristen zurück. »Und sie pflanzen sich, im Gegensatz zu Schlitten und Gleitern, selbst fort.«

»Sind Sie da ganz sicher?« krächzte Cherry. »So erfolgreich sind Windblütes Experimente nun wieder nicht.«

»Aber die ihrer Großmutter«, gab Paul mit einer Zuversicht zurück, von der er hoffte, daß sie Cherry beruhigen würde. »Laut Pol und Bay produzieren die Männchen ein Spermaäquivalent. Man hat mit der Genanalyse begonnen, aber sie wird Monate in Anspruch nehmen. Vielleicht haben wir bis dahin schon direkte Beweise für die Fruchtbarkeit der Drachen, weil die goldenen Weibchen länger brauchen, um zur Geschlechtsreife zu gelangen.« Paul bemühte sich, seine Worte nicht wie eine Verteidigung klingen zu lassen, aber er wollte der schlechten Meinung entgegenwirken, die die Leute von Windblütes Kreaturen hatten. Besonders, weil die jungen Drachenreiter sich mit so großem Eifer auf den Kampf gegen die Fäden vorbereiteten. Es war zwar nicht allgemein bekannt, aber Sean und seine Gruppe hatten bereits Botendienste geleistet und mit Erfolg kleinere Lasten befördert.

Auf Pauls Schreibtisch lag ein Bericht von Telgar und seiner Gruppe. Sie hatten den alten Krater oberhalb der Fort-Festung mit seinen zahllosen Höhlenblasen und gewundenen Gängen erkundet und erklärt, er sei als Unterkunft für die Drachen und ihre Reiter geeignet. Telgar hatte ein Team dazu abgestellt, die Höhlen bewohnbar zu machen, solange die schweren Geräte noch Energie hatten. Im Moment wurde ein Bach aufgestaut, um einen Badeteich in Drachengröße anzulegen; man leitete mit Rohren Wasser für den Küchenbedarf in die größten, zu ebener Erde gelegenen Kavernen und bohrte ein Kaminloch für einen großen Herdkomplex. Offensichtlich würden sich menschliche Behausungen auf Pern in Zukunft an diesem Vorbild orientieren, und die Menschen, die an ausgedehnte Besiedlungen auf der Oberfläche gewöhnt waren, würden einige Zeit brauchen, um sich darauf einzustellen. Aber es war die beste Möglichkeit, um zu überleben.

»Pol?«

Der Biologe wußte die zaghafte Stimme nicht gleich einzuordnen. »Mary?« Seine Antwort klang ebenso zögernd, aber er zupfte Bay, die gerade stirnrunzelnd auf einen Monitor starrte, am Ärmel, um ihre Aufmerksamkeit auf sich zu lenken. »Mary Tubberman?«

»Ich bitte dich, höre eine alte Freundin an!«

»Mary«, sagte Pol freundlich, »*dich* hat man doch nicht geächtet.« Er teilte sich den Hörer mit Bay, die energisch nickte.

»Das macht keinen Unterschied.« Es klang verbittert, dann begann die Stimme zu zittern, und schließlich hörten Bay und Pol die Frau weinen. »Hör zu, Pol, mit Ted ist etwas passiert. Die Tiere, mit denen er experimentiert hat, sind *frei*. Ich habe die Fädenjalousien heruntergelassen, aber sie streichen noch immer draußen herum und geben entsetzliche Laute von sich.«

»Tiere? Was für Tiere?« Pol starrte Bay an. Über ihnen erwachten ihre Zwergdrachen und zirpten, weil sie ihre Unruhe spürten.

»Diese Bestien, die er gezüchtet hat.« Es hörte sich an, als glaube Mary, Pol müsse wissen, wovon sie spreche, und stelle sich absichtlich dumm. »Er — er hat tiefgefrorene Zellkulturen aus dem Veterinärlabor gestohlen und Kittis Programm verwendet, um sie gefügig zu machen, aber es sind immer noch ... Bestien. Sein Meisterstück tut nichts, um *sie* aufzuhalten.« Wieder klang ihre Stimme vor Verbitterung schrill.

»Wie kommst du darauf, daß Ted etwas zugestoßen ist?« fragte Pol. Bay hatte ihm dies mit Lippenbewegungen und ungeduldigen Gesten souffliert.

»Er würde diese Tiere niemals *freilassen*, Pol! Sie könnten Petey etwas antun!«

»Mary, jetzt beruhige dich erst einmal. Bleib im Haus. Wir kommen.«

»Ned ist nicht in Landing!« Das klang vorwurfsvoll. »Ich habe versucht, ihn anzurufen. Er würde mir glauben!«

»Mit glauben hat das nichts zu tun, Mary.« Bay hatte die Sprechmuschel zu sich herangezogen. »Und *dir* kann jeder zu Hilfe kommen.«

»Sue und Chuck melden sich auch nicht.«

»Sue und Chuck sind nach Norden gezogen, Mary, als vom Picchu der erste schlimme Steinregen kam.« Bay bemühte sich um Geduld. Die Frau hatte allen Grund, sich verfolgt zu fühlen, nachdem sie so lange mit einem psychisch gestörten Mann, ständig von Erdbeben und Vulkangepolter erschreckt, in völliger Abgeschiedenheit gelebt hatte.

»Pol und ich kommen zu dir, Mary«, sagte Bay entschlossen. »Und wir bringen Hilfe mit.« Sie legte den Hörer auf.

»Wen?« fragte Pol.

»Sean und Sorka. Drachen wirken einschüchternd auf andere Tiere. Und auf diese Weise brauchen wir nicht den offiziellen Weg zu gehen.«

Pol sah seine Frau überrascht an. Bisher hatte sie niemals, weder offen noch versteckt, Kritik an Emily oder Paul geübt.

»Ich war immer der Meinung, daß man dem Bericht von Drake und Ned Tubberman hätte nachgehen sollen, und die beiden fanden das auch. Manchmal gehen in dem Durcheinander hier die wichtigen Dinge verloren.« Sie schrieb schnell eine Nachricht und befestigte sie am rechten Fuß ihres goldenen Zwergdrachenweibchens. »Such den Rotschopf«, sagte sie eindringlich und faßte den dreieckigen Kopf, um Mariahs volle Aufmerksamkeit auf sich zu ziehen. »Such den Rotschopf!« Sie ging mit der kleinen Echse ans Fenster, öffnete es und deutete energisch in Sorkas Richtung. Dann stellte sie sich ganz intensiv vor, wie Sorka sich gegen Faranth lehnte. Mariah zirpte fröhlich. »Und jetzt ab mit dir!« Als der Zwergdrache gehorsam davonflog, fuhr Bay mit einem Finger über die schwarze Schicht, die schon wieder das erst vor kurzem abgewischte Fensterbrett bedeckte. »Ich bin froh, wenn wir endlich nach Norden übersiedeln. Ich habe diesen schwarzen Staub überall so gründlich satt. Komm, Pol, wir müssen uns warm anziehen.«

»Du hast dich nur so schnell bereit erklärt, Mary zu helfen, weil du dadurch Gelegenheit bekommst, wieder auf einem Drachen zu reiten«, lachte Pol.

»Pol Nietro, ich mache mir schon lange Sorgen um Mary Tubberman!«

Fünfzehn Minuten später schossen zwei Drachen über die Anhöhe und landeten auf der Straße vor ihrem Haus.

»Wie elegant sie sich bewegen.« Bay überzeugte sich, daß ihr Kopftuch fest zugebunden war. Es sollte sie gegen den allgegenwärtigen Staub schützen, aber vielleicht brauchte sie es auch für den erhofften Ritt. Als sie das Haus verließ, kam Mariah herabgeschwebt und ließ sich mit einem selbstzufriedenen Zirpen auf ihrer Schulter nieder. »Du bist großartig, Mariah, einfach großartig«, lobte Bay ihre kleine Königin leise, während sie ohne Zögern zwischen Faranth und Carenath hindurch auf Sorka zuging. »Vielen Dank, daß du gekommen bist, meine Liebe. Mary Tubberman hat uns eben angerufen. In Calusa gibt es Schwierigkeiten. Irgendwelche Tiere laufen frei herum, und Mary glaubt, daß Ted etwas zugestoßen ist. Könntest du uns hinbringen?«

»Offiziell oder inoffiziell?« fragte Sean, als Sorka ihn ansah.

»Es ist nicht verboten, Mary zu helfen«, gab Bay zu bedenken und sah Pol, der gerade mit bewundernden

Blicken an die Drachen herangetreten war, hilfesuchend an. »Außerdem treiben sich wer weiß was für Bestien ...«

»Drachen sind schon nützliche Wesen«, grinste Sorka. Sie hatte sich entschieden und winkte Bay heran. »Gib der Dame dein Bein, Faranth. Hier, nehmen Sie meine Hand.«

Mit Faranths Unterstützung gelang es Bay ohne große Schwierigkeiten, hinter Sorka aufzusitzen. Sie hätte niemals zugegeben, daß sie zwischen Wülsten vorne und hinten eingeklemmt wurde. Mariah quiekte wie üblich protestierend.

»Nur ruhig, Mariah, Faranth wird überhaupt nichts passieren«, sagte Bay und schaute zu Pol hinüber, der sich gerade hinter Sean zurechtsetzte. Der junge Drachenreiter grinste breit und zwinkerte Bay zu. Na ja, diesmal ist es wirklich ein Notfall, sagte sie sich. Eine Frau, die mit kleinen Kindern in ihrem Haus gefangensitzt, während draußen unbekannte, bedrohliche Wesen herumstreichen.

»Festhalten«, sagte Sean wie immer und gab mit einer Armbewegung das Zeichen zum Start.

Bay unterdrückte einen Aufschrei, als Faranth sich in die Lüfte schwang und sie schmerzhaft gegen die harten Rückenwirbel gepreßt wurde. Es dauerte nur einen Moment, dann ging der goldene Drache wieder in die Horizontale und schwenkte gemächlich nach rechts. Bay stockte der Atem. Sie würde sich nie daran gewöhnen, wollte es auch gar nicht. Ein Ritt auf einem Drachen war das Aufregendste, was sie erlebt hatte seit ... seit Mariah zum erstenmal zum Paarungsflug aufgestiegen war.

Der Flug nach Calusa dauerte nicht lang, aber er war ein zutiefst beglückendes Erlebnis. Die Drachen gerieten in eine der vielen durch die Aktivität des Picchu entstandenen warmen Luftströmungen, und Bay steckte die Finger bis an die Knöchel in die Schlaufen von Sorkas Gürtel und klammerte sich fest. Auf einem Drachen zu fliegen war ein viel unmittelbareres, weit erregenderes Gefühl, als im geschlossenen Schlitten oder Gleiter zu sitzen. Bay drehte den Kopf, damit Sorkas hochgewachsener, kräftiger Körper sie vor der stärksten Luftströmung und vor dem Staub des Picchu schützte, der sogar in dieser Höhe die Luft erfüllte.

Unterwegs hatte Bay Zeit, darüber nachzudenken, was Mary über die ›Bestien‹ gesagt hatte. Red Hanrahan hatte einen nächtlichen Einbruch im Veterinärlabor gemeldet. Ein tragbarer Bioscanner wurde vermißt, und es gab keinen Eintrag, daß ihn jemand entliehen hatte, aber da sich das Biolabor ständig Geräte von den Veterinären ausborgte, achtete man nicht weiter darauf. Später hatte jemand bemerkt, daß die Behälter mit den gefrorenen Eizellen verschiedener terrestrischer Tierarten durcheinandergeraten waren. Das *konnte* freilich auch während eines Erdbebens geschehen sein.

Der unzufriedene Ted Tubberman war sehr fleißig gewesen, dachte Bay grimmig. Eine der wichtigsten Maximen in ihrem Beruf als Mikrobiologin war die strenge Einschränkung von Genmanipulationen. Sie war eigentlich überrascht, wenn auch erleichtert gewesen, als Kitti Ping Yung, die Seniorin unter den Wissenschaftlern der Pernexpedition, die biotechnische Veränderung der Zwergdrachen gestattet hatte. Ob Kitti Ping wohl wußte, was für ein herrliches Geschenk sie der Bevölkerung von Pern damit gemacht hatte?

Aber daß Ted Tubberman, der verärgerte *Botaniker*, mit Eizellen herumpfuschte — und er hatte *weder* die Techniken *noch* das Verfahren verstanden —, um ohne Rücksprache mit den anderen Veränderungen vorzunehmen, das war für sie beruflich wie persönlich unerträglich. Bay hielt sich für einen toleranten, freundlichen und rücksichtsvollen Menschen, aber Ted Tubbermans Tod würde sie nur als gewaltige Erleichterung empfinden. Und mit dieser Ansicht stand sie keineswegs allein. Schon der Gedanke an den Mann versetzte sie in so heftige Erregung, daß sie nicht mehr mit wissenschaftlicher Objektivität zu urteilen vermochte, und das ärgerte sie noch mehr. Da saß sie nun auf einem Drachenrücken, eine herrliche Gelegenheit, friedlichen Gedanken nachzuhängen, nur der Wind dröhnte in ihren Ohren, unter ihr lag Jordan ausgebreitet, und sie verschwendete diese Zeit an Ted Tubberman. Bay seufzte. Es gab so selten Augenblicke, in denen man ganz für sich war und sich entspannen konnte. Wie sehr beneidete sie doch die junge Sorka, Sean und die anderen.

Erstaunt entdeckte sie Calusa im nächsten Tal. Es war ein massiver Gebäudekomplex, den sich die Tubbermans als Zentrale für ihren Besitz gebaut hatten. Die wiederholten Vulkanascheschauer des Picchu, die der Wind überall verteilte, hatten die galvanisierten Dächer der Hauptgebäude zu einem stumpfen Dunkelgrau verfärbt. Aber Bay hatte kaum Zeit gehabt, das zu bemerken, als Sorkas überraschter Aufschrei zu ihr nach hinten drang.

»Himmel, das ist ja ein Trümmerhaufen!« Sorka zeigte nach rechts, und Faranth schwenkte auf die unausgesprochene Bitte hin unvermittelt ab. Ihre Rückenwirbel preßten sich in Bays Weichteile, und sie packte Sorkas Gürtel noch fester.

»Dort!« Sorka richtete den Blick nach unten.

Fünfundsiebzig Meter vom Haupthaus entfernt befand sich eine überdachte Anlage mit einzelnen Gehegen und einem L-förmigen Korridor, der zwei Seiten eines eingezäunten Bereichs bildete. Eine der Außenmauern und mehrere Zwischenwände waren zerstört, und eine Ecke des Dachs war nach außen aufgesprengt. Bay konnte sich nicht erinnern, ob es in diesem Gebiet weitere Erdstöße gegeben hatte, die solchen Schaden hätten anrichten können. Alle anderen Gebäude waren intakt.

Als der Drache noch einmal die Richtung änderte,

legte Bay die Arme um Sorka, spürte den beruhigenden Druck ihrer Finger, und dann waren sie unten.

»Es ist ein Vergnügen, auf Faranth zu reiten. Sie hat so elegante, kraftvolle Bewegungen«, sagte Bay und streichelte zaghaft den warmen Drachenhals.

»Nein, steigen Sie nicht ab«, warnte Sorka. »Faranth sagt, hier streicht irgend etwas herum. Die Zwergdrachen werden mal nachsehen. He!«

Plötzlich war die Luft erfüllt vom Schnattern und Schwatzen zorniger Feuerechsen. Bays Mariah kreischte ihr ins Ohr.

»Nein, nein, schon gut. Faranth wird nicht zulassen, daß euch jemand etwas zuleide tut.« Bay streckte ihrer Goldenen den Arm entgegen, aber Mariah schloß sich den Schwärmen an, die die Gegend erkunden wollten. Bay registrierte verblüfft, daß der Drache knurrte, sie konnte es am ganzen Körper spüren. Faranth wandte ihren imposanten Kopf der Anlage zu, die Facetten ihrer Augen schillerten rot und orange.

Deutlich war ein durchdringendes Jaulen zu hören, dann war alles still. Die Schwärme sammelten sich aufgeregt über den Köpfen der beiden Drachenreiter und übermittelten ihnen mit lautem Schnattern die Neuigkeit. Faranth blickte mit funkelnden Augen nach oben und nahm die Bilder der Zwergdrachen in sich auf.

»Hier treibt sich irgendwo eine große, gefleckte Bestie herum«, erklärte Sorka Sean. »Und ein anderes Tier, das noch größer, aber stumm ist.«

»Dann brauchen wir Betäubungsgewehre«, sagte er. »Sorka, Faranth soll Verstärkung anfordern. Marco und Duluth wenn möglich; Dave, Kathy — vielleicht brauchen wir auch einen Arzt. Peters Gilgath ist kräftig, Nyassa gerät nicht in Panik, und verlange auch Paul oder Jerry. Ich glaube, wir sollten Mary und die beiden Kinder von hier wegbringen, bis man die Bestien eingefangen hat.«

Mary Tubbermans Leidenszeit war zu Ende, und sie

weinte sich an Bays Schulter aus. Ihr Sohn Peter, normalerweise ein aufgeweckter Siebenjähriger, stand starr vor Angst mit ausdruckslosem Gesicht daneben. Seine zwei kleinen Schwestern hatten sich in einen Sessel verkrochen, klammerten sich aneinander und reagierten nicht auf Pols Tröstungsversuche, obwohl er im allgemeinen mit Kindern sehr gut umgehen konnte. Mary wehrte sich nicht gegen den Vorschlag, sich an einen sicheren Ort bringen zu lassen.

»Dad ist tot, nicht wahr?« fragte Petey und trat dicht an Sean heran.

»Vielleicht ist er auch draußen und versucht, die Tiere wieder einzufangen«, redete ihm die weichherzige Bay zu. Der Junge sah sie nur verächtlich an und ging den Korridor hinunter zu seinem Zimmer.

Die angeforderte Verstärkung traf ein und brachte die Betäubungsgewehre mit. Sean sah zufrieden, daß die Drachenreiter genau in der Reihenfolge landeten, die er mit ihnen geübt hatte. Er gab Paul, Jerry und Nyassa die Gewehre und schickte sie mit ihren Drachen los, um die entflohenen Tiere zu suchen und außer Gefecht zu setzen.

Sorka blieb zurück, um den Tubbermans beim Packen zu helfen, und Sean und die anderen näherten sich, mit Pistolen bewaffnet, vorsichtig der demolierten Anlage. Im Inneren des Gebäudes hing ein starker Raubtiergeruch, überall lagen frische Kothaufen herum. Sie fanden Ted Tubbermans erbärmlich zerfleischten, angefressenen Körper vor seinem kleinen Labor liegen.

»Verdammt, wir haben hier keine Tiere, die so töten!« rief David Catarel aus und wich rückwärts in den Korridor zurück.

Kathy kniete mit ausdruckslosem Gesicht neben der Leiche nieder. »Was immer es war, es hatte Reißzähne und scharfe Klauen«, bemerkte sie und erhob sich langsam. »Es hat ihm den Rücken gebrochen.«

Marco riß einen alten Labormantel und ein paar

Handtücher von einer Stange und deckte die Leiche zu. Dann hob er einen zerbrochenen Stuhl auf, der wie die meisten Möbel auf Pern aus gepreßten Pflanzenfasern bestand. »Den könnte man anzünden. Mal sehen, ob wir genug Brennmaterial finden, um die Leiche hier einzuäschern. Das würde uns einiges an Peinlichkeiten ersparen«, erklärte er mit einer Handbewegung in Richtung auf das Haupthaus. Dann erschauderte er; es war ihm ganz offensichtlich zuwider, den verstümmelten Körper zu berühren.

»Der Mann war wahnsinnig«, bemerkte Sean und stocherte mit einem Stock in den Kothaufen in einem der Gehege herum. »Große Raubtiere zu züchten. Als ob wir mit den Wherries und den Schlangen nicht schon genug Probleme hätten!«

»Ich werde Mary Bescheid geben«, murmelte Kathy.

Sean packte sie am Arm, als sie vorbeiging. »Sag ihr, er ist schnell gestorben.« Sie nickte.

»He!« Peter Semling zog aus dem Durcheinander auf dem Fußboden des Labors ein Klemmbrett hervor. »Sieht aus wie Notizen«, rief er und studierte die dünnen, mit kleiner, verkrampfter Schrift bedeckten Folien. »Das hier hat was mit Botanik zu tun.« Achselzuckend reichte er Kathy das Brett und hob ein anderes auf. »Das hier ist ... Biologie? Hm.«

»Wir müssen alle Notizen einsammeln«, sagte Sean. »Alles, was uns eventuell verraten kann, was für ein Tier ihn getötet hat.«

»He!« sagte Peter wieder und klappte den Deckel eines tragbaren Bioscanners mit Bildschirm und Tastatur zurück. »Der sieht genauso aus wie das Gerät, das uns vor einer Weile zusammen mit einigen Eizellenkulturen im Veterinärlabor abhanden gekommen ist.«

Sorgfältig suchten sie alles Material zusammen, das sie finden konnten, sogar eine an den Spritzschutz eines Wasserbeckens genagelte Platte mit der rätselhaften Gravierung *Heureka, Mykorrhiza!* nahmen sie mit. Dave trug mehrere Säcke hinaus, die sie nach Landing bringen wollten. Dann sammelten Sean und Peter brennbares Material und schichteten einen Scheiterhaufen auf, um ihn anzuzünden, sobald Mary und die Kinder fort waren.

»Sean!« rief David Catarel. Er kauerte vor einem breiten Grünstreifen, das einzige, was auf dem verwüsteten, mit Asche bedeckten Grundstück noch lebte, auch wenn der allgegenwärtige schwarze Staub die satte Farbe getrübt hatte. »Wie viele Fädeneinfälle gab es in dieser Gegend?« fragte er und blickte sich um. Dann fuhr er mit Hand über das Gras, eine widerstandsfähige Hybridsorte, die die Agronomen für die Gartenanlagen entwickelt hatten, ehe die Sporen kamen.

»Genug, um das Zeug zu vernichten!« Sean kniete neben ihm nieder und zog ein dickes Büschel heraus. In der Erde um die Wurzeln ringelten sich verschiedene Bodenbewohner, darunter mehrere pelzig aussehende Maden.

»Die Sorte habe ich noch nie gesehen«, bemerkte David und fing geschickt drei Exemplare auf, als sie zu Boden fielen. Dann kramte er in seiner Jackentasche, zog ein Stück Stoff heraus und wickelte die Maden sorgfältig ein. »Ned Tubberman hat was von einer neuen Grasart gequasselt, die hier die Sporen überlebt haben soll. Ich bringe die Dinger ins Agro-Labor.«

In diesem Moment kamen Sorka, Pol, Bay und Peter mit allen möglichen Habseligkeiten bepackt aus dem Haupthaus. Sean und Dave begannen, die acht Drachen zu beladen.

»Wir können auch noch einmal fliegen, Mary«, bot Sorka taktvoll an, als die Frau mit zwei vollgestopften Schlafsäcken zu ihnen trat.

»Außer Kleidung habe ich nicht viel«, sagte Mary und warf einen schnellen Blick auf die Anlage. »Kathy sagte, es sei schnell gegangen?« Ihre Augen flehten um Bestätigung.

»Kathy ist der Arzt«, erklärte Sean sanft. »Und jetzt rauf mit Ihnen! David und Polenth nehmen Sie mit. Alles aufsitzen. Seid ihr schon mal auf einem Drachen geritten, Kinder?«

Sean machte ein Spiel daraus, um ihnen über die Peinlichkeit des Augenblicks hinwegzuhelfen. Erst als alle fort waren, zündete er zusammen mit Pol den Scheiterhaufen an. Als auch sie schließlich aufbrachen, ging ein neuer Schauer Vulkanstaub nieder, der Staub, der mit der Zeit Landing unter sich begraben würde.

»Ich kann Teds Privatcode nicht knacken!« rief Pol frustriert und warf den Stift auf die mit Klemmbrettern und Folienstapeln übersäte Arbeitsplatte. »Dieser elende Narr!«

»Ezra liebt Codes, Pol«, schlug Bay vor.

»Den DNS/RNS-Reihen nach experimentierte er mit Katzenartigen, aber ich kann mir nicht vorstellen, warum. Hier in Landing streunen doch schon genug davon herum. Es sei denn ...« Pol unterbrach sich, nagte nervös an seiner Unterlippe und verzog das Gesicht, während er sich in Gedanken mit diversen unangenehmen Möglichkeiten beschäftigte. »Wir *wissen*« — er schlug heftig auf den Tisch — »daß Katzen nicht gut auf Mentasynthese ansprechen. *Er* wußte das auch. *Warum* sollte er alte Fehler wiederholen?«

»Was ist mit den anderen Notizen?« fragte Bay und deutete auf ein Klemmbrett, das gefährlich nahe an der Tischkante lag.

»Leider kann ich nur Teile aus Kittis Drachenprogramm entziffern.«

»Ach so?« Bay bewegte nachdenklich den Unterkiefer. »Er mußte also auch noch den Schöpfer spielen, die Rolle des Anarchisten reichte ihm nicht.«

»Warum sollte er sich sonst mit den genetischen Gleichungen der Eridani befassen?« Pol schlug gereizt mit der flachen Hand auf den Tisch, sein Gesicht war von banger Unruhe gezeichnet. »Und was wollte er erreichen?«

»Ich glaube, wir können froh sein, daß er nicht versucht hat, die Feuerzwergdrachen zu manipulieren, obwohl ich den Verdacht habe, daß er mit den aus dem Gefriervorrat gestohlenen Eizellen herumexperimentierte.«

Pol rieb sich die müden Augen. »In diesem Fall muß man für alles dankbar sein. Besonders, wenn man bedenkt, was Windblüte so treibt. Aber das hätte ich nicht sagen sollen, mein Liebes. Vergiß es.«

Bay rümpfte abfällig die Nase. »Wenigstens ist Windblüte so vernünftig, ihre elenden Photophoben unter Verschluß zu halten. Ich begreife einfach nicht, warum sie so hartnäckig an ihnen festhält. Sie ist die einzige, die mit ihnen zurechtkommt.« Bay wurde von Ekel geschüttelt. »Vor ihr kriechen sie richtiggehend.«

Pol schnaubte verächtlich. »Genau das ist der Grund«, sagte er zerstreut und blätterte dabei in den rätselhaften Notizen auf dem Klemmbrett. »Ich komme nicht dahinter, warum er sich ausgerechnet die Großkatzen ausgesucht hat.«

»Warum fragen wir nicht Petey? Er hat seinem Vater in der Anlage geholfen, oder nicht?«

»Du bist doch der Inbegriff der Vernunft, mein Schatz«, stellte Pol fest, hievte sich aus seinem Stuhl hoch, küßte sie liebevoll auf die Wange und zauste ihr das Haar. Sie schimpfte immer noch, als er schon die Nummer von Mary Tubbermans Wohnung eintippte. Er und Bay hatten sie täglich besucht, um ihr die Rückkehr in die Gemeinschaft zu erleichtern. »Mary, ist Petey erreichbar?«

Als Petey sich meldete, klang seine Stimme nicht übermäßig freundlich. »Ja?«

»Diese großen Katzen, die dein Vater gezüchtet hat, hatten die Flecken oder Streifen?« erkundigte sich Pol im Plauderton.

»Flecken.« Mit dieser Frage hatte der Junge nicht gerechnet.

»Aha, Geparden. Hat er sie so genannt?«

»Ja, Geparden.«

»Warum Geparden, Petey? Ich weiß, daß sie schnell laufen können, aber für die Jagd auf Wherries waren sie doch wohl nicht zu gebrauchen.«

»Sie waren aber wie wild hinter den großen Tunnelschlangen her.« Peteys Stimme wurde lebhaft. »Und sie gehorchten aufs Wort und machten alles, was Dad ihnen sagte ...« Er brach ab.

»Das kann ich mir gut vorstellen, Petey. Auf der Erde wurden sie von mehreren alten Kulturen gezüchtet und zur Jagd auf alle möglichen Wildarten eingesetzt. Das Schnellste, was je auf vier Beinen gelaufen ist!«

»Sind sie auf ihn losgegangen?« fragte Petey nach kurzem Schweigen.

»Ich weiß es nicht, Petey. Kommst du heute abend zum Feuer?« Pol wechselte das Thema, um das Gespräch nicht so traurig enden zu lassen. »Du hast mir Revanche versprochen. Ich kann doch nicht zulassen, daß du mich bei jeder Schachpartie schlägst.« Nachdem er eine Zusage für den Abend erhalten hatte, legte er auf. »Nach dem, was Petey sagte, hat Ted offenbar Geparden mit Mentasynthese behandelt, um sie gefügiger zu machen. Er hat sie auf Tunnelschlangen gehetzt.«

»Sind sie auf ihn losgegangen?«

»Wahrscheinlich. Nur, warum? Wenn wir wenigstens wüßten, wie viele Eizellen er sich aus dem Labor geholt hat. Und wenn wir diese Notizen entschlüsseln und feststellen könnten, ob er nur mit Mentasynthese oder auch mit anderen Teilen von Kittis Programm gearbeitet hat. Wie auch immer ...« Pol seufzte verdrossen. »Auf Calusa treibt sich eine unbekannte Zahl von Raubtieren herum!« Er lachte höhnisch. »Ob wohl Phas Radamanth mit seinen Unterlagen über die Maden mehr Glück hatte? *Die* könnten nützlich sein!«

Patrice de Broglie kam in Emilys Büro gestürmt. »Der Garben steht kurz vor dem Ausbruch. Wir müssen Landing evakuieren. Sofort!«

»*Was!*« Emily stand auf, die Folien, die sie gerade studiert hatte, glitten ihr aus der Hand und flatterten zu Boden.

»Ich war eben auf den Gipfeln. Das Schwefel-Chlor-Verhältnis hat sich verändert. Es ist der Garben, der ausbrechen wird.« Er schlug sich zerknirscht mit der Hand vor die Stirn. »Direkt vor meiner Nase, und ich habe es nicht begriffen.«

Von Emilys Aufschrei alarmiert, kam Paul aus dem Büro nebenan gelaufen. »Der Garben?«

»Sie müssen sofort evakuieren«, schrie Patrice mit verzerrtem Gesicht. »Es gibt in diesem verdammten Krater sogar einen erheblichen Anstieg bei Quecksilber und Radon. Und wir dachten, das sickert vom Picchu durch.«

»Aber der Picchu qualmt doch!« Paul war vor Schreck wie gelähmt und bemühte sich mit aller Kraft, Ruhe zu bewahren. Im gleichen Augenblick wie Emily griff er nach dem Komgerät. Sie erreichte es als erstes, und er zog die Hand zurück und überließ es ihr, Ongola anzurufen.

»Dieser Garben ist ebenso gerissen wie der Mann, nach dem wir ihn benannt haben. Die Vulkanologie ist noch immer keine exakte Wissenschaft«, sagte Patrice und rollte ratlos die Augen, während er in dem kleinen Büro auf und ab marschierte. »Ich habe einen Gleiter mit dem Korrelationsspektrometer raufgeschickt, damit er die Zusammensetzung der eben einsetzenden Fumarole-Emissionen im Garben-Krater feststellt«, fuhr Patrice fort. »Und ich habe neue Ascheproben mitgebracht. Aber da sich das Schwefel-Chlor-Verhältnis verändert, kann kein Zweifel mehr bestehen, daß das Magma ansteigt.«

»Ongola«, sagte Emily. »Schalten Sie die Sirene ein.

Vulkanalarm. Rufen Sie sofort alle Schlitten und Gleiter zurück. Ja, ich weiß, heute ist Sporenfall gemeldet, aber wir müssen Landing *jetzt* räumen, nicht erst später. Wie lange haben wir Zeit, Patrice?«

Er zuckte hilflos die Achseln. »Ich kann Ihnen den genauen Zeitpunkt der Katastrophe nicht nennen, meine Freunde, und auch nicht, in welcher Richtung der Ausbruch erfolgen wird, aber wir haben starken Nordostwind. Die Asche wird schon jetzt dichter. Ist Ihnen das nicht aufgefallen?«

Erschrocken schauten der Admiral und die Gouverneurin aus dem Fenster und sahen, daß der Himmel grau war und daß die Asche sogar die Sonne verdeckte. Auch die gelbe Rauchfahne des Picchu war breiter als gewöhnlich, und aus dem Gipfel des Garben stiegen ähnliche Schwaden.

»Man kann sich sogar daran gewöhnen, im Schatten eines Vulkans zu leben«, bemerkte Paul trocken.

Patrice zuckte wieder die Achseln und rang sich ein Lächeln ab. »Aber das können wir uns nicht leisten, meine Freunde. Selbst wenn der Lavaaustritt minimal sein sollte, wird Landing bei der Aschenmenge, die jetzt fällt, bald verschwunden sein. Sobald wir die möglichen Lavastrombahnen festgestellt haben, werde ich Sie informieren, damit Sie die am meisten gefährdeten Gebiete als erste räumen können.«

»Welches Glück, daß wir bereits einen Evakuierungsplan haben!« bemerkte Emily und rief eine Datei auf. »Da!« Sie ließ das Programm vorrangig auf allen Druckern ausgeben. »Das geht an alle Sektionsleiter. Die Evakuierung hat offiziell begonnen, meine Herren. Daß wir nur so wenig Zeit haben, ist allerdings ungünstig. Irgend etwas wird immer vergessen, ganz gleich, wie sorgfältig man vorausplant.«

Die Bevölkerung von Landing war durch wiederholten Probealarm gut gedrillt und reagierte prompt auf die Sirenen. Alle gingen zu ihren Sektionsleitern, um sich

Anweisungen zu holen. Eine kurz aufflackernde Panik wurde schnell unterdrückt, und von da an lief alles auf vollen Touren.

Der Himmel verdunkelte sich immer mehr, dicke, schwarze Aschewolken stiegen auf und bedeckten die Gipfel der Vulkane, die einst einen so harmlosen Eindruck gemacht hatten. Weiße Rauchfahnen stiegen von den neu erwachten Fumarolen des Garben und aus Spalten an seiner Ostseite auf. Der Morgen wurde zur Dämmerung, die Luftverschmutzung breitete sich immer weiter aus. Handlampen und Atemschutzmasken wurden verteilt.

Joel Lilienkamp, der für die eigentliche Evakuierung zuständig war, führte von einem der schnellen Schlitten aus die Oberaufsicht und hatte das Kanzeldach geöffnet, um den verschiedenen Trupps Befehle und ermunternde Worte zubrüllen und blitzartig Entscheidungen treffen zu können. Die Labors und Lagerhäuser, die dem schwelenden Vulkan am nächsten lagen, wurden zusammen mit dem Lazarett als erste geräumt, nur die Erste-Hilfe-Abteilung für Notfälle und die Brandkontrolle ließ man noch bestehen. Überall rollten die Lastesel umher, luden ihre Fracht am Landegitter ab oder schleppten sie weiter, um sie vorübergehend in den Catherine-Höhlen unterzustellen.

Patrices Gruppe hatte bereits berechnet, für welche Gebiete das pyroklastische Risiko besonders hoch beziehungsweise besonders niedrig war. Man hatte nach Osten hin bis Cardiff, nach Westen bis Bordeaux und nach Süden bis Cambridge Warnungen ausgeschickt. Monaco, wo ohnehin schon dichter Aschenregen fiel, war obendrein noch vom Vulkanauswurf bedroht. Jedes Boot, jedes Schiff, jeder Schleppkahn in der Bucht wurde mobilisiert, beladen und fortgeschickt, um jenseits der ersten Halbinsel von Kahrain zu warten.

Man leerte die restlichen Treibstoffsäcke in die Tanks der beiden letzten Fähren. Die meisten Drachenreiter wurden herangezogen, um das Vieh zur Hafenbucht zu treiben. Zum erstenmal versammelte sich niemand am Maori-See, um gegen die Sporen zu kämpfen — ein tödlicherer Niederschlag drohte.

Niemand hatte Zeit zum Jubeln, als Drake Bonneau mit der alten *Swallow,* vollbeladen mit Kindern und Geräten, im letzten Tageslicht von der Hochfläche startete. Die Techniker gingen sofort weiter zur *Parrakeet.* Ongola und Jake, die vom Turm aus den Flugverkehr überwachten, nützten die Pause, um die warme Mahlzeit zu verzehren, die man ihnen geschickt hatte. Alle Funkapparaturen waren auf Handwagen verladen worden und konnten schnell weggebracht werden, falls der Turm bedroht sein sollte.

»Die *Swallow* sieht gut aus«, meldete Ezra vom Interfaceraum, wo er den Flug überwachte. Er hatte an diesem Tag viel Zeit damit verbracht, eine Abschirmung aus hitzebeständigem Material zu errichten, da er Patrices hastigen Versicherungen, das Gebäude liege in keiner der früheren Lavastrombahnen, nicht so recht traute. Leider konnte man das Interface mit der in der Umlaufbahn befindlichen *Yokohama* nicht abbauen, denn es war auf ein fest auf den Empfänger der *Yoko* eingestelltes Funkfeuer angewiesen. Da man die Justierung auf der *Yoko* nicht mehr verändern konnte, hatte es keinen Sinn, das Gerät mitzunehmen und anderswo neu zu installieren.

In dieser Nacht war die Luft von Schwefeldämpfen und Rußpartikeln durchsetzt, und Patrice warnte, der Druck im Vulkan nähere sich den kritischen Werten. Über dem Picchu wie über dem Garben hingen weiße Rauchfahnen am dunklen Himmel, darunter strahlte ein gedämpfter Schein bedrohlich aus Gipfel und Krater und tauchte die Siedlung in ein gespenstisches Licht.

Drake Bonneau meldete, er sei nach einem schwierigen Flug sicher gelandet. »Die verdammte Kiste hat gezittert, als wolle sie auseinanderfallen, aber nichts wurde beschädigt, und die Kinder haben nicht einmal eine Prellung abgekriegt, aber ich glaube, keines von ihnen wird jemals Begeisterung fürs Fliegen entwickeln. Harte Landung, haben eine Furche in den Boden gepflügt, als wir übers Ziel hinausgeschossen sind. Wir werden den Rest des Tages brauchen, um das Gelände für die *Parrakeet* freizumachen. Fulmar soll die Gyros und die Stabilisierungsmonitoren überprüfen. Ich könnte schwören, daß bei der *Swallow* Tunnelschlangen reingekommen waren.«

Ein ständiger Strom von Fahrzeugen bewegte sich auf den Hafen zu, die größeren Schiffe und Kähne wurden mit sich sträubenden Tieren beladen, für die man auf Deck Boxen errichtet hatte. Kisten mit Hühnern, Enten und Gänsen wurden überall festgezurrt, wo man Platz fand; sie sollten in der Bucht von Kahrain, die sich außerhalb der Gefahrenzone befand, ausgeladen werden. Mit etwas Glück würde man das Vieh zum größten Teil evakuieren können. Jim Tillek flog im Gleiter über dem Hafengelände umher, war überall, wo man ihn brauchte, und trieb seine Leute mit Ermunterungen und Beschimpfungen unaufhörlich an.

Als es dunkel wurde, verlangte Sean für seine Drachenreiter, die Menschen und Pakete zur Bucht von Kahrain beförderten, eine Pause. »Ich werde weder mit müden Drachen noch mit müden Reitern ein Risiko eingehen«, erklärte er Lilienkamp ziemlich hitzig. »Das ist zu gefährlich, und die Drachen sind einfach noch zu jung, um so unter Druck gesetzt zu werden.«

»Die Zeit drängt, Mann, wir können uns solche Mätzchen nicht leisten!« gab Joel wütend zurück.

»Kümmern Sie sich um die Räumung, Joel, ich kümmere mich um meine Drachen. Die Reiter werden arbeiten bis zum Umfallen, aber es ist einfach dumm, junge Drachen zu schinden! Das wird nicht geschehen, solange ich es verhindern kann.«

Joels zorniger Blick verriet seine Ratlosigkeit. Die

Drachen hatten sich enorm nützlich gemacht, aber auch er sah ein, daß es unvernünftig war, sie zu gefährden. Wie eine kleine, aschebedeckte Statue hinter die Konsole geduckt, schoß er mit dem Schlitten davon.

Sean und die anderen Reiter arbeiteten tatsächlich bis zum Umfallen. Als sie schließlich einschliefen, legte sich jeder Drache schützend um seinen Partner. Niemandem fiel auf, daß nur wenige Zwergdrachen zu sehen waren.

Allzu früh war Joel wieder da und forderte sie aus der Luft zum Weitermachen auf, und sie beteiligten sich erneut an den herkulischen Anstrengungen der anderen.

Plötzlich stieß die Sirene drei durchdringende Töne aus. Sämtliche Arbeiten wurden eingestellt, alles lauschte auf die folgende Botschaft.

»Er geht hoch!« Patrices Schrei hallte fast triumphierend durch Landing.

Alle Köpfe drehten sich zum Garben, dessen Gipfel sich in der geisterhaften Helligkeit aus dem Krater deutlich abzeichnete.

»*Parrakeet* starten!« Ongolas Stentorstimme zerriß das betäubte Schweigen.

Die Triebwerke der Fähre wurden übertönt vom Poltern der Erde und dem ohrenbetäubenden Krach des gewaltigen Vulkanausbruchs. Die in andächtiger Haltung erstarrten Zuschauer wurden lebendig, jeder führte hastig zu Ende, was er gerade tat, Schreie waren über das Getöse hinweg zu hören. Später sagten einige, die beobachtet hatten, wie der Gipfel barst und die rotglühende Lava aus dem Riß zu dringen begann, alles habe sich wie in Zeitlupe abgespielt. Man habe die Spalten im Krater orangerot aufleuchten, die Trümmer über den Rand schießen und sogar einige Brocken aus dem Vulkan selbst hochsteigen sehen und ihre schwindelerregende Bahn verfolgen können. Andere behaupteten, es sei alles viel zu schnell gegangen, um Einzelheiten zu erkennen.

Leuchtend rote Lava wogte unheilvoll über den zerklüfteten Rand des Garben, ein Strom bewegte sich erstaunlich schnell direkt auf die westlichsten Gebäude von Landing zu.

In dieser Dämmerstunde hatte sich der Wind gelegt, dadurch blieb der Ostteil von Landing vor den schlimmsten Stein- und Ascheregen verschont. Die größeren, alles vernichtende Geschosse, die Patrice gefürchtet hatte, blieben aus. Aber die Lava allein war bedrohlich genug.

Als die mit unersetzlichen Geräten beladene *Parrakeet* in die Finsternis im Westen eindrang, war der Feuerstrahl aus ihren Triebwerken deutlich zu sehen, aber nichts war zu hören. Dann schwenkte sie nach Nordwesten ab und war in Sicherheit.

Beim Klang der Sirene begannen die Delphine, schwer beladene, kleine Boote von Monaco Bay wegzuziehen, eine Flottille, die man unter normalen Umständen niemals auf eine längere Fahrt geschickt hätte. Die Delphine hatten den Menschen jedoch versichert, sie seien in der Lage, ihre Schützlinge unversehrt zu der geschützten Bucht jenseits der ersten Halbinsel von Kahrain zu bringen. Die *Maid* und die *Mayflower* waren noch nicht voll beladen, liefen aber trotzdem aus und warteten außerhalb der geschätzten Fallout-Zone, bis sie zurückkehren und auch den Rest ihrer Fracht aufnehmen konnten. Jim geleitete mit der *Southern Cross* Kähne und Logger an der Küste entlang auf dem weiten Weg bis Seminole, von wo aus sie die letzte Etappe nach Norden antreten sollten.

Schlitten und Gleiter strömten von Landing zur Paradiesflußbesitzung, dem nächsten sicheren Treffpunkt. Hier ging alles drunter und drüber, da lebenswichtige Versorgungsgüter zur Verfügung gehalten und andere Frachten an bestimmten Stellen am Strand umgeleitet werden mußten. Man wollte nichts in Landing zurücklassen, was man in der neuen Festung im Norden wieder gebrauchen konnte.

Dicke, nach Schwefel riechende Asche legte sich auf

Landings Gebäude. Einige der leichteren Dächer brachen unter der Last zusammen, man konnte das Plastik ächzen und rutschen hören. Die Luft enthielt Spuren von Chlor und war fast nicht atembar. Jedermann bediente sich klaglos der Atemschutzmasken.

Am Spätnachmittag landete Joel Lilienkamp seinen ramponierten Schlitten erschöpft auf der windgeschützten Seite des Turms neben Ongolas Maschine und wartete einen Augenblick, bis er genug Kraft gesammelt hatte, um das Komgerät aufzuklappen.

»Wir haben geräumt, was wir konnten«, stieß er hervor; seine Stimme war heiser von den ätzenden Dämpfen in der Luft. »Die Lastesel stehen in den Catherine-Höhlen, bis wir sie zerlegen und verladen können. Sie können jetzt auch abziehen.«

»Wir kommen«, antwortete Ongola.

Augenblicke später erschien er an der Tür und schob auf einer Gravplattform langsam ein schweres Gerätepaket heraus. Hinter ihm kam Jake, ähnlich bepackt. Paul folgte mit zwei weiteren Teilen.

»Soll ich helfen?« fragte Joel automatisch, obwohl er so zusammengesunken vor der Konsole saß, daß er sichtlich zu keiner Anstrengung mehr fähig war.

»Ein Flug noch«, sagte Ongola, als sie die Geräte in seinem Schlitten verstaut hatten. »Reichen die Energiezellen für die Landung?« fragte er Joel.

»Jawohl. Meine letzte frische Zelle.«

Während Ongola und Jake noch einmal in den Turm zurückkehrten, trat Paul an die Fahnenstange und holte mit trostloser Miene feierlich die versengten Fetzen der Kolonieflagge herunter. Er zerknüllte sie zu einer Kugel und stopfte sie unter seinen Sitz im Schlitten. Dann warf er dem Magazinverwalter einen langen Blick zu. »Soll ich fliegen, Joel?«

»Ich habe euch hergebracht, ich bringe euch auch weg!«

Paul wagte nicht, zu den Ruinen von Landing zurückzuschauen, aber als Joel in weitem Bogen erst nach Osten und dann nach Norden flog, sah der Admiral, daß er nicht der einzige war, dem die Tränen über die Wangen liefen.

Dank einer steifen Brise aus Nordost wurde die Bucht von Kahrain auch weiterhin von der Asche und den ätzenden Dämpfen der Garben-Eruption verschont. Patrice blieb mit einem kleinen Team zurück, nachdem Landing verlassen worden war, um das Ereignis zu überwachen.

»Heute gehen wir auf die Jagd«, erklärte Sean den anderen Reitern.

Sie hatten eine stille Bucht gefunden, die vom Lager der Evakuierten aus gesehen strandaufwärts lag. Keiner der in der warmen Sonne liegenden Drachen hatte eine gesunde Farbe, und Sean machte sich insgeheim Sorgen, ob sich die noch nicht voll ausgewachsenen Tiere nicht vielleicht überanstrengt hatten. Dann entschied er resolut, alles, was ihnen fehle, sei eine anständige Mahlzeit, sah sich nach Feuerechsen um und fluchte leise. »Verdammt! Wir *brauchen* alle, die wir haben! Vier Königinnen und zehn Bronzefarbene können unmöglich genügend Packschwänze fangen, um achtzehn Drachen sattzukriegen! Sie haben doch sicher nicht zum erstenmal einen Vulkanausbruch erlebt.«

»Aber nicht direkt über ihren Köpfen«, gab Alianne Zulueta zurück. »Ich konnte die meinen nicht beruhigen. Sie sind einfach verschwunden!«

»Rotes Fleisch wäre besser als Fische — mehr Eisen«, schlug David Catarel vor, und seine Augen ruhten auf der blassen Haut seines bronzefarbenen Polenth. »Hier gibt es Schafe.«

»Langam«, wehrte Marco Galliani entschieden ab und hob beide Hände. »Mein Vater will die Tiere nach Roma transportieren, sobald Schlitten frei sind. Erstklassiges Zuchtmaterial.«

»Das sind Drachen auch.« Sean erhob sich mit einem merkwürdigen Grinsen. »Peter, Dave, Jerry, ihr kommt mit mir. Sorka, du kümmerst dich um Störungen — falls welche auftreten.«

»He, Sean, Moment mal.« Marco wußte nicht, auf welche Seite er sich stellen sollte.

Sean grinste verschmitzt und legte einen Finger an die Nase. »Was das Auge nicht sieht, Marco, darüber weint das Herz nicht.«

»Es geht schließlich um deinen Drachen, Mann«, murmelte Dave, als er an ihm vorbeiging.

Eine Stunde später verschwanden mehrere Drachen dicht über den Baumwipfeln in westlicher Richtung. Die anderen Reiter halfen so auffällig den Trupps, die sich bemühten, Ordnung in das Chaos am Strand zu bringen, daß niemand bemerkte, ob alle gleichzeitig anwesend waren. Am Mittag wälzten sich siebzehn gesättigte Drachen mit kräftiger Hautfarbe am Strand. Einer saß geduldig auf der Landspitze, während Zwergdrachen ins Wasser tauchten und nach Packschwänzen fischten.

Als Caesar und Stefano Galliani beim Verladen ihre Schafe zählten, stellten sie fest, daß etwa sechsunddreißig Tiere fehlten, darunter einer der besten Böcke. Caesar bat die Drachenreiter, die Gegend abzusuchen und die vermißten Tiere an die Küste zurückzutreiben.

»Die Taugenichtse streunen ständig herum«, bemerkte Sean verständnisvoll und nickte den ratlosen, verwirrten Gallianis zu. »Wir werden nachsehen.«

Als Sean sich eine Stunde später zurückmeldete, erklärte er, die Schafe müßten wohl in eine der vielen Höhlen in der Gegend gestürzt sein. Widerstrebend brachen die Gallianis mit der dezimierten Herde auf. Die großen Transportschlitten mußten ihre Termine einhalten, die Beförderung konnte nicht aufgeschoben werden.

Als der letzte Schlitten gestartet war, trat Emily an Sean heran. »Sind Ihre Drachen einsatzbereit?«

»Wir erfüllen jeden Wunsch!« erklärte Sean so liebenswürdig, daß Emily ihm einen scharfen Blick zuwarf. »Die Feuerechsen haben den ganzen Vormittag schwer gearbeitet, um Futter herbeizuschaffen.« Er deutete zur Bucht, wo Duluth gerade von einer Bronzeechse einen Packschwanz entgegennahm.

»Feuerechsen?« Das Wort ›Echsen‹ verblüffte Emily, bis ihr wieder einfiel, daß Sean für die kleinen Wesen seinen eigenen Namen hatte. »Ach, dann sind Ihre Schwärme also zurückgekehrt?«

»Nicht alle«, sagte Sean traurig und fügte dann schnell hinzu: »Aber genügend Königinnen und Bronzefarbene, um sich nützlich zu machen.«

»Die Eruption hat sie alle erschreckt, nicht wahr?«

Sean schnaubte. »Die Eruption hat *uns* alle erschreckt!«

»Aber nicht so sehr, daß wir nicht mehr klar denken können, wie es scheint«, bemerkte Emily mit einem spöttischen Lächeln. »Jedenfalls hat sich niemand so töricht benommen wie die Schafe, nicht wahr?« Sean stellte sich weder ahnungslos, noch gab er zu, daß er verstand, was sie meinte, er erwiderte nur ihren Blick so lange, bis sie die Augen abwandte. »Wenn eure Drachen keinen Appetit mehr auf Fisch haben, dann jagt Wherries. Die Eruption hat uns schon genug Vieh gekostet, vielen Dank.« Sean nickte, immer noch unverbindlich, mit dem Kopf. »Es gibt viel zu tun, und es muß schnell getan werden.« Sie sah auf die dicken Folien auf ihrem Klemmbrett und rieb sich die Stirn. »Wenn eure Drachen nur voll einsatzfähig wären ...« Sie warf ihm einen reumütigen Blick zu. »Tut mir leid, Sean, das war eine unschöne Bemerkung.«

»Ich wünschte das ebenfalls, Gouverneurin«, entgegnete Sean aufrichtig. »Aber wir wissen nicht genau, *wie* man es macht. Wir wissen nicht einmal, was wir ihnen sagen sollen.« Seine Stirn und sein Hals waren schweißnaß, und das kam nicht nur von der heißen Sonne.

»Gut ausgedrückt, wir müssen uns darum kümmern, aber nicht hier und jetzt. Sehen Sie, Sean, Joel Lilienkamp macht sich Sorgen wegen der Vorräte, die noch in Landing zurückgeblieben sind. Wir befördern die Sachen so schnell von hier weg wie wir können.« Sie zeigte mit einer Armbewegung auf die Stapel von farbkodierten Kisten und schaumstoffbedeckten Paletten. »Das orangefarbene Zeug ist durch Fadeneinfälle gefährdet, es muß also schnellstmöglich nach Norden, um in der Fort-Festung gelagert zu werden. Aber wir sollten trotzdem versuchen, die noch in Landing verbliebenen Dinge zu retten, ehe die Asche sie zudeckt.«

»Die Asche ist ätzend, Gouverneurin. Sie frißt sich durch Drachenschwingen so leicht wie durch ...« Sean brach ab und starrte zum westlichen Strand, eine Hand hob sich zu einer vergeblichen Geste der Warnung. Emily drehte sich um, um zu sehen, was seine Besorgnis erregt hatte.

Das Trompeten eines Drachen hing schwach und dünn in der heißen Luft. Der Schlittenführer, der sich auf Kollisionskurs mit dem Wesen befand, schien gar nicht zu merken, daß unter ihm noch etwas flog. Dann, kurz bevor Drache und Reiter mit dem Schlitten zusammenstießen, waren sie plötzlich verschwunden.

»Instinkte sind doch etwas Wunderbares!« rief Emily aus und strahlte vor Erleichterung über die Rettung in letzter Minute und vor Freude, weil ein Drache diese angeborene Fähigkeit gezeigt hatte. Als sie Sean wieder ansah, veränderte sich ihr Ausdruck. »Was ist los?« Sie blickte schnell zum Himmel auf, wo weder der Drache mit seinem Reiter noch der Schlitten zu sehen war; letzterer hatte sich unter die vielen anderen Maschinen gemischt, die über der Bucht von Kahrain hin und her flogen. »O nein!« sie faßte sich an die Kehle, die auf einmal wie zugeschnürt war, und ihr Magen krampfte sich vor Angst zusammen. »Nein. O nein! Sie müßten doch inzwischen schon wieder aufgetaucht sein? Nicht wahr,

Sean? Es ist doch angeblich nur eine kurzzeitige Dislokation.«

Bestürzt umfaßte sie seinen Arm und schüttelte ihn ein wenig, um seine Aufmerksamkeit auf sich zu ziehen. Er schaute auf sie hinab, und die Qual in seinen Augen ließ ihre Angst in Trauer umschlagen. Sie wiegte langsam den Kopf, wollte sich die Wahrheit nicht eingestehen.

Gerade als einer der Frachtaufseher, ein Bündel Plasfolien in der Hand, hastig auf sie zukam, ertönte ein entsetzliches Jammergeschrei. Die mißklingenden Töne waren so durchdringend, daß die Hälfte der Leute am Strand stehenblieben und sich die Ohren zuhielten. Im gleichen Augenblick, während der unerträgliche Laut ständig weiter anschwoll, füllte sich die Luft mit Zwergdrachen, die mit schrillen Stimmen in den Trauergesang einfielen.

Die anderen Drachen stiegen ohne ihre Reiter auf und flogen an der Stelle vorüber, wo einer von ihnen mit seinem menschlichen Partner umgekommen war. In einer komplizierten Formation, die die Zuschauer zu jeder anderen Gelegenheit fasziniert hätte, umkreisten die Zwergdrachen ihre größeren Vettern und setzten ihren schaurigen Kontrapunkt zu der tiefen, pulsierenden Drachenklage.

»Ich werde feststellen, wie das passieren konnte. Der Pilot des Schlittens . . .« Emily verstummte, als sie den verstörten Ausdruck auf Seans Gesicht sah.

»Das bringt uns Marco Galliani und Duluth nicht wieder zurück, oder?« Er wehrte mit einer scharfen Handbewegung ab. »Morgen werden wir fliegen, wohin Sie wollen, und bergen, soviel wir können.«

Emily sah ihm lange nach, bis sich ihr das Bild des gramgebeugten jungen Mannes unauslöschlich eingeprägt hatte. Am Himmel strebten die eleganten Tiere kreisend und gleitend nach Westen ihrem Strand zu, als wollten sie Sean begleiten.

Der Schmerz, den Emily empfand, war nichts im Vergleich zu dem Gefühl des Verlustes, mit dem die Drachenreiter fertigwerden mußten, das war ihr klar. Sie rieb sich das Gesicht, das zitternde Kinn, schluckte entschlossen den Klumpen in ihrer Kehle hinunter und winkte den Frachtaufseher gereizt zu sich heran.

»Finden Sie heraus, wer diesen Schlitten geflogen hat, und bringen Sie ihn oder sie mittags in mein Zelt. Und womit kann ich Ihnen helfen?«

»Marco und Duluth sind genauso verschwunden wie es die Feuerechsen tun«, sagte Sean mit seltsam sanfter Stimme.

»Aber sie sind *nicht* zurückgekommen!« protestierte Nora schrill. Sie begann wieder zu weinen und vergrub ihr Gesicht an Peter Semlings Schulter.

Der plötzliche Tod der beiden hatte allen einen traumatischen Schock versetzt. Die Klage der Drachen war im Laufe des Nachmittags leiser geworden. Am Abend hatten ihre Partner sie endlich bewegen können, sich im Sand zusammenzurollen und zu schlafen. Nachdem die Tiere versorgt waren, kauerten die jungen Leute mutlos und apathisch um ein kleines Feuer.

»Wir müssen herausfinden, was schiefgegangen ist«, sagte Sean, »damit es nie wieder geschieht.«

»Sean, wir wissen nicht einmal, was Marco und Duluth gemacht haben«, schrie Dave Catarel.

»Duluth hat ganz instinktiv auf eine Gefahr reagiert«, sagte eine neue Stimme. Pol Nietro trat mit Bay in den Feuerschein. »Mit einem Instinkt, der ihm angeboren war. Dürfen wir euch im Namen aller, die mit dem Drachenprogramm zu tun hatten, unser Beileid aussprechen? Wir — Bay und ich — ja, ihr alle seid für uns wie eine Familie.« Pol fuhr sich verlegen über die Augen und schniefte.

»Bitte, setzen Sie sich zu uns«, sagte Sorka mit ruhiger Höflichkeit, stand auf und führte Pol und Bay ans

Feuer. Zwei weitere Packkisten wurden in den Kreis gezogen.

»Wir haben uns bemüht herauszufinden, was eigentlich passiert ist«, fuhr Pol fort, nachdem er und Bay sich schwerfällig niedergelassen hatten.

»Keiner hat sich umgesehen«, sagte Sean mit einem schweren Seufzer. »Ich habe es beobachtet. Marco und Duluth sind vom Strand gestartet und waren im Steigflug, als sich der Schlittenpilot mit einer Wendung dem Landeplatz näherte. Er konnte die beiden unter sich nicht sehen. Drachen sind nicht mit einer Kollisonswarneinrichtung ausgerüstet.« Sean hob hilflos beide Hände. »Ich weiß aus sicherer Quelle, daß der Schlittenpilot seinen Alarm abgeschaltet hatte, weil ihm das ständige Piepsen bei dem starken Verkehr auf die Nerven ging.«

Pol beugte sich zu ihm. »Dann ist es um so wichtiger, daß ihr Reiter euren Drachen Disziplin beibringt.« Ärgerlicher Protest wurde laut, und er winkte beschwichtigend ab. »Das soll keine Krittelei sein, Freunde. Ich will euch aufrichtig helfen. Aber jetzt ist offenbar der Moment gekommen, bei der Ausbildung der Drachen einen Schritt weiterzugehen — sie müssen lernen, den Instinkt, der Marco und Duluth heute eigentlich hätte retten sollen, richtig einzusetzen.«

Diese Bemerkung rief erneut teils zorniges, teils erschrockendes Gemurmel hervor. Sean hob die Hand, sein müdes Gesicht wurde von den tanzenden Flammen erhellt. Sorka, die neben ihm saß, sah genau die verkrampften Kiefermuskeln und den Schmerz in seinen Augen.

»Ich glaube, unsere Überlegungen gehen in die gleiche Richtung, Pol«, sagte er, und seine gepreßte Stimme verriet dem Biologen, unter welcher Belastung der junge Drachenreiter stand. »Meiner Meinung nach sind Marco und Duluth in Panik geraten. Sie hätten einfach an die Stelle zurückkommen sollen, von der sie verschwunden

waren, der verdammte Schlitten war ja schon weg!«
Jetzt war der Schmerz fast mit Händen zu greifen. Sean
atmete tief durch und sprach ruhiger, fast ungerührt
weiter. »Wir alle haben Feuerechsen. Kit Ping hat uns
unter anderem deshalb als Kandidaten ausgewählt. Wir
haben sie alle schon mit Botschaften losgeschickt, nachdem wir ihnen gesagt hatten, wohin sie fliegen, was sie
machen oder wen sie suchen sollten. Das müßten wir
doch auch den Drachen beibringen können. Wir haben
heute auf die harte Tour erfahren, daß sie ebenso wie
die Feuerechsen fähig sind zu teleportieren. Diesen Instinkt müssen wir lenken. Wir müssen ihn disziplinie-
ren, wie Pol vorhin sagte, damit wir nicht wie Marco in
Panik verfallen.«

»Warum hat Marco eigentlich durchgedreht?« jammerte Tarrie Chernoff.

»Ich würde alles darum geben, wenn ich das wüßte«,
sagte Sean, und jetzt klang der Schmerz wieder in seiner Stimme mit. »Aber eines weiß ich. Von jetzt an star-
tet kein Reiter mehr, ohne sich zu vergewissern, was in
seiner unmittelbaren Umgebung in der Luft vorgeht.
Wir müssen defensiv fliegen, müssen uns bemühen,
mögliche Gefahren im voraus zu erkennen. *Vorsicht*«,
sagte er und tippte sich mit dem Zeigefinger gegen die
Schläfe, »muß uns in die Augäpfel eingegraben sein.«
Er sprach schnell, in knappen Worten. »Wir wissen, daß
die Feuerechsen, um dahin zu gelangen, wohin sie auch
immer wollen, *zwischen* einem Ort und dem anderen
wechseln, also hören wir auf, diese Fähigkeit als selbstverständlich anzusehen, und *beobachten* wir genau, was
sie tun. Überprüfen wir, wie sie kommen und gehen.
Schicken wir sie an bestimmte Orte, an Orte, wo sie
noch nicht gewesen sind, um zu sehen, ob sie unseren
geistigen Anweisungen folgen können. Unsere Drachen
hören uns auf telepathischem Wege, sie verstehen — im
Gegensatz zu den Feuerechsen — genau, was wir sagen, wenn wir uns also angewöhnen, den Feuerechsen

präzise Anweisungen zu geben, dann müßten damit eigentlich auch die Drachen etwas anfangen können. Wenn wir das Verhalten der Feuerechsen so weit verstehen, wie es irgend geht, *dann* erst werden wir versuchen, unsere Drachen von einem Ort zum anderen zu schicken.«

Die anderen Reiter begannen, leise miteinander zu reden, und Sean beobachtete sie scharf aus schmalen Augen.

»Aber bringen wir damit nicht unsere Zwergdrachen in Gefahr?« fragte Tarrie und strichelte die kleine Goldene, die sich in ihre Armbeuge kuschelte.

»Besser die Zwergdrachen als die Drachen!« bemerkte Peter Semling.

Sean schnaubte verächtlich. »Die Feuerechsen können recht gut auf sich selbst aufpassen. Versteht mich nicht falsch ...« Er hob die Hand, um Tarries prompt einsetzenden Protest abzuwehren. »Ich schätze sie. Sie sind großartige kleine Kämpfer. Himmel, ohne ihre Hilfe hätten wir die Nestlinge niemals satt bekommen, aber ...« — er hielt inne und sah in die Runde — »sie besitzen einen gut ausgeprägten Überlebensmechanismus, sonst hätten sie den ersten Durchzug dieser Oort'schen Wolke nicht überstanden. Wann immer das war. Wie Peter schon sagte, ist es weit weniger gefährlich, mit Feuerechsen zu experimentieren, als einen weiteren Drachen samt Reiter aufs Spiel zu setzen.«

»Du hast einige sehr wichtige Gesichtspunkte angesprochen, Sean.« Pol hatte selbst neuen Mut gefaßt. »Aber du willst doch sicher die goldenen und die bronzefarbenen Zwergdrachen dafür verwenden. Bay und mir erscheinen sie immer als die zuverlässigsten.«

»Das hatte ich vor. Besonders, nachdem sich die Blauen und Grünen nach der Eruption alle verdrückt haben.«

»Ich bin bereit, es zu versuchen«, sagte Dave Catarel, nahm mit einem Ruck die Schultern zurück, richtete sich auf und sah die anderen herausfordernd an. »Wir müssen etwas tun. Aber vorsichtig!« Er warf Sean einen schnellen Blick zu.

Auf dessen Gesicht erschien langsam ein Lächeln, und er schüttelte Dave über das Feuer hinweg die Hand.

»Ich mache auch mit«, sagte Peter Semling. Nora schloß sich etwas zaghaft an.

»Ich finde, es klingt äußerst vernünftig.« Otto nickte energisch und sah sich um. »Schließlich wurden die Drachen so gezüchtet, daß sie den Gefahren des Fädenfalls entgehen können, wozu die mechanischen Schlitten nicht in der Lage sind.«

»Danke, Otto«, sagte Sean. »Wir müssen alle positiv denken.«

»Und vorsichtig sein«, ergänzte Otto und hob warnend einen Finger.

Die Reiter waren aus ihrer Lethargie gerissen und begannen sich leise zu unterhalten.

»Weißt du noch, Sorka«, sagte Bay und beugte sich zu ihr, »wie ich Mariah an dem Tag zu dir geschickt habe, als man uns nach Calusa rief?«

»Sie hat mir Ihre Botschaft gebracht.«

»Das hat sie, aber ich habe ihr nur gesagt, sie soll den Rotschopf bei den Höhlen suchen.« Bay schwieg bedeutungsvoll. »Natürlich kennt dich Mariah, seit sie ausgeschlüpft ist, und es gibt in Landing und auf dem ganzen Planeten nicht *so* viele Rotschöpfe.« Bay wußte, daß sie faselte, und das passierte ihr nur selten, aber schließlich brach sie auch nur selten in Tränen aus, und als sie die schreckliche Nachricht gehört hatte, hatte sie fast eine Stunde lang geweint, ohne daß Pol sie hätte trösten können. Pol hatte es ganz richtig formuliert, es war, als habe man ein Familienmitglied verloren. Da sie kein Terminal zur Verfügung hatten, um nach möglichen Lösungen zu suchen, hatten sie zwei Stunden lang aufgeregt nach der Kiste gesucht, die alle ihre schriftlichen Aufzeichnungen über das Drachenprogramm enthielt;

sie wollten irgendeinen positiven Vorschlag parat haben, um die jungen Leute ein wenig aufzumuntern. »Aber Mariah hat dich an diesem Tag mühelos gefunden, und du warst innerhalb von wenigen Minuten bei unserem Haus. Sie kann also nicht sehr lange gebraucht haben.«

»Nein, das ist richtig«, sagte Sorka nachdenklich und sah in die Runde der vom Feuer beschienenen Gesichter. »Bedenkt doch nur, wie oft wir den Zwergdrachen gesagt haben, sie sollen uns Fische für die Nestlinge bringen.«

»Fische sind Fische«, bemerkte Peter Semling und stocherte geistesabwesend mit einem Ast im Sand herum.

»Ja, aber die Zwergdrachen wußten, welche Sorte die Drachen am liebsten mögen«, meldete sich Kathy Duff. »Und sobald wir die Anweisung gegeben haben, sind sie sofort wieder da. Sie verschwinden einfach, und ein paar Atemzüge später kommen sie mit einem Packschwanz an.«

»Ein paar Atemzüge«, wiederholte Sean und starrte in die Dunkelheit hinaus. »Alle unsere Drachen haben länger als ein paar Atemzüge gebraucht, um zu begreifen, daß ... Marco und Duluth nicht zurückkommen würden. Können wir daraus schließen, daß es auch bei Drachen nur ein paar Atemzüge dauert, wenn sie teleportieren?«

»Vorsichtig ...« Otto hob wieder warnend den Finger.

»Richtig«, fuhr Sean lebhaft fort. »Das machen wir gleich morgen früh, wenn es hell wird.« Er griff nach Peters Stock und zeichnete eine zerklüftete Küstenlinie in den Sand. »Die Gouverneurin möchte, daß wir einige Sachen aus Landing holen und hierher bringen. Dave, Kathy, Tarrie, ihr alle habt goldene Feuerechsen. Ihr fliegt die erste Tour. Wenn ihr den Turm erreicht habt, schickt ihr eure Feuerechsen zu mir und Sorka hierher zurück. Bay, haben Sie und Pol morgen etwas vor?«

Bay rümpfte die Nase. »Wir zwei sind so lange überflüssig, bis wir in der Fort-Festung unsere Systeme wieder in Betrieb nehmen können. Und außerdem müssen wir auf Beförderung warten. Wir helfen euch gern, wo immer wir können!«

»Wir werden die Feuerechsen stoppen. Aber wir brauchen Funkgeräte, um genaue Ergebnisse zu bekommen.«

»Laßt mich die besorgen«, erbot sich Pol.

Sean grinste amüsiert. »Auf diesen Vorschlag hatte ich gehofft. Ihnen kann Lilienkamp nichts abschlagen, oder?«

Pol schüttelte energisch den Kopf, er fühlte sich jetzt viel besser als am Nachmittag, als er zutiefst niedergeschlagen vergeblich nach den verschwundenen Unterlagen gesucht hatte.

»Nun, dann werden Bay und ich jetzt gehen«, sagte er, erhob sich und half ihr beim Aufstehen. »Um Funkgeräte zu organisieren. Wie viele? Zehn? Wir treffen uns dann morgen früh hier, mit den Geräten.« Er verneigte sich vor den anderen und stellte dabei fest, daß nur Bay diese Marotte verstand. »Ja, im Morgengrauen werden wir mit unseren wissenschaftlichen Beobachtungen beginnen.«

»Und wir brauchen alle unseren Schlaf, ihr Reiter«, sagte Sean und begann, Sand auf das erlöschende Feuer zu schaufeln.

Pol hielt sich ein Funkgerät ans Ohr und zeigte mit dem Finger nach unten, während Bay, Sean und Sorka ihre Stoppuhren einschalteten. Mit dem Finger auf dem Knopf blickten sie alle nach Osten zum Himmel auf, Bay blinzelte gegen das grelle Sonnenlicht, das sich in der glatten See spiegelte.

»Jetzt!« Vier Stimmen sagten es, vier Finger drückten auf die Knöpfe, als ein aufgeregt zirpender Zwergdrache über ihren Köpfen erschien.

»Wieder acht Sekunden«, rief Pol zufrieden.

»Komm her, Kundi«, sagte Sorka und streckte den Arm aus, damit das Tierchen landen konnte. Dave Catarels Bronzeechse piepste und legte den Kopf schief, als ziehe sie die Einladung in Betracht, schwenkte dann aber ab, als Duke, Sorkas eigener Zwergdrache, sie verscheuchte. »Sei nicht so garstig, Duke.«

»Acht Sekunden«, sagte Sean bewundernd. »Länger brauchen sie nicht, um etwa fünfzig Kilometer zurückzulegen.«

»Ich frage mich«, sinnierte Pol und klopfte mit seinem Stift auf das Klemmbrett mit den erfreulichen Zahlen. »Der Wert verändert sich nicht, ganz gleich, wen wir in welche Richtung schicken. Wie lange würden sie wohl brauchen, um, sagen wir Seminole oder die Fort-Festung im Norden zu erreichen?« Er sah die anderen fragend an.

Sean schüttelte zweifelnd den Kopf, aber Sorka war begeistert.

»Mein Bruder Brian arbeitet in der Festung. Duke kennt ihn so gut wie mich. Und ich habe viele Faxe von dort gesehen. Zu Brian würde er gehen.« Duke kam angeflogen und landete auf Sorkas Schulter, als wisse er, daß über ihn gesprochen wurde. Sie lachte. »Seht ihr, er macht mit!«

»Er kommt vielleicht, wenn er gerufen wird«, sagte Sean, »aber wird er auch ein Ziel ansteuern, zu dem man ihn schickt? Landing ist etwas anderes, das kennen sie alle gut.«

»Wir müssen es eben versuchen«, entschied Pol. »Und jetzt ist eine gute Zeit, um Brian in der Fort-Festung zu erreichen.« Er tippte eine Nummer auf dem Komgerät. »Ein Segen, daß der Turm funktioniert. Ach ja, hier Pol Nietro. Ich muß dringend mit Brian Hanrahan sprechen ... ich sagte dringend! Hier ist Pol Nietro. Dann holen Sie ihn! Idioten«, murmelte er vor sich hin. »Ist das ein wichtiger Anruf?«

Als Brian an den Apparat kam, war er überrascht, die Stimme seiner Schwester zu hören. »Sag mal, was soll das denn? Du kannst doch hier nicht einfach eine Vorzugsbehandlung verlangen. Ich versichere dir, daß Mick bei Mutter bestens aufgehoben ist. Sie vergöttert ihn.«

Seine etwas ärgerliche Stimme war für alle deutlich zu verstehen, und Sorka war konsterniert über seine wenig entgegenkommende Reaktion. Sean nahm ihr das Funkgerät aus der Hand.

»Brian, hier Sean. Marco Galliani und sein Drache Duluth sind gestern bei einem Unfall ums Leben gekommen. Wir versuchen zu verhindern, daß so etwas noch mal passiert. Wir bitten dich nur um ein paar Minuten deiner Zeit. Und das hat Vorrang.«

»Marco und Duluth?« Jetzt klang Brians Stimme zerknirscht. »Himmel, wir haben nichts davon gehört. Es tut mir leid. Was kann ich tun?«

»Bist du im Freien? An einer Stelle, wo du aus der Luft leicht zu finden bist?«

»Ja. Warum?«

»Dann beschreibe Sorka genau, wo du bist. Ich übergebe an sie.«

»Hölle und Verdammnis, Sorka, tut mir leid, daß ich dich so angefahren habe. Also, ich bin im Freien. Hast du das letzte Fax gesehen? Nun, ich stehe ungefähr zwanzig Meter von der neuen Rampe entfernt. Bei den Veterinärshöhlen. Man hat sie endlich etwas höher gemacht, und etwa einen Meter von mir liegt ein riesiger Steinhaufen, der fast so groß ist wie ich. Was soll ich jetzt tun?«

»Bleib einfach stehen. Ich schicke Duke zu dir. Wenn ich ›los‹ sage, schaltest du deine Stoppuhr ein.«

»Also weißt du, Schwesterchen«, begann er ungläubig, »du bist doch in der Bucht von Kahrain, oder nicht?«

»Brian! Mach bitte, was ich sage, nur dieses eine Mal!«

»Schön. Ich bin bereit, die Stoppuhr einzuschalten.«
Es klang noch immer beleidigt.

Sorka hob den Arm, um Duke in die Luft zu werfen.
»Flieg zu Brian, Duke. Er ist an dem neuen Ort! Hier!«
Sie kniff die Augen zu und stellte sich mit aller Kraft Brian
an der von ihm beschriebenen Stelle vor. »Los, Duke.«

Mit einem überraschten Quäken hob Duke ab und
verschwand.

»*Mark!*« schrie Sorka.

»He, ich höre dich laut und deutlich, Schwester. Du
brauchst nicht zu brüllen. Ich weiß nicht, was das Ganze
eigentlich soll. Du willst doch wohl nicht behaupten,
daß ein Feuerzwergdrache — Himmel!« Brians Stimme
wurde ganz leise vor Staunen. »Verdammt, das ist unglaublich. Scheiße! Ich habe vergessen, die Zeit zu nehmen.«

»Das macht nichts«, sagte Sorka und nickte entzückt
mit dem Kopf. »Wir haben dein ›Himmel‹ mitgestoppt.«

Pol sprang auf und ab, schwenkte seinen Armband-
chronometer und schrie: »Acht Sekunden! *Acht Sekunden!*«

Er faßte Bay um die Taille und tanzte mit ihr herum.
Sean hob Sorka hoch und küßte sie, während Mariah
und Blazer mit einem riesigen Schwarm flötender
Zwergdrachen in einem schwindelerregenden Reigen
durch die Luft wirbelten.

»Acht Sekunden bis zur Festung, nur acht Sekunden«, keuchte Pol und blieb taumelnd stehen. Bay hielt
sich an ihm fest.

»Das ergibt keinen Sinn, oder?« fragte Bay schwer atmend, eine Hand auf die Brust gelegt. »Die gleiche Zeit
für fünfzig Kilometer wie für beinahe dreitausend.«

»He, Sorka«, ertönte Braians vorwurfsvolle Stimme.
Sie hielt sich das Funkgerät wieder ans Ohr und wischte
sich mit dem Ärmel den Schweiß von der Stirn. »Ich
muß wirklich gehen, aber was soll ich mit Duke machen, nachdem er jetzt hier ist?«

»Sag ihm, er soll zu mir zurückkommen. Und gib uns ein Zeichen, wenn er verschwindet.«

»Gut. Mache ich. Auf die Plätze ... Duke, suche Sorka! Sorka! Suche — er ist fort. Mist! Jetzt!«

Am Strand der Bucht von Kahrain drückten vier Finger auf die Knöpfe von Stoppuhren, vier Augenpaare wandten sich nach Westen und schauten in den heißen Nachmittagshimmel, vier Stimmen zählten die Sekunden.

»Sechs ... sieben ... acht ... Er hat's geschafft!«

In die Freude mischte sich neue Gewißheit, als Duke fröhlich piepsend wieder auf Sorkas Schulter landete und seine kalte Schnauze an ihrer Wange rieb.

»Das war wirklich sehr zufriedenstellend und wirkungsvoll«, strahlte Bay.

»Bitte, Bay, erzählen Sie es Emily!« bat Sean und schob seine Hand unter Sorkas Ellbogen. »Wir müssen jetzt wohl unser heutiges Pensum an Lastenschlepperei hinter uns bringen.«

»Der Tod des Galliani-Jungen hat sich also als Katalysator erwiesen?« fragte Paul Benden, als er an diesem Abend mit Emily am Komgerät Neuigkeiten austauschte.

»Pol und Bay sind sehr viel zuversichtlicher«, antwortete Emily, der die Tragödie immer noch mehr zu schaffen machte, als sie eigentlich verstehen konnte. Aber sie wußte ja, daß sie müde war. Selbst jetzt, während sie mit Paul sprach und hoffte, von ihm irgendwelche tröstlichen Nachrichten vom Nordkontinent zu erhalten, beschäftigte sich ein Teil ihrer Gedanken noch immer mit all den Dingen, die einfach erledigt werden *mußten*.

»Telgars Gruppe hat sich gewaltig angestrengt, Em. Die Unterkünfte sind großartig. Man merkt gar nicht, daß man sich fünf oder zehn Meter tief in massivem Fels befindet. Cobber und Ozzie sind in sieben Tunnel ein paar hundert Meter weit vorgedrungen. Es gibt sogar ein Krähennest für Ongolas Funkausrüstung, man hat es hoch oben in die Klippenwand hineingehauen. Der Höhlenkomplex ist groß genug, um die gesamte Bevölkerung von Landing aufzunehmen.«

»Nicht jeder will in einem Loch unter der Erde leben, Paul.« Emily sprach auch für sich selbst.

»Es gibt eine ganze Reihe von ebenerdigen Höhlen, mit direktem Zugang von außen«, beschwichtigte er sie. »Warte nur, du wirst schon sehen. Wann kommst du eigentlich? Ich muß mich beim nächsten Fädenfall sehen lassen, sonst schmeißen sie mich raus.«

»Wünsch dir das ja nicht!«

»Emily.« Pauls etwas schnoddriger Tonfall wurde ernst. »Laß dich von Ezra ablösen. Er und Jim sollen das Verladen dirigieren. Die Transporte und die Wartung der Schlitten und Gleiter können andere übernehmen. Pierre müßte auch hier sein, um die Verpflegung der Leute zu organisieren. Er hat hier die größten Küchenräume auf ganz Pern.«

»Eine willkommene Abwechslung nach der größten Grillgrube! Ich mache mir Sorgen wegen der Drachen, Paul.«

»Ich glaube, damit müssen sie selbst klarkommen, Emily. Und nach allem, was du mir berichtet hast, werden sie das wohl auch schaffen.«

»Danke, Paul«, sagte sie mit Nachdruck. Die Sicherheit in seiner Stimme hatte ihr neuen Mut gegeben. »Ich werde mir morgen einen Platz im Abendschlitten reservieren.«

Nach der Aufregung über Dukes Flug nach Norden war es nicht mehr so spannend, die Zwergdrachen zwischen Landing und Kahrain hin- und herzuschicken, aber es war doch ein Zeitvertreib auf der ermüdend langen Reise. Auf dem Rückweg ließ Sean die Drachenreiter üben, in geschlossener und weit auseinandergezogener Formation zu fliegen und, was noch wichtiger war, günstige Luftströmungen zu erkennen und auszunützen.

An diesem Abend machten sie ein größeres Lagerfeuer, und Pol und Bay schlüpften ebenfalls in den Kreis, um mit den anderen zu besprechen, was sie bei den Zwergdrachen beobachtet hatten, und zu überlegen, wie sich dies auf die Drachen anwenden ließ. Es war gar nicht nötig gewesen, daß Sean so eindringlich zur Vorsicht mahnte: Marco und Duluth waren allen noch sehr lebhaft im Gedächtnis. Um keinerlei trübsinnige Gedanken aufkommen zu lassen, schlug Sean vor, am nächsten Tag weiter das Formationsfliegen zu exerzieren; beim Kampf gegen die Fäden würde es ihnen zugute kommen.

»Wenn man weiß, wo man sich in bezug auf andere Geschwaderflieger befindet, weiß man auch immer, wohin man zurückkehren muß«, betonte er.

»Eure Drachen sind noch sehr jung für diese Spezies«, schaltete sich Pol ein, als er sah, wie bereitwillig diese Anregung aufgenommen wurde. »Die Zwergdrachen zeigen keinerlei Verfallserscheinungen. Mit anderen Worten, sie altern, physiologisch gesehen, nicht so wie wir.«

»Soll das heißen, daß sie auch weiterleben, nachdem wir tot sind?« fragte Tarrie erstaunt und blickte sich nach Porth um, die wie ein dunkler Schatten vor den Pflanzen aufragte.

»Nach allem, was wir festgestellt haben ja, Tarrie«, antwortete Pol.

»Unsere wichtigsten Organe sind vom Verfall bedroht«, fuhr Bay fort, »obwohl die moderne Technologie vieles reparieren oder ersetzen kann und uns damit ein langes, aktives Leben ermöglicht.«

»Es ist also unwahrscheinlich, daß sie krank werden oder dahinsiechen?« strahlte Tarrie.

»Das *glauben* wir jedenfalls«, antwortete Pol, hob jedoch warnend den Finger. »Aber schließlich haben wir auch noch keine alten Zwergdrachen *gesehen*.«

Sean schnaubte verächtlich, und Sorka schwächte die

Reaktion mit einem Lachen ab. »Wir können eigentlich nur nach *unserer* Generation urteilen«, sagte sie. »Außerdem lassen sich nur unsere eigenen Tiere von uns behandeln, weil sie uns vertrauen, und sie haben gewöhnlich nicht mehr als ein paar Kratzer oder Brandwunden und hin und wieder eine Hautabschürfung. Ich finde es tröstlich zu wissen, daß die Drachen ebenso langlebig sein könnten.«

»Solange *wir* keine Fehler machen«, mahnte Otto Hegelman düster.

»Dann *dürfen* wir eben keine Fehler machen!« Sean sagte es entschieden. »Und damit es nicht dazu kommt, werden wir uns morgen in drei Gruppen aufteilen. Sechs, sechs ... und fünf. Wir brauchen drei Anführer.«

Obwohl Sean niemanden benannt hatte, wurde er selbst sofort gewählt. Nach kurzer Diskussion entschied man sich außerdem für Dave und Sorka.

Später, als Sorka und Sean es sich zwischen Faranth und Carenath im Sand bequem gemacht hatten, umarmte sie ihn lange und gab ihm einen Kuß.

»Womit habe ich das verdient?«

»Du hast uns allen Hoffnung gegeben. Aber ich mache mir Sorgen, Sean.«

»Ach?« Sean entfernte ihr Haar von seinem Mund und wühlte sich mit seiner linken Schulter tiefer in den Sand.

»Ich glaube, wir sollten nicht zu lange warten, bis wir zu teleportieren versuchen.«

»Ganz meine Meinung, und ich bin Pol und Bay dankbar für ihre Äußerungen zur Langlebigkeit der Drachen. Hat mich auch aufgemuntert.«

»Solange *wir* also den Kopf nicht verlieren, behalten wir auch unsere Drachen.« Sie kuschelte sich an ihn.

»Ich wünschte, du hättest dein Haar nicht abgeschnitten, Sorka«, murrte er und zog sich wieder eine Locke aus dem Mund. »Früher hatte ich nicht so viel davon zwischen den Zähnen.«

»Unter dem Reithelm ist kurzes Haar praktischer«, murmelte sie schläfrig. Dann schliefen sie beide ein.

Die Pakete und die in Plastik verpackten Geräte in Landing wurden zwar zusehends weniger, aber die an der Bucht von Kahrain lagernde Fracht konnte nicht so schnell weggeschafft werden. Als Sean am zweiten Abend den Reitern seines Geschwaders beim Abladen half, entdeckte er einen der Frachtaufseher, der an einem behelfsmäßigen Schreibtisch saß und auf einen kleinen tragbaren Bildschirm blickte.

»Morgen bringen wir den Rest der Sachen aus Landing, Desi«, versicherte ihm Sean.

»Großartig, Sean, großartig«, sagte Desi kurz und winkte ab.

»Was zum Teufel ist los, Desi?« fragte Sean.

Die scharfe Frage ließ den anderen überrascht aufsehen. »Was los ist? Ich soll einen ganzen Strand voll Zeug wegschaffen und habe keine Transportmittel.« Desis Gesicht war so verzerrt vor Anspannung, daß Seans Ärger verflog.

»Ich dachte, die großen Schlitten kommen zurück.«

»Sie müssen erst neu aufgeladen und gewartet werden. Ich wünschte, man hätte mir das früher gesagt.« Seine Stimme zitterte vor Frustration. »Alle meine Terminpläne ... futsch. Was soll ich tun, Sean? Bald fallen hier wieder die Sporen, und der ganze Kram« — er wedelte mit einem schweißnassen Lappen zu dem Stapel orangefarbener Kartons hin — »ist unersetzlich. Wenn nur ...« Er brach ab, aber Sean konnte sich gut vorstellen, was er eigentlich hatte sagen wollen. »Ihr habt großartige Arbeit geleistet, Sean, ich weiß das wirklich zu schätzen. Wieviel ist noch zu holen, sagtest du?«

»Morgen haben wir alles ausgeräumt.«

»Hör mal, einen Tag später ...« Desi rieb sich wieder das Gesicht, um zu verbergen, daß er rot geworden war. »Na ja, ich habe es von Paul gehört. Er will, daß ihr Reiter euch auf den Weg nach Seminole macht und von dort aus weiter nach Norden fliegt. Und ...« Desi verzog wieder das Gesicht.

»Und wir sollen einen Teil der orange kodierten Stücke aus der Gefahrenzone bringen?« Sean spürte, wie erneut Groll in ihm aufstieg. »Na ja, wohl immer noch besser, als wenn man zu gar nichts taugt.« Er entfernte sich mit langen Schritten, ehe sein Temperament mit ihm durchging.

Faranth und Sorka kommen, teilte ihm Carenath bedrückt mit. Sean änderte die Richtung und ging ihnen entgegen. Er konnte Sorka nicht täuschen, aber beim Entladen konnte er doch einen Teil seiner Wut loswerden.

»Also, was ist passiert?« fragte Sorka und zog ihn auf die dem Meer zugewandte Seite ihrer Drachenkönigin, wo sie von den anderen Reitern, die immer noch Pakete nach Farbkodierungen sortierten, nicht gesehen werden konnten.

Sean schlug sich mehrmals heftig mit der Faust auf die Handfläche, ehe er seine Demütigung in Worte fassen konnte.

»Man sieht uns nur als elende Packtiere an, als Lastesel mit Flügeln!« sagte er schließlich. Wenigstens dämpfte er seine Stimme, obwohl er vor Wut schäumte.

Faranth drehte den Kopf und betrachtete die beiden Reiter, in ihren blauen Augen glommen rote Funken auf. Carenath schob seinen Kopf über ihren Rücken. Dahinter hörte Sean die anderen Drachen murren. Ehe er wußte, wie ihm geschah, waren er und Sorka von Drachen umringt, und ihre Reiter strebten dem Zentrum des Kreises zu.

»Jetzt sieh mal, was du angerichtet hast«, seufzte Sorka.

»Was ist los, Sean?« fragte Dave und drängte sich an Polenth vorbei.

Sean holte tief Luft und schluckte seinen Zorn und seinen Groll hinunter. Wenn er sich selbst nicht unter

Kontrolle hatte, konnte er auch andere nicht kontrollieren. Die Augen der Drachen, die auf ihn hinunterblickten, loderten in erschrockenem Gelb. Er mußte sie, sich selbst und die anderen Reiter beruhigen. Sorka hatte recht. Er hatte etwas angerichtet, was er schleunigst wiedergutmachen mußte.

»Offenbar sind wir das einzige verfügbare Lufttransportmittel«, sagte er und brachte so etwas wie ein Lächeln zustande. »Desi sagt, alle großen Schlitten sitzen erst einmal fest, bis sie gewartet werden können.«

»He, Sean«, protestierte Peter Semling und zeigte mit dem Daumen über die Schulter auf die Massen von Gütern am Strand. »Das können wir aber nicht alles wegschaffen!«

»Ausgeschlossen.« Sean wehrte mit einer entschiedenen Handbewegung ab. »Das verlangt man auch nicht von uns. Wenn wir Landing geräumt haben, möchte Paul, daß wir nach Seminole fliegen und von dort die letzte Etappe nach Norden antreten. Das ist in Ordnung.« Sein Lächeln wurde wehmütig. »Aber Desi hätte gern, daß wir einen Teil der unersetzlichen Dinge mitnehmen.«

»Solange allen klar ist, daß wir keine Fuhrleute sind«, sagte Peter gekränkt. Er empfand offenbar ebenso wie Sean.

»Das ist gar keine Frage, Pete«, erklärte Sean entschieden. »Wir machen Fortschritte als Drachenreiter, gute Fortschritte. Aber Desi steht mit dem Rücken an der Wand, und er braucht uns.«

»Ich wünschte nur, wir würden für das gebraucht, was wir eigentlich tun sollen«, bemerkte Tarrie.

»Sobald wir unsere Verpflichtungen hier erfüllt haben«, sagte Sean, »werden wir uns darauf konzentrieren und nur darauf. Ich habe mir vorgenommen, daß wir alle teleportieren können, bis wir Seminole erreichen.«

»An Orte, die wir nie gesehen haben?« fragte der praktisch denkende Otto.

»Nein, an Orte, wo wir kurz zuvor gewesen sind. Betrachtet unseren Flug nach Seminole als Chance, euch die wichtigsten Besitzungen im Süden anzusehen«, antwortete Sean lebhaft und stellte überrascht fest, daß er selbst an seine Worte glaubte. »Wir brauchen derartige Bezugspunkte, um zu teleportieren, wenn wir gegen Fäden kämpfen.« Sorkas Gesicht glühte vor Stolz, weil es ihm gelungen war, nicht nur seinen eigenen Zorn in die Gewalt zu bekommen, sondern auch den anderen das Vertrauen in eine würdevolle Zukunft wiederzugeben. Über ihren Köpfen erlosch das gelbe Funkeln in den Drachenaugen. »Ich rieche Essen. Ich habe Hunger. Kommt, wir haben es uns verdient.«

»Wir müssen die Drachen jagen lassen, ehe wir über den ganzen Kontinent flitzen«, sagte Peter und deutete mit dem Kinn auf die Tierpferche.

Emilys versteckter Warnung eingedenk, schüttelte Sean lächelnd den Kopf. »Zweimal können wir uns das nicht erlauben, Pete. Morgen machen wir Jagd auf die Biester, die uns in der Umgebung von Landing bisher entgangen sind.« Er drängte sich zwischen den Drachen hindurch. »Morgen kannst du dich satt essen, Carenath«, sagte er und versetzte seinem Bronzedrachen im Vorbeigehen einen liebevollen Stoß.

Mit Fisch? quengelte Carenath.

»Mit Fleisch. Mit rotem Fleisch«, versprach Sean. Als einige Drachen freudig zu trompeten anfingen, lachte er. »Aber diesmal werden wir es nicht für euch stehlen.«

Dann legte er den Arm um Sorka und ging auf den Strand und die Kochfeuer zu.

Als die drei Drachengeschwader am nächsten Tag den Jordan überquerten, schwärmten sie in drei verschiedene Richtungen aus, umgingen die unter einer Asche-schicht liegende Siedlung und strebten in geringer Höhe nach Süden und dann nach Osten.

Faranth sagt, sie hat laufendes Fleisch gefunden, meldete Carenath seinem Reiter. *Stimmt das?*

Sean hatte sein Fernglas auf ein kleines Tal gerichtet. Sie befanden sich nördlich der Bahn der beiden Fädeneinfälle, die dieses Gebiet betroffen hatten, daher gab es noch Vegetation, die Pflanzenfresser anlockte.

»Sag ihr, wir haben eine Goldgrube entdeckt.«

Kein Fleisch? fragte Carenath traurig.

Sean grinste und klopfte seinem Drachen auf die Schulter. »Doch, es ist Fleisch, aber unter einem anderen Namen. Und diesmal so viel, wie ihr fressen könnt«, fügte er hinzu, als die kleine, aus Rindern und Schafen gemischte Herde davonstürmte, um der Gefahr aus der Luft zu entgehen. Er gab dem Rest seines Geschwaders mit den übertriebenen Armbewegungen, die sie geübt hatten, ein Zeichen. Da die Drachen sich untereinander verständigen konnten, hatten die Reiter auf Funkgeräte verzichtet, aber Sean hatte die von Pol beschafften erhalten. Sie waren zwar zu wertvoll, um zu riskieren, daß sie aus großer Höhe herunterfielen, aber auch zu nützlich, um sie wieder abzugeben. »Setze mich auf diesem Grat ab, Carenath. Dort ist auch genügend Platz für die anderen.«

Porth sagt, es gibt genug für uns alle, meldete Carenath, als er elegant aufsetzte und die Schulter beugte, damit Sean absteigen konnte.

»Sag Porth, wir danken ihr, aber du solltest dich beeilen, um diese Schar einzuholen«, riet ihm Sean. Die Herde raste aus Leibeskräften das Tal hinunter. Sean hielt sich die Hände vor das Gesicht, denn Carenath hatte bei seinem überstürzten Aufbruch Kies und die überall vorhandene Asche aufgewirbelt. Helle Streifen erschienen hinter dem Bronzedrachen. »Herzlich willkommen«, sagte Sean ironisch, als er zwischen den kleinen farbigen Feuerechsenkörpern, die Blazer folgten, auch blaue und grüne entdeckte.

Der Rest seines Geschwaders war bald zur Stelle. Sogar Nora Sejby und Tenneth schafften eine akzeptable Landung; Nora verbesserte sich immer mehr. Mehr Sorgen machte ihm Catherine Radelin-Doyle, die seit der Tragödie kein einziges Mal mehr mit Singlath gekichert hatte. Nyassa, Otto und Jerry Mercer, damit war die Gruppe vollständig. Sobald auch die anderen Drachen zur Jagd gestartet waren, richtete Sean sein Fernglas auf Carenath und sah gerade noch, wie der Bronzedrache herabstieß und sich, ohne seine Geschwindigkeit zu verringern, einen Stier schnappte.

»Gut gemacht, Carenath!« Sean reichte das Glas an Nyassa weiter, damit sie Milath beobachten konnte.

»Mir schienen in der Herde ziemlich viele Rinder zu sein«, sagte Jerry, nahm seinen Helm ab und fuhr sich durch das verschwitzte Haar. »Was soll aus ihnen werden?«

Sean zuckte die Achseln. »Das beste Vieh wurde nach Norden gebracht. Die hier werden überleben oder auch nicht.«

»Sean, sieh mal, wer zum Essen gekommen ist!« Nyassa zeigte nach Norden, wo die unverwechselbaren Silhouetten von fünf Wherries aufgetaucht waren. »Ran an den Feind!« fügte sie hinzu, als fünf Feuerzwergdrachen auf die Eindringlinge losgingen. »Ihr müßt schon warten, bis ihr an die Reihe kommt!«

»Ich habe einen Imbiß mitgebracht«, sagte Catherine und befreite sich von ihrem Rucksack. »Warum sollen wir nicht auch Mittagspause machen?«

Sean erklärte die Jagd für beendet, als jeder Drache zwei Tiere verschlungen hatte. Carenath beklagte sich, er habe nur ein großes Tier bekommen und brauche daher noch zwei von der kleineren Sorte. Sean erklärte ihm, dann würde sein Bauch so voll sein, daß er nicht mehr fliegen könne, und sie hätten noch einiges zu tun. Die Drachen murrten, und Carenath bemerkte hinterhältig, daß auch Faranth noch hungrig sei, aber Sean ließ sich nicht umstimmen, und die Drachen fügten sich.

Sobald sie in der Luft waren, formierte Sean sein Geschwader.

»Paß auf, Carenath«, sagte er und dachte erleichtert, daß dies die letzten Lasten in Landing waren. »Jetzt kehren wir so schnell wir können zum Turm zurück und bringen das hinter uns!«

Er hob den Arm und ließ ihn fallen.

Im nächsten Augenblick waren er und Carenath von einer so absoluten Schwärze umgeben, daß Sean glaubte, sein Herz sei stehengeblieben.

Ich werde nicht in Panik geraten! ermahnte er sich mit aller Kraft und verdängte die Erinnerung an Marco und Duluth. Sein Herz raste, und er spürte die betäubende Kälte des schwarzen Nichts.

Ich bin hier!

Wo sind wir, Carenath? Aber Sean wußte es bereits. Sie waren im *Dazwischen.* Er konzentrierte seine Gedanken intensiv auf ihr Ziel und rief sich das merkwürdig matte Licht in Erinnerung, in das Landing dank der Asche getaucht war, die Form des Wetterbeobachtungsturms, das flache Landegitter davor, die Bündel, die dort auf sie warteten.

Wir sind am Turm, erklärte Carenath ziemlich überrascht, und in diesem Augenblick waren sie auch tatsächlich dort. Sean war so erleichtert, daß er einen Schrei ausstieß.

Dann riß er plötzlich entsetzt die Augen auf. »Himmel! Was habe ich getan!« kreischte er. »Wo sind die anderen, Carenath! Sprich mit ihnen!«

Sie kommen, antwortete Carenath mit unerschütterlicher Ruhe und Zuversicht und kreiste über dem Turm.

Vor Seans ungläubigen Augen tauchte sein Geschwader, immer noch die Formation einhaltend, plötzlich hinter ihm auf.

»Bitte, Carenath, setz mich ab, ehe ich herunterfalle!« flüsterte Sean. Seine Erleichterung war so überwältigend, daß er sich ganz flau fühlte.

Als die anderen in den Landeanflug gingen, blieb Sean auf Carenath sitzen und ließ, halb staunend, halb entsetzt über das beispiellose Risiko, das er soeben rätselhafterweise überlebt hatte, alles noch einmal im Geist an sich vorüberziehen.

»Keeeeeeyoooo!« Nyassas triumphierendes Jodeln riß ihn aus seinen Gedanken. Sie schwenkte ihren Reithelm über dem Kopf, als Milath neben Carenath landete. Catherine und Singlath glitten auf der anderen Seite heran, Jerry Mercer und Manooth dahinter, und Otto und Shoth neben Tenneth und Nora.

»Hipp, hipp, hurra!« Jerry führte den Sprechchor an, während Sean sie alle anstarrte und nicht wußte, was er sagen sollte.

Es war doch ganz einfach. Du hast mir vorgedacht, wohin ich fliegen sollte, und dann habe ich es getan. Und du hast gesagt, ich soll so schnell wie möglich dorthin kommen. Carenaths Tonfall klang ein wenig vorwurfsvoll.

»Wenn das alles ist, warum haben wir dann so lange gewartet?« fragte Otto.

»Hat jemand eine Ersatzhose dabei?« fragte Nora kläglich. »Ich hatte solche Angst, daß ich mich naßgemacht habe. Aber wir haben es geschafft!«

Catherine kicherte, und das brachte Sean wieder zur Vernunft. Er gestattete sich ein Lächeln.

»Wir waren eben soweit!« stellte er mit lässigem Achselzucken fest, als er seine Reitriemen abschnallte. Dann merkte er, daß auch er irgendwo eine saubere Hose auftreiben mußte.

»Ich sagte, wir werden über Emilys Zustand Stillschweigen bewahren«, erklärte Paul barsch und sah Ongola, Ezra Keroon und den finster blickenden Joel Lilienkamp böse an. Er wollte *nicht*, daß Lilienkamp Wetten darüber annahm, ob sich Emily Boll von ihren zahlreichen Knochenbrüchen erholte oder nicht. Als sein Blick auf Fulmar Stone fiel, der mit gesenktem Kopf unaufhörlich an einem schmierigen Lappen zupfte, wich die Strenge aus seinem Gesicht. »Soweit es die Fort-Festung betrifft, ruht sie sich aus. Das ist nicht gelogen, das sagen auch der Arzt und alle Hilfssysteme, die ihren Zustand überwachen. Für Außenstehende ist sie beschäftigt — etwaige Anrufe werden zu Ezra geschaltet.«

Paul stand unvermittelt auf und begann in seinem neuen Büro, dem ersten Raum auf der Ebene oberhalb der Großen Halle, auf- und abzugehen. Aus den Fenstern hatte man einen freien Blick auf die in ordentlichen Reihen gestapelten Frachtgüter und Vorräte, die dieses Ende des Tals füllten. Mit der Zeit würde man alle diese Dinge in die großen, unterirdischen Kavernen von Fort verfrachten. Es war noch so viel zu tun, und er vermißte Emilys Unterstützung schmerzlich.

Er ertappte sich dabei, daß er an seinen Fingerprothesen herumrieb, und steckte energisch beide Hände in die Taschen. Seine Stellung verlangte, daß er seine Betroffenheit für sich behielt, um nicht auch noch die anderen zu beunruhigen, die ohnehin unter großem Druck standen. Aber vor seinen engsten, vertrautesten Freunden konnte er sich die Ängste von der Seele reden, die sie alle teilten.

Das katastrophale Versagen der Gyros des großen Schlittens und der darauf folgende Absturz waren von den Bewohnern der Fort-Festung beobachtet worden, aber nur wenige hatten gewußt, daß die Gouverneurin an diesem Abend mitgeflogen war. Die Verletzungen des Piloten konnte man ehrlich zugeben, denn seine zwei gebrochenen Arme und die zahlreichen Schnittwunden würden problemlos heilen. Von den anderen Passagieren war niemand schwer verletzt worden, und die Helfer hatten Emily nicht erkannt, weil ihr aus einer Kopfwunde das Blut über das Gesicht strömte. Wenigstens so lange, bis sie sich auf dem Wege der Besserung befand, würde Paul nicht zulassen, daß die Tatsachen allgemein bekannt wurden. Bei dem Unfall waren außer dem Schlitten selbst auch einige unersetzliche Arzneimittel verlorengegangen, und da sich dies alles so kurz nach dem hastigen Auszug aus Landing ereignet hatte, mußte es heruntergespielt werden, um die Moral nicht zu gefährden.

»Pierre stimmt mir zu«, fuhr Paul fort. Er spürte den Widerstand der anderen, die unausgesprochene Überzeugung, daß dieses Vertuschungsmanöver seine Glaubwürdigkeit untergraben würde. »Er besteht sogar darauf. Emily würde es so wollen.« Während Paul weiter auf und ab ging, sah er unwillkürlich aus dem tiefen Fenster und wandte dann den Blick von der tiefen Furche ab, die der Schlitten vor zwei Tagen in den Boden gerissen hatte. »Ezra, lassen Sie das von jemandem planieren, ja? Ich muß es jedesmal sehen, wenn ich aus dem Fenster schaue.«

Ezra murmelte etwas und machte sich eine Notiz.

»Wie lange können wir damit rechnen, Emilys Zustand geheimhalten zu können?« fragte Ongola, in dessen Gesicht sich neue Sorgenfalten eingegraben hatten.

»Verdammt, Ongola, so lange, wie es nötig ist! Wir können den Leuten doch wenigstens eine zusätzliche Sorge ersparen, besonders, wenn wir keine positive Prognose haben.« Paul atmete tief durch. »Die Kopfwunde war nicht so schlimm — kein Schädelbruch —, aber es hat eine Weile gedauert, bis man sie aus dem Schlitten herausholte. Das Trauma wurde nicht schnell genug behandelt, und wir haben nicht die Geräte, um den durch die vielen Knochenbrüche entstandenen Schock zu mildern. Sie braucht Zeit und Ruhe. Fulmar« — Paul drehte sich zu dem Ingenieur um —, »es wird doch heute ein Transportschlitten bereitstehen, um nach Süden zu fliegen, oder? Ich kann Desi nicht ständig vertrösten.«

»Alles mit orangefarbener Markierung ist unersetzlich«, fügte Joel hinzu und setzte sich auf seinem Stuhl zurecht. Wir haben zwar hier noch nicht einmal die

Hälfte unter Dach gebracht, aber das Zeug wäre doch in unserem eigenen Vorgarten viel leichter zu schützen als auf einem lausigen Strand eine halbe Welt weit entfernt. Sonst muß Tillek noch mal zurückfahren und es holen. Und ich kann mir einen neuen Terminplan aus den Fingern saugen. Du könntest nicht vielleicht zwei Schlitten entbehren, Fulmar?«

Als Fulmar aufblickte, waren seine Augen vor Überanstrengung und Trauer so gerötet, daß sogar der hartgesottene Magaziner bestürzt zurückzuckte. Joel wußte, daß Stones Leute bis zum Umfallen gearbeitet hatten, um die großen Transportschlitten zu warten. Nur sich selbst gestand er ein, daß man den Schlittenabsturz eher dem Magazin zur Last legen konnte als den Wartungsmonteuren. Aber was konnte er schon tun, wenn man ihm einen Notfall nach dem anderen auflud?

»Wenn es geht, Fulmar«, sagte er etwas sanfter. »Sobald sie eben fertig sind.« Er verließ den Raum, ohne sich noch einmal umzusehen.

»Wir tun, was wir können, Admiral«, sagte Fulmar müde und rappelte sich auf. Er betrachtete den Lappen in seiner Hand, sah erstaunt, daß er zerfetzt war, und stopfte ihn in seine Hüfttasche.

»Ich weiß, Mann, ich weiß.« Paul führte den Ingenieur zur Tür und klopfte ihm verständnisvoll auf die Schulter. »Wenn Sie einen Augenblick Luft haben, Fulmar, stellen Sie mir doch bitte eine Liste mit den Wartungsterminen für die kleineren Maschinen zusammen. Ich muß wissen, wie viele ich für den nächsten Fädenfall zur Verfügung habe.«

»Niemand war schuld an dem Absturz«, sagte er, als Fulmar gegangen war, dann kehrte er an seinen Schreibtisch zurück und ließ sich in seinen Stuhl fallen. »Fulmar macht sich Vorwürfe, weil er nicht früher auf einer Wartung bestanden hat. Genausogut könnte ich sagen, ich hätte Emily nicht drängen sollen, nach Norden zu kommen. Die Fracht in der Kabine war ungenügend gesichert. Aber, meine Herren, es ist töricht, in ein solches Ereignis mehr hineinzulesen als schlechte Koordination und ein fatales Zusammentreffen unglücklicher Umstände. Die Evakuierung von Landing ist einigermaßen geordnet vor sich gegangen. Man hatte neue Unterkünfte für uns bereit, und nun müssen wir genügend Personal und Maschinen auftreiben, um gegen die Sporen zu kämpfen.« Er hatte jede Hoffnung auf Unterstützung seitens der Zwergdrachen oder gar der Drachen aufgegeben.

»Was hast du getan?« schrie Sorka und wurde vor Zorn erst bleich und dann rot. In Faranths Augen begann es orange zu schillern, und sie senkte den Kopf. Carenath trompetete erschrocken.

Sean packte Sorka an beiden Armen, ihre Reaktion machte ihn seltsamerweise ärgerlich. Er hatte die anderen mit Mühe dazu bewegen können, mit der Verkündigung ihrer Heldentat noch zu warten, bis Sorkas Geschwader gelandet war.

»Aber Sorka, ich hatte das doch nicht geplant! Himmel, es war das letzte, was mir in den Sinn gekommen wäre. Ich habe Carenath nur gesagt, er soll so schnell wie möglich nach Landing zurückkehren. Und das hat er getan!«

Es war wirklich ganz einfach, sagte Carenath bescheiden. *Ich habe es Faranth erzählt. Sie glaubt mir.* Er drehte den Kopf und warf Sorka einen vorwurfsvollen Blick zu.

»Wie ... wie ... haben es denn die anderen erfahren?« Wieder verschattete Furcht ihre Augen. Sie achtete nicht auf die allgemeine Aufregung ringsum, wo Seans Geschwader mit ihren Reitern herumtobte und alle durcheinanderredeten und sich lauthals in allen Einzelheiten erzählten, was geschehen war.

Er hat es ihnen gesagt, antwortete Faranth etwas scharf.

»Wir haben zwei Stunden gebraucht, um dahinterzukommen.« Sean lächelte und hoffte, auch Sorka ein Lächeln zu entlocken. Er legte ihr den Arm um die Schultern und führte sie zu den anderen zurück. »Ich glaube«, er wählte seine Worte sehr sorgfältig, »wir haben alle vor Angst fast den Verstand verloren, nachdem Marco und Duluth so umgekommen waren. Jetzt wissen wir aus erster Hand, warum Marco in Panik geriet. Sorka, so etwas hast du noch nie erlebt, du spürst überhaupt nichts, nicht einmal deinen Drachen zwischen den Beinen. Otto hat es als totale sensorische Deprivation bezeichnet.«

Es ist dazwischen, sagte Carenath fast belehrend. Er und Faranth folgten ihren Reitern zurück zu den in Netzen verpackten Bündeln, die sie als letzte Last befördern würden. Die Drachen aus Seans Geschwader saßen im Kreis auf ihren Hinterbeinen und schüttelten sich gelegentlich die über all herumfliegende Asche ab. Faranth grollte tief in der Kehle, und Sean mußte grinsen. Die goldene Königin war ebenso skeptisch wie ihre Reiterin.

»Kann mir Faranth sagen, wie weit Daves Geschwader entfernt ist?« fragte er Sorka.

Sie kommen jetzt in Sicht, sagte Carenath, und gleichzeitig antwortete Sorka: »Faranth sagt, daß sie gerade in Sicht kommen«, und zeigte nach Nordosten. »Polenth sagt, die Jagd sei gut gelaufen. Fleisch!« Sorka lächelte kurz, und Sean nahm das als Zeichen, daß sie ihm schon halb verziehen hatte.

Natürlich gab es erneut erstaunte Ausrufe und neidvolle Glückwünsche, als Dave und seine Reiter die Nachricht hörten.

»Na schön«, sagte Sean, stieg auf eine Kiste und wandte sich an alle. »Wir machen jetzt folgendes, ihr Reiter! Wir teleportieren zur Bucht von Kahrain. Sie ist uns aus der Luft ebenso vertraut wie Landing, also ein ausgezeichneter Test. Carenath behauptet steif und fest, er habe den anderen Drachen gesagt, wohin sie fliegen sollten, aber es wäre mir lieber, wenn ihr Reiter euren

Drachen selbst erklärt, was ihr von ihnen wollt. Ich glaube, das gehört ebenso zu den Flugvorbereitungen wie das Anschnallen und das Überprüfen des unmittelbaren Luftraums.« Er grinste sie an.

»Und was sagen wir *ihnen?*« fragte Dave und deutete mit dem Daumen nach Norden.

»Emily ist zum Admiral geflogen. Pol und Bay sollten mit dem ersten Schlitten zurückkommen.« Sean hielt inne, sah sich wieder um und warf dann Sorka einen langen Blick zu. Sie nickte zustimmend. »Ich glaube, wir behalten das vorläufig für uns. Wir überraschen sie mit dem fertigen Produkt, mit einsatzbereiten Drachen! Nur mit Hilfe eines Fax eine Feuerechse nach Norden zu schicken, ist eine Sache, aber ich würde sicherlich nicht riskieren, Carenath an einen Ort zu schicken, wo *ich* noch nie war.« Sean atmete noch einmal tief durch, nachdem er gesehen hatte, daß alle wohlwollend reagierten. »Desi sagte, wir sollen an der Küste entlang nach Seminole fliegen. Dabei haben wir genügend Zeit, um zur Übung jeweils zwischen dem gegenwärtigen und dem letzten Standort hin und her zu teleportieren. Auf diese Weise können wir uns genau einprägen, wie wir jede der größeren Besitzungen erreichen, wenn wir über ihnen Fäden bekämpfen müssen.«

»Ja, aber die Drachen speien noch kein Feuer«, erinnerte ihn Peter Semling.

»Überall an der Küste gibt es phosphinhaltiges Gestein. Wir haben alle beobachtet, wie die Feuerechsen die Steine kauen. Das ist das geringste Problem«, antwortete Sean wegwerfend.

»Von einem Ort zum anderen zu gelangen, ist eine Sache«, begann Jerry langsam. »Das haben wir jetzt *gemacht.* Wir begeben uns von hier« — Er streckte den linken Zeigefinger in die Höhe — »nach dort.« Er hob den rechten Finger. »Und die Drachen tun die Arbeit. Aber wenn man Fäden oder einem Schlitten ausweichen muß ...« Er brach ab.

»Duluth hat Marco völlig überrascht, und er hat durchgedreht.« Sean sprach schnell und zuversichtlich. »Offen gestanden, Jerry, dieses *Dazwischen* hat mir eine Heidenangst eingejagt, und ich wette, euch ist es nicht anders ergangen. Aber nachdem wir jetzt Bescheid wissen, werden wir uns darauf einstellen. Wir werden schnelle Ausweichmanöver planen.« Sean zog das Messer aus seinem Stiefelschaft und kauerte sich nieder. »Die meisten von uns haben bei Fadeneinfällen Schlitten oder Gleiter geflogen, wir haben also gesehen, *wie* das Zeug fällt ... meistens jedenfalls.« Er zeichnete eine Reihe von langen, schrägen Streifen in die Asche. »Ein Reiter sieht, daß er sich auf Kollisionskurs mit den Sporen befindet ... hier« — er setzte die Spitze ein — »und *denkt* einen Schritt weiter.« Er setzte die Spitze ein Stück nach vorne. »Wir müssen üben, auf diese Weise zu springen. Dazu muß man schnell reagieren. Wir sehen, daß die Feuerechsen diese Taktik ständig anwenden — sie erscheinen und verschwinden blitzartig —, wenn sie mit den Bodentrupps gegen die Fäden kämpfen. Wenn sie es können, können es auch die Drachen!«

Die Drachen beantworteten diese Herausforderung mit lautem Trompeten, und Sean grinste breit.

»Richtig?« Seans Frage stachelte die Reiter an.

»Richtig!« riefen alle begeistert und schwenkten zum Zeichen ihrer Bereitwilligkeit die Fäuste.

»Also dann!« Sean stand auf und klatschte laut in die Hände. Asche rieselte von seinen Schultern. »Wir laden auf und teleportieren nach Kahrain.«

»Und wenn uns jemand sieht, Sean?« fragte Tarrie ängstlich.

»Was gibt es denn schon zu sehen? Die fliegenden Lastesel tun doch nur das, wofür sie geschaffen wurden«, antwortete er bissig.

»Offensichtlich«, erklärte Paul den besorgten Piloten, »werden wir mit unserer dezimierten Luftstreitmacht nicht mehr ganz soviel Land schützen können wie früher.«

»Verdammt, Admiral«, sagte Drake Bonneau und runzelte die Stirn. »Unsere Energiezellen sollten doch angeblich für fünfzig Jahre reichen!«

»Das stimmt.« Joel Lilienkamp sprang wieder auf. »Bei normaler Beanspruchung. Aber man kann *nicht* behaupten, daß sie in letzter Zeit normal beansprucht oder auch nur normal gewartet worden wären. Und Fulmar und seine Leute können nichts dafür. Ich glaube, sie haben seit Monaten keine ganze Nacht mehr geschlafen. Nicht einmal die besten Mechaniker der Welt können aus einem Schlitten mit halb oder schlecht aufgeladenen Zellen die volle Leistung herausholen.« Er sah angriffslustig in die Runde, dann setzte er sich so heftig, daß der Stuhl auf dem Steinboden schaukelte.

»Wir haben also die Wahl, die Schlitten und Gleiter, die wir noch haben, mit größter Vorsicht zu behandeln, oder in einem Jahr überhaupt keine Flugzeuge mehr zu besitzen?« jammerte Drake.

Niemand antwortete sofort.

»Genau, Drake«, sagte Paul schließlich. »Geht mit den Flammenwerfern um eure Häuser herum und über die Gemüsegärten, die ihr habt retten können, haltet die Besitzung frei ... und dankt welcher höheren Macht ihr wollt, daß wir den hydroponischen Anbau haben.«

»Wo sind eigentlich diese Drachen? Es waren doch achtzehn«, sagte Chaila.

»Siebzehn«, verbesserte Ongola. »Marco Galliani ist mit seinem Braunen Duluth in Kahrain umgekommen.«

»Entschuldigung, das hatte ich vergessen«, murmelte Chaila. »Aber wo sind die anderen? Ich dachte, sie sollten einspringen, wenn die Maschinen ausfallen.«

»Sie sind auf dem Weg von Kahrain hierher«, antwortete Paul.

»Und?« bohrte Chaila weiter.

»Die Drachen sind noch kein Jahr alt«, sagte Paul.

»Laut Windblütes« — die leise mißbilligende Reaktion auf diesen Namen entging ihm nicht — »Pols und Bays Prognosen werden die Drachen erst in zwei oder drei Monaten so weit ausgewachsen sein, daß man sie voll ... einsetzen kann.«

»In zwei oder drei Monaten«, rief jemand verbittert, »werden wir achtzehn bis zwanzig weitere uneingedämmte Fädeneinfälle hinter uns haben!«

Fulmar erhob sich und wandte sich dem hinteren Teil des Raums zu. »In drei Wochen stehen drei völlig neu instandgesetzte Schlitten zur Verfügung.«

»Ich hörte, es seien noch weitere Wesen ausgeschlüpft«, sagte Drake. »Ist das wahr, Admiral?«

»Ja, das ist wahr.«

»Taugen *die* etwas?«

»Es sind sechs weitere Drachen«, sagte Paul mit mehr Zuversicht, als er wirklich empfand.

»Und damit werden sechs weitere junge Leute aus unseren Verteidigungstruppen abgezogen!«

»Und wir bekommen sechs weitere wartungsfreie, sich selbst vermehrende potentielle Kämpfer!« Paul erhob sich. »Man muß das Projekt aus dem richtigen Blickwinkel betrachten. Wir brauchen eine Luftverteidigung gegen die Sporen. Wir haben mit biotechnischen Mitteln eine einheimische Lebensform so verändert, daß sie diesen dringenden Bedarf decken kann. Und das werden sie tun!« Er legte seine ganze Überzeugungskraft in diese Worte. »In ein paar Generationen ...«

»Generationen?« Der Aufschrei löste unter den durch die vorangegangenen unangenehmen Informationen ohnehin schon entmutigten Zuhörern zorniges Gemurmel aus.

»Drachengenerationen!« Paul hob die Stimme. »Die fruchtbaren Weibchen sind mit zweieinhalb bis drei Jahren so weit erwachsen, daß sie sich fortpflanzen können. Eine Drachengeneration beträgt also drei Jahre. Die Königinnen werden zehn bis zwanzig Eier legen. Wir haben zehn Goldene aus der ersten Brut und drei aus der zweiten. In fünf bis zehn Jahren steht uns ein unbesiegbares Luftverteidigungssystem zur Verfügung, mit dem wir diesen Eindringling schlagen können.«

»Ja, Admiral, und in hundert Jahren gibt es für die vielen Menschen keinen Platz mehr auf diesem Planeten!« Diese Vorstellung wurde mit nervösem Gelächter aufgenommen, und auch Paul lächelte und war dem anonymen Witzbold dankbar.

»So weit wird es nicht kommen«, sagte er, »aber wir werden ein einzigartiges Verteidigungssystem besitzen, das genau auf unsere Bedürfnisse zugeschnitten ist. Und die Drachen machen sich auch in anderer Beziehung nützlich. Desi sagte mir, daß die Reiter auf dem Weg hierher nach Fort den Besitzungen Vorräte bringen. Ich glaube, Sie haben alle Ihre Anweisungen.«

Damit erhob sich Paul Benden und verließ schnell den Raum, dicht gefolgt von Ongola.

»Verdammt, Ongola, wo zum Teufel sind sie denn nun wirklich?« rief Paul, sobald sie unter sich waren.

»Sie melden sich jeden Morgen. Sie kommen gut voran. Von einer noch nicht ausgewachsenen Spezies können wir nicht mehr verlangen. Ich habe gehört, wie Bay Ihnen sagte, sie und Pol fürchteten, die Drachen könnten bei der Evakuierungsaktion gefährlich überanstrengt worden sein.«

Paul seufzte. »Sie haben schließlich keine andere Möglichkeit, hierher zu gelangen, jedenfalls nicht bei der gegenwärtigen Transportsituation.« Er stieg die gewundene Eisentreppe hinunter, die vom Verwaltungsgeschoß in den unterirdischen Laborkomplex führte. »Windblütes Personal muß anderweitig eingesetzt werden. Wir haben weder die Zeit noch die Arbeitskräfte oder die Mittel für weitere Experimente, ganz gleich, was sie sagt.«

»Sie wird sich an Emily wenden wollen!« antwortete Ongola.

»Dann wollen wir inständig hoffen, daß sie das auch kann! Haben Sie heute morgen schon von Jim gehört?« Paul war momentan mit schlechten Nachrichten so übersättigt, daß ihn zusätzliche Schläge nicht mehr allzusehr treffen konnten. Die Nachricht des letzten Tages, daß Jim Tilleks Konvoi, gerade als er an Boca vorbeisegelte, in einen plötzlich Sturm geraten war, der neun Schiffe zum Kentern gebracht hatte, war ihm fast bedeutungslos erschienen.

»Er meldet, daß es keine Toten gegeben hat«, beruhigte ihn Ongola, »alle Boote bis auf zwei konnten wieder flottgemacht werden und sind zu reparieren. Die Delphine bergen die Fracht. Für einige schwere Dinge werden wir allerdings Taucher einsetzen müsen. Glücklicherweise waren sie in flachem Wasser, und der Sturm dauerte nicht lange.« Ongola zögerte.

»Nur raus damit!« sagte Paul und blieb auf einem Treppenabsatz stehen.

»Es gab kein Ladungsverzeichnis, man kann also nicht feststellen, ob alles geborgen wurde.«

Paul sah Ongola gleichmütig an. »Hat er schon eine Vorstellung, wie lange ihn das aufhalten wird?« Ongola schüttelte den Kopf. »Ein Grund mehr, um Windblütes Leute umzubesetzen. Wenn alles vorbei ist, werde ich ein Wörtchen mit Jim reden. Es ist unglaublich, daß er eine so buntgemischte Flottille überhaupt so weit gebracht hat! Durch Nebel, Fädenfall und Sturm!«

Ongola stimmte ihm aus vollem Herzen zu.

Während Carenath mit äußerster Konzentration kaute, war Sean ein wenig zur Seite getreten und bemühte sich, seine Nervosität zu unterdrücken. Feuerzwergdrachen flitzten um die Drachen herum und zirpten ihnen offenbar aufmunternd zu. Duke und eine der anderen Bronzeechsen hatten kleine Steine gefunden und demonstrierten ihnen, wie sie zu zerkleinern waren.

Die Drachen und ihre Reiter hatten das erforderliche

phosphinhaltige Gestein auf einer Hochfläche auf halbem Weg zwischen dem Malayfluß und Sadrid entdeckt. Im Laufe der letzten paar Tage war es den Reitern wieder und wieder gelungen, von und zu vorgegebenen Landmarken zu teleportieren, und das hatte ihre Zuversicht gestärkt. Otto Hegelman hatte angeregt, jeder Reiter solle sich ein Log anlegen und sich darin Bezugspunkte für spätere Fälle notieren. Der Vorschlag war begeistert angenommen worden, obwohl man dazu erst einmal auf dem Malayfluß-Anwesen um Schreibmaterial bitten mußte. Zu ihrer Überraschung fanden sie dort nur Kinder vor, die von Phas Radamanths sechzehnjähriger Tochter beaufsichtigt wurden.

»Alle sind draußen und kämpfen gegen Fäden«, erklärte das Mädchen, legte den Kopf schief und sah die Drachenreiter, wie Tarrie später behauptete, eindeutig unverschämt an.

»Desi hat uns Vorräte für euch mitgegeben.« Sean bemühte sich, seinen Groll über die versteckte Kritik und das gegenwärtig so geringe Ansehen, in dem die Drachenreiter standen, zu unterdrücken, und winkte Jerry und Otto, das Frachtnetz ins Haus zu bringen. »Könnt ihr uns vielleicht ein paar Notizbücher überlassen?«

»Wozu?«

»Wir wollen eine Karte der Küstenlinie zeichnen«, erklärte Otto etwas von oben herab.

Das Mädchen sah ihn überrascht an, dann wich der feindselige Ausdruck aus seinem Gesicht. »Ich glaube schon. Da drüben im Schulzimmer liegt alles mögliche herum. Wer hat momentan schon Zeit für Unterricht?«

»Du bist wirklich sehr freundlich«, grinste Jerry und verneigte sich kurz zum Abschied.

Dieser Vorfall erhöhte die Entschlossenheit der Reiter, ihr Ziel noch vor Ende der Reise nach Westen zu erreichen.

»Du kannst ihm das Kauen wirklich nicht abnehmen,

Sean«, sagte Sorka und reichte Faranth ein weiteres Stück. »Wieviel müssen sie denn fressen?«

»Wer weiß, wie lange man schüren muß, um ein Drachenfeuer in Gang zu kriegen?« rief Tarrie fröhlich. »Ich würde sagen« — sie wog einen Stein in ihrer Hand — »der ist vergleichbar mit den Kieseln, mit denen ich meinen goldenen Zwergdrachen immer gefüttert habe. Nicht wahr, Porth?«

Die Königin senkte gehorsam den Kopf und nahm den Stein entgegen.

»Die Zwergdrachen kauen mindestens eine Handvoll, bis sie Feuer spucken können«, sagte Dave Catarel, aber er beobachtete doch etwas skeptisch, wie Polenth mit der gleichen feierlich-nachdenklichen Miene wie alle anderen seine Kiefer bewegte. »Schau, Sorka, dein Schwarm macht es ihnen vor!«

Duke stieß einen langen Feuerstoß aus, während Blazer zeternd in die Luft flatterte.

In diesem Augenblick kreischte Porth auf, ihr Mund öffnete sich, und ein grünfleckiger Stein fiel dicht neben Tarries Fuß zu Boden. Porth klappte den Mund wieder zu und wimmerte.

»Was ist passiert?« fragte Dave.

»Sie sagt, sie hat sich auf die Zunge gebissen«, antwortete Tarrie und klopfte Porth mitfühlend auf die Schulter. »Tatsächlich. Seht nur!« Das grüne Blut auf dem Stein glitzerte im Sonnenlicht. »Soll ich nachsehen, Sorka? Vielleicht hat sie sich verletzt.«

»Was meint denn Porth dazu?« fragte Sorka mit routinierter Gelassenheit. Sie konnte sich nicht erinnern, jemals einen Drachen behandelt zu haben, der sich selbst gebissen hatte.

»Es tut weh, und sie will warten, bis es aufhört, ehe sie weiter Steine kaut.« Tarrie hob den Stein des Anstoßes auf und legte ihn auf den Haufen zurück, den sie zusammengetragen hatten.

Noch ein Drache schrie schmerzlich auf, Noras Tenneth war Porths schlechtem Beispiel gefolgt. Sean und Sorka tauschten besorgte Blicke, fuhren aber fort, ihren Drachen Feuerstein anzubieten.

Plötzlich rülpste Polenth, und vor seiner Nase zuckte eine winzige Flamme in die Höhe. Erschrocken sprang der Bronzedrache zurück.

»He, er hat's geschafft!« rief Dave stolz. »Puh!« stöhnte er dann und wedelte mit der Hand. »Stellt euch gegen den Wind, Leute. Das stinkt.«

»Vorsicht!« Sean sprang zur Seite, als Carenath aufstieß und alle mit einer ganz beachtlichen Flammenzunge überraschte, die beinahe seinen Reiter getroffen hätte. Über den Drachen drehten die Feuerechsen, abwechselnd freudig zirpend und Flammen speiend, ihre Kreise, und ihre Augen schillerten in zufriedendem Blau.

»Gegen den Wind und zur Seite, Reiter!« kommandierte Sean. »Versuch's noch einmal, Carenath!« Sean reichte ihm einen größeren Brocken.

»Himmel, das ist ja schrecklich!« rief Tarrie, als ihr der Wind den überwältigenden Schwefelgestank direkt ins Gesicht blies, und duckte sich hustend und Schutz suchend hinter Polenths Rücken.

»Wo Feuer ist, da riecht es auch«, witzelte Jerry. »Nein, Manooth, dreh den Kopf in die andere Richtung!«

Der braune Drache gehorchte, und im gleichen Augenblick schoß ein Flammenstrahl aus seinem Mund, und einige der kümmerlichen Büsche auf dem Plateau zerfielen zu Asche.

Jerry klopfte seinem Drachen triumphierend auf die Schulter. »Du hast es geschafft! Manooth! Du bist der Meisterspeier!«

Die anderen fütterten ihre Drachen mit neuer Hingabe weiter. Eine Stunde später hatten zwar alle Männchen Flammen produziert, aber keines der Weibchen. Obwohl die Goldenen unermüdlich gekaut hatten, hatten sie nur einen ekelhaften grauen Brei heraufgewürgt.

»Wenn ich das Programm richtig in Erinnerung habe«, versuchte Sean die enttäuschten Reiterinnen der Goldenen zu trösten, »gelangen die Königinnen erst mit fast drei Jahren zur Geschlechtsreife. Die Männchen sind ... nun ja ...« Er suchte nach einer taktvollen Umschreibung.

»Schon jetzt voll einsatzfähig«, ergänzte Tarrie nicht gerade entzückt.

»Selbst eine siebenköpfige Verstärkung wird man in Fort begeistert empfangen«, sagte Otto, ausnahmsweise bemüht, keine Überheblichkeit zu zeigen.

Sorka runzelte jedoch die Stirn, was für sie so ungewöhnlich war, daß sich Tarrie nach dem Grund erkundigte.

»Ich überlege nur. Kit Ping war doch so auf Tradition bedacht ...« Sorka sah ihren Mann so lange an, bis er den Kopf senkte, weil er ihren Blick nicht mehr ertrug. »Schön, Sean, du kennst jedes Symbol in diesem Programm. Hat Kit Ping eine Geschlechtsdifferenzierung vorgesehen?«

»Eine was?« fragte Tarrie. Die anderen Reiterinnen drängten näher heran, während die jungen Männer sich diskret zurückzogen.

»Eine Geschlechtshemmung ... das würde bedeuten, daß die Königinnen Eier legen und alle andersfarbigen kämpfen!« Sorka war empört.

»Es könnte auch ganz einfach sein, daß die Königinnen noch nicht ausgewachsen sind«, wollte Sean sie beruhigen. »Ich bin aus einigen von Kit Pings Gleichungen nicht schlau geworden. Vielleicht ist die Flammenproduktion geschlechtsreifen Tieren vorbehalten. Ich weiß nicht, warum alle Königinnen das Zeug ausgekotzt haben. Wir müssen Pol und Bay fragen, wenn wir nach Fort kommen. Aber warum sollt ihr Mädchen eigentlich nicht mit Flammenwerfern arbeiten können? Wenn man die Rohre ein wenig verlängert, besteht auch keine Gefahr, daß ihr aus Versehen eure Drachen versengt.«

Von diesem Vorschlag ließen sich die Reiterinnen vorläufig besänftigen, aber Sean hoffte inständig, Pol und Bay würden mit einer annehmbareren Lösung aufwarten können. Siebzehn Drachen waren eine viel imponierendere Streitmacht als sieben. Und er wollte unbedingt Eindruck machen, wenn die Drachenreiter in der Fort-Festung ankamen. Die einzige Last, die die Drachen jemals wieder tragen sollten, waren ihre Reiter und Feuerstein!

»Eigentlich«, sagte Telgar mit einem Blick auf Ozzie und Cobber, »haben sich Windblütes Photophoben bei unterirdischen Erkundungen als äußerst nützlich erwiesen, Paul. Sie haben einen untrüglichen Instinkt für verborgene Gefahren — Stolperfallen zum Beispiel, und blinde Tunnel.« Der Geologe zeigte sein freudloses Lächeln. »Ich würde sie gerne behalten, nachdem Windblüte sie sozusagen ausgesetzt hat«, erklärte er, an Pol und Bay gewandt.

»Ich bin froh, daß sie überhaupt zu etwas taugen«, sagte Pol mit einem tiefen Seufzer. Als man Windblüte aufforderte, das Drachenprogramm einzustellen, hatten er und seine Frau immer wieder versucht, vernünftig mit der empörten Genetikerin zu reden. Sie behauptete zwar, bei der überstürzten Verlegung von Landing nach Fort seien viele Eier in dem manipulierten Gelege beschädigt worden, aber Pol und Bay hatten die Obduktionsberichte gesehen und wußten, daß dies nicht stimmte. Sie hatten Glück gehabt, daß sechs lebensfähige Exemplare ausgeschlüpft waren.

»Sobald sie einmal Vertrauen gefaßt haben, sind sie ganz harmlos«, fuhr Telgar fort. »Cara ist ganz vernarrt in den jüngsten Nestling, und er läßt sie nicht aus den Augen, solange sie in der Festung ist.« Wieder zeigte er das starre Lächeln. »Nachts hält er vor ihrer Tür Wache.«

»Wir können aber nicht zulassen, daß sie sich unkontrolliert vermehren«, wandte Paul schnell ein.

»Dafür werden wir sorgen, Admiral«, versprach Ozzie feierlich, »aber die kleinen Dinger machen sich wirklich sehr nützlich.«

»Und stark sind sie. Schleppen mehr aus den Minen raus, als sie selbst wiegen«, fügte Cobber hinzu.

»Schon gut, schon gut. Haltet mir nur die Vermehrung in Grenzen.«

»Fressen alles«, fügte Ozzie noch hinzu, »einfach alles. Dadurch sorgen sie auch noch für Ordnung und Sauberkeit.«

Paul nickte wieder. »Ich will nur, daß Pol und Bay als Vertreter der Biologen gefragt werden, ehe es zur Fortpflanzung kommt.«

»Wir freuen uns jedenfalls sehr darüber«, sagte Bay. »Ich mochte diese Kreaturen nicht, aber ich kann auch nicht billigen, daß man Lebewesen, die sich als nützlich erweisen könnten, einfach ausrottet.«

Telgar stand unvermittelt auf, und Bay fragte sich schon, ob ihre Worte ihn wohl irgendwie an Sallahs Tod erinnert hatten, und machte sich insgeheim Vorwürfe, weil sie so unüberlegt dahergeredet hatte. Auch Ozzie und Cobber sprangen auf.

»Sie haben ja nun den Höhlenkomplex von Fort vollständig erkundet, Telgar«, sagte Paul und überspielte damit geschickt die aufkommende Verlegenheit. »Wie sehen denn Ihre weiteren Pläne aus?«

In den Augen des Geologen leuchtete ein Funke der Begeisterung auf. »Die Sondenberichte lassen auf Erzvorkommen in den Westbergen schließen, das wäre eine Alternative zum energieaufwendigen Transport von Karachi Camp. Es ist besser, wenn man die Rohstoffe in der Nähe hat.« Telgar verabschiedete sich abrupt mit einem Kopfnicken und verließ mit langen Schritten den Raum; Ozzie und Cobber murmelten noch ein paar Worte und folgten ihm.

»Wie sich der Mann verändert hat!« sagte Bay leise mit traurigem Gesicht.

Paul schwieg für eine Weile respektvoll. »Ich glaube, wir haben uns alle verändert, Bay. Nun, wie ist es, kann man gegen Windblütes Uneinsichtigkeit etwas unternehmen?«

»Nichts, solange sie nicht mit Emily persönlich sprechen kann«, sagte Pol, ohne eine Miene zu verziehen. Man hatte den beiden Wissenschaftlern den wahren Zustand der Gouverneurin, der sich auch zwölf Tage nach dem Unfall praktisch nicht verändert hatte, nicht verheimlichen können.

»Ich weiß nicht, warum sie Ihre Entscheidung nicht akzeptiert, Paul«, sagte Bay erregt.

»Tom Patrick sagt, Windblüte hat kein Vertrauen zur männlichen Hälfte dieser Regierung.« Paul grinste. Eigentlich fand er die Situation lächerlich, aber da Windblüte sich bis zu einer ›fairen Verhandlung‹ weigerte, ihre Räume zu verlassen, hatte er die Gelegenheit ergriffen und ihren Mitarbeitern produktivere Tätigkeiten zugewiesen. Die meisten waren darüber nicht unglücklich gewesen. »Sie werden natürlich die jungen Nestlinge weiterhin überwachen.«

»Selbstverständlich. Was hört man Neues von Sean und den anderen?« fragte Pol mit leichter Ungeduld. Er hatte mit Bay über die lange Abwesenheit der Drachenreiter gesprochen und fragte sich allmählich, ob sie sich nicht absichtlich soviel Zeit ließen. Beiden Biologen war bekannt, wie sehr Sean es verabscheute, wenn sie zu Botendiensten herangezogen wurden. Aber was konnte er erwarten? Jeder mußte tun, was er konnte. Auch Pol und Bay waren nicht gerade entzückt von Kwan Marceaus Projekt, die Maden aus dem Rasenstück auf Calusa zu überwachen, aber es war schließlich eine Aufgabe, bei der sie sich nützlich machen konnten.

»Sie müßten bald hier sein.« Weder Pauls Stimme noch seine Miene verrieten etwas von seinen Empfindungen. »Wann hat Kwan vor, seine Würmer probeweise im Norden auszusetzen?«

»Es sind eher Maden als Würmer«, belehrte ihn Pol. »Für einen Bodentest ist inzwischen eine ausreichende Anzahl vorhanden.«

»Das hört man wirklich gerne«, sagte Paul herzlich und stand auf. »Aber vergessen Sie nicht, morgen ist kein guter Tag für irgendwelche Tests!«

Pol und Bay sahen sich an. »Stimmt es, Admiral«, fragte Pol, »daß Sie nicht die ganze Fädenfront in den Bergen bekämpfen wollen?«

»Ja, Pol, das ist richtig. Es fehlt uns an Leuten, an Energie und an Schlitten, um mehr als die unmittelbare Umgebung zu schützen. Wenn also diese Maden irgendwie helfen könnten, wären wir Ihnen alle sehr dankbar.«

Als sie gegangen war, ließ Paul sich wieder in seinen Stuhl sinken und drehte sich zum Fenster, um in die Sternennacht hinauszuschauen. Hier im Norden war das Klima rauher als im Süden, aber in der kalten Luft waren die inzwischen vertrauten Sternbilder kristallklar zu erkennen. Manchmal konnte er sich beinahe einbilden, er sei wieder im Weltraum. Mit einem tiefen Seufzer setzte er sich ans Terminal. Er mußte in dem deprimierenden Bericht, den Joel abgeliefert hatte, wenigstens eine Spur von Hoffnung finden.

Falls sie die Schlitten und Gleiter wirklich nur einsetzten, wenn es absolut unerläßlich war, würden sie vielleicht gerade so lange halten, bis die Materie der Oort'schen Wolke an Pern vorübergezogen war. Aber was würden sie tun, wenn sie wiederkam? Paul zuckte zusammen, als er daran dachte, mit welcher Arroganz Ted Tubberman einfach die Peilkapsel abgesetzt hatte. Hatte der Mann überhaupt gewußt, wie man sie richtig aktivierte? Ironie des Schicksals! Würde sie ihr Ziel erreichen, Würde man darauf reagieren? Mit Hilfe der hochtechnisierten Gesellschaft, von der sie sich losgesagt hatten, konnten seine Nachkommen überleben. Wollte er das? Hatten sie eine andere Wahl? Mit der entsprechenden Technologie konnte das Sporenproblem möglicherweise gelöst werden. Erfindungsreichtum und die Besinnung auf natürliche Mittel hatten bisher kläglich versagt.

Feuerspeiende Drachen! Eine lächerliche Vorstellung, ein Ammenmärchen. Und doch ...

Entschlossen ließ Paul die nackten Zahlen vor sich abrollen, die ihm Auskunft über die schwindenden Vorräte der Kolonie gaben.

»*Tarrie!*« Peter Chernoff kam aus der Scheunenhöhle am Ostrand des Hauptquartiers des Seminole-Anwesens gestürmt, um seine Schwester zu begrüßen. Er war ein hochgewachsener junger Mann und konnte auf die Reiter hinabschauen, die ihn umringten. »Sagt mal, Leute, wo wart ihr denn die ganze Zeit?«

»Wir haben uns jeden Tag auf Fort gemeldet«, gab Sean überrascht zurück.

»Ich habe den gestrigen Bericht verfaßt und sogar mit Bruder Jake gesprochen«, fügte Tarrie mit ängstlicher Miene hinzu. »Was ist los, Peter?«

Peter trat von einem Fuß auf den anderen, druckste herum und wollte nicht mit der Sprache heraus. »Die Lage wird immer schlimmer. Wir sollen überhaupt nicht mehr fliegen, wenn nicht höchste Katastrophengefahr besteht.«

»Deshalb haben wir also so viele Sporenschäden gesehen«, sagte Otto erschrocken.

Peter nickte ernst. »Und heute ist ein Fädenfall über der Fort-Festung angesagt, und die müssen es einfach tatenlos über sich ergehen lassen.«

»Ohne auch nur zu versuchen ...« Dave Catarel war schockiert.

»Die Umsiedlung von Landing nach Norden war zuviel für die Schlitten und die Energiezellen.« Peter starrte auf sie hinunter und versuchte, ihre Reaktion abzuschätzen. »Außerdem wurde die Gouverneurin verletzt. Seit Wochen hat sie niemand mehr gesehen.«

»O nein!« Sorka lehnte sich haltsuchend an Jean. Nora Sejby begann leise zu weinen.

Peter nickte wieder auf seine ernste Art. »Es ist schlimm. Wirklich schlimm.«

Plötzlich wurde er von allen Seiten mit Fragen nach den jeweiligen Angehörigen bestürmt, die er beantwortete, so gut er konnte. »Hört mal, Leute, ich sitze auch nicht die ganze Zeit am Komgerät. Die Parole heißt abwarten und den Besitz mit den Bodentrupps so weit wie möglich zu schützen. HNO_3 ist genügend vorhanden, und Tanks und Rohre sind leicht instandzuhalten.«

»Aber das Land nicht«, sagte Sean mit gebieterisch erhobener Stimme. Das Geplapper verstummte sofort, seine Reiter sahen ihn an. »Heute fallen Fäden über Fort, sagtest du. Wann?«

»In diesem Moment!« antwortete Peter. »Na ja, es fängt über der Bucht an ...«

»Und ihr habt Flammenwerfer hier? Könnten wir zehn Stück bekommen?« fragte Sean eifrig.

»Bekommen? Na ja, das müßtet ihr Cos fragen, und der ist im Moment nicht da. Wozu braucht ihr denn zehn Flammenwerfer?«

Grinsend drehte sich Sean um und zeigte mit einer schwungvollen Handbewegung auf die Königinnen und ihre Reiterinnen. »Die Mädchen brauchen sie, um gegen die Sporen zu kämpfen! Und wir müssen uns beeilen, damit wir rechtzeitig dort sind!«

»Was redest du da?« Peter war wie vom Donner gerührt. »Der Fädenfall hat schon angefangen. Und ihr kommt doch nicht mal mehr über den Ozean, ehe er vorbei ist. Außerdem sollt ihr euch sofort, wenn ihr hier eintrefft, mit Fort in Verbindung setzen!«

»Peter, sei nett und widersprich mir nicht! Zeige den Mädchen, wo die Flammenwerfer aufbewahrt werden, und laß mich das letzte Fax von der Fort-Festung sehen. Oder besser noch von dem Hafen, den man, wie ich höre, inzwischen gebaut hat. Unsere Drachen sind viel schneller als die Flotte, die Jim Keroon anführt. Die hat noch nicht einmal die Westspitze von Delta passiert.«

Er ließ Peter keine Zeit zum Überlegen oder Protestieren, sondern gab Otto den Auftrag, Kopien der Anlage an der Mündung des Flusses bei der Fort-Festung zu machen. Tarrie redete so lange auf ihren Bruder ein, bis er ihnen zeigte, wo die Flammenwerfer gelagert wurden, und den Mädchen half, die Tanks herauszuholen. Mit großem Geflatter landeten die Königinnen am Magazin und gestatteten sogar, daß Sean, Dave und Shih Reservetanks auf ihrem Rücken befestigten. Sean wies Jerry und Peter Semling an, die Tragnetze mit Feuerstein auf den Rücken der Braunen und der Bronzedrachen zu kontrollieren. Peter Chernoff ging von einem Reiter zum anderen und bekniete sie, sie möchten doch aufhören. Was sollte er denn machen? Wie sollte er das alles erklären? Wann würden sie die Sachen zurückbringen? Sie könnten doch Seminole nicht wehrlos zurücklassen.

Dann waren die hektischen Vorbereitungen beendet, und die Bronzedrachen und die Braunen hatten soviel Feuerstein gefressen, wie sie nur hinunterbrachten.

»Riemen überprüfen!« brüllte Sean. Seine Stimme wurde allmählich recht kräftig. Natürlich brauchte er eigentlich gar nicht zu schreien, weil alle Drachen auf Carenath hörten, aber es regte seine Adrenalinproduktion an und ermutigte die anderen, die ihm bald in die Gefahr folgen würden.

»*Überprüft!*« kam prompt die Antwort.

»*Wissen wir, wohin wir fliegen?*« Um den anderen ein Beispiel zu geben, breitete Sean das flatternde Fax aus und warf einen letzten langen Blick auf die Küstenanlage mit dem Kai und dem bizarr wirkenden Entladekran auf den hohen Stahlpfeilern, die einst Bestandteil eines Raumschiffs gewesen waren.

»*Wir wissen es!*«

»*Luftraum überprüft?*« Er wandte den Kopf nach rechts und nach links, obwohl Carenath schon vor Ungeduld zitterte.

»*Überprüft!*«

»*Vergeßt das Springen nicht! Es geht los!*«

Sean richtete sich auf Carenaths Hals so weit auf, wie es die Reitriemen gestatteten, hob den Arm, schwenkte die Hand und ließ ihn dann fallen: das Signal zum Absprung.

Siebzehn Drachen starteten, schossen in zwei V-Formationen in den hellen, tropischen Himmel hinauf. Und dann verschwanden die V's vor Peter Chernoffs verwirrtem, ungläubigem Blick.

Peter blieb der Mund offen stehen, und er starrte noch lange hinterher. Dann drehte er sich auf dem Absatz um, rannte ins Büro und setzte sich ans Komgerät. »Fort, hier spricht Seminole. Fort, hört ihr mich? Wehe, wenn nicht!«

»Peter, bist du das?« fragte sein Bruder Jake.

»Tarrie war hier, aber sie ist schon wieder fort. Mit einem Flammenwerfer.«

»Reiß dich zusammen, Peter, du redest Unsinn.«

»Sie waren alle hier. Sie haben unsere Flammenwerfer und die Hälfte der Tanks mitgenommen und sind wieder abgeflogen. Alle. Gleichzeitig.«

»Peter, beruhige dich und rede vernünftig.«

»Wie kann ich vernünftig reden, wenn ich meinen eigenen Augen nicht mehr trauen kann!«

»Wer war da? Tarrie und wer noch?«

»Sie. Die die Drachen reiten. Sie sind nach Fort geflogen. Um gegen die Fäden zu kämpfen!«

Paul nahm den Hörer des Komgeräts ab. Alles war besser, als wie eine Muschel auf einem Schiffsrumpf in einem verdunkelten Raum zu sitzen, während draußen ein gefräßiger Organismus vom Himmel fiel.

»Admiral?« Schon aus diesem einzigen Wort war Ongolas Erregung zu hören. »Wir haben Nachricht, daß die Drachenreiter hierher unterwegs sind.«

»Sean und seine Gruppe?« Paul begriff nicht, warum sich Ongola deshalb so aufregte. »Wann sind sie aufgebrochen?«

»Wann immer sie aufgebrochen sind, Sir, sie sind bereits hier.« Paul fragte sich, ob sein unerschütterlicher Stellvertreter nun vor Enttäuschung endgültig den Verstand verloren hatte, denn er hätte schwören können, daß der Mann lachte. »Der Seehafen fragt an, ob sie sich an der Luftverteidigung der Anlagen beteiligen sollen? Und, Admiral, Sir, ich habe es auf dem Sichtgerät! Unsere Drachen kämpfen gegen die Fäden! Ich schalte es auf Ihren Schirm.«

Paul wartete, bis sich der Bildschirm klärte und an Tiefe gewann, und dann sah auch er das Unglaubliche: winzige fliegende Wesen, aus deren Mündern ohne jeden Zweifel Feuerstrahlen auf den Silberregen schossen, der sich wie ein grausiger Vorhang über die Hafenanlagen senkte. Er sah es nur einen Augenblick lang, dann wurde das Bild von einer Fädenfront unterbrochen. Er wartete nicht länger.

Hinterher wunderte sich Paul, daß er sich nicht den Hals gebrochen hatte, als er, drei Stufen auf einmal nehmend, nach unten stürmte. Er hetzte quer durch die Große Halle und die Metalltreppe hinunter zu den Garagen, wo die Schlitten und Gleiter abgestellt waren. Fulmar und ein Mechaniker beugten sich gerade über einen Gyro und starrten ihn überrascht an.

»Sie da, machen Sie die Türen auf. Fulmar, Sie kommen am besten mit. Vielleicht brauchen sie Hilfe.« Er fiel fast in den nächsten Schlitten hinein und fummelte ungeschickt am Komgerät herum. »Ongola, sagen Sie Emily, Pol und Bay, daß ihre Schützlinge es geschafft haben. Zeichnet das auf, bei allem, was heilig ist, bringt alles auf den Film, was ihr nur könnt.«

Paul ließ den Motor aufheulen, noch ehe Fulmar das

Kanzeldach geschlossen hatte, und manövrierte den Schlitten unter der Tür durch, noch ehe sie voll geöffnet war — jedem anderen hätte er dafür die Hölle heiß gemacht. Dann schaltete er die Zündung ein und schoß wie ein Pfeil aus dem Tal nach oben. Sobald die schützenden Klippen von Fort unter ihm zurückblieben, konnte er die bedrohliche Fädenfront erkennen.

»Admiral, sind Sie verrückt geworden?« fragte Fulmar.

»Schalten Sie den Bildschirm ein, starke Vergrößerung. Verdammt, Sie brauchen ihn gar nicht, Fulmar, Sie können es mit bloßen Augen sehen!« Paul fuchtelte wild durch die Luft. »Sehen Sie die Flammen? Die Feuerstöße? Ich zähle vierzehn, fünfzehn. Die Drachen kämpfen gegen die Fäden!«

Es war beängstigend, dachte Sean. Es war herrlich! Es war der schönste Augenblick seines Lebens, und doch hatte er eine Heidenangst. Sie waren alle genau am Zielort herausgekommen, direkt über dem Hafen, einige Drachenlängen vor der Fädenfront.

Carenath begann sofort Feuer zu speien, und dann, kurz bevor sie durch ein zweites Fadenknäuel geflogen wären, sprang er.

Bei den anderen alles in Ordnung? erkundigte sich Sean besorgt, als sie in den realen Raum zurückglitten.

Gute Feuerstöße und saubere Sprünge, versicherte ihm Carenath ruhig und würdevoll, schwenkte leicht ab, drehte den Kopf von einer Seite zur anderen und bahnte sich mit einem neuen Feuerstoß einen Weg durch die Sporen.

Sean blickte sich um und sah, daß ihm der Rest seines Geschwaders in der Staffelformation folgte, die sie von Kenjos Schlittentaktik übernommen hatten, weil dabei die zerstörerische Wirkung am größten war. Jerry und Manooth verschwanden vor seinen Augen und tauchten sofort wieder auf; ein geglücktes Manöver. Dann wagte er mit Carenath den nächsten Sprung.

Dreihundert Meter unter sich sah er Sorkas Fünfergeschwader und hinter dieser Formation flog Tarrie, gefolgt von den übrigen Königinnen.

Weiter! verlangte Carenath gebieterisch und schoß in einer Lücke zwischen den Sporen nach oben. Er drehte den Kopf nach hinten und öffnete weit das Maul. Sean tastete nach einem Klumpen Feuerstein. Das muß noch geübt werden, dachte er. Carenath sprang wieder.

Shoth hat sich am Flügel verbrannt, meldete der Drache. *Er wird weiterfliegen!*

Das wird ihn lehren, vorsichtiger zu sein! gab Sean zurück.

Dann strafften sich die Riemen an seinem Gürtel, denn Carenath schien sich auf seinen Schwanz zu stellen, um einem Fädenstrom auszuweichen, den er dann mit seiner Flamme verfolgte.

Formation wieder einnehmen! kommandierte Sean. Das fehlte noch, daß sie sich gegenseitig verbrannten. Als Carenath sich wieder einreihte, sah er, daß die anderen ihre Position gehalten hatten.

Diese erste Durchquerung der Fädenfront hatte allen Mut gemacht, und jetzt gingen sie ernsthaft an die Arbeit, bis sowohl Feuerspeien wie Ausweichmanöver ganz automatisch abliefen. Carenath ging mehrmals ins *Dazwischen,* um sich von Fäden zu befreien, die sich an seine Schwingen geheftet hatten. Jedesmal, wenn Carenath eine Verletzung erlitt, biß Sean die Zähne zusammen. Inzwischen hatten sich all Bronzedrachen und Braunen kleinere Wunden zugezogen, aber sie kämpften trotzdem weiter. Die Königinnen ermunterten sie beständig. Dann meldete Faranth das Eintreffen eines Schlittens, als nächstes verkündete sie, daß in der Hafengegend Bodentrupps ausgerückt seien und die Hülsen zerstörten, die die Oberfläche erreicht hatten. Die Reiterinnen hatten die von Seminole mitgebrachten Tanks gelert, und Sorka wollte sich vom Hafen Nachschub holen.

Faranth will wissen, wie lange wir kämpfen werden? sagte Carenath.

Solange der Feuerstein reicht! antwortete Sean verbissen. Er hatte gerade verkohlte Fäden ins Gesicht bekommen, und seine Wangen brannten. Er notierte sich im Geist, daß Gesichtsmasken ganz nützlich wären.

Manooth sagt, sie haben keinen Feuerstein mehr! meldete Carenath plötzlich, nachdem sie eine Weile fast ohne zu denken gekämpft hatten. *Sollen sie nachsehen, ob es in der Fort-Festung noch welchen gibt?*

Sean hatte gar nicht gemerkt, wie weit sie sich im Laufe des Kampfes landeinwärts bewegt hatten. Sie befanden sich tatsächlich über den mächtigen Mauern der Fort-Festung. Er starrte sie einen Moment lang verwirrt an und wurde sich plötzlich sehr stark bewußt, wie sehr ihm die Kälte und die Anstrengung zugesetzt hatten. Die Reitriemen hatten sich tief in sein Fleisch eingedrückt, sein Gesicht brannte, und seine Finger, Zehen und Knie waren gefühllos.

Sag ihnen, sie sollen auf Fort landen! befahl er. *Die Sporen sind in die Berge hinaufgezogen. Mehr können wir heute nicht tun!*

Gut! antwortete Carenath so begeistert, daß Sean seine brennenden Wangen vergaß und grinste. Er gab seinem Drachen einen liebevollen Klaps auf die Schulter, die Formation flog eine Rechtskurve und setzte in Spiralen zur Landung an.

»Emily!« Pierre kam ins Zimmer seiner Frau gestürmt. »Emily, du wirst es nicht glauben!«

»Was werde ich nicht glauben?« fragte sie müde. Seit dem Unfall schienen ihre Kräfte sie völlig verlassen zu haben. Sie drehte den Kopf, der auf der gepolsterten Lehne des bequemen Stuhls lag, und schenkte ihm ein mattes Lächeln.

»Sie sind gekommen! Ich habe es gehört, aber ich mußte es mit eigenen Augen sehen, um es zu glauben.

Alle Drachen haben mit ihren Reitern Fort erreicht. Sie kamen im Triumph! Sie haben tatsächlich gegen die Fäden gekämpft, wie du es dir erträumt, wie Kit Ping es geplant hat!« Er nahm die Hand, die sie ihm entgegenstreckte, den einzigen Teil ihres Körpers, der bei dem Absturz heil geblieben war. »All die siebzehn prächtigen, tapferen jungen Leute. Und sie haben eine richtige Schneise in die Sporen gebrannt, sagt Paul.« Er merkte erst jetzt, daß er lächelte, doch als er sah, wie ihr Gesicht Farbe bekam, wie sie tief einatmete und wie in ihren Augen Interesse aufflackerte, traten ihm die Tränen in die Augen. Sie hob den Kopf, und er plapperte weiter. »Paul hat zugesehen, wie sie die Fäden am Himmel verbrannt haben. Sie konnten natürlich nicht während des ganzen Einfalls bleiben, ein Teil davon ging ohnehin über dem Meer nieder, und der Rest fällt auf die Berge, wo er nicht viel Schaden anrichten kann.

Paul sagte, er habe noch nie etwas so Großartiges erlebt. Es sei noch besser gewesen als damals, als bei Cygnus die Verstärkung eintraf. Sie haben es auch aufgezeichnet, du kannst es dir später ansehen.« Pierre beugte sich über ihre Hand und küßte sie. Die Tränen in seinen Augen galten Emily, aber auch den mutigen jungen Leuten, die gegen die schreckliche Bedrohung am Himmel ihrer wundersamen und doch so beängstigenden Welt angeritten waren. »Paul ist hinuntergegangen, um sie zu begrüßen. Ein triumphaler Empfang. Ich schwöre dir, das gibt uns allen neuen Mut. Alles schreit und jubelt, und Pol und Bay haben geweint, ein sehr unwissenschaftliches Verhalten für die beiden. Vermutlich halten sie die Drachenreiter für ihr Werk. Und wahrscheinlich haben sie sogar recht, meinst du nicht auch?«

Emily bewegte sich in ihrem Stuhl, ihre Finger umklammerten seine Hand. »Hilfst du mir ans Fenster, Pierre? Ich muß sie sehen. Ich muß sie selbst sehen!«

Die meisten Bewohner der Fort-Festung strömten heraus, um sie zu begrüßen, sie schwenkten improvisierte Fahnen aus buntem Stoff und jubelten aus Leibeskräften, als die Drachen auf dem freien Feld landeten, wo die Bodentrupps hier und dort die wenigen dem Drachenfeuer entgangenen Fäden vernichtet hatten. Die Menge drängte nach vorne, umringte die einzelnen Reiter; jeder wollte unbedingt einen Drachen berühren, und anfangs achtete niemand auf die dringenden Bitten der Drachengefährten nach einem schmerzlindernden Mittel für die von Fäden zerfressenen Schwingen und die Brandwunden auf der Haut.

Dankbar sah Sean einen Gleiter heranschweben und hörte über Lautsprecher die Aufforderung, Platz zu machen, damit die Ärzte zu den Drachen gelangen konnten.

Der Lärm verringerte sich um ein oder zwei Dezibel. Die Menge teilte sich, gestattete den Ärzteteams Zutritt und machte Platz, damit die Reiter absteigen konnten. Mitleidiges Geflüster kam auf, als der Jubel sich so weit gelegt hatte, daß man das schmerzliche Wimmern der Drachen hören konnte. Einige der um Carenath Versammelten halfen Sean eifrig, ihn zu verarzten.

Sind sie alle hier, um uns zu sehen? fragte Carenath schüchtern und drehte seinen linken Flügel, damit Sean eine besonders breite Strieme erreichen konnte. Als die Betäubungssalbe aufgetragen wurde, seufzte er vernehmlich vor Erleichterung.

»Ich weiß nicht, womit wir so viel Glück verdient haben«, murmelte Sean vor sich hin, als er sicher war, Carenaths sämtliche Verletzungen versorgt zu haben. Er blickte sich um und sah, daß auch alle anderen Drachen behandelt worden waren. Sorka zeigte ihm den erhobenen Daumen und grinste ihn mit blut- und rußverschmiertem Gesicht zu. Er erwiderte das Zeichen mit beiden Fäusten. »Reiner Dusel, daß wir nur mit Verbrennungen und Kratzern davongekommen sind. Wir wußten ja gar nicht, was wir taten. Blindes Glück!« In seinem Kopf überstürzten sich die Gedanken, er überlegte, auf welche Weise man jegliche Verletzungen vermeiden und mit welchen Übungen man lernen konnte, die einzelnen Flammenstöße noch effektiver einzusetzen. Dies war schließlich nur das erste kleine Scharmützel in einem langen, langen Krieg gewesen.

»He, Sean, Sie haben auch etwas abgekriegt!« sagte eine Ärztin und nahm ihm den Helm ab, um seine Wangen mit der Salbe zu bestreichen. Wir müssen Sie doch auf Vordermann bringen. Der Admiral wartet!«

Stille senkte sich über die Ebene, als wären diese Worte ein Stichwort gewesen. Die Reiter sammelten sich und machten sich auf den Weg zur Rampe, wo Paul Benden in der Uniform eines Flottenadmirals zusammen mit Ongola und Ezra Keroon, die ebenso formell gekleidet waren, die siebzehn jungen Helden erwartete.

Im Gleichschritt marschierten die Drachenreiter an den vor Stolz töricht grinsenden Menschen vorbei. Sean erkannte viele Gesichter: Telgar, dem die Tränen über die Wangen liefen, flankiert von Ozzie und Cobber; Cherry Duff, von zweien ihrer Söhne gestützt, mit freudig blitzenden schwarzen Augen. Er entdeckte die Hanrahans, Mairi hielt seinen kleinen Sohn in die Höhe, damit er den Aufmarsch sehen konnte. Gouverneurin Emily Boll war nirgends zu sehen, und Seans Herz krampfte sich zusammen. Was Peter Chernoff gesagt hatte, stimmte also. Ohne sie war dieser Augenblick nicht vollkommen.

Sie erreichten die Rampe; irgendwie waren die Reiterinnen einen Schritt zurückgeblieben, und Sean stand in der Mitte. Als sie anhielten, trat er einen Schritt nach vorne und salutierte, eine Förmlichkeit, die der Anlaß zu erfordern schien. Admiral Benden erwiderte den Gruß mit Tränen in den Augen.

»Admiral Benden, Sir«, sagte Sean, der Reiter des Bronzedrachen Carenath, »darf ich Ihnen die Drachenreiter von Pern vorstellen?«